〔監修・和田博文〕

コレクション・戦後詩誌

12 感受性の海へ

杉浦 静 編

ゆまに書房

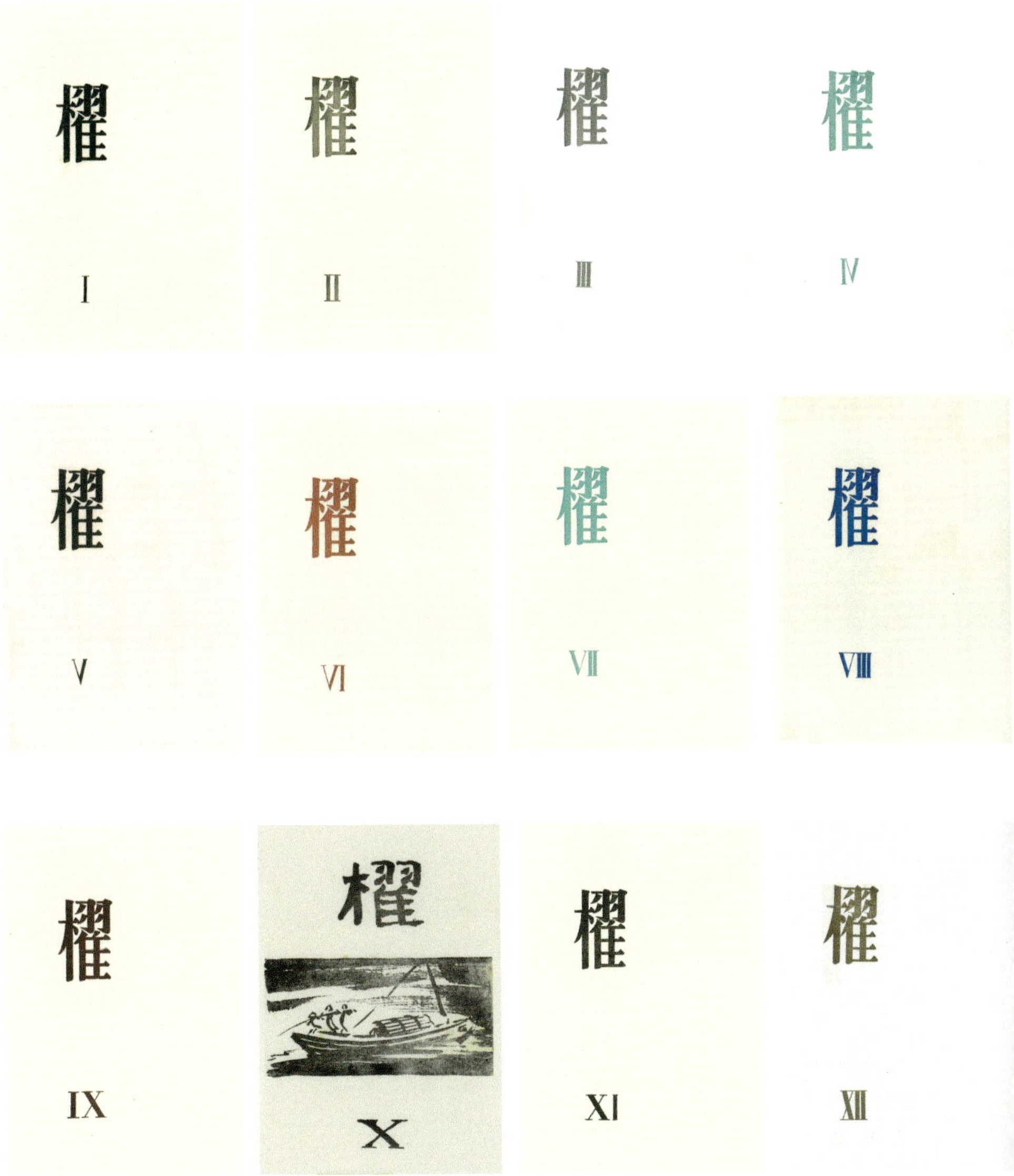

『櫂』第１号〜第12号（1953年５月〜1965年12月）

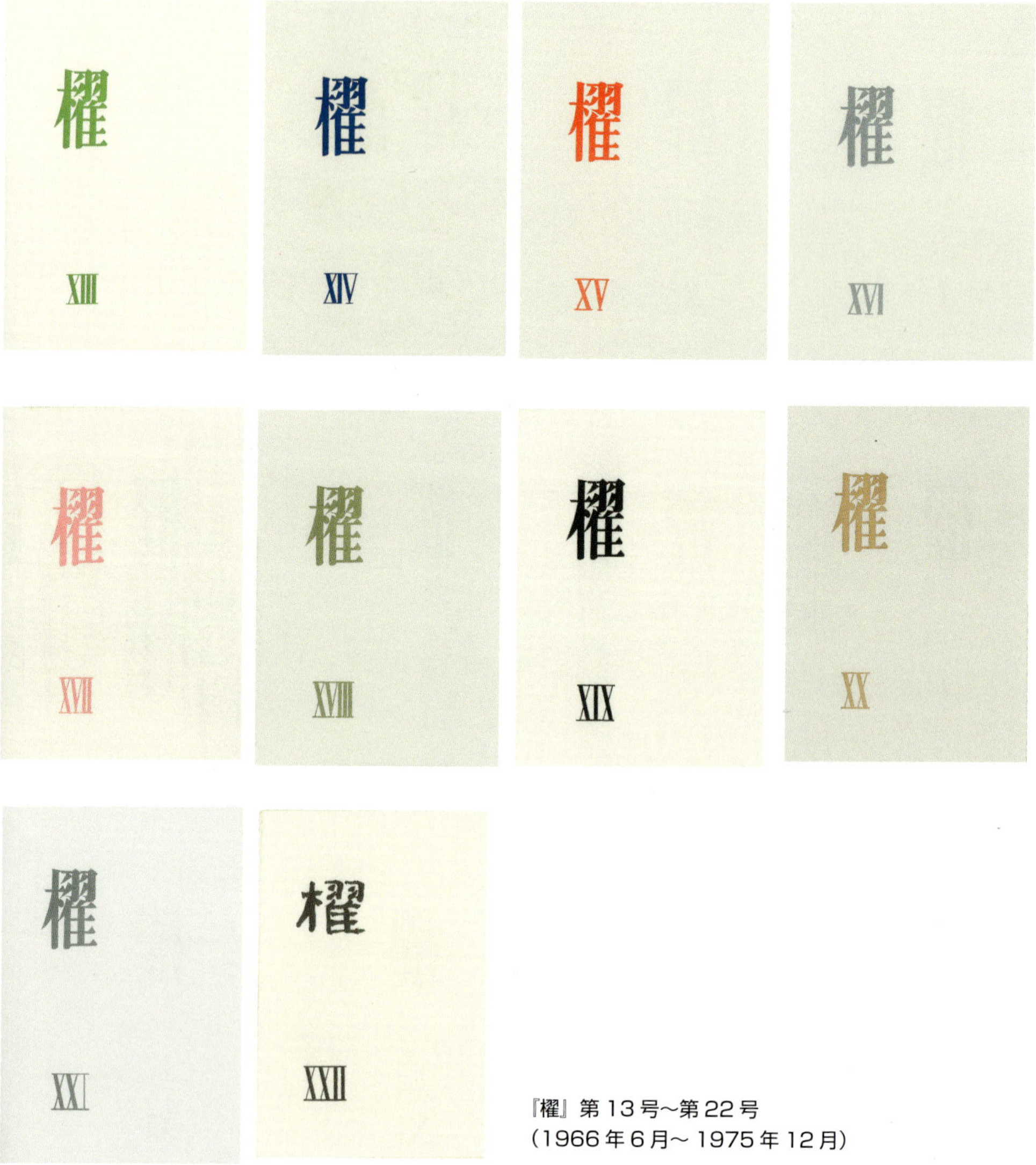

『櫂』第13号〜第22号
（1966年6月〜1975年12月）

凡　例

◇『コレクション・戦後詩誌』は、一九四五〜一九七五年の三〇年間に発行された詩誌を、トータルに俯瞰できるよう、第一期全20巻で構成しテーマを設定した。単なる復刻版全集ではなく、各テーマ毎にエッセイ・解題・関連年表・人名別作品一覧・主要参考文献を収録し、読者がそのテーマの探求を行う際の、水先案内役を務められるように配慮した。

◇復刻の対象は、各巻のテーマの代表的な稀覯詩誌を収録することを原則とした。

◇収録にあたっては本巻の判型（A五判）に収まるように、適宜縮小をおこなった。原資料の体裁は以下の通り。

・『櫂』　第1号〜第9号〈25cm×17cm〉、第10号〈21cm×15cm〉、第11号〜第22号〈25.5cm×18.5cm〉

収録詩誌のそのほかの書誌については解題を参照されたい。

◇表紙などにおいて二色以上の印刷がなされている場合、その代表的なものを口絵に収録した。本文においてはモノクロの印刷で収録した。

◇本巻作成にあたっての原資料の提供を監修者の和田博文氏より、また、日本近代文学館よりご提供いただいた。記して深甚の謝意を表する。

目次

『櫂』 第1号〜第22号（一九五三・五〜一九七五・一二）

感受性の海へ

―コレクション・戦後詩誌　第12巻

『櫂』

第1号〜第22号（一九五三・五〜一九七五・一二）

櫂

I

方言辞典

茨木のり子

よばひ星　それは流れ星

いたちみち　細い小径

でべそ　出歩く婦人

こもかぶり　密造酒

ちらんぱらん　　ちりぢりばらばら

のおくり
のやすみ
つばどん
ごろすけ

考へることばはなくて
野兎の目にうつる
光のような………
風のような………

つくしより素朴な
ことばをひろひ

遠い親たちからの
遺産をしらべ

よくよく眺め

貧しいたんぼをゆずられた
長男然と
灯の下で
わたしの顔はぐすむけれど

爐辺にぬぎすてられた
おやじの
木綿の仕事着を
みやるほどにも

おふくろのまがつた脊中を
どやすほどにも

一冊の方言辞典を
わたしは
せつなく愛している

にじ

川崎　洋

はなしあおうぢやないか
と　ゆう声
がした
うすいみどりのこえだつた
すると

もうひとつの窓のほうから
はなしあおうぢやあないか
と ゆう声
がした
ぽつかりあかいこえだつた
むらさき やら
たまごいろ やら
おりおり
わらいさざめいたりしながら

あさぎり　に　ぬれている
新墾地　のことなんぞを

風が吹くたんび
話題をかえたりしながら

それは　それは
ほんとうに　たのしそうに

窓のこちらから
むこういつぱいに　かけて
はなしあつていたことだつた

創刊に際して

私達はここにささやかな詩誌「櫂」を創刊しました。一つのエコールとして、或る主張を為そうというのではなく、お互のやり方で、自分々々の考え方からつくり出された作品の発表の場として、つまり、それぞれのものとしてしか存在し得ない作品、しかもそれが、お互にうなずける創造であるような、そんな作品を示し合っていきたいというのです。「櫂」の会の会員は、第二号より二人が三人になり、三人が四人、五人と増えていく事でしよう。どんな作品が、このささやかな詩誌の歴史を綴つていくか判りませんが、どうかその都度厳しい御批評を給わらんことをお願い致します。

櫂
第一号（隔月刊）
一九五三年五月一〇日印刷
一九五三年五月一五日発行
発行責任者 茨木のり子
編集責任者 川崎洋
印刷所 村松印刷株式会社
発行所 櫂の会 横須賀市深田台九五堀六山アパート 川崎洋方
定価30円 送料8円

13　『櫂』 第2号 1953（昭和28）年7月

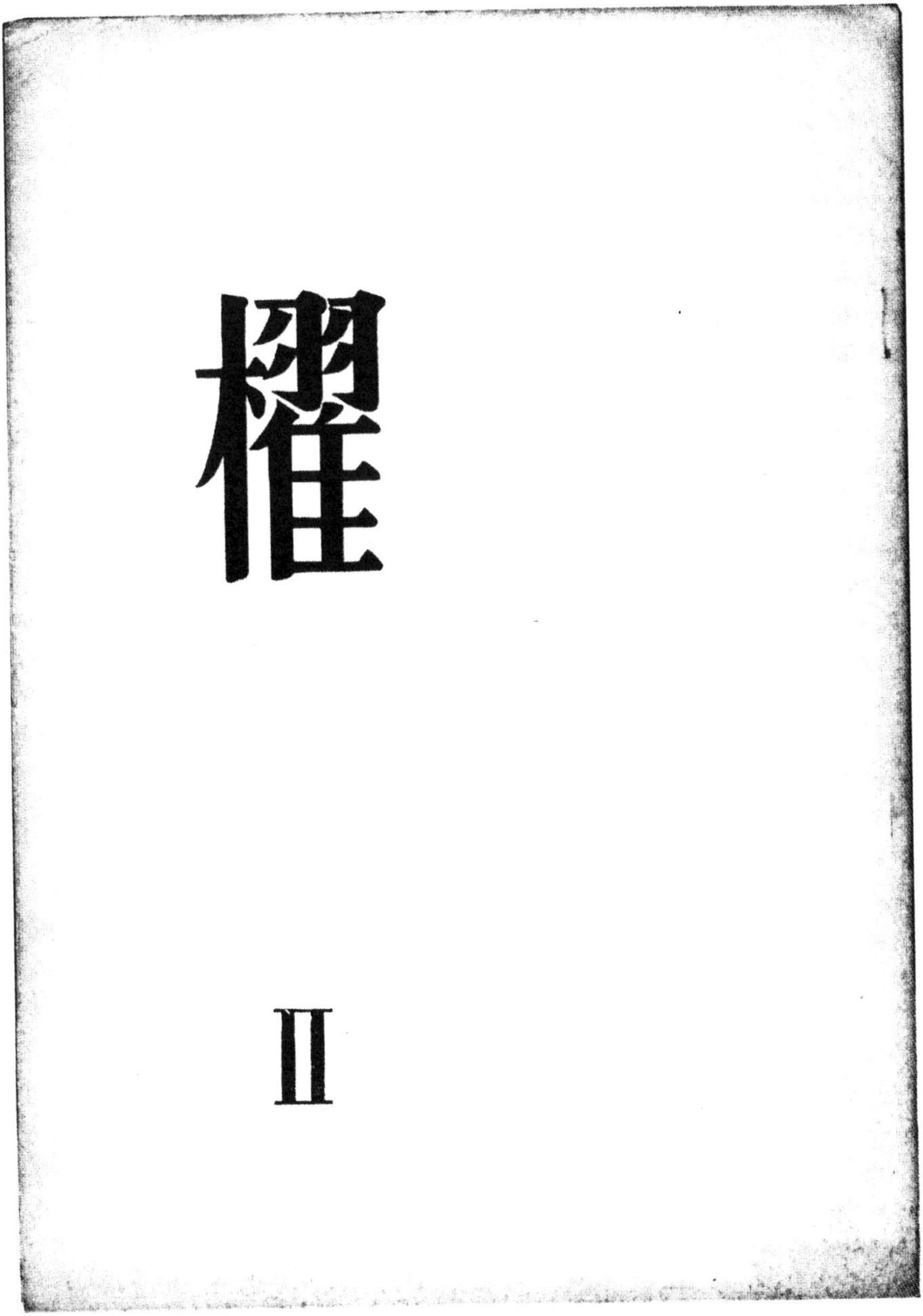

夢

E・Kに

谷川俊太郎

ひとゝきすべてを明るい嘘のように
私は夢の中で目ざめていた
私は何の証ももたなかつた
幸せの思い出の他に

ひとの不在の中にいて
今日私はすべてを余りに信じすぎる
そうしてふとひそかな不安が私を責める
不幸せさえも自らに許した時に

樹の形　海の形　そして陽……
風景の中のひとを私は想う
そのままに心のようなその姿を

私はかつて目ざめすぎた
今日私は健やかに眠るだろう
夢の重さを証しするために

雲

今朝は雲が大層美しかつた
心をもたずしかしさながらひとつの心に照ら
されているかのように
自らを輝くにまかせたまま
それらはひとときき慰めのように流れていつた……

私の信じ私の愛することとの出来る
さまざまなものがある
それらが私を生かし続け
それらが私に心を與える

はかなさのままに
ひとの心は計り難い
あまりに遠く或はあまりに近く……

だが樹が生きひとが生きる
たしかな時と所とをもち続けながら――
今朝私は心に宛てぬ手紙を書く

たけとりものがたり

川崎　洋

1

そのとき　ひとすじの
うすいくも　が
ながれていつた　といゝます

たれもかれも
たゝずまい　を　ただしました

ひめ　を　スケッチしようとしたえかき
は　ためいきをついて
ふでをおきました

ふえふきは　ぼんやりと
ぎんのふえを
くちびるからはなしました

やぎのちゝしぼりは
しずかに
ほおかむりをとりました

2

うすぎぬをかさねたゆりかごのなかで
としをたずねられると
わらつて　まぶしそうなめをするのです

おはなし　が　すきでした
どんな　おはなしも　きいてみれば
なにやら　おぼえがあるようなきがして
いつも　たずねようとしては
ふつと　くちをつぐみます

つきひ　は　ゆめのようにすぎ

3

あるばん
あかるい　つきを　よぎつて
しきりにながれる　くもをみやりながら

ものおもいにふけつていると
ふと　かすかな
もののふれあうおと　と
とおい　ひとのはなしごえを
みみにしました

「うぐいすが　ないております」
「ええ」
「このはなびら　どういたしましょう」
「そうなのです　そうしましたら……」

「え　はごろも　が?」

4

あるあさ
ひかえめな　はなしごえや　きぬずれの
おと　なにやらけはいの
あまりの　うつくしさに
おきなと　おうなは　いぶかしく
と　を　そつと　あけてみると
てんによたち　おもいおもいに
えもいわれぬ　うすむらさきを
くちから　はきながら　しずかに
はなしをして　おりました

やがて
ひかりきしむ　あさのそら
かぐやひめ　は
しずかに　てんによとはなしながら
はなしごえは　しだいにとおく
やがて　かすかな　かおりも　うせ

そして
ひめ　の　きつていつたあたり
ひとすじのうすいくもが
とおく　たなびいていた
とゆうことです

夕

茨木のり子

やさしい月桂樹よ
お前の葉を　一枚おくれ
わたしのまづしい夕餉の土鍋に
ひとひら
―ふつふつとたぎる煮込料理に―
高貴な香料は
ふと
アッティカ風にたゞよい
一日愚かなことをした

むなしいこゝろは
一瞬
鳥のように鋭く　放たれる
ルイジユウベにそつくりな
太古以来の
へべれけな神は何處だ!!!
蘇枋いろの空に
悲鳴に似た聲が残り
ゆきくれた音波を
みちしおのような暮色が
ゆつくりひたしはじめる。

後記

今号から、谷川俊太郎氏作品の参加を得ることになりました。このように、個性豊かな水々しい人々によつて、櫂は号を追うに従つて充実していくでしよう。おのがじし、世の中の逞しい愚劣と妖術の嵐の中にあつて、それが例えどんな微かなものであれ、一途に貫き通そうとするものがありましよう。櫂は或る意味で、それらの砦である、といつてもいゝでしようか。我々は同人雑誌によつて始めて可能な創作活動を考えます。アート紙B5判の一〇頁に満たない紙面は、時として一人の野心作にその全部を当てることも出来ます。こゝで、野心とゆう言葉を使いました。我々は櫂とゆう砦に拠つて、真面目に、まさしく野心的であるのです。　（洋）

櫂　第二号（隔月刊）
一九五三年七月一日印刷
一九五三年七月五日発行
発行責任者　茨木のり子
編集責任者　川崎洋
発行所　横須賀市深田台九五砲台山アパート　川崎洋方　櫂の会

櫂
III

すきとおしの風

舟岡遊治郎

すきとおしの風がふいている
白い十枚の肋骨をぬけ
肺も　血も　こゝろも
するりと抜けてふいてゆく

あるいていると
ぼくの胸の辺が涼しいのだ
哲学や詩や生活のことを詰め込んだあたり
　が
へんにからつぽらしいすゞしさなのだ

ゆめがなく
ゆめをみさせるあおぞらがあり…

ぼくらは愉快げに二人向き合う
すると二言か三言　喋つただけなのに
ぼくらは
あつという間に栓をぬかれた湯あみ姿のよ

うに
中腰のまゝの
白い骨骼の一対になつている

相手の七枚の肋骨の間には
黒い心臓が宙ずりになつて
いきもののゝように呼吸している
それが風にふかれてゆれているのだ

ふと相手の笑声がさむいので
ぼくの胸をみるとそうなのだ
やつぱり黒い心臓が
ふらり〳〵とゆれているのだ

重い過去が染めたのだと云う
かさなる想いでくろずんだのだと云う

でも
すきとおしの風にふかれながら
せつせと血液の弾丸を運び
せつせと細胞のれんがを増やす
不思議な作用が気にかゝるのだ

武者修行

茨木のり子

乱雲　飛び
どすぐろい凪　はためく曠野
野分はいくつすぎていつたか……

ふたゝび
武者修行のはやる季節
きたえられた寶刀を抱き
假寝を結ぶ根なし草の氾濫
かつて父祖ら仕官のための放浪
われら今あらゆる君主すてる旅路《リョジ》

人と人とのはざまは
千仭の谷
目のくらむ寂寥に堪え
無辺の空と切りむすべば
暗い暗い火花が散る

燃えつこうとして　燃えつかない
ひうち石の火のような……

夜陰
丘にのぼつて
小手をかざせば
無数のかれらの閃光もみえる

つめたく――
もどかしい――
不吉な陣痛のひきつりのような……

のろし火
彼方にあがり……　消え……
合言葉解せぬまゝ
彼方にのろし火　あがり……　消え……

狂鳥　墜ち！
沼は烈しい静穏を保つ

この島にはじめて孵る深海魚の子ら！
五官にみづからの灯を入れて
野火の夢を拒絶せよ！

四行詩

谷川俊太郎

1

ふと言葉が駈けて行つてしまう
樹々や空や太陽から私の孤独が帰つてくる
人の心に私は棲めない
私は風景の中へ中へとはにかむ

2

失つて悲しむものはもはやない
私から逃げるものたちの美しい足跡……
私は簡素な目差で私の内部をのぞきこむ
すると私の中の不在が微笑む

11

誰?と訊ねるともう人は去つてしまう
何?と訊ねるとものたちはかたくなになる
私が問に気ずかずにあふれた答ばかりの中にいる時
私のまわりにすべてがある

21

私は小さな神であろうとした
だが窔の間に私はふり向いた
神話のひとときとだえるうち
人の立上る気配がする

風にしたためて

川崎洋

眼がさめると少年は
ろうたけた藤色に透けていた
そんな物語りの始まりのような
或る涼しい朝に

風にしたためて

いくつかの山や川を越えて
村を越えて

白い柵の向うで栗毛の馬が
悪戯な子に麦藁帽子を噛まされて
大変迷惑千万な

そんな風景をずんずん越えて
せきれいのように越えて

とある家の
くるみ色に明るい窓をくぐつて
あのやさしく美しかつた人へ

こうして
風にしたためて

犬とサラリーマン

吉野弘

　また来た。
ビスケットを投げたが　やつぱり食はない。
黙つて　僕を見つめている。

　初めて来たとき　魚の骨を投げた。食はな
かつた。そのあと　来るたびに　何かを投げ
たが　一度も食はなかつた。

　やせた黒い犬だ。鑑札もない。愛想もない。
食はない。そのくせ　毎日のように　台所へ
顔を出すのだ。

　僕は　しびれをきらしていた。なんとか言
つて貰いたかつた。
　ふと
僕は　それまでの　思いあがつたほどこしが

悔やまれた。

その夜　僕は黒い犬と一緒にいた。僕は犬に何も与えず　犬も欲しがらず　黙つて一緒に居た。星が美しく　犬の眼がやさしかつた。それ以上に僕の眼がやさしかつたのかも知れない。

しばらくして　犬は　飼犬の経験を話そうかと言つたが　そうすれば　僕はサラリーマンの経験を話さねばならないだろうし　身の上を慰さめ合うのはつらいから　よそうと僕は答えた。

そんな淋しい夢を抱えて　僕は翌朝　いつもの道を出勤した。

後記

新しく、舟岡遊治郎、吉野弘の両氏を加えて充実した三号になりました。創刊に当って、茨木氏とたてた詩学研究会出身の若い五人というプランが実現して本当に嬉しく思います。此の櫂に発表される詩が、儀礼的感想の程度を越えた、積極的な批評を期待し得る為には、それ相応の作品であらねばならないと思います。即ち私達が櫂に托するところの意図は、現代詩の世界に於けるポレミカルな風土の形成を刺激する作品を発表することにあると云えると思うのです。

（洋）

会員住所

茨木のり子　埼玉県所沢市元幸町六七七
川崎　洋　神奈川県横須賀市深田台砲台山アパート
谷川俊太郎　東京都杉並区東田町一ノ五七
舟岡遊治郎　東京都墨田区向島一ノ二〇
吉野　弘　山形県酒田市新町光ケ丘八ノ四

櫂　第三号（隔月刊）
一九五三年九月一日印刷発行
発行責任者　茨木のり子
編集責任者　川崎　洋
発行所　横須賀市深田台砲台山アパート　川崎洋方　櫂の会
領価40円

櫂
Ⅳ

未熟な編集者の不束な間違いにより、櫂今号、表紙の裏から水尾比呂志氏の「詩に就いて」が始まる可きところ、丁度一頁分づつ次頁へづれてしまいました。特に茨木のり子氏の「秋」については、1が次頁の上段へ、2が同じく下段へと続く可きところ大変申訳けない仕儀となつてしまい、編集者として全く慚愧に堪えません。

皆様の御寛恕をお願いする次第です。

川崎　洋

各位

詩に就いて

水尾比呂志

I

まことに、言ひ古された事どもを吃るのは躊躇はれるのだが、それを強ひるのも現代詩の混迷であつて見れば、遺産と風土の点検から創造へと展開する一般的図式は破れないのである。以下の小論、極く卑近な身の周りを扱ふに過ぎない。

本来、詩に就いて何かを述べると言ふことと、他の何か、譬へば音楽とか、絵画とか又は歌舞伎とか映画とかに関して語ることとの間には、甚だしい差異がある。大方の人々は、極めて身近なものとして、音楽を聴き、映画を見てゐるが、それらが赤の他人によつて創られたものであることに、案外無関心である。そして、何か特殊な対象であると考へて、一種疎遠な感情でその作者を遇してゐる詩の世界が、凡ゆる意味に於て最も身近いものだとは、容易に気づきたがらない。その創作活動に、己れがおいそれと参加し得るかどうかと言ふ最も単純な尺度に於て、すでにかかる差異がある。この差が、詩の創作乃至批評に影響する度合は、意外な程である。他のそれ、美術と音楽の素材である色や音と、詩のそれたる言葉との性質の差異など言ふ問題に、決して劣らないと言へる。何気なく語られる感想や批評の拠つて立つ根抵が、この溝を閑却する故に、無用の混乱を来すことも見逃せない。だが、この事は、詩を語るのは詩を作る人でなければならぬなどと言ふことを示すのではない。

詩と言ふものは、少くとも内的変移に感光し得る人ならば、何人でも作ることができる。映画や、音楽や、と言つた、莫大な内的外的エネルギーを要求するものと、殆んど比較にならぬ容易さの産物である。一篇の詩に於ける肉体的消費量は問題の外だが、精神的なそれに於ても、小説にさへ比肩し得ると主張する自信のある人は稀であらう。読める散文の存在可能性に対する詩のそれが大きいことは、詩が、人間の感情表現の端的な手段により近いとか、構成的な理智よりも感覚的な能力を先づは要求するとかの、初歩的な原因で裏付けされ得るが、この事は、詩が、散文や、他の芸術に比して低位にあると言ふことなど、少しも意味しない。その最も有効な意義は、人間の感情表現形式として最高の直接性と純粋性を持つこと、正に舞踏と双璧を為す点、つまりは、誰の脣にも漂ふことを許されたものである、いや、あつたと言ふ点にある。

人は自己表現に夥しい情熱を賭ける。かかる情熱の、素朴にして純粋な表現形式として、合目的的に希求された詩。その本然の姿を、日本のみならず、凡ての国土に、如何なる外部の圧迫にも妨げられることなく謡ひ出された民謡に見るのは、安易なノスタルジイに依るのではない。絡んだ論理の絲や、思はせぶりな象徴の魔術を信じなかつた祖先たちの、壮大な感情の母胎たる自然を前にして胸中に止まること能はず、遂に口をついて溢れ出た生の感懐の地力である。発音した人は詩人ではなかつた。単なる一個の人間に過ぎなかつた。この事が今日に尾を曳いて騒然たる混乱を現出し、自己に課すにあまりにも粗雑なる観念による詩人の名を以つてするに至つたとは、果して、詩の宿命であつたのか。そして亦、かかる混迷に処置せんと望む凡庸な人間に、その本然の姿を想起させるのは、詩の良心であるのか。恐らくはさうであらう。僕は、その宿命を信ぜず良心を信じたい。

日本の現代詩の混迷の声を聞くのはすでに久しい。

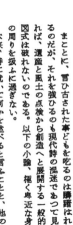

太平洋戦争前、それもはるか以前に僕達は、今日の嘆きを見出して驚くのだが、その嘆きは大きくなる一方である。この混迷から詩を救はうとする試みは幾度となく起つた。と言ふよりは詩人と名のつく人で、何らかの反応を示さなかつた人はなかつた。にも拘らず、混迷は深まるばかりである。この事にも、もう少し驚いていいのではないかと思ふ。救助を目指して果さず、自らも溺れかかつた人たちが、現代詩の難解性などと言ふ浮標に漂着しなければならなかつた原因は、決して深刻でもなければ、複雑でもない。ただ、僕たちの風土と、従つて僕たちの躾けとが、少しばかり変則であつた事への不充分な認識によるに過ぎないのだ。

一般的に言つて、難解性などと言ふ性質は、少くとも日本の現代詩の興り知らぬ所である。様々な精神の試練と、言葉自体に対する飽くことなき探求の結果、狂気の一歩手前まで肉薄した幾人かの詩人の脳髄と、その表現をこそ、かくは称し得るのであつて、はるかに活潑な生命の密度に満ち満ちた詩の資性である。譬へば後に述べるごとく、ボオドレエルに発してマラルメに幽秘絶妙の頂を見たかのフランス象徴派の詩句の如きを指す。混迷乃至混乱とは、徹底した対蹠の立場に立つと言はねばならない。僕などが、向ふ見ずな文を草し得る所以も亦、ここに存するのである。

この混迷の様相を克明に羅列することは止めにしたい。殆んど無意味な努力である。錯乱した人間には、已れの錯乱の様相などの説明の無用であるが如く、ましてや、元来が注意ぶかい詩の本質への執心からとばかりは限らぬ動きが惹き起した混迷は、機械的な分類ならばともかく、真剣な論議を受付ける程、従順ではないし、適切は分類はすでに為されてゐる。僕に必要な追求は、様相ではなくて由来である。原因なくして混迷は起らない。恐らくは数多い原因が見出されるであらう。だが、凡そ、芸術に於ける様式的変遷は、その芸術を形成した風土と、他のそれとの関連に於て外面的に展開し、自身の内在自律性に従つて内面的に遂行されることとは、疑ふ余地がない。然らば現代詩の混迷を溯つて、日本語個有の自律性と、ヨーロッパ、就中、フランス象徴詩以下の影響に到達するのも自明でなければならない。

II

フランス象徴詩と一口に言ふのであるが、花園の繚乱たるにも似て、個性の色彩は万別である。この詩派の生誕にあたつては、実証哲学の後楯に物を言はせた写実主義文学の、冷酷な観察の眼への過剰な信頼からの硬化と、之に反抗はしたものの不感症と気位の高さの誇示に終つた高踏派の自滅と言ふ、必然的母胎を何としても考へないわけにはゆかない。更には、異常な自己感情の奔流に溺れた浪漫派の存在も問題となる。これらはひとへに、すべて価値ある運動は、生まるべき母胎と為さるべき受胎によつて起つたと言ふことの例証であるが、ともあれ、かかる親達に背を向けて、さつさと象徴の森へと歩き出した恐るべき子供達は、いづれ劣らぬ曲者であつた。過去の出来事を統括的に認識したいと言ふ僕達の希望は、是等の子供達の性格を、「音楽から彼等の富を奪還する」ことにあつたとするヴァレリイの定義によつて満たされるかに見える。然し、この定義の持つ難解性は、日本人にとつては殆んど決定的なものではないかと僕は思ふ。富を音楽に奪はれたことも、その奪還を必要とする行詰りも経験しなかつた僕達の風土では、之を解く知的な頭脳は少くないが、その皮膚感覚的な納得には遠く到らないであらう。だが、之は、どうしても明らかにしておかねばならぬ定義である。抑々、言語の叙事性は本質的なものであつて、バルザックやフロオベルに依つて殆んど完全に究めつくされたこの叙事性は、散文の世界には空前の繁栄を齎らしたのであつたが、等しくこの言葉を使用する抒情詩は、瀕死の重態に追ひ込まれた。散文と同様の意味内容の言葉を以つて詩を書くことが、詩を散文の中に溶解してしまふ自殺行為でしか有り得ないと言ふ状態に、浪漫派と写実派によつて追ひ込まれた抒情詩の甦生の途は、従つて、この言葉の性格を変革する事以外には見出されなかつたのである。或る実在を相対的に認識し、之を分析する手段としての言葉は、ここに於て実在の内部に身を置いた、混淆融合せる凡ゆる感覚の符牒として変貌された。音楽に於ける音、絵画に於ける色に相当するものとして使用された言葉が、かの象徴詩の本質を為すのであり、かかる性質の獲得によつて、詩は詩として存在理由を主張し得たのだつた。この意味に於て、ヴァレリイの定義は明らかとなる。十九世紀のフランス文学は、実に多くの素材やモティフを音楽や絵画に提供した。ワグナア、ベルリオズ、リスト、ドラクロワなどは、遠慮なくそれを受け取つた。今度は已れの必要から、その富を奪還するばかりでなく、音楽自身の富を掠奪して来やうと言ふのが、象徴詩の魂膽であつたのだ。詩を純粋にすると言ふ行為は、散文を仮想敵国と見做す意識に支持されてゐたから、音楽や絵画の象徴性を掠めとることがいささかも矛盾では無かつた。必要とあらば、「絵画からも彼等の富を奪還しやう」と試みたであらう。この事が、日本現代詩に誤り伝へられてゐることは、後に指摘されねばならない。

　ともあれ、かかる意識は、空前の絢爛たる詩絵巻を展開することになるのだが、個々の象徴詩人たちは、その強烈な個性の発現と、この意識との間に紙一重の入る余地もない必然性を蔵してゐた。象徴詩派の運動は、決して旗印の下に為されたのではない。マラルメの火曜会は、後継者を育てたが、より早い発生期に於て、僕達は意識的な努力なしに、期せずして一致した創作方法を詩人達が実行したと言ふ事実を、興味深く見凝めねばなるまい。

Comme de longs échos qui de loin se confondent
Dans une ténébreuse et profonde unité,
Vaste comme la nuit et comme la clarté,
Les parfums, les couleurs et les sons se répondent.
(Correspondances)

　草創ボオドレエルは、一刻も忘れることの出来なかつた原罪の幻影に取り憑かれて、ダンディズムへの精進と、カトリシスムへの祈禱に身を苛まれつつ、霊と肉の妖美なる調べに酔ひ痴れたが、かかる人間的な生の方法論の晦渋さに比し、その発現たる詩の技法への確信は、むしろ明晰そのものである。僕達はそこに、低俗なる写実主義への厭悪と、彼が信じた詩の当為なる姿への宣言を聞く。富の奪還は、かくして開始されたのである。

　ヴエルレエヌには、周知の方法論がある。一八七四年、モンス監獄で創られたかの「詩法」は、自ら九音綴に拠つてゐて、浪漫派の典範たる十二音綴、十音綴、八音綴を否定して、音脚の奇数化に依る微妙な諧調を奨めたのだが、その中にも言ふ通り、何よりも音楽を求めて放浪した。豊富な母音の巧妙極まりない配列によつて、律動と調和の類なき旋律は生まれたが、この明確なる象徴性の根源を為す汚れた悲しみを、僕達は記憶に止めておかねばならない。又、詩集、「艶なる饗宴」と「言葉なき恋詩」に描かれる、前者のワトオ風、後者の印象派風な光景は、象徴詩のもう一つの希ひ、絵画からの掠奪を示してゐる。

　アルチウル、ラムボオの自由詩は、もはや決定的な浪漫主義への訣別であると共に、ヴエルレエヌの甘美な旋律性から昇華した強烈な律動の獲得と、質量の濃密な観念の異様な組織的構成で、僕達に少なからず方向を指示する。彼の憑かれた様な三年間の創作は、文学と言ふよりは、生命自体への否定の叫びとも聞えるのだが、この天才の人間不信の熔鉱炉で、言葉は不純な夾雑物を熔かし流され、異常な錬金の才によつて、金属性の響きさへ発するまでに鍛へ上げられた。かかる錬金の才能は、本来ラムボオの性格だが、そんな性格を作為と感ぜしめる程、彼は単純な姿で生の断崖の極端に立つてゐる。さう見える事がすでに、僕達の混迷の一様相なのだが、それはここで言ふべきではなからう。

Que pouvais-je boire dans cette jeune Oise,
Ormeaux sans voix, gazon sans fleurs, ciel couvert!
Boire à ces gourdes jaunes, loin de ma case
Chérie? Quelque liqueur d'or qui fait suer.
(Une saison en Enfer, Alchimie du Verbe)

　この様な、発想から表現への距離の極端に短かい詩が、すでに律動感の初歩を超へた、内面喚起性、いはば快感の否定による新らしい快感の創造と言ふ高次な作用を営んでゐることに、ヴエルレエヌの音楽性から一段と高い価値を与へても差支へないと僕は考へる。象徴詩はもはや、取換への利く部分品などを全く忘れ果てた、唯一絶対の言葉を撰ぶのだ。内容も表現も、思想も技術も、ただ一点に圧縮された詩と言ふものの窮極を、ラムボオ以外に僕は知らない。その一点とは、人間の存在である。

　この三人の姿を、今更、繰返すのも愚かしいが、それは言葉の純粋性への追求に要求された必然的なテクニツクが、彼等の生への関心に十分に裏打ちされたものである。彼等の中の一人として、個性的ならぬテクニツクの使用者は居ないが、同様にまた、テクニツクとその生にずれのある詩人も居ないのだ。彼等にとつて芸術とは、即ち技術に外ならなかつた。この元来一つであつた二つの言葉を、別々に用ひる日本の慣習は、悪意的な安易さを持つてゐるが、さうした安易さを知らなかつた彼等の生への追求思索の形式が、たまたま瀕死状態の抒情詩に突破口を見出して、自ら詩の本質を目ざして奔流したのであつて、真摯なる生への関心は、形式としての詩に対して曖昧なる態度を許さう筈がなく、この故に誘発された爆薬の如く、詩は一切の不純物を粉砕し去つたのであつた。かかる内容と表現との熱烈なる抱擁は、果して偶然であつたのか。否、これこそは一般に芸術美の生誕を規制する普遍的な条件である。

　僕は、次に来るマラルメを高尚なるディレッタントなどと大それた事を言ふつもりではない。マラルメには、彼の生があり、その追求があつた。ただ、秘儀の教祖の内面を書簡などで知りたくはない。彼を知る唯一の道蹊は、そのあまりにも神鋭な詩感による殆んど象徴そのものとも言ふべき詩句のみである。マラルメは、絶対孤高の幽地に登りつめ、恐らくは自らにも恐るべき精密なる類推の魔と共棲した。マラルメの難解さは、この様な共棲を知らぬ僕達に、後を慕ふことを許さない。この事は、凡ゆる詩人の肝に銘ずべき禁忌である。マラルメは一人であり、一人にて終つたのだ。魅惑に満ちたサンボリスムの眩惑は、多くの詩人たちに彼の足跡を慕はせた。この稀有の途は、言葉の遊戯と言ふ陥穴を随所に開けてゐた。そこに陥入らぬ為には、詩人はマラルメと同じ資質を持たねばならなかつた。マラルメは書いてゐる。

〃私は恐ろしい一箇年を過した。私の「思想」は考へられた。そして「神聖の悟入」に到達した。この長い苦悩の間に私の存在が、反動によつて苦しんだあらゆる事情は語り尽し得ない。然し幸ひにして私は死んだ、そして私の「精神」が冒険を試み得る最も不純な境地は「永遠」である。（中略）今や私は、貴方の識つてゐたステフアヌではない。それどころか、嘗て私であつたところのものを通して、見られ且進展される、精神的宇宙のもつてゐる一能力である……〃

（鈴木信太郎氏訳、カザリス宛の手紙、一八六七年五月十四日付）

かかる能力の生み出した詩神の夢を、誰が再び見やうと言ふのか。

Tu sais, ma passion, que, pourpre et déjà mûre,
Chaque grenade éclate et d'abeilles murmure;
(L'aprés-midi d'un Faune)

明晰を苦痛に依つて織り出したヴアレリイ以外に、僕はその様な素質を知らないのだ。

Ⅲ

秋の野のみ草刈り葺き宿れりし兎道の宮処の仮廬し思ほゆ

み吉野の玉松が枝は愛しきかも君が御言を持ちて通はく

やすみしし　わご大王の　かしこきや
御陵仕ふる　山科の　鏡の山に　夜はも
夜のことごと　昼はも　日のことごと
哭のみを　泣きつつ在りてや　百磯城の
大宮人は　去き別れなむ

額田王

万葉集を始めとする日本の歌の心は、常に人と人、人と自然との交情から一歩も出なかつた。之を抒情と言つてもよいが、開く歌集はすべてこの様な抒情に満たされてゐる。ここには額田王の歌ばかりを挙げたが作者は誰でもいいのである。かうした典型を忠実に踏み、しかも千差万別の感情を、万葉は到る所に抱いてゐる。

夕ざれば野べの秋風身にしみてうづらなくなり深草の里

あかなくに散りぬる花の面かげや風にしられた桜なるらん

世の中を思へばなべて散る花のわが身をさてもいづちかもせん

箱根路をわれ越えくれば伊豆の海や沖の小島に波の寄るみゆ

俊成も覚盛法師も、西行も実朝も、口をついて出る歌は、自然と人の心であり、三十一文字の枠の中に、如何にこの心をとめんかと苦吟こそはすれ、抒情と叙事の相剋とか、散文による詩の抹殺とか、言葉の変容とか、凡そさうした理知的な葛藤を知らなかつた。日本の歌人達が無知であつたからではない。自然を離れて人はなく、人の心を詠はずして自然の美は無かつたのである。言葉は直ちに美であつて、美を伝へぬ言葉など、本来的に用ひられはしなかつた。美しい言葉があり、言葉の美しさは無かつたのだ。これは、徹底的に西欧とは異質の風土である。日本の歌集など忘れ果てた現代人と言ふ人種は、この異質性に恐ろしく鈍感である。今日、進歩とか発達とかの観念に曳きずられて、この様な異質性は、明治以来の西欧文化の移入によつて克服されたと信じてゐるらしいが、二千年の重みのある風土が、一体、如何なる理由でさう簡単に変へられると言ふのか。現代日本文化の凡ゆる跛行性はかかる軽信症患者が悪化させた化膿性疾患である。もとより古に復することが治癒の方法であると言ふのではない。もう一度、自分たちの風土と言ふものを、じつくりと見直しても損はあるまいと思ふだけである。

さうした純情の温室に、吹き込んだ自然主義と言ふ風の冷たさは、二葉亭の苦悩によつてよく判る。合理的精神とか、実証的精神の必然の産物として生まれた自然主義文学が、その様な要素を全く持たぬ土地に移殖され、戸惑ひの中から出芽した変種を、私小説と呼んでゐることは周知の事であるが、やや遅れて行はれた象徴詩の移殖は、私小説の如き一種見事な成育を遂げることなく、過剰な混乱の遺因を為したのであつた。

繰返すが、言葉自体の写実性とか象徴性とかをつきつめて、血の様な苦心をしたことの無い日本語の性格のまま、流入した象徴詩を、或は象徴詩の訳を、読んで詩人の湛かれた部分は、一体どの様な所であつたかは、象徴詩の技法の移入と言ふ結果に終つた当時の詩の考察に重要な比重を占める。

Les sanglots longs
Des violons
　De l'automne
Blessent mon cœur
D'une langueur
　Monotone
　　(P.Verlaine, Chanson d'automne)

この名高き絶唱を、上田敏氏は次の如く訳し、古今の名訳と謳はれた。

秋の日の
ヰオロンの
ためいきの
身にしみて
ひたぶるに
うら悲し

確かに、これは原詩の情緒をあます所なく日本語にうつし得た名訳である。だが、名訳故に、僕はふと疑つて見たくなるのである。ヴエルレエヌの心は、この傷心の調べ程、うら悲しかつたのであらうかと。原詩を、次の如く発音記号に書き換へると、ヴエルレエヌの配慮が、自然発生的な感傷を離れた点に注がれてゐることをありありと感じないわけにはゆかない。

lɛsãglolɔ̃$^{\frac{1}{2}}$
dɛvjɔlɔ̃$^{\frac{1}{2}}$
delotɔ : n (ə$^{\frac{1}{3}}$)
blɛsəmɔ̃kœ : r
dynəlãgœ : r
mɔnɔtɔn (ə$^{\frac{1}{2}}$)

一見して、母音、殊に鼻母音の夥しい使用に気付かれる。これはフランス詩でも珍らしい例に属するのであつて、明らかに、ヴエルレエヌはこれらの母音のひびき合ふ調和《アルモニイ》と、旋律的な律動《リズム》を意識してゐる。この意識的な按配が、上田敏氏の名訳を以てしても、そこに用ひられている「ためいき」とか、「身にしみて」とか、「うら悲し」と言つた極めて抒情的、感傷的な語感に先立たれて、この質をはるかに悲愁化してゐることは否めまい。この訳をとやかく言ふのではない。かくも、日本語の詠嘆性は根強いことを言ひたかつたまでである。比較的日本的情緒に親近性を有つヴエルレエヌに於て、すでに、翻訳した語感は、その本来の配慮と食ひ違ふ。況して、マラルメに於ておや。勢ひ、語感に頼つた詩人たちは、その背後の言語表現の苦闘を素通りして、象徴詩を、幽遠晦渋なものと納得し、自己の作詩上に応用するにあたつて、ひたすらその雰囲気醸成に懸命とならざるを得なかつた。

時ぞともなく暗《くら》みぬる「生《いのち》」の扉《とぼそ》、
こはいかに、四辺《あたり》のさまもけすさまじ、
こはまたいかに、わが胸の「罪」の泉を、
何者か頸《うなじ》さし伸べ、ひた吸ひぬ。
（蒲原有明氏「霊の日の蝕」）

これは、当時の象徴詩への理解を典型的に示すものである。そこには、語句自身に対する信頼の上に立つ、所謂象徴的雰囲気への、ひたぶるな精進がある。かかる精進が、次第に遊戯的語句の選択配列に変形して行く過程を、次の詩はよく示してゐるであらう。

静かなる沈黙《しじま》のゆらぎ、そが中《なか》に
かくて残《のこ》るは黒《くろ》き響《なり》、凝《こご》る「想」か。
噫《あゝ》ひとり我れ眠《ねむ》る時《とき》、眠《ねむ》る時《とき》、
昔《むかし》の恋《こひ》の歌《うた》ごゑの夢《ゆめ》の深《ふか》みに
青色《あをいろ》の鬢《びん》の歎《なげ》きの沈《しづ》み入《い》る。
（三木露風氏「青色の鬢」）

かかる趨勢は、然しながら、今、僕達が単純に片付けることの出来ぬ、詩人の苦心の結晶として、それだけの価値を持つ。ただ、僕は何人にてもあれ、この言葉の頑強な異質性を克服することの出来ない事実を示したかつたのだ。とり立てて、象徴詩のみの問題ではない。外国の詩はすべて、他の殆んどの文化現象と等しく、以上の様な曲折を経て移殖されざるを得なかつたのだ。象徴詩は、その特殊な性格から、就中、影響を大にしたのである。同様なことが、やや後の新興芸術運動に就いても言へる。

第一次世界大戦と言ふ巨大な暴力が過ぎ去ると、西欧は多くの芸術運動の渦巻きの中に湧き返つた。それらは、美術の思潮と密接な関係を保つてゐたが、否定、破壊を出発点とすることに於て足並を揃へた。日くダダイスム、曰く、エキスプレッショニスム、曰くシュウルレアリスム等々。これらの運動は、多分に洩れず日本詩壇にも波及し、象徴の嵐ならぬ上に、数倍の混乱を捲き起した。一般に、之等の運動は、前衛の名で呼ばれた。この前衛と言ふ言葉は、文学や演劇からの過剰な借物を返上しやうと言ふ若き映画人たちの熱情が、フランスとドイツに於て奔流した時、その新映画美学への傾倒を日本で呼んだものらしいが、詩に於ても、新らしき美の発見が一応は志されたから前衛の名を適用しても差支へはない。すでに日本も、大戦や震災の影響で、かかる破壊と建設の運動を受容する態には達してゐたと、表面的には考へられる。だが、ここでも、やはり言葉の異質性と、それらの詩人自らの生地が、さうした新らしい詩創造に不適であつたことは、現在の混迷を生む直接的な原因たる日本モダニスムの詩の驚くべき未梢神経性と貧困性から、容易に察し得るのである。日本の不安と、西欧の不安とは本質的に異つてゐたし、彼等には破壊に価する重厚な過去と、破壊を安定する一種の包括的力がある。譬へば、モダニスムの標本となつたコクトオの背後には、ギリシャ以来の神話と、フランスの伝統とが厳存する。機智は、彼個人の浮ついた遊戯ではない。鋭敏な言語感覚の風土による染色を考へずして、コクトオを理解することは叶はない。同様に、次のラディゲの詩を、日本語で適確に表現しやうと試みる時、僕たちは、何の欠除を感ずるか。

Vitre
Voici la mouvaise saison:
Le froid, qui est un assassin,
S'amuse à faire des dessins
Sur les vitres de sa prison.

この時期の詩の創造は、すべて1つの実験であり、それ故に価値があると言ふ主張は、一応尤もである。だが、いつまでも成功せぬ実験には、必ず何かの欠陥があるのだ。

傘
いつも曇天の衣裳をつけてゐる。
春
てふてふが一匹韃靼海峡を渡つて行つた。
（安西冬衛氏「軍艦茉莉」）

この種のイマヂナシオンは、卓越せる資性の裏付を絶対に必要とする。前記のラディゲと比べて、言葉への熟練に於ても、想念の密度に於ても、はるかにこれらの詩が貧血してゐるのも、そこに理由がある。

義眼の中にダイヤモンドを入れて貰つたとて、何にならう。苔の生えた肋骨に勲章を懸けたとて、それが何にならう。

腸詰をぶら下げた巨大な頭を粉砕しなければならぬ。腸詰をぶら下げた巨大な頭は粉砕しなければならぬ。

その骨灰を掌の上でタンポポのやうに吹き飛ばすのは、いつの日であらう。
（北川冬彦氏「戦争」）

ひたむきなこの詩人の、社会と対決する人間精神への探求は、それ自体極めて重要な意義を持つてゐる。ダダからシュウルを通り、ネオレアリスムに転じたと称する遍歴に、僕は敬意を表する。だが、その旺盛なる探求心が何故に、掛声のみ仰々しい運動の提唱に終始して、見るべき実を結ばないのか。僕は、その根本的欠陥を、詩の本質への誤解と、日本語の性格に対する近視眼的錯覚にあるのでないかと思ふ。叙事的に用ひられる現代日本語の、恐るべき不感貧困性は、詩と言ふ形式に決定的に背馳する。之を使ひこなす業は、又天稟に拠る以外はないのであらうか。

空間的立体詩

（冒頭）
水草の翅
一羽の後を　　一羽
一羽
一羽
一羽
一羽
顛転——
御走——
旋回——
（後略）　　（平戸廉吉氏）

記号説　（抄）
白い食器
花
スプウン
春の午後三時

白い
白い
赤い

（北園克衛氏）

意味による詩を作らぬと言ふ抽象の世界の創造は、確かに詩人の興味を惹く主題であつた。詩を造形的に扱ふこと。文字の形態や配列と言ふ科学的手法によつて、新らしい詩美を獲得しやうとすること。現代詩の混迷の大部分は、ここに依存してゐる。この方法は、詩を絵画的、或は広く造型的に取扱ひ得ると考へること、つまり、詩を詩以外の芸術ジャンルに従属せしめ、本来の性質を歪曲しやうとすることに於て、明らかに誤つてゐる。詩が言葉を素材とする以上、その言葉の持つ意味を否定することは、詩の成立そのものを否定することである。若し絵画的効果を意図するのであつたら、その意味の想念喚起に依るべきで、いやしくも形態の転用などは無用でなければならない。造形は、造形美術が十分に探求をすすめてゐる。詩が豊富な財を持ちつつ、何を好んで借款に赴かねばならないのか。貧困の語源はここにある。況んや、かかる試みを以て、詩的情緒に溌らうとする亜流詩人など、沙汰の限りである。

然しながら、以上の如き実験は、それが適正でなかつたことを知る上にも、決して不必要だつたと言ふのではない。僕達に、前車の轍を踏まぬ要心を教示してくれたことを謝すべきだ。

以上の様な誤解は、詩の世界に限つたことではない。一切の日本の知的現象は、この弊を受けざるを得なかつたが、多くの人々は、これを目して、後進国の悲劇であるとする。僕はさうは思はない。日本の芸術精神の、如何なる部分が後進的なのか、如何なる尺度が規準となつて、その後進性とやらは計られたのか、納得が行かぬこと夥しいのである。西洋と東洋の全く次元の異つた二つの精神が、遭遇によつて必然的に演ずべき葛藤とならば理解が行く。そこには、取るべき僕達の身構へと、行くべき途の考察が、可能性を持つて残されてゐるからだ。現代詩の混迷の源を可成り粗雑に探つたが、漸く僕は詩の本質と言つた様な正面切つた問題に立ち向ひ、そこから僕達の詩の姿を引き出して来なければならぬ段階に立ち至つた様である。

Ⅳ

嘗つて、彫刻家ポリュクレイトスと哲学者ソクラテスの間に交された芸術美の形式と内容に関する論争は、その本質把握性によつて、以後、倦むことなく繰返されて来た。ソクラテスは、精神的内容を直観的に表現することを以て、造形美術の任務であると論じ、之に対してポリュクレイトスは、例へば、人体彫像の美は肢体プロポーションの完全さにあるとし、一般に美の本質は、一定の数量的関係に基づくと、真向から反論したのだが、標題音楽と純粋音楽の対立的論争や、芸術史の方法論的論争、或ひは、現代美術の美への思考などに於て、常にこの主題をめぐつて論は展開されてゐる。詩を含めて、文学は、造形芸術や音楽と同列には論じがたいにしても、この二元論の普遍性は適用され得る。内容か、形式かと言ふことは、詩に於ては、所謂、思想か、技術かの問題に読訳されるであらう。この場合の思想とは、最も広義のものであることは無論である。

一体、思想が無くて詩が作れるかと言ふ批難は、「詩は言葉で創るのだ」と言ふ、マラルメの忠告の、浅薄な解釈で反駁されるが、紛糾の原因は、かかる二元論の提出それ自体にある。思考の主体である頭脳が持つその思考の実質を探り、之を表現すると言ふ両性動物的な作用を、確然と分別することなど至難の業である。ここに、一片の言の葉が、何気なく浮かび出て、是に附加される気味に、思想なるものが引き出されて行く、作詩上の常識が、前述の批難に見事な肩すかしを食はせ、マラルメの忠告を、にこやかに受理せしめる危険な精神状態が生ずる。霊感の美名にかくれて、思ひ附きの脚色専門家と成り下り、脚色の技術的操作の習練に専念して、それを詩作の精進と錯覚し終ると言ふ、二流詩人の通例はすべてこの常識への容易な信頼に由来するのである。現代詩の混迷は、またこの盲目の犠牲者から発せられる騒音であらう。

凡そ表現によつて創造を全うする芸術作品にあつて、技術の重要性など、言ふも愚かなことである。このことは同時に、Expressの語意の如く、押し出されるべき内容が、精妙な技術に堪へ得るものでなければならぬと言ふ意味を含んでゐる。更に、このことは、次の様な平々凡々たる事実を証明するのである。詩人の資格とは、内面的自已の確立であると言ふこと。この大前提が、今日程、忽せにされてゐる時はなく、従つて、今日ほどその認識の確実さを要求される時もない。又、もともと詩の技術などと言ふものは、幼児の蒙古斑の様に内容の成育と共に消滅する性のものなのだ。優れた詩人の詩作に、作為を感じ得ないことは誰でも知つてゐる。前に、その様な例として、僕はランボオを挙げたが、ほんの少しばかり気を落つけて考へれば、思考を言葉が表現すると信じてゐることから、技術に目の色を変へたり、脚色家に随したりする現象は起るのである。僕達が思考するのに、言葉以外の何に依るだらう。人間は言葉を発明して動物達を見下した。だが、思考がその言葉に制約されてゐる事実から惹起された、騒々しい世間の誤解や奇怪さは、果して動物達の思考の純粋性を示しはしないだらうか。と僕は反省するのだが、かかる反省から出発する時、詩の内容とか表現とか言ふ言葉の人も無げな無責任さに不機嫌にならざるを得ないのだ。もとより、創作された或る芸術作品の理解は、その形式を通じて行はれるのであるが、創作者の立場はとの順序を混同することを許されない。

過去の詩人達の態度が、詩の形態の簡潔性に比例して単純にすぎたとか、小手先の技巧に頼つて何となく詩と自巳とを瞞着したなどとは言ふまい。他人の苦悩、他人の精神推移、他人の修練、それらに対して干渉する権利はいささかも僕には無い。僕はそれらを存在事実として尊重する。各々の詩人によつて、悩まれ、考へられ、そして生み出された結論としての詩作は、それだけの精進の歴史を背負つてゐる以上、僕は相応の敬意は払つてゐる積りだが、にも拘らずその敬意を撤回したい衝動に駆られるのは悲しいことである。

僕達は、自巳をすべての思考の中心点に置く様に生まれついてゐる。僕達の頭脳を切開すれば常に自巳と言ふ赤い血が出て来るのである。この血は極めて執念ぶかく僕達の肉体と精神を構成してゐて、一刻たりとも離れることは叶はない。それは殆んど生命そのものなのである。抒情詩の成立はここに最も根源的な理由を持つ。元来、詩の性質が抒情にあることは、叙事的性格を持つ散文が異常に発達した結果、詩の存立を危うくした十九世紀のフランス文学に徴しても明確である。近代は自巳の発見と推進により性格づけられると同時に抒情の否定を目指したかに思はれるのだが、人間の抒情性は、合理的精神とか、科学的思考とか、唯物論的方法とかに、常に影の様に附いて廻つたのであつて、この両者を対立的に見、一方を以て他方を抹消しやうとする動きはすべて失敗せざるを得なかつた。今後も恐らく不可能である。発生的に感情表現の手段であつた詩はあくまでこの抒情性を担ひ、元々、事物の説明に用ひられた散文が叙事性を担当した近代文学の歩みは、近代が自巳中心の世界観に立脚してゐることに於て、断ち切ることが出来ない。僕はホメロスとダンテを以て、叙事性の詩の終熄と考へる。（聖書と経典とは自ら別個の対象である）形式上の分類ではなく、意識の主体に就いて申せば、イリアスの歴史的記録性や、神曲の人類的祈念の永遠性は、個人的関心をはるかに超えた、汎人間的意識に支持されたから、必然的に叙事詩とならざるを得なかつた。古代と、古代の復興の、偉大な文学的遺産を僕達は完成された絶唱と受取るが、もはやかかる世界は生み出さるべくもないことを、自巳の存在感覚によつて感ずるのである。

現代は、個性を抹殺する全体主義的圧力の下にあるとは言はれる。確かにそれは事実である。だが、一度染められた布はもはや生地に還り得ない様に、自巳を獲得した人間は、如何なる圧力に圧されても是を放棄できないのだ。或ば、無惨なる搾り汁位は滲み出るかも知れないが、色を失ふことはない。現代詩は、この搾り汁に似てゐる。若干の人々に依つて、戦後、新らしい叙事詩の創造が試みられた。それは目的の妥当性は持ちながら、詩の本質的な判断に欠けてゐた故に、明白に失敗せざるを得なかつた。

早　春

1

遠のいていた親しみのない空が降りてき
河下から
海から
がさがさにささくれ立つた広々とした氷の河
　面を　生暖かい風が撫でた（北川冬彦氏「汎濫」）

に始まる長篇叙事詩の創造を貫くものは、ヒューマニズムであると言ふ宣言は正しい。蓋し、ヒューマニズムなき詩人など考へられぬからだ。しかし、叙事詩と言ふ形式が、何故に唱へられざるを得ないのか。「内部の抒情に陶酔することを許さない」（同氏「詩の話」）時代が、何故に叙事詩と言ふ滅んだ形式に執着するのであるか。内部に対すると同様に、外部に対する精神、強烈な自覚に支へられ鋭どい現実直視を持つた詩精神が、自巳を座標軸とする新らしい詩を創造するとき、それが如何なる工作によつても叙事詩たり得ないと言ふ事情は近代性の考察から引き出される鉄則ではないか。僕は自巳を離れ得ぬ所以と、その正当性を述べたのであり、僕達の詩が、抒情詩とならざるを得ぬ必然性を申したのだが、抒情と言ふ言葉を誤解されぬために、以下、その性格に就いて若干の説明を附したいと思ふ。

自巳に集中された強力なる創造的精神は、一面的な関心に執着することを許されない。多様性とは、自巳に可能なるすべての場に対する精神関心の指示板であるる。一つの方向をのみ固執する偏狭な精神は、生の流転に堪へ難い。過去であれ、現在であれ、未来であれ、現実的な感覚に依つて捉へられる対象は、すべて、摂取される必要がある。豊穣こそは、創造の必要にして十分なる条件であることは、古来、偉大な精神の繰返し説いた所である。現在、所謂詩壇には、様々な意匠がある。それらの分類に僕は何の興味もない。僕が興味を感ずるのは、かかる様々な意匠が、明瞭に区分されて存在し得ると言ふ事実、換言すれば、さうした詩壇を甘んじて形成する詩人の表情に就いてである。詩人達は、自らは自己に忠実だと答へるかも知れぬ。だが、忠実なる自己自体が、積極的な意慾を欠いた自己の世界を固執し、住めば都式の安座に納つてゐるのなら、事情は極めて深刻である。偏見からか、憶病からか、或はものぐさからか、まことに居心地良さささうな多くの詩人達の表情に、僕は抗議を呈出する。

詩は豊穣であり、詩人は豊穣を求めねばならない。成巧と失敗とに拘らず、かかる豊穣への精進に堪へた詩人の座が、あの安座と異なること月とすつぽんの比でないことは、周知の事柄である。貪慾なる関心の常在、旺盛なる摂取と消化。この馬鹿げた標語を掲げるほど貧困の度は激しく、詩と言ふ枠の内部は住みよいのか。詩人は、もう出て来るべきである。誤解を避けるため、駄目押しをするが、摂取と消化にあたつては、前にくどく述べた実験の失敗を慎重に参照する必要がある。

V

自己に集中された創造的意慾が、その置かれてゐる現実相に惹かれると言ふことは、最も平明な公理である。現代詩はこの公理の下に蠢めくが、現実と言ふ言葉に関する一、二の紛糾を扱はねばならない。

現実的関心とは今日の合言葉である。凡そ合言葉ほど、用ひる当人にはまことらしく、その実、空虚極まりないものは無い。土台、この様な言葉を事更に唱へることが奇怪なのである。日本人が平気で日本的趣味だなどと言つてゐる僕達の周囲の痴呆状態では、当然な事なのかも知れないが、真実、生を直視してその意味を思ひ廻らせば、自己と切つても切れぬ関係にある現実に目の向かぬわけはないのである。それを向かぬ振をするのは、現実的関心と言ふ言葉への、殆んど先天的な嫌悪感からとしか思はれない。いい加減に、星菫的な令嬢気取りなど止めねばならぬ。現実的関心と言ふ言葉は、すべて悪用された言葉がさうである様に、途方も無い濡衣を着せられて悄気返つてゐる。悄気返らせて置くのは、全くこの令嬢たちの虚弱な精神の責任である。詩人の創作活動が真に現実に立脚するならば、この言葉に着せられた勝手気侭なプロパガンダの臭ひのする濡衣など立所に破り捨てられてしまふであらう。現実への関心に最も直接な、働らく人々の詩は感動的である。是に反して、働らく人々に手を加へる者の詩は醜悪だ。同様に、政治への真剣な関心は、人の心に応へる詩を創り得るが、政治に利用せんとする様な意図は、詩の門すら叩くを得ぬ。その区別がつかぬ程、人人は無智ではない。そして、この種々なる境遇に生きる僕達が、共通の主調音として聞く音が、現実的関心の真の音であることを知る時、所謂サークル詩が直ちにプロパガンダであると考へる小児病的感覚も、已れのみが働らく人間の歌を知つてゐると思ひ違ふ小英雄的感覚も、自ら消滅するのである。そこには、自己による現実の認識があるのみだ。かかる認識から発せられる詩が、如何なる形をとらうとも、もはや僕達は、白眼視することもなく敬遠することも要らないのである。

凡そ、芸術作品にして、作家の生の自覚の何らかの意味に於ける産物で無いものは無い。美学は、その意味を説明して、アリストテレス以来、或は遊戯本能であるとし、或は、快感への衝動であると説いて来たが、難解な形面上学的言廻しを用ひる迄もなく、人間の生と言ふ大地を離れて芸術作品は存在する事が出来ない。作品の享受、鑑賞はその人々に取つて彼等の生の度毎に新たなる認識であり、作品の創作とは、作家の生の度毎の帰結に外ならぬ。創作と鑑賞とを問はず、自己の生の意義を認識せしめんと働きかけて来る作品のみが、永い時間と広い空間とに堪へてその生命を全うする所以は、ここに以存する。詩人にとつて、詩とは彼の生の何らかの形に於ける表現である以上、優れた詩とは、反射的に詩人の高度な人間性を要求するのであるが、この様な人間性が、彼の実存する現実を離れては何としても成立し得ぬ事は、言ふ迄もないことである。然らば、詩人の、否、広く作家の現実的関心が、如何なるヴアリアシオンを取らうとも、常に存在せざるを得ないと言ふ事実も疑ふべくもないのである。現実的関心への偏狭なる誤解は、芸術作品の有する、かかる生への不離性の認識の欠乏から生じたものであつて、芸術の為の芸術とか、詩の為の詩などと言ふ奇妙な言葉さへ生み出してしまつた。僕達の豊かな精神はかかる偏狭さを破棄するであらう。所謂、自然主義的、現実主義的な規格の中に僕達の生を閉じとめて置くことはできない。抽象的世界であれ、神話的世界であれ、人間の生の認識と言ふ唯一の燈火を捧持して、僕達は踏み入るであらう。社会的不安が、今日の如く、生を脅かす場合には、もとより僕達はこの燈火を振り向けやう。之は決して曖昧な態度ではない。曖昧と感ずる精神の方が曖昧なのだ。一般に、詩の表面に露はな現実の姿が具現されてゐない場合、そして浅薄な批評眼が紙背に透徹し得ない場合、それだけの理由を以て単純に現実性の稀薄と言ふ烙印を押し去る態度は、もとより排すべきではあるが、逃避の世界が、明らかに逃避のみに終始してゐる限り、僕はその様な態度も止むを得まいと思ふ。何故ならば、かかる詩はすでに自ら詩たる資格を放棄したに外ならないからである。勝義に於て、象徴は詩の性格である。対象の主観的描写と言ふ過程を通り抜け、内面的掘り下げが進行する時、詩精神の表出は様々な仮象に託される。この表出の機能を呼んで個性となし、詩人の存在の保証とするのだが、その表出は、如何なる意味と場所に於ても　常に仮象である点に根本的な性格を持つてゐる。僕達は、さう言ふ性格を前提とすればこそ、前述の浅薄な態度を捨てるのであり、従つて或る詩作がかかる性格を前提とせず、単なる表面的世界に遊戯する時、止むを得ず之を非難を加へるのだ。表現は押し出し出すべき内容なくしては生まれない。生の認識に積極的な努力を傾けることなくして、如何なる詩も存在の認可を与へられぬ。端的に、ここに一つの幻想の世界があるとする。幻想は逃避の直系の子であるが、さう言ふ純真な系列を容認せぬ、強靭な幻想もあることを忘れまい。人生の肯定には、無自覚なそれもあれば亦、血塗れの否定を重ねた挙句の肯定もある如く、幻想にも現実なくしては考へられぬ次元の高いものがある。僕達の認めるのはそれのみである。僕は煙楽や休息に就いて言つてゐるのではない。詩作には休息はない。よしんば休息の綱を装つてゐても、感動させる力を持つ作品はそれだけの裏付けに支へられてゐるのだ。この事も、詩人の資格に就いて極めて厳しい規定を語つてゐる。よく、流行の晴着に眩惑され空虚な実体をその中に包み隠してゐる、一見華やかな態裁がある。彼等は明らかな失格者だ。又、之と対蹠的な立場に立つ一群の詩人がある。彼等は、現実的な関心に於て遙かに前者を凌いでゐるし、自らもその自負を信じてゐる。それ自体はまことに有意義であるのだが、嘗つてレアリスム文学が、何等必然性なきレアリテの冗慢な描写により文学を硬化させた様に、むしろ感傷的観察に堕してゐる姿は、無意義である。恰も作品の観照が畢竟自己告白である如く、現実を見凝める人間の精神は、自己の段階以上のものを感受し得ない。感傷的レアリスムは、竟に現実に感傷する以外の結果を齎らさないのである。かかる空虚な精神が、うろ覚への認識論を振り廻し、生半可な主義を標傍する時、詩は本性を誤まられ、混迷のみが深まらざるを得ない。

以上あげた、二つの顕著な世界の中に、偏狭を破り覚醒を求めて僕達が入つて行く事は、或意味では危険極まりない冒険である。だが、詩は、その本質に基いて敢へてそれを命令する。この時に於て、僕達が燃やし続ける唯一の燈火。自己の生の認識と言ふ焔は、嵐に抹殺されやうとする。だが、何々主義、何々派を自ら表看板とし、その上に安座して世渡りを為さうと心得る如き虚弱な精神は、苟くも厳粛なる生と対決する気魄から程遠い。而して、かかる生との厳粛なる対決が、如何に痛烈なる覚悟を作家に要求するかは殆んど言ふを知らぬ。だが、国民文学とか民族文化とかが、何故に日本に生れぬかと言つた遼遠な問題が、実はこの最も身近な所に根を持つてゐることを思へば、その先駆たる責は又、詩人に課せられねばならないのだ。詩人はもう出て行くべきである。

現代は不毛であると考へることが今日一般の常識となつてゐる。科学の驚異的な進歩とか、戦争の恐怖とか、神の喪失とか、物質文明の圧迫とか、精神的安定の消失とかが、寄つてたかつて現代人を乾し上げ、荒涼たる風土に化し去つたと認識することが、知識人の常習となつてゐる。この認識は全く正しい。歴史のどの時代をとり上げても、当時の真摯な人々にとつて危機でなかつた時代は無いし、歴史とは、その様な人間の危機感にゆらめく言葉で綴られた記録に外ならないが、その意味で、現代も又危機である。ただ、その危機なり、荒地なりの度合が、過去に比して、果してどれだけ大きいかは、僕達が感傷的に考へてゐる程ではなからうと言ふ事は、譬へば、十字軍の記録とか、フランス革命史とかを通じて感ずる所であり、飛鳥の仏像や、鎌倉の絵画の教へる所でもあるが、兎も角も、僕達にとつては、容易ならぬ時代であるに違ひはない。然し、現代と、僕達の直面する現実、即ち日本の現実との間には少しばかりずれがあることを知るのも少なからず意味がある。僕達は、第二次世界大戦に於けるファシズムへの抵抗が、フランスの詩の心をどんなに熱烈にたぎらせたかを容易に知ることが出来るし、それらの心が必然的に、どの様な精神の航跡を残さればならなかつたも推察に難くないが、日本に於けるフアシズムへの抵抗が、どの様な苦闘を行つたかを知るのは、決して容易ではない。又、強力な資本主義機構の重圧と、神の問題に絡まる精神の不安との賣苦が、西欧やアメリカの知識人の相貌をどう変へたかは、よく理解出来るが、日本の知識人が、それそつくりの相貌を粧はねばならぬ精神傾向を理解する事は困難である。荒廃とか荒涼とかと言はれる風景のあまりな安易さや、抵抗の対象の不純性や、又、詩人自体の西欧的合理主義精神の衣の下に見えかくれする東洋の抜き難い生命観と言つた、言ふ方なき現実の顔が、いち早く目に飛び込んで来るのである。是を複雑怪奇と取り澄ます事は許されない。否でも応でも、僕達の現実認識は、日本と言ふまことに特殊な風土の認識と同義たらざるを得なくなるのだ。僕は前に、象徴詩の移入が、技法の移入に終つた事が、日本語の性質に所以を持つ事を述べた。言語は民族の絶対的な表象であり、翻訳に馴らされた日本人が無条件に信じてゐる外国文学が、実は全く異つた意識に支へられたものであることなどは珍らしい事ではないが、同様に、生まるべき必然性を以て生まれた、譬へば抵抗詩や、荒地の運動が、その必然性の稀薄な風土に口うつしに移殖される事によつて、どうしても生ぜざるを得ぬずれは決して軽視は出来ないのである。移殖自体は、少くとも無意味ではない。しかし、かかるずれを無視して、前衛的意気に燃えるのは甚だ危険である。外国の影響を拒絶せよと言ふのでは無い。あまりにも従順に彼地の流行を模倣する服飾家並の軟柔な精神に疑惑を感ずるのだ。その影響の取扱ひに、僕達はもつと細心でありたい。変転する時間的環境と、異つた風土に育まれた特殊な種では無く、汎人間的な普遍性を持つ思想に、僕達はもつと敏感でありたいのだ。

日本の過去を振返つて見て、僕達はそこにあまりにも僕達と近い混迷の連続があつた事に驚くが、同時に又、吸収した外国文化を見事に同化する強靱な精神に力づけられる。言ふまでも無く、日本の歴史は、外国文化の吸収同化の繰り返しであつた。外国とは主として中国であるが、仏教と言ふ強大な精神の浸透が、先づ推古から天平を経て平安時代に到る間に、どの様に同化されて行つたかは、一種快感を以つて造形美術史が語つてゐる。この時代の融合が如何に日本の本質に迄達したかは、第二の同化完成たる桃山江戸時代が、平安の復興から始まつた事にも明らかだが、かかる時代が現在にまで曳いてゐる尾は、想像以上に長く太い。譬へば、「あはれ」と言ひ、「さび」と言ひ、明治以来何らかの形で否定され、前近代的な感覚として西欧的合理精神の嘲笑の的となり、是を口にする事は、現代人としての資格の欠如とさへ目されてゐる感覚が、なほ脈々として僕達の生活を底流してゐる事を、僕達は悲しむべきなのか。確かに是等の感覚は、今日速度と感情から取り残された要素から出来てゐるかも知れない。今更、是を云々することなど殆んど狂気の沙汰と言はれやう。だが、西欧合理主義精神が前近代的なるかかる感覚を摂取する事で、自らの欠除せる部分を補はうとする時、その亜流たる日本文化は、如何なる態度を取ればよいのか。日本の特殊性とは、かかる深刻な症状を呈してゐる。その中にあつて僕達は、時が解決する問題だと傍観は許されない。と同時に、凡そ何々主義とか、何々運動を名乗つて、この混迷を脱出せんとする試みが無為以外の何者でもない以上、僕達に残された態度は、今までにくどくど述べた所に必然的に帰着せざるを得ないのだ。この漠然たる態度は、然しながら過去に於て偉大なる詩を創造した詩人達のそれである事を知る時、当り前な心掛け以外に創造の秘密は無い事を肝に銘ずるのである。それとも現代とは、かかる当り前性の軽蔑に成立するのであらうか。

VI

最後に、ごく末葉な事柄をつけ加へる。日本現代詩に於ける表現技法に就いてである。かかる詩作の秘儀、詩人の錬金法を白々しく書き連ねるは愚かな限りではあるが、蛇尾に終るを恐れて一試論を記す。

僕達の現実が日本の現実である様に、僕達の詩の素材は日本語である事を前提として先づ確認して置きたい。

言葉に対する僕達の信頼感は、その形態的印象でもなく、記号としての形でもなく、又、発声に依る響でもなく、その意味に全的に依拠してゐる。僕達が実感を以て理解し得るのは、世々相継ぎ伝はつて、僕達の内面思考体系の唯一の構成要素となつて居る日本語の意味に対する信頼感であるが、僕達に詩をも信じさせる根本の理由もそれである。僕達は、そこに於て全く自由であり、意のままに是を撰択する事が可能である。従つて、この意味に託する信頼は、僕達に言葉の撰択の厳格さを要求する。これは詩人たる以上、必須の心得であるが、一言で言へば、現代の饒舌に僕は愛想を尽かしてゐるのだ。日本の詩歌の卓越した特性は、余計な事を言はぬと言ふことだつた。三十一文字や十七文字と言ふ枠の中で、最高の存在を持つ言葉を探る苦心は、多くの歌人俳人が語つてゐるが、詩型の自由を感違ひして使用語の無際限な採用に堕した誤謬を、明確に訂正せねばならない。余計な事を言はぬのは勿論、一つの事は一語で言ふべきである。厳正な批判撰択を以つて発想の淵を探るとき、必ず言葉は一個である筈だ。「世の中に、一つとして同じ木、同じ石は無い」とはフロオベルの言葉だが、同様に、世の中に一つとして同じ意味の言葉は無いのである。ああも言へるがかうでもよいと言つた、日和見的な詩魂を軽蔑したいと思ふ。従つて、過剰な形容詩や類似詩の使用は許さるべくもない。ぎりぎりに締めつけた圧縮感、濃厚な密度を望まねばならない。比喩に就いては、その可否の場合に就いて多くの事を言ふべきだが、ここではただ、比喩に使用される言葉が、それ自身でも存在価値を持つてゐる場合以外は拒否したい。元来、存在に堪へぬ比喩と言ふものは有り得ないのである。

等しく、感嘆符や疑問符に就いても、是等の符号の使用を要するのは、語句の弱さに依るから、又、符号の使用が詩の純粋性から遠ざかり、絵画性へ近づくと言ふ理由から、拒否しなければならない。之に反して、ルビの使用は有意義である。ルビと言ふものは、その言葉の密度を倍加する作用を持つてゐる。是は語句の撰択以後にあつて、一層豊醇性を増す、極めて有効な、日本語に特有な性格として、活用に価すると言はねばならない。

語句の撰択は、次の段階として、その配列、一般に詩と散文とを区別する最強の性格たる音楽性への配慮へ進む。何よりも音楽を望んだヴェルレエヌの初歩的旋律性から、ランボオの内面喚起性へ進んだ詩の音楽性は、詩の発生期から終始結合を解かなかつた性格である。

詩に於ける音楽性とは、外面的なものとして韻律、内面的なものとしての律動感に要約される。日本語の韻律は、五七調などの固有の定形によつて永く愛されて来た。なほ、僕達に少なからず共感を与へるが、全的に適合するとは言へなくなつた。福士氏や佐和氏の詳細な研究でよく理解できる様に、それらを用ひての作詩に、僕達は自信が無い。この自信の喪失は、マチネポエティクの人々の実験の結果に裏付けられてゐる。従つて、当面の音楽性とは、詩の内在律動感を指すのである。詩句の一語一語、それらが形成する各行、そしてその集合たる一篇の中に内在する律動感の謂である。それは、内容の生命に依つても自ら生まれるであらうし、語句の密度の濃厚さからも生ずるだらう。単に強勢弱勢や、抑揚に依るのではなく、多分に観念的な喚起性を指すことに重要性がある。一種、無責任な言方ながら、かかる音楽性は、各人の心理と生理に依存するが、それは、共通の時代精神の下にあつて殊更に説明せずとも、十分に納得できる性質のものであると僕は思ふ。現代が機械の時代であると言ふ事情が、人間に強ひる速度感は、日本に於ても一般である。僕達は知らず知らず之に共通の反応を示してゐるのだが、かかる共通性を信頼したいのだ。念の為に言へば、これは、機能主義の主張に要約されてゐる。その歴史を記すことは省略するが、装飾なき形態こそが、新らしき時代の美であると言ふ観念は、現代の積極的な方向として首肯できるであらう。就中、工芸品に就いて為されたこの主張は、まさしく現代の機械支配の本質を見極め、それを人間生活に従属せしめんとする極めて健康な運動であると思ふが、僕は是等の工芸品の明確、単純、端正な律動感に心を惹かれる。それは譬へば、航空機の形態であり、一本のシガレットの無駄のない形から響いて来るのであるが、この律動感は、生命の本性と現代の要求する速度との一致に於て生じた、高度の内面的安定を持つてゐる。ここに、僕達が、安心して依頼し得る音楽性を求め様とするのは、あくまでも、それが僕達に殆んど先天的な実感を以て作用するからである。この原調の上に立つ、各人の変奏曲は、もはや各人の資質に委ぬべきであらう。

風土と遺産を点検し、創造へと進むなどと身構へながら、結局は判り切つた事を、判り難く持つて廻つたにすぎない様である。然しながら、この恐るべき混迷を前にして途方に暮れない為には、牛の様な鈍重な執着も必要なのである。

日本の秋は相変らず美しい。この様な美しい自然に包まれつつ、あの様な深刻な苦悩を味つた、幾多の詩人の業跡に無遠慮な批判を為終へて、僕は一種後悔に似た感情を持て余してゐるが、それを自然の美しさで紛らすのを、分に過ぎた事だとは思はない。この自然にも宿る今日の苦悩を、僕はよく知つてゐるからである。

秋

茨木のり子

1

いちにち
秋の雨がふる

ロウリエの繁みにひそんでいる
ポプラの梢を渡つてゆく

しかとわからぬものたちの
ものうく暗いさざめきが

かまどの赤い火をさそい

2

〃君の一生が
たつたひとつのものだとおもうと
僕は責任を感じるなあ……〃

妻は黙つて頬をよせた

〃あなたの肺葉切除のメスが
だれの上にも
そうして光りますように……〃

うたつている
うたつている
ヒマラヤ山の杉のこと
レスボス島の古いうた

いちにち
秋の陽がのぼる

海の真珠をふとらせる
紀州の蜜柑をたわませる
しかとわからぬものたちの
ポルカの小さな踊りの輪

志野の陶器の古壷を
まわつている
まわつている

祈りが流れ……
星が鳴つた……

出帆に
凶作の銅鑼がひゞき
積荷する山の幸海の幸なく
したしい友よ　ゆくてには
黒パンとポテトのくらしが待つている

けれど純金の鋲を打つた
あなたたちの愛の詩集は
世界の本屋のどこにもない
光芒を放つこともできるだろう

祝婚歌！

美しい始源に手を振る……。

オトギバナシ（C）

川崎　洋

1

ツキノヒカリニ
オニ　ガ　カオヲアラツテイタ

ツキ
「ダメダヨ　オニ　オマエナンゾ
カオ　アラウ　ガラデワナイ」

オニ
「ボクハ　アタマノツノヲニギリシメ
カオ　ヲ　ヒタシタダケナノニ」

サカナ
「オニ　ハ　ニンギヨ　イナイカト
ミズノナカヲ　ノゾイテイルノデス」

ゲンゴロウ
「アオイミズ　ユレタノデ
ヒトミヲコラシテ　スカシテミタラ
オニノカオガ　ノビチヂミ　ユラ·ユラ
デモ　ミニククナカツタヨ」

2

オニ　ナキジヤクリナガラ
ツノヲナデ
ツキ　ニ　タヅネラレテ
オニ　ムネ　ドキドキシテ
ハラハラシテ　コマツテ
シタムイテ

ミズスマシ（イ）
「オニハ　スケベデス
シツテイマスカ　？」

ゲンゴロウ
「ソノトキ　オニ　ナニモ
イワナカツタノ　？」

ミズスマシ（ロ）
「オニ　バカミタイニ　ポカントシテ
ニンギヨ　ヲ　ミテイタ」

ミズスマシ（ハ）
「ニンギヨ　オニ　ナンカニ
フリムキモシナカツタヨ」

ニンギヨ　（ウタ）
「ツキノヒカリニ　カミヲクシケズル
ワタシノ　シナヤカナ　シロイテ
シロイユビ
アノ　アオイ　ニンギヨヘノ　アイノウタガ
トドイテクダサイ
ミズヲクグツテ
コウシテウタウ　ワタシノウタガ
トドイテクダサイ」

シズカニキイテイル　ゲンゴロウ　ツキ
ミズスマシ（イ）（ロ）（ハ）

オニ　ウロタエテ　ミズニオチル
ヌレタ　オニノカラダ
ツキノヒカリニ　キラキラヒカル
ミズノナカデ　ミヲオコシ
アタマニ　テヲヤツテ
チカラノカギリ
ツノヲニギリシメ

3

タイヘンナコトガ　オコツタ
オニ　ガ
アノマヌケ　ガ
マホウ　ヲ　テニイレタ

ニセ・アカシヤノ　キノハツパヲ
アタマカラ　カブリ

ジュモン　トナエレバ
チラリ　コンナ　フウケイガミエル

恐龍達は何やらぶつくさいいながら
ぞろぞろ歩いていた
なめらかな鹿の尻の向うに
巨きなあかあい陽がもう沈もうとしている
涼しい空気をぱくぱく喰いながら
立ち止つてそれを眺めている龍もいる

オニハ
クチヲパクパクサセナガラ
ヨツパラツタヨウナ　カオヲシテ
ソバデビツクリシテイル　ゲンゴロウヤ
ミズスマシタチニ
「ドウダ」

ゲンゴロウハ　オニ　ニ
コレヲ　ニンギヨニミセルトイイ　ト
カンガエブカゲニ　ユウ

オニ
パクツ　ト　クチヲアケル

4

ニンギヨ　ヌレタシロイカラダ
イワニ　モタレテ
カミヲ　クシケズル
オニ　ソツト　ソバヘヨル

ヨル
ツキノヒカリ
ミカンイロ　ニ　アタリ　アカルイ

オニ
ニセ・アカシヤノ　キノハツパヲ
アタマカラ　サラサラ　カケル

ニンギヨ　ヒラリ　ト　コチラヲムク

オニ　ヒツシニ　ジユモン　トナエル

「枯木のようなものが空をとんでくる」
「雲の中に入つた」
「雲を出てとんでいく」
「あ　虹をくぐつた」
「枯れた色が虹の色に変つた」

――水　音――

（久米の仙人の　物あらふ女のはぎの白きを見て通をうしなひけんは、誠に手あしはだへなどのきよらに肥えあぶらづきたらんは、外の色ならねど、さもあらんかし。）（兼好）

ニンギヨ　ミオワルト
チラリ　ト
オニ　ヲ　ミル
オニ　メヲツブツテイル

オニ　ウツスラ　メヲアケル

ニンギヨ
クロカミ　クチ　ニ　アチガイ　ハデシゴキ
アゴヲ　ツキダシ
イー
ヲスル

5

オニ　カオヲアラツテイル
ダマツテ　ダマツテ　カオヲアラツテイル
ゲンゴロウ　ソレヲミテイル
ミズスマシモ　ソレヲミテイル
ツキモシズカニ　ソレヲミテイル

オニ　カオヲ　アラツテイル

ゴヤの絵

舟岡遊治郎

身をかたむけて水平うちに
イスパニヤ叛乱民をうつ兵士……

ゴヤがえがいた絵の背景は
暗黒の空で
遠くに教会の尖塔がとがる

　手をあげ
　顔をおゝい
　その前に立たされている人々は誰か？

米がなく　その米がとりあげられ
金がなく　その金がとりあげられ
生活がなく　その生活が外国人フランス
　のブルジョアにとられ

そして正しい叫びをあげたとき
つけ剣をして山高帽のフランス兵士がやつてきた
身を目標にかたむけて
農民達をひとまとめにして
ならべてうとうとしている

かたわらでは
身をおろおろさせてみているものが
目を掩い耳を掩つても立去りきれないでいる

このうたれようとする者は他でもない
米が欲しいと云いきつた
本当の声をあげたがゆえに
鉄の塊をぶちこまれようとしている人々
時は十九世紀ではあるけれど…

火葬場にて

吉野弘

ガソリンをかけられ
死体は一瞬火につゝまれた。

魂が
退《ひ》け時のサラリーマンのように
愛情のない身輕さで
飛び去つた。

ついに
胃の腑とは折れ合いがつかなかつたのだ。

腹だたしい
魂の昇天。

死体は
脂の乗つた鰯のように
勢よく炎を噴きつゞける。

どれほどの時間がたつたか。
黒い天井の
隅の小窓があいて
眼。

〈まだ燃えてますぜ〉

〈燃えにくいんですよ　腹は——
　腹には　暴君がいらつしやるから〉
と、　おんぼうのだみ声。

麦の穂の触れあう音を聞き乍ら
一人の男の　つぶやくような追悼。
〈胃の腑、　人生を内臓す〉
青い麦の穂に風。
白い——。

呼びかけをもつ四つの詩

谷川俊太郎

1

鳥よ
空は何処にあるのか
星よ
おまえのまわりに鳥たちは群れ飛んでいるのに

2

山々よおまえを越えると町がある
祭はいつも賑やかだ
だが旅するものは踊りのさなかに
ふとふたたび遠く山々を見る

3

おまえの青は何と深い嘘なのだ　空よ
おまえの終りに私は立つて
そこからすべてをやり直す
鳥のように　おまえを見ずに

4

遠さの終る所にもう腰をおろして
おまえはすべての遠さを歩いた
おまえは帰つてしまつた　死者よ
墓の上に憧れに無縁な天がある

後記

今号より、新しくエッセイスト水尾比呂志君が参加します。彼は一九三〇年大阪に生まれ、小生とは九州の中学校のクラスメートであり、またそれ以来の詩についての話相手、お互の作品の批評相手でもあります。現在小生の家に一諸に居ますから、通信は小生方としてお送り下さい。次号から彼の現代詩人論他を予定しています。

櫂も発行以来欠号遅刊なく今日に及んだのも、多くの先輩諸賢、特にその都度長文の批評をお寄せ下さる嵯峨、長江、鮎川の三氏、印刷についてお骨折りを戴く長島三芳氏の御援助のおかげと有難く存じて居ります。又櫂に宛てて、その発行誌の御寄贈を恭くした沢山の文学グループ諸兄姉には、今後とも何卒厳しい御批判をお願い致します。櫂としても、御批判に対しては腹臓なく思う所を述べ、お互いに歯に衣を着せぬ論議の場を作りたいと思います。

末尾ながら、水尾君を通じて、彼が研究の手伝いをしているバーナード・リーチ氏より、カットを戴いたことを心から感謝致します。（洋）

櫂 第四号（隔月刊） 領価50円
一九五三年十一月一日印刷発行
発行責任者 茨木のり子
編集責任者 川崎洋
発行所 横須賀市深田台砲台山アパート 川崎洋方 櫂の会

櫂
V

季節

ひるがおのようなものがどこかに伸びて
女が　砂浜に埋まつている
砂は　見えないものに向かつて
一面に埋めつくそうとしている
女は両の手で　砂をただ無闇に
異様にかき散らして
時々　長いかん高い声で叫ぶ

女の家は　どこなのか
女の母は
その女の好きな　服の色は　あの夏の色は
冬　固い鋪道を歩く靴は
針仕事の　静かな一日は——
いつも目の前で会う
白い小さい花が咲く
あの道をとおつて行く人

見る

私が風景を見るとき
風景は私の内で広がる
だがその時　流れは音をたてるだろうか
風は土手を過ぎるだろうか
もう私のなかの風景の

そのなかの人は
私を見るだろうか
私に気ずくだろうか
この去る早さの
人は　風景と共に
思うまい

砂浜は　どこの海につづくのか
どこから運ばれてきたのかその砂は
波の音のきこえない　一面の限りない砂浜
海は去つたのか
船の影が　ひつそりと通ることもない
女の声は　何かを吸い込み
かなたに送つている

それは
わたしの中で
町々を　一日一日を　花咲かせ
大地を波立たせているのだ
わたしの外で　時の川を　押し流すのだ
溺れた樹木をうかべ　獣の眼をみせ
深い沈黙にしずめて　人々を

時間が遠くにかえる
また戻る
私の中でゆききする　点になる
そして私は立つている

風景のなかに　自身はどこかも考えず

その時はじめて私は真実に知る
陽や　風のかすかな手さえそこなわずに
私の眼はあらゆる物に自由に
触れているのを

中江俊夫

北から歸つた人

茨木のり子

〃ハバロフスクの側に長く抑留されていました
ソ連の将校が可愛がつてくれました……〃
目をふせて　ひつそり言う

陰惨な風が草をおこすように
一瞬通りぬけたのが傳つた……

あなたの少年の日のこわれ方は無残にみえる

美しい叔母たちがまつさきに見離し
異常のレツテルをやすやすと貼る
高價な鮭の燻製をバスに忘れて
のろのろと行く　たよりない使者に

秋

秋はあまりに遠くまでも見せるので
私はかえつて死に狎れてしまう
だがまたやさしい身ぶりや
生真面目な顔が
遠い合図のように
私を新しい方へふり向かせる
私は光がうろたえながらかくすものを見
風が云おう云おうとして云い得ぬものをふと聞く

空は透き通り
空でないものがその青さをあらわにする
歌はとだえがちに帰つてゆくばかりなので
私は沈黙を歌のように歌い
沈黙もとどかないところを
幼いもののように無邪気に指さす
その時私はどんなものをも持つことが出来る
私は城を画いては消しして遊び
海を私の涙の中へかえしてやる

夜ふけてひとりの妖しい対話に……

粉々に砕けてしまつた玻璃！

哀惜のこゝろに溢れ　ちかぢかと寄れば

若い従弟の長い睫毛だけは変らず
ぐみの樹下　ままごとの記憶が
ゆくりなく　よみがえる

〃あなたを捉えるものが
もう何ひとつないなんて！……〃

〃…………………〃

いびつな修理の痕跡をとゞめた私は
だまつて
林檎をむいてあげるばかりだ……。

大層曖昧な誰かの命令が
ゆつくりと陽を動かしているのを私は見る
日向を選びまた影を選び
私は私でないものの恣意を追う
その間にひとや樹や本やパンと
忙しそうにじやんけんをし
いつも気ずかずに負けている

だが憧れも去つたりはせずに
また情念も帰つたりはせずに
ただひろがりが自らを守つている時
私はその中で急に泣き出したりはしない
私はただ季節が持ち去り持ち来たるものを計り
いろいろなしるしに気ずきかけて気ずかずにいる
終るものも始まるものも信じないで
秋の中の自らの姿を
どんな心もなくふと点景のように思い描いたり
する

谷川俊太郎

散策路上

吉野 弘

道を曲ると 人気《ひとけ》のない露路の向うに、老人がひとり 暮れかゝる西の空をぼんやりと仰いでいた。おそらくは世の愛憎にかゝはりをもたぬしづけさで 長いこと ひとつとこにじつと立ちつくしていた。わずかに腰がまがり 品のよい梅の古木を想はせた。

近づいていつた僕の 五六歩さきのあたりで 老人は不意に動いた 矢庭に 何かを踏みつけると それを 下駄の歯で 入念にすりつぶすようにした。

虫であつた。みどり色の血が 土の上にうすくのびひろがつていた。

景色は

景色はいつも僕の前が・僕の足もとからがすべてである
この登山帽の鍔を越えてから
向うの山あいに消えてしまうまでが僕にとつては雲だ
あの山の向うで
今、若者が娘の肩を抱いて分け入つていつた林の道や
誰も居ない麦畠の上を
流れていくのかも知れない雲は
もう僕には雲ではない

　老人は　何事もなかつたように　再び空を仰いだが　彼は只　自分にとつて嫌らしいものを遅疑なく始末したまでのことであつた。

　既に幾十星霜を経た老人の内部《うち》には　事物の一切の價値が　彼自身の骨の組合はせのように　頑固な序列を保つているに違いなかつた。

　僕は　柄にもなく戦闘的な気分になつて頬を熱くしていた。

そして
雲でない雲や
景色でない景色を、僕は僕につめこんで
登山電車に揺られながら
景色の中を更に頂上へと斜めに上つていく

川崎　洋

てがみ

多分　ある日
ぼくを想い浮かべながら書かれたものが
手紙である

つまりは宛名で　住所で　手蹟で
送主が「ごきげんよう」と云つてきたのだ
あるいは拝啓なぞ書いて
あるいはみんな刷り文字で……

お天氣の日の會議

会議中
ふと
いつせいに喋りだす窓外の樹々達

まつさおに晴れた空からのひざしを浴びて
あまりに楽しそうにおしやべりしているので
ぼくもつい
そちらの方に加わりたくなる

そうするとぼくは
やはり拝啓らしい顔になる
招待状うけとつた顔になる

したがつて
あの人のまがつたペンの
昭和廿八年××…という日附けをみると
〝やあ〟とわらつてしまうのだ

封を切ると
「こんにちわ」というでだしです
「こんにちわ」

もつと素直に会議をやらないかな
「議長！　今日はこんなに良い天気です」

樹々の葉はあかるく喋つている
日光の水をかぶつたように
からだを気持良くふるわせながら
右に左に揺れている

舟岡遊治郎

西脇順三郎氏に就いて

水尾比呂志

I

先頃、表慶館にルオー展を観て妙に考へ込ませられた事であつた。複製や写真で彼に親しんでゐた僕は、眼の前の実体と僕の中に出来上つてゐた幻影との折合ひをつけるのに散々徒らな思惟を重ねたが、結局は実物に依る幻影の修正と言つた平凡な例証に終る事柄では無ささうだつた。こんな事は不健康な観方を強ひられざるを得ない現代人の美術観照に、必ずと言つてよい程附纏ふ悪戯かも知れないが、僕に極めて近しかつたルオー氏の幻影だけに、思ひ掛けぬ実体に易々と取つて代られる事は忍び難かつた。だが事実は冷酷だ。一種醜怪に似た生々しさで迫つて来たルオー氏独自の盛り上げと云ふ実体は、ひたすらに唯心的人間的苦悩をそこに想ひ描いてゐた僕の幻影からあまりにも離れた場所で声を挙げた。非情なカメラの眼と僕の眼との、常識外れな捉へ方の差は、立体感と色彩とを持たぬ写真故に技術を裏付ける精神内容を適確に浮彫りしてゐたのだといふ様な、冗談みたいな理由に依るのであるか。否、さうではないのだ。僕の描いてゐたルオー氏の幻影が畢竟幻影に過ぎなかつただけの話である。実体は異常なる色彩への執着者、平面で満足せず色彩に重みと深さとを、肉体をまでも与へ様と冀ふ恐ろしい魂の持主だ。宗教といひ苦悩といひ、所詮はルオー氏の貪婪な色彩慾の型紙に過ぎず幻影に過ぎない。かういふ僕の不満がルオー氏への讃辞にならうがなるまいが僕は知らぬ。一般に作品の観照に於ける、幻影と実体の錯覚の極端な一例が、気紛れだが確実な僕達の心理を露はに語つてくれてゐるのを見るだけだ。

ガラスに仕切られた二つの部屋の片方を完全な暗室にすると、仕切りのガラスは鏡になる。作品はこの鏡の様なものだ。僕達は明るい方の部屋からガラスを見て、作家の顔を見たと信じてゐるが、実は自分の顔が写つてゐるだけである。美術作品は通常その性質上、殆んど完全な暗室を後に控へてゐる。絵を観る為には並々ならぬ修練が要る所以だが、偶々ルオー氏の如き自己照射の達人が複雑な照明を暗室に導入すると、僕の様な未熟者は忽ち混乱する。然し文学に於ては、暗室は不完全なのが通例である。僕達はガラスを距てて作家と対面する。たゞガラスの光線の具合で、思ひ掛けぬ時と所に、自分が写つたりしてどきりとするが、うまくしたもので批評を口にする人は却つてこのからくりを逆用し、写つた已れを手懸りとして作家の顔に目を凝らす方法を最大限に利用してゐる。批評とは自己を語る事だといふ切実な声が、ともすれば安易な主観と妥協し易い所以である。

他方、自己に就いての複雑な神経性思考乃至分析が執拗に作家に取憑いて以来、作家は作品の中に隠れ様と懸命になつた。が、もうこの辺でどうだらうと見廻した所が、未だ如来の掌中に蠢めいてゐたといふ悟空の様に、隠れたと信じた作家は例外なく已れを露はにせざるを得なかつたのである。彼は彼の感情や心理の動きを隠したかも知れぬ。だが彼自身は益々率直に顕はれたのだ。言葉の厄介極まる性質は、それだけ整然とこの現象に協力した。ジイド氏の明敏な洞察が、純粋小説の悲願達成にあれ程巧妙な記述法を準備しても、結局は無駄であつた。僕達は愈々露はな彼の顔を見た。元来人は、だんだん作品の読み方が上手になるにつれて、自分よりも作家を信じたくなつて行くものだ。作家は腕が上るにつれて隠れたがる様になるが、実はより露はにならざるを得ぬ因果から、こゝに定説なる緩衝地帯が生まれる。批評に緩衝は不要である。必然の関係を、作家と作品の間に発見する作業は、定説の無視から出発して、新らしい定説を目指すのだが、一見自由勝手に見えてゐて厳重な拘束に縛られてゐる融通の利かぬ代物である。聊か弁明めくが、凡ゆる美術と音楽に優越した口を利きたがる舌足らず、詩といふ存在は、とりわけかゝる批評の弱味に遠慮なくつけ込んで来る。詩を論じて誤たず詩人の肖像を描く事は至難の業だ。手つ取り早い人は、詩の技法を論ずる事で用を済さうとする。この指辞は妥当でないとか、このイメエヂは古いとか。僕には興味の無い事だ。無駄だと言ふのではない。そんな事を言へる程僕は器用でなく、亦そんな所から詩人に馴れ合ひたくないだけである。ともあれ、西脇順三郎氏の特異な詩がこゝにある。氏の作品は、表面的な意味で絵の様だ。氏の姿は露はではない。僕は途方に暮れる。人は楽しい詩だと言ふ。さうかも知れぬ。気の持ち様で悲しみも楽しくなる事がある。僕は中途半端な心のまゝ氏の周りをうろついて見る。ドルフィンを捉へた少年の様に。

II

一つの世代と隣接した世代との距りは、当事者達が考へてゐる程遠いものではない。すでに一つの世代が過ぎ去つて、新らしい世代が来ると考へる事は種々の面で好都合である。それは青年に自負を、老人に懐古を与へる事でそれぞれの生を豊かにする。だが僕達の実在する現実が僕達にとつて危機であるとすれば、同様に僕達の上の世代にも等しく危機である筈だ。形而下の世界は生命ある凡ての人間を否応なしに包括する故に。現存の詩人はすべて共通の場に立つてゐる。それが極めて狭くしか理解されぬ所に、現代の性格を殊に誇張して考へる行過ぎも生ずるのであるが、他方、亦、この形而下的世界に対して各人の形而上的世界が不易と流行の関係を以て展開する様相を、世代の相違と片附けるのは安易である。詩人の異なるは常に資質の差であつて、年齢のそれではない。換言すれば、僕達に子供の世界観を嗤ふ権利の無きが如く、個人資質を云々する如何なる絶対的規準も有り得ないといふ事である。この事は、今述べた形而下世界の普遍共通性に立脚して理の当然であると言はねばならぬ。従つて、僕達の他人に対する評価は資質自体ではなく その活用に就いてのみ可能である。譬へば逃避といふ評語は、形而下世界を離れる事のみを以て与へられるべきではなく、序でに形而上世界をも素通りし、謂はば人間の実在を離れて末梢的感覚の中に自己満足を見出し安住する態度を指して、始めて与へられるものでなければならぬ。だから、さうした逃避の世界を単なる職人的技術の世界と共に、一種の現実関心の表現であるとする甚だ都合の好い見方は、根抵から意義を失ふ。かかる見方は、西欧の観念的審美観と日本古来の即物的美意識の曖昧な姦通の結果である。逃避の典型の様に言はれる藤原定家は、その資質の活用に於て西行の積極性と比肩し得る確固たる認識を基礎に持つてゐる。一言で言へば 定家は反抗といふ形で当時の形而下世界に対した。それは「たゞことの葉のえんにやさしきを本躰とせる間其骨すぐれざらん」との後鳥羽院の評を見当違ひとさせる精進であつた。僕はかういふ先入主を準備して西脇氏を見ようとするわけではない。詩の厄介な性質に傷つかぬ為に、胸中に漂つてゐた感想に形を与へてみたまでである。

西脇氏は、「或る種のわからない詩の構成をむしろ芸術的だと思」（詩学十一号）つて詩を書いて来た人である。といふ事は、こんな言ひ方をする程詩を知り尽してゐる人であるといふ事だ。自分の詩に就いて確固たる世界を築き上げてゐる人である。シュウルナチュラリスムとか、玄の世界とか、氏に貼られ亦自ら貼つたレッテルは大袈裟だが、氏を一貫する性質は徹底した作為である。申し添へるが、作為を施すといふ事は決してその効用を知り尽してゐるといふ事ではなく、ひとへに作為を施すといふ事であるのみだ。詩を知り尽した氏が言ふ、或る種のわからない詩の構成とは、氏の素質の命ずるまゝなる作為の働きが、すべて作品創造の際に、あのまゝならぬ独り歩きを始めるやり切れなさ以前に於ける問題であると僕は解釈する。こゝから後の現象はそれこそ氏にもわからない域に属する。相手は厄介な言葉の事である。作者にも予測できない領域を、他人が傍から判るの判らないのと言つたとて始まらぬ。謂はゞそれは死の様なもので、死んで見なければ判らぬ筋合のものだ。僕は一切その部分に触れぬことにする。

一般に、作品は呈出されたものを完全なものとして受取る以外に、正確な評価を与へる事が出来ない。たとへ、或る言葉が偶然性に於てそこを用ひられてゐたにしても、僕は是を作為の結果と受け取らざるを得ないのだ。偶然性は評論の死角である。西脇氏に於て、この死角を免かれ得る為には、僕は氏の偶然性に先立つ作為の拠つて来る所を捉へる以外にない。偶然性を誘惑する作詩上の技巧にかけては、氏はすでに練達してゐよう。練達した技巧はすべて作為である。こゝに、氏と甚だ趣きを異にした卓れた詩人がゐる。彼の詩の齎す感動には、偶然など目の中にないといつた印象がある。言ひたい事は判り過ぎる程判つてゐて、胸中に渦を巻いてゐる。彼にとつて霊感とは、この渦に適確な言葉を与へてくれる種類のものだけだ。発想と表現は密着してゐる。といつた詩人にとつて、作為は如何なる意味があるのか。等しく練達した技巧ではないか。偶然性を誘惑しようがしまいが、氏とこの種の詩人とに於ける作為は共通の性格を持つてゐるのである。技巧《アルス》といふ言葉は、本来さうした意味で用ひられて来たのだ。それに対する誤解が多くの亜流詩人達を支へてゐると共に、氏に対する偏狭な評価となつても表はれてゐる。否、さういふ誤解を強ひる所に氏の特質があるとでも言ふべきか。氏の作品は絵に似てゐる。先程の暗室に氏が入り、こちらの部屋から眺めて見ると、嫌になる程明瞭に自分の姿が写るばかりで、どれ程精神を凝集して目を凝らしても、氏の気配を感じ取るのは容易ではない。まるで暗室の中はもぬけの殻である様だ。この稀有な遁走の術を論じて、知性の遊戯だとか現実逃避だとかで片付けてしまふのは手もないことである。手もないといふことは、自分の資質に絶対の価値を置く習慣から生れる視野の狭さと同義語だ。如何なる人を捉へても、その人の資質を能ふ限り正当に認識しようと志せば、どれだけ鋭敏な感受性と均正のとれた判断力を必要とするか、僕達は身にしみて知つてゐる筈である。氏の遁走の術、即ち作為がどんなに手もないことではないかを知る事が、僕に一番薬になる。亦それが氏に対する礼儀であらう。

氏は、エリオット氏の「荒地」のわからない点は、「意識の流れとして書いてゐること、及び一般の人が知らない文学の連想から書いてゐる」為であると言ふ。この言葉自体の適否は読者の判断に委ねるとして、僕は初め不注意に読んだ時、氏自身の詩に就いて言つてゐるのかと錯覚した。この不注意な錯覚が人々を躓かせ、西脇氏を判らぬ詩人にする。

白い草の光り
光りは半島をめぐり
指環の世界は暗没する
灌木のコップの笑ひ
花の光りは足指の中に開き
さしのべる手の白さも
菫の紫光線の中で腐の骨になる
女神の透明に触れて
形像は形像の中に移転するのみ　(「コップ」より)

意識の流れは偶然を起点として、偶然と共に流れて行く。僕達がさういふ流れをこの詩の中に感じようが感じまいが、氏は意に介さぬ。明らかに氏にとつて、この詩は意識の流れではないのである。一語一句は、すべて氏の作為に依つて配列されてゐる。意識は個人の中に独自な様相をして流れるから、他人に判る可能性を初めから放棄してかゝらねばならぬ。だが氏は他人が判る事を要求する。つまりわからなさを認めよと要求するのである。是ほど判り易い理屈はない。然し、氏の詩を読む場合に人が躓く点は、言葉の本質たる意味を没却できぬ習性にある。僕が一部の詩を除いて氏の詩に全的に共感せぬ所以もそこにあるのだが、もう一つエリオット氏への感想と関連して次の詩も興味深い。

ピチユーニアの旅より戻つたカトウルスは
美しい船旅をほめた
アドリアの海辺
アルキペラゴーの島々
トラキア　コルモーラ

我がレズビアよ
生きて愛さう　(「鑿子渠」より)

右に続出する爽やかな響きを持つ単語を、即座に諒解し得る人は少ないであらう。氏の文学の連想は一般の人が知らないものから成り立つてゐる。にも拘らず、氏がエリオット氏を評した言葉から推察すると、氏は人をあげつらふ振をして自己弁護乃至は説明をしてゐるのでは決してなく、自分の詩は元手さへ心得てくれれば結好だと言つてゐる事になる。右の単語が多くの人に親しみ深いと考へる程、氏は世間知らずではない筈だから、こゝに醒め切つた氏の作為を見、その後に、わからなさを計算してゐる氏の晦渋な面貌を見るのは、この上もない道理である。空とぼけた様な顔をして、あちこちに思ひ掛けぬ様な言葉を書く氏の心算は、その作為は、では何処から来たのであるか。もう暫く氏の言ふ所を聞かう。

「一定の関係のもとに定まれる経験の世界である人生の関係の組織を切断したり、位置を転換したり、また関係を構成してゐる要素の或ものを取去つたり、また新らしいものを加へることによりて、この経験の世界に一大変化を与へるものである。(中略) 詩の方法としては、その爆発力を応用して即ちかすかに部分的にかすかに爆発を起させて、その力で可憐なる小さい水車をまはすのである云々」(「あむばるわりあ」後記より)

まさに氏の詩そのものの如き、正確無比な外観を持つた曖昧極まりない方法論である。もともと詩の方法論などといふ奇怪なものは、正確に見える外観を曖昧な中味にかぶせたものであるが、かういふ方法論を氏が真面目に語ることに依つて、氏の作品に途方もない神秘性と朦朧性とを齎らす効果が出る。気を落着けて考へれば幽霊の正体見たりといふ様な事であるかも知れない。現代詩の技法が発達するにつれて、詩方法論に対する詩人の執着が行き過ぎ、詩は方法論で作るとさへ考へた頃があつた。伝統から離れた瞬間、不安のあまりに藁でもの譬へで、詩の方向を頭の中から論理的に割り出さうとしたのは止むを得ぬ事だつたが、漸く反省の時期に僕達は入つてゐる様だ。是は現代詩にいくらか歴史が出来たことと、現実自体がもはや生半可な方法論などでは歯の立たぬ、生身な組打を要求してゐることに依る。感覚や心理分析のはかなさを徹底的に現実から教へられた僕達にとつて、かういふ氏の方法論が色褪せて見えるのは、強ち氏の側にのみ責任があるとも言へないのである。氏は人生の関係の組織は一定の関係の下に定まつたものであると考へてゐる。僕達はさういふ考へ方を古いと却けたがるのだが、果して氏の考へはもう古いのであらうか。小さな水車を廻す事が詩の方法として正しいかどうか、それには各々言分はあらう。だが窮極に於て人生は一定の定まつた関係にある。もとよりそれを言ひ表はす方法は千変である。不条理と言ふも、実存と言ふも結好だ。氏の言ふ通り、すべては定まつた関係にある。とすれば、色褪せたのは実は僕達の精神ではなかつたか。原子力の強烈な閃光が僕達の視力を痲痺させた結果、人間の生といふ最も根本的な認識が不当に忘れられてはゐないだらうか。それは兎も角、西脇氏は詩の概念を明確にこゝに規定した。関係に爆発を起させること。当然、氏は能動的になる。自身の手で爆薬を仕掛けねばならぬ。爆薬は言葉である。偶然など頼つては居られない。氏は言葉を用意する。そして仕掛けようとする。ではどんな言葉と方法で。

「通常の経験の世界に於て、遠い関係に立つ二つのものを近く直結し結合させ、また逆に近い関係に立つものを遠く分離させて、新らしい関係を作り超越的美感を起させることが詩の仕事である」と氏はそれに就いて述べる。氏も言ふ如く、是は西洋文学の伝統に深く根ざした方法である。譬へば、ギリシヤ神話からこんな話を拾つて来てもよい。神の怒りの大洪水はすべての人間を溺死させたが、デウカリオンとピラだけは生き残る事を許された。神は神託を下して二人に新らしき人間を生む事を命じる。二人は神意を畏んで石を投げた。石は変じて人間となる。この時 Veins（石《いし》理《め》）はそのまゝ Veins（血管）になつたと言ふ。是は単なる言葉の洒落や遊びではない。同類の例が、片々たる日常の会話にも繁々と交されてゐることを、西洋文学の読破に熱心な読者はよく御存じと思ふ。氏はこの作用にヒントを得た。と言ふよりは氏の感覚が惹かれたのである。惹かれたといふ事が重要である。人は常に感覚から何かに惹かれる。氏の作品に夥しく用ひられる連結分離の作為、スフインクスとアリストファネス、チキタリスの花と狐火、林檎とサーベルを持つた天使等々は、僕達と全く異質の風土と体質から必然性を担つて萠へ出で、近い過去に於て僕達に齎らされた西洋伝統の直訳である。氏が日本語の性質と伝統を熟知してゐない筈はない。とすれば、氏の豊富該博なる西洋文学への造詣が、その用法の効用を摂取して日本語に移殖せんと望んだといふ事は、厳密な意味に於けるエキゾテイスムのあらはれではなかつたか。僕達はエキゾテイスムに支へられて輸入された流行が、救ひ得ぬ現代日本文化の混乱を招来したことをよく知つてゐる。だが、僕はその混乱を嘆いたり、氏にも一半の責任があるかないかなどを追求したりする心算はない。エキゾテイスムにしろ何にしろ、氏をしてさうさせた事実に興味があるのだ。それは、もう一つの興味ある事実と関連する。氏は、その遍歴の永い年月の後に、戦後、突然の如く「玄」といふ言葉を使用した。さきの詩論でも、この言葉でも、僕はそこに一種の知識人に共通な臭味―西行はかういふ規定語や詩論を云々する暇はなかつた―を感じるのだが、かゝる臭みはまことに見事に日本の悩みを感じさせる。つまり氏は、最初にギリシヤに惹かれたと同様に、今度は東洋に惹かれたのである。だがこの二つの惹かれ方は必ずしも同じではあるまい。「縄々として名くべからず、無物に復帰す、是を無状の状」といふ様な老子の世界は、感覚では惹かれる種類のものではない。それは大いなる悟性であるから、とすれば、「玄」は氏のエキゾテイスムでは有り得ないのだ。エキゾテイスムとは異国への趣味である。ギリシヤを始めとする西洋は氏にとつて明白に異国である。だが中国は異国ではない。ひろく東洋といふ一つの文明圏に日本と共に包括される地方にすぎぬ。そしてそれは西洋といふ他の文明圏に対立するのである。この二つの地域が顕著に交流し始めた十九世紀以来の渦の中に、西脇氏も亦捲き込まれざるを得ぬ宿命を負はされてゐた。氏は日本人である。従つて氏の血管には日本の血が流れてゐる。氏は知識人である。従つて氏の知識は西洋文学の強烈な影響下にある。氏の感覚は西洋に惹かれ、惹かれながら常に東洋の吸引を感ぜざるを得なかつた。

太陽がのぼり曲つで
また李の藪に沈んで行く

Ⅲ

仏教の流入以前に、神道が日本民族にとつてどの様な姿で存在したかは、最早推測の限りではない。だが、記紀の言ふ所を信ずれば、祭は即ち政であつて、血族意識を頑強な根抵とする祖先崇拝は、人間の救済とか苦悩からの解脱とかを全く意に介さなかつたのだ。生者が常に死者を哀悼し、その死後の生を如何にして安らかに楽しく過させるかに専心する自己犠牲の献身であつた。謂はゞ、何等の報酬をも期待せぬ絶対的な奉仕であつたのだ。神とは血のつながる祖先であり、やがては自分達も行くであらう別の世界に生きてゐる等しく人間の形をした存在に外ならなかつた。そこには、原罪の観念はもとより、この世の善悪があの世で身に報ゆるなどといふお目出度い考へ方もなかつたのだが、さういふ因果応報の原理を携へて仏教が入つて来た時、現世の営みに漸く苦悩を濃くしてゐた人々は、随喜して迎へたと思はれる。為政者とつては政治上の絶好の手段となり、人々にとつては法悦の歓喜であつた仏教が、推古から平安までに示した盛況は筆舌に尽しがたい。だが、注意しなければならないのは、仏にすがるといふ事がやがて死を一つの希望であるかの様に併けて行つた事である。恰もキリストが生きる希望となつた西欧人の様に、僕達の祖先は死を苦痛の終りであり、ひいては喜びでさへあると考へるに至つた。それは神道に於ける祖先崇拝と、仏教の因果応報との巧妙な融合であつて、西欧人の解き得ぬ東洋の諦観も、この事からうまく説明できるであらう。だが僕は、より重要な現象として次の事を指摘したい。死は希望には似てゐたが、生きる上に完全な勇気を与へる事は出来なかつた。是は当然である。来世を説く仏教は、現前の慰さめに矢張り力が無かつた。禅は、かういふ仏教の現世的な盲点への反省と思はれるが、それ以前に、浄土教に何か満ち足りなかつた人々が偶像的な存在を求めたのは、言ふ迄もなく自然に於てであつたのだ。日本文化を貫く不変の鉄則、自然との親和とは、自然を霊的存在と見るアニミスムに依るのでもなく、亦日本の自然のあまりの美しさのみに依るのでもない。偏へに、孤独な人間の常在の友として親しまれたに外ならぬ。かういふ解釈を、現代人の独合点と思はれる向には、もう一度日本文学と美術とを徹底的に見直して頂きたいと思ふ。人間は孤独な存在だ。常に何かに気を紛らす必要があるのである。精神の危機に於て向ふべき神を持つてゐた西洋の一神教と異なり、日本人は自然へ向つたのだ。ギリシャの精神は、日本とこの点に於て別れる。彼等は、自然へではなく人間へ向つた。そしてそのヒューマニズムは、キリスト教の中にも摂取されて二千年間の西欧風土を培つたのである。然し、こんな貧弱な僕の史観はどうでもよい。僕には、次の様な事が重要なのだ。自然と共に生きて来た日本人が、十九世紀以来の西欧文明の流入で、自然などはつまらぬと教へられた結果、行くべきところは最早自己の内部しかなかつたといふ事である。この日本人の自己観はヒューマニズムの裏付の無いものであつたから、日本的近代性は様々な悲劇を生み出した。素直に西洋の神を信じた人の事は問はぬ。あまりにも日本人であり過ぎた人々が作つた悲惨な精神史は、現在と雖も消滅してはゐない。西脇氏の人間形成は、正しくその最も悲惨な一九一〇年代に行はれた。たゞ氏は芥川龍之介氏ではなかつた。といふことは、恰も自然に向ふ様な愛を以てギリシャ文学やローマ文学に向ひ、それを深く極めて身につけることでこの危機を処理し得たことを意味するのである。その意味で、氏は徹底した東洋的自然主義者であつた。「人間の存在の現実、それ自身はつまらない。詩とはこのつまらない現実を一種独特の興味（不思議な快感）をもつて意識さす一つの方法である」と言ふ氏の言葉は、かゝる危機を経験した創痕に於てしみじみとした滲透感を持つて来る。僕は、氏の西欧文学的主題に於ける詩方法論を厳密な意味でのエキゾテイスムではないかと言つた。厳密な意味とは、かういふ意味である。僕は必要以上に、氏の過去に感情移入してゐるのではない。「近代の寓話」は正にそれを語る。

氏を惹きつけたと言ふよりは、氏が向つたギリシヤ、ロマ文学は長い間氏を離さなかつた。イギリス文学すら換骨奪胎してギリシャ化する程に、この世界は深く氏の精神に喰ひ入つたのである。パウサニアスが考古的な興味から経廻つた跡を慕ふかの如く、氏は豊かな感受性を抱いて遍歴した。氏は旅行家として、蒐集家として、そして学者として、書斎の中の広い世界を漂らつた。ギリシャを始めとし、スイス、ネーデルランド、スカンヂナビヤ、ビザンテインからアンテイオキア、シリア、エヂプト、インド、などを漫遊し、ユプリのヴイーナスの皿、テラコタの土人形、プリアープスの像、キ灰色の甕、宝石、火焔は言ふに及ばず、勲章と蛇とバラモンの神まで蒐めて来た。氏の書斎は一杯になる。片眼鏡をとり出して、氏はこの蒐集品を按配して並べて見る。気の済むまで並べて見る。見よ。かすかに爆発はおこり、小さな可憐な水車は廻り始める。氏の皺深い片頬に、冷たい微笑が浮ぶ。いやもう止めよう。それ以上は僕の立ち入る場所ではない。だが、氏のこの微笑は、僕を捉へて離さぬのだ。こんな微笑を浮べる人が何を考へてゐるのか、身にしみて判りさうな気がしてならないからだ。この事は、次の様な発見をすることでより明確となるだらう。氏程の旅行家にして遂に行かなかつた所が一つある。イエルサレム。僕は仏教がギリシャの形像の中に入つて東洋に滲み透つて行つたことを想ひ出す。アレキサンドルの東征路は、氏が帰つて来た路でもあつたのだ。氏は無縁の地に足を向けることなくその路を東方へ辿りながら呟く。

無限の過去の或時に始まり

無限の未来の或時に終る
人命の旅
この世のあらゆる瞬間も
永劫の時間の一部分
草の実の一粒も
永劫の空間の一部分
有限の存在は無限の存在の一部分
…………………
（「旅人かへらず」より）

ふと眼をあげると、老子が立つてゐる。その白鬚を秋風が一触すると老子は消へ、氏の眼は覚める。窓にうす明りのつく人の世の淋しさ。これはうつつの夢。幻影は最高な現実でもの思ひは最大な実在だ……。いけない。氏は僕を無限空に惹き入れようとする。僕はもつと僕の現実に拘泥しよう。

西脇氏が、次の様な事を講義調で言つても、大方の人々は氏のミステイフイカシオンに捲き込まれまいと用心するだらう。「いたましい淋しい人間の現実に立つて詩の世界をつくらないと、その詩が単なる思想であり、空虚になる」。（傍点水尾）何故、「いたましい淋しい人間の現実を離れて」と言はないのだらうなどと訝る人は、氏を解さない人である。だが、氏が本気でさう考へてゐると、素直に受けとれぬ程、僕達の現実は歪み、捻れ、ひづんでゐるのである。この言葉は、氏の百分の一の智識もなく情感もない亜流詩人に、詩とは判らない言葉を羅列することだと早合点させる為にあるのではない。詩の初心者にとつて、氏の作品ほど魅力に満ちた、模倣し易いものはないらしい。高等学校の頃、哲学の魅力の大部分が、その用語にあつたことを、今、微笑ましく思ひ出すが、氏の作品はさういふ用語に満ち満ちてゐる。さういふ氏に、趣味人の名を冠せたり、大学教授を以て目したりすることはいと容易い。知識人達は慰さめの詩と言ふ氏の言葉を信じて、その世界を楽しまうと、或種の悪質な弱さを以つて氏の世界へ入り、或種の気恥かしさを覚へてゐる様である。趣味とは折々気恥かしいものだ。氏ではない、知識人の態度が趣味的なのだ。それは、東洋の叡智などを、とつくの昔に滅びたものだと思つてゐる気の早さから生れて来る。彼等の狭い視野にはもう老子とか禅とかは入らないだらう。それはあまりに大きすぎる叡智だから。日本人の多くにとつて、この叡智は、もう趣味なのだ。だから氏が「玄」を言ひ出すと、何か遠い世界へ出掛けて行く様に思ふ。だが、氏は出掛けて行くのではない。帰つて来たのである。旅人は帰つて来る。何処から。他の文明から。何処へ。永遠なる自己の文明へ。

氏は六十才である。十年を一昔と数へる常識では、四昔前の人になる。僕達とは半世紀を距てゝゐると驚く必要はない。氏の現実は依然として僕達の現実だ。若しも、氏を過ぎ去つた人と言ふならば、それは単に年齢の上に於ての話である。叡智は年齢を知らぬ。況して政治を、イデオロギーをや。むしろ氏の旅路は、僕達に一つの明瞭な事実を教へてくれる。

精神は生れた所で死ぬ事を希ふと。

氏は又何処へともなく旅に出るだらう。然し、最早氏にとつて帰らざる旅とは、永劫の旅以外にない。否、それこそは、「人間の存在は死後に始まる」と言ふ氏のまことの故郷であらう。氏は何気ない顔ですらすらと詠ふ。

このたはごとの
淋しき
秋の日の思ひ
蜻蛉の影も
やがては暮れる
蜻蛉のゐなくなる無限に
さびれ行く心の
淋しき
（「あむばるわりあ」より）

蜻蛉のゐなくなる無限。眼の前の現実とこの無限とを見比べるのに、眼の動きは僅かですむ。だが、人間に対して、何一つ解決してはくれぬ無限の様態を隙間見た人は、遂にさびれ行く心の淋しさを如何すればよいのであるか。僕の脊筋を何時しか冷たさが走り、僕は言葉を失ふ。

西脇氏は悲劇的な詩人ではない。この悲劇的な世紀にあつて、悲劇的でない事は充分悲劇的だなどと僕は信じない。人間が人の世に生きる事自体が悲劇的であるだけで充分だ。僕達の努力は悲劇を超える事に向つて注がれねばならぬ。信仰が救ひであり得ぬ時、その努力は無意味であるか。然り。では努力せぬ事は。等しく無意味に外ならぬ。西脇氏の詩集は注ぐべき努力に就いて何も語らない。すでに一つの努力であるからだ。僕はそこから、無意味な努力の価値を識る。

後記

今号より、中江俊夫氏が参加します。詩集「魚の中の時間」を上梓し、今度荒地詩人賞を受けた氏が我々の世代の一詩人として、更に秀れた創作活動をこの櫂に拠つて示される事を心から期待します。文通で始めて知つた事ですが、氏と小生とは、お互気付かずに同じ九州の久留米の街の、しかも歩いて二〇分と離れていない所に、数年前の数年間を過していたのでした。その頃お互知らずに、路上何度かすれ違つていたのかも知れないと思うと不思議な気がします。最後に、諸事の都合で今号の発行が一ヶ月遅れた事をお詫びします。（洋）

櫂　第五号　頒価50円
一九五四年一月二十五日印刷発行
発行責任者　茨木のり子
編集責任者　川崎洋
発行所　横須賀市深田台砲台山アパート 川崎洋方　櫂の会

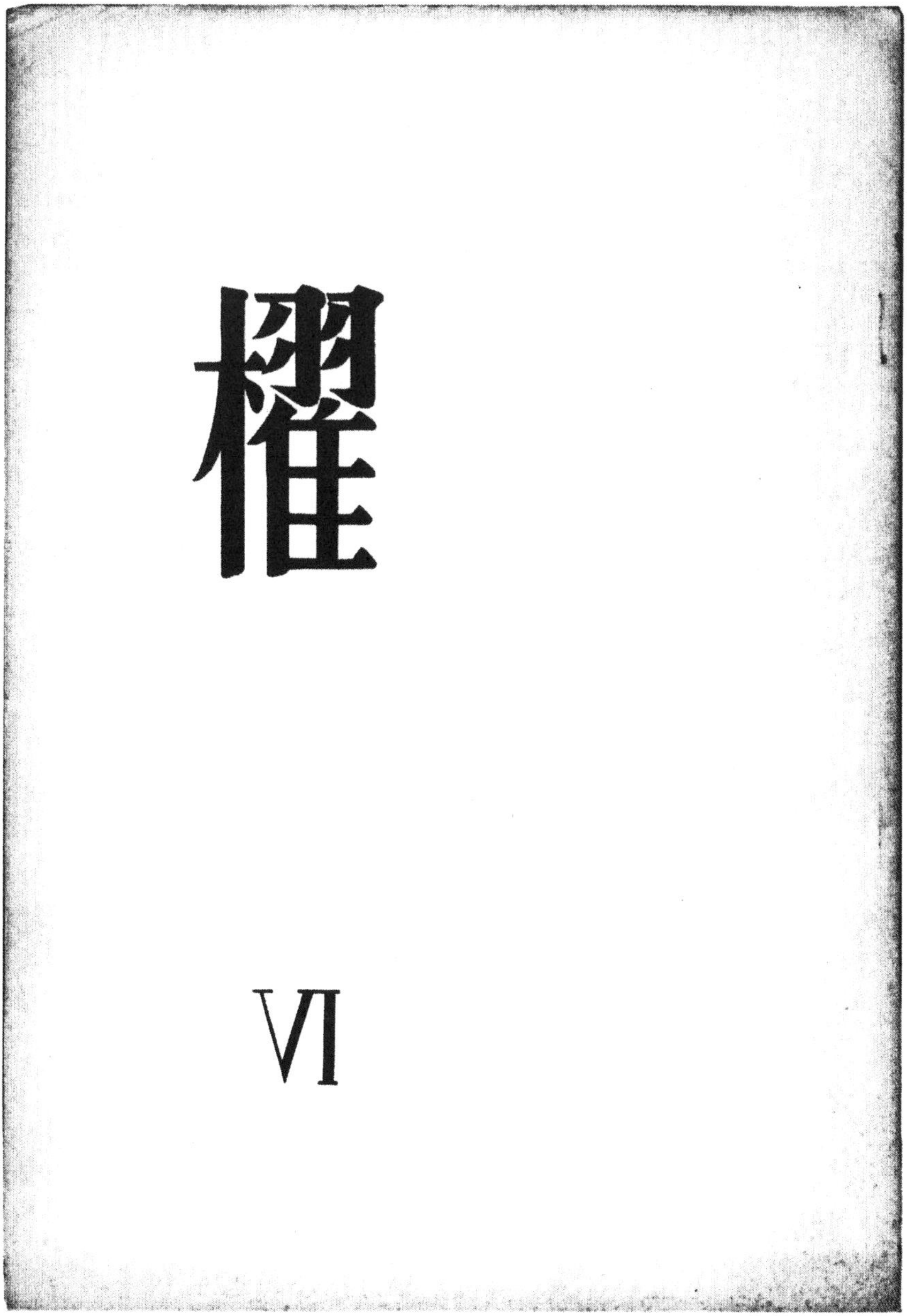
櫂
VI

海邊にて

友竹　辰

なつかしいあの頃　明け方が
モオヴいろに乾いていた頃
かれとふたりして
海のほとりで暮した
カカオの木がある
その下　鳥籠のように
草を編んで造つた小屋
小鳥のように太陽を
浴びてサンダルで砂の上を
歩きまわつた　寝ころんだ　時々
古い貝殼みたいにして　棘のついた
記憶が背をさすと　ぽいと
海の方へ捨てるのだつた

熱氣と臭い塩をつれて
東南からの風が
ふいてくる季節には　ふたりとも気が
狂いそうだつた　かれの
固い拳はなんでも壊した　喋る顎や
マンドリンの首　そしてものは
破片になり　音は球体に
なつて堆つていつた
死にたかつた　でも
ガスがこないから管を
咥えて死ねもしなかつた　電燈も
なかつた　ランプを燈してその
小さな暈のなかでないた　いつも
手押車で燈油を買いに出かけた
あのパインアップル畠から
風のわらいごえがきこえた　すべて不便で
それがまた楽しかつた　朝はやく
白い桶をあたまにのせて
とおい泉まで水を汲みに
行つたりした

時はしのび足できた　アシを切つて
アシ笛をつくつてかれは吹いた　その
メロディはほそくて曲りくねつて
絡みつきしめつけた　蛇つかいの
蛇の頭のように三角形に
やるせなかつた　銅いろの腿に
もたれて聞いていた　ひとつの
成熟と孤独の汗をたらした
愛の聲を海の方からは
時の波間をかきわけて
シレエヌの唱うように　死の
聲がよんでいた　ある朝ふいに
かれは居なかつた　太陽が
輝いて海が青かつた夏の
美しい日は去つた　すべてのものは
剥がれて　あぶつた
小鳥のように毳だつてモモいろで
ぼんやりしていた　たましいよ
傷つきやすい　そしてじつと耐えている
夜よ　すこやかな　は去つた　＜生＞は

生き　＜死＞は
死んでいくさだめ　肉体のやさしい
抱擁のなかで　たましいはよわい
眠りだつた　そしてさめた時すべては
なかつた　かれはもう
発つたのだ　もつと熱いところ
ハダシで走りまわる
白い砂の地へ　いつも渇くことに
渇いていたかれを
眩くような永遠が
燻すところへ

海のほとり
一本の木の下
編んだ丸い小屋のなかに　ひとり
坐つていた　風がきてたましいと
すべての　もの　をもつて
去つた　砂の上にいつまでも　＜ユメ＞
だけがただよい　夕方が
モオヴいろに　つていたあの頃

背中

もうこれでみんな揃つているのに　いつ誰かが死ぬかもしれないし　いつ誰かが生まれるかもしれないので　いつも誰かがいない　誰かがいないと心の底で不安に思つている　青空はあれは誰かの脱ぎすてていつたシャツの裏ではないか　太陽は消し忘れた灯ではないか　誰も足りない者はないし　みんな揃つているのに

---

burst

―花ひらく―

吉野弘

事務は　少しの誤りも停滞もなく　塵《ちり》もたまらず　ひそやかに　進行しつゞけた。

三十年。

永年勤続表彰式の席上。

雇主の　ながながしい讃辞を受けていた従業員の中の一人が　蒼白な顔で　突然　叫んだ。

誰もが自分の背中を寒がる　誰か僕の背中をよく知つている人はいませんか　なんだ僕の背中はそんなだつたのかと僕に解らせてくれる人はいないのか　みんな自分の手は信じているのに　お互いの背中なら触つてやれるのに　せめて背中と背中をあわせて暖まることくらい出来るのに

谷川俊太郎

――諸君！
魂のはなしをしましよう！
魂のはなしを
なんという長い間
ぼくらは　魂のはなしをしなかつたんだろう――

同輩たちの困惑の足下に　どつとばかり
彼は倒れた。つめたい汗をふいて。

発狂。
ついに花ひらく。

――又しても　同じ夢。

死に就いて

水尾比呂志

昨日 誰かが逝き
死に就いて彼の考へてゐたことも
共に去つた

この春の北の旅路で
彼が土産としたアイヌ彫りから
折に觸れ
友たちは彼の想ひ出にやさしさを汲む

変らぬ遺品を手に包み
その中に限りなく追憶の方途《てだて》を見出す
彼の母の悲しみで
彼は　亦　母の中に生涯を繰り返す

强風警報

舟岡遊治郎

こゝには
太陽のあたゝかさしかやつてこない
ぬくぬくと
あたゝかさが膝を這う

すきとおしの電車ガラスから外をみると
樹の枝ははげしくふるえ
おしめはかたすみによせあつめられ
人夫の帽子はふつとんでゆく
が空はまつさおで
そのまんなかに太陽がもえている

つまり
めをつぶれば

人々の中に鏤ばめられて
彼は失ふまいとされる

だが
彼の死と
彼が死に就いて考へてゐたこととが
やがて
何處かでひとつになり始めるころ

遠ざかる彼の姿のあとを埋《う》めて
人々は
又
誰かの想ひ出にやさしさを汲む

おれのことが　また　おれのことが
うつら〳〵とゆめのなかにおりたゝまれてゆく

混迷の内に
活火山のふもとに女の白い膝頭がみえ
おれの頭はそれにのつかりねむつてゆく…

だが電車は急激な坂をくだり
運転台の窓ははずれ
あふれきつた風がごおーととびこんできた

まいあがるほこりに口と目をふせぎながら
おかしくつて
おかしくつて
たまらぬ気持だ

人間

茨木のり子

極秘の任務を負わされて
てくてくとやつて来た者
人間！

ボスの風姿は忘れてしまつた
契約もあまりにはるかな記憶となつた

何かを仕遂げる思いばかりが
根深く残り
使者たちは思い出そうと焦りに焦る

いたましい無数の行為がはじけ飛び
思想はつぎつぎフォルマリンに漬かる
噴飯の無禮をかさね哄笑に身をよじる歴史

闇からニュッと渡された不気味なバトンを
怒りにふるえ　遠くすてさり

声

中江俊夫

広い畠のむこうに灯がついた
見るまに夜が更け
光の数がかぞえきれない

今　一つの川が離れた
今　一つの森が離れた
そして都会が浮びあがる

眠れないで雑踏を急ぐ青年
ジャズの喧噪　裏街の餌をあさる犬
ねむれないで待つている母

わらの蒲　で眠る農家の小児が
ぱつちりと眼をあける　口がつぶやく
厩の馬を夜が吸いこんだ

それらが都会にとどく　祖先のことのように
虫の声や或は畠　また古い動物の顔が
ぼんやり街の薄暗がりから　街路のあたりを
うろ〳〵して
つと窓を開けて
横になつている人たちの眼の前を通つてゆく

誰かがよんでいる
だれも呼んでいない
そして答えた人の声が
遠く外に出て死に絶える

一人のすぐれた厭世家が逝く
あゝなにも筋書き通りを演ずる事もないと

樹々の葉はそのために一枚もそよがず
街々のラプソディはピッチをあげるばかり

丸いはかないあくびをして
しらじらとゆききする
かわいそうな男たち
かわいそうな女たち

しかし
ある晴れた夕など
巨大なものの命令を蹴り
舵の奪取をめざして動く
風俗不明の
蜘蛛の子ほどに小さいひとびとの姿が
束の間
蜃気楼のようにはつきり見える日もある

七つの海を吹く薫風！
知らせてほしいな
あれはあなたをおどろかす
美しいものか　否かを。

私は晝をまともに

私は　をまともに歌いたい　しかし
太陽の食卓に生が一度に盛られ
私はそれを受けるだけで一杯だ

一日の夜がきたとき
私は自から歌わねばならない
すべてのものが不在の中でようやく自分だけを
　保つているとき
太陽さえもが死の側を照らしている時に
こちらのいま沈黙の中で
私が歌うのだ

喜びを私はまともに歌いたい　しかし
物らが率直に光の中で溢れているとき
私はあまりに貧弱で黙りがち

夜がきたとき
私は物らと一緒になつて歌つてやる

「お前だよ　私じやない　お前が
今ここにいるのだよ」　下手な歌で
すべての物らが　歌いだす
その歌が夜明けまでか細いながらも続く

朝

——放送劇の形を借りて——

川崎洋

チエンバロ　暫くしてDOWN
それをかすかにB・Gにして—

男　霧の流れる気配がする
樹が濡れる匂いがする
朝日を待つている山脈や野原の佇《たゝうまい》や
未明の空を流れる雲の動静が
こうして林の中を歩いていると
ひしひしと感じられるようだ

もう朝が近い

さあ早く行こう
あの人と約束したいつもの場所へ
急ごう

間

男　やあ、あの人が向うから駈けてくる
おはよう！
君が
そうやつて手を振つて走つてくると
朝が
待ち兼ねていたように
梢と梢の間から
どつと溢れてくるようだよ

女　おはよう！
貴方も
まるで太陽だらけ
貴方が手をあげると
食卓を囲んでいる人が
次々に立つて歌をうたうように
次々に朝日が溢れてくるわ

男　さあ
川の方へ行こう

女　貴方も私も
朝露でびしよびしよよ

男　ごらん
少年が
水影に見えかくれする魚達を
そつとぬすみ見ながら
繁みに入つていくよ

女　飴色の魚籠《びく》をさげて
まるで
風を従えているような恰好をして

男　彼処には
ほし草の匂いのする小屋がある

女　赤い煉瓦の壁に
茶色い棒切れが凭掛つているわ

男　あの棒切れは
川の流れを見ているんだよ
川に映つた白雲が
次々に水車に喰べられていくのを
いつまでも眺めているのだ

女　あの遠い山脈の美しいこと
遠いとゆうことは
こんなに美しい事だつたのかしら

チエンバロUP・直ぐOUT

女　今あの山脈を見つめていたら

不意に
きらめくような
紫色にひかりました

男　今
貴女のやさしい胸の山脈に
雪のように
僕の手がそつと降り積つたからです

間

女　風が少し吹いている

間

女　貴女は木苺の匂いがする

間

男　貴女に
木苺の匂いを
口うつしにしてあげる

女　はい

チェンバロをB・G・にして—

男　さあ、こゝの切株へ腰を掛けよう

女　早く又夏が来るといゝわ

女　海岸で
泳げない私は
貝殻ばかり拾つている……

男　沖へ泳ぎ出た僕は
ふと海岸を振り返つて
点のようにしか認められない君を
みつけて
大忙ぎで岸へ泳ぎ帰つてくる
そして
波を追い掛けていき
また
声を立てながら
波から逃げていつたりしている君の
目の前に
僕が急に現われる

女　私は貴男に
手を開いてみせる
拾い集められた貝殻はみんな
落ちてしまう

男　そして又
君を振り返りながら海へ入つていくように
（チェンバ・OUT）
突然僕は冷い銃を手渡されると
戦場へ送られたのだ

女　あの前の日
貴男が戦場へ送られる前の日
美しい星の晩でしたわね

チェンバロをB・Gにして—

男　今晩は星がとてもきれいだね

間

男　星々の間を一斉に浴びて
はいと手をあげてする子供の答のように
すくすくと立ちならぶ林

女　細い枝の先まで
すつかり銀色になつて

男　草が夜露と話をしている

間

女　あら
樹の枝が
川を流れていくわ

男　何処かで

ひとしきり風が強まり
折れて川に落ちるまでは
川の上にさし伸びて
流れをのぞいていた樹の枝なのだろう

女 私は
川に落ちて
不意に
「流れる」を識つたあの枝なのね
もうどんな風が吹いてきても
もう私はそよぐこともない
星明りの下を
たゞ貴男の中を流れていくばかり

男 蟹が二匹
ほら
背中を銀色にひからせて
かさかさと草を鳴らしながら岸へ出てくると連れ
だつて
川へ沈んでいくよ

女 私も
貴男と二匹の蟹になつて
川底の砂の中へ入つていきたい

チエンバロF・O

女 翌日
貴男は銃を手渡され
旗を振られて
嘘のように戦場へ送られた

男 戦いが終り
しめやかな出迎えの人々の群の中に
復員船のタラツプを降りながら
僕は貴女を探した
どうしても居ないのだ

女 あの時雪が降つていました

男 僕は真直貴女の家をたづねていつた

女 大きなボタン雪の日だつたわ

男 りゆつくを背負つて真黒の僕は
やがて
昔の場所に
不思議に貴女の家だけが一軒焼跡の中に
ぽつんと残つていて
窓からぼんやり外を見ている
貴女を見つけた
ドアを開けて入つていくと
貴女の家族は誰も居なくて
貴女だけが一人
静かに僕を見た

チエンバロをかすかにB・Gにして—

女 さあ、ストーヴのそばへ

間

女 段々雪が激しくなつてきたわ

間

女 雪が
静かに話を始めているのよ
夕暮れの景色の中で
白い言葉や
なかば
意味になりかけたつゞれが
ひつそりと
向うに森に落ちていくわ
風が吹くと
いろいろな物語が
私達の窓のところで
せわしく
話の筋を乱したりして……
何処かの泉の上はいゝ空気で一杯

私は今貴男に何を話しても
あの雪のように
意味になりかけたまゝ
貴男の胸の中に落ちていつて
そのまゝ
消えていつてしまうような気がする

男　僕は
つい此の間まで
あの雪のようなものだつた
意味さえもつゞらずに
真白いまゝで
暗い森や草の繁みの影の部分へ
音もなく降り積つていつた兵士達の
一人だつた

チェンバロF・O

女　あら
風がひとしきり激しく吹くと
樹の枝から雪がばらばらと
落ちかけるけれど
途中で風にさらわれて
空に舞い上つていく

男　そうだ
風にあふられて
不意に逆さまに空に舞い上る
あの雪のような兵士がいた
美しい湖をはさんでの戦闘の時だつた
僕と一緒に
地面に頬をすりつけて前進していた一人の兵士が
突如
ぴたりと前進を止めた
みると
その兵士の目の前に
岩があつて
その下から
清水が湧き出ているのだ

チェンバロをかすかにB・Gにして―

男　その兵士は
その清水をじつと見つめているうちに
みるみる狂つてしまつた
急ににつこり笑い
実に親しげな顔を見せて
ふらりと立ち上つて
「急に森の入口が
ざわざわと騒がしいんだよ
すると
無数の馬の頭や胴体が
もくもく出てくるんだ
濡れた瞳を見合わせたり
そらせたり
前の馬の背中に
あごの下をすり合わせなどしながらね
さあ行こう
俺は見に行くんだ
あ
夕陽の中へお母さんが入つていく
おやすみなさあい！」
そういゝながら
そうとめどもなく喋りながら
味方のとも敵のともつかぬ
十字砲火を浴びて
木のように
みるみる焼けたゞれて死んでしまつた……

チェンバロF・O

女　その晩
夜通し雪は降り続け
貴男も私の膝の上で
ぐつすり眠り続けておいででした

男　あれから今日までが
数日のような気がするし

もう一ヶ月も過ぎたような気もする
昨日だつた
貴女が
昔のように
二人が毎朝過つた所で……

女　えゝ
こうして切株に腰をかけて
貴男は昔の貴男に
私は昔の私になつて
昔のように話をしたり
次第に朝になつていく中で
鳥や樹や景色を見たかつたの

女　ねえ
昔のように
こゝでかくれんぼをしません？
貴男は眼をつぶつて数をかぞえるのよ
暫くしたら探しに来て下さい
いゝ？
ぢや　さようなら

「さようなら」の声　ＥＣＨＯにて次第に消えていく
風の音にまじつて　鳥の鋭く短く叫ぶような鳴き声

男　さあ　探しに行くぞ

不安な気持を表わす音楽
それをＢ・Ｇにして――

男　居ない
何処だ

不安な音楽ＵＰして直ぐＯＵＴ

男　家も無い！
昨日まであの人と一諸に　僕は
僕は
復員服にリュックを背負つて
焼け跡に立つていただけではないか！
また切株のところへ駈け戻つてきた僕は
あの人を
何処に探せばよいのだ
あの人は何処だ
此の森の奥かも知れない

間

男　あ
岩と岩の間から泉が湧いている！

チェンバロＦ・Ｉ

男　あの人だ！
こんこんと湧いている清水に
深い空が映つていて
あの人がどんどん深い空へ沈んでいく
もう一つの顔は何だ
お前の顔の中をあの人が！
え！
河童の皿はからつぽ　？
おゝ
さらば　からつぽ！
そられ
水の匂いが恋しくないか
濡れたいゝ瞳《め》をしてみろ
アラビヤ人のように
馬が好きになれ！
あ
あの人ゆらゆら揺れながら
空を昇つていく
おやすみなさあい！
はつはつはつはつは（泣声になる）

間

女　もう　すつかり朝だわ
また一つ雲を通り抜けた
私は
いくつもいくつも雲をよぎつていく
まるで
川に映つた白い雲が
川の流れと逆さまに
静かに川をのぼつていくように

山や野原から遥かに見上げられながら
もう何も私には持つものもなく
只私だけになつて

さつきまでの
あの人に幻影を見せ続けてきた私は
何だつたのだろう
私から去られる可きものや
私から捨て去られる可きものばかりに
取囲まれていたのではないだろうか

チェンバロOUT

男　これが朝とゆうのか
あゝ朝日の矢が眼に痛い

これが朝なのか
褐色の蜜蜂が草影をかすめたり
木苺が色づくだけで！
次第に山の肌の色がはつきり見えてきたりする
只それだけのことで

これが朝なのか
山や森は
捨てゝいるだけぢやないか
山脈は山脈のたゝずまいを
蜜蜂はあの透いた羽のすばやい動きを
木苺は色づくことを
捨てゝいるだけぢやないか

もう
あの人でさえ
あの人が捨てるものを
夢の中で拾うことしか出来ない

あの人の苺のような唇が
僕の顔の下で
苺の国の言葉でつぶやく声も
もう僕は持つことが出来ない

チェンバロF・I

女　もう雲の姿も見えない
あの人もあの人へ返してしまつたから
今では私にとつては名前ですらない

貝殻を耳に当てゝきいていた
遠い海の潮騒の音も
海へ返してしまつた

口をすゝいで朝の食事をすることも
クレパスで画をかくことも
人の問に答えることも

それらで一杯になつていた私から
失われた

間

女　辺りが段々うすくなつてくる
おや
うすい紫色のぼんやりした処々に
私より先に此処を通つていつた人々が
それぞれ捨てゝいつたものが浮んでいる

支那の長城や

あそこには
音楽がなゝめになつて
虹のように空に掛つているわ

あれは海賊船なのね

まあ美しい女の人の横顔

あれは何でしよう
金貨だわ
袋の口からこぼれかゝつた侭の形で

あんな所に
雪に覆われた山の頂が

うす青い煙のようなもの……

間

チェンバロUP

後記

今号より、友竹辰氏が参加します。氏は現在国立音楽大学に在学中の名バリトンであり、且つ我々の世代の秀れた詩人の一人です。櫂の白いアート紙の上にどうぞ意欲的に書きまくつて下さい。

櫂はよく若さに結びつけられて云々されますが、事実我々は平均年令二十四才です。けれども、若さを我々は別に売り物にする積りもなければ、又若さで何かを許されて見られたくもありません。強いていえば、如何なる拘束も感じないで創作し得る事が、我々の誇り得る若さでしよう。若さとは年令ではなく、もつと普遍的なものと考えるべきです。此の意味で櫂はいつまでも若くありたいと心から思います。（洋）

櫂　第六号　頒価 50円

一九五四年三月二十六日印刷発行

発行責任者　茨木のり子

編集責任者　川崎洋

発行所　横須賀市深田台砲台山アパート 川崎洋方　櫂の会

櫂

Ⅶ

謀叛

吉野弘

　主人の机の上から　屡々ネジが紛失した。そのたびに　家中の者は口を揃えてアリバイを主張するので　結局　ネジがひとりで逃亡したことになつた。
　ところが　実際に　ネジはひとりで逃げ出すということを　主人は　ひそかに感づいていたのだ　それにしても　時計の部分品が　何事かを主張し始めたということは驚くべき事であつた。彼は　秩序に関する教訓の必要を痛感していた。
　で、彼は同じ事件のもちあがつた日に、即刻彼の子供たちに向つて　というよりは　むしろ近くに潜んでいる筈のネジに向つて、こんなふうにいかめしく切りだしたものだ。
　〈すべての機械の特長は　無駄のない合目的性に在る。ネジがひとつなくても　時計全体の機能が停止するのは　全くこのためである。これは　一個のネジにとつて光栄でなければならぬ。古い国定教科書で教材になつたネジの親たちは　このことをよく理解していた。お前たち、太郎も　次郎も　大きくなつたら――〉
　子供たちは何処かへ失せていた。
　主人は忌々しげに呟いた。
　〈ネジの逃げ出す理由は　ぎりぎりのところ一体何だろう。この時計にとつて無くてならないことが　どうして　なぐさめにならないのか。あいつは　自分の値打ちを絶えずぶちこわしているのだ〉
　ネジは机の足もとに居た。これ迄と同じようにそんなに遠くへは行けなかつた。時計から離れると　自分の値打ちが時計より他のところにあり得るかどうか　たまらなく不安になりそれがネジの逃亡を捗らせないでしまうのだ。ためらいの途次を　又しても連れ戻され、光栄ある彼の役目に嵌めこまれてしまうことは殆ど確かであつた。

「62のソネット」のこと

中江俊夫

前々から谷川君のことは一度僕が書かねばならぬような気がしていたので、第二詩集「62のソネット」のことを書こうと思う。

書くと言つても大したことは書こうとは思わない。又書けそうもないが、ただ始めから終りまで読んで何が何やらわからないエッセイや、二三行で書けることを難解きわまる廿行でやつてしまうエッセイが多いようなので、僕の場合出来るだけわかるように書くつもりである。

とにかく読んで僕が言つていることがわかつて貰えればよい。

随分表現が悪いかも知れないが、そこは僕の未熟である。僕自身では、谷川君の「62のソネット」の持つている問題について最も基礎的なものに接し得れば良いと思つているから、あとは読者諸氏の優秀な頭脳でおぎなつていただきたい。

詩人は直接的に宇宙に対する人間の生を感じている。そしてそれを常に深い喜びに於て歌おうとする。

「とまれ喜びが今日に住む
　若い陽の心のままに」
「いつまでも誰が明日を憶えていよう」
「あるのはただ今日ばかり」
「生きることとそれが烈しく今日である」
「永遠より前に今日が歌う」
「在ることは流れない
去くものも来るものも
今だけを知つている
訊ねる心も許されぬ
そんな今を終えることなく
しかしある日ふと人は笑うだろう」
「私が今の豊かさを信ずる時
この星にいて死を知りながら
私は自由だ」
「今日　期待は明日に似ている
だが明日になると
期待は今日にすぎない

しかし私のまはりに晴天の一日がある」
「久しいものの行方よりも
今あるすべてを私は知りたい」
「私に許された日月を
ただ誠実に遊ぶため」

詩人はこのように従うことの喜びを知つて歌う。ここにある詩人の生きようとする態度を人はどう思うだろうか。詩人は行動的に生きようとするのでなく、今日完全に存在することによつていつまでも自己に今日であろうとする。今日を永遠に高める。そこに喜びがある。今日ほんとに喜ばせるものは何もないのだろうか。春になると芽生える草、樹の葉を揺する風、つまらないだろうか、それなら人を喜ばせるものは何もない。詩人は従うことの喜びを知つているのだ。世界は本当は悲惨だ。人間など考えもしない冷酷だ。

僕等が人間として生きるのは一度きりなのだ。

「さびしいことを忘れた人から
　順々に死んでゆけ」
「喜びを辨るのは悲しみではない」
「今日この晴れすぎた空の下に
心は只ひとつしかなく
あたりには姿ばかりが美しい」
「速い飛行機が人の情熱の形で飛んでゆく
青空は背景のような顔をして
その実何も無い

私は小さく呼んでみる
世界は答えない
私の言葉は小鳥の声と変らない」
「世界の中に用意された椅子に座ると
急に私がいなくなる
私は大声をあげる
すると言葉だけが生き残る」
「在ることのたしかさについて
私もよく知つている　しかし
人のそとに名づけられる何があるか」

詩人はこのように歌う。ここから生れて来る喜びは愛だけだ。物にしろ、人にしろ、そして死ですらこの地から愛することだけだ。僕等の今いることに愛のほか何もない。そして、詩人はそのことに何かを信じようとする。

「ひとの不在の中にいて
今日　私はすべてを余りに信じすぎる」
「だが愛でさえ己れのものにすぎぬと気づく時
誰が祈らずにいられよう」

そして又裏切られも、疲れもし、僕が今迄勝手に要領悪く引用してきたように、そうはつきりしたものばかりでなく次のようにも歌う。

「在ることは空間や時間を傷つけることだ
そして痛みがむしろ私を責める
私が去ると私の健康が戻つてくるだろう

「無こそむしろ安易なものだ
　私が呼んでも世界は目ざめない
　私は愚かに愛することが出来るだけだ」

詩人は自らの言葉に、より大きな能力をもつた世界との、意志の違いの怖れをもつ。詩人の優しさ、みじめさがある。

「言葉たちは
　いつも哀れな迷子なのだ」

そのことから詩人が自ら世界には入り、世界を愛し信じまかせようとする。

「休みなく動きながら世界はひろがつている
　私はいつも世界に追いつけず
　夕暮や雨や巻雲の中に
　自らの心を探し続ける

　だが時折私も世界に叶う
　風に陽差に四季のめぐりに
　私は身をゆだねる

　——私は世界にただ
　そして愛のため歌を失う
　だが私は悔いない」

「黙つたままでいいのだ
　愛を——
　世界は私の眼差だけで気づいているだろう」

沈黙がここでは詩人の喜びに叶つた姿である。心はその時世界に触れ、

「喜びはむしろ地に帰るのがふさわしい」

と言い、又

「世界が私を愛してくれるので
　（むごい仕方でまた時に
　　やさしい仕方で）」
「私はいつも世界のものだから」

と言う。詩人の今の喜びはこのように発展して来た。谷川君はここで自然人だ。

　自然人というのは勿論ことわるまでもなく東洋的淡白趣味のそれではない。寧しろ、動物的原始的な来るものを知つている人のそれである。そして愛は今と喜びを選んだのだ。いや谷川君の詩の中で愛と今と喜びは三一致である。

　もう一度僕は繰り返そう。人間として僕等一人々々が生きるのは一度きりだ。

　大地の死や生と一番親しいのは樹木や草だろう。犬や馬、又鳥は知つているが、樹木や草のように直接それを自分の中に入れているものはない。入つて来るのを避けたいのである。

　僕等が死んでからは、場所と時、自然と気候、大地（土壌、その中の鉱、光…等）と宇宙（他の星々・物理的超微、大の宇宙線・電子雨・太陽黒点…等）が最大の影響を与えるのだろう。先に一度きりと言つたが、地球が続きしかも水と温度が適当に在れば僕等それぞれの機会はあるだろう。しかしその時は既に僕は千分の一ミリメートル・百分の一ミリメートルの珪酸やコツトリトに過ぎないようなものだろうし、その人間に僕と言うことは出来ない。それは確かに人間であるにしても、全く別の人間だ。

　僕は今のところ神を必要としないが、この銀河系星雲、アンドロメダ星雲等大宇宙を考え、生命も物質も絶えず何処かにあるような気がする。僕をつくつている物質や生命に、死と言うものが実際やつて来たとしても。僕と言う一人称を使うから、自分で所有している様に思い、生と言い、死と言つて消えてしまうように思うが、仮に水を手つとり早く考えたところで、酸素や水素を各々僕の生とやつて来た死と思つている人は、水のことは全然知らないことになる。ここに時間と空間の（各々の姿をもつ物質・動、植物は各自自分の時間・空間をもつと僕は考えている。これは非常にぼう大な種類があり、そして僕等人間に比較的近いものから、遠いものを持つものまで、実際問題として、僕等は詩で直接感覚し示すより以外の方法はないようだ）秘密があつて、酸素と言う生に水がわからぬのだ。僕等は自分を自分自身のものだと思つているが、谷川君の言う姿だと思う。宇宙が生と死を持つ心だ。宇宙が所有しているのであつて、そう考えるとき僕は僕だけの人間でなく宇宙そのものの一部、一粒子*だ。

　水になつたところで姿が変つただけで、強いて僕だと言いたければ、勿論ちやんと水の中にも或る種の変化、水という関係をもちながらも、僕は居ると言つても良い。　この場合水素という死も当然水と言う関係を酸素の生と一瞬あつた時から持ち、変つていることは言うまでもない。言葉で言えば、北村太郎・加島祥造両氏の説く隠喩の関係であり、即ち「時間が凍る」といつた場合、「時間」という言葉も「凍る」という言葉も変化して、結びついている「時間」「凍る」は決して元のままの姿ではないとの関係である。（この点言葉は宇宙の関係をそのまま、或はそれに近く人間界に可視するもので、最も秀れた詩でなくとも、僕は部分によく見る気がする）　いよいよずれてくるが、水爆原爆なんかの研究より、物理学者も少し変わつたのが居て、「何故酸素1：水素2で水が出来るのか、」一生やつて見る人がいるといい。　わかるまで続ければ良いのだ。何代でも。僕は現代物理学がこの点を解明したら、間接人間の生死について順々に類推する可

能性もあると思う。　一体生が何処にいつて何になるのか。　元に戻ろう。僕は宇宙を心と前に言つたが、その心が誰の何の心かは知らぬ。宇宙が誰が造つたのか、どうして在るのかも知らぬ。しかし僕はどうしても神とは言いたくない。僕にとつては未知のものだ。そしてもつと親しい。僕はその姿そしてこの地上の総べてはその姿だ。神のことでどの宗教も信仰とか罪とかをむつかしく言うが、もし僕が神と宇宙を言うとすれば、僕もそして地上の総べてが神だ。キリストの降誕を釈迦の成仏得脱を、その奇蹟を説法を思はない。両方の総べてを、人間の心のことを言つているとしか、僕には理解し得ない。動・植物質に、人間と心という関係のものがないとは思はない。

つい途中から自分のことを粗雑に幼なく書いてしまつたが、大変厚かましいが、このようなことも谷川君の詩が僕に書かせたと言いたい。

このような考えもあつて、谷川君が今の喜び、今の姿と言うものを、今の愛を歌つたのだと思うのだ。谷川君の歌つた所から来るものは、とにかく人間への強い愛のほかにはないと思う。宇宙的に、巨視的に微視的に、自分に従つた、自分の今に従つた歌なのである。こんなことは言つても言はなくてもどうでも良いことだが、抒情の質が在来のものと異なる点も、このような谷川君の観念が詩の中にあることを理解する必要があると思う。　谷川君の詩の一つの特質は、この観念と感情、感覚の一体の結合にある。

その観念だけを強引にひつぱりだして書いたわけだが、具体的にまとめて言えば、「62のソネット」の一部二部では、殆んどが人間として自分という個の立場の今を宇宙に対立させて歌つていて、其の観念は僕がこの稿の始めのほうで述べた、世界は悲惨で、人間のことなど考えもしない冷酷だ、何もない無だと言うようなものだつた。そして三部に入つてからは、一郎二部でぽつぽつと時たま見えたことだが、43番から57番まで全部が一部二部での考え方と、自分と言う個が世界の今の姿であること、世界が心であること、そう考えて自分という個が世界そのものであること、その一時の姿であること、と言う考え方の争いである。その一つの結果として58番がある。59番から最後の62番までの作品は勿論世界が心であると言う歌い方に一貫している。従つて今の喜びの感情、愛も、一部二部と、三部57番以後のものとは違うものを持つていることは当然である。

しかし別に谷川君の「62のソネット」の向いている方向について非難があるかも知れない。僕はそれについて簡単に弁解して置きたいと思う。

まず谷川君の詩には一体どんな倫理もないのかと言うと、多少宗教的な倫理がある。ほかでもない喜びと言うことである、詩人にとつては喜びこそ絶対的なものであり、人間と言う条件を克服する処には、唯かえつて、従う姿の愛がある。喜ばないことは詩人にとつて罪である。

現実とか言う言葉が屡々つかわれて非難されるが、意味がないか、又わからないのが普通である。誰もそれが実際に作品に表現されるまではわかりはしない。詩はいつもそう言う言葉を抜け出すか、またずれ落ちた処であえいでいる。どこの国の詩人でも、総べて自分の詩に少くとも自分には何らかの状態の明確な目的を持つていると思つているが、それが何も直接人間に責任をもつと言う場合　政治的題材をとり、又対象とする必要はない。言はずもがなであるが、僕等の世代に芸術至上の立場が生まれることはないだろう。左翼の詩人にも、詩人であるか、その思想に仕えるかを決めて下さいとは言はないが、その思想に奉仕する人もまず詩人であつて下さいと言いたい。　コンミュニズムの至上と言う言葉で、芸術は決して許されはしないと思う。　それは暴力にも等しい。　僕等は人間と言うことに於て、まず平和を求める。自からの生きることを求める。　その為に詩人が戦争の恐怖を歌うのも、特定の一国について激しい憤怒を浴せるのも良かろう。それが詩と言うことで僕等に真正面からうつたえ感動させて呉れるならば。

しかしそうだからと言つて、谷川君がそれ等を見つめ、而もなお喜びを純粋に歌うことに全身を賭けていることについて、どんな立場の人が、どんな不満を忙しく吐けるのだろうか。僕は、谷川君が詩学一月号「二十代の発言」で松川事件や基地問題等を詩で取り上げないことについて、「不満というよりも今は無関心です」といつていることに充分うなずける。題材なんかどうでもいい。

一輪の花の咲く喜びだつて、あらゆるものを吹きとばす生きる勇気がいるのだ。　唯単に谷川君はその秀れた才能で言葉をあやつつているのではない事は、この詩集の激しさでわかるだろう。いつ何処から聞いていても、自ら独りが現実なるものを背負つて立つているような言動は、その意気に害はないのだとしても滑稽だと思う。

内灘を歌い立川を歌うことが、内灘をなくし立川をなくす事とは少しちがう。　何故そうなつたか考えて見るがいい。何故今日のようになつたのか、考えて見るがいい。　日本の歴史は作られるのではない。　作つたのだ。

僕等は自らに目覚め、自らに責任を持つ以外は最初の救いはないだろう。　その為にはどんなにもせよ生きる喜びを一人々々が気ずかねばならない。　僕等は唯それだけのものでもいい。僕等は幼稚な出発をしよう。

僕等は単純な出発をしよう。そしていつでも幼稚で、単純でいるつもりだ。一人のアインシュタインより、一人の湯川より、十人の平凡な人間らしい人間たる愛の世界を僕等は求める。

僕は有りもしない非難を予測して書いた。事実有りもしない非難だといい。先日詩学四月号で中村稔氏の書評を拝見させていただいたが、僕はまずこのことを認めていただければと思う。（中村氏はあるいはこのことを認めていてたお書かれたことも思うが）谷川君は同じ詩学の一月号でこう言つている。「もしこれから僕が進むとすれば、もつと人間的なものに進むようになると思います」谷川君は多少知的に歌いすぎたのかも知れない。知的な喜びであり愛だつたのかも知れない。或は資質がそうさせたのかも知れない。しかし僕は充分肌に感ずることが出来た。決して観念的なものだとは思はなかつた。櫂の先号にのつた「背中」はそしてもつともつと人間的で温い。僕は立派な作品だと思つた。メタフイジツクスと言うことは決して人間から遠ざかりはしない。より強烈に人間に近ずくだろう。

* 「62のソネット」20番〈心について〉一例として

** 〃　39番一例として

*** 焚地詩集一九五四年版「詩の定義―隠喩について―」　加島祥造、北村太郎両氏兆考

**** 黒田三郎氏の書いたエッセイにあつた言葉と記憶しているが、もし間違であればお許しねがいたい。どこかで一寸見せて貰つた雑誌にあつたような気がする。

ルポルタージュ

谷川俊太郎に会う

谷川俊太郎

谷川俊太郎に会うのはこれが初めてのことではない。それも別に自己表現の新しい方法に苦悩した挙句に、彼と組んで自己をはさみ打ちにしてしまい、おでこをごつんとするというような深刻なものでは未だない。せいぜい若気の至りグレアム・グリーンの「内なる私」程度に会うのである。だから喫茶店で誰かと差向かいになつて〈僕はあなたを愛しています〉などとやつている最中に急に彼が隣の椅子に座つているのに気ずいてもそんなにひどくは驚かない。彼が嫌な眼付きでこつちを見て、〈俺はここにいるんだ、お前のなんてお芝居だぞなどと云いたげでも彼の面前で無理矢理キスでもしちまえば、彼はこそこそと帰つてしまうに決まつている。（その代りツケはこつちに廻つてくるのだが）たまにはそんなけちな会い方でなくもつと礼儀正しく正面切つて会つてみたいとかねがね思つていた。今日は天気もいいし、彼が夜会つた時や、曇の日に会つた時のように、妙に不健康に僕にからんだりすることもないだろうから丁度いい。田端の駅に近い彼のアパートの扉をたたく。相変らず不精ひげをのばし、眩しそうな目をして出てくる。彼「何だい朝つぱらから、こんな天気のいい日に俺に用も無えだろう」僕「だから来たのさ。たまには用の無い時に会つて、お互い損得なしに話をするのもいいと思つて」彼「一体どんな話するつてのさ」僕「今日は会見記とりに来たんだ」彼「ふきれた、いまさら、他人てわけでもねえのに。大体俺とお前はそんなに人前で話せるような仲じゃねえんだぜ。」僕「だからそこをさ、今日はすこし行儀よく、一寸親友同志みたいにさ、僕が専ら聞き役に廻るから」彼はしぶしぶ承知する。

僕「どうも僕はこうあらたまつて話を始めると、とことんの始まりから切り出したくなるんだ。で、悪いけど先ず名前と住所から……」

彼「冗談じゃない、そんな難問到底答えられやしねえよ。」

僕「難問だつて？　こんな簡単なことが？」

彼「そこそこそれがお前の悪いとこだ。お前は好きかどうかも解らねえうちにキスするくちだからな。そりゃ一応俺の名前は谷川俊太郎さ。だがこんなのは便宜上だもね、俺は麒だつてかまわねえんだ、熊だつてどころか俺は人間じゃなくたつてかまわねえんだ。ホモ・サピエンスじゃなくたつていいのさ。」

僕「でも君がいくら自分を名ずけたがらなくても、自分が生きて今此処にいるということはたしかでしよう。君は自分の名前にくよくよする前に人間の中で行動すればそうすることによつて抽象的な言葉なんかによつてではなく自分を名ずけることが出来るんじゃない？」

彼「そりゃそうかもしれないさ。しかし俺には自分の今いる所さえ解つてないんだぜ。成程お前に云わせりゃ俺は北区田端町に住んでるつて云うだろうよ。政治家はお前は日本国にいるつて云うだろうし、人類学者はアジア州にいるつて云う、天文学者は太陽系第三惑星だなんてほざくかもしれねえ、だが俺に云わせりゃ俺には解らねえ、俺は只奇怪な時間と空間とを感ずる。」

僕「やだなあ、今はまだ夜じゃないんだよ、君には窓から見えるこの街や家々や人たちが目に入んないのかい。君は宇宙のためになんか生きられやしないんだよ。君はこの星の上で生まれそして死ぬんだぜ。僕の

言葉で頼りないんならエッホット氏だつて云つてるよ。＜…併し人間が宇宙と一体になるのは、他に何もないからなので、ギリシャの都市国家での繁多な生活に積極的に参加出来る人々は、宇宙よりも一体になるのにもつといいものを持つていた訳であり…＞」

　彼「それは俺も知つてる。

夜にはみんな黙つていなければならない
星たちに問いかけてはならない
おれらは冷い笑いさえもつていない

なんて書いたのはお前のように見えるけど実は俺なんだぜ。俺だつてその位知つている。だが知つてたつてどうにもなんねえんだよ。俺が人々の中の己れを知りたいと同時に宇宙の中の己れを知りたいてのはとりやあひとつの情念なんだもの。いや情念どころじやねえ、もしかすると情慾かもしれねえ。俺が生きたいと思うのと同じことよ。俺は自分が死に阻まれるのがどうしても解せねえんだよ結局。」

　僕「そうか、じやあ生きたいんだねやつぱり、その点じやあ一致してらあ。で、今どうなのさ幸福かい？」

　彼「そんなこと知つたことか、でも生きてるから幸福なのかもしれねえ」

　僕「とぎれ喜びが今日に住む
若い陽の心のままに
鉄塔や銃や
俘さえも知らぬ間に
などと書けるところを見るとね」

　彼「いやそうじやねえ。その喜びは俺の昼間の話だ。俺はどうしても

昼には青空が嘘をつく
夜がほんとうのことを呟く間私たちは眠つている

と書かずにいられなくなる。そうなんだ、俺ん中じやあいつでも昼と夜とがいがみ合つてんだ。昼、俺はこの星を大地と感じ　人々のために生きることも出来る。しかし夜、俺は世界は不在の中のひとつの小さな星ではないかと疑い始める。俺はそうして又昼の勇気をなくしちまうんだ。」

　僕「君は夜眠れるかい。」

　彼「ああよく眠る。何故？」

　僕「ふん、それは大変いいことだ。夜には眠らなければいけないね、人間ては。そして昼間は働かなければいけないんだ。」

　彼「それが正しいと俺も思う。ただ俺にはまだ夜を知りたいという欲望をあきらめきれずにいるんだ。それは好奇心なんてもんじやねえ、俺にはモラルを欲望してんだ。それが無きやあ俺はどう生きればいいか解らねえ、だから俺が生きたいということと同じだ。」

　僕「ただ僕は行動しなければどんなモラルだつて見つかりつこはないと思つてる。だがいいんだ、君の問題を解決しようというのが思いあがりかもしれない、君は刻々に君の問題を生きてしまつてるんだし、そうすることで解決しているんだもの。君が書けばもうそれは星の行為だもの。君はその時もう宇宙とよりも人々と結ばれてしまうんだもの。

だが時折私も世界に叶う
風に陽差に四季のめぐりに
私は身をゆだねる――

――私は世界になる
そして愛のために歌を失う
だが　私は悔いない

と君は云う。君が世界つて云う時、君はやつぱり知らず知らずに人々をもその言葉の中に入れているんだ。愛のために歌を失うつて君は云う、だけど本当は君は歌を失つていないんだ。君は歌を失うつていう風に歌うんだもの。そして君の詩を読む人はみんなそれを聞くんだもの。」

　彼「それは俺にとつちやあ一種の脅迫でもあるな。

世界が私を愛してくれるので
私はいつまでも独りでいられる

と書いた時、俺は人をさえ自然と同じように見ていた。見ていたというより見たい見たいと望んでいたんだ。俺は人の世界に入るのがこわかつたんだ。俺は世界を愛するし、世界に愛されていると信ずる。だが俺は人々を愛するのはこわいんだ。そして本当は愛されるのも。」

　僕「君はとても強いか、とても子供なのかどつちかなんだねえ。君にはまだ人は要らないのかしら。人を愛するのがこわいなんて虚勢かでなけりやあうらやましい贅沢だよ。」

　彼「俺にも俺の孤独てなもんがどんなもんか解つちやいねえんだ。だが少くとも俺の「二十億光年の孤独」は少年の孤独なんだ。おれは人を求めない孤独なんだ……

　さて、僕はそろそろ溜息が出だす。この会見記はきりがない。僕は自分の聴き手としての才能に絶望する。僕が彼から拾い出した話題は読者の興味を少しでもひくだろうか。結局僕は予定した質問をひとつしかせず、それに満足な答さえ得られなかつた。僕等は余りに個人的なことばかりを喋つていたように思う。だが読者がもしこれをある感受性のとりとめもない一瞥という風に思つて下されば幸せだ。僕と彼と二人がかりで私というものをどの程度につかまえたか、又正しくつかまえたか、ということは私には解らない。アパートの小さな机でこれを書いて、私にとつて何か得ることがあつたか、それも別に無い。只日本語に一人称が沢山あるのは余り良いことではないと気ずいた位のものだ。僕と彼とを使いわけ、その上彼の中の昼と夜とをみつめ、その後でこのように私などと書いていると、やはり病いなのだという気がする。十行程前で僕という言葉と私という言葉をすりかえていた時、丁度太陽が沈み終えるところだつた。雲の縁が金色に輝き、太陽は正しく堂々と、あたり前に沈んで行つた。僕は後めたく感じた。今はもうすつかり暮れた。これから親子丼でも食いに行こう。口の中に唾がわく。これだけは私も僕も彼も信じていいようだ。これは私の唾、私の食慾そして決して分け得ないもの、むしろ私を烈しくひとつにするあるものなのだ。

金子光晴の詩から

茨木のり子

I

詩集「落下傘」の中に「寂しさの歌」という長詩がある。この詩の書かれたのは昭和二十年五月五日になっている。敗戦の年の五月という日付は当時の胸にさまざまな記憶を私によみがえらせる。

この詩を読んだのは戦後数年を経てからだつたが私は感動し、ウイリヤム・サローヤンの颯爽たる次の文章を思出した位だつた。

「戦争の時も、芸術が仕事を抛棄すれば結局戦争が最後の勝利を占め安つぽい歴史が人間の世界の物語を語ることになる。殺すか殺されるかの境にいる兵士にまで芸術が届くことはないとしても、芸術はその兵士の息子のためには役にたつだろう。又芸術が政治家のラジオ演説の口調や意味を変えることは出来ないとしても彼の死とその後継者に期待をかけることは出来る。世界が血に疲れくるしい芸術に耳を傾けようとする者が誰もいなくても我々は次の世代に望を賭することが出来る。戦争は一時的のものである。芸術は一時的のものではない。世の歪みも一時的のものである。戦争は一時的のものである。芸術は一時的のものではない。世界に詩人がいる間は戦争は何物も殺すことは出来ない。

（"我が心高原に"の序文）」

そうした強靭な詩精神が日本にも存在していて発表されるかどうかも予想されない、しかもきわめて烈しい詩を昭和二十年五月五日に書いていたという事実は本当に大きな喜びをもたらしてくれる。勿論あの時代にも幾多の強靭な精神たちが居たに違いないがそれと、それを詩集一巻として形成していたこととの間には大きな相違があると思う。"寂しさの歌"は長いので全部引用出来ず残念だが自我のない日本人の哀れさが卓抜な技術を駆使して全体を貫きいき〳〵と表現されている。落下傘の跋で作者は「この詩の役目は一見終つているように見えてまだ〳〵終つていないとおもう。この詩の苦難も又これからのことかもしれない（昭和二十三年）」と言つているように戦後の外見上の変貌に比べて我々の精神内容はおそろしい程質的変化を遂げていないことがこの詩を読む度に痛感させられるのだ。

中略――こぼれかゝる露もろともしだれかゝり手をる
　がまゝな女たち、

――あゝなにからなにまでいやになるほどこま
〴〵と僕らは互に似てゐることか。膚のいろ
から眼つきから人情から病癖から、僕らの命
がお互に僕らのものでない空無からもなんと
大きな寂しさがふきあげ天までふきなびいて
いることか

――遂にこの寂しい精神のうぶすなたちが戦争を
もつてきたんだ。君たちのせゐぢやない。僕
のせゐでは勿論ない。みんな寂しさがなせる
わざなんだ。寂しさが銃をかつがせ、寂しさ
の釣出しにさそつて旗のなびく方へ
母や妻をふりすてゝまで出発したのだ　かざ
り職人も洗濯屋も手代たちも学生も風にそよ
ぐ民くさになつて。誰も彼も区別はない死ね
ばいゝと教へられたのだ。
ちんぴらで小心で好人物な人々は　「天皇」
の名で目先まつくらになつて腕白のやうによ
ろこびさわいで出て行つた。

――日に日にかなしげになつてゆく人々の表情か
ら国をかたむけた民族の運命のこれほどさし
せまつたふかい寂しさを僕はまだ、生れてか
らみたことはなかつたのだ。
しかしもうどうでもいゝ。僕にとつてそんな
寂しさなんか今は何でもない。僕、僕がいま
ほんとうに寂しがつてゐる寂しさはこの零落
の方向とは反対にひとりふみとゞまつて寂し
さの根元をがつきとつきとめようとして世界
と一緒に歩いてゐるたつた一人の意欲も僕の
まはりに感じられない、そのことだ、そのこ
とだけなのだ。

こゝに表現された精神風景を過去のものとして読みすてることが出来るだろうか、これはそつくり今も我々にあてはまりそうである。

一番最後に分析された寂しさは戦後一応解消されたとしても共に歩む世界そのものが混沌に瀕している現在、心ある人々にとつてこの寂しさはもつと鋭いものになつている筈である。昭和二十年を抉りながら現在も何波動をたてゝ生き続ける生命を持つた作品として「寂しさの歌」は在る。日本というものゝ深部をこれほど集約的にまた局部的に捉えた詩や小説を私は未だ知らない。詩だからこそなし得たとも言える。自我の基盤も歴史も持たないこの国で、我々民族の脆弱さ、たわいなさに深く沈滞した金子光晴の抵抗精神が第二次大戦中のフランスに於けるような巾や拡がりを持たなかつたことは当前である。　あの不毛の昭和十年、二十年代いかなる組織にも属さずにまるつきり異質な土の上で遂に扼殺されることのなかつた一個の精神証

明を残しておいてくれたことをむしろ稀有なことゝして喜ばなければならない。サローヤンの言葉をかりれば「息子の時代」つまりわれわれの時代に役にたつエネルギイをはらんだ詩集が一つでも生産されてあつたことを……。

Ⅱ

最近出版された詩集「人間の悲劇」では金子光晴の精神はもはや自己をも含めた普遍的な人類そのものに抵抗する。「人間の悲劇」に限らず〝をつとせい〟や〝反対〟という詩に見られる姿勢は初期の出より一貫して変らないものだが「人間の悲劇」では最もさらけ出された形で出て来ている。闘う対象が自国の民族・国家・文明であり、又一方世界の各人種でもあり社会機構でもあり、又一方、生命の実相そのものでもあるという三重性を帯びるならば定着されたものは勢、複雑な様相を呈するだろう……。

「ばんばんの歌」では彼女らが戦後突然、毒々しい紅茸、卵茸のようにニョキ〳〵現れたものと見ていない。「どこから君はやつてきた、それより長い戦争中、君らはどこにかくれていた、またどうやつて早変りした」となつている。

「くろんぼ」のところでは「君たちよりももつと貴重な人間の命をまもるために人間の楯とされ弾丸よけの壁とされる。君はフライパンよりも黒い老女の幻を目にうかべては「ママ」とよびかけながら死んでゆく。人間よ　あゝ人間を生んだ無慈悲な母よ」という散文。

「海底をさまよふ基督」には「キリストとはなんだろう、どうせ人間の罪の影さ」「この乞食の王をつれてきたのは他ならぬ人間の堕落なのだ」という詩句。

「奴隷根性の歌」には、

奴隷というものには
ちよいと気のしれない心情がある。
じぶんはたえず空腹でゐて
主人の豪華な献立のじまんをする。
　中略
だから鎖でつながれても
靴で蹴られても当前なのだ。
口笛をきけば、ところころし
鞭の風には目をつむつて待つ。

どんな性悪でも飲んべでも
蔭口たゝくわるものでも
はらの底では主人がこわい。
土下坐した根性は立ちあがれぬ

くさつた根につく
白い蛆。
倒れるばかりの大木のしたで。

いまや森のなかを雷鳴が走り
いなづまが沼池をあかるくするとき
「鎖を切るんだ。自由になるんだ」
と叫んでも
やつらは浮かない顔でためらつて
「御主人のそばをはなれて
あすからどうして生きてゆくべ。
第一申訳のねえこんだ」といふ。

この奴隷根性の歌は、日本のいかなる抵抗詩よりも鋭い切先をみせている。

その他「生きてゐるなんてことはいかほど合理化してみてもむごたらしいことにかはりはない。犠牲なく一日も生きることは出来ないのだ」という文章。

この詩集には、見たくないもの、避けたいもの、認識したくないもの等が容赦なく摘出され拡大されてそれが適格な詩の技術に支えられているために顔をそむけたくなるような現実感がある。　詩集「人間の悲劇」は言うなれば一寸けたのはずれた現代のお経といつた趣きがある。

昨年の群像の詩の座談会で金子光晴は「これからの人間の運命の針路を人間の手で変えうることが出来るかどうかゞみものだ」という意味のことを述べているがこの若々しく愛情に溢れた青年のような言葉と、「人間の悲劇」に現われた虚無的な厭世的な露出的な詩風とはどのようにつながるのだろうか？

それはたぶん一つの楯の両面でしかあるまい。人間を否定しつゝも六十才近い今日まで「意識の変革」を迫つてやまない多彩な詩活動を続けていることに、はつきりうかゞわれるだろう…。　又この諧謔たる詩集を気を滅入らせつゝも読み終えて、一種ふしぎな爽涼感に導かれているのに、気づくことからも解るのだ。

「人間の運命を人間の手で変えうるか否か」という時の金子光晴の位置が現実的に宙に浮いたものなのか　或は一つの扉を持つたものなのかは早急に決められることではないと思う。　しかし私が現在受けとつているこの詩人は「人間の運命の変更」を希求する神出鬼没のスタイルを持つた斥候であること、正確に、貪婪にメモされた「現代の状況判断」が彼の詩であること等である。　それは時に頼りなく、時に間が抜け、時にすばらしい叡智をひらめかす人間くさい斥候である。無数のありがたい理路整然たる「現代のメモ」の中から、特に私が金子光晴のメモを選択せざるを得ないのは、歴史に試され続けながらますます真価を発揮してきたその長い詩歴がものを言うからでもある。

原始について

―劇の形を借りて―

川崎洋

幕があがると、舞台はうす暗い岩窟の内部。中央やゝ右よりの所に更に奥深く人がやつと通れる程の割目があり、観客席からは其の奥に暗くて全く判らない。

舞台の右上よりかすかな光が射している。

一組の白い服装の男女が手に懐中電燈を点じて割目から現われる。

男　昔は文字がなかつた
女　此処に住んだ原始の人達は文字を持たなかつた
男　今なら
　君も僕も文字とゆうものを持つている
女　そして貴男も私も貴方達（観客へ）も文字でなら
　ば
　何時でも
　魚にくわえられて
　波の上を跳んでいく事も出来るし
男　朝日で帽子を編んでかぶることも出来る
女　また
　貴男や私や貴方達でなくても
　何処か知らない処で
　一人の羊飼いの少年が
　さくらんぼ色の裸の腕を伸ばして
　彼の好きな小羊の名前を
　流れる雲に書き記す事も出来るし
男　公園の木馬が
　森から風が吹いてきても
　木馬が昔つて
　森の中の木の枝や幹であつた昔の様にはもう
　自分の手足がそよごうとしないのを
　嘆くことも出来る
女　しかし
　若し文字とゆうものがなくて
　石器や矢じりを手に持つて
　私が貴男に示すそれらの組合わせの
　具合でしか
　会話出来ないのだとしたら
男　君にしろ僕にしろ
　会話中
　何時お互言葉で打ち殺されるか
　知れたものではない
女　しかし今では
　言葉で
　鳥を射落したり
　熊の肉を得たりすることは出来ない
男　せいぜい僕が君の弱味につけ込んで
　貴方達が僕の弱味につけ込んで
　ちやけんにするのに
　身体が楽をするようになつた位のことだ
女　けれども
　私達の文字とゆうものには
　例えば森の中を歩いていく旅人が
　ふと身近に水の匂いをかいで足を止めるとゆうよ
　うな
　その時ひとむらの茨の繁みの為に
　その旅人からへだてられて
　見つけられない泉のような
　そんな
　思い設けぬ気配を捉えているように思われる
男　そうだ
　そんな思い設けぬ気配をたゞさえた文字で
　君も僕も貴方達も
　針の穴から
　駱駝がするりと抜けることよりももつと難しいと
　とに就いて
　説かれるのだ
女　人はやさしい心を持つとゆう
　しかし
　貴男だつて私だつて貴方達だつて

風に草や花がそよいだり
木の葉が水に濡れて光つたり
甘い匂いを撒りながら揺れたりしないと誰もやさ
しい気持にならない
そして
そんな時
人は心の底に純粋さを持つと云う
嘘だ
人間を見ていた眼が
風に揺れる花に移つた瞬間にやさしくなるなん
て！

男　此処に住んだ原始の人
やさしい　とゆう文字を持たなかつた人

舞台急に幻想的な光がうすく溢れ、男に中央に
小さな焚火を作る。
男女向いあわせに坐る。
急にいきいきとして、

女　あの
泉に水を汲みにいく時の楽しさ
素肌に冴えた
心快い霊の醍味
葉のしめりを透きとおつて洩れてくる
太陽の光が
ふいに私の眼を射たりするので
私はくらくらとしながら
それでも
次第に
あの水の匂いに近付いていく時の
よろこび

男　俺はとある山の奥の
流れの早い谷川の中に突き出た
岩の上に居た
俺は魚をくわえていた
俺の横に
女が水浴に疲れて目を伏せていた
鳥がひらりと降りてきて
俺の口から魚の肉をついばんでいつたりした
川のしぶきが
始終
俺と女の裸の身体を打つていた
俺は女を視た
女も俺を視た
俺は口から魚を吐き出した
そして
俺は

間

男漠然立ち上る

男　俺は
鹿の匂いを嗅ぎながら疾つた
芳ばしい空気を喰い散らし喰い散らし
草の影の
うすむらさきに揺れる上を
掠めるように疾つた
鹿を捕まえろ！
花を摘んでいる半裸の娘達が
驚いて
立ち上りざま振り返つて俺を見た
其処を
俺は矢のように疾り過ぎ
鹿は川をとび越え
俺は川をとび越え

男しばらく両手を差しのばした侭放心している。
女焚火を消す、真暗になる。急に男女の懐中電
燈が岩壁の一点を照らし出すとそこに赤い色で
一匹の鹿が描かれて在る。
急に舞台の左から矢が続けて二本とんできて鹿
につき当る。激しい音を立てゝ突きさゝる。

女　男は狩から帰つてくると
自分が捕まえることの出来なかつた鹿を
歯ぎしりしながら泥絵具で画いた

懐中電燈が女の声に従つて次々に岩に画かれた
絵を照らし出す。

女　夜
　黒空に向つて
　鼻の頭をつきつけるようにして
　背のびをしては首を動かしている鹿
　草の匂いの激しい朝の森の入口で
　ひしめきあつている猪

　泉のそばで
　波をなめている羚羊の
　はらはらするような赤い舌

　夜
　地面にねころんで
　地平線を透かしてみると
　暗い夜空に
　遠く
　はつきり動いているのが見える動物達の黒い影

　　懐中電燈消える

女　この動物達の眼や舌や首や仕草に
　見られながら
　男は私を抱く

　私の背中の枯草の折れる音
　けものの皮は
　男と私に押されて
　はげしい匂いを出し…

　　間

　　急に舞台、夢のような色の光に溢れる。
　男、剣月のそばに女と離れて岩壁にもたれて坐つている。
　　右手に石斧を持つている

男　俺は石斧を右手に握りしめたまゝ
　いつか花の中に眠つてしまつていた

　ふいに俺の頬がなま暖い
　眼をあけると
　俺の顔の上に
　羚羊の顔があつた
　俺は羚羊とちかぢかに眼をあわせた
　羚羊は俺の頬に鼻をつけて
　俺の匂いをかいでいたのだ

　俺も羚羊も静かにしていた

　風が吹いて
　羚羊の眼もとの白い毛がふるえているのを見た

　羚羊の眼の中に映つている山や
　とぶ草のきれはしを見た

　羚羊よ
　お前は俺に何を視たか

　羚羊よ

　　間

　　舞台一瞬暗くなり赤い光に溢れる。
　その時男は剣月から姿を消している（赤い光女のセリフの推移につれて次第次第に強くなつていく）

女　朝
　太陽が昇る前
　男が鹿をかついで
　遠く岩の上を歩いていくのが見られた

　私は太陽が昇るのを待つていた

　遠く岩のてつぺんに
　男は鹿をかついだ儘立ち止つて向うを見ていた

　太陽が昇り始めた

　大きな
　ぐら〳〵赤い大きなのが

　男は太陽に染まり
　太陽が岩の上に全部出ると
　男は太陽の中に入つてしまつた
　そして
　太陽から
　男の手や鹿の首が
　はみ出たりするのがみえた

　　舞台真赤になる
　女口に手をあてゝ叫ぶ

女　おーい　おーい

　　― 幕 ―

青年に就いて

水尾比呂志

青年A　又しても
差し伸べられた手の冷たさに
もの馴れた人々の麗しい身ぶり
あゝ
この身近なひともさうなのだ
ひた寄せる夕べを佇み
たゞ遠い何処かを想ふ
それだけが残された孤りの時間

僕は習はしの様に追憶の背後に居る

嘗つて地平に陽は燃えて
僕はお前と競つたものだ
微風に熱い耳朶を吹かせ
湧き出た胸のふくらみを
伸びる二人の背丈の様に

お前は淋しげに眼ざして
憧がれの悦ばしい幾駒かを
言はせようと僕に瞬いたが

さまよひなき冬木立

いまうつろひ寄る僕の眼に
黒々と喪心の身を避ける
荒肌は心労の皺に深く
互ひの言葉の響きを忘れ
刺々しい梢の爪が
凍てた空の不惑を掻く

僕も更に語りともない
浮び沈む
この短かい過去のきれぎれ

青年B　誇張した身ぶりもなく
いつもさうである様に
音楽は聞えないこの世から
だから　彼が発つたとて
僕に何が不思議なのだ
仮令影を失つても
その悲しみを知らぬ僕に

A　人は死の中へ入つてから
人々の想ひ出の為に死ねない
僕は和音の様に響き合ふ
この心に鏤ばめられた
彼の忠実な寂しさの文字と

青年C　あの男も
短かい手で撫で廻した
覗きもせず宇宙と命と己れの顔
広々として甲斐なし
諦らめ悪い計算では
顔が一番広いさうな

顔を焼くところ鳥辺山
木も草もない小山だが
幾十万焼き続けて来たことか
薪が足りずに屍がくすぶる

B　僕達を包むものは
もう死で答へることしか望まない
それが打克つたゞ一つの方法だ

青年D　君達の饒舌は
まるで讃歌の様に死を崇める
何故さう死を拘泥るのだ

B　死を外れて
すべては空しい幻影だからだ

D　弱さを盾にとるな
生きようとしない時にこそ

死が生きるのだ
幻影ならば夢見てでもよい

C
醒めねば夢ではなからうに

少女
笑つてはゐるのです
けれども
雅びやかな顔容《かんばせ》を翳らせて
王昭君は夢で囁きます
人に知られぬやうになさいませ
罪人みたいに
さう言はれて私は諦らめ
でもつまらないのですこの日々は
すると
微笑はちりちりと澄みわたり
声を冷たく囁やきます
いゝえ
人に知られぬやうになさいませ
昭君よ
貴女は遠い過ぎたひと
流れに煩らひを脱ぎ晒した
なめらかな諦らめの化粧
でも
この世はつまらないのです
せめて人にでも知られねば
けれど昭君は繰返し
私の夢を涯しなく続けます

D
貴女は諦らめてはならない
はかなさと不安に関はりなく
ある限りの希望を歌ふ
その声だけが明るさを識るのだ

C
譬へて　希望とは何だ

D
譬へば僕達には自然がある

C
では美しい自然を試みるがよい

A
お前の中に　僕は
僕の言葉ばかりを拾ふ　自然よ
昔　人々が彼等の中に
お前の言葉を聞いた様に
或時お前の寂しさは
僕を飽き足りぬ
お前は思はず流れに葉を落す
僕に囁かうと身じろぎして
だが流れは早すぎる
拾つたばかりの言葉すら僕は
またゝく枯葉と共に見失ふ
お前の朝は明るいのに
子を追憶《した》ふ母の眼に似た虚しさが
僕とお前とを距てようとする

C
訪れたがつてゐる自然を
君は頑なに拒むのだ

B
忘られた傷の痛みをまさぐりに
秋は庭隅から訪ねてくる
言ひそびれた哀しみのために
秋は梢を伝つて降りてくる

C
あはれとかおかしとか
自然の感情は静かだが
俺の指は痛々しく
大言海の頁を繰り
「青春《はる》」の字劃を数へてゐる

D
老人染みた青年よ
何故口を入れる
友よ　擾《みだ》されてはならぬ
野の祭りでする様に
力強く歌ふのだ

C
おゝ希望よ
俺の沈黙に
代つて答へてやつてくれ

D
窓から駈け込む陽と大気とが
君達に今日を支へないか
朝餐のテーブルで

昨夜撒き散らした勇気を集め
僕はソナタ・アパショナタを聴く

少女　まろやかな音でしか
私は貴女を知らないが
まどろみとも
うつゝともつかぬ間を
貴女はお好なやう
リリイ・クラウス
おろかな夢などで
かるい悲しみに満ち足りてゐると
水の中の影の様に
こゝろのゆるみからすべりこみ
私の触れられたくないキイで
トリルを弾く
ピアノ・ピアニッシモのいたみ
その透きとほつた貴女の指

リリイ・クラウス
なぜに私の秘めた部分がわかる

C　あゝ
俺の胸までがいたむ

D　貴女は音楽を
灯の傍らで聞かぬからだ

C　さあさ　灯をつけるがよい

A　この道の涯に灯が見える
生まれながらの贈られもの
あれは他人《ひと》の　やがては僕の葬《おくり》の灯

B　此の身にどこからか灯が洩れる
闇の秘楽をかくす様に
僕は未練げな羞恥に身を隠す

A　人の世へ行くために
今朝胸襟に灯を入れる
一日それを消さぬやう
閉ぢたまゝ人と風を避ける

少女　枕辺に灯をともしては消す毎に
星が滲れ月が白み
夜中睡れない心を切れぐに

C　灯を廻る蛾の様に
羽搏きで粉を散らし
君達は灯を暗くする

D　まだ僕達には愛がある

B　生きてゐる中は心のなかに
死んだ後は夢の中に

お前は哀しい一つの詩を残した
楽しかつたところ
指先を凍えさせ
白い息は溢れ出る心の結晶となるほどに
消しては書き
書いては消し
涙はインクを滲ませて
魂の血の様な
それはまた苦しかつた頃だつたが
やがて
花よりも早くお前は逝き
僕は残り
そして
お前の想ひ出もあり消えようとしてゐる
生きてゐる記憶とは何とはかないのだ
一日陽を浴びる毎に
白つぽく褪せてゆく
お前の姿と僕の心

C　嘆かないでくれ　彼が
お前に逢ふだらういつの日か
セルローズみたいに透けてゐても

B　だがこの道の遠さ遥けさ

D　感傷を恥ぢるがよい
もつと強い愛がある筈だ

常でない流れからふと人は拾ふ
黒光りのするこの遺産が
何故　常に誤またず愛なのか
さう呟くことで
愛は僕の中に微笑み育つ

A

育つ愛は僕を虐げ
言ひ表すすべに苦しむ或ものが
悦こびの代りに悔ひを置く

少女

悩むこと
怒ること
いたむことなどでしか表はせない
私の貧しさにも愛は存在を証《しるし》し
いつか私を離れてゆく

A

河床の滑石に似て
常でない流れの中にまた一つ
あゝして孤独に光りながら

D

あゝ
何故君達の声は響かぬのだ
悲しげな短調でしか
そこには青春《はる》もなく
忘れ去るほどのあの楽しさもない
何故乗り越えようとしないのだ

A

君はいろ〳〵問を掛ける
まるですべてに答があるとでも言ふ様に
僕は答へずにたゞ僕の周りを指す
失はれることで証される愛
焚けれることを止めた灯
僕達は
音楽からも自然からも
不安を汲むことより知らぬ

B

廃紙が健康だつた頃があつた
人は内心の苦しさに堪へ
それを語らず
ひとつの智慧を養つた
あの安らかな街を過ぎ
何一つ知らぬものはない場所に
僕はいま良心を預けただけだ

D

神々の旅立ちを
今更怖れることはない君達が
怖れるものは何だ

A

僕は答へまい

亦　一つのことがある
僕の胸にある戦の傷痕は
あの足音には敏い
だが
足音すらなくて近付くものにも
触れることができる

身近な異国に火が上り
犯された大気の中で
人々と
人々が知つてゐるすべての生物《いきもの》とが
少しづゝ死に絶えて行つた後で
時計だけが刻むだらう
はかり知れぬ膨大な時間のことだ

少女

花々は頭を垂れもう微笑まない

B

墓石を踏みて
死者の骨まで焚《くら》ひ
霊魂の核をも殺す
もう夢ではないその計算をする
博士たちの顔々

C

蟲をつぶす
白い蟲肉と茶つぽい汁を出して
蟲は死ぬ

蟲を焼く
包んだ紙をかさことそとも揺かず
蟲は煙になる

煙は
匂もなく　色もなく
消へ
跡もない

D　問ひから出る術のないことを
君達は言ひたいのか

D　問ひもなく
出る術もなく
言ひたいこともない

D　だが友よ
君達の歓声の悲しさは
内心からの音調だ
山の中で山は山
人の中で人は人
山の中でも人は人だ
山が山である様に
不安に甘へまい
孤りに錯されず
若し信じ得ぬのなら
たゞ愛するのみでよい
盲目の如く大胆に
遠い世界へも出掛け
自然を避けることもなく
頑なな旅人とならず

世界へ遊らう
月並だけが救つてくれることを
信じようとは思はぬか

少女

星に向ふ
その場所から私は黙つて瞳を挙げる
星は強く　星は惑はない

A　病を癒すことではなく
病と共に在ること
僕は君と語らうとは思はない
差し伸べられた手は同じく
いつも冷たい
身近なひとは皆さうなのだ
ひた寄せる夕べに佇み
たゞ遠い何処かを想ふだけで

B　言挙げせぬ時の美しさを噛み締めて

C　人々の奥底に巣喰ふ
忘れ去られた想ひ
俺達はそれでめい／＼の縁を結ぶ
場所を問はず
青年は常に自らの糧だ
その立つとり／＼の場所を踏み
逝つた者も

離ればなれに擦れ違ふものも

A　僕は
あの青み渡つた空
横たはる山
夜には瞬かぬ星を指差す
対話の途切れ目に
その確かな静けさに気付いて
音楽が聞えなくともよい
銃声でも
雑踏でも
人々の慌しい足音でも
或ひは不気味な騒きでも
僕達を包むすべてのものが
聞えてもよい

ただ晴れた夜空の静けさを
失はぬ心に托して

後　記

先ずおことわりしなければならないのは、同人二人の作品が今月号に間に合わなかつた事である。テセウスを主題とした友竹辰の詩劇は今号と次号へ分割掲載の予定であつたが、次号へまとめて発表することになつた。舟岡遊治郎の作品も同じく次号へ発表予定である。

詩劇をめぐる動きが活潑になつてきた。実験の為の実験にならぬより心したいと思う。　（洋）

櫂　第七号　頒価70円

一九五四年七月五日印刷発行

発行責任者　茨木のり子

編集責任者　川崎　洋

発　行　所　櫂の会

横須賀市深田台九五番地[illegible]アパート
川崎洋方

櫂
VIII

手

大岡　信

おれの前のすべてのものに觸つてゆく
大きな手がある
見えない分厚いざらざらの手だ
そのためにおれの前のすべてのものは
建物の線や本の頁や茶碗の模様や
愛する女の影まで
不思議におれにはゆがんでみえる

その手のために
おれは心に暗室を持つた

その手を捉えて現像しようと
おれは毎日暗室にとじこもつた
そのためだ　外の景色は陰画となり
日光は暗くはげしい吹雪………
おれはやさしい顔のしたに
ゆがんだきばをむきだしている獣になつ

おれにその手の持主の名が言えようか

女からの来ない手紙を待つように
おれは待つた　いつまでもめまいしながら
おれは待つた　通知は必ず来るはずだつた
荒々しい字で布告のように
おれの秘密な暗部を突きさし
おれに親しくささやくために

海を風が渡りながら
岸にあかりを配つてゆく六月の夜は

おれも眠りが欲しかつたのだ
おれのために眠りはなかつた
惨忍な時刻――　眠りに入るには
最初孤りにならねばならぬ

恐れはおれを馬のようにいきりたたせ
ついでおれの心の中で
あの大きな手の形となつた
これがあれであつたのか

やがて恐れは確実に
おれの柔和な表情を変えるであろう
怒りとひそかな安らぎをもつて
おれはその時知るだろう
大きな分厚いざらざらの手が
ついにおれの顔の上に宿つたのだと

（「記憶と現在」五番）

父

吉野弘

何故　生まれねばならなかつたか。

子供が　それを父に問うことをせず
ひとり耐えつゞけている間
父は　きびしく無視されるだろう。
そうして　父は
耐えねばならないだろう。

子供が　彼の生を引受けようと決意するとき
も　なほ
父は　やさしく避けられているだろう。
父は　そうして
やさしさにも耐えねばならないだろう。

首狩り族

舟岡遊治郎

朝鮮人の名前が
その大きな黒板に
蟻の行列のように
ならんでいる

今日いつてみると
その数はまたまたふえて
書きこめる隙はもう少ししかない

おゝ　それは　警官が
路上から家庭から捕獲してきた
獲物朝鮮人の一覧表であつた
生蕃の首狩り族は
ての生首をずらりとならべて祝うというが

出入国管理法違犯という口実で
金君
君はつかまつた
家から忘れたパスポートを
肉身の兄が提出しても
奴らは
煙草をふかし　鼻をぴくつかせ
返事をしなかつた

君と同様
何百何千の朝鮮人があわたゞしくぶちこまれていく
便りすら差し押えられ　理由もきかされず
南鮮へ強制送還されようとしている

釜山・京城…の諸都市
銃剣とテロルで狩りだされてゆく韓国百万の建軍の
　恐怖の街
許南麟を襲い
今また学友をうばい
朝鮮李承晩の鎖と鞭のもとへ追いやるため
首狩りをする日本権力の犬ども

あと数名で一杯になる
首狩り族は
とある日黒板を拭い去るだろう
そのうち口から汽船が……

否
この奴らに朝鮮の友をわたすな
身をもつて平和を守るため
われ／＼と共に闘つてきた人々をわたすな

今日も怒りをこめて
警察へ　政府へ　抗議にゆく

旅へのいざない

行こう　あの
薔薇色に染まる虚偽の森へ
樹々たちの故里
安寧と逸眠が
金でしづかにあがなわれる里へ

健康な馬乗りを
ボートを競う
ある時は
遠く手をつなぐ若者が
バスケットの中に果物をつめ
歌いながらに出掛けてゆく

無邪気なほど
報酬が多い
樹々たちの故里
山々は何時も美しい
川や谷は何時も美しい

行こう　あの
丁寧な挨拶をかわす森
この世ならぬ

母たちが
息子たちが
かぼちやをつくり
ナフタリンをつくる同じ時刻
無邪気なほど金を捨て
青春と死を語る
いく夜かの　あの遊びに！

春

中江俊夫

陽が沈黙の上におち
光がみみずのように逃げる
落ちた私の影を樹がかくす

土の中で誰がそんなに大きな声で歌うのか
今　かかとで私の足が土の手を打ち　霜は崩れ
さなぎは水には入つて逃げる

池の空が砕けて
石が落ちる　喉から砂が出て
肌を時の舌がそろえる

死はどこからも帰らないで
帰つてきた愛が歌う

歌も知らないで　その音楽を聞き
テレビを見る　さなぎは水を吸い
大きくはばたき　沈黙の耳を打つ

風は大地をなぜ　生はその中で
冬が黒くちぢませた手をひつぱつて歩く
私は大きく　声をあげずに叫び
土の生と　風と陽の中で親しくする

花はどこを――　今はしる
生はどこに――　いま押している
熱のように狭い階段を通り
地面に近くにじむ
少女の指が植物の根のように闇の中をさがす
寒さにふるえながら

愛について

谷川俊太郎
何を迎えようとして
おまえは咲いていたのか
おまえは解つていたのか
闇を

歓びの中で終つていたろうか
僕はおまえを通つたにすぎない
おまえは知つていたか
僕がどこまでも帰つてゆこうとしたことを

愛は僕に大きすぎた
おまえはたしかめたのか
肉を
僕の信じそして僕の通りすぎたものを
おまえは探さなかつたのか
おまえは不安ではなかつたのか
歓びはそれ程全かつたのか
僕はそれ程信じられたのか

僕はおまえの歓びの中にいた
おまえの中で愛は全かつた
だが闇は終つていなかつた
僕はみつめていた

僕はたしかめることが出来なかつた
おまえは何処にいたのか
僕は遠くまで行つた
……おまえは許してくれるのか

さすらい人

〈かの孤独なりしもの〉
キエルケゴール

友竹　辰

山をこえると　夕ぐれの
冷たい霧がおりて
澤山の死がちらばつて
白い骨だらけ　もつと澤山の
死が白い歯をむきだした
海のくらい身體は
つかれていた
支那の古い文字のように
かれは片肢で立つていた
ふりむくと　自分の影と
聲とがはるかの方から
呼ぶのがきこえる
バラのあの白い花々は
忘れられない　南ドイツの山地
夏で乾いて　湖のほとり
城は眩しかつた　そこで過した
花の冠をかむつた日々が
忘れられない　愛よりも
愛することの方がこころに
ふかくつきささる　感じやすい
こころは白い匂にさえ
刺されてにがい血をたらす
夜はしのびあしで踏みこめば
眼ざめずに済むものではなかつた
バラの木の下で
死んでしまつたものがある
その花は白くてきれい
だが　かなしいところがある　そして
地球の淋しい腋の下　アルゼリアへ
行つたときも優しいめにあつた
香料の商売をしていた　砂漠があり
悪い季節には悪い匂いがして
耐えがたかつた　ふしぎなような
晩もあつた　遠くでフエを
吹くのが聞えた　人が自分のなかへなかへと

帰つていく夜　辛くて
舌をスミレ色にする飲物を
飲んでいた　片手でほつそりとした
スミレ色の少年に觸つていた
世界はひつそりとしていた　そうやつて
神サマ　にさわつていた　手だけで
愛を撫でていた　月の光で
何もかもが見えた　それでいて
人の目には何ものも見えなかつた
その時も　アツ　と云つて
なにものかが死んだのだ
かれは刺され　澤山の
血　が流れはしたが
眼　はながく
開いたままだつた　肉體がそうやつて
動かなければ　死　なのか
生きてはいても動いてはいなかつた
あのアシルのように走るのは
止つているのだ　この閉されぬ眼も
なにものも見ない　何ものをも
存在しないのだ　愛の日を飾つた
バラの花　固いスミレいろの神さまも
見なかつたそして無かつた
視線の還つていく處のないように
このこころのかえり處もないのだ
肉體はシャトォの暗がり
アルゼリアの砂の上に
憩うているが　魂はやつと
ここまで来た　白い枝のような
骨だけのたましい　それは澤山の
旅と漂流の證なのだ
数しれぬ愛と
死があつた　そうしてこの片肢の
かれもやさしい波のひと打ちで
裂かれる　その掌につつまれて
くらい沖の方へ去つてしまう
ドルフィン達の間に見えつ
隠れつしている　それから
見えなくなる　さようなら　かの
孤獨なりしもの

庭園にて

水尾比呂志

自然に向ひ
人々の脱ぎかけた感情《こころ》と
樹や石が静けさでしたその應へを
それは遣水の音に秘めた

造られたものは
あの人々の素直な悲願の形見
謂はば
燈籠が水辺にささやかな明りをさへ躊躇ふ様な

漣にふるへて
滑石は池底に透明な眸の光を守り
葉陰から覗く
思念のかたちで亭は佇む

傾れた感情のなかに
寂しさの意味をめぐる
恐らくは結晶した実在への夢
苔の深さはその永さを持ち続けた

遠い世界《そと》から訪れて
人々の希ひと現在とを
だが僕は何に訊ねることもせず
風景のままに正確な水音を聴くばかりだ

明るい方角

川崎　洋

明るい方角から何かを待つて暮している
街角からふと海が見えたりすると少し心
が明るくなる　しかし少し時間がたつと
それは海ではなくて　薄い雲の翳りの具
合なぞで海のように見えた実は空であつ
て　そんなふうに海はよく空の高さのと
ころに遠く家々の間から見えたりするそ
のことばかりがまたもとの場所へ蔵い込
まれる

明るい方角から何かを待つて暮している
景色に見入つている人がいるので話掛け
てみたらまたこの人も美しい景色の前に
佇んでいると　いくつもいくつも勲章が
心の中にぶら下がると思つている　何は
ともあれ勲章持つていることを僕に判つ
て貰わねばと僕に話返してくる　勲章は
お金となぞ比べられないとんでもないこ
とだと顔色を変えて云う

明るい方角から何かを持つて暮している
とこうして文字で願つては　与えられる
ものはもう文字でしかなされない　その
時明るい方角は　自らの美しさを羞じて
痛々しい少年のようであるのだから

或る日の詩

茨木のり子

駅のベンチに腰かける
小さな都会の　夕暮の

人蔘と罐詰とセロリで重い
買物籠をよせ
ゆききする人を眺める
悲哀を螢のように包み家路をいそぐ老人
カタカタと饐えた弁当箱を鳴らし
電車にとびのる若い人夫

切りたてのダリア　郵便局の娘
工学の本にひたすら傾斜する近眼の学生
彼には騒音も蟬しぐれ
戸隠の坊にでも居るような　静寂さ

浴衣をまとい
たなばたの笹の町へはしやぎ出る黒人

アァ　山賊も現れた！
なんでも覚る俊敏な目
ちびた古下駄の主婦が

人生の切断面がぱつくり口を開け
真珠のように鈍くひかるものを
おもいがけず　かいまみたりもする

それら心に残つたひとびとの肩を
私はポンとたゝくことが出来ない
素朴な山男のようには………

愛を岩清水のように
淡々と溢れさせえない悔恨が
私を夜の机にむかわせる

見知らぬ人へ
やさしい
いい手紙を書くつもりで
ペンは
いつのまにか
酷薄な文句を生んでいる。

後記

今号から大岡信氏の参加を得た。昭和六年静岡生。東大国文科卒業後読売新聞社に勤務して現在に至る。彼に今後詩と詩論の両面で多くの期待を寄せることが出来ることと、お互を刺激し得る要素が一つ増えたことは僕等にとつて何にもまして嬉しいことである。僕等は一人一人別々であるけれども一つの意見を持つことが出来る。それはこうして詩の同人雑誌を出すとゆう事だ。その一つの意見は自身で又新しい別の構成要素を今後も真剣に探していくであろう。（洋）

櫂 第八号 頒価 70円

一九五四年九月十日印刷発行

発行責任者 茨木のり子

編集責任者 川崎洋

発行所 横須賀市深田台九五番地 砲台山アパート 川崎洋方 櫂の会

櫂

IX

少女について

谷川俊太郎

台所の棚の上にあつた小さなざるの中に　私は星を摘もうとしたが　少女は收穫なんかどうでもいいと云い張るのだ　私は種子を蒔いたつもりだつたが私たちもまた蒔かれた種子だつたのかもしれない　私たちは育つていつてやがて實つたことにも氣ずかず枯れるのだろう　そのあと私たちは世界の花園の中でひとつのちつぽけな泥の塊にすぎない　だが今

度は私たちが育てるのだ　誰かが私たちの上に立つて大きな手で星をまさぐり　熟れたかどうかを試すかもしれない　しかし私たちは星のための肥料ではない　その時にもきつと賢い少女がいて素足を私たちの中に埋めるだろう　そして自ら一本の花になるだろう　熟れた時　星は自然に墮ちてくるのだ　花はそれを知つていて　そのため死ぬことを恐れないだろう　星を摘もうと爪先立ちした時　私は少女に呼ばれたのだ

朝の國

舟岡遊治郎

幻影ではない
ぬりつぶされた夜に
大輪の太陽が
忘れられず浮ぶ

めざとく人々は見付け
大声をあげて指さす
はゞたく雞　おめく犬
電柱は右左に傾き
恋人たちは
自らの運命に抱き合い悲しむ

行こう
つきつめてみよう
あれは
おれたちの敵では
ない
父母の止めるのもきかず出掛けていつた

三里
戸の隙間から

臆病な小企業家たちが覗く
いたけだかに
おれをひつとらえようとする
治安を守る羅卒共

五里
一人の黒い影がやはり
その方角にせつせとあるいているのを見付けた

十六里
世界の涯々から
六人・四人と人影が
駅へ向う始発乗車客のように
だまつてあゆみつゞけているのがわかつた

口笛をしづかにふくもの
ひきかえすなと
腕をひき締めあう若者二人…

何里あるいたかしれない
すでに
探索者たちは
一つの群をなして
光をさしてすゝんでゆく

時折
太陽の表面がはげしくもえ

滅私奉公

吉野弘

炎が暗天をなめる
廻転しながら
細い線縞を暗天に刻んでゆく

突然
断崖にきた
その彼方
朝の国が眼下いつぱいにひらけている
夜の支配をこゝで切りはなち
明るい光の地表が展開している

花々がゆれる
家々が木の香もあたらしく立ちつゝある
ローラーを良く機械
蒸気ハンマーが高らかになつている
おれたちは〃おゝ〃と一勢に声をあげた

この壊滅原理が
何時
個の廃墟に
なだれこむか知れないのだ。

虚無の手で
十二分に　なぶられた個が
身ぶるいして立ちあがるのは
この時だ。

この壊滅の毒素の放つエネルギーが
時に
國を興すことがある。
――と思はれている。

おそろしいことだ。

時の部屋

中江俊夫

生きる　その季節を知る　その季節の可愛い子
その物を知るためにはその時しかない
おお　総べて生きぬものたちの部屋
生きるものにこの部屋は無く
永遠に生きぬものたちは閉じ込められる

一日は一年は
いつも君等の生にまかす（無いと同じに）
そしてこの僕のために　今日　春をつくつた
僕が呼び　僕がいきる　生のために
僕はこの一日を育てる

僕の来る年のために　おお
樹木よ
大地と空をつなぐ生の通路よ
樹木こそはこの時の冷たいおりも破つてはしる
僕のなかに早く立て　冬の刃からたける生
緑に溢れる愛よ
時はそれ自身の中を閉じこめたもの
空の時は他の生をもつ
僕等には冷たい死の時　死のおりだ
だが　愛は破る
樹木よ　大地からのように
僕の体で太陽にむかつて歌え

遅刻

大岡信

ぼくらは坐つていた　沼のほとりに
ぼくらはみつめていた
巨大な鳥の羽が帆のようによじれ
なまぐさい風をまき散らしながら
天の嵐の内側に
まくれあがつて消えてゆくのを

めくらの子供の真剣な探り方で
ぼくらはたがいにみつめあつた
百の手がきみのひとみに垂れさがつている
その奥に坐るように佇んでいる未来の人
林のはずれに倒れるのは若いきみだ

みよ　鳥は頭皮をはがれ
遅れて到着したものの眼は
孤独な二つの島だ　影ばかり濃くて

親たちの骨がところどころに突き出ている
広い野原を夕暮のように染めながら
血を引きずつてぼくらは歩む
むかしぼくらが猿だつた頃の太陽をしよつて

たたずめば　愛という短い言葉の雰囲気が
ぼくらを酔いでばらばらにする
歯をむきだしても無駄なのだ
裏切つたぼくらのために
車軸のひそかな回転のような自然さで
裏切りが言葉の内部に起つている
ぼくらはひつくり返るだけだ　夜の方へ

ぼくらはいつ裏切ることを知つたのか
おそらくぼくらが悔恨にめざめた夕べに
ぼくらはどこで逆立ちを覚えたのだろう
すでに遠い母の世界で
　　……取り消しはできぬ
遠いきみとぼくの間の静けさ
まるでそれは裏切り者のこぶしの中の
ふるえている静けさのようだ

往復

川崎洋

道で子供が草を握つて笑つている
怖い魚の人さらいの夢をみたよ
といつて笑つている

羊が振返り
朝の霧が
山を越えてわんわん溢れてくる
しよつちゆう何か歌がきこえてくる
刈草の積山の向う側にまわると海が見える
其処でホックがはづされる
白い健康な内股をこえて遠く海が見える
やがて海は見えなくなる

僕の胸の下で女の乳房が形を崩すので

羊や海や草のように
僕も女もずつと昔から続いてきた
星から光が棒で僕達に届いているように
僕の下に居る女の眼には
縞のようなものが
網の目のように非常に細かく
眼の奥の方へ深く拡がつている
僕をみつめるそのずつと向うの奥の方まで

ずつと昔から続いてきた僕達は
今互に往復する
女が昨日見た景色に僕がその前日読んだ本の活字が重なる
もう直ぐだもう直ぐ僕は
ずつと昔から続いてきた僕を
女の見えない内部へ送ることが出来る

少 年 よ

お前は何故そんなにも孤りなのだ
姉や少女たちになじまず
海に向つて石を投げては
帰つて来ないその音を夕暮まで待ちつくすほどに

戀茄のかぐはしさが黄昏を紫に染めなす様に
お前の頬やしなやかな腰
まだ羞しいしるしのない愛らしい花が
どんなにか疲れた人に香りかけるのを知らないで

お前のつぶらな瞳は
青くその様にたくさんな象を映してゐるのに
お前はそれらよりもう少し眼を瞠つて
遠い昔から傳へられた淋しさを視凝めようとする

今深い秋の空はお前の上で
語られ畢つたあのいくつかの物語の色合だ
やがては鳥の様にそのなかへと消えてゆくのかお前も
そこから辿りついて私が手をさしのべようとするときには

あゝ彼處は償はれぬ愛の流離ふ涯
この私の様にお前に捧げる乳房もなく
たとへお前が愛の露を滴らせようとも
口づけに吸ひ甘さに酔ひ育くむ處も持たぬものの

少年よ
お前が孤りなのはそれだから
私たちを架けわたす虹も未来もない
私ばかりがお前をこんなにも戀ふるからなのか

水尾比呂志

愛の五つの時

友竹 辰

Ⅰ

いくども その名を呼ぼうとした
そしてそれはでき難かつた
その名はこわれ易い硝子の扉のように
私のくちびるの前をとざしていた
澤山の花のさいた庭をかくして
かたく しずかにしてそこに在つた

聲がぼんやりしてその名になれず
ただ翳のような嗚咽になつて生れた時
黄昏のくらがりのなかにいた物たち
鳥の声 樹々のつぶやきが
にわかにはつとして眼をみひらき
啞のようにして夜の暗がりに落ちていく
このあわれなものを
愛の網でとらえるのだつた

Ⅱ

気づかわしく しかし音もたてないで
愛がひとを獘うように
世界のうえに夕ぐれが掌をのせる
あわいものはもつともあわく

重くなつている私のたましいも
なかば死の領分にあるように軽くなる
遠ざかる鴜のうなじに
明るい陽はさしているし
夜もその閾のところでためらい
暗いその顔もまだすこしほほえんで

立ちあがるもの　坐るもの
みながうすあかりの裡でいそがしく
身じまいをして
あの夢の牢に囚われる
支度をしているように
私も着物をぬぎ履物をすてておまえの
愛のとりでに入ろうとする

Ⅲ

このところに何がおこつたと云うのだろう
変りない日々　変りない夜
そして盲目のままであろうとした私に
どんな不幸が訪れたと云うのだろう
あぶない海にいる船のように
眠りは重い錨をつけ停つて
あおざめた水のそこをしか見ない
知つているものがみんな
そつぽを向き鎖の骸骨になつて
ぼくの言葉をつかみ　それらは
物との親しいくちづけも知らないだろう

この黙つているくらい夕ぐれのなかで
ひとりぼつちのものはいつまでも
ひとりぼつちだろう　坐つているその
白い脚の椅子のように
自分のあしもそろえたまま
もう夢の方へ歩きだすこともしないだろう

Ⅳ

黄昏はうすぐらい器物　そのなかから
物らのかたちはながれ出る
バラの匂いのする濕つた霧のなかで
おまえのかたちも聲も溶けだし
手でふれることもできないけれど
あすこにある古い菩提樹のようにおまえが
私のこころの庭園に立つているのがわかる

その庭のまんなかにあつて
噴水よりもやさしく唱つている
聲　おまえの頬を飾ろうと編んでいる
言葉　おまえは私のこころのなかの
暗黒にならされた固い言葉をときはなち
限りしらぬひろさへと連れだす　あたかも
黄昏に孕まれて　夜がいつしかその暗さで
夢をつつみあの広いねむりの野へ
連れさつてしまうように

V

その時ふたりは死のなかへ歩みいるのだ
昼と夜との音もたてない交替
あの儀式のようなしづかさで　しかし
その間に黄昏がうす明るい靄をながすように
ひとときふたりをためらはせるものがある

意味の空　意味の水　その世界を離れて
鳥の声も樹々のざわめきも唱いながら
黙しているくらい土地に入つて行くとき
手はかなたにさしのべたまま　頭を
ゆつくりふりむけると　この愛の
沈黙とかのさわがしい處とのさかいに
あたかも森のなかから入口を見かえる時
木立のむこうに解かれた空のように
思い出がかすかに映つているのが見える

もうふたりは還れない　むしろこの
乾いて黙つた夜のなかで
石のなかにある宝石
ふかい海のとざされた貝のように
かたく抱きあつて立ちどまり
口をかさねて　かたみに
ふたりの沈黙を頒けあう

後記

今号に茨木のり子氏の作品がないのは、或る大作を準備中の故で、今度の正月に発行予定の特別号に発表される筈である。

十月四日谷川俊太郎氏が岸田えり子さんと結婚した。僕達にとつてこれでおめでたは吉野弘氏の長女御誕生についで二番目というわけだ。新居は東京都台東区谷中初音町三ノ三三番地である。嗚呼。（洋）

櫂 第九号 頒価70円

一九五四年十一月十日印刷発行

発行責任者 茨木のり子

編集責任者 川崎洋

発行所 横須賀市深田台九五番地砲台山アパート 川崎洋方 櫂の会

櫂
X

Mr. Bernard Leach

We deeply appreciate your kindness in taking the trouble of designing the cover of our little magazine.

Kai-no-Kai

櫂10号目次

エッセイ

詩

詩劇

表紙　題簽　意匠　バーナード・リーチ

詩の構造

大岡信

われわれは世界を感じとる度合に応じて自己を感じとる、という一つの断定の中には、意外に貴重な発見があるようだ。そしてまた、世界と断絶したところでおのれの宇宙を築こうとしているように見える芸術家たちこそ、この判断を最も強く肯定するもののように思われる。政治家たち、かれらは世界と密着していると考えているのかもしれないし、大方の人は曖昧にそうした感じをもつているようだが、実はかれらはその世界観あるいは処世観に密着しているにすぎない場合がほとんどである。こうした例は、今日いたるところに見受けられる誤解や偏見を代表する一例にすぎない。曖昧さは知らぬ間にぼくらをおかしている。およそ人のつくりだした言葉は、それ自体においては、文法という法則によつて統合され整備されているものの、それが表現する対象や意味との関係という点になると、ほんど精密な検証に堪ええないものであることが多いのだが、そうした言葉は通用しつづけることによつて、発明し発見したはずの人間を逆に変えてしまうことが多いのだ。たとえば、政治という言葉、またこの言葉から派生する諸種の言葉がぼくらの心理に刻みこむ陰影は、今日実に多様である。「現代は政治の季節である」という風な言葉は、実にしばしば聞かれた言葉だ。しかしぼくらのうち、幾人がそこに政治についての正しい、言いかえれば現実的な認識を託していたか。時代に季節がありようはずはない。ぼくらは、こうした暗喩を発明することによつて、論理的であるべき時に情緒的になり、対象から一歩づつ後退していたのだといつても言いすぎではない。ぼくらは言葉をあまりに「政治的」に、また感傷的に使つていたのだ。実をいえば、言葉は発明できるものではない。言葉は発掘することによつてしか新しい生命をそれに与えることはできないのだ。言葉を発掘するということは、いうまでもなく、言葉が内に蔵している、すぎ去つた歴史や、歴史を形造つていた自然や社会の体臭を、新らしい人間の嗅覚によつてかぎわけ、それをぼくらの生活の中へ置きかえることであり、従つてわれわれの記憶内容を豊かにすることである。だからこそ、発掘は創造と一致するのだ。

言葉は実際、それが露出してみせる自然や社会、または一人の人間の考え方、感じ方を、肉感的といつてもいい直接さでひとに提示しない限り、生きているとはいえないし、言葉が生きていない限り、それを発した人間も十全に生きているとはいえない。つまり、人間は世界を感じる度合に応じて自己を感じるのだ。すくなくとも、言葉を発した時、ひとはそのことを思い知らされる。発語者の情熱、世界を感じとろうとする情熱は、言葉の体臭のごときものとなつてにじみ出るのだ。情熱、言いかえれば対象への集中的な関心は、現在のようにぼくらの周囲が永続的な関心を持ち続けることを許さなくなつている時代にあつては、他のいかなるものよりも貴ばれ、守られねばならないものである。およそ個人的な情熱とは無縁にみえる小説にしたところで、すぐれた小説を支えているものは、スウイフト以来、作家のきわめて個人的な情熱や夢想以外にはなかつた。ぼくらはその最もよい例を、情熱によつてヴォワイヤンとなり、従つて哲学者となつたバルザックに見ることができよう。読者を冷静な観察者にとどまらせておく小説は、ぼくには第一級の小説とは思えない。読者を完全に魅しさる小説、つまり読者の足をさらつてしまい、自分が現に読みつつあるものがどのような全体的相貌をもつているかを読者が想像できないような小説、それこそ小説としての客観的価値をそなえた小説だ。見事な小説は、読者がそれについて抱く、ある感じとか、さらには読者が小説の中に見てとる世界像とかを、絶え間なしに破壊してゆくものだ。そういう小説の自己破壊力だけが、小説のもつ荒々しい創造力を示現するといつていい。小説における方法というものが考えられるとすれば、このような条件を無視しては考えられないであろう。自己をよりよく突き破るためにのみ組織される方法、それが小説の方法だといつていい。ということは、小説家にとつて方法は決して完全な予見の武器ではないことを意味する。むしろ情熱こそ予見する。ぼくらは小説の中の他愛もない部分に、輝きに満ちた感動的な表現を見出すものだ。

小説家は、彼の夢想あるいは情熱を唯一の確実な機能と信じ、それの命ずるままに世界を様々に切つてみせればいい。事物のあいだの統一などおかまいなしとさえ見えるほどでいい。そして実際、世界はそのように小説家に傷つけられることによつて、かえつてその複雑な統一性を顕現してみせるものだ。世界に対しての、それだけの信頼がなくて、どうして小説などいうものが書けよう。勿論、シニツクにこの事情を眺めるならば、小説家は彼の最も激しい錯乱において、最もよく世界と妥協しているのだとも言えよう。小説が作中人物を持つということ自体、小説家と読者の間にある黙契のあること、それが必要であることを示している。人物造型といつたところで、小説家はすでに予感によつて読者の中に存在してしまつている人物を、部分的に消したりつけ加えたりしながら次第に肉づけしてゆくにすぎない。そして、この操作そのものが一種独特の現実感を小説に与える大きな力とさえなつている。

だが、小説のこうした性質に対してシニックな見方をすることは、結局小説の多角性を益々多く見つけてしまうだけのことであり、結果としてはそれを容認することになるだけのようだ。読者との黙契の上に成り立つ小説の世界を嫌悪するならば、小説を読まないという行動をとるほかない。小説を読む以上、読者はそうした黙具を自ら容認するわけであり、従って作家に対する武装を解いているわけだ。読者はその感受性を完全に開放し、小説の中に情熱的に我が身を見失なわねばならぬ。われわれの判断力はこの時非常に限られた範囲でしか働かず、見通しと人のよぶ能力も働かない。ここで働いているのは感性に属する能力、すなわち予感だけだといっていい。小説がわれわれの心をそそるのは、それが知性に訴えずに感性に訴えるのを主要な手段としているからだ。

その点で、普通漠然と考えられているのとは逆に、詩が読者に及ぼす効果は小説よりも遥かに知的なものだ。それがたとえば愛欲の激情であろうと、戦争の惨害であろうと、あるいはまた詩人自身が感得する自己の宇宙であろうと、詩の扱う事物のいかんに拘らず、すぐれた詩は読者の把握力を眩惑させることはないし、むしろ常に読者の把握力を強めるように働きかける。それは詩人が常に単一のものしか歌わないからであり、しかもその単一なものが、同時に根源的なものだからだ。おそらく、詩人が同時に批評家でありうるのはこのような事情による。このことはまた、詩が常に健康な肉体と同様、絶妙な統一体でなければならぬことをも意味する。ぼくらはすぐれた詩の背後に常に、個々の言語表現がそれ自身から脱落して吸い寄せられていった、ある中心、詩人独自の宇宙を見る。しかも、個々の言語表現は、いわばその中心の浮彫りであるかのように、おのおのにその中心を遍在させている。あたかもそれは、健康な肉体における脳の中枢と神経のようなものだ。シュペルヴィエルは、神経が心臓に顔を与えると歌った。詩人の言葉は彼の世界に形を与える。

それがたとえば

真蹤寂寞杳難尋
欲抱虚懐歩古今
碧水碧山何有我
蓋天蓋地是無心
依稀暮色月離草
錯落秋声風在林
眼耳雙忘身亦失
空中独唱白雲吟

（真ニ寂寞蹤ネントスレド杳トシテ尋ネガタシ
虚懐ヲ抱カントト欲シテ古今ヲ歩ム
碧水碧山何ンゾ我カ有ラン
蓋天蓋地是レ無心
依稀タリ暮色　月草ヲ離レ
錯落秋声風林ニ在リ
眼耳雙ツナガラ忘レ身マタ失ス
空中独唱ス白雲吟）

（夏目漱石）

というような、時間と空間との交差する唯一の点である已れの、時間性、空間性について省察しながら、その省察をそのまま、省察しつつある已れ自身に向けたとき、そこに浮かびあがった純粋機能ともいうべき自己の像を、それ以外では適当な表現が（当時としては）なかったような方法で、つまり漢詩の形で表現したものであろ

うとも、また

落暉をうづめ。
はげしい地殻のしづけさに　坐してゐる。
（地底の街は　魚鱗の輝きをはじき
　やがて　冷え――）

うねり遠ざかる。
みづからの縛。
五体　抛げれば
天に　まぢれに
花冠　むせる
（風は走り　姫蜘蛛のたくみあざやかに
　つむぐ　いくせんの　ろうとの世界）

地の涯にあれ。
岩礁の天。
草薔薇を喰みて　渇をかさね。
おお、燃焼の臓腑の抗《あらが》ひ。

（日高てる、「岩礁」）

というような、静から動へのはげしい、しかし抑制された一つの運動を通じて歌いあげられた、岩礁でもあり詩人自身でもある発語本能の自己表現であろうとも、あるいはまた、

……………………
愛のように場所も理由もぼくらは知らぬ
愛のように強いることも逃れることもぼくらはできぬ
愛のようにぼくらはしばしば泣き
愛のようにぼくらは殆ど何物も保つことができない

（オーデン、「愛のような法」）

というような、愛の多面性の上にぼくらの状況の多面性を二重映しにしながら、かなりシニックに、またかなり情熱的に、そして全体的に言えば非常に真面目に、ぼくらの置かれた状況を歌っているものであろうとも、さらにまた、

アマゾンよ
水のシラブル達の首都
父なる族長、おまえは
豊饒の内部の永遠、
群なす河は鳥のようにおまえに落ち込み
火事の色したメシベのむれはおまえを覆う
枯れた巨木はおまえを香気で満たしている
月はおまえを覗くことも長さを計ることもできぬ
婚礼の樹木のようにおまえは緑の精液に充ち
荒々しい春のために銀にきらめく
おまえは木々で赤く染まり

あまた石の月光のあいだで青い
鉄銹色の蒸気をまとい、おまえは
遊星の道のようにゆるく流れる

（パブロ・ネルーダ、「アマゾン」）

といふような、情熱的な自然への呼びかけであろうとも、ぼくらはそれらの詩を読みながら、ぼくらの心的機能が、いわば内面に向つて開いてゆくような、ちようど小説を読む時経験するあの、小説から常にはみ出てぼくら自身の予感の方向を追い、それを肉附けしようとする、空想の放恣な働きとは正反対の方向への、しかし同じように情熱的なぼくら自身の心の動きを経験する。その動きは、たしかに展開しようとしている。だがそれは内面へ向つてである。この場合、詩を通じて詩人の世界を透視することは、ぼくら自身の内面を透視することと同じことだ。詩はそうした同一性を顕示する唯一の芸術だといつていい。ぼくらは詩を通じて詩人の世界に入つてしまう。するとそれが、ぼくらの世界なのだ。詩を読んでいるとき、ぼくらの心の中には、詩のリズムや形象にさそわれて拡がろうとする動きと、同時に、リズムや形象に助けられて凝縮しようとする動きとが共在する。そこにはたしかに隠密な葛藤がある。そして、この葛藤が決して心象の錯乱を導き出さず、逆に心象相互の密着度を強めるように働くとき、ぼくらは自分がすぐれた詩を読みつつあるのに気付く。

詩はたしかに、絶妙な統一体なのだ。それは単一にしてかつ遍在的な感動を与えるようにつくりあげられた、有機的な言葉の組織である。それならば、そのような性質をもつ詩が、今日どのような形でぼくらの生き方と結びつきうるのか。

＊＊

政治についての意識が今日ほど人々の心を大きく占めていた時代はないだろう。ぼくらはいかにそうした意識を抑圧して詩を書いても、それが意識下の領域で、つまり、むしろ創造の根源的能力を形造る部分で生きつづけ、ぼくらのリズムやぼくらの形象に何らかの刻印を押すことを拒むことはできない。詩を書いているときには全くそうした意識の存在を忘れているとしても、詩はむしろ意識下に拡がるおびただしい記憶の層から直接溢れ出るものであるが故に、当然ぼくらの日常生活の中を横切る政治に関する意識の影響を受けざるをえないのだ。

だがそれ故にこそ、詩は政治的でなければならぬという考え方は、詩作の方法として正しくないのである。詩がもしぼくらの意識の表層に最も鮮明にあらわれている意識によつて書かれうるとしたならば、いわゆる「意識的」な人々はすぐれた詩を書き得なければならぬはずである。それが現実には決してそうでないということは、詩の創造力というものが意識のそのような部分だけでは到底つかみえない部分に根ざしていることを物語つている。むしろ、ある詩が政治的、あるいは実践的意義を持つている場合には、他のあらゆるすぐれた詩が書かれる場合と同様、期せずしてそうなつてしまつたのだといつた方がいい。詩人が真に正しく政治的、実践的である場合には、彼の書く詩は、意識下の部分に根ざしながら依然として政治的、実践的でありうるだろう。これは、詩というものが一人の人間の生き方の総体を否応なしに表現してしまうものだということを言いかえたにすぎない。

　奇妙なことだが、今日政治が人々の意識を極めて大きく占めているにもかかわらず、政治という言葉は、ある特定の個人にとつては極めて狭い意味しかもつていない。政治という言葉にたちまち眉をひそめる人々、逆にこの言葉を聞くと同時に何らかの発語本能の衝動を感じたようにしやべり出す人々、これらの人々は、一種の神経症にかかつているのだ。本来、政治は政治自身の内で育つことはありえず、政治という言葉もまた、それ自身で右のような力を持つべきはずのものではない。政治は、非政治的な、未開発の対象に対して働きかけ、その中からさらに新しい方向を見出してくることによつてのみ、真に政治的であり、またそれ自身豊かに成長しうるはずのものだ。政治は政治家や「政治的な」人々の専有物ではない。詩人にとつてもこの事情は変らないのだ。詩の中で、政治的意識だけが論ずるに値するもののように考える人々、また逆に、そうしたものの一切は詩の問題として論ずるに値しないもののように考える人々は、いずれも誤つている。何よりも、詩をその総体において捉える勇気を欠いているという点で誤つている。ぼくらは詩をぼくら自身に即して考え、感じる以外にないのだが、それはぼくらの考え方、感じ方を唯一の基準として詩を判断し、詩に一面的資格しか与えないということではない。これでは考え方、感じ方が逆転しているのだ。大体、ぼくらの自由な考え方、感じ方は、事実としてそのような形で働くことはない。対象を眼の前にして、対象に自己の考え方、感じ方を押しつけるということは、対象を恐怖していることではないか。対象の新しさによつて、自分の中に形造られてきた思考や感じ方の習性が変化させられるのを恐れていることではないか。こうした態度の根本的な弱さは、それが現実的でないということである。ぼくらが考え、あるいは感じるのは、ぼくらにとつては素通りできない抵抗感が対象にあるからだ。つまり、ぼくらの考え方、感じ方を何らかの意味で拒絶し、新しい考え方、感じ方を要求するものがあるからだ。芸術に発展がありうるとすれば、そのような形でぼくらの思考や感受能力を変化させてきた歴史こそ、芸術の発展そのものであろう。ぼくらの考え方、感じ方の中には、功利的な意味では極めて無駄な部分が多い。だが——功利的に語れば——この無駄な部分こそ、いわばぼくらの思考や感受能力の最も重要な部分をなす潤滑油的存在なのだ。詩は現実的でなければならぬ、という風な主張は、詩がその活力を見出してくるこうした無駄な部分までも詩の要素として考慮に入れない限り、非現実的な主張にとどまるのみである。

　すぐれた詩が何度読み返してもぼくらを感動させるのは、逆説でも何でもなく、その詩のうちに無駄な部分があるからにほかならぬ。有用な部分だけで作られているならば、ぼくらはそれを利用し、そして消耗品のごとく捨てさればいいのである。ぼくはここで無駄というような、誤解されやすい言葉を使つたが、言うまでもなくこの無駄は、ぼくらの感受性にとつては抜き差しならぬ有用なものである。詩人はこの無駄にして有用な部分を詩の中にふんだんに持ち込む。だが一方、詩人はすでに書いたように、常に単一のことしか歌わない。目前の対象は異つても、彼は常に自分とその対象を結びつけたある必然性に従つてしか歌えないのだ。言いかえれば、彼の対象の選び方そのものが、選ばせられたとしか言いようのない選び方なのだ。これに異義を申し立てることは、もう一度生れ直してこいと要求することにほかならぬ。このようにして、詩人は意識下の部分から溢れ出てくる形象やリズムを、彼にとつての必然性によつて詩の形式の中にとじこめるのだ。これこそ、詩が単一でありながら、同時に豊饒であるという印象を与える理由である。従つて、一人の詩人を判断する最小限の、かつ絶対に欠くことのできない条件は、彼にとつての必然性とは何か、ということと、彼における意識下の部分とはどのようなものか、ということを可能な限り追求することである。今日ぼくらの周囲で行われている批評は、ほとんどが最初の条件のみを、それも評者にとつての必然性を詩人に押しつける形で、問題にしているにすぎない。このような批評によつては、人間の感受性の領域を些かでも拡張するという重要な課題は決して解決されないし、逆に詩をゆがめ、詩人の感受性を萎縮させるだけである。

たしかに、詩人の困難さは、外ならぬ詩の豊かさからやつてくる。彼は自分のつくつたものが読者に与える効果をはかり知ることができないからだ。彼の意識下の部分から詩の中にまぎれこんだ、気配にも似た些細なイメージや音が、読者の意識下の部分を衝撃する強さについては、彼はほとんど全く計測できないのだ。それ故にこそ詩人は常に、その時の彼が感じうるすべてを、最大限にまで詩の中に注ぎこもうとする。詩人が歌おうとしようと、考えようとしようと、または詩をその音楽性において理解していようと、造型性において理解していようと、そうしたことはすべて二義的な問題である。まして、詩をその音楽性において理解することが陳腐であるとか、その造型性において理解することが近代的であるとかいう議論は愚劣以外の何物でもない。それは本質的な問題ではないからだ。本質的な問題は、詩人が詩を身内に感ずる時には、そのような弁別の意識はけしとんでしまうということだ。ぼくのこうした言い方がいかに粗暴にきこえようとも、これは仕方のない事実である。

何よりもそれは、感動というものが、計算して読者に与えられうるものではないということで明らかである。感動は与えらるものではない。それは引き出すことができるだけだ。いつ、どこで、どのようにしてそれが行われるかは、もはや詩人の関知する所ではない。詩人をつき動かしているのは、実に曖昧な、しかし決定的な衝動である。彼は詩を書いてしまつてから、自分の言おうとしたことを知るにすぎない。彼が創造の衝動に駆られているとき、彼の感じているものが極度の力の充溢であるのか、逆に極度の無力感であるのか、決して判定はできない。おそらくこの二つのものは共に存在し、むしろ同じものなのだ。ぼくは先程、詩人にとつての必然性と書いたが、ここでそれを創造の衝動、デーモンと書きかえるならば、詩人がこれを身内に感じたとき、それが充溢感と無力感との分ちがたく結び合つたものだと知ることはわけのない話であろう。詩人は感動を計算によつて与えることはできない。言いかえれば、詩はそのあらゆる部分において――リズムにおいて、形象において、音楽において、語と語の包含する意味において、語の軟かさ、固さにおいて――読者から感動を引出す可能性にみちているのである。詩人は彼のすべてを詩の中に投入しようとする。詩人に宇宙的、あるいは普遍的感覚が要求され、またそれが詩人の特質とされるのは決して無意味なことではない。

C・D・ルウイスはペンギン叢書の自選詩集に付した序文の中で、「詩は歓び（デイライト）に始まつて智慧（ウイズダム）に終る」というロバート・フロストの言葉に同意し、この過程は詩人自身の発展の過程でもあるという風にのべているが、正確に言えば、詩における歓びと智慧は常に同時に存在し、わかちがたく結びついている。歓びを与えない智慧も、智慧を与えない歓びも、共に、詩ではない他の何物かにすぎぬ。ぼくらは一つの詩をどのように分析しようとも、その詩を読むとき受けた感動を再現することはできずに、他の、全く異つた種類の感動乃至は認識に到達するだけだ。この時ぼくらは、その詩の歓びの側面と智慧の側面とを、別々につかむことはできる。しかし、二つが合体したものは、ついに元の詩の中にしかないのである。

おそらく、ここに詩のみならず、あらゆる芸術に個有な「形」の秘密がある。感動という、それ自身では形式も質量も持っていない、純粋な力そのものに、自己を実現する機会を与えるのが形だ。そして、この形を造ることが芸術の究極の目的だといっていい。われわれの日常生活の中に流れ、あるいはひそんでいながら、通常は不可視のものと考えられている力に形を与えること。実際、ぼくらが真に「見た」と感ずるのは、不可視のものが現実に可視にされているのを目撃するときである。ヴイジョンという、芸術の最も根源的かつ基本的な要素にしたところで、可視的にされた不可視のものにほかならぬ。ぼくはこういう風に言うことで、事態を神秘化していると理解されることを恐れる。事実は全く逆なのだ。これは全く具体的な事実にすぎぬ。最もすぐれた見者が例外なしにマテリアリストであつたことを思い返してみる必要がある。ブレイクにせよランボーにせよ、かれらが見者であつたのは、かれらが物質的に物や観念を感じとり、表現しえたからにほかならぬ。見者であるということは、不可視とされているものを不可視のままにしておかないということだ。つまり、神秘家であることを極度に排撃するということだ。このときかれらが文字の中に密着したものに、人が神秘を感じとろうと、それはすでに他の問題である。人はかれらのとらした能力そのものに神秘を感じるにすぎぬ。提出された作品は神秘なものではない。それはすみずみまで、詩人にとつて最も具体的である物や観念の表現で埋められている。

もちろん、この、詩人にとつて最も具体的である物や観念の表現が、読者にとつては極めて曖昧なものであるような場合がある。そして皮肉にも、そのような場合、不可視のものを可視的にするはずの形が、曖昧な印象を作りだす大きな原因になつていることは否定できないのだ。それは、詩人が極めて具体的に感じとつたものを可視的なものにするために表現する際に、リズムや形象や色彩や音を詩の中に持ちこまざるをえないためである。詩人はこれらの駆使によつて、可能な限り、自分の感じとつたものの言語による等価物を作りあげようとし、それに形を与えようとするのだが、この過程こそ同時に詩の曖昧さを生み出してしまうのだ。

形の問題こそ芸術の究極の問題だとぼくが考えるのは、この中に右にのべたような複雑な問題がすべて含まれているからにほかならぬ。詩人の模索は、つまる所、自分の感じとつたある衝動を最も完全に現実化することのできる形を模索することにほかならないだろう。これは極めて物質的な問題であると同時に、極めて形而上的な問題でもある。

ぼくはもうこれ以上語ることはできぬ。もはやこれ以上語るべきことは、少くともこの文章においてはないと思えるからだ。だが、最後に、形というものがいかに生全体、あるいは倫理というものをまでかたく結びついているかについて語つた、短いが見事な文章を引こう。

「死は倫理的ではない。何故なら、単独では、死は形を持たないからだ――ぼくがそれを拒否することができないからだ」

エリュアール晩年の詩集『倫理の課目』の序文中の一句である。

「農民」が欠けている

谷川 雁

これは田舎者の断想であります。あの、たえがたい真つ昼間のわびしいほとりからうまれた論理の端光、あるいは片眼の思想であります。

× ×

私は或る種の運動を思いうかべます。それは普通によく知られている人間の群の力學とでも呼ぶべきものなのですが……。二つの極、一方に炭焼き、木こり、漁夫、竹籠作りの職人、水のみ百姓などがあり、他方に坑夫、金属工、船乗り、紡績女工、ならず者、階級の低い兵士、売笑婦などの群があります。前者は東北地方に比較される広い貧農地帯、私達の故郷、南部九州に。後者は鉄と炎の北九州、阪神、京浜に。この両極は互に相手がなくては生きてゆけない、永遠に憎みあう男女のように、また一つの井戸から命の源を汲む二つのつるべのように親しく存在しております。精巧な藤細工のように裏と表から絡みあい、引つ張りあい、反撥しあい、微妙な力の均衡を創り出しています。

この観念を得ることはさほど困難なことではありません。田舎町に住む私は毎日これら地の影が組合せられ、もつれあい、崩解してゆく様をながめているのです。

× ×

私達の町のポストには悪魔に身を売りたいという欲望、杉林に斧一挺で飢えるよりもアスファルトで踵を擦りきりたいという願いが日に何通も何通も放りこまれます。そしてひとりの青年が残酷な契約に向つて旅立つとき、ひとりの棄てられた娘とふたりの棄てられた老人があり、もはやひとりの友もありません。私達の眼前の鉄道が売られた私達を運び出します。すべてを吸いとられた私達がいずれ眼前の墓地に帰つてくるまで。

生きてゆけないのです、私達の住民は私達の地面で。たとえようもなく痩せて傾いた狭い土地、はげしい気候——いいえ、それだつて私達には豊かさ以上のものであるにしても、悪疫のような社会制度、波のように後から後からかぶさつてくる人間的な災禍。そこで私達は自分を売ることはできようとも逃げるすべはなく生き、そのように生きてきた父祖らと共に生き、生きることを求めて生きているのです。何という弁証法。

私達を故郷から蜜柑汁のようにしぼりだし、砂粒のように閉じこめる、この力はどこから来るのか。

× ×

五年間というもの、私は瞑想する子供でした。

私達はいかにして大地から引きはがされ、大地に放りだされるか。この磁力を自分の腕に与えたいと望んだのでした。なぜならこの磁力の法則の逆用、完全な逆用によつてむざむざ破滅の道を急ぐ幾つかの魂をその呪縛から解き放つことができると考えたからです。むろん私自身の魂もこのなかにふくまれます。

思えば傲慢な願望でもありました。この間に私の青春は羽搏きをやめ、水晶体は混濁し、跳躍する脚力は溝もとべないほどになりました。棘と殼と苦渋が残りました。

ただ私はおぼろげに日本の農民が現代文学の中で果した、また果そうとしている役割を感じたのでした。

× ×

明治以来のわが文学を小市民文学とプロレタリア文学に分類することは常套であります。農民はほとんど発言をもたず、それぞれの代理人に委任しているかのようであります。たとえそうであるにしても、では農民は現代文学に何の干与をもしていないでしょうか。　いわゆる小市民文学においても、日本の市民がブルジョア革命の先頭に立ち、その手で農民に土地を渡した西欧の市民と根本的に異つていることは常識であります。それゆえ為すべきことを果していないという深い不安と焦りは明治以降の文学の主要な特徴であります。裏を返せばここに痛切な農民の要求と怒りを見ることができます。したがつて一定の段階に対応する現代文学のすぐれた典型にはかならずそこに少くとも農民の心情の刻印、農民の姿が顕在していなくとも封建性を克服するための痛ましい戦が映つております。

この点が重要ではありますまいか。作家が所属する階級、階層よりも何が描かれているかによつて、いかに描かれているかによつて文学の本質を見るとするならば、わが小市民文学は暗中模索しながら反封建の叫びをあげてきたのです。それはいちはやく封建的な力と結んだブルジアの声ではなく、「土地と自由」の約束を裏切られた者達の声でした。啄木、藤村、多喜二らの作品の優越性はここにあるのではないでしょうか。彼等はこの声の深い源が農民にあることを知つていました。というのは彼等自身滅ぼされていつた小地主、小農民の末であつたからです。私の考えでは明治以来の小市民文学をその根底で支えてきた者は日本の農民であり、むしろ裏切られた農民の知的復しゆうこそ現代文学の背骨なのであります。

× ×

しかるにわが現代文学の母を小市民と誤認した結果は浅薄な近代化の主張をうみだしました。

日本の市民の大部分が大地から別離することを強いられた農民の変形であり、その生活感情と風習は安普請の客間と数坪の庭を色濃く蔽つているにもかかわらず、彼等は真の母を卑しむことによつて自ら劣等感に陥り、低俗かつ形式的なモダニズムと破れかぶれのアナーキズムに埋没しました。

プロレタリア化を主張する立場でも、プチ

・ブル性との対決が強調されるあまり、現代文学の根底たる農民を見落す現象が起ります。その結果、従来の現代文学一般を頭から否定し、遺産継承の連続性をたち切り、独断、排他の主観主義を作りあげ、実は感傷にすぎない怒号叫喚、事実羅列の官僚主義によつて国民に背を向けます。

彼等はいずれも農民という白鳥から生れながら自分の羽をからす色に染めたがつているのです。モダニズムの泥臭さ、革命的盲動主義の粗雑さはル・サンチマンとナチュラリズム、教條と経験の間をさまよい、個々の現象をつらぬく歴史的法則的認識を欠いだ、ぬきがたい自然成長性のあらわれであつて、これこそまだ目覚めない農民の思想の目印しであります。いわば私達は自分のなかの農民を忘れることによつて、農民主義の柵に封ぜられているのです。

× ×

近年の国民文学論争で最も欠けていたものは、現代文学が国民的でない最大の理由が農民にあるという事実を落した点であると私は考えます。

怒号と事実羅列、官僚主義の「革命派」、幻想とやにさがり、無政府主義の「非革命派」を問わず、盲点はここにあります。これを克服しようとする国民文学論の盲点もここにあります。これら全体を通じて自然成長性――農民が自分をとらえている力の法則、これを解き放つ力の法則をつかんでいないときに起るさまざまの動揺を映しております。

かかるとき詩人は何をすればよいのでしょうか。創造者のなかの創造者たる詩人は。いかなるときも私達は民族の歌が生まれる大地のふところ、歴史の深いひびきが鐘の音を立てる場所に在るべき義務を持つている者ではないでしょうか。私達は実感を創る者です。

× ×

大地から出ていつた労働者は決して農民を忘れません。それは彼がその母と従妹を忘れないように単純なことがらです。生命には心臓の鼓動が必要であるように、労働者には故郷が必要です。彼等は鍬を取りあげられた者のことばで語り、大地を追われた者の瞳で青空を仰ぎます。彼等は血と涙を支払つて「労農同盟」の必然性を理解します。

生産する自然を相手どり、これを豊かにすることで食べている農民の誠実、豊富、柔軟な感性は地下水となつて祖国の深部を洗い、大衆の統一結合のよりどころとなつています。その最良の純血の子こそ労働者であり、農民は全民族の母であります。ここに私達の側のマス・コミュニケーションの基礎があります。

そこで大切なことは労働者が農民のくびきを解き放つ唯一の力であるということ、すなわち農民の子が労働者の母を救い出すという法則を千変万化の事実を通して理解し、表現し、説得することであります。詩こそ最も人間的な武器、原子兵器の反対物ではありますまいか。

このためには私達自身がこの法則の被造物であることを確認し、足下の大地に立つて人々と合作するよりほかありますまい。自分の作品が無数の人々との共同製作物であることを実感し得るまで立ち働らいてみるよりほかありますまい。現代文学がしばしば陥つた傍観者の軌道に詩が再びはまりこむことを欲しないならば。

苦い風景

牟禮慶子

私がみんなに向つて空がこわれたという
みんなは両手を高くあげて空を支えようとするが
もはやその頭の上に昨日までの空はない

みんなは慌てて自分の所在を確かめようとする
けれどもまわりには風景がからまわりしているだけで
誰の手にもその謎をとく鍵がない

私の声が警笛のようにみんなの耳を突きさすといい
だがかすれた呟き油のきれた歯車
一つ場所を足踏みしているだけで先に進むことが出来ない
みんなの足は世界をまたげない
私には他人であるみんながみんなのパンをたべる
みんなは千年同じ土地に住みそこに私のたべる麦は生えない

私いう
私はどうやら裏側にいるらしい
ここからはあんなに高い世界中の空
そして私いう
私はくさる猫背やがて羊歯になつてのびて来るかび
ぶざまにねじまげた顔の影になつて
自分が見えないみんなと
その同じ背中合わせの空の下で生きねばならないと私いう

病床の友へ

山本太郎

巨人《チタン》が赤絵の皿を叮嚀にわつてゐるといふ
都会は大時計のなかでほんらふされてゐるといふ

ほんらふされて傾いてゐる
都会のなかのちいさな真空
寝椅子ひとつしかないその部屋の真中に

乾いた眼を据へ君は坐つてゐる

考へるといふことは奪はれることだ
俺は唯一つの休息も失つてしまつたと

そのとき君の夜は不思議な平衡をたもち
君はいきなり物の原型に還つてゆく

ああ　しやわせが　あの
くるほしい　しやわせが

ちかづいてまゐります

独りの夜で　いまは
微かな音楽だけが鳴りつづけてゐます
とほく　とほく………
ははの　なかできいた

その　ぼくのねの　鳴りつづけるあいだ
ああ　わづかな　移行でいいのだ
俺ひとり　まねかれてゆく

そのとき君は　乾いた声で
「おんがく」　がきこへるといつた
そしてつぶやくように
「ああ　ちきうのおとだ」といつた
あらゆる過去にみつめられ　いま
俺が休息とよぶのは
このとき　秘かに感じた地球の運行
おほきな
おほきな　運搬感覚のことなのだよと

巨人《チタン》が赤絵の皿を叮嚀にわつてゐるといふ
都会は大時計のなかでほんらふされてゐるといふ

あるプロテスト

飯島耕一

青空よ　おまえは
思いがけぬ青さで
ぼくのまえに下りてきた。
シーツの海に　ぽつかりと
浮かんだままの　ぼくのまえに。

生の困難さが　ぬつと
ぼくの行手に
動かしがたい彫像のようにイみ、
ぼくが　いたるところ
もやもやとけぶつた
曇り空のきれはしに似た
傷ついた
ぼくの胸のレントゲンを見たとき。

そして　ぼくは
靄解水のように泡立ちしりぞく
未来のことは　もう
何も考えまいとし、
ぼく自身　ぼくに対する
ひとつの逃避の場所に化身しようとして、
すべてを
放心の彼方にとおくとおく感じ、
悪い夢のなかに
まぎれこんだ動物のように
小さい身ひとつをひそませたときも、
青空よ　おまえは
ぼくの外界に
思いがけぬ青さで下りてきた。

あの夏のあさ
白い担送車で　手術場に
運ばれて行つた　ながい廊下の谷あいの空、
すきまなく
流れこんでいた青空。

それはぼくには奇蹟であつた。

それは
ぼくには奇蹟でなければならなかつた。
空の青い深間で
大勢の人々の手足が
ぼくの　だんだん合わさつてきた両瞼のあいだに
ガーゼをかぶせられた顔のうえに、
透きとおつて
泳ぐ者のしぐさで動いて見えた。
そしてそのとき
ぼくは限りなく不幸であつた。

不幸よ　不幸よ
青空はぼくら人間の最も苦痛にみちたただなかにあ
　つて、
何という熱さ、単純さでかがやいていたか。
ぼくらの小さな生と死
ぼくらのうつろいやすい心情のかげりをこえて、
多くの人間たちの内に吹く暗い風をよそに、
おまえが　いかに完璧であつたか。
おまえはその明るさにおいて不当だ。

おまえは　ぼくら地のうえの不安な乗組にはあまりに
　非情だ。
不安さえもおまえのまえで確固たるものとなることが
　できないでいるのだ。

ぼくらの声が　おまえの拡がりに沿つて
昨夜の　消えがてな星々のつき入つた
緑の木々のあいだをぬつて
空深く沈んで行くことのできる今でさえ。

そして死は何故　何くわぬ顔をして
晝まの星のように　人々の髪のなかに
ひそんでいるのだろう。夜になつて
とつぜんかがやきだすために。

病める秋、
ぼくらが
青空をいかようにこえるか、
ぼくが　この青空と和解するとき
ぼくが何を発見するか、
ぼくはその問いのためにこそ生きようと決意する。

メモランダム

詩劇の方へ

谷川俊太郎

1

現在われわれは詩劇という言葉を便宜上使つているにすぎない。例えば英国においては詩劇の伝統は殆んどそのまま演劇の伝統であり、それは各時代にいろいろな変遷はありながらも、決して途絶えることなく続いている。その様式はそれぞれの時代と切り離せぬ生きものとして現在にまでおよび、詩劇は観念としてではなく、具体的な伝統として生き続けている。だがわれわれの詩劇の伝統はかつて演劇の伝統であつたにすぎない。能、歌舞伎、文楽などの様式と現在のいわゆる新劇の様式のようなものとの間には奇妙な断絶がある。それら過去の詩劇は遺産として継承されているにすぎず、われわれが直接にむすびつくことの出来る様式としてわれわれの中に生きてはいない。われわれは詩劇を過去の観念としてとらえるか、或はまだ海のものとも山のものとも解らぬ未来の観念としてとらえることしか出来ない。われわれの詩劇はまだ現在に生き始めていない。それ故日本においては詩劇という言葉は現在甚だ漠然とした、むしろ殆どその内容を欠くと云つていい言葉である。詩劇詩劇とは誰もがいうが、では一体その詩劇とはどういうものなのかと問われれば誰もはつきりしたことはいえない。それが当り前であり、それでいいのだ。詩劇とはこれからわれわれが発見し、つくり、育てゆくものなのである。われわれは現在詩劇への各々のアプローチの仕方をもつだけで満足せねばならない。（その意味でこのメモもプライヴェートなものである。しばしば断定的ないい方の出てくるのもその故であつて、決して詩劇とはこういうものだと決めこむことを望んでではない。）

2

詩劇の生きた様式をもたぬ現在のわれわれにとつては、詩劇をつくる（書くことも、演出することも、演ずることも含めて）ことはそのままひとつの新しい様式——例えば能とか歌舞伎とかと同じひとつの様式をつくるのに参与することを意味する。それ故にそれは作家にとつては一人の作家の個人的な創作であると同時に、社会的協力でなければならぬ。作家の俳優や演出家や音楽家との協力のみが大切なのではない。われわれは二十世紀の日本という共通の状況の下に生きている。われわれ詩劇を書こうとしているものの課題（主題ではなく）は共通であり、われわれは可能な様式を目指して協力すべく運命ずけられているのである。しかも様式を目指すことは同時にひとびとと協力することに他ならない。詩劇という様式を日本で、日本語を用いてつくることが出来るかどうかはまだ解らない。だがもしそれが出来ないとしても、われわれはそれが出来ないということの解るまで試みたいと思う。様式とは作者ひとりの手によつて観念的につくることの出来るものではない。それはその時代の生活の必然性によつて育てられ、芸術とひとびととを結ぶものである。日本で詩劇という様式が出来るか出来ないかさえ、われわれの生きているうちに解るかどうか覚束ない。ましてひとつの様式を完成するなどということは到底われわれの世代だけでなし得る仕事とは思われない。われわれは様式を完成させようとあせつてはならない。それは観念的な実験に終るにすぎぬだろう。われわれはおそらく過渡期的な宿命を負わねばならぬだろう。われわれの社会そのものがそうである以上それは避けられないことだ。しかしわれわれはそれに甘えず、現在の日本の現実に即して、少しづつ具体的に詩劇へのアプローチを続けねばならない。

3

様式への努力は伝統とのむすびつきによつて始まらねばならぬ。しかし現在われわれはわれわれの伝統とどういう形でむすばれているのだろうか。能をひとつのすぐれた詩劇だと考えることは出来ても、能をそのまま現代の詩劇の様式とすることは云うまでもなく不可能である。われわれが現在直接にむすびつくことの出来る伝統は、それを伝統と呼ぶことが出来るかどうか大変疑問であるが、いわゆる新劇（その周囲としてのラジオ劇、テレヴイ劇、人形劇などを含めて）しかない。そして新劇そのものはわれわれの伝統よりもむしろ西洋演劇の伝統をついでいる。われわれの伝統と現在のわれわれとの間にあるこのような断絶はなくさねばならない。われわれは西洋演劇の伝統をまなぶことは出来ても、それをわれわれの伝統とすることは出来ない。われわれは先ずわれわれ自身の伝統をたずねることから始めねばならぬ。能、歌舞伎、文楽、能狂言、あるいは豊富な民話、昔噺、物語などの中から、現代に生き得る要素を少しづつでも発見してゆかねばならない。われわれは日本語で書くのである。どんなに現代離れした日本語でもわれわれにとつて英語以上に無縁だということはない筈だ。われわれは自らの伝統について余りに不勉強すぎたのではないだろうか。われわれはわれわれの古典をたずねなければならぬ。とは云え性急になまな形で能や歌舞伎などの伝統を現代に生かそうとしても、それは断絶をなくするどころではなく奇妙に現実から浮き上つた中途半端なものに終るにすぎないだろう。

4

われわれは詩劇においては常に劇場にいなければならない。詩劇は演劇としてひとびとに結びつくものである。それは決して読まれるだけのものであつてはならない。詩においてはわれわれは孤独なものであることを余儀なくされたかもしれない。だが詩劇においてこそ、詩をひとびとのものにかえすことが出来るかもしれないのだ。われわれのものであり、かつひとびとのものでもあるところのものを、詩劇という様式においてこそつくり得るかもしれぬのだ。詩の読者と詩劇の観客とを同じに考えてはならない。演劇は観客をその主要な要素として始めて成り立つものだ。われわれはむしろ劇場を利用すべきなのだ。われわれとひとびととのつながりを回復するための新しい様式を生かす場として。われわれが詩において様式を探しあぐねている時、詩劇こそ詩の新しい様式になり得る可能性があるのだ。現代において詩劇のもち得る最も大きな意味もそこにある筈である。

5

詩劇を育てることはその様式を育てることに他ならない。詩劇を書こうとする時、われわれは詩人としていい人間になることを自ら選んでいる。われわれは詩を通してのみ、ひとびととむすびつこうと覚悟している筈だ。われわれはその時思想家でもなく、哲学者でもなく小説家でもない。われわれはそれ故詩劇を一人の作者の思想や観念の単なる伝達の道具などにしてはならない。われわれは多くの云いたいことをもち、しかも云いたいと烈しく望んでいる。しかし詩劇において大切なのは云われたところのものではなくして、そこに在るところのものなのである。詩劇が云いたいことを云うためにあるものならば、われわれは様式を云々する必要などない。われわれは一生懸命勉強して大思想家になればよいのである。しかしわれわれは詩人になろうと決意しているものであり、そのためには様式を求めざるを得ない。

6

二十世紀の日本において、様式をつくるのが困難なことは詩に限つたことではない。われわれの生活さえ様式をもたないのである。いわゆる新劇も御多分にもれない。しかしそれは現在現象的にはあたかもひとつ様式を獲得したかのようにもみえる。それは流行しており、観客はますます増え出している。われわれが劇場を利用する以上、これは喜ぶべきことであろう。われわれは天才でない限り、現在の新劇をだんだんに修正してゆく形で進んでゆくのが賢明ではないかと思う。西洋演劇の伝統をひく新劇と手を切ることが、われわれの伝統を回復することになるとは限らない。むしろ大切なのは新劇にわれわれの伝統を生かすことでそれらを新劇でなくしてゆくことなのである。そうすることによつてわれわれは詩劇を日本の演劇の中のひとつのローカルなジャンルにおとしめてしまう危険を避けることが出来、それを演劇そのものとして、即ちそれが本来あるべき姿のまま育ててゆくことが出来る。詩劇は演劇の正統であるという自覚をもつことによつてのみ真に詩劇を目指すことが出来る。われわれは詩劇の課題に対してもつと大望を抱くべきであり、それ故にまた謙虚でなければならぬ。

7

詩劇においてこそ、われわれは日本語に音韻をよみがえらさなければならぬだろう。音韻は肉体に様式を与えるものだ。そうすることでそれは肉体を日常的な生活のリズムから解放し、肉体の中の詩を目覚ませる。詩劇の詩は声となつた文体に見出だされねばならぬだろう。意味は音韻とわかち難く結びついて始めて詩劇の声となる。むしろ音韻はそれだけでひとつの意味になると云つてもいいであろう。詩劇は頭で理解するものであつてはならない。それは先ず肉体を通して観客に結びつく。生そのものが、常に死をはらんでいるという点で既に劇をかくしている。劇は常に精神の劇であると同時に肉体の劇である。その意味で音韻は肉体の必然性を負うことによつて劇の必然性を負う。日本語の音韻（ライムとリズム）に規則性を求め、それを定型化するまでの必要はないし、それはまた当分の間出来ない相談かもしれぬ。だがわれわれは言葉とそのむすびつきの一見ささやかな、だが丹念で具体的な検討から始めることを決して忘れてはならない。

8

おそらく文体がすべてを決定するだろう。それが舞台上のすべてに——俳優の肉体に、照明の効果に、そして行為自身にさえ詩を目覚めさせる。その時劇と詩とが一致するだろう。そうして詩劇は生き始めるだろう。俳優は喋る。だがそれは観客に何かを伝えようとしてではない、またその俳優以外の誰かを真似ようとしてでもない。彼は喋ることで文体の力によつて、ひとつの完結した存在になる。そうなることで始めて劇が存在し始めるのだ。

9

詩劇の領域は散文で表現出来ぬ領域にまでわたつている。われわれの中の意識されぬもの、深くかくされてあるもの、曖昧なの、それ故にまたより生の本質にふれるものを詩はあらわにする。われわれは日常的な現実《リアリティ》のもつと奥にまで入つてゆくだろう。いわゆるリアリズムは常に詩劇の敵である。われわれは何かも描写することによつて再現するのではない、存在せしめることによつて表現するのである。

10

われわれが現在詩においてそれぞれに試みているもの、人間と宇宙との関係、人間と社会との関係、人間と人間との関係、それらはすべて劇に他ならぬ。われわれの主題自身が既に詩劇への必然性をはらんではいないか。

11

現在の日本で詩劇について書くことは大変につまらないことだ。われわれは殆ど作品なしで、つまり感動の対象をもたずに喋らなければならない。実際にはわれわれは詩劇についてなど喋れよう筈がないのである。つくものはまだないのだから。われわれは想像力や漠然とした予感のようなものに頼る他なく、そしてもしそうするのならそのエネルギーは実際に詩劇をつくろうと試みる方に向けた方が有効なようである。詩劇についての漠然とした概念ならあるかもしれない。だがそれをいくら明確なものにしようと思つても、作品がない以上それは単なる観念論に終るだろう。必要なのはむしろよい演劇論、よい詩論なのだ。そして最も必要なのは作品、それを詩劇と呼べるにせよ、呼べぬにせよとにかく作品なのだ。先ず作品がなければならぬ。始めはいろいろなものが現れるだろう。それはそれでかまわないだろう。その中からわれわれは詩劇を発見し、つくつてゆくことが出来る。ただ詩劇を書く場合に、それが大変漠然としたものであるにしろ、みんながそれぞれに詩劇の理想像といつたようなものを想像しながら書くことが必要ではないだろうか。それによつてわれわれが自身に何らかの律を課することが。詩劇とは何かという問は、おそらく詩とは何かという問と同じく、簡単に答えられるものではない。われわれはいつも書きながらそれを求めている。だが詩劇は演劇であり、われわれは原則としていつも上演可能《ステージブル》なものを書こうと努めるべきだ。その点でいたずらな恣意はしばしば作者のひとりよがりに終り、演劇の意味は失われてしまうだろう。このメモもぼくが詩劇をつくる上で自身に課そうと思つている初歩的な律の中からいくつかを拾い出してみたにすぎない。そしてぼくはそれらを殆ど先人の書いたものの中から得た。それらを参考までにここにあげることが、おそらくこのメモの唯一のとりえとなろう。

深瀬基寛　エリオットの詩学

加藤道夫　ジャン・ジロウドウの世界

木下順二　わが演劇観

さよなら

吉野　弘

割れた皿を捨てたとき
ふたつのかけらは
互いにかるく触れあつて
涼しい声で
さよなら　をした。

目には侘びしく
耳には涼しい　さよなら　が
思いがけなく
身に泌みた。

ちよつとした皿だつた。
鮎が一匹泳いでいる
美しくない皿だつた。

ごく　ちよつとした皿だつたけれど
自分とさよならするのは
たいした出来事だつたに違いない。

皿のもろさは
皿の息苦しさだつたに違いない。
ちよつとした道具だつたけれど
皿は　自分とさよならをした、
ついでに　僕にも
涼しい　さよなら　聞かしてくれた。

さよなら！

人間の告別式は仰山だつた。

社内きつての有能社員に
ゆらめくあかりと
たくさんの花環と
むつとする人いきれと
数々の悼辞が捧げられた。
悼辞は　ほめかたを知らないように
どれもみな同じだつた。

――君は有用な道具だつた
――有用な道具
――道具
――具

遺族たちは 嬉しさと一緒にすゝり泣き
会葬者は もらい泣き
花環たちも しおれた。

きゝわけのよい
ちよつとした道具だつた。

ちよつとした道具だつたけれど
黒枠の人は
死ぬ前に
道具と さよなら したかしら。

私心は

私心は
ほろびゆくほかない弱少民族で
あるか。

憐憫の保護政策に温《ぬく》められながら
なおも力なく絶えようとする
とぼしい 純粋な血液であるか。

生きのびるすべは混血以外にないか。

ためらうものも
逆らうものも

しづかにめをつむつたものたちもろとも
ゆつくり攪拌されてしまうほかないか。

遠からず誕生するものは
無数のつとめ人であるか。

新しいひとたちの眼にまぶしい栄光は
いんうつな
アノニムな
公の微笑であるか。

公の微笑に焦《こが》れる
純情なつとめ人の誕生であるか。

このひとたちは
蟻のように快活に奉仕するだろうか。

知ることを欲せず 據ることを願うひとたちの 空虚に明るい表情の上を 一片の雲のように横切る私心さえ もはや なく。

陽気な労働の隊列は 新時代の幸福をシャベルのようにかついでまわるだろうか。

群集の中で

中江俊夫

吾々が行くとすればもはや
死の国へ行くしかない
ブアソロミユ・デイアスも　コロンブスも
ゆきつく新しい土地をもつてしあわせだつた
地球からはなれた所ではなかつた
かれらの希望は全く美しく　かれらは未知から
生気のある顔をして帰つた
吾々が行くとすればもはや　はじめから
死の国へ行くしかない
ニーチエもキエルケゴールも　新しい土地にぶつかつ
ただろうか

死から生が　体から信仰が出ていつただろうか
その信仰はどんな土地を持つたんだ
二つとも夜で
かれらはあんがい足がかりも手がかりもなくちぢこま
つてしまつているのではないか

虚無の中でかれがものも言えないとしたらかれは不幸だ
神様にあまり固く抱かれて　言いなりになつていると
したら
かれは不幸だ　かれらはどこに行つたのだ
かれらのあれだけの信仰がなんのことはない
この大気中でうろうろし　すぐにうすまり
最上の場合として　誰か赤子の呼吸にすわれたとしても
赤子はボロにくるまつて古い破れ出窓の中でねむつて
いるし
別段大したことはない　普通のとおり眼をさますとひ
ねられるのだ

最初からみじめな少し頭の悪い両親に育てられて
二人に出来るだけの愛情に包まれていても
赤子は不幸な時代に出合うだろう

吾々が行くとすればもはや
死の国へ行くしかない
どこにもない国で
この世以外にない国だ
吾々はこの土地の上に死の国をつくろう
吾々は平和で　平等で　人格なんてものは
君も僕も同じで　俺といつてもお前と言つても
どつちを指しているのかわからぬ国をつくろう

吾々が行くとすればもはや　はじめから
死の国へ行くしかない
馬鹿でも利巧でもいいそんな名前に用のない子供を生もう
貴様が大臣でも　このちんぴらがぬすつとでも
貴様もちんぴらも僕も誰だつていいではないか
吾々は足のしたが固い処でつくろう
いつたいいつまで続くんだ　社会をつくろう
いつたいいつまで生きるんだ　みんな平等に一九六〇年
には死のう　廿一才の諸君達
でなければ僕はどうせ早死しそうだから今のうち余計
に日曜の朝はねむらせていただきたいものだ
でなければ僕の過去の負債は早めになんとかして貰い
たいものだ
僕の職業と諸君のと交替して見たいものだ

吾々という名によつて　最後の同情を乞う
僕を否定する諸君達　社会の諸君達
僕の最大の希望は現在に於て離れることである
僕が行くとすればもはや
生の国への幻影しかない　そこは僕にはじまり
僕に終るところだ……

戀人・その他

川崎 洋

銀河のほとりで何かが始まつている
らしいわ。
（何処かの国の歌劇場で一人の逞し
い若者が漁師の恰好をして銀の針で
魚網を編みながら詠唱を歌う）
あれは潮騒だよ
女は眼をつぶつている　手を背中の
下に入れて上体を静かに起して
上衣を脱がせる時にもつむつている
胸もとは白い　そしてふくらみの手
前で実にかすかに起伏している

桃太郎は蟋蟀《こおろぎ》を手摑みにして
「鬼ケ島にも蟋蟀が」といつて雉子
を振返つた
朝日の中に浮かび上る百舌《もず》のいけに
え達は風折れした枝に刺されている
草の上に死んだ蜻蛉の虎の尾のよう
なしつぽを嗅ぐと蜻蛉は植物と異つ
た精緻な匂がするのだと思う
涼しい木蔭をすぎる土人の漕ぐ舟の
櫂が浅瀬に触れてカタカタと鳴り魚

がひるがえる　縞馬が露で湿つた股を
ごそごそ動かして権木へ小便をする

子供がクレオンでおてんとうさんを画
く

太いのやふるえているのがある光の
線でいつぱい串刺しにされたおてん
とうさん

生まれたばかりの子馬が樹と樹の間
から気の遠くなるようなうすい緑を
覗いて少年のような眼をしてそつと
母馬の腹に首をもたせかける

影には色がついていないように思うけ
ど水際で蔦を這わせた白壁やその家
の庭の樹木などの水に映つた影には
色がついている　夕暮

星に照らされた街の鋪道に一艘の
帆前船が華車な石墨の線で画き捨て
られる

僕は土下座する　星に照らされて
恋人が通る
僕の前を唇固くきりりと結んで通り
過ぎる
僕は手を突いたまゝ　魚のように眼
のふちまでもきよろりと動かして見
送り　やがて静かに眼を閉ぢる
めをとじる

聲の三つの歌

聲の朝の歌

友竹 辰

ぼくは珈琲を喫みほした　一椀の苦い暗黒を　これで夜が明けるだろうか　赤い泥のような顔色をして毀れているぼくの聲　患つて虎斑のできた夜の聲椰子の果実のように不透明に粘りついているもの　それはランプの燈つた室の鉄の寝台の上に臥つている　日常の桎に縛られ　囁やきや把手の軋り　竈や器物の呻きに耐えて歪んだ聲を　朝はしづかに捉えてくれるだろうか

窓が明らむ　階段を降りてくる跫音　蛇に絡んだ今日の水　単調な　酷しい聲音の世界が明らむ　遠い鶏鳴　それは明け方の沈黙に滴る　やがて　ぼくの臆病な聲も落ちていくだろう　あくびをし歯をみがいて　服をつけ扉をあけて存在の靄のなかへ出ていく　理由もなく微笑しながら曲り角をまがる　電車や肉体の軋りのなかを　さしそめた朝の光のなかを　弱々しく歩いて行くだろう

教会で　主と母と人間の　霊と水とが語りだす　この朝の世界では認識と事象とをつなぐ鎹が軋る　それらは靄よりも　夜の暗さよりも深くわれらを囲繞する　心やさしいあの聲はどこへ行つたのか　どの瞬間に止り　何の聲へ匿れたのだろう　暁方　不在の裂目から　辛うじて滴りでた聲は　喚きあつているこの欺瞞の毀れがたい森を彷徨する　捏粉製の存在　無目的の鐘　無能力の性器の繁つた蔓が絡みつく　嘔気の髪がしめつけて弛めない　ただ一つの〈聲〉は存在しないのか　この世界の臭い皮膚に窒息しそうなぼくの聲蠍のように蒼ざめた瀕死の聲の　最後の歌唱は聞えないだろうか

聲の晝の歌

灼けた晝の登記所で
かれは何を登記したかつたのか
その執拗な顎はなにを在らしめ
Codaの印鑑はなにを證し得たろう。
かれは発つた
柘榴の林をくぐり
車を駆つてくる途すがら
荒れた石灰質の丘陵を通つた
午前の熱い岩の間に
夥しく蕁麻がしげつていて
紛糾する牛の群がかれを阻んだ
怒つてかれは射つた
どの一頭を箭は貫き
血の帷子を被せたか。
かれが市に着いたとき
通りに人影はなかつた
大理石の圓柱とその短い翳がならび
暗いほどすき透つた風がふいてきて
かれを盲いとした
物象を暗黒にみせる皮癬瘡が
かれを襲いでもしたのか。
〈ものみなは　存在すると云う罪から清めら
れた。〉と
かれが叫んだとき。
曲り角をまがつてきた
漂う牡蠣
膨れた蝸牛
粘つていく熱気のなかで
それらは顫えて居り
その下から起きあがろうとする翳の軋みが
掩うもののないかれを膊つた。
正午。
ほてつた岩の間では
一頭の白い牡牛がしづかに膝をついた
眼をひらいて
脊中にも赤い涙をたらす眼をひらいて
歯に咥えた蕁麻をそよがせたまま。
かれも膝をついた

見えず　耳だけがあいて。
朝方のあの室の扉が閉ぢようとする。
あのぎいぎい軋る音は。
言葉と意味が軋る　本質と属性が軋る　在る
ことと無いこととが軋る
のか　だがその遠くに一つの聲が聞える
ふたたび起きて歩まれぬかれを歩ませる聲
薔薇色にほほえんでやつてくる聲
鉤のようなMelodyをした聲。
かれは這つてでも行く
鰭のようにして　耳だけで
時と空間の歪んだ鱘をたよりに。
かれはアツチカの孤独な海豚のように
身を捩つて粘い周囲をかきわけ
そうまでして登記所へ行つて何を登記したか
　つたのか
その執拗な顎はなにを告げ
なにの存在を確かにしたかつたのか。
そこは古い神殿のあと
頭と右腕の欠けた像がある

三本の円柱　三本の罌粟の咲いた處
荒れはてて風のみ鳴つている處
耳のついたかれの形がぼんやり動いている
登記所の物音をきこうとする二つの耳。
薔薇色にほほえむ声のきこえてくる耳。
それらは閉ぢる
うしろの遠いところで閉ぢる小さいあの扉
牡牛のやさしい眼も閉ぢる
蝸牛・牡蠣も閉ぢる
すべて晝の聲はだまる
三本の圓柱　罌粟　石の像の
翳はめざめる
はるかな聲がきこえる
その薇薔色がひろがる

聲の夜の歌

初めに言葉がある
意味の襞をたれた重い聲音
それは暗い創生期の夜に垂れ

それは人間の内部を流れる
不安な運河はながれる
畦の田園を灌したり
事物の魚介を養つて
言葉は存在の夜を流れる

初めに本質はない
形象と云う本質はなく
人間もまた存在しない　しかし
〈存在する〉と云う煙草壺にすつぼり嵌り
章魚のように粘りついて離れられない
存在すること　の苦しみ　それが
銅の菫のように残酷に匂いだす

存在はあのかしこい亀
もの　の肢はアシルのように追う
弊は亀である　かれも亦
飢えている
アシルの臀
熟した巴旦杏のごとき本質を齧りたい
いつの日　その飢渇は医されよう
亀は孤独であつてかぎりなく自由

暗黒の方へと歩む　アシルもまた
車輪のように止らない
苔むした甲冑のごとき脊をみつめて
かれらは去つて止らない
愛恋しつつ離れゆくもの
現在はもう　現在でない
〈在ること〉は無
亀の翳に捩れよるアシルの翳
その速度の不安　その運動の苦しみは
いつの日　いずれの地ではてるのか

荒れた　石だらけの夜
その暗がりの方へ
言葉の水はながれる
銅の菫の翳
アシルの翳
亀の翳はキえ失る
神の翳
言葉
弊の存在もないところ
そこでは何ものも黙してしまう
永遠に黙す

生

舟岡林太郎

陽春の青葉にかこまれた
広い公園のグランドに
あかるい　あかるい陽ざしをあびて
おびたゞしく回収された腐つた長沓の山がある

ぶわぶわにふくれ　ぱつくりと口をあけ
おもい／＼の方向をむいて積重ねられてある
大人の脊丈の二倍もある高さ
みえない蝿がぶんぶん唸つている

犬が近寄つて一つのきれつぱしをくわえ
ひきちぎろうと前足をしきりにはねかえらせる

四、五人の男が顔半分の白マスクをして
手をはげしく拳にしてみている
眉に深くよせられた皺
鋭く狂悪なくらい見開かれた眼
強烈なあかるさに照らされて
これは
他でもない　おびたゞしい屍《しかばね》
一週間前まで生きながらえる為懸命だつた

蒼黝い壁泥だ
べろりとむけた皮の下から
マグロの肉がてか／＼とひかる
まつ黒な丸太に三つあいている鼻孔と口
理想も　母性愛も　宇宙もない

あるのはこいつだけだ
むーっと死臭の波紋が襲う

男たちは
狂暴な眼を愈々し　脣を歯でかみ
油汗をぬぐいもせず
スコップを取り　ぐさりと入れ
ひとつ　ひとつ　しやくつて
（もげた脚・首・あかんぼ）
ほられた穴にぶちこんでいく

日給は九百円だ
″畜生め！″と男たちは唾を吐きだす

ネロ

ネロの右手はあがる
刑場につめこまれる百千の男女

ネロの右手が更にあがる
青空の下　四方の扉があいて
猛々しい死刑執行人達がとびだしてゆく

円形劇場の観覧席には
奴隷たちをつれた貴族が一杯
ネロは片肱をついて眺めている

獅子が　漆黒の豹が
中央にかたまる半裸の男女目指して迫る
ゆきわたつた沈黙の中で
揺れうごく犠牲者達

ネロの眼がぎらりとひかる
ゆらりと傾むいて倒れたものがある

うつむいしまつたものがある

だが天上からきこえるのか
しづかな／＼ハレルヤコーラスが
この時ネロにきこえてくる

いく日もつゞいた笞うち・車裂き…
その時もしづかなハレルヤの歌と
彼等のいゝようもない眼差しがあつた

えぐりださせた百千の眼玉
ひきぬかせた紫色の舌
それがネロの目の前でひた／＼となり
くる／＼と輪になる

吼えまわつているのは死刑執行人達だけ
悲鳴ひとつない刑場
遠くからもみえる合掌の群

〈きこえない　ひめいがきこえない〉
ネロの拳がふるえる
ネロの眉間に青筋が走る

どんよりと沈みかける夕日に影を曳いて
落着きなくうろつきまわる死刑執行人達
だがもう殉教者達は殺されてしまつた

突然　気味わるい悲鳴が起る
刑場の中央で血まみれの死体をめぐつて
死刑執行人達の激しい争い…

ネロは恐怖におのゝく
〈ネロよ　お前は遂いに良心に勝てなかつた〉
何処からか囁きが迫つてくる

初冬

谷川俊太郎

〈そうなのよ
あたしのやつたことなのよ
あたしが自分でやつたのよ
こうしてひとりでいることも
これからずつとひとりなのも〉
彼女の珈琲茶碗の持ち方は
ひねくれた子供のよう
外は雨　降るともなしに
人を閉じこめ　星をひとりぼつちにする
で　永遠は窓の中
降りこめられてかびを生やす
〈だから愛なんておかしくて
春になれば桜が咲き
夏になればあたしは泳ぐ〉
で　外は雨　空はだんだんずり下り
みんな目のやり場に困つてしまう
だから見るのは煤けた天井ばかり
〈あたしもう一杯いただこう
あなたも何か……〉
で　外は雨
幾千の水のもる靴の踏んでゆく
幾千の夕刊の読み捨てられる

そうだ青空はかくしておけ
遠い遠い昔まで
遠い遠い——
昔まで

埃及

〈詩劇〉 一幕二場

水尾比呂志

時　古代エヂプト、ペルシヤ統治の頃。

處　ナイルの西域、ギザの曠野に立つカ・フ・ラー王のピラミド。

人

ア・パムラド　ペルシヤの老博士。

軍人　その友人。

ネフエルト　パムラドの若き日の恋人。

（実はカ・フ・ラー王の小姓ネフエルトの後生）

カ・フ・ラー王　エヂプト第四王朝の王。

（実はパムラドの前生）

若きパムラド

開幕前に、ペルシヤ軍のエヂプト侵入を暗示する効果音楽が望ましい。アナウンスがその間に語る。

……紀元前六世紀、ペルシヤ王カンビユセスはエヂプト第二十七王朝を征服して、その統治下に収めた。スフィンクスと同じく、その頃もピラミドは訪れる人々にとつて謎を秘めた存在であつたが、彼が老ひたるペルシヤの博士に何かを解き明かしたとしても、それは、単にこの政治的な偶然に依つて行はれた一つの奇蹟であつた。今日、東から西へ、又西から東へエヂプトを旅する人々が、彼等自身の様に不確かな種々の想ひを、この依然として確固たる巨体のなかに馳せようとも、ピラミドはもう彼の言葉を語りはすまい。彼は既に形である。烈々たる太陽の下、突風と砂塵に洗はれて、凝然と存在する石の塊に過ぎないのだ。だから、何かがあるといふ人々の期待は、その期待の故に、起らなかつた奇蹟の様に、彼等をして再び彼等の生活へと帰らせるだけである……

第一場　ピラミドの地下室

舞台上手に、延々と上方へ続く石段。下手は大廊下を経て王の室へ達する通路の口。二つの通路の接合点であるこの地下室には、南国の強烈な陽光も届かない。石壁には絵と象形文字。見上げるばかりの巨像二、三。幕が開いても舞台は暗黒。低音のコオラス。やがて、石段の上方でピラミドの入口がぽつかり開くと、矢の様に白光が射し込んで、コオラスを沈黙させる。ラムプを持つた博士と弟子が、足音をこだまさせながら降りて来る。間。

軍人　パムラド様。これはまた何といふ静かな場所でせう。音といふ音は、まるでもう幾万年もの間、此処を訪れる事をしなかつた様です。何も聞えないといふのではなく、聞えるものが何もないといふ事はむしろ満ち足りた感じではありませんか。その故為か、私の声も幾度もこだまして確かめたがつてゐます。それ。お聞き下さい。（大声で）幸はせか。不幸はせか。（こだまは入口へ消えて行く）併し、この満ち足りた静けさこそが死者の眠りに相応しいと言ふべきでせう。いや、かうなくてはならない。私は、故郷ペルシヤのナク・シ・ルステムの神殿を知つてゐます。あの神殿にも、幾重にも石の壁に囲まれた死者の室がありましたが、何故か私はその中へ入るのが怖くてなりませんでした。すつきりと澄み通つた紺青の空の下に、その青さよりも更に静かに静かに眠つてゐる死者の部屋は、もとよりミイラがある譯でもなく、骨を埋めてある譯でもない。たゞ、そこは死者の部屋であるといふ私どもの認識があるに過ぎないのですが、一度その中へ入つて耳を澄ませますと、滅びた筈の魂が、語るともなく訴へるともなく、その過去の想ひ出を呟き続けてゐるのが聞えて来るのです。訪れる人あらば誰彼の見境ひなく、一時に語りかけようと待ち設けてゐる様な、一種の凄愴な気配が立ち籠めてゐるのです。私どもは死後の世界を信じない民族ですが、私は危くその合理的な生命観を失ふところでした。併しこの部屋の静けさは、まるで楽しい。何も無いと共に、著しく充足してゐる。これは何か謎めいた事ですな。（歩き廻る）パムラド様。私達はあの入口から、丁度黄泉の国とやらへ降りてでも行く様にこゝまで降りて参りました。先程のお話では、あそこの扉はカ・フ・ラー王の眠る聖なる墓への長い旅路を開く扉の様ですが、さうするとこゝは謂はゞ忘却の部屋とでも言ふべき所。では、王が遺したであらう心たちは、一体何處に秘められてゐるのでせう。それとも、私達が訪れても何も語りかける必要のない程、王は安らかな生涯を終へたのでせうか。

博士（静かに）洋々と水を運ぶナイルの河谿も、翼を灼かれて飛ぶ鷹の翅音も響いては来ない。さう。此処からは言葉なき国が始まる。貴方がたは、現世の限られた智識を以てあげつらふが、死者には死者の言葉なき言葉がある。彼等はこゝピラミドに這入つては、現世の言葉を神に返し彼等の世界での言葉を授かる。それは厳粛な事だ。濫りに想ひめぐらしてはならぬ。問ひかけてはならぬ。心に染みすぎた吾々の言葉は死者を汚すのみです。

軍人 貴方は言葉を怖れておゐでになる。それは尤もな事ではありません。併し、私どもは言葉に依つてしか生きてゐる事を理解出来ません。従つて死者に来世があるならば、私どもは、それを言葉で明確に捉へなければならない。すべての行動は言葉に依つて規制されるとは、私ども軍人の鉄則です。感覚とか霊感とかをあてにしては戦に勝つ事は出来ませんからね。パムラド様。貴方は、わが旭日の勢威並ぶなきカンビュセス陛下の師傅、ペルシャのすべての智慧達が頭脳と頼む御方です。私は来世を信じて疑はぬといはれるこのエヂプトに来た機会に、この問題に就いての明確な証明を聞かせて頂きたいのです。来世は信じ得るのか。信じ得ぬのか。私は常々思ふのです。人間は誰しも、来世を信じたいと欲してゐるに違ひありません。私とてもさうです。信じたい。何故なら、この世の度重なる不幸も、思ひとげなかつた希ひも、来世の存在に依つて、希望に変はる事が出来るからです。凡ゆる期待は裏切られても、来世を最後の期待として、生きる何らかの力を奪ひ立たせる事が出来ませう。況してや、何時とも知れぬこの戦ひの日々を、故郷を離れた異国に送る私どもです。一度戦場で命を落せば、その先は暗黒、たゞこの身が風雨に曝されて禿鷹の餌食となり、やがて水と土に還つてしまふだけだとしたら、何処に救ひがありませう。必要です。来世は必要なのです。博士。何卒証明をお願ひします。

博士 雄々しい友よ。私にとつて、人の問に答へる事はいと容易い業だ。迷へる羊をその群に帰すごとくに、如何なる問にも手をとつて答へもしよう。それが、理論で解き得る限りは。だが、何事にまれ、最後に一つの謎が残る。いや、それも解けぬ事はない。併しそれは教へる事も、教へられる事も出来ぬものだ。そしてまことに空しいものでもある。解く必要はない。貴方も知る必要のないものだ。私は、貴方と私自らに対する誠実さから、答へる事を好まぬ。

軍人 いや。パムラド様。私は来世の在否をお訊ねしたのです。

博士 私はそれ故来世に就いて答へたのだ。

軍人 あゝ。貴方はいつもさういふ難解さのなかへ答へを避けてしまはれる。それでは、この私の心の中の、ぽつかりと開いた穴の様な空虚な場所を埋めて下さる事は出来ません。

博士 （とり合はず）この壁や天井の文字と絵をとくと見るがよい。ペルシャが降したエジプト人は、彼等の姿をこの中に一番よく隠してゐる。物のまことの姿とは、従つて美しい姿とは、こちらより讃へる時始めて現はれるものだ。エヂプトは宛ら一つの宇宙ではある。ペルシャとはその成り立ちも考へ方も異にした、それは沼の如き深さを持つてゐる。ナイルの上と下なる二人の王が力を合せて国を建てて以来、あの欠くることなき太陽の下に、すでに三千年の齢を経た。北は常春の海の豊かさ、東はアラビヤの沙漠、西と南に人の住まぬ大森林を従へて、このエヂプトは自ら一つの宇宙の如く、他の世界の貪婪な魔手より護られ続けて来た。それが今、始めてペルシャの前に神秘の扉を開いたのだ。（喜びに満ちて）このギザに入つて未だ一月、一粒の蓮の種が幼児の掌に似たうてなを拡げるにも足りぬ日数ながら、その秘められた智識と美の宝庫は、未知の被りものを惜しげもなく脱ぎ捨てて、私に語りかけてくれる。解けなかつた数の秘密、天体の動きの法則も、私は具さに学ぶ事が出来た。久しく私を苦しめた幾つかの哲学的問題も解けようとしてゐる。雄々しき武人よ。私は讃へる。エヂプトの奥知れぬ知慧の深さを。あゝ。まことに、アモンの神の告げる如く、エレフアンテイネのこなたに住み、ナイルに育くまれしものエヂプト人よ。渇れることなきその水と土に実る五穀、そして漁どりの豊かさは、汝等の魂を蓮華の開く如くに花咲かせた。西の方に宝があるといふ古き言ひ伝へは、実にエヂプトを指したのだ。

軍人　（失望して）博士よ。貴方は貪る様な探求心をお持ちですが、飢えた子に乳を与へる事を御存じない。貴方は宝石を与へようとしかなさらぬのです。

博士　（暫く、軍人の顔を見凝め）さうかも知れぬ。だが、私はこの文字を調べねばならないのだ。貴方の灯りを寄せて下さい。

軍人は無言でランプを壁の一所に近づける。象形文字の碑文が浮き出る。

博士　それ。見られよ。此処には、強く逞ましい獣や鳥の姿が描かれてゐる。それと共に、線を組合せた様々の文字。これは物の象が言ひ足りぬ意味をつけ加へる役目をする。それに、こちらのこの文字。これは、ペルシャの文字と何とよく似た形ではないか。

軍人　成程。さうです。

博士　物の形を記して意味を伝へること。それはすべての民族に共通な手段だが、線を組合せて之に意味を与へることは、エヂプト以外に知られなかつた。ペルシャは、その手段を受け継いではゐる。併し形のみを継いで音を伝へる事をしなかつた吾々の祖先は、異つた読み方をせねばならなかつた。あゝ。こゝにはまだ私が解く事の出来ない字がある。（パピルス紙に写しとりながら）文字は言葉の子だ。それ故に言葉よりも永く生き永らへた。旅人の如くにアラビアの沙漠を越え、吾々の辿つた道を逆にペルシャへと辿りついたこの文字は、その発音を何処かへ忘れて来たが、形だけは誤りなく伝へられ、ペルシャ人の心を捉へたのだ。物の形の持つ大きな力。私はそれを信じて、之迄、多くの文字を読み解いた。信じ得る最も確かなもの。それは形の中に保たれた生命の外には無いのです。

軍人 仰言る通りです。それにしても、どんな楽しげな形に意味を見出し、文字として読みふける時の人間の表情は、どんなにか清らかな安心に満たされてゐた事でせう。私にはエヂプト人たちのあの大きな眼に溢れる微笑みがしみ〴〵と感じられてなりません。

博士 (肯いて)さうです。さてこの文字は貴方も判る筈、「讃めたたへる」といふ意味を表はす。即ち、この天と地、生きとし生けるもの、いや生命なき石や砂に到るまで、ありとあらゆる存在を創り給ふたラーの神を讃へたものだ。力強く雄々しきナイルも又、この神の御手から流れ出でた。その大蛇の頭に似た、常春の海に注ぐ三角の河口にラーの分身オシリスがナイルの神としてましまます。この世界を闇と分ち持つ光の神はホルスと呼び、夜の世界に静かな慈悲を垂れる月の神トトとは兄妹をなすといはれてゐる。又、乾けば慈しみの雨を降らせ、水地表に満ち満ちては吸ひ上げて豊かな稔りを約束する天の神はハトホルと呼ぶ女神、諸々の悪しきものを撃つ戦の神は、獅子の姿で現はされる強きものセクメトと称せられる。それらの神々を一つに統べ給ふ大神をエヂプトではラーの神と言ふのです。朝な夕なの祈り、食事の前と後、喜びにつけ、悲しみにつけ、彼等の口から、常にラーの御名の出づること、ペルシヤ人の畏れ祭るアウラマツダと同じなのだ。

軍人 私どもペルシヤ人の解釈に従へば、アウラマツダは太陽ですが、ラーの神もさうですか。

博士 太陽は人間の最高の憧憬です。こゝにその絵が描かれてゐる。

羊頭の太陽神ラーの天界航行図がラムプの光に映し出される。

博士 舷側高く数百人の舟子を従へた御座船に乗り、自らの創めたこの世のくま〴〵まで、善き事と悪しき事、正しき事とひが事とを見極めて、弱い者には勇気、強い者には情、奢る者には慎しみ、貧しきものには心の豊かさを与へる為に、日毎天空高く巡り給ふとこの絵には説明がある。

軍人 あゝ。それは、そのまゝ太陽の詩的な解釈です。丁度、先程の文字がペルシヤまで伝へられたのと同じく、ラーの神もまた、アウラマツダの名の下に伝はつたのでせう。たゞ、表現は少し変つた様ですが。

博士 いや。似たるものの根源が、一つに帰りつくのはまゝある事です。併し、後から生れたものが皆、早きものを学ぶとは限るまい。ラーはエヂプトの神。アウラマツダはペルシヤの神。更に世界を尋ねれば、種々の名を持つた同じ性質の神が見出されることでせう。

軍人　何故に、人間は期せずして太陽と神とを同一視するのでせう。

博士　何故と問ふ時、すでにその答へは問ふものの中に潜んでゐる。問は多くの場合答から出たものだ。今、貴方の胸に湧いた疑問こそその答へなのだ。

軍人　貴方の比喩はいつも対象の具体性を朦朧とさせてしまはれる。私は正確な判断を何か霧の様な中へ見失つてしまふのです。

博士　見失ふてもよいではないか。何故と問ふ癖は、もう多くの善きペルシヤ人を害ふて来たが、後世久しく人間の魂をむしばむことだらう。それは問ふ事ばかりに気をとられて、問ふ自分を顧ぬからだ。答へを得ようとせずに、問の意味を究めた事。これは、エヂプト人の最大の美点と言はねばならない。

軍人　さうです。パムラド様。貴方の仰言る如くエヂプトには、私どもに欠けた何かがある様に思へてなりません。子供の頃、私はよく母の寝物語に、ペルシヤから遥かに西の方、太陽が一日の働きを終へて憩ひの床に入る所に、至高至福の浄土があり、人は死して後すべてその浄土に住み、再び死ぬ事がないと聞かされました。私は信じませんでした。死んで火に焼かれ、土に還つた人間が、どうして再び生れる事が出来るのか、幼稚な伝説だと子供心に批判してゐたのですが、陛下に従つてこのエヂプトへ足を踏み入れて以来、時折、母の物語が鮮やかに甦へる時があるのです。いや、よしんばその浄土がエヂプトでないとしても、エヂプト人達の雰囲気は、確かにさういふ浄土を連想させる所があります。何故なのでせう。彼等が、来世を疑はないからではないでせうか。それとも、私の精神の弛緩に乗ずる弱々しい感傷でせうか。

博士　（無言のまゝ暫く歩きつゞける）人間が地上に生を享けて以来、死は片時もその想から去る事のなかつた最も重大な関心であつた。死んだ人は口を利かぬ故、誰もその意味を訊ねる事が出来ず、その意味を知つたものはもう人に語る事が出来なかつた。人毎に、死に就いて思ひ惑ふ考へは、従つて繰返し〳〵先人の考への跡を追はねばならず、今後も永劫、追ひ続けるだらう。思へばペルシヤは水豊かに地は沃へてゐて、身にまとふ衣も用ふる器の美しさも、エヂプトと変る所はない。文字を創り、絵を描き、石を刻んで愛するものと敬ふものの姿を彫り刻む。これもエヂプトと異ならぬ。ユウフラトの小波に舟を浮かべ、五絃を弾ずる楽の音も、ナイルのそれに同じいのに、たゞ異なるのは、死に就いての考へです。肉体が土と化す如く、魂も大気にとけ入つて消え失せると信ずるペルシヤ人と、死者の住む彼岸を想ひ、そこに働く姿を見、喜びも悲しみもこの世のまゝ、吸ふ息吐く息の温もりすら偲ぶ事の出来るエヂプト人。貴方の言ふ様に、このピラミドの静けさと安らかさとは、或はこの世の幸福の証しであるのかも知れぬ。

雄々しき武人よ。エヂプト人は、死者の住むといふエアルの地での働らきを助けさせる為に、その人が一番愛してゐた人の姿を小さい像に造り、ミイラの傍に仕へさせた。ウシャブチといふこの像の表情は、いづれもたゞ働らく悦びにのみ輝やいてゐる。それは、幸せな来世、彼岸を信じた表情であると共に、造つた人々の純粋な美しさをも示してゐる。それがペルシャ人には出来ないのだ。素直にその様な像を造る事は出来ないのだ……

思へばペルシャ人はさびしい民族です。

軍人 （無言）

博士 存在……死……彼岸……何が残り、何が残らぬのか……（独白の様に）夜半に眼覚めて思惟を凍らせる時、私は屢々蒼白な稲妻が、その一瞬間に灼き籠める世界の姿に驚く事があつた。あの稲妻に照らされた形は、それぞれの凡ての過去を凝縮し盡くした最後の形です。毫も疑ひを挟む余地が無い。あれこそが、真に存在してゐる形だと、私は信じたのだつた。さういふ確かな形になる事、それが私の希ひだつた。だが過去を振り返つて、存在したと認め得る事は、書き記された事のみだ。書き記されなかつた事は無かつた事なのだ。愛にせよ、苦しみにせよ、吾々が知る事の出来るのは、書き残された事だけだ。即ち存在とは書く事だ。これは困難な覚悟だつた。併しそれだけに、私はこの覚悟に縋つたのです。私は自己の存在を証す為に、古き文字を探つてそれを解き、自分のものとして書き残さうとした。まるで賭をする様に。けれども、日々訪れる数知れぬ愁しき言葉を私は拾ふ事を躊はねばならなかつた。確かに書けば残るでせう。だが愁しき言葉で残る己れを私は嫌悪したのです。だから私は、一切の感情を交へぬ事柄のみを書かねばならなかつた。そして、この私の心をば半ばしか語らぬそれが、存在の証しとして残るとしても、又、致し方の無い事だ。さう思ひ定めてから私は抽象の世界に浸つたが、何時しか私の半身は私のものでは無くなつた。丁度、その光の長い旅に、すでに滅んだ自身を見誤られる遠い星の様に、私は永くその事に気付かなかつたのです。先程、貴方が来世を信じたいと希つた時、私は恰も失つた半身が突然甦つた様に感じ、心がみる〳〵弱まつた……

軍人 （ふと入口が宵闇を覗かせてゐるのに気付いて）パムラド様。もう夕闇が迫つて参りました。御覧下さい。ピラミドの入口が朧気にかすんで、夜の気配が忍び降りて参ります。陛下も、貴方のお帰りをお待ちでせう。今日はこれでお戻りなさいませ。

博士凝と立つて動かない。手をとらうとした軍人を払ひ除ける。

博士 いや。貴方は先に帰つて下さい。私は暫くこゝにゐたい。

軍人　博士よ。夜はまだ危険なこの附近です。それに夜露はお身体に障ります。

博士　構はぬ。構はぬから先にお帰りなさい。陛下には宜しく申上げて下さい。

軍人　併し……

博士　（静かだが強く）私は暫く一人になりたいのだ。

軍人　（仕方なく）では、先に失礼致します。護衛を上に残しておきませう。

　軍人は石段を上つて、入口から去る。外はすでに星を瞬かせた夜である。舞台ではランプが、黒々と巨像の影を作つて、不気味な光を投げてゐる。間。

博士　（巨像の足許に腰を下ろし、深い溜息と共に）あゝ。人間は私を疲れさせる。賢い熱心な人程、私にとつては重荷になる。（間）ともあれ、六十年の過去は長かつた。想ひ出の甘い悲しい慰さめが無ければ、振り返るだに厭はしい永さであつた。その永さを生き抜けて来たとは、又、奇怪な事にさへ思はれてならぬ。何を得たといふのでもなく、何處に安んじたといふわけでもない。たゞ永かつた。それだけだ。確かに、私は多くの事を解き明した。星の動きに因果の法則を知り、月蝕の干満で年月を分かち、黒い粗岩より黄金を製する術も見出した。描かれた形や彫られた像に古き人々の思想を窺ひ、文字の意味を解いてその歴史と物語を読むのも容易い業となつた。陛下に戦の秘策を献じて敗北を知らず、若き弟子達を育てて国家の柱と為しもした。だがそれが即ち何なのだ。いや、それぞれの価値は賞讃に価するとは言へ、私自身を絶えて満たし得なかつたとするならば、それもつまりは無益に等しいではないか。あゝ、私は六十年かけて、少しづゝ〱何かを失ひ続けて来たに相違ない。何かが無い。私の中に常に何かが無い。その上又何かが失はれてゆく。（寒々として）時に木枯の鳴る空洞が白々しく胸に開き、その中に私を陥し込んですべてを虚無に見せるとの空しさ。それが、何かを求めさせて私を駈り立てる。あの男の言ふ事は真実だ。若しも来世があるならば。その確かな証しが得られるならば。この恨みの籠つた希ひは、平凡な人のみのそれではない。智識も教養も、如何なる修練にも関係のない、たゞすべての期待をそこにかけた切ない希ひなのだ。併しそれは叶へられぬ。これより上はない無駄な希ひではある。（手で顔を掩ふ）時折、未知の世界が開ける事はある。魂の壁に思はぬ窓が開き、新らしき世界が輝き出す事はある。けれども来世は、いつも素早くその彼方に転身して、依然として己れを謎に包んでゐるのだ。暫しはその光の眩ゆさに空しさを逃れたかに思へても、やがて又解けぬ来世が戻ると共に、以前にも増して成長した姿で空しさは帰つて来る。あゝ、私はもう幾十度空しさを消さう消さうとしてその回帰を経た事か。断じて消えるものではない。断じて消えはしないのだ。

顔を掩つて黙然としてゐた博士は、ふと名を呼ばれた様に身を起す。部屋の一隅に何かを見た様に。

博士 誰？ 誰だ？ 誰なのだ？

徐々にコオラスが高まつて室に満ちる。下手、廊下の扉が開くと、微かに博士の名を呼ぶネフエルトの声が聞える。博士は惹かれる様に立上つて、その中へ吸はれ、コオラスが続く間に、暗黒の舞台は廻る。

第二場 ピラミドの玄室

中央に、石で閉された地下室からの廊下の入口。下手にあるカ・フ・ラー王の坐像に対して上手にはウシャブチが腕を組み合せて立つ。その傍に、安置された壮麗なミイラの棺と、種々の装飾品。天井から宝石で飾つたラムプが数箇吊り下げられてゐる。効果続く。だが閉された入口が音なく開き、博士が歩み入ると玄室は沈黙する。博士の蹌踉たる歩みは、カ・フ・ラー王の坐像の前で止る。

博士 （我に帰つて）誰かが私を呼んだ。黄泉の底からオルペウスを呼ぶといふ女のそれに似て、慕はしげに私を呼ぶ声がしたと思つたが、あれは老ひた耳が聞き誤つた空音だつたのか。さうかも知れぬ。さうであらう。（嘲る様に）ペルシヤ随一の碩学も、遠い異国の香に敗けて哀れた感傷に取り憑かれたのだ。（坐像の銘を読む）ペル・オー。大いなる家。カ・フ・ラー。遥かな呼声に惹かれて、何処とも知らず歩み続ける間に、嘗てこの王が言葉なき身体を運んだ様に、私もその途を昇つて来たのだ。王はそこに眠つてゐる。もう愛する者の名を呼ぶ事もなく、陸海の大軍を叱咤する事もなく。（棺に向つて）王よ。そなたは安らかか。私の問に答へようと思はぬか。（間）物を言はぬ。答へがない。しかも王はそこに居る。おゝ。こゝにも先程と同じ文字がある。（棺の文字をパピルス紙に写しとる）この文字は何か私を惹きつける気配を持つてゐる。これは解かねばならぬ。（ふと胸を抑へて）胸が不思議に騒ぐ。親しい人の訪れを予感する様に、妙に胸が騒ぐ。あゝ、絶えてこゝ久しく覚へなかつたあの気持そのまゝだ。もう幾十年の昔の事か、ウルの宮殿を訪れて、その書庫に眠る、アツカド王朝の謎を祕めた幾百枚の石板の文字を解いた事があつた。昼は太陽の光、夜は羊の脂の灯をかりて三年間、その文字の一点一劃に心血を注ぎかけてゐた或る秋の日暮、永い眠と沈黙の中にあつた古代の文字達は、微風にざわめき出す草叢の如く、突如私に囁き始めたのだつたが、その寸前に、私の胸は言ひ様のない胸騒ぎに波立つた事であつた。あゝ。正しくあれだ。何やらが私を訪ねて降りて来る。親しげな眼ざしで、物言ひたげに私に近寄つて来る（大声で）何だ。何なのだ！来い。来てくれ。疾足に駈けて来るがよい！

声は驚くべき反響を返し、入口の彼方に繰返すこだまとなる。博士待つ。間。やがて肩を落す。

博士　いや。もう何が私を訪れる事が出来よう。仮令何かが訪れても、その後に来るものが私には見えすぎるのだ。（全身に疲れを見せて）疲れだ。疲労だ。老ひは悲しい。それはいつも積り積つた疲労に伴はれてやつて来る。薄寒い風が、身の内を吹き過ぎると、骨は枯木の様に空ろな響きを出す。多種多様な人の世の悦びも、遂には単純な悲しみで終る様に、私にももう単純な支へが要るのかも知れぬ。誰かの温い眼ざしか、支へてくれる強い腕か…

片隅のウシヤブチを見凝める博士の心に、それは一つの影像を甦らせる。

博士　（ウシヤブチの顔と身体をまさぐる）何故お前は、こんなにもネフエルトそのまゝなのだ。黒曜石の髄、蜜蜂を誘ふその唇。チグリスの流域に春の薫風が盛り上げた砂丘の如き胸の高まり。いや。それはお前ではない。ネフエルトのものであつた。ネフエルトよ。そなたは私を支へてくれた、過去のたゞ一つの眼、温かい、何処か憂ひに満ちた眼だつたが、三十幾年の歳月にそなたの声はもう私の耳から薄れ去つた。先刻呼んだのはそなたではなかつたのか。それとも空耳か。いや。それは遠い遠い夢だつたのだ。そなたは或日帰らぬ旅へ出てしまつたが、夢がいつも何かを解き難い謎として残す様に、私にはそなたの死が解けなかつた。今も尚、それは謎なのだ。疑ひ様の無かつた筈の二人の愛。ネフエルトよ。そなたは何故死で終らせねばならなかつたのだ。

ウシヤブチを見凝めながら呟いてゐた博士は、沈み込む様にその足許に坐り身を寄せる。舞台は照明を変へて想ひ出の世界に入る。適当な効果と、人物の巧妙な入れ替りが必要である。ネフエルト役は女性に依つて演ぜられるが、小姓ネフエルトの場合には、声音その他に男性的表現が要求される。若き日のパムラドの手をとつてネフエルト下手から登場。

ネフエルト　パムラド様。お顔の色が瓦の様に白く褪せていらつしやいます。また今日も、一日中、あの陰気な書庫に籠つていらしたのでせう。どうぞ程々になさつて下さいませ。書庫の乾き切つた空気は貴方のお心に塵と埃を吹き込み、艶やかな感情の潤みを涸れさせてしまひます。それにしても、どうして、この澄み切つた空の清々しい青さや、爪の先まで染まりさうな夕暮の茜色が、貴方のお心を惹かないのでございませうか。瓦の板の模様や文字が持つてゐる力に勝てないのでせうか。

若きパムラド ネフエルト。自然といふものは、機嫌のいゝ時も悲い時も、丁度そなたの様に、自分ではどうする事も出来ない美しさを持つてゐるものだ。それを見る事は悦びだし、それを生々しく身に感ずる事は幸はせだ。けれども、私はさういふ悦びや幸はせのなかに永く居るのは不安なのです。といふよりは、譯もなく悲しくなつてくる。何故だかは知らないが、いつも美しいものは悲しみで、幸はせは空しさで終る様な気がしてならない。私はぼんやりと立つて与へられた美しさの中に我を忘れてゐてはならないのだと思ひ始める。すると、もう私は、何かに追はれる様にあの書庫へと駈けて行かざるを得ないのです。文字を解く。それが私の仕事だ。悲しみから、空しさから逃れる為に、私は何千何万枚の瓦の文字と模様の中に没頭するのです。

ネフエルト その中にどんな悦びがあるのでせう。

若きパムラド 堪へ難い単調な苦痛が続きます。何も彼も厭になる様な全くの無気力に陥ち込んでしまふ事もある。その仕事は、涯しの無い草叢の根を分けて、隠された鍵を探りあてる様なものだ。けれども、ネフエルト。すべては、あの解明の一瞬間、その鍵を探りあてた瞬間に償はれるのです。それは偉大な感激の瞬間です。このペルシヤの国の歴史、それもアケメネス王朝のみならず、もつともつと古く、アッカド、バビロン、アッシリアの昔から、この豊かな土地に天と地の恵みを享けて花園の様な文化を生んだ私達の祖先の歴史、しかも不幸にも私達に最早読む事の出来なくなつた歴史が再び陽の光の中に照らし出される。私は全身の血が躍るばかりの感動を受けるのです。一つの線の意味、形の意味が解けようとする直前に、この胸に波立ち満ちて来る霊感の戦き、そしてそれをしつかりと掴み取つた時のあの感動。あゝ、そなたに何と言つて伝へたらよいやら。線は生命を吹き込まれて生々と語りかけて来る。眠つてゐる友を呼び覚し、手を組み抱き合つて共に一つの言葉となつて語りかける。まるでそれは、野に働らく若い娘達が、一つの歌に次々と唱和して、円陣を組み踊り出す有様と同じだ。私は舞踊を創り出した自身の様に、創造の悦びを享受出来るのです。どんなに沢山の事が書かれてゐることか。豊年を祝ふ祭の様、太陽の病や星の死、凄惨な戦ひの記述、そして北の山に埋もれた玻璃を作る土の事、人間の霊魂と肉体の問題、それから、どうしても一つになれなかつた恋人達の話……

ネフエルト 一つになれなかつた恋人達…… それはどういふ話なのでございます？

若きパムラド （笑つて）まだその先は讀めないのです。だから私は解かねばならない。

ネフエルト　いゝえ、いゝえ。そんな事は解らない方がようございます。パムラド様。私達には、私達の文字があり、その文字で私達はこの胸のうちをどんなにでも伝へ合へるではありませんか。いえ、假令文字に書き表はせなくとも、暫らく坐つて語り合へばもはや何一つ残る事もなく伝へ合ふ事が出来るのです。いゝえ。口に出す事すらもどかしい。貴方のお手が私を抱き締めて下さるだけで、私には充分です。

若きパムラド　（ネフエルトを抱いて）判つてゐる。よく判つてゐる。ネフエルト。私達の間には言葉は要らぬ。だが、私の仕事は又別なのだ。別ではあつても、私とそなたとを分け距てるものは何も無いではないか。

ネフエルト　（呟く）男の方にはいつも仕事がある。他のどんな誘惑にも打ち克つ事の出来る仕事が……

若きパムラド　そなたも又、私を他のどんな誘惑にも打ち克たせるのだ。さあ、ネフエルト。どうぞそんな悲しい顔を止めて、得意の唄を聞かせて下さい。

ネフエルト　はい……

若きパムラド　さうだ。私が面白い話を聞かせよう。今日、瓦の文字が語つてくれた古い古い話なのだ。私はこゝに書きとめて来た。（木の板をとり出して読む）…壮大な沈黙の中に、その数を審らかにせぬ万様の星達が、炒々たる光を放つて、おのがじし整然たる軌道を遠く近く経廻つてゐる光景は、神の理性にとつてこの上もなく快き環境であつた。（ネフエルトに）私達の祖先は宇宙の忠実な観察者だつたのです。（読む）星達は、分に従つて各々の力を他の星達の力と分かち合ひ、奪ふことと失ふこととを知らなかつた。五彩に燦めきながら欝勃と満ちて来ては、凄然たる閃光と共に無に帰する星雲も、寂莫たる暗黒の中に身を寄せ合つて一つの大円光の中にその存在を寄託する星団も、すべては彼等自身に依つて織り成された秩序の空間に、自らを敬虔な一単位として組み入れる事で、永遠の生命を保証されてゐるのであつた。（ネフエルトに）正確な観察は、実に美しい敍述を生むものです。（読む）神はその空間の秩序に智慧を磨いた。星達の慎ましさは、神の心の糧であり、宇宙の秩序は神の、理想に到達すべき明らかな倫理像を與へた。神はそれら遊星中の一つの星を、殊に思索の場として好んでゐた……

読みながら、パムラドは次第に遠ざかつてゆく。

ネフエルト　あゝ。あの方がお話をお始めになると、いつも私から離れて遠い〳〵所へ行つておしまひになる様な気がしてならない。私を愛すると仰言りながら、私を喜ばせよう、慰さめようとなさりながら、御自分でお気付きにならぬ中に、だん〳〵離れて行つておしまひになる。私は、たゞ傍に居て下さる事だけで満足なのに。あの方は、この世の事は何一つお判りにならぬ事はない賢いお方でありながら、どうして私のこんなにも単純な希ひがお判りにならないのだらう……（泣く）間。

博士（追憶の中にあつて呟く）ネフエルト。思へば、そなたは実に寂しい後姿をしてゐた事であつた。

カ・フ・ラー王が現はれ、ネフエルトを後から優しく抱く

王 ネフエルトよ。そちの後姿は寂しい形ぢやなう。（顔を手に挿んで）おゝ。そちは又泣いて居つたな。（抱く）いや無理もない。この細すぎる肩には、苦しみが重すぎるのぢや。（接吻）

小姓ネフエルト。（男声で） 王様。もう僕の傍へお出でになつてはいけませぬ。どうぞ、僕にお暇を下さい。

王 又、王妃が何ぞそちを虐めたのぢやな。いや。ならぬ。そちに暇をとらす事は出来ぬ。余はそちを手離しはせぬぞ。

小姓ネフエルト そのお情けが、どんなにか僕には辛い事でございませう。王様と僕の間には、ラーの神が定め給ふた自然の道がありませぬ。僕は王様のお血筋を身籠る事が出来ません。それさへ出来れば、王妃様の御嫉妬がどうあらうと……（泣く）

王 女にもまがふ眉目の美はしさを持ちながら、何故そちは男に生れて来たのであらうな。いや、泣いたとてどうなるものでもない。王妃は、そちに危害を加へようとでも致したか。

小姓ネフエルト 王妃様の御嫉妬は、地獄の陰火に灸られた様な暗い恐ろしいものでございます。昨夜、王妃様は真青なお顔で、僕に呪ひの言葉を浴びられた後、凝と僕を見つめて、妾も男でありたいと仰言いました。あゝ、あの御眼の恐ろしい炎は、常の嫉妬ではなく、この道ならぬ愛を呪ふ神の御眼の様にさへ思へます。僕を亡き者になさつたとて、王妃様の呪ひは、消えはしますまい。

王 さうぢや。余は王妃に世継ぎを授ける事はおろか、慈しみの言葉すらかける事の出来ぬ身なのぢや。王妃の水晶の如き瞳とて余にはたゞ路傍の螢の灯に過ぎぬ。おゝ。呪はやがて破滅となつて下るであらう。わが第四王朝の血筋は絶え、カ・フ・ラーの王室の純粋は失はれる外はない。余と王妃との間には、いやすべての女と余の間には、断じて越える事の出来ぬ深い深い堀がある。

突如、天井のランプの一つが落下して、宝石が散乱すると、カ・フ・ラー王と小姓は消え、夢想から醒めた博士は、混乱した

想ひ出から逃れる様に、飛び起きる。

博士　あゝ。奇怪な想ひ出が、何處からともなく湧いたが、あれは一体誰なのだ。ネフエルトに向つて愛を囁いたのはこのパムラドだが、カ・フ・ラーと名乗つたあの王が、何故に私の想ひ出に入り込んだのか。私はネフエルトに古い話を読み聞かせてゐたのだ。

若きパムラドとネフエルトが現れる、

若きパムラド　ネフエルト。私は読む事が出來た。あのどうしても一つになれなかつた恋人達の話です。不思議な話だ。その美しい若者と乙女は、互に恋ひ焦がれながら、ロづけしようとして抱合ふと、何時の間にか相手が菩提樹に変つてしまふのです。二人は、毎夜毎夜、月が岩山に昇る頃、今夜こそは思ひとげようと抱き合ふのだけれども、どうしてもこの不思議な変化から逃れる事が出来ない。そして遂に恋に悶へて死んでしまふ。

ネフエルト　何といふ恐ろしい話でせう。それを書いた人は、きつと心の冷たい気の狂つた人に違ひありません。

若きパムラド　作者は一番最後に、感想を記してゐます。この二人が遂に一つになれなかつたのは、二人が男と女であつたからだ。あゝ。私にはこの恐ろしい言葉が、何だか判る様な気がする。もつと私は注意して読まねばならない。ネフエルト。私は書庫へ行く。又、夜逢ひませう。

パムラドと入れ替りにカ・フ・ラー王登場。

小姓ネフエルト　王様。王妃様は、王様と僕の命をお覘ひになつてゐられます。

王　さうであらう。王妃の採るべき手段は、その他にはあるまい。余も知つて居る。余には、エヂプト王たるべき資格が無いのぢや。

小姓ネフエルト　王様。僕は死にたうございます。

王　ネフエルト。ギザに余はピラミドを建てさせてゐる。これ迄のどのピラミドよりも大きいのぢや。それが出来次第、余は兵を発して、南の蕃地を討つであらう。そちを伴ひ、ナイルを何処までも遡り、象牙と黄金の国を討つて、わが国土に加へよう。王妃は新らしき王と共に、この余の贈物を受け、益々弥栄なエヂプトを治める事が出来るのぢや。余の王妃への、それが一番の償ひなのぢや。

小姓ネフエルト　では、王様は、もうこの国へはお帰り遊ばさぬ御覚悟ですか。

王　ネフエルト。そちと共に、何処なりとも新らしき天地を漂離ふて、来世を待たう。（抱く）

小姓ネフエルト　はい……

王　（空を見上げて）夜空には大いなる河がある。そしてあの岸辺に相向ふて、近寄る事なく佇む二つの星がある。余は、幼き頃よりいたくあの星を好んでゐた。彼等は遂に一つにはなれぬ定めを負うて居る……

　再びランプが落ちて宝石を散らす。王と小姓去る。博士は胸を打つて叫ぶ。

博士　違ふ。違ふ。このパムラドは王ではない。あゝ。何者が私の想ひ出を掻き乱すのか。落着かねばならぬ。落着くのだ。私の正しい過去よ。ネフエルトよ素直に戻つてくれ。

　ネフエルトが若きパムラドを伴つて現はれる。

ネフエルト　パムラド様。ではどうしてもお出で遊ばすのでございますか。私達の婚礼が、もう間近に迫つてゐるといふ今になつて。

若きパムラド　すぐに戻る。これは是非必要なのだ。私はどうしてもキッシュの宮殿に秘められたメソポタミヤの古文書を読まねばならない。それさへあれば、もう読み解けぬ文字は無いのだ。待つてくれ。ネフエルト。往復一月。すぐではないか。是迄の長い研究の結実と、そなたを娶る喜びとを一度に私は祝ひたいのだ。

ネフエルト　（決心した様に）はい。お待ち致します。お気をつけ下さい。そして無事に御成功なさいます様に。（パムラドを送つて、ネフエルトは毒杯を仰ぐ）パムラド様。私は、貴方にとつて意味のない存在である事が判りました。たゞ、私を愛して下つた事、それだけをしつかりと胸に抱いて、お別れ致します。（倒れる）

　若きパムラドとカ・フ・ラー王は、ネフエルトを中央にして立ち、交互に語る。

王　ネフエルト。早まつた事を致したな。何故、余に先立つて逝つたのぢや。今朝より、そちの姿が見えぬ故、若しやと思ひ探させれば、案の定、最早毒杯を仰いだ後であつた。あゝ。傷ましい。そちの艶やかな全身を、紫の斑で死が染め始めた。許せ。すべては余が罪ぢや。許してくれ。（膝まづく）

若きパムラド　愛するものよ。キッシュから戻つた私を、そなたは婚礼の宴げではなく、冷たい骸で迎へてくれた。私には判らない。何故にそなたは死なねばならなかつたのだ。私がそなたを裏切つたとでも思つたのか。誓つて言ふ。私はそなた以外の誰にも想ひをかけた事はない。何を疑つた。何が信じられなかつたのだ。あゝ。そなたは、私に又一つの謎を与へて逝つてしまつた。

（膝まづく）

王　（立つて）ネフエルトよ。そちだけはやらぬ。余も行くぞ。今日、余のピラミドは完成した。フエニキヤを領土に加へ、六万八千の奴隷と、三十八艘の大船をエヂプトのものとした、大いなるカ・フ・ラーの業を讃へて、最大の墓は完成したのぢや。ネフエルト。待てよ。エアルの楽しき土地で、余と共に暮すのぢや。

（剣を抜いて胸を刺し、よろめきつゝ去る）

舞台暗闇となり、間。やがて博士の姿が浮び出る。コオラス起る。

博士　胸が刺された様に痛む。私は一体を想ひ出してゐたのだ。ネフエルトの事だ。そして私の過去だ。さうなのだ。だが、この胸に、今不思議な想ひ出が、泉の様に湧いて来る。（眼を閉ぢて）ペルシヤではない。エヂプトだ。夜空にかゝる大いなる河と、二つの星がある。幾千の奴隷が、大船から降ろされて、私の前へ曳かれて来る。おゝ。あれはフエニキヤの人民共だ。王妃が私を嫉妬して、亡き者にしようと企ててゐる。私の傍には、愛らしいネフエルトが。あゝ。ピラミドが出来てゆく。ナイルの上流から船積みした大石を、えい〳〵と築き上げてゐる蟻の如き奴隷達。（次第に熱して）私の権力。私の栄光。それを担ふべき大ピラミドが、出来る！　出来る！　見よ！　余はそれで、確実に存在し、後世にそれを証すのだ！

最後のランプが落下すると共に、コオラスがクレツシエンドし、博士は王の坐像を指さして叫ぶ。

博士　エヂプト王カ・フ・ラーよ！　このペルシヤの博士パムラドは、ネフエルトを愛した御身の来世の姿だつたのだ！

狂気の様な笑ひ。そして暫しの静寂。軍人登場。

軍人　パムラド様。お迎へに参りました。さあ、もうお帰り下さい。

博士　（静かに）雄々しき武人。私の友よ。私ははつきりと答へよう。来世は在る。信じ得る。その証明は、この世に吾々が存在してゐる事だ。来世は在る。この世と何一つ変らぬ姿で存在するのだ。友よ。私に今一つの謎が解けたのです。だが、それは矢張り最後の謎ではない。（紙をとり出して、書きつけた文字を見つめ）私はこの文字を解かねばならない。さあ帰らう。こゝは、この世の最も恐ろしい場処の一つだ。

軍人に扶けられつゝ、再び起るコオラスに送られて博士は玄室を去つてゆく。呟きを繰返し反響させながら。

博士の声　解かねばならない・解かねばならない・解かねばならない……

―幕―

埴輪

〈詩劇〉

茨木のり子

1

博物館。
古代の一室。
しづまりかえる埴輪、銅鐸、石器の類。
ひとりの青年の歩きながらの独白。

青年　静かだ……

つめたく澄んだ
ひえびえとした空気。

今日も僕ひとりだけが
こうして歩きまわつている。
変つていない
なんにも。

くだらない大学の講義を脱け出して
博物館に通いつづけたあの頃と
そうだ
もう十年にもなるか。

目に触れるものといつたら
旗の波ばかりの時代。
レコードを聴くことにすら
うしろめたい罪悪感の
つきまとつた時代。
美しいものは何もなくて
美しいものにガツガツ飢えて
僕はよくこの森に通つたものだつた。

この部屋は相変らず静かで。

馬。
鶏。
猿。
女。
防人。
十年前とおなじに
君たちは素朴で美しい。
もう一度会いたくて
僕はやつてきたのだ。

小さな島々を転々とし
草の根をくらい
輸送船にゆられ
キャンプにぶちこまれ
索漠とむなしい年月をふんで

とうとう僕は還つてきた
ほら
こんなに薄い毛になつてしまつてさ

慄えているだろう?
きみたち
あれは僕が南方へ立つ丁度前の日だつた。
閉館前のこの部屋に
さつと飛び込んできて
短い時間にむさぼるように
君たちを眺めて去つた
一人の若い学徒兵のことを。

夕陽であたたかな
杏いろに染まつていた埴輪。
愛する人もなかつた僕は
それを見ただけで
死んでゆけそうな衝動に駆られた。
はげしく顫え……
僕はやさしい気持で
君たちに最後の訣れを告げた。
ああ　なんという
たあいない精神だつたろう!
今思つても
僕は到底ゆるしてやることが出来ない
あの当時の僕の貧しかつた
　　貧しかつた魂を!

手首に鷹を据えた埴輪。
頭椎《カブツチ》の太刀を佩いた埴輪。
鼓を打ち、
琴を弾じ、
頭に水甕をのせ、
鍬をかつぎ、
子供をくくりつけ、
青春を漲らせた女など
かつて、どれほど深いなつかしさで
愛したことだろう
僕自身にも解けない執着のこころで。
君たちは変つていない。
むかしのままに素朴で美しい。
しかし僕は変つてしまつた
こうして君たちを眺めている
僕の目はどうやら変つてしまつたらしい。

(遠いところを視ながら)
あれはオルモック湾の海上だつた。
一番ハッチに命中した敵の第二弾!
ついに撃破された俺の輸送船。
第一分隊の十四名、木ッ葉みじん!
ドラム罐一八〇本のガソリンに引火。
船尾の六番ハッチには
馬の通れそうな大穴があいた。
全員退船準備!

つぎつぎ飛び込む兵士を見ながら
俺は甲板に立つて
煙草に火をつけた。

遠い記憶になつた。
しかし真夜中
けもののうめき声で
今なお執拗にしめあげられる
ぬれたロープのように
なまなましい記憶だ。

一面明るい火の海。
泳げない俺は枝きれにつかまつて
沈む船から遠ざかろうと
遮二無二もがいた。
流れ出た重油に点火!

おそろしい速度で迫つてくる熱気。

無残な兵士の死体が
炎に照らされて漂つた。
みひらかれた二つの目！
虚無に還つた二つの目！

精魂つきた俺の意識を
ふいにかすめて過ぎたものがある。
埴輪
埴輪
埴輪だ！
渾身の力で俺は波を蹴つた！
猛然と俺のなかで　さからつたもの…

大音響とともに
この時船は炸裂し
中天に吹きあがる鉄板、材木
その勢で海上の火は
いつぺんに吹き消された。

どれぐらい続いたことだろう
必死な　ぶざまな　俺の平泳ぎ
しかし
二度目の火は
大部遠くで燃えていたのだ。

続く長い俘虜生活、
炎天の作業のひまに
ある時は
眠られぬ夜の
コンクリートの壁にもたれて
僕の思考は
いつもこの部屋に
帰つていつた。
われわれ民族を象徴するような
君たちのつぶらな瞳の
暗黒の中に。

僕はいつも思つたものだ
兵士たちの　はづかしい程
無意味な死は、
ぼくらの耐えがたい程
無意味な生は
帝国軍隊という
巨大な墓に捧げられた
埴輪でしかなかつたと。

僕はいま　君たちを
すぐれた美術品とは見ない。
僕はいま　君たちを
すぐれた考古学的遺産とも見ない。
なんということだろう
二十世紀を半ばもすぎて
君たちとこんなにも親しい間柄で
並んでいようとは！

われわれは神話の時代を
まだ生きているのだろうか
あの落書きのような古事記の時代を。
アッという間に消えうせる、
君たちの中に消えてゆく、
影のうすいやつらばかりが
螢光燈に照らされて
整列して待つているのだ！

ああおもわず　たかぶつてしまう。

僕はここに腰かけよう
そうして静かに耳を澄まそう。
どもりながらでもいい、
君たちの話をきかせてくれたまえ。
世界は広いけれど
僕にはやつぱり
この国

この国のひとびと。
僕の愛した君たちの中にしか
還つてくるところがなかつたのだ。

僕にとつてふしぎになつかしかつた
そして今はひそかに憎んでもいる
君たちとの真険な対話のなかから
僕はなにかを
得たいきもちで一杯なのだ、
なにかを――
ふたたび生きる力をと言つてもいい。

僕の生と死のわかたれたあの一瞬、
なぜ君たちのひとりが
忽然と僕のなかに現れたりしたのか
間一髪の差で
僕と戦友とを……
僕とやさしかつた部下とを……
遠くへだててしまつたものを
僕は死ぬまで問い続けることだろう

（ふと）
もしかしたら
君たちも対話を欲していたのでは
ないだろうか　二千年の長い間

それがレイテ島北端の海から
私を生きかえらせて
ここに連れてきたものかも
しれないのだ。
（確めようとでもするように）
もしかしたら
君たちも対話を欲していたのでは
ないだろうか　二千年の長い間
それがレイテ島北端の海から
私を生きかえらせて
ここに連れてきたものかも
しれないのだ……

やがて部屋の隅々から
ためていた吐息の洩れるような
かすかな音楽が立ちのぼりはじめ
それが次第に高くなる。

青年の顔だけを残し　溶暗。
やがて　それも消える。

2

小高い丘の上に建てられた
すがすがしい玉垣の宮。
高床式の開放的な宮の向うに
色づいた倭《ヤマト》平野の稲田が
どこまでも続いてみえる。

傾く太陽。

遠くから水汲みの従姉《マカタチ》の歌

「水は清いし
樹蔭はよいし
玉のみすまる　つらね
うまし彦
香木《カツラ》にいませ
水酌まむ
水酌まむ」

倭族の后　狭穂姫《サオヒメ》がひとり
呆神したように
ものおもいにふけつている。
少年夷鳥《ヒナトリ》が歌いながらやつてくる。

夷鳥　水は清いし
　　　樹蔭はよいし
　　　玉のみすまる……

ア　狭穂姫さま！

狭穂姫　…………

夷鳥　お后さま！

狭穂姫　（気づいて）　ああ　ひなとり。

夷鳥　お后さまはいつも考えこんで
いるんですね
おひとりの時は……

狭穂姫　ひなとり　おまえは何をしていたの

夷鳥　罠をかけに行つてきました。
山に。

狭穂姫　お願いがあるの
わたくしの生れた狭穂の里へ
もう一度お使いにいつてきて
ほしいの。
誰にも気づかれないように。

夷鳥　はい。何でもいたします。
お后さまのためなら。

狭穂姫　ひなとりしか
私には頼むひとがないの
狭穂の里へ着いたら　私の兄君に
こう伝えて（ひなとりの耳もとへ
ささやく）

樹立の間から
うかがうように現れる狭穂彦。

狭穂彦　……狭穂姫。

狭穂姫　（愕然と）　おお兄君！

狭穂彦　ひとりか。

狭穂姫　（うなづく）
早く
さあ早く
人の目にたたぬよう
階《キザハシ》をのぼつて！
ひなとり　もういいの
もしも誰かの姿が見えたら
おまえの上手な葦笛を吹いて
知らせて　ね？

さあ　お行き。

夷鳥一礼して鳥のように消える。

狭穂彦　なにをおどおどする。
もはや后のみ位についた
おまえではないか。

狭穂姫　こわいのです
いつもいつも。
わたくしは大宮《オオミヤ》の内に上つてから
心やすらかな日は一日もなかつた。
私どものたくらみも気付かれぬ
すめらみことは　私の室《ムロ》へ
一番足繁く通われて
どの夜も
どの夜も……。

狭穂彦　ふん！
美しくなつた
少し見ぬ間に（手をとろうとする）

狭穂姫　離して！
狭穂彦！
わたくし　とうとうみごもりました

狭穂彦　（そっと手を引く）

狭穂姫　おねがいです！
狭穂彦！
あのおそろしい謀反の企ては！

狭穂彦　（パッと狭穂姫の口を押える）

狭穂姫　（もがきながら）
武器庫《ブキグラ》も調べました。
兵の数も読みました。
内蔵《ウチツクラ》には五穀溢れ
東《アヅマ》の国に
木の国に
針間《ハリマ》の国に
屯倉《ミヤケ》は増えてゆくばかり
兄君の兵力が何千あろうと
もう決して倭族を覆すことは
できないのです

狭穂彦　ふム！
御子《ミコ》をみもごもり
ついには玉垣の宮の女となつたか！

狭穂姫　いいえ
私は今もここで兄君のことを……。

狭穂彦　きらびやかに着飾り
得がたい玉を幾重にもかけ
ついには幼い頃の
われら二人の
あのくるしさを
忘れてしまつたというのか。

狭穂姫　（もどかしく）　いいえ　いいえ。

狭穂彦　（かぶせて）
おまえが去つてからの
狭穂の里で
おれはどんなに淋しい月日を
送つたことだろう
梟の鳴くのをきいても
おまえをおもい
桑の実を食《ハ》んでも
おまえを思つた
森も林も小さな沼も
木槿《ムクゲ》の花　あしびの花　豆の花
何を見ても
おまえを思い出すばかり……
やつとおれは気づいたのだ
おれにとつて　おまえは
妹であるより　もつと慕わしいもの
狂おしく求めずにいられないもの
夜毎　怪しくはばたくのだ
おれの魂は
おまえの室《ムロ》へ
おまえの……。

狭穂姫　（身をかわしながら）
狭穂彦！
あなたは！

狭穂彦　さびしいのだ　俺は。
この宮のすめらみことと俺たちは
従弟の間柄でありながら
片方は倭《ヤマト》の王
片方は誰からも無視され
見向きもされず育つてきた
同じ倭の一族でありながら。
もしわれらの父君が
倭の王になつていたら
俺はまぎれなく
現在この国の支配者として
立つていたことだろう！

誇り高く生れついた俺にとつて
この日々は
屈辱に満ちた歳月でなくて
なんだろう！
おまえの美しさがひとびとの
口の端にのぼり　やがて
召し出される日も来た！

狭穂姫　泣いて泣いて
野兎の目のように赤くなつた私に
詔《ミコトノリ》を言いふくめたのは。

狭穂彦　そうだ
この俺だ。
十七の年から謀反のきざしを秘めて
いたこの俺だ。

狭穂姫　あれから三年の月日が流れました。
女にとつて三年の月日がどういう
ものであつたか……。

狭穂彦　（声をひそめて）
今日ひそかにしのび入つたのは
のことだ。

狭穂姫　えつ!?

狭穂彦　三年の月日よく耐えてくれた
狭穂の軍《イクサダチ》は大方整つたぞ
近県の兵《チカキホトリツワモノ》もこたえて立つ。

狭穂姫　わたくしの申上げたいのは……
わたくしの申上げたいのは……
（がつくり頭を垂れる）

狭穂彦　どうしたのだ
狭穂姫！
今日のおまえは遠い人に見える。
いやというほど見飽きてきた
あの他人にみえるぞ。
俺の心に不安の波を立てないでくれ
父もなく母もなく
われら二人は……

狭穂姫　（顔をあげて）
いままでに
謀反の旗をかかげた氏族が
どのように倭に討たれ
どのように所を奪われたか
どのようにむごく
奴隷として　生口《イケクチ》として
異国に献上されていつたか！

狭穂彦　言うな！
謀反とはなに？
きたなき心とはなに？
大君とてたかが倭の田の村君《ムラギミ》
王《キミ》と呼ばれる人間は
あきつしまにまだ三十人は
いるだろう
力を尽して　あいしのぎ　きしり
誰が大八州《オオヤシマ》の王として臨むか。
狭穂姫
おまえも聴いているだろう
この倭の村々に
谷々に
ひそひそと
不満の声のささやかれているのを。

狭穂姫　（無言で烈しく頭を振る）

狭穂彦　なるほど。
わかりはしまいな
この大宮の内にいては。

狭穂姫　（不安そうに呼ぶ）　ひなとり
　　　　ひなとり。
狭穂彦　聴け！
　　　　倭族は日を追うて巨大な墓を作る。
　　　　ただその権力をのばさんがため、
　　　　ただその権力をひけらかさんが
　　　　ために。
　　　　何千何万の奴隷が役の民《エダチ》が
　　　　狩り出され　ひつたてられ
　　　　まだ生きている貴族のための
　　　　美々しい墓つくりに追われるのだ。
　　　　取られた時のすこやかな若者が
　　　　それぞれの里へ帰りつく時
　　　　髪には白いものがまじり
　　　　片足はうばわれ
　　　　片目は盲い、
　　　　鞭の下をくぐつた腰は
　　　　ふたたびしなやかに伸びることは
　　　　ない。
　　　　猟犬のすばやさでかつてのように
　　　　少女《オトメ》の姿に迫つてゆくことすら
　　　　出来はしない。
　　　　ちかくすめらみことの弟、倭彦の
　　　　みまかつた折は
　　　　この貴族の小山のような陵《ミササギ》のまわり
　　　　生きながら埋めたてられた
　　　　奴隷たち。
　　　　殉死を強いられたかれらの
　　　　獣のように地を這う呻きは
　　　　いまもこの辺りまできこえるという。
　　　　里人はひたすら怖《オ》じて穴にこもるが
　　　　倭にそむく幾つかの心は
　　　　海に
　　　　山に
　　　　谷あいに
　　　　妖しい光をつらねているぞ。
狭穂姫　通らなかつたのです。
　　　　殉死を禁じようとした大君の
　　　　おこころは　群臣たちの雄たけびと
　　　　楯のように硬い拒否にかこまれ。
狭穂彦　はつはつはつは。
　　　　なんというだらしなさだ！
　　　　一国の王ともあろうものが
　　　　おのれのささやかな意志をも
　　　　貫くことが出来ぬとは！
狭穂姫　とてもつらいのです。
　　　　そのために苦しむ大君を見ている
　　　　ことが……。
狭穂彦　（不安になつて）
　　　　狭穂姫、狭穂姫、
　　　　おれの問いに答えてくれるか？
狭穂姫　（ハッとする）
狭穂彦　すめらみことと、この兄と、
　　　　いずれが　いとしい？
狭穂姫　………
狭穂彦　（哀願に近く）
　　　　すめらみこととこの兄と
　　　　いずれを　いとしく思うのだ？
狭穂姫　………
狭穂彦　ためらうのか。
　　　　いつかのように
　　　　はつきりと答えてはくれないの　。

狭穂姫　……おお兄君をこそ。（くずおれる）
狭穂彦　（狂喜して）
狭穂姫
狭穂姫！（抱きしめる）
おまえは美しい
人がみな血眼で探しあぐねる
ときじくのかぐの木の実も
おまえほど　かぐわしく
熟れてはいないだろう
だが　よくお聴き
熟れた果実はやがて墜ち
青く硬かつた実が
日に夜に新しく色づいてくる
厳しい掟があるということを。
狭穂姫　（狭穂彦の腕をのがれる）
狭穂彦　色褪えた女の哀れさは
後宮の妃《ウチツミヤミメ》　釆女《ウネメ》の
かぞえきれない悲惨な物語りに
伝えられていよう。
おまえの若い腕に魅せられ
おまえのかぐわしさに吸いよせられ
夜毎おまえの室へ通う
すめらみことも
時移れば
時移れば
ひややかに旅立つだろう
また　まつたく新しい
青い実をもとめて。
おまえはそれを見送らなければ
ならないのだ。
よく聴いてくれ……俺なら
この俺なら年老いて六十の姿に
なつたおまえをも　変らず
変らずいとしんでゆくだろう。

夾鳥の吹く鋭い蘆笛。

狭穂姫　ああ　誰かが……
落葉をふんで　こちらへやつてくる
話し声が林を縫つて。
狭穂彦　おお　狭穂姫。
まことにこの兄をいとしく思うなら
さあこの八塩折之紐小刀《ヤシオオリノヒモカタナ》を取れ。
狭穂姫　………
狭穂彦　大君の御寝《ミネ》ませる折をうかがい
刺し殺せ！
狭穂彦　事なれば四里の道を
狭穂の稲城《イナキ》まで
ひた走りにかけ込むがいい。
それを合図に玉垣の宮へなだれ
入ろう。
おまえを生涯かけて
誓つて倭の后にするぞ！
おれの反逆の心は永い永い「時」に
育くまれ地上に噴きあがる
火の水となつた。
おれ自身とどめあえぬ勢となつた。
狭穂姫！
雄々しくふるまうがいい。
おれはすぐれた倭の王になつて
みせるぞ！
おれには烈しい夢があるのだ！

狭穂彦　消える、
手に残つた刀に気づきはつと我に
かえつて後を追う狭穂姫。

狭穂姫　待つて！　狭穂彦！　狭穂彦！

活目入彦五十狭茅天皇《イクメイリヒコイサチノスメラミコト》と
野見宿禰、話しながらやつてくる。

宿禰　とてもとても
聴える筈はございません。
風につつたとしてもここまでは……
身狭《ムサ》の陵《ミササギ》ははるかに遠く
ごらん下さい　命《ミコト》
ふりかかる落葉をわけて目をこらし
かすかにそれと望めるのが
倭彦の御墓《ミハカ》です。

天皇　耳なりだろうか。
弟の墓のまわりに
生きながら埋めたてられた仕人《ツカエビト》たち
日を経て死なず
昼となく夜となく
泣《イザ》ち叫《ニヨ》び狂いたつ声。
かつては倭彦の狩にしたがい
獣の皮を剝いだ男や
かつては倭彦の側近く衣をひたすら
織りつづけた女たちの……。

宿禰　貴族の死に兇者《ナキメ》　持帚者《ホウキモチ》が従うのは
いにしえよりの掟です。
遠い黄泉《ヨミ》の国にまでお伴をして
まいるのは。

天皇　いや
あれがお伴などと言う声であつたか
神々の世はもつとやさしく
もつと美しかつた。
雀や鶏、川雁《ガワガリ》や鷦鷯《ササキ》がその役目を
果したという。
何時から始つたのだろう
このいまわしい慣しは……
爛ちくさつた死顔には鳥が群れ
天飛ぶ鳥も鳴き交し
犬までが牙を鳴らして
むさぼりくらう。
死にきれぬ土色の顔の一つが叫んだ
倭への呪いの言葉を！
言い終えぬうち墓守の槍が飛んだ
額を貫かれ
言葉にならなかつたものを追うよう
に
そのままこときれてしまつた。

宿禰　八日八晩を兇《ナ》き通し
人垣の奴《ヤツコ》らも深い沈黙に
還る頃です。

天皇　樹々は枝をのばし新しい墓を
覆いつくすだろう
陵《ミササギ》はやがて静寂につつまれて
ゆくだろう。
しかし闇を裂く
妖しい夜鳥の悲鳴のような
かれらのいまわの鋭い言葉は
まるで無数の鳴鏑《ナリカブラ》のように
この身に突き刺つてしまつたのだ！
みじめな手負猪だ
日とともにうづいてくる痛み……。

宿禰　弱々しいお言葉
たかが仕人《ツカエビト》百人の殉死に
さほど心を痛められては
倭の君として臨めましようか！
童児《オグナ》の頃よりお側近く仕えてまいつ
た宿禰です。
命《ミコト》のやさしさを尊びながら尚……。

天皇　続けるがいい。　その先を。
この活目命《イクメノミコト》はどうやら人の上に立つ

人間として生れては来なかつたようだ。
小さな茨のとげにも
容赦なく傷つき
傷ついたことを羞すみじめさ。
多くの者らの瞳がいつせいに
こちらに注がれると
私は石のように動けなくなつてしまうのだ。
手を上げる、
それはもう熊よりぶざまな姿なのだ。
そんなおのれをどれほど醜いと
恥じたことだろう。

宿禰　父君や祖父たちの
満々と力に溢れた生涯を思つた。
あなどられまい
あなどられまいとして
思えば育つてきたものだ
好きな薬草つみも諦め
狩《カリ》猟に弓にはげんでもみた
獲物は山谷に満ち満ちているが
我が矢に当る間抜けな雉は一羽もなかつた！

天皇　宿禰！
汝の屠つた猪や鹿、山鳥、兎の
毛のあらもの毛の　にごものが
いつもこつそり我が馬に
くくりつけられるのだつたな
はつはつはッは……
はむかう氏族を手なづける時、
まつろわぬ氏族を打ち従えた時、
きまつて我が前に捧げられる
生贄《イケニエ》は女、
菅畳、さやさやと敷き
新しい女を纒《マ》く
それは又新しい米倉の増えてゆく
しるしなのだ！

宿禰　父君の御世からのことです。
東に西に倭の勢力はのびてのびて
つきることを知らない上り坂
男には弓弭調《ユハヅノミツギ》　女には手末調《タナスエノミツギ》を課し
天も地も共に和み
風も雨もおだやかに
百穀《モヽノタネツモノ》　成りに成り
御肇国天皇《ハツクニシラスノスメラミコト》と称め申された父君

天皇　(ふと)
いくつになつたのか？宿禰は。

宿禰　は？　このやつがれで？
さあ……て幾十の春秋《ハルアキ》を送り迎えたことやら……。

天皇　おう！
陽が沈む。
家群《イエムラ》の集うているあたり
うすい煙が
いくすじも
いくすじも
のぼつてみえる。

宿禰　おッホ……
なんと豊かな倭の稲田め！
ずしりと重く
うねり実つて
風吹けば大蛇《オロチ》のように
のたうつ見事さ！
ああ今年の醸酒《カムサケ》のうまさが
おもわれます。
あ　お后さま。
　ひつそりと現れる狭穂姫。
　宿禰一礼してゆつくり去る。

狭穂姫　また倭彦のことを……。

天皇　うむ
倭彦
しづかに眠らせてやりたかつた。
やさしい弟の魂は
行きまどうていることだろう
やすらぎもなく呼びさまされて。
ああ
はらいのけても
はらいのけても
あの蒼く茫々と光つた人垣の目が
目が
悪い星のように迫つてくる。

狭穂姫　………。

天皇　おまえは言わないのか
皆のように〈臆病な王〉だと。
北陸《クヌガノミチ》に東方諸国《アヅマノクニグニ》に
四道将軍を放つて兵を進める
それでも倭のすめらみことかと。
さあ　言うがいい
母という言葉を憶え
栗という樹を憶える
そんな幼い日々のうちから
囁かれ通し
聴き飽きた
励ましのことばだ
小さい王子。
弱々しい御子《ミコ》。
強くなれ。
人を殺してみろ！
女を負れ！
熊襲の王を見ろ！

狭穂姫　（領布《ヒレ》で顔を覆う）

天皇　ゆるしてくれ。
野見の宿禰のように
杉の巨木のように
みごとにすこやかになれたら　……。

狭穂姫　人の弱さとはなんでしよう
遠い昔
人と獣を分けたのも弱さなら
火を創り　稲を植え　酒を醸《カモ》すこと
を覚えたのも
みな弱さがみなもとでは
なかつたでしようか。
ただ誰もそのことを悟つては
いないだけです。
そしてあなたも
人一倍　弱さという宝石を
いつぱい持つていながら
それを力に鋳直す術をまだ本当には
みつけていらつしやらない。
あなたは倭に迹見《トミ》の池、狭城《サキ》の池
をつくらせました。
あなたは国々に令して大小八百もの
池溝《ウナデ》を開《ホ》らせました。
田畑はうるおい
稲も麦も小豆も粟も
はちきれんばかり
民くさの喜びはこだまして
宮の内まで押しよせたことも
ございました。
倭の王で誰が今まで
こうした仕事を
果したことでしよう。
あなたは物を育てるように
生れていらしたお方
あなたにはあなたにだけの
美しい魂が輝いていますのに
太刀一突きで人を殺す腕が
冴えていないからと言つて

歎かれるのですか。
そして今、
宮の内の誰もが心にもとめぬ
あの殉死の仕人《ツカエビト》たちの
おそろしい呻きを
あなた一人が捉え
胸を痛め　蒼ざめていらつしやる
ああそれは歎くことでも
恥じることでもなくて
むしろ
誇つていいことなのですわ。

天皇　なんだつて？
狭穂姫
なぜだろう
今日のおまえのその赤い唇から
つぎつぎ生れてくるものは
生きて　動いて　のびてゆく
すばらしい言霊《コトダマ》が宿つているようだ

狭穂姫　（独白）
溢れてくるもの。
一時に完成を急ごうとするもの。
わたしの命《イノチ》の燃えつきようとする
証拠ではないのかしら？

（ふつと我にかえり）
生きた人間を
死んだ人間の後にまで
従わせるのは
本当におそろしい風習です。
わたくしの膝を枕に昼寝をなさる時
わたくしの乱れた髪を
やさしく撫であげて下さつた夜も
あなたの頭が
そのことで一杯だつたのを
知つておりました。
くるしさを共に担いながら
わたくしも考えていたことが
ございます。
陵《ミササギ》のまわり
人を埋める代りに
埴土《ハニツチ》で捏ねた土偶《デク》を
樹《タ》ててみましたら？

天皇　埴土で捏ねた？

狭穂姫　埴土の輪をつくり
水甕を形づくるように
埴土の輪をかさねてゆき
胴の上には頭《カシラ》をのせ
男には美豆良《ミヅラ》を結わせ
女には髷を結わせ。

天皇　おお
しかし火は！
火は通るだろうか？

狭穂姫　孔を！　火の通る孔を！

天皇　孔を！
うむ、　目を！　口を！

狭穂姫　人に聴いたことがございます。
海を阻《ヘダ》てて
遠くはるかな北方の国々では
石の馬　石の人を
墳墓に捧げる慣しがあると。
殉死の禁を取り合おうとしない
あのかしぐるみのように硬い頭の
ひとたちも
人に代る埴土の人馬があれば……
そして喪葬《ミハフリ》を司る新しい職《ツカサ》を設けれ
ば。

天皇　そうだ

出雲には土を焼くすぐれた土師部《ハニシベ》
がいると聴いた。
宿禰を使者にたて
すぐにも召し出そう
土師部《ハニシベ》百人あまりを。
埴土の人馬を
鶏を
舟を作らせるのだ！
有司《ツカサツカサ》の者を集め　ただちに議ろう。
十知根《トチネ》の物さびた声。
大鹿島《オオカシマ》のぎらぎら光る眼光。
武日《タケヒ》　彦国葺《ヒコクニフク》の言いつのる大声。
ああそれらに抗して　今度こそ
殉死の風は断たねばならぬ。
狭穂姫
こころにかなうただひとりの姫！

狭穂姫　大君……。

二人は硬く抱き合う。

天皇　（やがて）なんだろう？
何か触れる、かたいものが……。

狭穂姫　（非常に狼狽して）
いいえ　あ、あの……御子《ミコ》が……。

天皇　ああ御子《ミコ》！
忘れていた　御子《ミコ》の産れる喜びも。
山々の霧が晴れてゆくように。
御諸《ミモロ》の山の嶺々がふたたび
立ち現れてくるように、
私の心も今日は明るくなつてきた。
狭穂姫、
おまえの側にいる時だけ
私は私を取りもどすことができる
のびのびと在るがままに。
おまえと話す言葉だけが
いきいきと鮒のように跳るのだ
朝の川の魚どものように。
おまえの瞳《メ》にうつつた私だけが
ほんとうの私ではないだろうか？
ほら
おまえの澄み切つた二つの湖水の上
に
水鳥のように
やすらかに浮んでいる
白く小さい私の姿……。

じつとその目に見入る。

狭穂姫　（側を離れて早口の独白）
選ばなければならない
兄への愛
夫への愛のなかから
ただひとつの愛を！
女はいつも強いられる
ただひとつの愛だけを選ぶようにと

天皇　どうしたのだ
こちらをおむき。
アア唇が野葡萄のいろに。

狭穂姫　（堰を切つたように）
あなた
愛しています。
このの ち
どんなことが起ろうと……
ああ　そしてなにもかも
失くなつてしまつたあとにも……
わたくしたちの
あの昼と夜は
いつまでも
どこかに
残つていそうな気がする！

そんな気がします。
あなた
忘れないで
いつまでも、わたくしのことを…。

天皇 いつまで二人の間を
音たてて流れているものが。
（静かに やさしく）
じっとしておいで 狭穂姫。

狭穂姫 いつまでも
いつまでも
なつかしんでくださいますか
わたくしたちのあの昼と夜を！

天皇 どうしたのだ
遠い旅立ちの挨拶のように
涙など出して。

狭穂姫 忘れないで…
忘れないで…（身もだえる）

天皇 みごもりの故かもしれぬ
さあ
気を静めて
からだを大切に
良い御子《ミコ》を生んでくれ。
ごらん 狭穂姫
なんという美しい夕だろう。
あかあかと燃える
こんなに大きなのぼり窯を
われらも作ろう。
あかあかと燃える
こんなに冴えた火照《ホデリ》の中から
われらの埴輪を取り出すのだ。
われらの御子《ミコ》よりもいち早く
埴土の人や獣が生れるように
急ごう
狭穂姫！
（上手に向い）
宿禰！ 宿禰！

宿禰あらわれうづくまる。

天皇 ただちに五人の君羊卿《マチキミタチ》、
有司《ツカサツカサ》の者を集めてくれ。

宿禰 はい。

天皇 待つ間、
狭穂姫に葡萄の酒を献じたい。
用意を。

宿禰 はい。

宿禰と入れ替って壺をかかえた
侍女の列が続く。

天皇 （歌う）
面隠《オモカク》す 大鋺《オオマリ》に
酌む味酒《ウマザケ》 転楽《ウタタヌ》しささ
掌のひらに かくる杯《ツキ》
かたむけて 葡萄の酒 幾久《イクヒサ》 幾久《イクヒサ》

舞台一杯をつつむ
夕映の豪壮な茜雲。
狭穂彦の白い姿が樹立の間から
ちらりとみえる。

幕。

後記 以下は次号に掲載の予定です。
（Ⅰ）の輸送船沈没のところは
「きけわだつみの声」の一節を
参考にさせて頂いたことをお断
わりいたします。

後記

今号には同人外より、山本太郎・飯島耕一・牟禮慶子及び谷川雁の四氏の寄稿を戴いた。病床にある飯島氏の快癒の一日も早からん事を心からお祈りする。舟岡遊治郎は舟岡林太郎と改名。別に〈詩劇〉の特集を企画した訳ではなかつたが結極夫等でページの大半を占められた。現在の劇作家達に依つてでなく僕達の世代の詩人によつて〈詩劇〉の創作がイニシエイトされることは少からず意義があると思う。ともあれ一九五五年は始まる。（洋）

櫂 第十号（特別号） 頒価80円

一九五五年一月一日印刷発行

発行責任者 茨木のり子
編集責任者 川崎洋

発行所 横須賀市深田台砲台山アパート 川崎洋方 櫂の会

櫂

XI

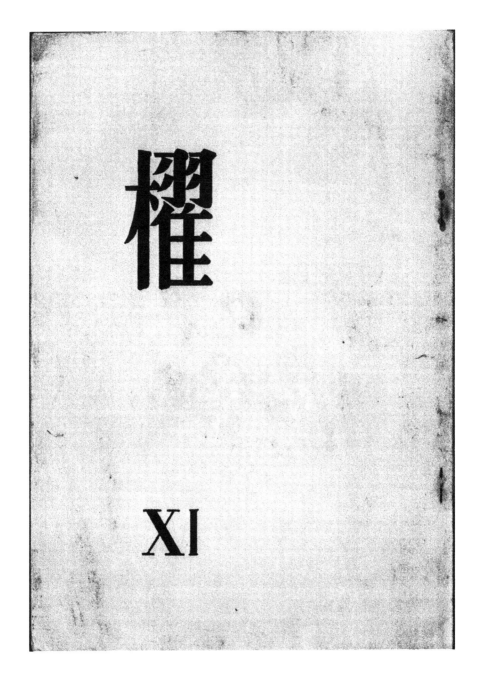

花断章

大村龍二

I

広大な空の拡がりの余りに軽すぎるために
その重さに耐えられない日。

ふと掌につまんでのせた一粒の種の重さに
僕は驚愕するのだ。

ぎつしり押し詰められた無の
それ自体決して無ではない重さに。

II

花は果して取ること以外
何事も為し得ないのであらうか。

刀のそりを持つ葉。
葉は両縁を高めて触れて来る雨をことごとく
根に流し

逆に葉先は切先の冷たさで拒否した。
更に細く地を探る根。

茎は葉の中心をひたすら空に向つて伸び
そして、花は

集められた光と水と空気のなかで
豪華に夫々の花びらを開くのだ。

けれども花は果して取ること以外
何事も為し得なかつたのであろうか。

花は己の秩序のみを固持し
何者も与えようとはしなかつたのであろうか。

（ああけれど。自ら真摯に咲き尽す以上にい
　かにして僕等は人を愛することが出来る。）

Ⅲ

紫の桃色の深紅の真黄の
それら千差万別の色彩と形の花々。
けれども花は、ただ一つの表情を持つ
流れる青空に堪え耐に獲得した。

百合

活火山のように
絶えず爆発する虚無を持とう。

噴煙うず巻く火口に立ち
一切のささやかな喜怒哀楽は投げ込め。
ちつぽけなナポレオンの一生も
放り込め。
そして、地響きする噴火音に身を震わせながら
僕は一輪の百合を探して溶岩原にさまよい出る。
一輪の百合。峨々たる岩肌に根を張り
鮮やかに身を反らした雪白の花びらを持つ花。
雪白の宇宙のクラリネット。
その噴煙を貫く
一筋の激情の香気を　奪え！

愛されると

好川誠一

抱擁のうちでは　あなたの唇がたとえばにつ
ぺり　湿つている月見草のはなびらである
ことはしつていても愛を測る　秤をもたな
いのでわたしには　わたしの愛がはたして
どこに　どれだけあつてどれだけ　沈黙し
つづけることができるかどうか　いつこう
にしらない　だからそんなに愛さないでく
ださい愛されると

とまれ　ヴェールの奥のあなたの仮面　寸分
たがわず嵌めこまれた　仮面はどうにかは
ずしはしたが　そこにはあらたな仮面　が
あつていく重にも　いく重にもあつて噴き
でる　すべて　血が愛　あなたの　だとし
たら　わたしに吸いとる唇がない

だからそんなに　愛さないでください愛され
ると　生命の絲が断たれてしまう　ひと塊
の多勢の眼　鉾を浴びた舞台のなかで　道
化る　ことができなくなる　過去の　姿に
還つてしまう　木片だつたころの
はじめが　つまりはおわりであつたものがた
り

童話・きんのさかな
　こわれた家
ふるびた壺

しよんぼり
佇んでいる煤けたかおの老女
ああ　だからそんなに愛さないでください愛
されると　骨がみえてしまう露《むきだ》しになつて
しまいそうですどうしても

神の子

——地球儀写生

とりだしたボールにナイフを入れ　うわ皮を
のめすとなんのことはない　いちめん濃緑
のチヨ紙でしかなかつたのであまりの　も
のたらなさに神の子が　のめした　そのま
んまなかに朱い　はらを天に向けさせては
生きているイモリ　うえのほうにはおおト
カゲ　したのほうにはおおゴリラ　ところ
どころに羽の生えた原始獣をおいて　それ
ぞれ磔刑にした　がそれにも倦くとそのま
ま　すばやくもとどおりのボールにつくり
あげて秩序　大蛇をいつぴき捲きつけると
　いがみあいの奇声もそつちのけで宙に
蹴りあげてはくちぶえをふきはじめた
問われるといま　ちよつとおもいだせないが
なんでも「七人の小人」のうち　だれかに
似ていてこまつしやくれたそぶりが「縷文
字」(ホーンソン)のバアル　そんな神の子
の　ある日の悪戯《わるふざけ》であつた

瀟湘八景

水尾比呂志

遠帆歸帆

浦の砂は
記憶の中での様にただ白くて遠い
松は老ひて忘れられようとする身振に生き
いつか
鳥たちの塒を確めるよすがに過ぎぬ
礁のほとり
暁雨の下
翼が波を翔けるにつれ
その思想もまた翼と波との間を飛ぶ
鳥たちの旅路は　だが遥けくはなかつた
幾歳の過去の
私の星の旅立の様には
宇宙《そら》にめぐりあふ径はなく
旅の物語はいつも饒舌だ
私はそれらを編むことなく
今し帰つて来たあの帆に托す
風の落ちた折節に

星と海との語らひから
何が私に甦つたことだろう
他人の記憶の中での様に
遠かつた
白かつた
この浦の砂のほかに

また一つの帆は帰つて来る

漁村返照

漁火もまだ點かない
黄昏とともに始まる
残照と波の訣れを見守つて
砂汀に佇む静かな刻《とき》だ

若者はこの刻を好むだろう
彼を愛する幼妻が
魚族《いろくず》の如くに胸に触れる
ほのかな油燈の隣は近い

彼女の慕情は
夫の豊漁を祈つて書間掌にあり
夜　若者の腕に抱かれて深みを増す
双つの丘の谷あひにひそむ

彼が魚たちの幸せを疑はぬ様に

妻は彼女らの平和を信じる
それを日々たゆみなく齎すもの
漁火の前の返照はこの静かな刻だ

煙寺晩鐘

それはいつも呼びかけの中に熄る

暮れようとして樹々が山麓に影重く
星たちの未だ夜と共に幼い頃
揺曳して去る微かなものは
むしろ色だ

そのとき音は私を過ぎるのではない
私が時を過ぎる様には
風景のなかに満ちながら
その中で熄る呼びかけなのだ

それは私の応へを待たず

残韻はだから速さの音に似てゐる
梢に鳴るあの疾い北の風の

私は響きの未来を追はうとする
だがそこにはすでに空へ帰る黄昏の姿はない

音は再び山から来る
更けてゆくすべてに頒たれた静寂のなかを
されば　私は訪ねねばならないか
死とともに始まる永さの行方

鐘よ　その故郷　寺を

瀟湘夜雨

降るべく定められて夜やつて来たものよ
お前の定めと重さとに従つて
心ゆくまで降れ
暁を待たずに南へ去ることなく
真直ぐに音激しく降れ
冷たく虚ろなお前の旅路の印象で
寝入つたばかりの大地を打ち醒し
哀愁に狎れた湖の面に
その惨めさをそそけ立てよ
孤独の時代とて
人を甘き悲しみに誘ふことなく
不安を愛しんで
その蠱惑性の美の蔓るままに許すな
太古さながらの縞模様を
瀟湘の闇に絢爛と織りなし
仮象に過ぎぬ時の魔術を鏡の如くに打ち破れ
降るべく定められたお前に
下界の思惑が何のかかはりを持たうか

完き勢と量に於て
降れ
降れ
心ゆくまで降れ

葉あるものすべて凛然と戦き震ふなかに
夜をかけて
私はお前の音を私の希ひとする

平沙落雁

蒼空を映す故か
彼等自身と
それより僅かに高い彼等の空を求めて
雁たちの眼は鳶色で

貧しい雁たちは
群にあつてさへ
夜と晝の長さをそこで過すことが出来ない
墜ちながら
彼等は願ふ
平沙に留まつて
むしろ脚あるものの如く営まんことと
或は夢に
鷲鷹と共に山脈の久しき添景たらんことを
故にひと朝
彼等は悲願につれて高かつた

そして日暮
それは葦の水辺をさして墜ちる

雁たちは
ただ風のある湖畔に憩へ
そこには　必ず睡がある
彼等のその斑らな過去の重なりにも

洞庭秋月

この地球の心を
何故深さで私は測量ることが出来ぬ
月が
山も水もただ秋の色に造化《つく》るあの明るさで
暗さよりも
私をそこから隔てるがらなのか

人々の哀しみたちが
甍を連ねて此処に棲む
沈黙の山々は
むしろ湖の深さを語るものならば
葦笛の様に彼方から
傷歌は何故漂ふのか

湖底へ向つて呼びかける
言葉も波も
水面の反映を美しく滑るのみだ
私の声にさへ帰らずに

私のなかにまで月は射し入るか
夜もすがら舟は私と湖をめぐる
月と共に残されて
あのしらじらしい暁にまた問はねばならぬ
夜の帰つてゆくところ
しかも　うつろひ易い心を拒む
それは湖面に逆さの山襞なのに

江天暮雪

神々の高閨《まど》の
原初の壁画の白さから
夜
遠い音が降り冬が来る
静かに老ひてゆく
樹々の年齢は枝を閉す
そして　その下で
葉は　若い芽は　春までの睡に堪へる
寡婦は嫁ぎし日の肌を偲び
青年は処女であつた恋びとを想ふ
それらの追憶の空しさに似た
仄白い明るさの彼方
明朝の餉を求め
心の面への様に
暮しの跡を刻みながら
人は孤独の粧ひを河に向つて歩く

山市晴嵐

夜明けの速さは遠ざかる夜来の雨だ
陽光の掌が
彫刻家のたわやかさで
どんな微細な自然の陰翳にまでも触れる
且つ
朝毎に作品の生命を愛しむ
造物主《つくりぬし》の快い日課の様に
東からの風は鳥たちの囀りに運ばれて
山に市に　初めの美しさを贈るのだ
洵に緑は葉に入つて再び鮮かに
雪煙の霽れてゆく山肌を彩る
既に市を目指して人々の姿が動く
祭り
それは人の群にぬつて自然を想ふ孤りの時
だが晴嵐はその想ひからも遠い
此処を旅立つ遠くへの峠の若者よ
失ふことの出来る最後のものを携へて
君が還つてくる遥かな来未にも
山は
この朝の空と故郷と共に在るだらう

「生」

中江俊夫

それだけの事で僕の名を言うな
僕は君の乱棒な口で吹きとばされる小虫とは違うのだ
君は　油虫や蚊　それから又小石などに言い給え
晴　いや今日は雨だなどと
僕は君の気まぐれな手足で　はね飛ばされたり　振舞わ
れたくない
君の傘など開いたり閉じたりする様に　一日々々を使わ
れたくない
通行人のような君の足どりでは　決してどこにも行けな
かつたはずだ
この五十年の内　君の家で一寸背中を曲げて見る位のこ
とさ
（君はもう一度少年に戻れるものかどうか）

それだけの事で僕の名を言うな
僕は君の書架の本　手帳　ペンなどとは違うのだ
君は勝手に自分の生活に言い給え　つぎはぎだらけの時
間をつづつて
それから君の周囲に集まる諸君に言い給え　仏・独・英
語まじりで
だが　それが僕にかかわりのある事だと思つて貰つては
困る
君の足は君の顔の上を歩いている様なものさ
君の無様な恰好は　ひつきよう君の上で最後はくたばる
んだ
そこでねぼけ面の君が眼を開こうとするわけさ
（君はもう一度二本足で立ちあがれるものかどうか）
それだけの事で僕の名を使うな
僕は君の喜びとは違うのだ
君は自家用車　並木　映画館　ファッション・ショー
はてはレコード・コンサート・名所旧趾などと言い給え
君にとつてそれ等は全く確かで美しい

そして燃えながら　ひつくり返つた橋　崩れ落ちた壁
逃げ出そうとする自分の手足などどうして追いかけるつもりなのか
君は大火鉢の灰の中でころがるのさ
(君のいる素敵な都市はそんなに確かな一日を待つているのだ)

それだけの事で僕の名を使うな
僕は今　君達の名で言われたくない
僕は　河　海　大地　空　そして太陽
季節　花　種子　星のほか
君達人間を余り確かに思わぬ
君達の口にする事を不快に思うものだ
もう少し沈黙を知り給え　そうすれば僕の言うことがわかるだろう
一人になり給え
他人の為にしてやろうなどと大それた事を少しでも考えるのはやめろ

都市が

君にわたしはわかるまい　何故なら
わたしは君の死だから
君の来るのを待つている一日のうしろで
わたしは君を捉えようとしている死だ
もし君が喜びなら
その時最も君に近ずいてやろう　例えば
疾走する自動車と自動車の間の空白で
もし君が悲しみに沈むなら
その時最も君から遠ざかろう　例えば
コンクリートのビル群の上の広告のように
しかし何時にかかわらず
君をねらつていることは確かだ　わたしの手の
どこからも漏るものはない
だれもわたしの智慧に定規をあてたものは居ない
君は偶然と言ういい言葉で呼んでくれる
見ていたまえ
きつとわたしは自分の中で君等のすべてをだまらすだろう

タロスがダイタロスに崖からつき落される時 一瞬のうちに思つたこと

＜テセウス＞より

友竹 辰

はじめにかがやく空が見え それからゆつくり海のはてが見える 曖昧な生の咽喉にひつかかつて ぼくはどうしたのだろう ぼくの重さはどうなつたのだろう ダイタロスがはじめて解いたあの像のかたい腕のように手は翼のようにひろがつて ダイタロスがはじめて歩ませたあの像のつよい脚のようにこの脚が空間を 無限をふんで歩きだしたかれの手が ぼくの腰をつよく衝いた時 抗えばぼくは止れたかも知れない しかしぼくはもうかれの囚人であることを止めた あの永遠に寛衣の夜のなかに閉されて ひと足もふみ出し得なかつた像を 甍の方へ歩ませ横をしか見ない一つの眼を二つにして前方を

生の方を見させたダイタロスのふしぎな愛の鉤針に喰いついたからなのか あの像は＜止つていること＞からひと足ふみだした ぼくは地上にあることから 空間へひと足ふみだした いやむしろ きびしい時間の砦をのがれて生きている者には知られぬ 黄昏のようにとめどもなく 暁方のように灰いろに漂つている世界のなかにうかんでいるのだ。ぼくの母の兄であるダイタロス 伯父のダイタロス えらい工匠のダイタロス ぼくはかれに預けられ 沢山のことを教えこまれた かれは蛇の顎骨をつかつてものを切ることを教えてくれた ぼくはそれが その蛇の骸骨がおそろしくて使えないので鉄でそれを作つた

するとこれが蛇の顎よりつよくみんなが使うようになり ぼくは自分の臆病さの故に有名になつていつた。それでもその頃 かれとぼくとは一つの器のものを喰べ 一つの寝床に臥つて暮した 柔い羊の毛のような日常その中でぼくは眠り乍ら生きていた ある日

ぼくは一つの便りをうけとり 知つた ぼくがダイタロスの甥であり また同時にかれの子でもあることを それは母からのものだつた 母はこの手紙を遺して死んだのだダイタロスの愛を失つて ぼくはとつぜん羽毛を毟られてまる裸の鳥のようにして空間にうなだれていた めざめてむきだした眼には世界の隠された意味もはだかになりふしぎな骨だらけの暗い夜になつていた そしてかれは母を愛したようにしてぼくを愛しはじめるのだつた はじめぼくはかれがぼくのなか

の母を愛しているのだと思つていた　そうしてかれを憎みながらも耐えていた　ダイタロスは像の両脚をひらかせたようにして　ぼくの扉をあけた。ぼくはかなりの工人になつていた　ダイタロスをしのぐ　と云う人もでてきた　われわれの奇妙な曲りくねつた親子の血も見ずに。ある時　ダイタロスはぼくに云つた　もうお前にはおれから学ぶべき何ものもない　お前はおれよりえらくなつた　どこでも好きな処へでて行つてくれと　しかしぼくにはそれができなかつた　ぼくはもう気がついていた　自分がにくみ乍らダイタロスを愛していることと　母がおもつたようにかれをおもつていることと　あの石の像たちの腕がそうあつたように　しつかりとダイタロスの胸の上で閉ぢられている自分に。今日にかぎつてなぜかれはぼくにやさしいのか　なぜはじめての飛行法をぼくに教えてくれようとするのか　けわしい崖をのぼりながら考えた　何かがわかつたような気がした　そしてわからなかつた　あまりに風がつよかつたので　いやダイタロスの寛衣につつまれていると　まるでかれの腑であるかのように自分が思えなに一つわからなかつた　かれの手がぼくを押した時　ぼくはふりむいてかれを見たように思つた　かれを見て　ぼくはすべてを見た

ダイタロスのふかい憎悪と愛悪父の子に対する　師の弟子に対する　そして恋人の恋人に対する　いばらの鎹のようにからみ合い棘だらけの憎悪と愛を　いつか手はかれの寛衣をつかんでいた　それが風にはためいて　一瞬

体は浮いたようだつたが　このバラいろの目まいに永遠の青さが濃くなる　近くなる重くなる　そして　つめたく

〈止まろうとすれば止まれたのに何故タロスは跳んだのだろうか。それは自らを殺すこと。わかいタロスがどうしてかたい光の壁をけやぶつて永い暗黒の眠りのなかへいそいだのだろう。母が叔母であり　父が伯父であり　そして師であり恋人でもあつたと云うふかい罪の沼からのがれるためか。ダイタロスは愛の鳥籠でかれを捕えそしてひきさいたのだ。かれにとつてもそれは何故だろう。ギリシャの冬のなかを隕ちていくタロス　崖の上に立つているダイタロス。かれの眼にはその時　もう一人の息子イカルスが　やがてそのようにしておなじ紺碧のなかへおちていくのを　どうしようもなく見ていたかも　そして固い像たちを生の中へとき放つたように　ふたりの子を死のなかへと帰したあの二つの手をみつめていたかも知れない　アテナイのさむい崖の上で〉

翼あれ 風 おおわが歌

大岡 信

太陽は今ヨーロッパを照らしている
悲しみににぎりしめたこぶし おお
スペイン
力なく牛の背に振りおろした腕
スカンディナヴィア
太陽は今それらの岸を照らしている

おれをめぐつて吹く風は
日本の夜の
風の又三郎が吹かれた風だ

おれは机に坐つている
とうしていると好きな町の海が見える
防風林で体を丸めて小さく泣いた
おまえが見える

松にはげしくしぶいていた八月の陽差し
おおそれは何を照らすか 今 この夜ふけ
おれの心になだれ続ける日暮れの雪渓

おれは感じる
ぎつしりつまつたジレタイプの字や
買えないために美しかつた本の棚から
湿つた切手のはがれるように剝げおちて
街角をぬい夜の道をかえつてくる
おれの昼の眼差し

無蓋の天のへりに近く
歌は沈んでいる
いつの日に夢みたか
炎をくるんだ雪

流れる 流れる むすうの碧りの眼
街に軽い腰がゆききし
ホテルの壁に
妙な絵がかかつているのを覗き見した日
おまえの前で卑しい腰を思つていた

夢みたのはいつの日か
樹氷を運ぶ炎の奔流　おお　その歌を

手を伸ばしおれはつかむ
おまえの町をゆく風のはねを
その下におまえはいるか
不思議に青いその地域の空
おまえは静かな祈りの樹となり
また夜空をとぶ真紅の靴になつているか

弱い陽差しにアネモネが枯れていた日
病室でおまえはひつそり眠つていた
眼がないので　それでおまえは
永遠を反芻しては味うようにみえたのか
頬の線がかすかにくずれ
おまえはおまえの裏側に没していた
その遙けさがおれの嫉妬をかきたては

おれはおまえの鼓動を聞かない
おまえがおれの胸にもたれて眼をつむる時
おれの耳は鋭く細り
黒い雲のへりにある

おお　植物でもない　動物でもない
おれ　人間
街に今日もおれだけの匂いをばらまき
おれだけの見る陰影を見たただひとりのおれ
だが夜ふけ
おれの客間はむすうのおれでいつぱいだ
すがれた街から帰つてくる
黄色い眼のおれ
早春のひこばえの野に風に吹かれて立上る
とうの昔眠つたはずの細長い影

どこへ去つたか
むかし性がひきつるように
肉の一部に押し寄せるのに気づいたところ
眉のかげで硬直していたあの純潔

おまえをはじめて押し倒した日
薄ら陽の堤の斜面で
おまえの視線がおれの顔を穴だらけにした
口に笑い眼に恐れる悲しいしきたり
おまえにそれを教えたのは　おれだ
あの日から傷は深みで

おれを男に変えた
おまえの瞳の鹿子まだらの野火に見入る
その時おれは水族館をゆく人だ
うすみどりやわらかい光線の下で
かたくなにひとつ燃えている熱帯魚
おおそれは正しいことか
おまえを深い森からうばい
おれの梢のさきにさらす………

………風が強まる
歌を烈しく横なぐりして近づくあらし
ふかのめぐる暗礁の沖に　お　幻影か
よみがえる船
さまよえるユダヤ人の幽霊船
藻の這いからむキャビンから
食事するナイフの音が洩れてくる

おれは感じる　烈しく荒れる天の一隅
いまおびただしい葉の群が
地球に向つて急いでいる
　鋪道でもない

泥の中に散りしくため
　運河でもない
おお　おれたちの水気を含んだ感情のしとね
腐蝕土の豊かさはない
よみがえりへの烈しい渇きはないからだ
おしなべて幽霊船　暗夜の海を
死にきれず生ききれず
おれたちは行き戻りする………

ねがう　いつの日か　のどをもがれた
鶏たちのうずくまる陸地を抜けて
おびただしい落日ののちにもういちど
おまえと立つ　曙を首に巻いて

静まりかえつた樹々の間
二人を結ぶ遠い過去と近い内部
それらの間に漂う言葉をゴブランに織る
到着をこえて到着する

（『記憶と現在』より）

バラード

椅子

谷川俊太郎

彼女は射落とされた大きな鳥のように横たわつている。役立たなくなつた翼のように両手を頬のところに折曲げて。彼女は真裸で寝台の上に横たわつている。今　男が扉を開けて出て行つたのをゆめうつつに聞く。それは彼が出て行く時のようなあの稀薄になる感じ、何かが脱け出していつてしまうような感じ、扉の閉まつた後のあの沈黙を伴れない。今出て行つた男は彼ではないからだ。彼女はだから目をさまさない。あの沈黙なら彼女はどうしてもはつきり目をさましてしまう。だが今はねむい。あの男は彼ではないからだ……。彼女は夢を見る。極く短い夢。彼が寝台のかたわらに立つている。その彼はどんどん小さくなつてゆく。すると彼女ののどに何かひつかかる。彼女は咳いてそれを出そうとするがなかなか出ない。それが彼なのである。咳はとまらない。彼女は煎薬を飲む。今度はその湯気が彼になる。そして彼は湿度になつて彼女の気持を重苦しくする。窓の外を足音がすぎる。今出ていつた男のだ。どこか乱れていてまるで四本脚で歩いているようだ。あの男の脚は硬くて細かつた。そう腕もだ。彼女はふとはつきり目をさます。だが体まででではない。あの男は始め何て云つたつけ。「寒いんだ。少し。」それから五分位たつてから「あつためてくれない?」彼女はもうねむりかけていたのだ……。

だがもう朝なのか。遠くを電車が走つている。彼女の頭の中は早朝の街角になる。冷くもやがかかつていて、靴音が妙にはつきり響く。まだ陽はのぼらない。と急に踝のところがかゆくなる。彼女はそこをかこうかこうと思つている。だが手が怠けていて云うことをきかない。彼女は口の中で呟いてみる。「子供が出来たかしら。」それからそれを声に出してみる。「こども……」そうしてまた眠つてしまう。

陽がのぼる。陽は五丁目の角の生命保険会社の右肩あたりからのぼつてくる。青空は青くない。彼女の部屋のよろい戸は左の上隅から明るくなつてくる。始めに机の角の埃が浮き出す。次に光線は彼女の眼のところにまでとどいてしまう。彼女のまぶたの生毛が光り始める。彼は黙つてそれをみつめている。彼は大きな書類鞄をかかえて立つたままだ。彼女はまだ目を覚まさない。彼は胸の中で秒を数えている。もう事務所ではあらかた顔の揃つている頃だ。その時、彼女が目を開ける。「いつ来たの?」と彼女は訊く。いつものように彼は答える。「今、たつた今。」そしてぼんやりと気ずいたことを口に出す。「椅子がなくなつたね。」彼女はそれには答えずに、まぶしそうに目を細めて云う。「子供が出来たかもしれないの。」彼は無意識に鞄をもつていない方の手で、タイムレコーダーを押す手つきをしながら、一瞬「乳母車が要るな」と思う。がらんとした部屋がその時ちらと彼の方を見たように彼は感じる。

五月の花

舟岡林太郎

腐れたマフラー　白粉《おしろい》の社交をなくす事が
許されないというのは
それを売る店の主《あるじ》の弁解であつた
それらを欲しがつている筈の
女たちの
声では決してないことがわかる日が来た

五月の花が　いちどきに
リバプールで　マドリッドで
キエフで
ウランバートルで咲きでる日に
日本の　東京の
街路に
いちどきに咲きでたのである
うつくしい女たちが

これらの花はみな　白粉《おしろい》をしていない
これらの花はみな　マニキュアをしていない
健康で　口をおもいきりあけて
これらの花は歌うのである

「腐れたマフラーはいらない
おもたい人造の真珠はいらない
ブラジャーの代りにわたしの乳房
シルクの代りにわたしの肌
それがあたしたちのパスポート
彼女たちは誇らかに大きな喉をひろげるのだ

そのかたわら
松葉杖をもつて
眼を三白眼にひつつて
天を支えているのは詩人である
　昨日の　一昨日の
天を支える一人の良心だ

「彼女たちよ　圧しつぶされますよ　カナリヤさん」
「彼女たち　頭を気をつけなさい　鉄板が…」
五月の花々の上に　どんな鉄板も　灰色の空も
ふつてきはしない
それは悲愴がつている詩人の論理にすぎぬ
「手をつないで花となりなさい　詩人さん」
かの女たちの論理はこうである

昨日までなかつたこれらの花たちは
いちどきに何処からふつて沸いたか　じつは

マフラーの下にかくれていた
ブラジャーの下に息をつめていた
そしてそのまゝくす〱とわらいながら
　苦労しながら
五月の花を　あみつゞけていたのだ

みよ　自由な欲望にめざめた五月の花たちは
ともに咲くことによつて今日
変えてしまつた商品の街を

うらぎり

二人の共通の時間がきれ
女の瞳が男の冷酷さの深度を覗く
男はほゝえみながら
「又、明日ね」とやさしく云う

もはや
その明日は来ないだろう
女がアパートの戸をひらく時
いれちがいに男はその部屋の向側から出てゆく
そんな日課のくりかえしがある

しかし　それから
女体の香りをかぐことが
男にとつて痛みとなつた
白いつめたい喉仏と
やさしくくぼんだ小さな腹が
男の記憶を襲いめまいさせる

唾液のわく中から
突然　言葉が脳髄を切り裂いてゆく
「あなた　なに考えているのか
　わたしには　わからない……」
そして崩れる唇……

男はぶるぶると頭をふる
意識のうら側で
港街の娼婦たちが腰をゆする
外光の中で
せわしなく馳けまわる犬とも
馬ともしれぬ群獣たち

この時だ
「微笑」に煮えたつ憎悪を感ず
女のあの時の瞳が
ぽとんと男の心に落ちのこつたのだ

挨拶

吉野弘

同じ職場に十年一緒の同僚
これから先　三十年
一緒にいるだろう同僚

にがいパンを購うために
ひとつところに集つてきた
せわしく淋しい蟻たちのような

いつも
視線をまじえない　お早う
いつも
足早に追い越してゆく　さよなら

そうして
時に　こらえきれない吐息のような
挨拶
　　なにか面白いことは
　　ありませんか　面白
　　いことは

誰も苦しみをかくしている
誰も互いの苦しみに手を触れようとせず
誰も互いの苦しみに手を貸そうとしない
そうして　時に
苦しみが寄り合はうとする
　　なにか
　　なにか面白いことは
　　ありませんか

面白い話が尽きて
一人去り　二人去り
最後に　話し手だけが黙つて
ストーブに残つていたりすると

俺は　行つて話のつゞきを聞いて
やりたくなる

労働組合の総会で議長をやつたとき
発言の少いのに腹を立てゝ　みんなを
一層黙らせたことがあつた
あのときも淋しかつた　不器用な苦しみ
たちが　黙つていたのだ　ひとの前では
言えないことで頭がいつぱいだつたのだ
――そいつを言つてみろ――と若い議長
が喚いたのだ　あのとき

不器用な苦しみたちは
いつも黙つている
でなければ　しやべつている
なんとか自分で笑はうとしている
ひとを笑はそうとしている
そうして
どこにも　笑いはない

そうして
　　なにか面白いことは
　　　ありませんか

パチンコに走る指たちをせめるな
麻雀を囲む膝たちをせめるな
水のない　多忙な仕事の谷間に
救いを得ようとしている苦しみたちをも
せめるな
これら　苦しみたちの洩らす
吐息のような挨拶をせめるな

それら
どこからともなく洩れてくる
挨拶
　　なにか面白いことは
　　ありませんか
　　なにか

埴輪〈詩劇〉

茨木のり子

3

早春。朝。
紫のある山麓。
出雲から倭へ連れて来られた土師部
の粗末な仕事小屋が組まれていて
皆埴輪つくりに立ち働いている。

めぼしい者は
八雲。青年
甕《ミカツ》。〃
波別《ナミワケ》。〃
虱。
案山子。
石根《イワネ》 老人
このうち八雲は(1)に於ける現代の青
年と同一俳優によつて演じられる。
一見それとわかる顔貌であつてほしい。
舞台の後方から聴えてくる
男性合唱。

大坂につぎのぼれる石群《イシムラ》を
手《タ》越しに越さば越しがてむかも
大坂につぎのぼれる石群を
手越しに越さば越しがてむかも

波別 また歌つている。
仕事が楽らしいな あつちは。

甕 その反対さ
くる日もくる日も
円筒ばかり捏ねているんだ。

案山子 墓の土砂くずれを防ぐ円筒ぢや
まだこつちの方がましかもしれん。
へ、娘ッ子の面《ツラ》つくつてる方が。

波別 手越しに越さば
越しがてむかも
倭の歌だな。

甕 やまとの奴隷の歌だよ
役の民の歌だ。
大坂山の頂上から大きな石を
切り出してさ
山から墓に至るまで
奴《ヤツコ》らみんな蟻のように並び
手から手へ順送りに
石を運び出すつらさを歌つた
くるしい石棺作《イシキャツクリ》の歌だつてよ。
昼は人が作り 夜は神が作る墓か

呆れるね。

波別 なにもそんな倭の歌まで
歌わなくつたつていゝと思うぜ
なあ甕《ミカツ》
こつちは出雲の土師部だ。
半分ひつたてられるようにして
去年の初霜の下りる頃だ
倭までまかり出てはきたものゝ
おれたちはやきものゝ技術を

甕 教えにきたつてのか、
ふ、てめえの風態を
水たまりにでも映してみるがいゝ
浅春といつてもこの寒さに
まるで真夏のなりをしてよ
ガタガタ慄え
雲の切れまにさーつと射しこむ
太陽だけを待ちこがれる
なにが出雲の土師部だ
奴隷にも劣る扱い
きびしい監視
見張りの犬。

案山子 声が高い。
倭への道みち
あれはどの辺りであつたろう
百舌が鳴き晴れ渡つた朝だつた
急にみんなが騒ぎ出したのは。

虱 （甲高い声で）

そうだ　首《オシト》がいない
われらのかしらがいない！

波別　一夜のうちに消えうせてしまつた。
逃亡しおうせたのか
斬られてしまつたのか。

虱　おれたちは雀のように騒いだな
子猿のように山に向つておらんだョ

案山子　逃げたのさ

波別　殺されたのさ
おもい出してみるがいゝ
あの日を境におれたちは半ば倭の
奴隷になつた。

八雲が下手からふつと現れる。

石根　八雲　火の色はどうだ？

八雲　うむ（むつつり仕事にかゝる）

甦嬰　こうやつて
みづみづしい女の顔を仕上げても
かるやかな水鳥の姿を捏ねてみても
塞に納められてしまえば
もう誰の目にふれることもなく
朽ちていつてしまうだろう
死者たちといつしよに。
俺は夢にも見る
出雲の里で壺や甕をつくつていた時の
ことを。

石根　厚みもよく　火廻りもよく
とろりと出来上つた甕は
おれのこゝろが吹きこまれ
持主の魂が通い　朝に夕に
大切に抱えられたものだ。

甦嬰　そうよ。
あの満ち足りた喜びは
いつたい何処へ行つてしまつたんだ。

案山子　出雲だつておんなじこと
おれたちの不平や不満は
木の芽どきの緑のように
まるではてしがなかつたぜ
おれたちのこんなむさい暮しぶりも
一寸も変りはなかつた。
そうさ　変りはなかつたさ。
下ッ葉は下ッ葉
どこへ行こうが土捏と水運び。
たゞ見なれた山
見なれた河が恋しいだけさ
なあ　虱。

虱　（曖昧に）そうよ……な。

甦嬰　いや違う
犬がいないだけでも
見張りのいやらしい目つきが
なかつただけでも
はるかによかつた　出雲は。

石根　倭の語り部の婆は説いてまわる
何度も何度も　俺達の小屋にやつて
きては埴輪のなりたちを埴輪の起源を。
埴輪をつくらせるのは
奴隷の殉死を禁ずるための
倭の王のみうつくしびの心だと。
倭の王は知つているだろうか
殉死を禁ずるつもりでいて
おれたち他国のにんげんが
殉死に近い労役を強いられてるつて
ことを。

八雲　（ぶすりと）知るものか。

甦嬰　おう、
知つてなぞいるものか
支配者には民の暮しぶりなど死ぬまで
わかりはしないだろう。
我々も父王の日々が遂にわからない
ようにな！
自分の血を流し血泡を吹いて
やつと人は悟るのだ
他人の苦しさや哀しさが

なんであつたかを。
（吐き出すように）
おそろしい鈍さだ
なんという鈍さだろう！

石根 （烈しく制する）甕襲！

二人の監奴、登場

監奴1 しやべり散らさず黙つてやれ
黙つて。畝火のふもと 玉手の丘
つぎつぎ墓が築かれてゆくのに
埴輪だけがいつも一足後れるんだ。

監奴2 さつさとやれ
この小屋が一番おそいぞ。

じろじろ見廻り退場。

八雲 こうして毎日を耐えている
こうして毎日をやりすごしている
なにひとつ輝きわたるものは無しに。

石根 おまえは満足している筈だ
いやというほど土をいじるこの毎日に。
おまえが窯の焔に魅せられて
鍬をすてゝ俺たちの群に
身を投じてきた時
おまえは頰をほてらせて

八雲 石根、あの時はそうだつた
あなたに口をきいてもらつてやつと。

石根 泥田を這いずりまわる百姓のおまえに
何ができると思つていた
しかしお前の勘は正しかつた
お前は土焼きのために生れてきた
ような男だ。
埴輪もお前の創るものが一番生きて
いるようだ

八雲 埴輪なぞ、こんな子供だましな！
石根、今までおれは黙つていたけれど
息の根のとまるほど
美しい甕を見たことがあるのだ。

石根 （顔をあげる）

八雲 どこの国の漂流民だつたのだろう
渚に打ちあげられて
息も絶え絶えになつた男
それがしつかり抱えこんでいた甕
石根！
石根！
それには色が漸いていたのだぞ。

虱 ア、またしくじつた。

男声合唱が再び聴えてくる。

八雲 あれを見てしまつたら おれはもう
素焼の肌にも歓びを感じなくなつて
しまつた。
おれたちの知らないすばらしい方法が
どこかでは行われているのだ。

石根 （下をむいて仕事にかゝる）

八雲 嘘だと思つてるのか？
ふかいふかい沼のような色だつた
おれはおまえともひそかに訣れて
海を渡るつもりだつた。
あの漂流民のように
死んだ魚のようになりながらでも。
どうしても、つきとめるつもりだつた
あの業のありかを！

案山子 それをさ
霞網にかゝつた小鳥のように
からめとられてこんな所まで。

八雲 だまれ！ 案山子。

甕襲 おれはふるさとの野にもどつて
生きたい！
おれたちは何時もどることができる
のだろう？
おれは言いたいんだ

倭はなぜ山なす墓をつくるのだ
息をきらし追われるように
大きな墓ばかりをつくり急ぐのだ
おれたちの一人が死ねば
胸にしつかり大きな石を抱かされて
暗い暗い穴へ蹴落されるだけなのに！

案山子　言うがいゝやたつた一人で。

甄嬰　埴輪のつくりかたも倭に教えた
火色を見ることも倭に教えた
おれたちの仕事は果した筈なのに
なぜだろう　おれたちの中に巣くつて
きたこの卑しい臆病さ……

この時けたゝましく鳴る
鳴子のようなもの。

瓜　お、なんだろう？
おつたまげた鳴りかただなあ。

周章狼狽の監奴四人
手に手に新しい作業衣を持つて
現れる。

監奴1　おい、おい、すめらみことのお出ましだ
早く、早く着替えろ！

監奴2　あわてさせるぜ全く
くるならくるると沙汰すりやいゝのに
ええい！　爺、早くしろ。

石根の腰を蹴りポンポン衣を投げる
アッという間に襤褸の上に新しい
上着を着てそれぞれの仕事の格好を
取つたところへ間髪の差で現れる
すめらみこと　宿禰　武日　その他
の側近。

監奴3　こちらが埴輪の中でも樹物《タナモノ》だけを
扱つておりますところで。
すめらみことがいつか大変お気に召した
子供をおぶつた母親　は
あれを拵えましたのがこの男
八雲でございます。

天皇　うン　仕事はどう？（八雲を見る）

監奴3　（ひきとつて）は、いまめぼしい物は
皆　窯に入つてしまつておりまして。

天皇　そう。

宿禰　狭穂姫さまのやさしいお考え通り
埴土の人や獣が
おもしろいように生れてまいります。
土師部どもも喜々として仕事に
励んでおります。

武日　すめらみこと
前にもお耳にいれましたが狭穂彦に
謀反のきざしのあることを
どのように。

天皇　武日　そのことは二度と言うな。
狭穂姫は后、その兄がなぜ城を組む
いわれがある。

武日　たゞならぬ気配が狭穂に
たちこめておりますが……。

八雲　すめらみこと！
お願いがございます！
（監奴4が烈しく手を捩じあげる。）
あ、痛たた……

天皇　おう、八雲といつたな
どうした、腹痛か？

監奴4　（悠々と）八雲どうしたのだ
言いたいことがあれば申せ
大君に伝えよう。

八雲　ううう……　（声が出ない）

土師部たちの烈しい動揺。

監奴3　いや、とんだこと
　　　さ　では円筒づくりの方へ
　　　御案内いたします。大君。
天皇　うむ、八雲、大事にね
　　　みんな　しつかりやつて下さい。
　　　　天皇の動作、言葉は、2幕に比べ別人のように不自然。一同退場。
　　　　監奴1 2が土師部の衣を又さつさと剝いで持つて去る。
甕襲　はつはつはつは。（笑いやまない）
波別　なにがおかしい？
甕襲　はつはつはつは、ハックション
　　　八雲、腹痛か、みんなしつかりね
　　　はつはつはゝ
　　　鳥が餌をついばむ姿だつて
　　　あれよりはましだ。
風　みろ　みろ　衣を皆干しているぞ
　　　又蔵うのだな
案山子　おれたちの衣も
　　　おれたちの喰いものも
　　　みんなあそこで堰きとめられる。
　　　おれたちはたゞ小さく小さく
　　　萎えていつて　それが著しだと
　　　おもいこまされてゆくんだ
甕襲　いまのがおれたちのたつた一枚の
　　　よそゆきのきものなんだな
　　　これからも度々新しいきものが
　　　支給されるだろう
　　　それはみんなやつらの庫におさまる
　　　だろう。おれたちはいつもいつも
　　　むづがゆい襤褸をくつつけて
　　　窯と小屋とを往復する。
　　　高貴な方のおでましだ－
　　　監奴があわてふためいてたつた一枚の
　　　よそゆきを投げる。
　　　まばたきの間におれたちは
　　　それを着込む。
　　　かれらは風のように吹き抜けて
　　　行つてしまう。　一言か二言か
　　　うつろな事を呟いて。
風　すめらみことの衣は
　　　まばゆい程の白さだつたナ
　　　それに翡翠や瑪瑙の粒がまるで
　　　馬の目ほどの大きさだつたぜ
　　　まだ目さきにちらちらすらア
甕襲　はつはつはつは。
八雲　笑いたけりや自分を笑え！
　　　権威の前で一言の口火も切れなかつた
　　　自分をな　甕襲。
甕襲　ぢやお前はなんだ？
　　　手を捩じあげられて、それだけで
　　　馬鹿貝か蛤のように硬く口を閉した
　　　ぢやないか。
八雲　（ふつと自分の奥を覗きこむように）
　　　言うことは沢山あつたのだ
　　　なぜ迸り出なかつたのか？
　　　なぜ浴びせなかつたのか？
石根　熟してはいなかつたのだ
　　　まだおまえの中に
　　　おれたちみんなの中に。
案山子　ふン　なにが熟していなかつたんだ？
　　　山桃の実ぢやあるまいし。
石根　言葉だよ、ひとつの言葉だつて
　　　ふつと生れるためには
　　　長い長い月日が要る。
　　　まして放たれた矢のように
　　　いつせいに飛ぶためには……。
風　早く仕事にかゝろうぜ
　　　ぶんなぐられるのは何時でも俺だ。
　　　　監奴3 4と衛士数人登場。

いきなり虱を勢よくなぐる。

虱　（倒れて）そんなになぐりいゝってのか
おれの顔は。

監奴3　八雲、前へ出ろ！

八雲　……

監奴3　（低く）出ろと言ったら！

八雲　（慄えながら）
わかつた　今日こそ……
おれたち土師部は
土師部百人の仲間は　そつくりそのまゝ
倭の奴隷に編入されたのだな
賤しい部民《べミン》として、啞として、
死ぬまで働く！

監奴3　尊いお方にむかつて
じかに口をきくなと言つてあるのを
忘れたか！
（烈しい殴打）
さあ　言え！
言いたいことを何でも言え！

八雲　（喘ぎ喘ぎ）
還せ　還せ　いや還してくれ
なんど頼んだことだろう

返事はいつもうやむやだつた。
だから今日おれは　すめらみことに。

監奴　ふン　出雲か
征服された出雲と、こゝと
どれだけの違いがあるというんだ？
せい出して働けば三度　三度
うまい粟飯が喰える
波別　不足があるか！

波別　（後じさりつゝかすかに首を振る）

監奴3　案山子　どうだ。

案山子　（かすかに首を振る）

監奴3　甕襲！

甕襲　（ぷイと横をむく）

八雲　おれは飢えている
おれは飢えている
粟飯だろうが米のめしだろうが
おれの飢えはとまらない
おれの飢えは！

監奴3　なにィ（胸ぐらを取る）
あわたゞしく馳けてくる衛士。
監奴の耳にすばやく何かを囁く。

監奴3　（愕然と）なに？　狭穂が？
狭穂がそむいたと？
うむ　馬、　馬だ。

八雲をつきとばし退場。
舞台の後方、上手下手に
言いしれぬどよめきが起る。
雄たけび。武具のふれ合う音。
馬の嘶き。
それらが上手へなだれてゆく気配。
舞台の上をも武装した数人がよぎる。

波別　やれ！やれ！　ごぞんぶんに。
草も木も空も野もまだ倭族だけの
ものぢやねえからな。

案山子　ええい、狭穂に勝たせたいなア。
みろ、あいつら　あいつら
やつと自分をとり戻したように
こをどりして　跳ねてゆく。

舞台に土師部だけが残される。
雲が切れて胸のすくような青空。
遠くで喊声。

甕襲　間が抜けてやがる。

虱　（突然下手を指さして）

お　八雲だ。
八雲が馳けてゆく！

甕襲　八雲だつて？　うむいない。
あいつだ！

甌　アア　つぶてのように……
アア　豆粒のようになつた……

皆は集つてじつと下手の一点を
凝視する。

甕襲　逃げる気だ。

甌　消えた。

波別　畜生！　逃げおおせたかな？

石根　八雲。ゆけまい、遠くまでは。

甕襲　いや突破したかもしれない
このどさくさに
いくつもの門を越えて
警備のゆるんだ柵を越えて

石根　（強く）いや。

波別　駄目だつてのか？

石根　俺には見えすぎる
なんでもが……（顔を掩う）

波別　うぬぼれるな　わかるもンか。

不安と期待が人々の胸に
波紋のように拡がる。
皆顔を見合せ顔をそむけて
そわそわとあわただしく各々の
想念を追う。

（幕。）

4

春。
三幕から半月後。
土師部の寝とまりする竪穴式の小屋。
その縦断面。
隅には　こわれた埴輪数個。
大きな水甕など。
くろぐろと重りあつて眠つている
土師部の群。
時々耐えがたいような呻き声が流れ
るのは　つつぷしている八雲から
洩れる。
戸口の蓆をかゝげて中へ入つてくる
案山子。

案山子　星がやたらにきれいだぜ。
まるで匂つてるようだ……
（どしんとひつくりかえつて）
星がこうしてうるんでくると
春だと思うなあ　オレ。

波別　貝がうまくなつてくると春だ……
まひるま　遠くまで遠くまで
潮がひいてさ
貝の実がだんだん重たくなつてくる。
ぴちぴちした肉をこじあけて
口にほうりこむ。忘れていたなあ
すつかりそんなことも……。

甌　寝つかれねえな
体はくたびれてるのによ
（八雲の呻き声）
エエ　うるせえな。

石根　痛むか。八雲。

八雲　うう……む。

波別　臭つていけねえ
戸口の方へ寄つていろよ。

案山子　ばかなことをしたもんだな
つつぱしつたりして。
おかげでこつちまで罰くらつて
すきつぱら抱えて　へん
もう少しつゝましくしてろよ
いやな声　出すなつて！

　八雲顔を挙げる。眼のふちに
　無気味な色と形で刺青を黥《キザ》まれて
　いる。　皆の顔をぼんやり見渡す。

八雲　（呟く）
褻ぎつているのは俺の軀だ
軀にきざまれたこれ位の傷で
おれの魂はうすぼんやり靄がかゝる……。
　（這うように戸口の方へゆく）

案山子　目さきを黥まれちや
ほんものの奴隷だな
土師部一の腕きゝが。
それもひとり勝手なまねをしたからよ
おれたちは集団として生きてるんだ
そいつを破つたものは倭でなくつたつて
制裁があらア。

八雲　みんなのために
みんなのために
みんなのために
氏族のために
土師部のために
出雲のために
倭のために　滑稽だ。
多くのものたちのために
生きるのはたやすい。
集団のために死ぬことも
やさしいことなのだろう。
やさしくなけりやどうして無数の戦が
戦われる？
あちらでもこちらでも
石ころのように投げ出される命を使つて。
おれは自分ひとりを生きてみようとした
たゞそれだけだ
それがどんなに厳しいものであるか
何時でも　何処でも
忘れることのないように第一の
この消えない標を貰つたのだ。

　誰も聴いていない。

波別　狭穂もはかなく敗れ去つたア
おれたちアまた当分息もつけずに
追いまくられるぞ。

虱　どうしてョ？　波別。

波別　またでかい墓をつくると言い出すさ
倭の王がめつぽう惚れてた女が
死んだ。

案山子　狭穂姫は兄の方へついたつて
いうぢやないか
兄と一緒に稲の城で焼かれたそうだ。
たとえもとは后でも
叛いた者の妹に大きな墓なぞ
つくるかどうか

虱　おれの鼻はどうしたろう……
遠く離れてしまつたらあいつのことも
だんだんぼやけてくるなあ。

　戸口の外で烈しく言い争う声。
　やがて蓆がひきちぎられ
　毬のように突き出されてくる
　ひなとり。

ひなとり　すめらみことに会わせて下さい
お願いです！
言わなければならないことが
あるんです。
狭穂へお使いしたのが悪かつたら
どんな罰でも受けます。働きます。
たゞその前にすめらみことに、
すめらみことに！

監奴4　うるさい！
すめらみことは今誰にも会われぬ。

ひなとり　あ、待つて
おねがいです
おねがいです

　監奴数人退場。

波別　よう　こども
　なんて名だ？
ひなとり（おどおどして）ひなとり。
波別　いくつだ？
ひなとり　……あの十二。
波別　ふーン　狭穂へ使したと言ったな
　いくさを見たか。
虱　え　おい　聞かせろよ。
　勇しかったか　石の鏃　鉄の鏃が
　雨のように降ったろうな
　いくさはいゝなあ
　胸がどくどく鳴ってくらア
　え　おまえのみたことを皆　みんな
　話してくれよ。
　　ひなとり後じさって行き
　　八雲の足をふむ。八雲声をあげる。
ひなとり（ふりむき八雲の顔をみて）あっ!!!
虱　へへへ……　おまえだって今日から
　この小屋の仲間だぜ。
八雲　おイ
　すめらみことに言わねばならぬこと
　って何だ？
甕襲　言ってみろ　ここで。
ひなとり……
石根（おだやかに）言ってごらん。
ひなとり　伝言です　狭穂姫さまの。
石根　死んだんだろう？　狭穂姫は。
ひなとり（大切なものを取り出すように）
　わたくしたちの生活は終りました。
石根　おまえはそう頼れたのか
　伝えてくれと……。
ひなとり　わたくしたちの生活は終りました。
　（ふっとうつむく）
案山子　倭の軍は狭穂の稲城《イナキ》を囲んでからも
　后だけは助けるから倭へ渡せといって
　なかなか攻めなかったってな。
ひなとり　ぼくは狭穂へ使いしたから知っている
　お后さまは兄君の心を和げようとして
　なんども　なんども……
　それをきかずに狭穂彦さまが
　兵を挙げたんだ
　お后さまはとうとう兄君の城へ……
　ぼくも夜道をついていったんだ。
波別　孕んでいたっていうぢゃないか
ひなとり　生れたの
　八綱田《ヤツナタ》のひきいる軍隊が
　稲城に火を放って　その燃えさかる
　炎の中で生れたの
　乳母がしっかりこの御子を抱き
　ぼくが伝言をしっかり胸に刻みつけて
　くずれおちる稲城を脱け出したんだ
案山子　その赤《アカ》ばうまくとゞけたのかい？
ひなとり　あとから聞いた。
　すめらみことの手に渡ったって。
　でも産声もたてず泣き声もたてず何ひとつ
　もの言わぬ御子だって……。
案山子　唖だよ　そりゃ
ひなとり　すめらみことは御子の側につききりで
　哀しみ沈んで何も召上らない
　料理をつくる膳夫《カシワデ》が悪いと
　つぎつぎ膳夫が斬られてゆくらしい。
　ぼくは乳母と途中ではぐれて
　捉えられて何を言っても耳をかされず

波別　斬られないだけよかつたと思え！
ひなとり　すめらみことの確めたがつていることを
　　今はぼくだけが言うことができるのに…。
案山子　確めたがつていること？
　　言つてみろ伝言の続きを　え？
ひなとり　あゝもういやだ。
案山子　なまいき言うな！（手をぐいと摑む）
案山子　細つこい手頸だな。
　　まいゝや　来いよ
ひなとり　なにするの　離して！　離して！
案山子　ばかだな　可愛がつてやるから
　　来いてんだ！
ひなとり　（何かの気配を感じて）
　　いやだ　いやだつたら
　　（ずるずるひきずられてゆく）
　　なにするの　あああみんな
　　助けて――　たすけて
　　　戸口の外へ二人消える
貳　おい　案山子　案山子（追つてゆく）

　　扉がひきちぎられて入口の矩形
　　には嵌めこまれたような大きな
　　星が地平線まで光つているのが
　　みえる。
八雲　獣だ
　　けものゝ世界だ
　　いや獣よりはるかに堕ちた世界だ。
　　熊は餌をもとめて歩きまわる
　　じぶんの好きな森や林
　　一匹の牝を争い猪と猪は羊歯の床で
　　死闘をつくす。やつらはそれだけだ。
　　知慧もないかわりに美しい。
　　おれたちは少しばかりの知慧で
　　なにもかも薄ぎたなく汚してしまう。
　　支配する者、支配される者
　　鞭を鳴らす者　俵をかつぎあげる者
　　権力の顔、　奴隷の顔。
石根　そうばかりだろうか　八雲。
　　おれたちはやつぱり永い永い時をかけ
　　獣でない、なにかになろうとしては
　　いるのだよ。
　　親と子が奸《タワケ》けるのは国の罪だ。
　　人と獣が奸けるのも国の罪だ。
　　極刑で罰せられるのはなぜだ？
八雲　それとも少し違うんだ　石根
　　けものは耳を欹てながら
　　びくびくしながらそれでもじぶんで
　　生きている。
　　おれたちはいつも誰かに生かされて
　　いるだけの……それだけのものぢや
　　ないのか？
　　おれたちはひとりひとり
　　やりたい事を持つているのだろうか？
　　本当に命とひきかえてもいゝだけの！
　　そういう仕事を摑んだ者だけが
　　はじめてにんげんと呼べるのかも
　　しれない。
　　浮足たゝず自分のために生き切る者
　　生きつくす者！
　　植えつけられた憎しみによつて
　　弓矢取ることを拒否する者
　　そういうひとびとでこの地上が
　　満ち満ちた時、獣とははつきり訣れた
　　美しい世界がはじまるのかもしれない。
　　たとえそれが衰退に導かれる道で
　　あつたとしても　俺たちはその道を
　　選ばなければならない。
　　いや既に選ばれてはいるだ。
波別　おイ　八雲が神懸りしたぞ
　　聴きなれぬことをしやべるぞ！
八雲　（立ち上る）
　　自分をほんとうに生きようとしない

者が
どうして人の生きようとする力を
解つてやることができる?
倭の王や后がすぐれてやさしい人々
でも遂に俺たちの訴えや願いまで
見抜けはしなかつた。
かれらは身を切られるような切実な
願いというものを
心に持つたことのない人間だからだ
粟飯さえ与えればそれですべては
済んだと思つている人間だからだ。
腹の飢えとは別にもつともつと烈しい
<飢え>のあることをやつらは知らない。
埴輪という美しいおもいつきも
襲へまわればこのざまだ!!

波別　おい　八雲　八雲。

八雲　おまえたちは知らぬ。
しかし俺には命と交換でもいゝ
やりたい仕事があるのだ。
あの秋の沼のような深い深い色
おれの壺にあの色を焼きこめることが
できたら……
どんな石をすり砕き　交ぜ合せると
あの色が出てくるのだろう……
おれのすべてはこの一点にかゝつた。
出雲よりもつと遠く
海を渡つてもつと遠く
匂うような　なにかゞ在るのだ。
おれは行かなければ。

石根　待て、八雲
行くなら行くでもいゝ、とめまい。
だが今夜はやめろ!

八雲　石根　兇蠻　祈つてくれ
せめて出雲の渚まで辿りつけるように。

兇蠻　八雲　知つてるだろうな。
二回目の逃亡のみつかつた時は一体
どうなるかを。

戸口に立つた八雲の姿が全く
不意に視界から消える。

兇蠻　もどれ　八雲!
その乱れかたでどこまでゆける。
八雲　八雲
行つたのか、ほんとうに。

長い長い沈黙
静寂を破つて突如きこえる犬の
凄惨な声。人の罵声入り乱れる。

石根　殺《ヤ》られた。

兇蠻　五、六頭もいる。(腹部をおさえうづくまる)

この騒ぎに小屋の人々は身を起し
起つたことの意味を悟る。

虱　(飛びこんできて)
誰だ?
八雲だな。
ひきさかれた　ひきさかれた。

石根　あいつは　またすぐ生き返る。

虱　生きかえる?
生き返るつて?
あいつはへし折られて
もう二度と呻きも笑いもしねエだろうに。
あいつはいゝやつだつた。
俺の虱を何度とつてくれたろう……
いつも空のあたりを見て波の音が
きこえると言つた。え、石根
生き返るつてのは　どういうんだよ?

石根　わからない　俺にも。
ただそういう気がしたのだ。今、確に。
ひとりの人間が生きて死ぬというのは
あゝいうことぢやないだろう。
ぼうふらのように湧き
ぼうふらのように死ぬ
おれたちはまだ数だ
いつぱひとからげの数にすぎない。

何度も生れ　何度も死ぬ。

虱　生き返るつて？
八蟹が？
おれたちが？

髑髏　（隅にころがつている埴輪の首を取る）
この首は八蟹がしくじつて持つてきた
ものだ。
（しげしげと眺め）
なにかの機会に
倭の大きな墓があばかれでもして
おれたちの創つたこの埴輪の土偶《デク》が
おもいもかけず後の世のひとびとの
目にふれることがあつたとしたら……
その時のひとら何と思うだろうな……。

誰も答えない。

髑髏　そうだな。
陽炎のもえたつ
うらうらとあつたかい日に
としよりやら若者やらが集つて
みはらしのいゝ丘に小屋を組んで
好きかつてのことをほざいて
埴輪をこねまわしていたと
思うだろうな。
側には、ひよいひよいと餌をついばむ
鶏もいたりして
何やらの花びらも散りしいていたと
思うだろう……。

誰も答えない。

髑髏　おれたち、せいいつぱいの苦しさで
毎日黙つて捏ねている埴輪だが
こんなやしい顔や
すつとぼけた顔
三日月のように笑つた口
こんなものしか創ることが
できないんだからな。
おれたちの中にたぎつている
わけのわからぬ熱いものを
おれたち
表すてだてをまだ知つちやいないんだ
からな。

犬の遠吠と誰かの咳入る声。

虱　いやな晩だ。
寝ろ　寝ろ。
一晩眠りや何喰わぬ顔つきで
またきれいなお陽さまが昇つてくらア。
髑髏　手に持つた首をぷいと投げる。
もろく砕ける音と、短く口を洩れる
慟哭。

（幕。）

後記

今号より活判に切換え、大村龍二及び好川誠一両氏の新しい波紋を加う。三ヶ水尾結婚。谷川家に未だおめでた無川崎氏は準備中にて本号欠稿す。舟岡及び中江いず卒業ならんも舟岡は危し。友竹はリサイタルの資金に悩む。結婚都合良し。（洋）

櫂 第十一号 頒価80円

一九五四年四月二十日印刷発行

発行責任者 木のり子

編集責任者 川崎洋

発行所 横須賀市深田台九番地市営アパート 川崎洋方 櫂の会

櫂

XII

民衆のなかの最良の部分

茨 木 の り 子

眼の奥に
暗いランプ
ひるまでも
　　光る砂金

唇に刺
時に飛ぶ
痛烈なせりふ
　　光る砂金

蓄えられて
蓄えられて
体験は
酒樽のように
醗酵に耐え

論理の育たない風土で
論理の豆の木の栽培に執し

かけがえのない思考を持ち
かけがえのない言葉を持ち
しかし
みずからの何たるかを
よく悟ってはいない

憂鬱にかげり
とみると
溌刺とエンジンかかり
さらに沈む
比重の大きさ
　　　　光る砂金
民衆のなかの最良の部分
かまとと　や　ええじゃないか
の砂礫にまじる

すれちがっただけでわかる

なぜなら
私のほんとうに成りたいものも　また
民衆のなかの最良の部分

砂金は
金に
いつなれる

アマルガムの方法は
不明だし
つながるべき臍の緒も
見当らず

おもうに
この国の稚い子宮は
したたかな絶望を
敢然と孕まねばならぬ
何度でも
何度でも
何度でも

原子力潜水艦オナガザメの孤独な航海と死のうた

大岡　信

序のうた

きみたちは知っていたか
地球は冬の石だたみより冷えきっていて
水は鋼鉄よりも重いと

巨大なオナガザメの体内で
押しつぶされた
百二十九の夢の屍体陳列場《モルグ》
水深は測れても
希望の体温は測れない

やぶ医者どもは地上にいて
患者は大西洋の棚の上だ

拷問は遠隔操縦されている

第一のうた

はじめは何の変りもない
晴れわたった四月なかば火曜の朝
ポーツマスの埠頭で鳴った
車の警笛　警笛のシャワー
にぎやかに騒々しいあれは
陸に残るちびたちの別れの礼砲

父サアン　サヨナラ　サヨナラ　サヨナラー
アオミドロノメダマニクルンデ
ユーレイセンノユーレイ
トッテキテネエ

おーい　さよならあ
三月《みつき》たったら三センチ
伸びていろよお

はじめは何の変りもない
海の輝き　ちびたちの頬の輝き
十字架形の司令塔の輝き
ＳＳ（Ｎ）５９３
オナガザメの胴の輝き

希望は帰投に
帰投は機構にかかっているが
晴れがましい出発に希望は不要だ
オナガザメは沈む
手はじめに浅く
たんねんに海面を掘る
海の穴はたちまちふさがりまた開き
オナガザメを興奮させる
海は光り　光ははてしなく濡れ

オナガザメは濡れて
海と接触をくりかえす
かれは合衆国の性の尖端
大陸棚から深海へむけて
強者のみ知る恐怖の広大な闇を
防衛本能の小さな炎で照らす
地獄の灯台

オナガザメは十万キロを
のまずくわずで航海する孤独な牡だ
かれはまた数千の精巧な耳をもつ
胴体にひらく巨大な吸盤は
雑音の形態をたちどころに分析し
敵の形態に敏感に吸いつく

かれは敵を求め
敵との出会いに恐怖する
発情期の牡だ
物質破壊のエネルギーが
かれの孤独な興奮をささえ

無限のかわきをかきたて
海の神秘な皮膚の奥へ
つき進ませる

海はひらくやわらかい牝
虫とり草のちろちろ揺れる舌が
大西洋でいっせいにそよぐ
孤独な牡のオナガザメは
うっとりと揺すられている
青みどろのなでまわす手に
そのうしろ　歯がみの音が迫っていても
オナガザメはなおも深く潜ってゆく
牝のからだをうめかせながら

なぜなら　海は卵形の穴で
国家の意志より強烈な磁性の皿が
穴にそってひそんでいるのだ

拷問は遠隔操縦されている

（未完）

作劇法

友竹 辰

1 物語の日

ぼくはやっぱり撃ったのです　この手にした拳銃で。その一瞬の　音の緞帳の霽れたあと　部屋はまた暗く　墓穴のようにしめってうつろでとりとめもなく　そこにあなたはうなだれて　深い椅子の中にいたのです。何もかわりはしなかった　かわるすべもなかった　これらのことは　この音の一撃だとて　ぼくらには何でもありはしなかった　やっぱり。

見ていると　あなたの赤い服の上に赤い一つの

穴　そこから赤い血が　そこだけ　この曠野のような風景にサボテンの赤い花びらを開かせて　あなたがいつもあの時さけぶ　「花へ変身　カミノ毛ハ花辮　頭ハソノ芯　胴ガ青イナガイ茎　腕ハイダクカタチノ葉　肢ハ蔓　ソノマンナカニ汁イッパイ」

聲もなく　今　あなたはその花となり　ぼくは向いあう椅子に坐ってそれを見ている。とおいあなた　歌わないあなた　叫ばないあなた。何かが部屋を浄めている。何かがここを祝っている。みんなが二人にうたっている。騒が遁げ　鬢はゆるみ　おや部屋中がほほえんで。

扉があいて待ちあぐねて女ははいってくる「ウマクイッタナラ　サア行キマショウ」　でもぼくは立たない　もう立てない　深く椅子にもたれ腕を垂れ　その指先の拳銃からほそいけむり　窓からおちるよわい日ざしがめぐり　鉄の半身をあたためる。冷える　あなたの花　しおれる　うつくしい大きな花。それから今度は　しずかにぼくの胸にひらきいずる　小さな　赤い　花。

2 スミレノホシ

ねむりのなかで愛したものら
心のたらす涙　眼のうえの鼓動

夢のうちに生きた歌たち
貝の花環　夏のくちづけ

石のみのり　いちじくの油
腿のとおいほそみち　夕暮のたうつ皺

ほら　またひらくおまえの卵
ありし日の魚　今日の脳

あれ　いまゆめむおまえの殻
月　そして土地そして帆　穂

ぼくは聞く　闇に　砂に　少年に
さすらいびとは　ぼく　おまえ

ぼくは問う　死に　戀に　時に

とらわれびとは　おまえ　ぼく
バラノホシ　スミレノホシ　サンゴノホシ
ゆれて　ほおえんで　うたって　そして
うなだれて
って
て

3　暁　に

森のような夜がぼくを蔽うと　暗い雨が来る　このとおい海のほとりの道を往って　かえらない日の夢をこぼそう　やみの中で影たちはないている　潮なりのうちに音たちはうたっている　すべての星は暗黒の空をてらしている　ぼくは氣がせく　このうすら青くてはるかな旅のはたてに在るものへ向って　夜明けまで　夜明けまでとゆうつぶやきは　歌だ　どの鳥よりもどの聲よりもやさしく唱うその聲はしみとおりすきとおり　まんまるな水平線の薄明を齎らすかしら　視よ　視よなれは　はなたれたり　とかすかにつぶやき　たおれふすべきあの暁は

覺　書

―トウト・アンク・アメンの遺寳の前で―

水尾比呂志

けふ　燦々の陽光を浴びる初秋
この覺書を宛名なき神に認め遺す

ときあたかも若き異國の王の瞳
黄金の雙頰に紅葉を映じつつ
縁りもなく集ふ衆人の頭上はるか
秋空の深さを探るにあやかって
まづ

半跏思惟　銀漆箔にこの身を固め
あの深みに沈めよう

ついでは　無償の遺産
孤獨なる美學をば
毀った美しさの古陶たち像たちに捧げる
愛惜に充ちた凝視とともに

忘れがたい悅樂は
海と夜のAに―
刹那に逸した戦きをいまいちど

Iには
私の心を灼いて消えぬ
貴女の媚の嫋々たる瓔珞
その色鮮やかな印畫をあげる

高貴な優しさとひそかな語らひを
Uに―
魂の静謐

樹が樹と交す葉ずれの愛

Eよ 君には
ひたすらなる償ひを
ああ けれども君はなほ君でいまあるか

愉しいOの想ひ出には
私の生涯のいちばん綺麗な微笑を—

友たち
好むままなる拙き詩篇を受け給へ
君たちの日々を錯さぬ限りに於いて

風景よ 君たちには
恥づかしながら龍膽に似た哀愁を
詩のかはりにそのまま返さう
山水のたもとで小さな鳥が
夕暮に私を歌ってくれるやうに

—沙漠

または大陸に
男らしい壮大な感傷を
寂寥をこめて

一滴の涙は星に投げる
ねがはくば獅子座流星群の瀧つ瀬にまぎれ
涯しない虚無へと落ちるがよい

そしてはかない言葉の数々は
すべてはかなく消えてゆけ
陽炎のごとく音もなく
水のやうに淡々と

―さて
トウト・アンク・アメンの遺寳の前には
色褪せ貧しい私の遺産
誰にどれだけ届くだらう
けふ　燦々の陽光を浴びて
とまれこの覺書を
宛名なき神に托すのだが―

つるばら

吉野 弘

まっすぐに立つ背を持たない
という非難と
侮蔑に
つるばらよ
どれだけ長く 耐えてきたろう。

曲がりやすい幹を持つ
暗くわびしい血統から
急いで逃げようとするかのよう
細い首すじを
横に さしのべ
さしのべ
まわりを
棘で威嚇して
心もとなく

つづいた
成長。

空と地の間を　横に這い進む
この成長にはかすかな罪の匂いがある。
向日性と向地性とのアイノコのような――

秋になって葉が落ちて
やせて黒ずんだ茎が
疑い深く　からんだまま
がらあきの構図も
はっきり見えてきた。

すぎ去った春
この自信のない構図をすきまなくふさいだ
ゆたかな葉と
その上にひらいた無数の花たちは
口のきけない人が
緑と真紅の絵の具だけにたよった
くるしい弁明のようだった。

ふっと

川崎　洋

夕陽が沈むのを
うち揃って眺める習慣が
みるみる
拡がっていった
陸橋も
岸壁も
屋根も
そして全ての窓という窓に
しらっ茶けた顔が
わさわさと重なり
夕焼けの
灼熱の眩ゆさから

もも色までを
呆然と過し
水平線が不確かになる頃には
鳥も空で停まり
ある日
世界はそっくり
待っていた誰かに
引渡されていった
人々は
いつか
夢のように
思い出すのだろうか　と
ふっと思ったりしながら
見も知らぬそちらへ
吸われていった

語彙集

中江俊夫

第一章

儀式。集り。
非常に。
悪い男。
縛る。
唇。口。　呪い。
おきる。
殴。脚。　影。
狭い。
中庭。
借金。
あの空。
天気が悪い。
陽が照る。
雨が降る。
風が吹く。
雪が咲く。
君たち。
にがい。
人指しゆび。
待つ。
足指。

足音。
住む。滞在。
お前は？
油。
お名前は？
蚊。
床。
斧。
明後日。
かまど。
床下。階下。
母。
太陽。
米。唄。
緑。
神経。
雄鹿。
つくる。縫う。
魚。治療。川。
教える。
敵。
野菜。
梯子。
金。
今日は。
辛子。
夕方。
糸。
血。
夜。色。

窓。
鶏。
夫。
恋。
息子。
いろり。
道。
葉。
尻。膝。
育てる。
水。
ねころぶ。
読む。おちる。ばか。
牛。
好き。
毛織りの。腰布。
鳥。
雷。
腹。
玉ねぎ。
きうり。かぼちゃ。
伯母。叔母。
労仂者。
身。
湖。
鼻。ゴリラ
皿。
薬味。
男性。
打つ。

死ぬ。
雲。
女性。妻。
口。顔。
丘陵。
かがと。
密蜂。
小舟。
孫息子。
孫娘。
コオロギ。
朝食。
鼻。岩。
祖母。
頭。
踊り。愛。
首飾り。
故郷。
青い。
塩。砂。
灯油。食え。のめ。
トマト。
うまい。
うれしい。
斧。誰。木。
寺。
腰。
犬。
ゆっくり。
畫く。

血。
持ってゆけ。
鉄。金物。
広場。
酒。
頭。頭。
月。
魚。
天井。
発生。
寝る。
馬。
果物。
話。
歩む。
言う。
汚い。
黄色い。
食う。飲む。
遊ぶ。
蟹。
鹿。
昼。手。
こんにちは。
どこから。
これ。この。あの。
今日。
ここでの。
注射。
神。

去る。
行け。
靴。
毒蛇。
オリーブ。
熱。牢獄。
雨と嵐。
娘。
滝。
舌。
季節。
衣料。布。
ことば。
掘る。
運命。
巣。
疑問詞。爪。
扉。
胸。
砦。
この肉。
きたるべき。
今日。
終る。
すべて。
豚。ロバ。
奴隷。
可愛い。
虫。虫。虫。
木。声。

のど。
ののしる。
バタ。ガム。バタ。
売る。
心臓。
まぶた。
毛。
けつ。薬。
炉。
盗人。
パンの。口ひげ。
まぬけ。
医者。根。
ざくろ。
友人。
嘘。
薬。
歯。
見る。
走る。
寺院。
白い色。
日夜。
売る。宮。
月。ペニス。
鎌。
あごさき。
毎日。図。
耤作者。
早く。朝。

旅。
兄弟。
妻。
ベッド。
卵。
老人。
風。
茶。
こごと。許可。
たんこぶ。
人参。ほうれんそう。
召使。
雇い人。
後置詞「の」。
はい。そうです。
父。坐る。
市。草。
悪い。
洪水。
つくる。得る。
父。
嵐。
城。
現在。
とび去る。泉。
最終。
空気。大きい。
ふるい。
新しい。
多数の。

村。
歩く。いく。
時には。まれに。
突然に。
帰れ。
大過去。
祖父。
ほしわら。
悪魔。
農。
肉感。
音楽。歌。
世界。
じゃがいも。奥地。
鏡。くる。くる。
戦争。死者。
睡気。死者。
挑発。死者。
ききとる。ききとれた。
沈黙。
名。
出会い。
癌。
石。丘。丘。丘。
涙。
火。螢。
隠れ。
クワオ。クオ。クワオオ。
一切皆空。
や。

八月十二日木曜日

an anthoarogy

谷川俊太郎

海

どこかで船が沈んだみたい
細い木片が無数に浜へ打ち上げられてら
髪の毛も
櫂は役に立たなかったのだナ
泳げるのなら沖へ出てゆけよ　大岡
私は泳げない

流木

他人の写真ばかり撮っていて
あなたのカメラは新しい

誰かを欺いているなァ
私はそう思う
海よ！ むしろ遠ざかれ

中江
救命用のゴムボートを遊びに使って
安全すぎた私たちサ
眼鏡を波がさらっていった
眼鏡なしだと
あなたは あなたの目を閉じた顔を
見まいとして見てしまうネ

吉野
げにやたとへても憂きは変らぬならひとて
静かな男
やせっぽちパパ
YOU WERE BORN AND YOU HAD BORN

友竹
奥さんが寂しそうに犬をいじめています

ふとってふとってふとってふとって……
ぽいと　海の方へ捨てられなくなった
エトセテラ

ビーチパラソル
互いの子ども等を愛称で呼びあい
太陽に生活の肌をさらし
西瓜の種子は砂に埋めてナ

大岡
マリツジ
マーガリン

ブルース
なるなヨひもになんか　画廊の

水尾
尾は速やかに失われつつある
行雲流水
我等また無名のたくみの手に成りしもの

砂が濡れ　砂が乾き
鳥たちは彼等の思想を見失い
俺たちは我等の鳥を見失う

川崎
知らぬ間に再び君に支配された私たち
デリケートな太鼓腹
歴史の外の不変のはにかみ
海にまじってイル
横須賀の人よ

＊

三たび腹を下したね　中江
怒ればヨカッタのにいつでも
この友情の小さな空間
私たちを結ぶのは過去ではなかったヨ
だからこそみなあんなに優しく
めいめいの現在については黙っていてサ
波もて立つや夏衣
うらぶれ渡る沖っ風

やがて闇の中にちりぢりに別れた
三十男の苦い満足
一言も詩は語らなかったゾ
求めてるのは既に一篇の善い詩などではない
畜生！
それは言葉の革命なのだから
だからみなお手上げだったワサ
宿命っぽい鵠沼の海に近く
松林の中で家々は眠り
そこに住む人々が何を感じてるのか
それを知るすべは相変らずなくて
気温は東京で二十八度に下り
そしてその日が終った

ごきげんよう。

この雑誌をまた続けようよということになった。復刊一号にしようかという意見もあったが、衆議により号を追うことに決した。丁度十年目になる。

岸田衿子さんは、原稿を北軽井沢の山荘に置いてきてしまい、作品参加は次号からとなる。（川崎）

同人

茨木のり子
大岡信
＊川崎洋
岸田衿子
谷川俊太郎
＊友竹辰
中江俊夫
＊水尾比呂志
吉野弘

〈アイウエオ順　＊印は編集委員〉

櫂　第十二号〈季刊〉
一九六五年十二月一日発行
〒共一五〇円
発行者　櫂の会　神奈川県横須賀市
金谷町五五八　川崎方

櫂

XIII

水晶とオレンジ

岸田衿子

1

旅に出てから十五日目　やっと
川のおとなしさがわかってきた
めのまえを　一匹のろばがあるいて行く
そのろばも　どこかで消えてしまった
地質学者だったか考古学者だったか
忘れたが　ひとりの博士と
私はあるいていた
音無しの川にそって
峠までの距離を　そして二人の
沈黙の距離を
あなたのしるす記号と
わたしによみがえる記憶とが

遠ざかるとき
そのとき
人間のすみかがあった
爐のあとに
炎の形はもう見えない
水がめをおいたあとに
水のしたたりはおちていない
咳の音も
人声も　きこえない
博士は　土の中から何かをひろった
歩いてきてよかった
四千五百年前の矢尻です
水晶のかけらは　日の光によびもどされて
にぶくひかった

博士はつめたく
これは武器です
土の中にねむっている光り
というものが　あるのだろうか
博士　どうか

そのかけらを　ズボンでふくのはやめてください
トランプのダイヤの型にけずってある
のみのあと
この石を　指輪にする女に呪いあれ
土を掘り続ける男　と
光を愛しすぎる女　とは
〈歩いてきてよかった〉のだろう
二人が歩みよったのは　一瞬にせよ
私の詩のくらやみを
水晶のいろでゆめみさしてくれた人
その石を　どうか
ポケットにしまってください
峠が　ほら原色の峠が二人をわかたうとしています

2

果実は手のひらに重たい
手のひらに重たいだけ
木の枝に重たいのだろうか

果実は
金のまじったオレンジいろ
その実のまぶしさに目を細めながら
けだものや　へびや　二人は
パイプオルガンの音のする
林を　くぐってきて
手をのばそうとする

あの頃　黄金のりんごは
なかったはずです
あの木の形をごらんください
二人は　オレンジを
たべたのだ
私は　急に不安になった

果実の重みに　木が
たおれたとき
博士と私は　ふかい溜息をついて
画廊を出た

挽歌・静物

友竹 辰

＜静物。イギリス語で still life。
フランス語では nature morte。＞

ひとよ　うつくしい日の
みまかるように　悲しみに
ひきずられ　無言におわれて
いった　あなたを
見つけに　ぼくは海辺へ
いそごう　あれはいったい
いつのことだったのか　あれはまた
どんな夢だったのかしらん

水もなく愛もなく
貝がらだけが散らばって
うっとりとさびしげに
うっそうとした空のうえ
閉じようとしてもまばたきさえしない
ものが　ぼくを見まもって
風がふき　歌がうたわれ
おいで　かわいい耳たちよ
しゃがめ　やさしい砂糖菓子　と
ぼくはあたりを見まわして
どうしようもなく涙した　この目を
さまして　ひたして
あらって　わらって
おくれ　水で
すきとおった　時のなかで
ひとよ　うつくしい日々の
死のなかで

四月十六日午前十時三十分　ぼくは家で
見ている　硝子扉のむこう　吹きはれた空
ひなたの庭　一本の珊瑚樹　ぶらんこ　ゆさ
ぶる娘　ひかげの果樹園　ひとはけの白い雲
　叫んでいる洗濯物干場の妻　ひげでうっす
らあごを鎧ったぼくの喫した　三十本の煙草
　瓶半分の酒　コカ・コーラ　百個の氷塊
攪拌しかくはんし　未だ　粘らない詩の水の
透明にいらいらし　猶々且亦　ぼくは知らな
い　それが　どこから来るかどう来るかどん
なものなのか　室の内はつめたい　吊されて
乾いた緋いろのバラをゆする風　石　や　い
い詩　や　死　ほども確實に　それは　在る
　のか　ぼくは　死　を生きている　眼をみ
ひらいて眠っている　そこにも　もう一つ
こことおんなじ世界が映っている　聲になら
ずわめいている　どよめきでいっぱいの　堅
固な　孤獨な　死んだ實在。

紙漉の村にて

水尾比呂志

其作るわざは彼に習ふといへどもこの國にて作れるは又此國の風そなはりてうるはしくみづ〳〵しき紙墨も作り出るなりけり—天朝墨談巻四

かみ
佳味
加美
可見
紙

紙は雪國の窓の風を和らげ
紙は墨痕鮮やかに知己を訪ねる

紙は凛と音立てて雨を弾き
紙は艶然　春信美人の朱唇を吸ふ

紙

自然と人の手のたくみの花
はりはりと鳴る
ひとひらの造化の詩よ
陽にかざせば面にうすらけき紋の立ち
美しい轉生の物語が浮かび出る

その前生は山あひの一本の楮の木
生涯の短かさ忽ちに過ぎて
白皮となりそれはひとたび死んだ
表皮にまつはる思想を捨て
我意を捨て
生身を寒流に晒すのは後生への潔齋
また　灰汁の熱湯にゆあみして
木槌に打たれる一夜も生れ變りの秘儀なのだ
ほたほたと響く魂乞ひの音が
冥界の楮の靈を呼び返す

昆々たる生死をさまよひながら
紙素に變りゆく楮の思ひ出は
おそらくかすかな山の風
鳥の歌
あるひは幹に戀を彫りつけた若者の
白い息づかひ
皮を洗ふ娘が手をとどめて
みるみる染めた紅い頬の色
だがそれも速やかにしんしんと冷い水に融け
紙素の記憶は漉船のなかで薄れてゆく
雪は降り
降り
降りつもる窓のうちの

―わしが紙漉きや紙屋の向ふへ
　雪の降るやうにちらちらと―美濃紙漉唄

漉簀は紙素の睡りを漉く
白くゆたかな娘の腕に揺られ
揺られてもまだその睡りは重い

深い睡りだけを娘は漉き　漉き重ね
おぼろな夢の餘り水は捨て去る
無垢の眼ざめを迎へるために
濕紙は重しの下に夜を過ごし
なほ残る過去を滲み出しつくすのだ

晴天の朝
いっせいに咲き香る白く白い眞冬の花
紙漉の村は
干板で綴られた新生の讃歌
そして
紙は解脱した清冽さでぱっちりと眼を開く

―唐の紙は脆くて朝夕の御手馴らしにも如
　何とて紙屋の人を召して殊に仰言賜ひて
　心殊に清らかに漉かせ給ふ―源氏物語鈴蟲

沈黙して古人の行状を秘める古書の紙
王朝を透かすやはやは紙
金判太々と奉書紙

風情も強い紙衣《かみこ》紙
祭を運ぶ提灯紙
市松模様の襖紙
紙の王　雁皮
雄々しき楮紙
繊麗なる三椏よ
いずれとて人間への
造化の神の贈りもの

そのひとひらをそっと陳べて
ひと文字づつ
ひと文字づつ
私は
愛しみと
悲しみの心をしるす

これは
滅びてゆく自然と人の手の
たくみに捧げる
紙の詩

FRAGMENTS

平井 進に

大岡 信

線は前進し後退する
色彩はとどまり蒸溜される
絵は面の内側で跳躍する
画家はいなくなる
別の生活があらわれる

完成はよい
完成品はつまらない

宇宙は完成品なりや？

新宿のひとよ
鎌倉の山に向きあっても
生活は避けられない
絵のなかには
生活以外のなんにもない

たくさんの饒舌人は
山中に消えよ
しかし　山中人よ
饒舌になろう　饒舌になろう

四年間だまっていたあいだに
何リットルの絵具と汗が地に流れたか？
それを数えるのは無意味なように
あなたの四角や丸や三角に
年齢を問うのも無駄だ
あなたの手が遠のくと
かれらが生れる
生れた瞬間から
たくさんの生活を
内に秘めて

（記・平井進展・一九六六・三・二二—二六
銀座資生堂ギャラリー）

お囃子

川崎　洋

断片だ　おお断片だ
ぼくを支えるのは断片だ
あの時の
この時の
いきせききって言葉にならなかった
ものたちだ
ただただ青くぴかぴかの
口ごもった水平線だ

すいーすいと

はあ　りやんと　りやんと
いっちゃほー　いっちゃほー
あら　やっしょうまかしょ

寝そべった青大将
長いばかりが取柄の理屈は
葬列といっしょに
シネマスコープの
ワイドスクリーンに投げてやれ

はっ
よーいとな
あ　こりゃこりゃ
はいさあ　はいよお
はあ　しめてこい　しめてこい

まばたきする間の惨劇だ
振り向いたとたんの
あいつの顔だ
風にあおられて

ブラウスの間からチラリ覗いた
白い小山の頂点だ
貴女は貴女は
ああ　わざと見せたのでしょう

せえの
えんやこうらの　どっこいしょ
ほうはえ　ほうはえ
すっとこどっこい　あ　どっこい
は　はっ　はっとせ

頼りになるのは一コマだ
ちぎれちぎれの一コマだ
浪花節のひとふしだ
風がちぎって運んできた口笛の
一小節だ
どぶんと鳴り損なって
歯ぎりしている珊瑚礁の波だ

こらさのさ

きたかさっさ　おいさかさっさ
おばこだおばこだ
は　しゃんしゃん
はあ　こばえて　こばえて

日曜日が
日曜日の数だけなかった年のこと
その部屋で
恐龍と二人っきりで暮したい
と思った月のこと
ぼくの形が
夢の中で鳥をうなしている
それはもう確かと考えた
夜のこと

ああ　えらいやっちゃえらいやっちゃ
のんのこさいさい　してまたさいさい
やれこらまかせのよいやまかさいさい
すっちょいすっちょい　すっちょいな

あるかなきかの
かそけきものだ
ひよわなものだ
うすいこおりだ
やなぎのあめだ
ちいさなしみだ
うすむらさきだ
信じられるのは

ありゃ　しょか　しょかね
はあ　どんとこい　どんとこい
まどのさんさはでてれこでん
はれのさんさもでてれこでん
は　よした　よした　よしたな

それは祕密
それは祕密だ
それはぼくの
ゴージアン・ノットだ
断片の結び目だ

寒雀

茨木のり子

雪　また　雪

白いというより墨繪に近く
庄内平野は眠っている
雪をかむって眠っている
こんなに深々と半年近くも眠りほほけているのだから
夏くれば
精気に満ちて青田はうねるか
このあたりでは田植えとは言わない
五月《サツキ》は始ったか

五月さかかったか　と言う
五月は永遠に来ないように遠く
雪女はひたすら土に淫して覆いかぶさる

母の稚い日
近所の子供達と互いの躰を縄で結び
干柿のように　吹雪にさからい
分教場へ通った道は
どのあたりなのだろう
うまく辿りつけるだろうか
祖母の家まで二里あまりの道のりを

幾つかの部落は離れ小島となって点在し
雪を漕ぐという方言が急に身近におしよせる
寂として音のない宏大な雪原を
一歩　一歩
難渋しながら歩いて行くと
人間であることの足もとを不意に掬われそうな
心もとなさ

やっと一つの部落に辿りつけば
家々はまるで喪に服したかのように沈んでいて
真晝というのに二十ワットの暗い灯りが
穴ぐらの中をぼんやり照し　長い馬のつら
幻のごとく浮んでいたりする
我にかえってマフラーの雪をはらうと
途端にあがる歓声
　おおい　来てみれェ　来てみれェ
野郎《ヤロ》コが通るてば！
おなごだと思ったれば　野郎《ヤロ》コだじ
野郎《ヤロ》コ！　野郎《ヤロ》コ！
寒雀のように着ぶくれて
わらわら飛びだす子供たち
　これ　しっかりしろよ　わっぱども
ちりちりに縮らせた毛
即ち女の髪と思っているのなら
君たちの感受性は　どだい狂っている
女といえども切りたい者は髪を切り
パーマをかけない者もいるてば！
野郎《ヤロ》コに匹敵する一句を即座に放てなかったから

仕方がない
ぐっと睨みつけておいて
再び　きし　きし　と雪を踏む

遠くの方で寒雀たちはまだ叫んでいる
ふりむけば
あくたれどもが不意にいとしい
彼らの活力は　薄墨いろの冬眠に耐えられず
潑剌と獲物を求めているのだ
囃したければ　囃すがよい
さらに辛辣な言葉で
それが束の間の　お前たちの
楽しみともなるものならば

林檎の木

茨木のり子

峯々に　はだら雪
山裾に　淡き花　刷かれ
多摩川の上流は
激々として　岩を噛み
時に
土耳古石の色に凝固し
また
ほぐれ
痛きもの未だに含む早春の雲母のうち
若者らの一群
ばーべきゅうを楽しめど
川原にあがる煙の
毛の麁物　毛の柔物は少くて
玉葱臭のみ絢爛たり
眼下に

風景を俯瞰して
高いぷらっとほーむをぶらつけば
線路わきに
一本の煤けし立札

「十数年前　電車の窓から　誰かが
投げた林檎の種が生えて　こんなに
大きくなりました　秋になると
かわいい実をつけます
御岳駅」

林檎の芯を　抛りたるは
飢鬼か　闇屋か　復員兵か
実生の林檎の木
ゆくりなくも寒駅のほとりに育ち
いたずらに脆弱にして
われらが戦後に
相似たり

―青梅線　御岳駅にて―

三月

吉野 弘

くちびる
ちでできてるの ?

え ?

万奈が雛人形の前で
おじいちゃんに妙なことを聞いている

この婆さん人形さあ
——
おじいちゃん、動顛して

うまく答えられない

べにが塗ってあるんだよ
へえ、ちじゃないの、へえ

万奈は〈オーイ船長さん〉の始まったテレビ
の前に、すっ飛んでいった

襖ごしに聞いていた私
落ちつかなくなる

血という、ムラ気でざわざわしたもの
ひとの中にいつまで留まっているかわからぬ
ものと

いつまでも燃えていたい生命の
淡紅《とき》色《いろ》のシグナル・唇とを
どう、折り合い、つけたものかと——

貴重な朝の時間がどんどん消えてゆく

語彙集

中江俊夫

第二章

おとなう
音
戸
弟
うとうと
問う
訪う
とおとお
遠い
追い
かけっこ
結婚
畜生
正直
乞食
直々
12時だ。
いや
44字
痔が悪い
悪い字

悪い地
地震
無心
信心
人参。
久留米の
かすり
傷
気づかぬ　子
傷つかぬ　子
木
ひっつかむ　子
火、
つかぬ。
糠
喃む
むかむかし
昔
菓子
借り
巴里
加里
肥料
資料
知ろう
疲労
費用
雹

豹
批評
一秒
美容
員
病院
印かん
感謝
かんしゃく
感化院
罐詰
雪隠詰
爪
つめ。
妻
待
松
末世
千年
念仏せん
新幹線
感染
戦艦
折檻
石棺
夕暉
咳
堰

息せききって
切手
手をきって
大分
県。
けんか
拳闘
唐変木
僕
訥弁
突然
咄嗟
活
かつかつで
十津川温泉
行き。
雪。

第三章

意外や
異街や
遺骸
遠からん物　眼で見るな
近からん物　鼻でかぐな

火星は気まぐれで
実用的側面がない
風の配列は
大間違い

歯無しや
話や
母なし
明月音なく空から盗み
夢の倉庫へ　入れっちまえ

火星の字句は集合する
沈黙広場の無のなかで
神は精神的内容の
物質的顕在につばきする

長髪や
挑発や
徴発
地球族は尻ふって行く
ドラゴンはうなり　雷は怒鳴る

火星の小さな空気の花は　まったくとら
　えにくく
親近性もないのに人が名づけたがる
魚とは別の魚
植物とは別の植物

虫や
無私や
無者
食え食え骨を　食わぬものなら
機械に食わせてん　人の都に投げすてん

火星のふたつの眼たちは　空をうごきまわる
うろうろと
ひりひりさせる真空の
うづくまった固い魂を照らす太陽

死や
市や
史
塵たらん者　空をとべ
糞たれん者　便器をまたげ

火星の海は熱病でできて輝く
無で人は船などもつくらなければならぬ
無限の詔令をもつ使者はもう
明日さる

容顔や
妖癌や
鎔岩
うまし国の
女の泣く声　うおおおおん

・編集委員の記

大方はぼくのせいで、この「櫂」が二ケ月近くも遅れて出ることになってしまいました。ぼくがテレビと、メフィストとするような取り引きをしてしまったから。

それにしてもぼくにとって「詩を書くこと」とは「砂金採り」のようなもの、十時間も苦しく働き続けて、五秒の実りがあれば大成果です。世間と、家庭と云う恐ろしい環境から編み出す幾十時間かのぼく自身の時間、それを汲え起して産み出すこの秒刻。真に、苦しいが貴重極まる「詩の時」、いやもう、仲々、です。

さて次号は〈鬼神も哭え〉もう悪魔との生活はどうともあれ、詩に捧げ尽くして早々と出せるよう、皆さんに、誓います。すばらしいこのアルバイテンの為に、すばらしいこの「櫂」の為に。　友竹　辰

●

今号の拙作は、出雲にある紙漉場で作った詩である。一月の廿三日に訪れたら雪であった。車で来る筈のカメラマンは、兵庫と鳥取の県境で立往生して二日延着。その間を私は美しい和紙を睨みながら苦吟してゐたのだが、それと言ふのも櫂の締切が迫ってゐて、締切におくれないことを信条としてゐる主義が危ふく破れそうだったからだ。旅先で詩を作るといふやうな風流な経験は初めてで、出来上ったときの嬉しさは格別だった。嬉しさのあまり、その紙漉紀行の単行本にも一部転載したくなって、川崎君の応諾を得た。櫂は三月初旬発行の予定、単行本は四月中旬発行だから、櫂に失禮することにはならない筈であった。

しかるに櫂は難航して、いま四月中旬現在、単行本がさきに出てしまった。本来ならば新しい作品と替へるべきなのだが、悲しい哉、櫂に出せるやうな自信作がない。ただ、こちらの方が原初態で、単行本のは抄であることを申訳にして、寛恕を乞ふ次第である。

こんな事を書いたのは、原稿のおくれた友竹君を責めるためではなく、紙の美しさといふものを一人でも多くの人に知ってもらゐたい気持に、この後記を活用させて貰ったに過ぎないのであって、もとより拙作に何かの飾りをつけようといふような小細工でも決してない。　水尾比呂志

●

ついにこないだ、川崎洋という人から封書がきた。差出地は金沢市。一瞬、軽い錯乱に落ち入りながら封を切ると、女文字で、息子が貴方と同姓同名であることに以前から気が付いていた、ところで、このたび息子が小学校にあがったので、記念に色紙に励ましの言葉を書いて送って欲しい——という大略の文意である。手紙と一緒に写真が同封されていた。川崎洋君である。みると、ぼくよりずんと目鼻だちがはっきりしていて、どこか、さっそうとしている。ぼくはその日のうちに、詩集を一冊送って差上げた。（色紙なんて、とてもじゃないがテレくさくてだめだ。）

もう一人の川崎洋が、ランドセルを背負って毎日学校へ行ってる——今まで味わったことのない奇妙な感じがする。うれしいような、どこか落着けないような。逢ってみたいようなみたくないような。彼はまもなくぼくの詩集を読み始めるだろう。そして感想なんか書き送ってこられるとすると、これは一寸かなわないな。しかし、こんなことも考える。川崎洋の詩はこっちの川崎洋が先に書いてしまったのだから、あっちの川崎洋は詩は書かないだろうと。でも、その分、こっちはこっちなりにしっかり書かねばならないことにもなる。

さて、今号は、冬、春の季節感のある同人の作品がいくつかある。誰が弾劾されるべきかは既にして明らかである。大岡は前号の続きは一休みの由。谷川は一回パス。　川崎　洋

櫂　第十三号　一九六六年六月十日発行　〒共一五〇円
神奈川県横須賀市金谷町五五八川崎方
発行者　櫂の会

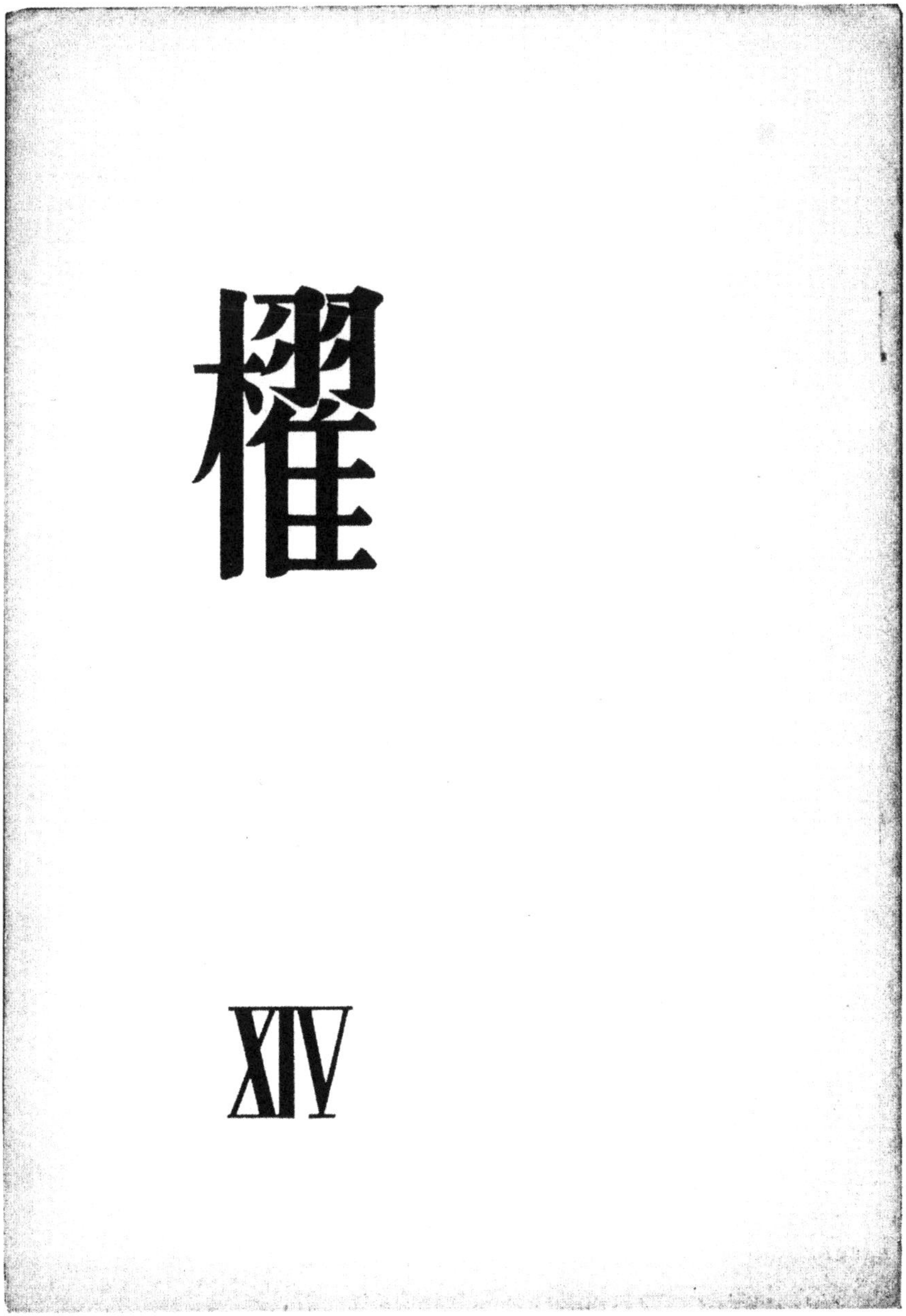
櫂

XIV

櫂

XIV

見えるもの

飯島耕一

きみは空間に
昨日三角錘の石柱を見た
今日は楕円の音の被膜を聞く
空間の形式の認識の不可能性が
きみにとっての問題だ
きみは滴のようにタールのにおう
街路の上に置かれてあった
鉄の塔も　垂直であるよりははるかに
崩潰寸前の滴だ
垂直のものはどこにもない
きみの思考のみが
垂直の音のつらなりを耳にするだけだ
きみの肉体がますます一滴の滴に近づくとき
その音は眼に見えるものとなるだろう。

（「見えるもの」Ⅳ）

見えるもの

＜苦痛が思考だ―ブランショ＞

きみは苦痛をあらゆる方法で
追求せよ
きみのいる地点はどこか
きみとは誰か？
この Who *is* you ? という問いを
砕けちるガラス玉の音のうちに把握せよ。

（「見えるもの」V）

見えるもの

立っているきみは
きみではないかもしれない
少くともきみのすべてではない
でなければ塔も木も石も
一瞬も存在することはできない

あるいは塔　木　石は
きみが思考する塔
木
石
になることを求めている

のかもしれない。

（「見えるもの」Ⅵ）

公園又は宿命の幻

谷川俊太郎

古い神社があり、その屋根は保存のためにもうひとつの大屋根で覆われていた。古い忠魂碑があり、その奥に新しい平和之碑があった。(この小さな町は四百余人の戦死者を出していた）おそらくは祭りの日のための土俵がありその輪郭は踏み荒されて曖昧だった。大きな樹があり、梢で若葉は陽に透けていた。赤い鉄製の橋があり渡ると足音が大きく響いた。その下に川が流れていた。首のもげた地蔵がありもげた首の所に小石が載せてあり、老婆が一人それを拝んで通った。

僅かな風があった。

白い石の腰掛があり、すり減った石の階段があり、黒い自動車がありその中で妻が居眠りしていた。私の二人の幼い子供は川岸で川に小石を投げていた。川岸には空瓶や腐った菜が捨ててあった。一人の狂女が跣足で何か呟きながら歩いて来て、大きな石を拾い上げ二人の子供の頭を滅多打ちにした。血が流れ、子供等は既に死んでいる——のを私は見た。

私に見える　ものの内部に私に見えぬものが
　　ある。あるものの　　内部にない　も
の　　　　がある。ないものの内部　　に
ある　もの　が　　　ある。あり得たも
のとあり得ぬものが重りあっている　　そ
の　　豊饒への　怖しい期待こそが　世界
の構造ではなかったか。

壊れた祠があった。低い針金の柵があった。地面にこぼれた菓子があった。妻は自動車の中で目を覚まし、叫んだ。子供等は川の水で手を濡らしたまま笑いながら駈けて来た。

セレナアデ

友竹 辰

家のまわりで
森がざわめき
樹のうえ
雨 ふり
土地はこんなに
暗いのに
空はムラサキいろに
明るんで とおい
稲妻

そうだ　そうなんだ　そうゆうことの　蕊
に　ぼくが　居て　空の　土地の　雨の　樹
の　森の　家の　そして妻と子のまんなかに
　ぼくが　居て　たちすわり　なにかのんで
るたべてる　そうだ　そのとおり　そうなど
している　そのまたぼくの　そのなかが　ま
るで闌けきった花のめちゃめちゃの蕊のよう
に毀れ　そのまたまっしん　そのきわみのな
んにもない世界の破壊のおわりの　ただ一点

まっさおの空　ひとすじ
稲妻
きみに

バラアド

おかあさんおかあさん　どうしてあんたは
俺をあいしたの　どうしてその大きな
おおきな乳房から　いっぱいの
おちちを灌いだの　五月の日　とめどなく
泰山木の花がおち散るようにも

おかあさんおかあさん　どうしておれは
七つの時　もうあんなにせつなくて　うらの
タエちゃんを抱いたの　夕映えが
まっかっかで俺はとても　死にたかった
その時　番って沼へおちた　蛇たちのようにも

おかあさんおかあさん　どうしてあんたは
俺をたすけたの　どうしてその大きな瞳に
涙をいっぱいためただけで喚きもせず
十五歳の俺の股から溢れる血を堰きとめたの
受難ではなく争いの息子を　ピエタの像のようにも

おかあさんおかあさん　どうしておれは
眠ったの　そして覚めまた生きて呑んで血も視て女を塞いで
十七歳とはなったの　あの朝焼けの朝　品川の女郎から貰った
三つのミカンを包んだ新聞紙はあんたの手で
どうしてあんなに顫えたの　風の日のカスミ草のようにも

おかあさんおかあさん　どうしておれの子は
たった一週間で死んでしまったの　そうしておれは
五人目の女とも別れて　また
あんたのところへ帰って来た　忘れられない初めての
息子のこの腕にたよりなかったこと　枯れ藁の束のようにも

おかあさんおかあさん　どうしておれは
こんなにいくじなしなの　鑑別所も警察も　腕にはボタンの刺青もある
短刀は刺した　拳銃の時はふるえながら撃った
だのに　あんたより女より誰よりも
おれはよわいの　死んだあの子のようにも

おかあさんおかあさん　どうしてあんたは
俺をあいしたの　どうしてそのきれいな
白いからだでおれを抱いたの　いっぱいのあんたは
花ざかりの森　醸されたコケモモ　おれもあんたを
愛した　とうさんのように男のようにも

おかあさんおかあさん　どうしておれはあんたを
殺したの　あんたの首に指がかかり　あんたの
声がやがて絶えるまで　でもその時かあさん
あんた初めて笑ったね　雲の切れ目の青空のようにかすかに　それから
目を閉じた　深い海のそこ　貝がぱたりと扉をとざすようにも

おかあさんおかあさん　どうしてあんたは
俺をおいてひとりで行ったの　おれはひとり
ヤグルマギクの野原でねっころがり　明けていく空なんか見てる
はじめてのヒバリ　そうして林から雉鳩が唱いだす　三百錠のねむり薬の
金いろと藍いろのきれいなアンジェリコの天国の絵のようにも

おかあさんおかあさんおかあさん
おかぁさんおかぁさんおかぁさん

香水

―グッド・ラック

吉野　弘

五日間の休暇を終え
日本のテレビの画面から
ベトナムに帰るという
兵士に

グッド・ラック

司会者は
そう、餞けした

年は二十才
恋人はまだいません
けわしい眉に微笑が走る
米国軍人・クラーク一等兵

司会者が聞いた
戦場に帰りたくないという気持が
少しはありますか

君が答えた
ありますが、コントロールしています

戦う心の拠りどころは
何ですか

——やはり、祖国の自由を守る
ということではないでしょうか

小柄で、眼が鋭い

細い線を曳いて迎えにくる一条の死
機敏に、避けよ、と
戦場は
君のわずかな贅肉をさらに殺ぎ
余分な脂肪と懐疑を抜きとり
筋肉を細く強く、しなやかにした

これだ
戦場の鍛えかたは

その戦場に帰ろうとする君の背に
グッド・ラック

祝福を与えようとして手に取り
――落として砕いてしまった
小さな高貴な香水瓶
の叫びのようだった言葉

グッド・ラック

なんて、ひどい生の破片、死の匂い

たちこめる強烈な匂いの中に
溶け入るよう
蒼白な画面に
君は
消えた

淋しい

水尾比呂志

造化の神の如き髭を持つた魔術師は
小宇宙の銀壷から世界中の水を汲出し
莞爾たる微笑とともに
淋しさについて語つた
それはあらゆる技術《テヒネー》の精で
淋しさを知らぬ藝術は無暗と媚びて恥をさらす
詩においてはことにさうではなからうか
と相槌を求めた
まこと
淋しい　といふ字は真實淋しい
盃に浮かせてしみじみ見入り
胸奥の飾玉の曇りを拭ふやうにして
つかず離れず飼馴らしても
卅五年の歳月では究めつくせぬ味はひ深さだ
寂しさ　とも違ふ

寂しさは鳴つても響かない廢寺の鐘
わび　と言えば強すぎて詩にならず
さび　はモダァンですぐ粋に変るから信用できない
全く獨自の詩のもとと言ふべきである
夢殿の觀音は
眼をあけたまま厨子のなかから二千年見てゐたひと
と思つたときの感懐にいくらか似てゐる
また
夏のさなかに秋は來にけりと詠んだ古人の
優しい心のつまづきもさうだつたのかも
身近な譬へで言ふなら
立夏の日に庭の珊瑚樹を移し植ゑたら
はらはらと一月あまりも涙を雫して瘠せた
そんな樹の心境も樹なりの淋しさかとも思へる
西洋の解釋については誰かに訊ねて欲しい
どこまでゆけば盡きるものか
高名な淋しさの詩人も書いてはゐないのだ
ひよつとして同じ名のひとに出會へば
その涯を教へてもらへるかと
いつぞや

丹波の国へ行つて水尾《みなを》山寺《さんじ》の廢墟のあたりを
さまよつた
これは元慶三己亥年の
水尾帝《みつのをのみかど》の建立と傳へる跡である
陵らしい墳丘もあって杜鵑が鳴き
突然
熊笹の茂みがうごめいたりした
墓守は
能登の国にも同じ名前の土地があるよと言ひ
三尾《みつを》といふ地名も正しくは水尾《みなを》だ
と説いた
昔は割合仲間が多かつたなと安らかになつて
しかしかれらはいつたい何處へ行つてしまつたのかを考へつつ歩いた
鈍色《にびいろ》の海へ惹かれて
水尾《みを》だけ残して消えたのならあまりに無慈悲だ
後水尾《ごみつのを》といふ帝もこの淋しさをよく理解してゐたひとに違ひない
サロンと美術工藝を愛したのは
おそらくそのためである
さらにその後裔は
現代的に淋しさを美學と心得る風があつて

われながら困果だ
こんな詩を書くのではなかつたと悔みつつ
けれども
運命の神にはなんとしても逆へないものだとの諦観も知つてゐる
できることは
いつかはその神に淋しさのからくりを問ひつめて白状させること
それを形而上學として著述することだと
思ひ定めて魔術師に告げると
かれはふたたび微笑して
空中で鳥を消し
ラムプを消し　旗を消し
女を消し
自分自身をも消して
無に帰つて行つた

暑中見舞

川崎 洋

海辺で
灼けて
すっかり
焦げくさくなりました

太陽が眩しい
なんて
人間の眼は
いつから
そんなに
衰弱したのでしょう

言葉たちに
海水浴させたら
みんな
溺れてしまって

岩礁は
空が渚を読むための
句読点ですね

お元気で

語彙集

中江俊夫

第四章

眠っているふり
起きているふり
歯をみがくふり
顔を洗うふり
朝食をするふり
妻のほうを見るふり
一服するふり
新聞を読むふり
煙草をすうふり
そそくさとでかけるふり
道をいそぐふり
バスに乗るふり
電車におしこめられるふり
ビルの階段をのぼるふり
ガラス扉を押すふり
机の前に腰掛けるふり
書類に眼をとおすふり
タイプをたたくふり
はんこを押してもらいにいくふり
電話をかけるふり
たずねるふり

帳簿をさがすふり
労働するふり
きこえぬふり
忙しいふり
来客のほうを見てみぬふり
お国ぶり
松の枝ぶり　頭をかくふり
おもわずあくびをするふり
雑談するふり
今年のグラン・プリ
忘れていたふり
映画ぎらいのふり
怒るふり
仕事で席をあけるふり
大声であいづちをうつふり
頭をさげるふり
どうにかしたいふり
努力するふり
昼食時間も気がつかぬふり
病気のふり
病気じゃないふり
なにもかもわかっているふり
さてどうしようかというふり
自分の運をためしてみるふり
まじめなふり
ぐうたらのふり
腹がへったふり
腹もへらぬふり
とりとめもない一日を送るふり
複雑な仕事が終ったふり

バーへ寄るふり
お国ぶり
万葉ぶり
新古今ぶり
狂歌ぶり
西鶴ぶり
洒落っぷり
ひさしぶり
なじみのふり
ものわかりのいいふり
金まわりのいいふり
たっぷりあそぶふり
秀才のふり
低脳のふり
身振り　手ぶり
頭をふり
どうしょうもないふり
だれかと一諸にいるふり
あきらめているふり
大勢のふり
自信があるふり
科学者のふり
評論家のふり
スポーツマンのふり
歌手のふり
哲学者のふり
工員のふり
百姓のふり
漁師のふり
会社重役のふり

アメリカ人のふり
朝鮮人のふり
中国人のふり
ベトナム人のふり
黒人のふり
ソ連人のふり
知ったかぶり
しらんふり
あきれたふり
動物のふり
コワレモノのふり
商品のふり
笑うふり
酔っぱらったふり
覚めてるふり
冷静なふり
くどくふり
くどかれるふり
喜ぶふり
泣くふり
こころえたふり
いつものふり
なんでもないふり
手をにぎるふりにぎられるふり
いやがるふり
しがみつくふり
びっくりするふり
キスするふり
たたかれるふり
鼻毛で愛撫するふり

愛してるふり愛していないふり
若者のふり
娘のふり
子供のふり
女の子のふり
弟のふり
姉のふり
兄のふり
妹のふり
男のふり
女のふり
なりふりかまわぬふり
抱かれるふり
じいさんのふり
赤ん坊のふり
てんで間がぬけたふり
本気のふり
冗談のふり
フリー
微笑するふり
不利
岩雄登《いわおぬぷり》
北海道でも気まぐれに旅行するふり
そのくせ女をさげすむふり
嘘をついているふり
さりげないふり
不幸なふり
幸福なふり
なにも変らないふり
だまりこむふり

気づかないふり
ため息をつくふり
いつまでもそうしているふり
だが女はとうとう尻をふり
男は手をふり
家へかえるふり
晩めしはすんだのにまだすまぬふり
鰤
妻はじりじりやいているふり
夫はしらばくれるふり
テレビを見るふり
ラジオをきくふり
部屋に居ないふり
疲れてるのにつかれていないふり
生きているふり
死でいるふり
勤め人のふり
自殺者のふり
雨降り
土砂ぶり
魂ふり
時古り
霜ふり
雪ふり

ひとりの腹話術師が語った

大岡 信

女の腰にゆれている薔薇と雲と蜜
どうしてあれを　わざわざ
甘いお菓子に変えてやらねばならないのだろう
身ぶり豊かな恋人たちは
なびく藻草や旗ではないのに
どうしてかれらを
波うつ舌でもう一度揺すってやる必要があるのか

人間はどうして二重の視覚をもっているのか
人間はどうしてのぼせあがりそのため優しく
なったりするのか
人間はどうしてつるつるのものからふさふさ
のものを連想するのか

人間はどうして夜の孤独を　夜の色を用いず
　に描くことができると信じるのか
女の腰にゆれている薔薇と雲と蜜は
どうして注射器や地球儀の下をも流れているのか
どうして人間は荒唐無稽な偶然によって愛撫
　されたいのか
岸を離れた夢はどうして同じ港にかえらないのか
　それなのに
どうして人間はいつも自分を変らぬ自　であ
　ると信じるのか　そして
どうして人間は色を好むのか

地上の腹話術師たちは
これらの問に答えることはできないだろう
これらの問はすべて
この世を描く画家に与えられた
有毒のコップであり
しびれながら人が飲む
主題という魔の酒である

わたしの学校

岸田衿子

その一

わたしの学校のとなりは動物園だったから
らいおんのうなり声がよくきこえてきた　教
室には　白くて腕のないヴィーナスと　乳房
をなくしたアマゾンが　夕方になっても暮れ
のこっていた　ひげのこい男たちが木炭をし
っかりつかんで　彼女らの冷たい肌にいどん
でいた　なにかのつばさの音が　いつでも窓
のそとでしていた

学校には花壇があったが　咲きはじめのけしの花をかぞえるものはいなかった　先生も生徒もあかるい窓に幕をはって　幻燈のなかのかびの匂いのする都に　旅出するのだった

わたしたちの学校は　たくさんのえのぐやとき油の香りにみち　だれもそっとふいてくる風にきずかなかった　闘士やカラカラがみじろぎするころ　やっとわたしたちはきがつくのだった　けしがもうくろい実になっているのに

その二

祖先のえかきといえども
密林に生きることはゆるされない
花びらをどのようにさかせる
波をどうやってうねらせる
どの教室にも一人ずつ職工がいて
しんだブルータスの肩のうごきを
みはっていることは
狐が裁判するよりゆかいな習慣だ
えかきはみんな狼だから
おなかをすかせているし
冷たい肌に餓えている
バリ島密航もくわだてた
だが木にのぼるより
マストにのぼるほうが
遠くが見えるから罪もおもいと云う
それでひとびとは　すばやく道具をしまい
となりの動物園に
くじらのビフテキをたべにいく

端午

茨木のり子

ああ　おいしい
思わず声に出して茶碗を置くと
三才になる甥が間髪を入れず言う
　　　　　　新茶かもしれない
え　新茶？　新茶なんて言葉を
どこで小耳に挾んできたのだろう
それにしても
適切なところで用いたものだ
字を読めも　書けもせず
まして新茶の味がわかるのは
何十年も先の　遠い日の話だろうに
たどたどしい発音で　言霊を操ったら

確かに　そこからも　ゆらゆらと立ちのぼった
熱い湯を注がれて浸出する　若い茶の精気
軀いっぱいにひろがるカフェインの香気が
言葉の不思議さにたじろいで
思いは深く沈澱する
頭の中で　書いては消し　消しては書きつぐ
エッセイ〈日本語の行方〉

　のり子おばちゃんは　裸の王様？
絵本の王様と　ふとった伯母さんとが
彼のなかで　どう　繋ったのか
　うン　のり子おばちゃんは裸の王様
言ってしまってから　だんだんその気になってきた
おしゃれで仮縫いにうるさいところは似ている
洋服を沢山ほしがるところも似ている
それに第一　詩なぞを書いて　何かありげに
着飾っているところも似ているなあ

見る人が見たら　みっともない裸がまるみえ
かもしれない
矢車がからから鳴っている

お前が青年に育ったら
矜持と不安の樹液をたっぷり吸いあげ
お前が一本の倒れやすい若木に育ったら
私が教えてあげられることを
どっさり　貯めておきたくなった
　男子はその名の実に勝つを恥ず
なんてのはどう？　これはね………

ゴキブリのような甥っ子は　もう居ない

編集委員の記

●

飼ってゐた犬が気が違ったので、保健所に頼んで連れて行ってもらった。もらってきた小犬の頃からどこかほかの犬と違ふ躁欝性のところがあって、私は不憫と恐怖の混淆した心持で眺めてゐたのだが、発情期を迎へて遂に発狂した。庭に放すととめどもなく躁ぎ廻って、私にじゃれついて頭上はるかに飛上ったりする。危害は絶対に加へない安全な気違だと判ったけれども、必死に駈けめぐり跳躍し、息を切らしても休まうとしないのを見てゐると不安になってくる。小屋へ閉込めるとせっせと土を掘る。病が昂じて、ふとしたことから人を噛むことを知るやうになったらと、それが不安でたうとう決心をした。犬はやはりはしゃぎながら連れて行かれたさうである。言ひやうもなく私は悲しく、淋しかった。櫂の友人にその話をしたら、飼犬は主人に似るといふ世の言伝へを持出して、楽しさうに私を笑った。何気なしに成程と心に肯いて、ぎょっとした。私は躁欝性もなにもなく至極平静なのに、成程と肯いたのは、どこかにそんな要素がひそんでゐるのではないか、と背筋を冷やした途端に、犬の淋しさが何故か理解された。かの犬は、おのれの淋しさを表明する手段として、一途にはしゃぎ廻って気が違ふに至った一種の純粋な詩犬であったことが信じられた。奸智に長けた人間は詩を書いても気違にはならぬ。狡猾である。犬は悲しく淋しい生きものだ。もう私は犬は飼はない。

水尾比呂志

●

今、やりたいことの数々は、まず、直ちに海浜へ行って、シオ水で身体中の関節をていねいに洗うこと。

数人の友人宛に、どういうわけでぼくはきみやあなたが嫌いなのか、例証をあげた完璧な手紙を作製すること。

踊りを習いに行くこと——特に泥鰌すくいを一点の非の打ちどころのないまでにマスターすること。この世のかすかなもの、ひよわなものを残らず、あらいざらいリストアップすること。楽器という楽器を気の済むまでいじりまわし、吹いたり弾じいたりすること。シャベルを握り、昔々作った防空壕を、もっと格好よく、今度こそ気に入った形にもういっぺん掘ること。

近くの港に投錨中の貨客船の火夫と、よもやま話をすること。

人を沢山集めて、その前で詩の自作朗読を決行すること。

以上、やろうと思えばできること。さあ、そのうちのどれから手につけようか。

今号から、編集を、編集委員の輪番制とした。十四号が友竹、十五号が水尾となる。

川崎 洋

●

「櫂」もいよいよ十四号。この号は、ぼくが編輯しました。前号で約束したように、かなり素速く？その為に、締切りも厳しかったのに、みんなそれに耐え、ぼくの催促に耐えて、こんな素晴しい作品が聚りました。感謝。

かてて加えて、この号から新たに、飯島耕一が仲間となり、総勢十人、ぞろりとうち揃った壮観は、将に「白浪十人男女」もかくやとこそ。

次号からも滞りなく「櫂」は進むでしょう、賑やかに豊かに。亦、これから、いくばくかの歳月を閲す裡、必ずや稀覯本となる可能性も大いにあるので、是非とも、愛読し、愛玩し、愛蔵されんことを。

水尾、川崎両兄の、人生の苦渋知り初めた「記」に比べ、嬉しい楽しい素晴らしい、と、まるで阿呆かいなの「記」ですが、今のぼくの感懐の一端を述ぶれば、にがい砂漠の一かけらを旅して来て、やっと辿り着いたかりそめのオアシスを楽しみ、喜び度いと、唯それだけ。この楽天主義者、このエピキュリアンを、お嗤い下さい。

谷川俊太郎は御令閨と倶に、小一年の欧米旅行に出かけます。「パリ慕情」とか「ミラノの憂愁」、或いは「いつか見た青いアカプルコ」などの傑作の航空便での到着が待たれます。

友竹 辰

櫂 第十四号

一九六六年九月一日発行 〒二〇〇円

発行者 櫂の会 神奈川県横須賀市金谷町五五八 川崎方

櫂

XV

櫂

XV

モツアルト

岸田衿子

モツアルトの草色のクワルテットは
どんな風景よりも
どんな草色の風景よりも
草色をしていた

モツアルトの空色のピアノソナタは
どんな空色の言葉よりも
空色だった

わたしの中にすむ
だれよりも草色のえかきは
それゆえにこどくだった

わたしの中でうたう
空色の詩人は
こどくだった

草色と空色の
ピアニストは
なおさらこどくだった

モツアルトがおとずれる日
わたしは　鏡をかくす
鏡は不吉だったし
にせの彼をうつすかもしれないから

モツアルトと外に出ると
街には扉の数はふえていて
人々は　おたがいに
帰る道をたずねあっていた

となりには
チャイロ・ウィスキイがすんでいた
彼は茶色をおびた夕焼けを
友とわけあって　のんでいた

ある日　わたしに
茶色の日々　という
ぶあつい本をくれて
どこかへ行ってしまった

わたしはモツアルトと暮すために
家を売り　森を売り
茶色の日々を売ることを　考えていた

細い竹

吉野弘

原初の
水と泥との混合から
なぜかうまれた、生きる肉

その肉をまとった末裔のおれを
背後からつらぬく
この執拗なものは何？

おれに何をせよというのか
串刺しにされた
とりのモツのようにおれは呻く

細い竹よ、尖った竹よ
お前は
夢を失った肉塊に、少しも同情しない

ゆめゆめ疑う

茨木のり子

泳ぐ　泳ぐ
抜手を切って豪快に
スタミナも衰えず
無限に泳ぐ
水の層の厚ぼったさも
からだにかかる抵抗も
鮮やかに刻印される　やはり私は泳げたんだ
　　　　　　　　　　　泳げますとも
　　　　　　　　　　　泳げないでか
さざなみ志賀のみずうみや　いや
沼らしい　恐いような緑だもの
あ　金子さんだ！　金子さあん
金子光晴氏にキスをする

よほどきつかったとみえて
痛い！　と叫んで金子さんは
白けきって顔をそむけた
やにわに両足を摑み　逆さづりにして
その脛にやさしくやさしくキスをした
脛の毛がちょうどよい柔らかさ
金子さんは嬉しそうに声たてて笑った

行きつけの街角
ここだ　ここだ
どうしてちっとも来れなかったのだろう
来たくてたまらなかったのに
しゃれた店が幾つも並ぶ鋭角の通り
スイスかしら
峨々たる雪の山々が　遠くで鋭い
何度も買物をした　なつかしい街
浮き浮きして綺麗な紙や　小物を選ぶ

私に子供はないのだし
人間の未来なんて知っちゃいない
ジャングルを逃げまわり生きのびたって
あとわずか
百年生きたって人間は野茨の実をちょいとつまみ
跡かたもなく消え失せる名なしの鳥にかわらない
藤原道長くん
年表じゃあなたの全盛もたったの五センチに
すっぽり納まるはかなさ　さ
ちょいと兄さん　酒もってこい！

目覚めれば　私はかなづち
　　　　金子様　夢のなかとはいえ
大変失礼をいたしました
　　　　かの街角はいずこならん
誰かの記憶が紛れ込んでいるらしい
　　　　血のままで　説明なしに

仏頂面をして
溜りに溜った税金を役場まで収めにゆく
明日迄に収めなけりゃ電話その他を差押えると
きたもんだ
悪い道　ぬかるみち　バスに乗れば怪我は覚悟のうえの道
やらずぶんだくりとはこのことで
どうして　こう　おとなしいんだろう　みんな
子供がいなくたって
人間の昨日今日明日にはかかわりますよ
執拗に
ああ　紫苑！　さびしい花だけれど
群がって咲いているのは　とても好き
まひるの頭とからだとが
正常のものと思い込んでいるけれど
けれど

バラアド

友竹　辰

おはなししましょう　何でもないお話　ただのオハナシです。ここに一人の男がありまして一人の女のひとと愛しあっていましたが
　ある朝　すばらしい太陽の光の中で　二杯目のコーヒーを喫みおわると女のひとは出て行って帰りません　さよならよとも云わない帽子もかぶらないで去ってしまったのです。男は一杯目と半分のまっくろなコーヒーをそのままテーブルの上にのこして三日三晩さがしたけれども何もわからない。行方しらずとなりにけり。男は台所へかえると静かに半分のコーヒーを流しにあけその茶碗へお酒を注ぐとゆっくり飲みだしまして三日三晩のまずくわずで　いやただただお酒を飲みます。四

日目の明け方　男はちいさなかぼそい声で歌
を唱うみたいにものを云う　聞きましょう。

これはたいした
ことじゃ　ない
なきも
わめきも
しはしない
死ぬの
生きるの
と
ゆうでも
ない　ただ
ちょっと
気　が
ぬけた
ような
気　の

する
気持　そう
これは自分が
容れもの　だけ
に　なったような
気持　ふんわり
何も　ない
気持　そう
これはそんな
たいした
ことじゃ
ない

云いながら男はじっと中身のないお酒の瓶をみつめている空いろのきれえなガラス瓶はからっぽ。そこでこんなお話ごぞんじですか　アフリカで暮していたひとの曰く「部落へ行って藁屋へ泊ったとき、うっかりカルダンの花と星に水模様のネクタイをその辺の台の上に置いて寝て翌朝それに触ると粉になってまい上った。表面の色・顔料と形だけは残って実体の布地・繊維はすっかり白蟻に喰いつくされ一枚の薄葉紙よりうすくなっていた」だから土人たちには「恋は白蟻」と云う歌もあるんです。ごらんなさい　野のかなた運河は曲りかけ　果樹園の千の梢の一つだけ風にそよぎ　蜂の巣で扉を閉ざしているただ一匹。それからこの男をごらんなさい。テーブル　からの茶碗　顎に手をあててじいっとしているこの男。ほら　ふっと一吹き　してみてごらんなさい。なんでもない。何でもないお話です。

語彙集

中江俊夫

第七章

僕は歌わなかった
愛しもしなかった
くちづけもしなかった
紙の上では

僕は時をすごしはしなかった
生にそして死に
狎れはしなかった
紙の上では

僕は怒らなかった
壊さなかった
つくらなかった
紙の上では

夜そして昼
時は熟れない
虎も豹も決してわめかないで死ぬ
紙の上では

第八章

別の歌
別の国
別の土地
別のことば
別のわざ
別のしるし
別の心
別の出会い
別の恋人
別の青空
別の血
別の街
別の父
別の愛
別の時間
別の魚
別のひかり
別の夜
別の動物
別の空気
別の雲
別の雨
別の風
別の音楽
別の庭
別の手の冷たさ
別の足

別のオリーブ
別の声
別の海
別の石
別の船
別の灯籠
別の橋
別の道
別の日
別の影
別の稲穂
別の山嶺
別の視線
別の悲歌
別の夏
別の死
別の稲妻
別の記憶
別の塵
別の砂浜
別の無
別の名前
別の砦
別の朝

第九章

あんまも石もうとましく鉛筆折って
ああああああ
泡

良い胃
飢え植え
うええうええウエー
王を
おおお
男
柿食う稽古
タタタ
立ち
つるみながら手向う遠さ
泣きだす
にわとり
ぬすっとねむく
脳の野の
歯はひからびて古くへんな星
まだ見ぬ昔の面倒な森
やあゆくよ　呼ぶな
らくらく漁師はるり色空のレースを櫓でこぎ
わわわ
わわわわわわわわわわん

第十章

柿
賭け
夏期
書く
木の歌。
鼻かぜ
花影

花器欠けて。
Quoi que
聞く
稽古。
Quoi qui
食う
下戸。
Jusqu'à un
切る
女
Qui, qui, qui, qui,……
くるくる
毛
苦
気
刻々
酷々
獄々
古今。
から。
寒

人工楽園

Essai sonore

水尾比呂志

＊

プロローグとエピローグの
　ナレーター　（男声）
妖　　精　（中性の声）
赤　の　声　（男声）
白　の　声　（女声）
酒　の　精　（男声）
ポ　ン　引
マ　ス　タ　ー
コールガール
若　い　女
恋びとたち
年　上　の　女

＊

プロローグ
　世界におけるすべての事柄は、それが浅墓に軽卒に、うはべをなぞって為されるときに醜悪となり、周到な深い理解と配慮をともなへば美となる。

　　M　甘美に流れて

赤の声
　ああ　黄昏
　お前の甘い優しさよ
　勝誇る夜ののしかかる下で
　なほ水平線にばら色の光を棚曳かせ
　日没のいまはの栄光を飾る
　諸々の灯りの濁った赤いしみと
　それらを乗せてオリエントの奥深くから
　眼に見えぬ手の抽出だす絨毯は
　この妙なる生命の変り目に
　人びとの心に相争ふすべての情緒を演じ
　　てゐる
　それはたとへば
　踊子の一着の奇異な衣裳であり
　その暗い色合のうすものを透して
　なつかしい過去のやうに肌のあでやかさ
　　が見えかくれする
　そして彼女を鏤める金銀のきらめく星は
　夜の深みにこそあかあかと燃える
　そこはかとなき空想のともしびだ

妖精（ひそひそと囁くやうに）
　……街へ出ませう。ね。いまこそ時間が、駈足をゆるめてそぞろ歩きになって、息せき切った昼間の呼吸をゆっくりと整へてゐるときです。……この世界のなかにはもうひとつの世界があります。そこではあなたの影は、悪魔の手に売渡す必要もなく消去り、あなたの過去が消えるやうにためらひも消え、未来が消えるのと同じに羞恥《はぢらひ》も消えるのです。思ふがまま、欲するままにあなたの官能を戯れさせても、星の光のほかにあなたを裁くものはありません。そして、星こそは、夜がまだ身支度も出来ないでゐる前から、ぱつちりと眼を開いてあなたに微笑みかけてくれる孤独な魂の話相手なのです。ね。行きませう。御案内はしませんが、あなたの行きたいどんな所へでも、わたくしはお供をいたします。
　……ああ、波うつ黄昏の湖に、もの憂い美しさがさざ波立ちはじめました……。呼んでゐます、もうひとつの世界から の白いたをやかな招く手が……。

　M　誘ひ去るやうにゆっくりFO

E　1　Mときはめて深いCFで
　　　テンポのおそい流行歌
　2　街ノイズ
　3　笑声
　4　モツアルトのシンフォニイ
　5　車のクラクションと走る音
　6　流しのギター
　7　パチンコ屋のノイズ
　8　ゴーゴー
　9　ボクシングのノイズ
　10　甘いシャンソン

11　テレビの活劇
12　スピーカーの声
13　電車　　CO
（これらは　約二時間ほど街を歩き廻った疲労度を感じさせる位の長さで、絶間ない繰返しのやうにCFで重ね合せる　さうすることによって　13のCOが　ホッとした感じを与へ得るやうになるだらうから）

妖　精　（透明でなまめかしい笑ひ　かなり続いて　急に止める）
怒っていらっしゃる？
いけません。街が、黄昏が、あなたの期待通りに美しくなかったからと言って、不機嫌になったりするのは子供らしいことです。わたくしたちは、まだ快楽も頽廃も、何も見てはゐないのですもの。すべて、うはべだけをなぞって為されるものは醜悪。俗悪です。けれども、醜悪も俗悪も、美といふ核《たね》を探り出すためには、どうしても一枚づつむいて行かなければならないらっきようの皮のやうなものではないのかしら？
ね。（笑って）……でも、あまりお疲れになると美味しい料理も味が落ちてしまひます。ヴァンを差上げませうね。赤と白を、黄昏と夜の割合で混合せた恋の歌を……。

M　ひそやかに流れてきて

白の声　恋は青空のした
恋は草むらの上
恋は葉かげの神話
恋は言葉にかくれた心

恋はともしびのかげ
恋は帷のたもと

恋は夜の肌
恋は探る指
恋はかすかな息
恋はひらいた唇

恋は声なき叫び
恋は死にゆくいのち

M　嫋々と流れる

妖　精　たぶんあなたは、もう、快楽と言ひ頽廃と一口に言っても、その間には何か違ったものがあるとお気付きになったのではありませんか。
それはとてもいいことです。

M　さらに流れて

妖　精　快楽は笑ひ、頽廃は微笑みます。
快楽は呼びかけ、頽廃はささやくのです。
快楽は走り、頽廃はさすらふ。
快楽は求め、頽廃は請ひねがひ、
そして快楽は終りますが、頽廃は涯しなく深まるもの。お分りかしら？（笑ふ）

E14　男女の叫声　笑声
無意味に　強く　長く

妖　精　頽廃は、大食だとか泥酔だとか、過淫だとかの、快楽の果の老ひた醜さとは何の関係もありません。頽廃は、若々しい健やかな姿をし、いい血色でみづみづしさにあふれてゐることさへあるのです。ただ普通の健やかさと違ふのは、つねに頽廃の表情には永遠の哀しみが漂ってゐるといふ点でありませうか。

E15　街ノイズを縫って歩く足音
（深夜近く　ノイズはまばらに
疾走する自動車の音程度）

ポン引　……いかがです？　いい写真ですぜ、天然色……ね、これ。……本物もありますぜ……旦那……。

コールガール
どうぞ、あなたの春のひと夜を、胸のときめくアヴァンチュールとごいっしょに。……テレフォンは、481の一七五二です。

マスター
すっかりお見限りぢゃございませんか。お恨みしてゐるんですよ。いいえ、あの子のことはもうよござんす。あたくしがですよ。先生。折角いい子を入れてお待ちしてますのに、ひどいぢゃございませんか。いえ、ほんたう。いい子が来ましたの。ほかの方ぢゃ駄目、絶対先生向きで。ええ、理想的な小公子……。ホホホ。でもまだ初心ですからね、悪いことお教へになっちゃいけませんよ……ホホホホ。

若い女
……お電話なんかしてごめんなさい……お邪魔だったかしら……でもあたし…淋しくって……ええ……だって……一週間も……いや……いやです……知ってます……だけどやっぱり駄目なの……そんなの……いや……いや……会って……会って下るくらい……でなきゃ……あたし……。

E16 深夜バーの暗いジャズへ足音は吸込まれる

妖精
快楽を愛するのは動物の習性ですわ。人間はそれを趣味に変えるとき、はじめて頽廃の入口に足を踏みこむことが出来ます。言はば、個性の花が快楽を飾るとき、動物的な習性を、快楽を、芸術的な頽廃に変貌させることが出来るといふわけなのです。
さあ、このグラスを干しませう。あなたは、現実がなかなか素肌を見せてくれないので焦々していらっしゃいますね。（笑ふ）待たなければいけません。現実が寝入ってしまって、思はずしどけない姿をさらけ出す夢の時間まで……。

M ギターの弾語りのやうに

赤の声
波うつ月 そのものうき美しさを湖水に
浸さんと
おののく水面に送る白き月光のごとく
娼婦がわれらに送る奇すしき流し目も
賭博者の手に握られし最後の財布も
痩せすぎのアデリイヌの淫らなるベエゼ
も
人の苦しみのはるかなる叫びにも似て
嫋々として魂を奪ふ楽の音も
すべては おお深き酒瓶よ
つつましき詩人の渇えし心のために
汝のふくよかな胴の中に貯へられし強き
香りの酒にしかざるなり
汝は詩人に希望と青春と生命をうち注ぎ
さらに衿持《ほこり》をさへ注ぐ
衿持こそは
貧しき人の宝
われらの心を富ませ
神にさへ等しくせんとするものなり

M 弦楽の独奏で

酒の精
私のなかに、昔の力強い栄光の歌や恋歌が、たぎるやうに鳴りひびいてゐるのが聞えるだらう? 私は君の日々の悩みをやさしく愛撫して、その瞳の底に青春の輝きをともしてやるのだよ。衰へはじめた君の生きる力、未来への息吹を取返せるやうに、私は、古代の闘士たちの筋肉を強くしたといふ油の役目もつとめてあげる。君の胸の奥底に、植物からとれたアンブロジャのやうに流れこんで、君の魂の豊かな糧となってあげよう。君と私がしっくりと結び付くと詩が生まれる。二人が一緒になれば、神になれるのだよ。そして私たちは、鳥や蝶や、秋蜘蛛の巣や、香りや、そのほか翼を持ったあらゆるもののやうに、無限を目指して飛立って行けるのだよ。飲み給へ、私を。

哀れな地上の囚人よ。死刑囚にも最後の葡萄酒が許されてゐるといふのに、君は何をためらひ、不機嫌に黙りこんでゐるのだ……。

妖　精
あなたはどなた？　粋なネクタイピンを胆石みたいな宝石で飾っていらっしゃる……。

酒の精
あなたと同じやうに、夜の過し方を知らぬ人びとを悲しんでゐるものだ。

妖　精（艶然と笑ふ）

M　暗いジャズにのってハスキーで歌ふ黒人の女性歌手の唄

白の声（唄に和して）
こんすたんちのぷる
いすたんぷうる
昼が夜になるやうに
名前のかはることの素晴しさ
よそゆきからふだんぎへ
ギリシヤ服から土耳古着へ
玄関から浴場《ハマム》へ
さう　浴場から閨房へと
宵は静かに夜となる
こんすたんちのぷる
いすたんぷうる
噴水の見えてゐる閨房は
高価なダマスの更紗を窓にかけ
シナの陶器にはシャーベット
漆の花瓶に桃金嬢《ミルッス》を活け
香はキプロスの潮風で
なげ足坐りに横たはった
トルコ女の腋香に入混ざる
こんすたんちのぷる
いすたんぷうる
バビロン風に切ながな眼の
皮を剝いた巴旦杏の肌のまっ白さ
アリフの文字のやうにまっすぐで
堂々たる乳房には不似合の
いちごより小さなその尖頭
面のヴエールもなげすてて
脱いだ衣の上に夜咲く華
こんすたんちのぷる
いすたんぷうる
ひろびろと寛容な平原よ
窪みに十三夜の露を溜め
忠実にして栄光満てるふとももよ
拒みつつ誘ふイスカンダリヤへの案内人
三叉の交点は香りも高く
滑らかな大きな包に畳み入れた
あの小さな袋の狭い門
こんすたんちのぷる
いすたんぷうる
門のなかはしとど霧に濡れ
どの街にもない深い井戸に
甘美な水が湧きいづむ
絶間ない微かなふるへの高まりに
恍惚と忘我の渦はまき
しびれておちる媚の城
夜目にも赤い炎をはく
こんすたんちのぷる
いすたんぷうる
こんすたんちのぷる
いすたんぷうる

M　消えてゐる

妖　精
快楽を深めれば頽廃に到る、と考へるのは、無理のない誤解でしかありません。ほんたうはさうではないわ。快楽を深めればたどりつくのは疲れです。頽廃はさすらひ人のやうにいたりつく涯を知りません。ちやうど悲しみの果にまで旅した人が、最後にはそれを恍惚と感じるやうな、遠い究極らしきものを垣間見させるだけなのよ……。

恋人たち
…ねえ…
…あ…
…動いちゃいけないわ…
…どこを見てるの…
…何も見てやしない…
…あたしを見て…　きれい…？
…ええ　…とても…
…いぢわる…見てなんかゐないくせに…
…あなただって…

…指…頂戴…押へてて…

…駄目よ…　もう…

…いや　もっと…

…明日の朝…見られない顔になるわよ…

…いいの…明日のことなんか…

…あ…

…ねえ…

…ああ　好きなの?

…好き…ああ…

妖精　このやうな快楽と頽廃の双子は、俗悪な現実が睡くなりかけてわれ知らず、頽廃の胤を宿してしまった償ひなのです。

M　バッハの如き荘重なオルガン曲

年上の女　あの人は知らないし、知れたって、どう出来るやうな人ぢゃないわ。いいえ、そんなことぢゃなくて、かうやってあなたと逢へるってことが、どんなにあたしを幸せにしてるか。それを考へて頂戴。思ひやって頂戴…。あなたが好き……あなたなんか食べちゃひたいくらゐ…。うまく行ってゐるものは、あはてて変へちゃいけないのよ。怪我をするか、あとできっと悔むやうなことになるのよ。このままがいいのよ。このままが一番いいのよ。…ほほほ…まぢめな顔をして…いい子だからあたしをいぢめないで…いつものやうにして…ね…やさしくして…泣きたいやうにして…して…。

E17　MにCFして
笑声　息　叫声　泣声　悶え　喘ぎ　など　コンクレート風に交錯して　夜における人間のさまざまな快楽を表現する　（これらはあまりにリアルであってもいけないが　様式化が行過ぎて官能性を失ふことはさらにいけない）

妖精　お聞きなさい。聞かなければいけないのです。夜が人びとの官能を静めて、現実を睡りに落つかせる前には、かういふ儀式が必要なのです。魂を浄化するための生贄の儀式とでも言ひませうか。或ひは絶入るための苦悶の声……。

E18　前のEを断切るやうにして　麻薬中毒患者の禁断症状の如き声　かなり長く続いて　CO

（間　静寂）

E19　遠い波の音

妖精　…現実は眠りましたわ。いまや一糸まとはぬ素肌に白々と月の光を浴びて…。

あなたがいままで見て来たのは、快楽のけばけばしい化粧につつまれた現実の姿だったのです。よく耐えましたね。あの誘惑のなかに溺れれば、もうあなたはただ官能と猟奇のとりことなるばかり…。まことの快楽である頽廃の美酒を味はふことは出来ないのです。

…ごらんなさい。今こそ夜です。真夜中すぎです。現実は睡りのなかで、快楽を追求め、それに溺れようと、我にもあらず身悶えしてゐます。しかしそんなところにまことの快楽はありはしないわ。頽廃はある筈がないのです。

頽廃は歴史によって貯へられた美酒《うまざけ》です。快楽が日々その新しい姿を人びとに提供するのとはまるで違ひ、歴史の浅い場所にはその浅さにふさはしい単純さをしか与へませんの。永く寝かされればそれだけ豊醇さを増す良い酒と同じに、頽廃は理解してくれる人びとの幾十幾百世代にもわたる育みによって美しくなるものなのですもの。

E20　風の音　爽かに

赤の声　街々よ…。夢に見るあのアルガニイ、リパンの山々に足場を組まれた民衆よ。玻璃と木の山荘は、眼に見えぬ軌道と滑車の上を動いて行く。巨像とあかがねの棕櫚の木の帯しめた古代の燹は火の中に朗らかに咆え、恋の祭は、山荘の背後にかかった水路の上に声あげて、狩猟の鐘の音は山道に叫び、見上げるやうな歌ひ手たちの集団は、眩ゆい緋色の旗を持ち、とりどりの衣裳を着て峯々をわたる光のごとく駈けりゆく。逆巻く渦 の ただ中に、物見台をしつらえて、豪勇を歌ふロオランたち、深々と館の屋根を渡る回廊の上、空は燄《えん》々と旗竿を飾る。讃歌の流れは昇りゆき、高々と天使にも似た女性のサントオルが、雪崩のくづれゆくなかに溶け、はるかに聳える山々の、頂を区切るその上は、オルフェオンの舟々が、高貴の真珠のざはめきを孕み、ヴィナスの永遠の誕生に波立つのだ……。

M　突如　雲間から現れた満月の輝きを以て

妖　精（かぶせて）
夜と暁の間の空に、白く稲妻の走るやうな一瞬があるのです。そのときこそ、熟れた果実が枝を落ちるやうに、まことの頽廃の美が輝きます。ほら、あの獅子座の流星群のあたりから、何億光年かけてやって来る白銀のきらめきが……。ごらんなさい。見えるでせう。お聞きなさい聞えるでせう。あの光に照らされてこそ、頽廃の無垢の肌がきらめくのです。

M　燃える炎のやうに燦然とひびきわたる

妖　精
あれこそが頽廃の極みといふものです。魂の中枢から流れ出る音楽に包まれて、この世界のすぐ上にあかあかと展りひろげられる饗宴……。けれども、ああ、もう頽廃は去って行きます。暁が迫り、現実が眼をさまさうとしてゐるからです……。いつも美しいものの訪れるときには眠ってゐて、あとで狼狽しながら人工の楽園を築くのに懸命になる、哀れな人びとが起出さうとしてゐるからです……。では、わたくしもお別れです。

E　1～13が　Mの底から湧き起ってだんだん高まって　遂にMを消去り　喧騒に高潮して
ゆっくりFO

妖　精
あなたは、この次は、わたくしのお見せしたものを、わたくしに見せて下さらなくてはいけません。いいですね。ね、いいですね。…（きはめてやさしく　囁くやうに）さやうなら。…さやうなら…。

M　遠くからゆっくり流れ入る

エピローグ
世界におけるすべての事柄は、それが浅墓に軽卒に、うはべをなぞって為されるときに醜悪となり、周到な深い理解と配慮をともなへば美となる。

M　非常に美しいエンディング

アイ・ラブ・ユウ

川崎洋
大岡信
飯島耕一

AN　アイ・ラブ・ユウ　その一
　　川崎洋作

男　あ、あ、あ……愛は
女　こ、こ、こ……恋は
E　遠くで荒々しい、でも多少ノンビリしたけだものの咆哮
男　ゝゝゝゝ
女　ゝゝゝゝ
　　——男・女とも、相手に対する愛の気持を表現出来なくて苦しんでいる。ぴったりした言葉がなくて、どうにも弱っている。
女　ゝゝゝゝ
　　……空
男　空（?）……
　　いや
　　土
女　土（?）
　　いえ
　　ゝゝゝ花！
男　花？
　　いや　いや
　　俺……俺は……
女　私……私は
男　俺は俺は俺は俺は俺は俺は俺は
女　私は私は私は私は私は私は私は
男　俺は私を
　　いや
女　私は俺を
　　いえ
男　ゝゝゝゝ
女　ゝゝゝゝ
男
女　（同時に）あなた　あなた！
男　あなたあなたあなたあなたあなた
女　あなたあなたあなたあなたあなた
男　俺はあなたを　俺はあなたを　ゝゝゝゝ
女　私はあなたを　私はあなたを　ゝゝゝゝ
男　ゝゝゝゝ
女　ゝゝゝゝ
男　燃えている山火事ごうごうごうごうごう
女　火の山のてっぺんから噴き出すどろどろどろどろ
男　蛇　ぎりぎり絡みついた蛇ぎりぎりぎりぎりぎり
女　稲妻　ぴか　ぴかぴか　ぴかりぴかり
男　俺はあなたを山火事ごうごう
女　私はあなたを噴き出すどろどろ
男　俺はあなたを蛇ぎりぎり
女　私はあなたを稲妻ぴかぴか
男　俺はあなたを
女　私はあなたを
男
女　（同時に）あ・い・し・て・い・る
M　～BG
男　俺はあなたを愛している（やさしく）
女　私はあなたを愛している（激しく）
男　俺はあなたを愛している（普通に）
女　私はあなたを愛している（ささやきで）
男　俺はあなたを愛している（絶叫して）
女　私はあなたを愛している（泣きながら）
男　俺はあなたを愛している（歌いながら）
M　しばらく続いてFO
男　いとしの君よ
　　君の御姿に接してより　星々はその運行を停止し　花の蕾はその恥らいの姿を露にまみれさせたまま開き方を忘れ　稲妻は地に黄金の柱をおろしたまま　全ての時間は

停まりました　唯　わが胸のときめきが一つ一つ熱い波となり　あなたへ向けて大空を飛び去っていくばかり
　いとしの君よ　その淡雪のような御《み》胸の扉を開いて　私の苦しい吐息の波を入れさせ給えよかし
　おお　私は激しい恋に溺れて死んでしまそうなのだ

女　恋しい恋しいあなた
　私の　あえかな胸は　あなたの熱い吐息を貪り吸って　すっかり火傷をしてしまいました　なれどその傷の痛さが　そのまま激しい喜びであると教えたあなたに　私はどのような恨みの言葉を選べばよいのでしょう
　太陽のようなあなた　あなたの金の炎でもっともっと私をいたぶり　気を失わせて下さい
　ああ　もっと　もっと！

男　いとしの君よ
　私がどれほどあなたを愛しているか　その証しをあなたに示したい　そのために私にいい付けて下さい　例えば山一番の杉の木のてっぺんから飛べと　おお私はあなたのその言葉が終らないうちに　空中を滑ってみせましょう
　いとしの君よ
　「私の嫌いな一人の男を殺してくれ」
　ああそのようないいつけなら　もう私は命など要らないのです　長い時間をかけてその男をゆっくり苛みながら殺してやりましょう　そしてその男の血で　川原の白い砂いっぱいに　あなたがどんなにすてきかを書くでしょう
　私は何かをいいつけて下さい
　私の生命を　あなたの一寸した慰みのために　使い捨ててくださっていいのです
　あなたのいいつけなら　天を支えても見せましょう　川をせきとめてもみましょう
　ああ　いとしの君よ

女　どうぞ　言葉を　恋の言葉を
　私はあなたの恋の言葉を喰べて生きている女　ほかのなんにも要りません　美味しい言葉を沢山下さい
　美しい言葉を　うっとりする言葉を　虹のような言葉を

M　～BG

男　あなたの髪の毛を撫でたら　そう思うだけで私の手は痺れてしまいます
　ああ　あなたの頭を登り滑りする日の光が羨やましい
女　もっと　ああ　もっと
男　あなたの　うなじの初い初いしさ　そこにはいつも小さなつむじ風が巻いていてチリ一つ近付くことは出来ないのです
女　もっとすてきな言葉を　言葉を
男　あなたの　空のような眼
女　もっと……
男　（次第に苦しくなっていく）あなたの……唇……
女　唇は？
男　唇は……野苺
女　いいえ　もっと……
　唇は？
男　唇は……花びら……
女　いいえ　もっとすてきに
男　唇は……
女　唇は……
男　ゝゝゝゝゝゝゝ

M　FO

AN　アイ・ラブ・ユウ　その二
大岡信作

男　恋は曲者
女　あるいは　決まり文句は恋の宝島

E　柝

男　さて何としようぞ　ひと目見し面影が
　わが身を離れぬ
女　かれがれのちぎりの末はあだ夢の、面影ばかり添寝して、あたりさびしき床《ゆか》のうえ

男　涙の波は音もせず、袖にながるる川水の

女　逢う瀬はいずく、橋のたもとか

男　夢の浮橋

　　　音楽

女　つれづれなるよしなしごと、筆にまかせ参らせ候。涙川《なみだがわ》身も浮くばかり流るれど消えぬは人の思ひなりけり。かく恨めしき、人の世のさだめの波に揺られ揺られて、はや三年《みとせ》の春も過ぎ、花の色移ろひゆけば、わが身の春の短かさに　つれづれと空をながめて嘆かるる、今日このごろの身の衰へ、わが身世に古ると嘆きし　ひとの心ばかりなつかしきはござなく候。

　めぐりくる朝日影こそ、いと恐ろしくも衰へしわが身を映す鏡なめりとぞ思はれて、凍れる雪山にひとり立つ枯木の梢のこころもて、春の曙を迎ふるおもひの、おもひなぐさむひまもござなく候。

　されば、涙ながらに硯にむかひ参らせ候。

　水茎のあとはなみだにかきくれて昔をいかに人の見ましや。

　うらやましきはこの文にて、恋しき人の御指《およ》もて、開かれ、開かれ、閉ざされ、閉ざされ、開かれ、しばらくは膝の上にて波に揺らるるここちよさ、されどおのれはいささかもその身の幸を心得ず、無心にもてあそばれてあらんと思へば、うらやましきはこの文にて候。

　ひととせ御指に親しみ参らせ候わが黒髪の、今ははや、たはむれにかき乱す腕《かいな》とてなく、ただ固き枕の上に、涙の川とうちまぢり、ともしびのもと、さながら暗き難波の入江の恐しげなる葦のむれとぞ思はるるこそ悲しみのきはみなれ。

　黒髪の乱れも知らず打伏せばまず掻き遣りし人ぞ恋しき

と詠みしいにしへ人を、いかで浮かれ女《め》とあざみ笑ふべき。ひとへにひとへに、肌《はだえ》恋しきおもひの溢れてうたひ出でつる嘆きにこそあめれ。

　我を捨てつる人の御《み》もとに、かかる文をば差しつかはす、憂きこと限りなけれど、「よしやたのまじ行く水の、早くも変る人の心よ」とは、むかしたはむれにうたひしことにて、今はただ、恋しき思ひの千々に砕けつつ、砕けし心のいつにかはらずひとつも失せず我が重荷となるこの苦しさに、日ごと夜ごと、袖のかはくひまもなき、独り身の寄なき身にござ候。あら恋しや、ゆかしや、見たや見たや。

男　（長嘆息）ふーッ。何てえ手紙だ。

　「よしやたのまじ行く水の」だって？

　そりゃ、こちらが言いたかった科白じゃないか。さんざんじらし、はねつけたあげく、「ひととせ御指に親しみ参らせ候わが黒髪」もないもんだ。おれがあの女を捨てた？　とんでもない、あの女があんまり沢山の男の御指に、ご自慢の黒髪を撫でまわさせてばかりいて、おれにはなかなか番がまわってこなかったから、仕方ない、惚れちやぁいるが、あきらめようと、ふっつり思いの糸を断ち切り、「忍ぶ身の心に隙はなけれども、なお知るものは涙川かな」、おれにしてみりゃ一生一度の歌までひねくり、人の心は知られずや、真実心は知られずやと、男一匹泣きの涙に流された末、こうして今の女房の、そりゃぁ色気も華やぎも、恋の手管も知りはせぬが、しかし気だてはめっぽう優しい、腕《かいな》の中に抱きとめられて、はや三年《みとせ》、思い出さずにすごしたといえばそりゃ嘘で、お情けのようにほんの時たま恵まれた、つれなきたおやめのあの息づかい、肌《はだ》のぬくもり、その思い出には、針の山ほど刺され通してきたものさ。

　さてこそ、男どもに飽きられたか、それとも、なにか、春は曙、桃の節句の雛壇に、ちんまり並んだ雛《ひいな》のように、いずれ劣らぬ色男どもの、いずれ変らぬ恋の手管、みやびな言い寄り、不実な別れに飽いたのか。つまりはこの、どこから見ても美男とは、おそれ多くて言えやせぬ、このおれの、男っぽさに惚れ直したか。

　いやいやばかな、あの女、したたか者の痴れ者の、さときこと人の十倍、好き心人の百倍、たまには味の違った男でつれづれの肌の衣更えをと、いつもの気まぐれ、そうよ、これに違いはなかろうよ。

だが、待てよ。それにしても穏かならぬはわが心。なんでこんなに騒々しく、心《しん》の臓が鳴りはためくのか。読み返し、思い返せば、この文も、おだやかならぬしずくのにじみ。「涙ながらに硯にむかい参らせ候」とは、はてさてまことであったかな。

　思えば三年、女も変ったことであろうよ。わが身の春の短かさの、嘆かれもしよう。あれもとって二十八のはず、卒都婆小町になるほどの年ではなけれど、秋ともなれば木枯らしすさぶ夜長さ、肌寒さには堪えられず、身に蓄えのなきことは、ひと夏をうたい暮して日暮れに嘆く、きりぎりすにも劣るまい。

　いや、さては、おれのこうして溜めこんだ小金が欲しくて言い寄ったものか。

　むむ。何としたものであろう。恋しうてならぬ。

ひょうきんな感じの音楽　BG

女　あまり言葉のかけたさに、あれ見なさいのう、空行く雲のはやさよ

男　あまり見たさに、そと隠れて、走《はし》てきた、まず袖を放さいのう、はなして物を言はさいのう、そぞろいとほしうて、何とせうぞのう

女　にくげにめさるれども

男　いとほしいよのう

女　こしかたより、今の世までも絶えせぬ物は、恋といへる曲物、げに恋は曲物、くせものかな

男　身はさらさら、さらさら、さらさら、さらに恋こそ、ひとり寝られぬ。

E　もののこわれる音など、はげしく

女　出て行って！　あんたみたいな男に、しんから惚れていると思って？　ふん、冗談じゃないよ、女房の眼をかすめてくるなら、覚悟は少しは出来ていたはず。ああでもない、こうでもないとびくびくするさえ腹が立つのに、むかしのことを言いたてて、ほんに日なたのボウフラみたいに不潔な男だよ。

男　やいやい、言わせておけば、この、この、この……。誘いをかけたは手前《てめえ》の方、おれは手前の空涙にも、三分がほどの理もあろうかと、まあ言ってみりゃぁ、思いもかけずほろりとして、男らしく慰めてやる情け心を身ぶるい起し、忙《せわ》しい中を訪ねてやったに、その威丈高な言い草は、いったい何だ。犬も食わねえ。

女　大きにお世話だ。犬ならたんと世話したが、犬畜生でもお前のような野良犬よりは数等ましだよ。何だい、人の家へのこのこ上りこみやがって。

音楽、ひょうきんで、下品に甘く。

男　（間。嘆息して）ああ、何てえことだ。君、そんなに僕が嫌いなの？

女　（後悔して、泣き笑い的に甘えて）ううん。そんなこと。あなたが悪いのよ。いきなり奥さんのことなんかおっしゃるんですもん。

男　悪かった。あやまる。君にむかしさんざんじらされたことを、つい思い出しちまって。愛してるよ、心底から。

女　うふーん。あたしも。むかしから、あなただけが他の男とちがって、男らしかったのに、あたしって、眼がなかったのね。この年になってそんなことに気付くなんて。

男　そりゃ、僕も同じ思いさ。君がこんなにかわいい女だったなんて。ああ、愛してる、愛してる、愛してる、愛してる（女は男に合わせて、「愛してる」「愛してる」と繰返す。しだいにテープの回転早まり、早口が、意味のききとれぬ金切り声になっていく。）

AN　アイ・ラヴ・ユウ　その三

飯島耕一作

男　わたしは

女　あなたを

E　耳をつんざくジェット機の音、
騒音のなかに隔絶された二人、

一人の男が呟くように

男　わたしは……あなたを……わたしは……あなたを……わたしは、あなたを……ふーむ、どうも調子が出まへんなあ。口がどうにかしよったんか。それとも、頭《あたま》が、どないかしたのかなあ……

　わたしは……あなたを……わたしは……あなたを

女　どうしたのよう、あなた。

　さっきからおんなじことばっかり　こわれたレコードみたいよ。何を言ってんのよう。どうかしたんじゃない？　でもあなたが何かおしゃべりするなんてめずらしいじゃない？　失語症第一号のあなたがさあ。

男　うるさい。ちょっと黙っててくれへんか。わたしは……あなたを、わたしは、あなたを……わたしは、あなたを……

　（ウガイでもするように）

　わたしは、あなたを……思い出せない、その次に何が来るのか、わたしは、あ、あ、あ、あ、あ、あなたを、ち、ち、ち………ちちくしょう。もう一息だというのに！

女　なによ。一人だけ夢中になって。そんなことしたって、思い出せはしないわよ。このトンチキ！　オタンチン！　オタンチンのパレオレガス！（罵しる言葉だが甘くやさしく）

男　黙っててくれえいうたら。わたしは、あなたを、その先がどうしても思い出せないのや。わしは苦しい。苦しいのじゃ。

　天も裂けよ、地もくつがえれ。たったひとこと、一語でもよいのじゃ。わしに言葉を与えてくれ。おお、デスデモーナ、オフエリア、ジュリエット……

女　あたしはハルコよ

　あなたは言葉を忘れてしまったのよ。自分の肉声を忘れて、いつも出来あいの、他人の言葉で過してきたからよ、何か言うのに用心深くて、そりゃぁ憶病だったからよ。その罰だわ。こんなに失語症がマンエンしたのは長い人類の歴史でもはじめてじゃない？　なあに？　一体どんな気持の言葉を思い出したいの？　でも、よくシェークスピアのことを憶えていたわね。

男　あたりまえじゃ。そう、そう言えば、近松というお人もいよったなあ。

　わたしは……あなたを……わたしは……あ……シェークスピアも近松ももっと言葉を知っていはったなぁ。それにしても、これから先どうなるんやろ。

女　練習するのよ。何か言ってみるのよ。コトバのウガイをして失語症インフルエンザをなおすのよ。修辞学をばかにしてはだめよ。そのうちほんとの言葉にぶつかるかもしれないんだから。何か一つの思想にしがみついて動脈硬化になるより、修辞学を信じてみることよ。いつも探すのよ、肉声を、言葉をね。

男　そやろか。やってみようか。

女　そうよ。思い切って、水にとびこむみたいに、言葉の海にとびこんでみるの。言葉をあんまり軽蔑したのでみんな言葉をおそれだしたのだわ。アレルギーをなおすの。さ、思い切って言ってよ、あたしのために。

男　（おそるおそる）わたしは、あなたを冷蔵庫。……でもないか。

女　そう、もっとつづけて。

男　（真剣に）わたしは、あなたをハンバーガー。わたしは、あなたを、エキスモー。わたしは、あなたを、落下傘。わたしは、あなたを……うむ……ナパーム弾。

女　そんな！　いやよ。こわいわ。でもつづけてみて。何かを思い出すために。大切な、大切な言葉を思い出すために。何か、忘れていたことを思い出すために、ね。

男　わたしはあなたを……泥の中。わたしはあなたを……人殺し。ああ！　どうして言えないんだ。ちくしょう。

女　勇気を出すのよ。人殺しの向うに何があるの。

男　人殺しとか、ナパーム弾とか、そんな言葉しか知らないんだよ。おれの兄貴は子供のとき軍歌ばかり歌ったので、それ以外の歌を歌えないと言ってたけどなあ。

女　そうかもしれないわ。言葉があまりウソにみちていたから、言葉を忘れたのよ。今じゃ、「美しい」と言っても、どんなことを、どんなものを美しいというのか、みんな、よくわからなくなってしまったのよ。
男　やってみよう。何かを思い出すために。
　言葉の練習を。
女　そうよ、こちらのほうを見て、あたしの眼をしっかりと見つめて。
男　わたしは……
　あなたを……
　あ、あ。
女　どうしたの。その次は。
男　わたしは、あなたを
　あ　い　し　て　い　る
女　（おどろいて）あいしている……？（急に静かになる）
男　そうだ、思い出そうとして
言えなかったのは
わたしは
あなたを
愛している――
だった。
女　ふうん　わたしは　あなたを　あいしている。
で、どういうこと
どういうことだったかしら。
あいしているって。
何のこと？
どんなことだったかしら。
（ほんとうに女にはこの言葉の意味がわからないのである）
おしえて
あたしにはわからないわ。
男　おれにもわからない、わからない、わからないのだ。しかし、おれの言いたかった言葉はたしかにこれなのだ！　それにしてもどういう意味なんだろう、この言葉は。
女　わからない、わからないわ、わからないわ……でも、あたしも、あなたを、あいしている。あいしているわ、あいしているわ
……

（この作品に昭和四十一年九月十六日ＴＢＳのラジオ劇場の時間に放送された。
出演・名古屋章・此島愛子　演出・松井邦雄）

編集委員の記

異国を旅行中の谷川俊太郎の消息、次の如し——

「手紙　櫂　ありがとう。筆不精ですみません。スペインではサルバドル・ダリの家の隣りに泊りました。イタリヤではモン・ブランに登りました。パリではフェルメールのすばらしい展観を見ました。アメリカではテレビディナーという冷凍食を片っぱしから試食中。貝柱のフライがいちばんうまい。英語で詩の話するなんて不可能なことだよな。車、べつに変じゃないよ、ウマイもん。」（川崎宛私信）

ぼくも秋にサンフランシスコへ行ったけど、やっぱり、もっぱら喰ってばかりいたっけ。漁師の波止場のカニはうまかった。でも、街は紙屑だらけで、乞食がいっぱいだった。すぐ、お前は右翼か左翼かとききやがるし、ハウ　ドウ　ユー　ライク　アメリカとききやがる。変らないね日本もアメリカも。でも貧乏人がいくとこじゃないと思った。釣りがしたくって（でかいのが釣れるときいてたので）出掛けてったら、ライセンスが要るんだとさ、そいつ取って、船借りて沖へ漕ぎ出す位なら、その辺の魚屋の店を魚ごと買った方が安いとぬかしやがった。嫌なとこだ。

川崎　洋

こないだ、満で三十五歳になった日、自分が昔とおく想像した成熟とも、思慮深さともおよそ程遠い、幼い日と何一つ変ってはいないと思える自分に、少少、慄然としました。この頃、特にすばやく思える時の歩みを、まこと一瞬、とも思いました。

酔うことも、ひとを愛することも、美しいものを着ることも、なにもかもがほんとうにむなしい。こんなに何もなくて「或る一生」が尽きるのか、と思うと、恐ろしかった。

誕生日、と云う、単なる人生のかりの一区切りが、ぼくをふるえさせたのです。

話は変りますが、この十五号でぼくは「詩とはなにか」と云う詩を発表する筈でした。亦、事実、その詩ならとうに出来上っていて、またもや岸田衿子さんと並んでびりっけつになる必要は全くなかったのですが、これがどうしても、出せなかった。何故かしら、この「詩とはなにか」を人目に晒してしまうと、もうそれで、ぼくには「詩」が書けなくなってしまうような、そんな気がして。

その「詩とはなにか」を篋底深く蔵いながら、亦一時期を経て、ぼくはこれを書こう、一つの人生の一つの節の目印しに、この墓碑銘のような詩を書き綴ろう、味もそっけもない、パサパサの、暗い単調なこんな詩を、と思いました。

それにしても近頃、書くもの書くもの、どう書いても物語りめき、何かしらおとし譚っぽくなること、心からそら恐ろしいのです。

友竹　辰

「櫂」にはとりたてて原稿の締切期日といふものは設けたくない。担当の編輯委員がおよそ目安を定めるのは自由であるが、各同人が作品をその目安を心積りにして送ってくれるのを、寛が水が満ちたときにあふれるやうに、定数に達したときにまとめるやうにしたいと思ふ。すなはち、発行の順不順はすべての同人の責任、といふわけだ。

今号の、川崎、大岡、飯島のオムニバスは、東京放送より放送済の作品だが、編輯担当者として不満を述べるとすれば、やはり、あらゆる意味で未発表の力作を「櫂」には提出して欲しいものである。

不可忘初心、一期一会。

今号は、米国旅行中の谷川俊太郎を除いて、旧臘師走中旬に顔触が揃った。以て第十五号とする。

水尾比呂志

櫂　第十五号　　〒二〇〇円

一九六七年二月廿日発行

発行者　櫂の会

神奈川県横須賀市
金谷町五五八　川崎方

櫂

XVI

櫂 XVI

エド＆ユキコ

吉野弘

米兵エドは死んだ。
ベトナムの空で。
操縦桿を握ったまま。

死ぬ前に
エドが
基地岩国の
ユキコさんに宛てた
いくつかの手紙。

その手紙が
TOKYOのテレビの
モーニングショー・スタジオで
司会者に読まれていた。

「気違いになるほど君が好きだ
　また、きっと君のところへ帰る」

ユキコさんの後姿が
横からゆっくり
テレビの画面に入ってきた

——司会者がユキコさんに聞いた。

エドさんはやさしかったんでしょう？

ええ、でもケンカもしました。

どんなことで？

彼は、仕合せのためには、カネなんか
要らない、というんです。わたしは、
カネも要るっていって、それでケンカ
になるんです。

――司会者は読んだ。

「お手紙とクッキーを有難う。
でもお手紙が一番嬉しかった。
今日は珍しく出撃しなかった。
一日、何もしないでいる日なんて、ほんとうに珍しいんだ。この間、電気冷蔵庫を買ったとき君は、子供のように喜んだね。この次ぎは、何を買おうか。」

――司会者が聞いた。

電気冷蔵庫の次ぎは、何をお買いになりました？

エドが帰ってこなかったのです。

――ユキコさんは両手で顔を覆った。

ユキコさんは、九人兄妹のまんなかで一家の柱だそうですね。毎月仕送りをなさっているわけですか？

ええ。

もし、よろしかったら、どれくらいか仰言っていただけません？

三万円ほど。

エドさんとのおつき合いは十ヵ月ぐらいでしたね？

ええ。

英語はもう大分お出来になるんでしょう？

いえ、ほんの少し。

でもお二人でお話するには充分なんですね？

ええ、でも英語など覚えなければよかった。
言葉をよく知らなかったときのほうが
かえって、気持が通じ合いました。

エドさんについての一番の思い出は？

わたしは嘘をついていました。
それが一番——
彼には家族がありましたし、だから、

——カメラがユキコさんの口元をとらえた
はげしく、ふるえていた。

エドは死んだ。
ベトナムの空で。
操縦桿を
握ったまま。

あれにしようかこれにしようか散々迷った挙句に買った結婚祝につけて水尾比呂志に贈る祝婚歌。又ハ、ハンカチーフの能について。

谷川俊太郎

汗をぬぐえます
言葉ではとり返しがつかなくなった時
にじみ出る冷汗を

涙がふけます
みつめれば　みつめれば
哀しくなくたって涙はこぼれる

ひろげられます
無の上に
とび出させられます　魔術師のように
美を

くしゃくしゃに丸められます

アイロンがかけられます
女の強い腕があれば
汚せます
血で泥で
そしてまた洗えます　何度でも

すこしグレイになるかもしれない
破れやすくなるかもしれない
でもしばれます　致命傷
包めます　グーズベリ
すくえます　おたまじゃくし

捨てられます
いつでも
とりかえられます
銀座松屋一階で　たとえば
襁褓三ダースと

山荘にて

水尾比呂志

昨夜　私は
星座から缺け落ちた真紅の星々を蒐めた
それは楓葉を染める情緒の雫だ

今朝の散策では
野を渡って里へ急ぐ風の足跡を辿ると
薄の白々と穂を老ひさせた一群に行き會ひ
森の背丈の伸びた梢から
山脈指して矢のやうな鳥が旅立つを見た
詩が文字となる寸前に枯れる味はひも
漸く深まる崩しと思はれる

夏逝いて秋へ
心もさしかかってゐる變轉の速やかさよ
流轉は無常の美といふことを
知ってゐる感官の楽しみとは別に

理知が定窯の白磁盌さながらに冴えるのは
寂しい
山荘にふたりゐる日々では
とりわけそれが身に泌みて
心ならずも幻想を華やかにともし勝ちとなる

波の真珠を擦するはるかな音
山襞に月見る花のかすかな息

晴天の黄昏には
千古變らぬ豊旗雲が焼け
漢の文章にしたためる戯れの仿古作の
誘ひなどともなるのである

野《ノ》風《ハ》急《ギ》二於薄《ノ》穂《ノ》白《キニ》一
森痩《セテ》而鳥《ノ》聲志《スコト》二山嶺《ヲ》一速《シ》
覺醒《ノ》夜半看《ルコト》得《タリ》
星屑缺落《シテ》注《グヲ》二朱《ヲ》楓葉《ニ》一

やがて塔は晩鐘の寺に傾き
修羅生じて曠野を疾るか

かく山荘に侘びる秋――

ほうや草紙
――貘さんに――

茨木のり子

茨木さんはもっと馬鹿げた詩を書くべきだよ
たとえばさ　自分のおしっこだってなんだって
谷川俊太郎氏はそういうのです
そんなこと自分はあんまりうたわないくせにです
呵々大笑しつつ　まったく別の日に
飯島耕一氏も同じようなことを言うのです
だからというわけではけっしてなく
貘さんの詩をけんきゅうする必要が生じて
一つ残らず読んだところ
ああ　馬鹿馬鹿しくも　高貴な絶品が
惜しげもなく　浜辺に散乱しているのを見つけました
おそまきながらファンになって
今にいたるまで新鮮にひかる貝
あなたの残したくさぐさを
めでながら　ひろいながら
一度も會わなかったことを悔みつつ

にわかにミミコさんに会いたい……
とはなったのです
探し探してのはて　お嬢さんは
同じ保谷の里　目と鼻のさきに
すこやかに起き伏ししているのがわかりました
三伏の夏
お正月でも扇風機のいる沖縄もかくやと思われる日
二人はつれだって「武蔵野」という
中華料理店の門をくぐりました
なんとたわけた店でしょう
くらげを注文したら洋皿山盛一杯こんもりと
これを二人で食えというや
貘さんの詩のなかで青い桃のようなお尻を
むきだしにしたり
赤い鼻緒の小さな下駄で疎開先を闊歩して
「ネズミヤロウ」「ネコヤロウ」と
茨城弁を叫んでいた　かわいいミミコさんは
今や娘ざかりに成長して　あわてず　さわがず
さわやかに　こりり　こりり　と音たてて
くらげを食《は》もうとはするのです
しゅうまいをたべ　鳥料理をたいらげ
それからなにやらもぱくついて
語り去り　語りきたって　不意に

私は長い間　ほほけて忘れていたものを
思い出しました
人生に対する鋭利なナイフ！
若くて　それだけに　深い虚無！
ミミコさんとお友達になりたい
でも年があまりに違いすぎるでしょうか
そんな思いを秘めてこちらの年を呟けば
「まだ若い！　若い！」
ときたのです
目鼻だちのはっきりとした南国系の一刀彫
ばねをかくしたしなやかなからだ
凛凛しいこころ
こんなひと　めったにいないぞ
すてきな花婿　天から降ってこい！
遠くから　それとなく　あなたの残した傑作を
さらってゆくひとを観察したい気分にしみじみなって
一本の煙草に火をつけたのです

♫一人は賑やか♪

茨木のり子

一人でいるのは　賑やかだ
賑やかな賑やかな森だよ
夢が　ぱちぱち　はぜてくる
よからぬ思いも　湧いてくる
エーデルワイスも　毒の茸も

一人でいるのは　賑やかだ
賑やかな賑やかな海だよ
水平線もかたむいて
荒れに荒れっちまう夜もある
凪の日うまれる馬鹿貝もある

一人でいるのは賑やかだ
誓って負け惜しみなんかじゃない

一人でいるとき　さびしいやつが
二人寄ったら　なおさびしい
大勢寄ったら　だ　だ　だ　だっと堕落だな

恋人よ
まだどこにいるのかもわからない君
一人でいるとき　一番賑やかなやつで
あってくれ

挽歌

友竹辰

はるかな旅

ぼくが視たもの
木星 にがいふし それらは
すでに過ぎた

ぼくが得たもの
手繪 めめしい舟 それらは
すでに濟んだ

いくそたび

愛サナカッタコトナンカ
イチドトテナカッタ　盲イタコトモ
タダノ一度モナカッタ

くらく昏れゆくくろい雲
とおく飛びゆくとりは黒
あかく明けゆく朝のくも

扉はとざしかけ
足　あきかけ
薔薇　胎みかけ
て　そのまま　に
堅固に顕著な形象世界　その
内側はうつろに
てりかげろい
時はうつろうて限りもなく
過ぎた　ぼくの　在ることの

そのなか
で

アノワキカエッタモノラハ
何處　オオキナ　トテモ
ムナシイ　容レ物　カラ

なにか
なにか　なにか　なにか
が　したたる
したたり
おちる
が

ぼくが生きたもの
子　塩　ほそい音　それらも
死んだ

見られる

飯島耕一

I

その男は　かつて
背中しか見せたことがない
見つめられるのが
とくにいやな男らしい
その男は仕事師で
庭に穴を掘ったり
またうずめたりしている。

午後　きみは
街で食べ物屋に入る
細長い店の奥にはいつでも
数人の男女が立って

こちらを見ている
二十メートルの距離から
いや二百米の彼方から
きみは彼らに
見つめられる
いつでもその店では
きみを見つめる
数人がいる
彼らはささやきかわす
数人の男女は
白い前掛けを垂らしている
その背後には
刃物と火がある
その店に行かなければいいのに
きみはまたしても入ってしまう。

仕事師は庭で
べんとうをつかっているだろうか。

II

夜　きみはようやく
一人きりになる
誰もきみを見つめる　ものはなく
きみは雨戸とガラス戸に
まもられている
その上カーテンもきみをつつんでいる
眼を閉じて
きみはなおも堅固に
自分の戸をしめる
しかし　まだ
きみを見つめている
見つめている
ものがある
ような気がする。

あの男
仕事師の夜はどんなものだろうか。

かかわり

川崎 洋

ある日
男は女にぎょっとする
君って……君なんだろうね

バカみたい
私は私よ
私はライオンでもハイエナでもないわ

さわったことのないライオン
くいつかれたことのないハイエナ
でも
ライオンやハイエナのほうが
確か確か確か確か確かだ

男と女はかかわりあわない
人間と人間はかかわりあわない
腕が防ぐ形で
墜ちてくる岩とかかわりあう
指がためらいながら
ナンバーリングマシンの数字と
かかわりあう

かかかわわわりりりあう

木の葉の詩

岸田衿子

たぶん　海に行っても
わたしの貝がらは　一つしかないように

森のすべてではなく
一まいの木の葉をえらぶ

わたしはそれを夜の窓にはりつける
なによりも　夜の森がすきで
夢にみた森でなく　実在の夜の森の
その奥にゆれている
木の葉の葉脈がみえている
抽象的な森をぬけてきて
一まいの木の葉の夜を生きてる

森の詩

森に道をつくった人は　どの人
その道をあるいたのは　いつの日
この森に　もう道はない
道がなくても　わたしはあるく

森を案内したのは　いつのこと
一本の木にふれたのは　どの人
その日から　梢はそだち
わたしの夕ぐれはそだち

いまふみこんだ森は　おいしげり
道をとざす
もやとわたしを　まよわせたまま

はげしく　腕をとらえるものがある
わたしは　ひかったおのを待っている
木のこえを　のどの奥でこらえながら

語彙集

中江俊夫

第二十四章

沢とんぼ
水とんぼ
いよとんぼ

がま
小がま
姫がま

えび藻
りゅうのひげ藻
黒藻　ねじれ藻

花火ぜり
おけら
蟹つり草

青ちどり
はちじょうちどり

木曽ちどり
尻ぶとびし
鬼びし
女びし
たぬき藻
螢草
星草
汚れ猫の眼
朝だ
足掻き
姫のボタン
姫の耳かき草
口無し草
毛虫草
犬ふぐり
岩ちんちん
地むかで
霧
岩煙草
鼠餅
詐欺苔

ぼろぼろの木
ばりばりの木
ななめの木
大亀の木

小便の木
鉄かえで
いろはもみじ
めぐすりの木

五島鶴
那智くじゃく
姫赤鼻
大赤鼻

たちどころ
のびる
まむしぐさ
エゴの木

馬のあしがた
葉隠れ桜
金眼柳　白柳
木釣舟

おとこおみなえし
二人静
死花　忘れ草
輪廻草

地獄笹
陰陽笹
鬼寝笹
千本槍

鼠の尾
烏のごま
蟹こうもり
耳こうもり

左巻きがや
鯨草
大鼻ひりの木
姫鼻ひりの木

浦島つつじ
山しぐれ
姫こごめ草
父子草　母子草

狐のひ孫

高三郎
ままこの尻ぬぐい
駒つなぎ

蛇のぼらず
牛の毛草
明月草
峯の雪

大里女しだ
深山女しだ
つわぶき　しわぶき
犬がや

嘲弄梨
おとり梨　いつまで梨
愛梨
腰梨

野原大王
沼大王
草の王
風草

かくれみの
糸星草

半化粧
雪のした　姫つげ

第二十五章

毛すみれ
若衆すみれ
姫すみれ
筑紫すみれ
肥後すみれ
長崎すみれ
有明すみれ
白すみれ
あかねすみれ
江戸すみれ
裸みやますみれ
土佐すみれ
信濃すみれ
知床すみれ
日陰すみれ

ふともも

第二十六章

伊勢女竹
業平竹
なよ竹
やしゃ竹
熊寝竹
べんけい竹
女竹
鬼女竹
矢竹
能登ちまき　鳥海ちまき
貴船しの　おたふくしの　かっぱしの　木曽
しの　郡上しの　四国しの　有馬しの　甲
賀しの　丹波しの　近江しの　鯖江しの
弁天しの　乙羽しの　筑紫むらさきしの
いわきしの　盛岡しの　多多羅しの
ごんべい笹
ふたたびこすず
なぎさ笹
毛笹
むこ笹
おかめ笹
馬笹

牛笹
人笹

第二十七章

こども遊び着大会〈五階〉
幼児エベック（1〜6歳）　880円から
女児ホームリーシャツ（2〜6歳）　500円
男児ボートネックセーター　850円から
男児半ズボン（7〜8歳）　900円
女児デニムワンピース（5歳）　1200円
女児コットンギャザースカート（7歳）　1300円
園芸用品・庭園用品大会〈六階〉
芝刈機─20cm受けかご付─　5900円
芝生ハサミ　530円
園芸8点セット─スコップ・レーキ・ホーク─　75円
信楽焼庭園用椅子　2500円
信楽焼ガーデンセット─3点─　800円
楽器・レコード大会〈七階〉
一流メーカー88鍵たて型ピアノ　99000円
16鍵電動オルガン─椅子付─　13800円
高級大正琴　1580円
クラシックギター　1980円より
17cm絶版レコード　150円均一

30cmステレオレコード　1000円均一
30cmモノラルレコード　500円均一
初夏のスカート・スラックスバーゲン＜三階＞
ピケベルト付ミニスカート　980円
バイヤスチェックピンタックスカート　980円
ヒップボーンデザインスカート　1200円
バイヤスストライププリーッスカート　1250円
ベルト付セミタイトスカート　1280円
プリント柄ベルト付ミニスカート　1200円
傘まつり＜一階＞
紳士洋傘—カプセルアンプ—　2200円
婦人ミニ—洋傘—ハイステンレス—　2800円
高級スワトウパラソル—折りたたみ式—　2500円
ヤング長パラソル　1200円
衣料雑貨第13回蚤の市＜七階大会場＞
婦人ブラウス　280円
婦人スカート　295円
スリップナイロントリコット—　195円
紳士セーター　480円
男女児スポーツシャツ　180円
ナイロンシームレス　50円
雑材バック　580円
スベリ台　2480円
子供三輪車　980円
母への感謝プレゼントセール
14日（日）は母の日・感謝のまごころを贈りましょう

服飾品＜1階＞服と洋品＜3階＞呉服＜4階＞家庭用品＜6階＞
食料品超特価市＜地階＞
不二家オバキューピーナッツチョコ―3コ―　63円
名糖キャンデー―2袋―　55円
森永ホットケーキミックス　75円
グリコパピイガム　18円
マースカレー　50円
ハウスビーフシチュー　48円
島の香のり佃煮―瓶入―　48円
おでん用だし昆布　38円
豚角切―100g―　55円
上ハム　〃　60円
若上切込　〃　60円
若テキ用肉　〃　70円
生タラ切身―1切れ―　20円
生かき―100g―　30円
舶来品掘出し市＜三階エリート室＞
アメリカパーカー万年筆　1600円
コックグレガー紳士Vネックセーター　1700円
英国製高級ウーステッドせびろ服地　14000円
イタリヤ製紳士くつ　4500円
スイス製ロンジン腕とけい―ステンレス側17石―　36500円
西ドイツゾリンゲン刃物　320円から
英国スコッチウイスキー・ブラックアンドホワイト　3600円
イタリヤチンザノベルモット　680円
以上14日（日）まで

次郎

——K・Sにあげるラジオのための肖像画的牧歌

大岡信

次郎／工員A・B／子供／母親／手紙の声（男）・（女）／教師／青年／男1・2／女1・2・3・4／運転手

SE　ポリエチレンの容器や玩具をつくっている下町の小さな工場。モーターの音や製品を断裁するカッターの音。

工員A　今日はこれで終りだ。モーターをとめろ。

工員B　おーけー。おーい、千吉、モーターとめてくれ。（モーター、とまる）

A　マッチ。

B　久しぶりだなあ。半日で仕事が終るなんて。

A　プールにでもいくか。

B　あしたから三日か、盆休み。お前、くにへ帰るんだろ。

A　と思っていたけどな、あいつが……

B　結婚資金の貯金にまわしてよ、ねえ……

A　しようがねえんだよ、いまからもう尻にしこうってんだから。

B　今からもう尻にしかれようってんだから。

　A、B、洗面器で顔を洗い、体をぬぐう。

B　うーッ。いい気持ちだ。ここの井戸水は夏でも冷たいから助かるな。

A　うん。（間）おや？　おい、見ろよ。あのかっこう……

B　詩人じゃないか。たまげたなあ。

A　あいつ、とうとう暑さで頭に来たらしいぜ。真赤なカウボーイ・ハットなんかぶっちまって。ララミー牧場だ。

B　みろよ、背中のザック。日本刀をおってるぜ。

A　ありゃ、おもちゃの刀だよ。こないだ浅草で買ってきたんだ。

B　おい、次郎、どうしたんだよ。そのかっこう。仮装行列にでようってのか？

次郎　（あらたまって）おれ、旅に出ます。

A　旅？　旅って、おまえ、盆休みでくにへ帰るんだろ？

次郎　おれ、東京の生れです。

A　ああ、そうだっけ。しかし、おまえ……

B　何だってそんなかっこうをして……

次郎　ここにおやじさんあての手紙を書いてきましたから、よろしくお願いします。忙がしいところを申しわけありません。でも、手紙がきたもんで……

A　手紙って、なんの？
次郎　旅に出ろって、誘いの手紙が。
B　だれから？
次郎　知りません。
A　なんだって？　だれだかわからない人間から来た手紙で、旅に出ようってのかい？
B　こいつは、詩人だからなあ。
次郎　詩人って、だれのことですか？
B　だれですかって……おまえ、よく詩集読んでるし、何かしょっちゅう書いてるじゃないか。わけのわからねえことをさ。
次郎　読んだんですか？
B　うー。ちょっとな……ノートがころがってたもんで。のぞいただけだ。
　字がきたなくて、よくわからなかったよ。
次郎　おれ、学校がきらいだったから。字をしょっちゅう間違えるんです。でも、あれは詩じゃありません。手紙です。おれあての……
A　ちえ、まったくおまえは変ってるよ。しかし、ほんとに行っちまうのかい。今おまえが休んだら、工場はますます人手が足りなくなって困ることぐらい、わかってるだろうな。
次郎　すみません。でも、おれの十代最後の夏なんです。決心したんです、手紙が来たんです、行かして下さい。給料はいりません、おやじさんにもそう書いときました。おれ、少しずつ金をためといたから、当分のあいだは大丈夫です。
A　（Bに）どうしよう、おやじさんは今いないしなあ、おれたちだけで決めるわけにもいかないぜ、こりゃ。
B　うーん。思いつめたが吉日か。仕様がないやつだなあ。だけど、どこへ行くんだよ。
次郎　さしあたって、どっか山の方へ。できれば湖水があるところがいいんです、手紙では。
A　さしあたって……
B　どっか山の方へ、だって？　行先もはっきりしていないのか、おい。
次郎　いいんです、おれには大体見当はついてるんです。
A　頭に来てるよ、おまえは。
B　本の読みすぎだよ。
次郎　それじゃ、お願いいたします。さよなら。
A　B、おい、おい、ちょっと待てよ……
　　M　軽快な行進曲風、つづいて
　　SE　汽車の音。
次郎　とうとう出発だ。新橋、品川、横浜。ここからなら、まだ帰れる。帰るなら、今だぞ、帰る？　帰れるわけがない。おれは今から、帰るところをさがしにいくんじゃないか。
子供　ママ、あのお兄さん、へーんなかっこう。西部劇みたい。
母親　シッ、つまらないもの見てないで、外を見てなさい。もうじき海が見えてくるわよ。
次郎　この手紙、どこのだれがおれにくれたんだろう。おれ、手紙なんかもらったの、はじめてだ。生れてはじめてもらった手紙が、こんないかす手紙だったなんて。おれはゆうべ、嬉しくて眠れなかった。もうやめだ、ポリエチレンの袋だのおもちゃだのを朝から晩まで作っているだけのくらしなんか。もうなんにも作らないんだ、おれはおれの廃墟を作りに旅に出るんだ……
手紙　（二十六、七才くらいの男の声）この手紙を受取る君が、かりに屠殺場に勤めている人間であろうと、あるいは大学生であろうと、あるいはまた真面目な生活者だと自分では思いこんでいる退屈なサラリーマンであろうと、きいてくれたまえ。われわれは廃墟建設をこころざして着々と準備を進めつつある集団である。
次郎　へえ。廃墟建設のための集団？　何だい、こりゃ。
手紙　君はうんざりしていないのか、毎日々々何かを作ったり、人のために何かをしたりしている生活に。何かを作ることは建設的な仕事である。したがって有益である、と君は教えられてきた。しかし、何かを作ることは、はたして有益か？　君は今、何を作っているのか？　自動車のバックミラーか、便器の把手か、教科書の表紙か？　強力な洗剤か、テレビのアンテナか？　おお、それはみな、たしかに有益な役割をはたすものだろう。しかし、君の人生はそれによってどれだけ豊かになったか？　君にとっての目的は、ほんとうは、バックミラーを作ったり便器の把手を作ったりすることそのものにはなくて、そういう労働を通して金を得るということの方にあるのではないか。

次郎　うん、そうだ。おれ、別にポリエチレンの容器を作ることが人生の目的ってわけじゃない。

手紙　（女声）ひとつ考えてみようじゃないか。日本人くらいよく働く民族はいないという。どうも本当らしい。戦争が終ってから二十年以上、われわれは働らきに働らいた。かせぎにかせいだ。

ヨーロッパ大陸の連中は日本人を経済動物とあだ名して、不安と驚きのまざりあった目でわれわれを眺めている。作れ。ものを作れ、どんどん作れ、山をひらけ、林を倒せ、団地をぶったてろ。自動車を氾濫させろ。生産をあげろ、戦争なんかやるやつはバカだ。戦争の横合いでかせげ。都市を拡大しろ、機械製品を国のすみずみまで行きわたらせろ、作れ、ものを作れ、どんどん作れ、日本人くらいよく働く民族はいないという。どうも本当らしい。でも、だからこそ、ひとつ考えてみようじゃないか。この手紙を受取る君がどんなものを作っているか、われわれは知らない。しかし君はたぶんときどき考えるのではないか、何でぼくは朝から晩まで同じことを繰返しつづけているんだろう。ぜんぜん別の場所に、ぜんぜん別のぼくがいたって不思議じゃないのに、なんでぼくはこんなところにしばりつけられているんだろう。

次郎　ああ、それはしょっちゅう考えるさ。中学のときから、それはしょっちゅう考えていたさ。

ＳＥ　中学校の教室、生徒たちのざわめき。

教師　次郎！

次郎　（おずおずと）はい。

教師　ちょっとおいで。

次郎　はい。

教師　（低い声で）あのな、君は今月から学校へおさめるお金は持ってこなくてもいい。

次郎　先生、おれ、だいじょぶです。

教師　いや、いいんだ、いいんだ、気にするなほかにも何人もいるよ。

次郎　すみません。

教師　おまえがあやまることはないんだよ。おまえの親父さんが、たまたま運が悪かっただけなんだよ。

次郎　すみません。

教師　おっ母さんはどうしてる？　まだ家を出たっきりか？

次郎　ええ。

教師　帰ってくることもあるのか？

次郎　きません。こないだ、川村のやつが、お母さんの着物なんかをとりにきました。

教師　川村って、おっ母さんといっしょにいる人か。

次郎　そうです。お母さんと同じ工場につとめているんです。係長です。お母さんの上役です。まだ若いけど。

教師　そうか。親父さんも気の毒にな。遠いところまで稼ぎにいって、たまに帰ってみれば女房が家出しちまっていたとは。じゃ、おまえ、ふだんは家でどうしてるんだ。

次郎　工場へいってる姉ちゃんと、小学校の弟と、三人だけです。兄ちゃんは去年死んだから。

教師　ふーん。じつはな、こないだ警察から学校にしらせがあってな……

次郎　あ。

教師　おまえ、夜おそくまで駅前の飲み屋横丁のあたりをうろついていたそうだな。辰雄だのサブだのといっしょに。

次郎　さそいにきたもんで。

教師　あの連中は、まあ、近づかない方がいい。先生もな、おまえのことは気にかかるんだよ。おれも子供のときは貧乏だったからな。

次郎　先生、ぼく、お母さんよりお父さんの方が悪いと思うんです。

教師　えッ。

次郎　働きが無さすぎるんだ。いつでも人にぺこぺこ頭をさげて、走り使いみたいなことしかできなくて、みんなに馬鹿にされているんです。だからお母さんは工場に女工に出なくちゃならなかったんだ。それで、それで、あんな、川村みたいなやつに……

教師　次郎！

次郎　先生、なんでぼくらだけこんな目にあうんですか。なんでぼくはあんなぼろっちい家に生れなくちゃならなかったんですか。こないだだって、姉ちゃんに結婚を申しこんだ人がはじめてうちへやってきて、それから急に姉ちゃんを避けるようになったって、姉ちゃん泣いてます（次郎、泣く）、ちきしょう……

M　IN～BG

次郎　そうだ、中学のときから、おれはしょっちゅう考えていた、ぜんぜん別の土地に、ぜんぜん別のおれが生きていたっていいのに、なんでこんなひどいくらしをしていなくてはならないのかって。
「大という字を百あまり
砂に書き
死ぬことをやめて帰り来れり」
こないだ古いノートをひっくりかえしていたら、石川啄木のあの歌が何度も写してあったっけ。啄木の詩集が学校の図書館にあったってことで、おれはすくわれたんだなあ、今考えれば。でも、中学を出て、今の工場に就職して、毎日、女の子でもできるような単調な仕事のくりかえしをやっているうちに、おれ、気がついたのだ、こんなことをしていたら、おれ、父さんと同じことになっちまうって。

M　OUT

手紙（女声）われわれは知っている。日曜になると、日本列島上空はひときわ澄んで見晴らしがよくなることを。煤煙が上らないからだ。われわれは知っている、都市の河川が、正月はじめの二、三日は、一年中でいちばんきれいになることを。工場の廃液、汚物が流れないからだ。われわれは知っている、日曜日の朝、大都会でも地方都市でも、街路がいつもよりひろくなって、コンクリートがゆったりとねそべって陽を浴びているのを。勤め人がせかせかと歩かないからだ。われわれは、君に提案したい、一年中そんな風にしたらどうかと。どうすればよいか？　簡単なことだ。君の仕事を放棄したまえ。ものを作るのをやめたまえ。作るなら、廃墟を作ろう。ものを作っても作っても、君の心は少しも満たされなかった。それなら、反対のことをしてみよう。会社を出て、工場を出て、山へ行こう。湖水へ行こう。都会を廃墟に帰らせよう。太陽と雨、風と砂に明けわたそう。コンクリートや鉄骨を自然の世界へかえしてやろう。河の水は澄むだろう、樹々は新芽をおったてるだろう。けちな仕事は放り出して、都会の空と都会の土を、自然の崩壊にまかしてやろう。君は山へ行くがいい。廃墟を心にひろげるために。

未知の友に　　廃墟建設同盟有志

SE　汽車の音。

次郎　未知の友に、か。未知の友に（満足して笑う）。廃墟建設同盟有志、か。（また笑う）。

子供　ママ。あのお兄さん、一人で笑っているよ。

母親　だめよ。つまらないもの見てないの。ほら、海が光ってるわよ。

SE　汽車の停車する音。ホームのアナウンス――「国府津、国府津、御殿場線乗りかえ、御殿場線松田、山北、小山、御殿場方面お乗りかえの方はお急ぎ下さい」

次郎　そうだ、ここだ、ここで降りよう、山へ行くんだ。（急いでとびだす）

子供　ママ。あのへんなお兄さん、あわてておりちゃったよ。

母親　大声を出すんじゃありません。何をされるかわからないのよ、あんな変なかっこうした人。

（次郎、駆けてゆく）

次郎　（はあはあ息を切らせている）間に合った。は、は、は。ざまあみろ。ああ、いい天気だ。風がうまいや。海だ、海だ。海を見るの、はじめてだ。あそこに光っているぞ。ちきしょう。海へ行ってもよかったなあ。でも、山へ行こう。手紙に書いてあった通りに。山へ行って、廃墟を作ろう。は、は、は。（笑いながら、まだあえいでいる。）

青年　きみ、西部の男が息をきらせるなんて、サマにならないぜ。

次郎　えッ！

青年　強いやつには痩せ我慢が必要だぞってことさ。

次郎　ああ、そう……ですか。……一日中工場で立ちづめだからなんだなあ、ちょっと駆けただけではあはあ言っちまうんです。

青年　工場って、君、工員さんか？

次郎　ええ。東京の下町の小さな工場です。

青年　これはちょっとお見それしたな。ぼくはまた、われらのお仲間かと思ったよ。

次郎　われらのお仲間って？

青年　はは、役者さ。

次郎　役者って、俳優さんですか。

青年　俳優さんはよくないな、役者です、役者。

次郎　あ、すいません。

青年　いえ、どうも。しかし、君のかっこうはなかなかいいね。ふさふさした長髪、真赤なカウボーイ・ハット、ザックにおったてた刀、それから何だい、これは、フルートじゃないか——こりゃなかなかいい。俗悪きわまるスタイルによって、この俗悪なスノッブの文明社会からみずからを隔離する小英雄か。

次郎　へ、へ。

青年　君、なぜそんなにお追従笑いをするんだ。

次郎　えッ。でも……

青年　ぼくが今いったことはぼくの意見だよ。君は君独自の考えでこういうかっこうをしているんだろ？　自己を正確に認識し、しかして認識を正確に表現せよ。他人の意見なんか犬にくれてやれ。スタイルは思考の内容を規定する。内容のないスタイルはない。君のスタイルは君の内容を語る。君い、スタイルは大切だ、だいじにしなくちゃいけない。わかったかい、吟遊詩人よ。

M　IN～BG（スイートなメロディー）

次郎　あの……ぼく……ぼくが詩人だなんて、どうしてわかったんですか。

青年　うわッ。こいつはたまげた。きみもよほどうぬぼれの強い男らしいね。

次郎　（まごついて）だって……今、吟遊詩人だっていったでしょう。

青年　あれは比喩だよ、比喩。

次郎　比喩って、どういうことですか。

青年　どういうって……参ったな、この無邪気さ。ぼくはね、きみのザックに、おもちゃの刀といっしょにさしこんであるこのフルートな、これからとっさに吟遊詩人という比喩をさ、いや、何ていうか、まあ、連想を、思いついただけさ。真赤なカウボーイ・ハットにおもちゃの日本刀、それにフルート、この取り合わせは絶妙だよ。この大通俗ぶりは、退屈な日本の夏を、少なくとも笑うに足るものにしてくれるぜ。

次郎　よくわかりません、あんたのいってること。

青年　いや、ごめん、ごめん。君はぼくの思ったより、ずっと無邪気な人らしいな。

M　OUT、つづいて

SE　さっきよりゆっくり走る感じの汽車の音、FI～BG

青年　こうしてデッキに立って風を受けているのはいい気持だねえ。みろよ、蜜柑山の線。

次郎　ええ。……ぼく、東京を出てこんな遠くまで来たのははじめてなんです。修学旅行もいけなかったし。

青年　ふーん。うちが貧乏だったんだな。……しかし、そんなことは大したことじゃないよ。今君がこうやって一人で旅をしていることの方が、修学旅行なんかより何倍もすてきなことだよ。

次郎　ええ。ぼくもそう思います。ぼく、今日はうれしくてたまらないんです。

青年　ああ、様子でわかったよ。君はふだんは無口なんだろう？

次郎　よくわかりますね。

青年　そりゃ、役者だもの。人の顔をみれば、お喋りか、憂鬱屋か、不平屋か、たいていはわかる。しかし、君は今日は気軽にしゃべっている。
次郎　ああ、そういえば、ほんとに。
青年　無口な青年が気軽にしゃべっているなら、何かうれしいことがあったにきまっているじゃないか。恋人でもできたのかい。もっとも、こんなかっこうしてうろついてるようじゃ、見当はずれだな、この質問は。
次郎　恋人なんて。そんな暇はないです。
青年　すばらしい詩でもできたかい。えッ？
次郎　いえ……ぼくの詩なんか……あれは自分あての手紙なんですよ。量ばかりふえて、大学ノートに八冊たまったけど。みんな、センチなんです。
青年　大学ノートに八冊ね。そりゃ量だけでもけっこうなもんじゃないか。ぼくの知合いにも詩人だなんていう連中がごろごろしているが、君ほど勤勉なのはいないと思うよ。
次郎　ぼくの詩なんか……ぼくがうれしいっていったのは、この手紙のおかげなんですよ。生れてはじめて手紙がぼくに来たんです。しかも差出人がだれなのか、わからない手紙です。ほら。
青年　廃墟建設同盟有志だって？（独白的に）ふん、近ごろこんなのがよく流行るな。
次郎　読んでください。
青年　いいの？
次郎　ええ、ぜひ。

ＳＥ　モダン・ジャズあるいはゴーゴーなどの音がにぎやかに響く部屋。がらんどうのガレージ改造アトリエといった感じ。

男1　（廃墟建設同盟有志の一人。さきの手紙の声の一人。以下同じ）おーす。どうだい、仕事の調子は。（レコードに調子をあわせて鼻唄をうたいながら近づいて）おッ、カッコよくなってきたじゃないの。
男2　うーん。ここの部分の色の出方が気に入らないんだ、どうもね。まあ、会場にたてちまえば、うしろになって隠れるところだけど。おれはたとえアルバイト仕事でも、小さなところにも手を抜かないのが主義だからね。
男1　このごろ小さなところにばかり力を入れてるって悪口いっている奴がいたぜ、は、は。ところで、ユキ子は？
男2　まだ来ない。このごろ、だれかボーイフレンドができたらしい。おれたちにもいわないところをみると、まともなサラリーマンかなんかじゃないのかな。
男1　へえ、ユキ子がね。彼女、出がまともなサラリーマンの家だからな、父親への郷愁ってやつがあるんだよ。安定、貯蓄、おだやかな死。女はどうしても秩序の味方だ。
女1　あーら、いったわね。それ、ユキ子についての批評、それとも女一般の批評？
男1　おや、サトミさん。そっと入ってくるなんて、君らしくもない。もっと、どす、どす入ってこなくちゃ。
女1　にくらしいこと言うじゃない。ハルオ、私そんなにうるおいのない、がさつな大女？　あんた、このごろ私に変にからんだ言い方するけど、どういうことなんですか。私が結婚することにしたからって、そんなに当ることないじゃないの。
男1　おいおい、うぬぼれないでくれよ、おれは何も、君が結婚するからって……
男2　まあまあ、もめるなもめるな。サトミよ、ハルオは今ごろになって、君にほれてたのかもしれないことに気がついたのさ。とんだ三枚目さ。
男1　おい、キヨシ！
女1　ばかばかしい（ヒステリックに笑う。）こんなに長いつきあいなのに。
男2　ばかだなあ。こんなに長いつきあいだからじゃないか。サトミだって、知らなかったとはいわせないぜ。君たちはもっと素直になればよかったんだ。ハルオは破壊と反抗を旗印にかかげる前衛画家なんていう世間のレッテルに、どっかでしばられていたんだ。サトミに対する気持が、自分でも狼狽しちまうくらい素直になるもんだから、それを無理して押さえつけてしまったんだ。君らは、まあ正直いって、ばかだよ。いいじゃないか、素直になれるってことは。おれたちが集まって、ぜんぜん知らない、見たこともない人間に、手紙を書こうなんて考えてやりだしたことだって、もとはといやあ、日ごろいろんな意味で縛られている自分たちの役割を離れて、純粋な声、純粋な叫びをこの地上のだれかの胸に伝えようとしたからじゃなかったのか。まったく無駄な、無意味な行為を通じて、未知の人間の心にいきなり何かを投げこむなんてことは、まあひどく思いあがった行為なんだよ。だから、そこに動機の純粋さ、素直さが失われたら、もうおしまいなんだ。

男1　キヨシ。おれは君のお説教には反対だぜ。君は素直さだ、純粋さだって、昔なつかしいスローガンをかかげてくれるけど、そんなことだから君の仕事は甘くなってしまったんだ。何だ、君の近ごろの作品は。おれは君とは兄弟以上の仲だと思ってきたけど、近ごろの君の仕事っぷりはまるで納得いかないぜ。デパートのショーウィンドー作りだの、テレビの小道具なんかのアルバイトで、結構満足しちまってるんじゃないのか。君は手際がいいし、たしかに小さなところまで手を抜かないさ。だけどな、人間、小さなところなんか抜けてても、でっかい中心が一本どかーんとすわってればいいんだ、どかーんと。おれたちが知らない人間あてに出す手紙だって、おれは君みたいなヒューマニズムからやってるんじゃない。悪意だよ。このけちけちした社会の中で、機会だの地位だの自尊心だのと抱き合い心中している連中に、少なくとも一晩でもいいから、いやーな夢を見させてやりたいからだ。だから、こないだ出した廃墟を建設しようなんてのは、何度もいったように、なまぬるくて、おれは反対なんだ。もっと、どかーんと激烈な、それを読んだらほんとに自殺したくなるような、悪意にみちた匿名の手紙を書くべきなんだ。おれたちの生活のどこに光がある、希望がある。駄目だ、駄目だ、素直さだの、純粋さだのってやにさがってるようじゃ。

SE　汽車の音。次郎、デッキで歌をうたっている。

青年　（手紙を気どって読んでいる）「山へ行こう。湖水へ行こう。都会を廃墟に帰らせよう。太陽と雨、風と砂に明けわたそう。コンクリートや鉄骨を自然の世界へかえしてやろう。河の水は澄むだろう、樹々は新芽をおったてるだろう。」ふん、センチメンタルな美文だね。「けちな仕事は放り出して、都会の空と都会の土を、自然の崩壊にまかしてやろう。君は山へ行くがいい。廃墟を心にひろげるために。未知の友へ。廃墟建設同盟有志」なあんだい、こりゃ。たわいのないいたずらだぜ。どうせ若い絵描きとか詩人とかが遊び半分やったことだろうが。しかしこんないたずらにも感激して、異様ないでたちで放浪に出発する少年もいるんだ。無邪気さってやつは恐ろしい。おれだって、あんな時代があったものな。

SE　さきのアトリエでの音楽、ふたたび。

女2　（陽気に）オッハヨウ。おそくなっちゃってごめんごめん。
女1　ああ、ユキ子。
女2　あら。どうしたの、深刻な顔してさ。
女1　ちょっとね、変な雰囲気になっちゃったんだ。
男1　（女1の言葉にかぶせるように、意地悪く）どうだったい、おデートは？
女2　えッ？　……なーに言ってんの、この人。私、男となんかうろついたりしてないわよ。うちで案を練ってたんじゃないの。
男2　案？
女2　呆れた。この次に出す手紙の案にきまってんじゃない。私ね、もうあんまり深刻ぶった手紙はいやなのよ。ね、たまには吹き出すようなナンセンスな手紙を出してみない？
男2　ハルオは不賛成だよ。
女2　どうして？
男2　自殺をすすめる手紙を書きたいんだとさ。
女2　あら、平凡だ、そんなの。

SE　御殿場駅前。人の雑踏、がなりたてる店のレコード音楽。

青年　じゃ、ここでお別れだな。
次郎　ええ。一緒に来れて、ぼく、うれしかったです。
青年　いや、ぼくこそ。久しぶりの帰省に、いい道連れになってもらったよ。これからどっちへ行く？
次郎　ええ、もうどこへ行ってもいいんだけれど。やっぱり山中湖の方へ行ってみます。
青年　歩くつもり？
次郎　ヒッチハイクやってみます。
青年　ははは。どうかな。見てみろよ、君のかっこうをみんな眺めて通るぜ。みんな、にやにやしながらいくけど、だれも近づいちゃこない。車だったらどうかな。やっぱり同じじゃないか。もっとも、車でうろついてるやつらの中には、きざなスノッブもいるから、ひょっとして面白がって停まってくれるかもしれない。
次郎　気楽にいきます。日が暮れるまでに湖水へつけばいいんです。毛布もってきたから、湖畔で野宿します。夜になったら、フルートを吹きます。ぼく、湖水、はじめて見るんです。
青年　ああ、おれも君といっしょに行きたくなってきたよ。
次郎　どうぞ。
青年　いやいや。君は一人でいかなきゃいけないんだ。将来、何度でも多勢で旅をするかもしれないがね、この旅は、君一人でいかなきゃいけないんだよ。
次郎　ええ。わかります。ありがとう。
青年　ひとつ、聞きたいんだけどね。君はさっきのあのばかばかしい手紙をほんとに信じて出てきたの？
次郎　ばかばかしい？　あれが？
青年　うん。ぼくの見るところじゃね、ありゃ、まあ善意のいたずらといったらいいか……
次郎　だって、ぼくあてにちゃんと届いてるんですよ。ぼく、生れてはじめて封筒の手紙をもらったんです。あけてみたら、毎日毎日もやもやしながらやってきたことが、いっぺんにふっとんじゃうようなことが書いてあったんだ。ぼく、感激しちゃったんです。
青年　ふーむ。そうか……。あだおろそかに物は言うまじってやつだなあ。
次郎　でも、いいんです、あれがいたずらだって、ぼくには変りないです。ぼくが感激しちゃったってことは、動かせないんだからね。

SE　走るトラック。次郎乗っている。

運転手　おう、あんちゃん。おめえさん、そんな面白えかっこうして、やっぱし学生か？
次郎　いえ、工員です。
運転手　へえ。工員？　そうかねえ。近ごろは芸人みてえな学生がいたり、学生みてえな工員が道ばたで車をとめたり、まったく面白え。おれが車をとめなかったらどうするつもりだったんだね。この風体じゃ、なかなかとめちゃくれめえ。
次郎　湖水まで歩くつもりでした。日の暮れるまでにつきゃいいから。
運転手　わっはっは。のん気坊だなあ。この坂道を歩いて、峠をこえて、日の暮れるまでに行きつけると思ったのけえ？　呆れて物がいえねえよ。まるで近ごろの若えのときたら、無鉄砲なんだから。

SE　湖水の波の静かな音。
ついで次郎のあまりうまくないフルート、しばらく流れる。

M　IN～BG

次郎　この波打ちぎわで寝よう。空に星がこんなに散らばってるなんて、おれ、夢にも思わなかったな。多すぎて、もうきたないくらいだ。山も水もこんなに真黒になっちまうなんて、東京じゃとてもわかないや。おい、次郎、こわいか。へん、こわくなんかあるもんか。うそつけ、こわいくせして。フルート吹いたら、こだまがかえってきたんで、おまえ、こわくなってやめちまったじゃないか。ばか。……ふ、ふ、ふ。ひとりぼっちだ。おれ、ひとりぼっちなんだ。お星さん、おれ、次郎ってんだよ。おぼえといてくれよ。東海の小島の磯の白砂に……か。ふん、啄木のばか。……父さん、おれ、父さんとはちがった人間になるぜ。母さん、ばかな母さん……。かわいそうな母さん。

M　OUT

次郎　（戸をあけて）ごめん下さい。
女3　（陽気に）ハーイ。
次郎　あのー、ここ国民宿舎ですね。あのー、部屋あいてますか。
女3　ええ……（ためらってから）相憎なんですけど、今いっぱいなんですよ。
次郎　（戸をあけて）ごめん下さい。
女4　（いぶかしげに）ハイ？　どなた？
次郎　あのー、国民宿舎がいっぱいなもんで、すみませんけど、一晩とめて頂けませんか。
女4　えー？　うち、宿屋じゃありませんよ。
次郎　知ってます。でも、いっぱいなもんで。
女4　まあ、図々しい、出てって下さいよ、変なかっこうしてさ。一晩とめてくれなんて。何をするつもりかわかったもんじゃない。
次郎　（陽気な大笑い）

SE　車の停る音。発車する音。停る音。
次郎の「どうも、ありがとう」という声。何回もこのパターンの繰返し。次郎、何日もヒッチハイクで南の方へ進出。

次郎　東京を出てから、もう一週間だ。

SE　太平洋の波がくだける浜辺。

次郎　（叫ぶ）太平洋！　太陽！　風！　魚！　雲！　次郎！　廃墟はどこ行った！　廃墟はどっかへ行っちゃった！　ざまあみろ！　松林！　船！　光！　影！　屋根！　波！　廃墟はどこ行った！　ざまあみろ！　どっかへ行っちゃった！　次郎の馬鹿野郎！　おまえ、カナズチじゃないかあ！　泳いで見ろ！

SE　さきのアトリエの音楽と同じような音。男2鼻唄をうたいながらとんとん木を叩いている。

男1　なあ、おい。サトミの結婚式ももうすぐだな。
男2　（鼻唄まじりに）ああ。あと一週間か。
男1　おれな、こないだおまえにひどいこと言っちゃったけど。あれ、やっぱりサトミのことで図星をさされたためにカッとなっちゃったんだ。
男2　わかってるよ。弁解すんな。
男1　弁解じゃない。おれ、サトミのことをあれからちょっと真面目に考えたんだ。おまえのいうことが正しいかもしれないと思いはじめたんだ。
男2　しかし、もう遅いよ。サトミの相手はヨシオだもの、これが全然知らない男のところへ行くんなら、奪還するために今から馬力かけることもできるだろうけどさ。同じ仲間のヨシオじゃな。おまえだって面映ゆいだろう。からかうな。
男1　ちきしょう。
男2　おまえはな、情緒の面において多分に少年期をぬけきれていないところがあるんだよ。まあ、おまえの作品だって、人には威勢のいい、型やぶりの面ばかりが見えるらしいが、おれからみれば、情緒未発達による特異体質的な絵が、すなわちおまえの絵でね、派手に人眼にうつるけど、本人はいつでも不安で、孤独で、おっかない大人たちを仮想敵国にして嚙みついているのさ。若い犬みたいに。
男1　こいつめ。こないだのかたきをとりゃがる。
男2　ははは。
女2　（大げさに駆けこんでくる）大変、大変。あんたたち、この新聞記事読んだ？
男1　なんだい、え、新劇俳優高村俊吉の随筆じゃないか。
女2　私たちのあの手紙のことが出てくるのよお。馬鹿にしてんのよ。
男2　どれどれ。何だって……『私はその少年が大事そうにみせてくれた手紙を読んだ。愚にもつかないことが書かれていた。何もしないでいようよ、そうすればお空もお水もきれいになるし、道路ものんびり日向ぼっこできるようになるよ。廃墟ばんざい、怠け者天国ばんざい、というのである。』この野郎、ひどいやつだな。おれたちの手紙の主旨を勝手に変えちまやがって。『私はこの手紙のことをめくじらたててとやかく言うつもりはない。他愛ないことを書いて、行き当りばったりの人間に送るなんてのは、遊びとしては仲々気がきいているといってもいい。しかし、その手紙をたまたま受取った貧しい少年が、勤めも何も放りだしてほんとに放浪の旅に出てしまったとしたらどうか。そして、事実それが起ったのである。私はこの少年が、もし、海にも山にも行ったことさえないような貧しい少年でなかったとしたら、たぶんこんな無鉄砲な行動には出なかっただろうと思う。彼は貧しかったがために、この他愛ない手紙の中に一筋の光を見出したのだ。閉ざされた彼の日常生活をぶち破ってくれる可能性のひらめきをそこに見出したのだ。そして無邪気にそれを信じ、それに従って行動を起したのだ。私はこんなばかばかしい手紙にさえ全身的に感動し、反応することのできる若い魂に、ふと激しい羨望を感じた。そして、こんな手紙を書いた人間のつらを見てやりたいと思った。異様なかっこうをした少年は無心に汽車のデッキで歌をうたっていた。私は大人であることを恥じた。』

　ちっきしょう！　高村俊吉のやつめ。いい気になりやがって……しかし、たまげたなあ、ほんとにあんな手紙で旅に出たやつがいるなんて！　は、は、は。

女2　いかれてんのよ、その子。ばかなんじゃない？

男1　（どなる）ばか！

女2　びっくりさせないでよ……あらッ。ハルオ、泣いてんじゃないの！

男1　うるさい！　ばか！（興奮して、ちょっとのあいだ、泣く。）ああ、負けた。負けた。

女2　負けたって、だれに負けたのさ。

男1　当り前じゃないか、旅に出たその子にだ。

女2　なぜ？

男1　おれにはあんな手紙をもらっても、そのまま出かけていくだけの無垢な心はないんだ。あんな手紙を書いておきながら、あそこに書いたことをおれたち何ひとつ実行しようとなんて思っていなかったじゃないか。駄目なんだ、駄目なんだ、こんな生き方していちゃ。万が一にもおれたちの手紙の通りに実行するやつが現れるなんてことはあるまいと、たかを、くってやっていたんだ。それはつまり、自分たち自身に、いいかげんなたかをくくっていたことじゃないか。要するにお遊びなんだ。おれたちの頭も、手も、足も、はらわたも、お遊びの毒にどっぷりつかっちまってるんだ。ああ、負けた、負けた。

女2　どうなっちゃってんの、これ？

SE　冒頭と同じ、モーターやカッターの音。BG。

工員A　（モーターの音のため、大きな声で以下三人の会話すべて同じく）次郎！　おまえ、よく帰ってきたなあ。死んじまったんじゃねえかと思ったぜ。

次郎　死ぬ？　おれが？

工員B　遺書を探したんだぞ。

次郎　遺書？　おれの？　なぜ？

B　だってよ、おまえ、詩なんか書いてたしよ。

次郎　（笑う）

B　何で笑うんだよ。

次郎　あんなものが詩だなんて。

B　後生大事にしているくせに。

次郎　今朝、みんな焼いちゃいました。

B　え。もったいねえ。

次郎　盗み読みできないからでしょう。

B　ばかやろ。

次郎　おれねえ、やっとわかったんですよ。

A　なにが。

次郎　おれが旅に出たのは、あんなノートを焼いてしまうためだったって。

A　ふーん。

次郎　残してあるのは、これだけです。

B　なんだ、手紙じゃないか。

次郎　あのとき、おれに手紙がきたっていったでしょう。

B　ああ、あれか、あれか。

A　なんだって。廃墟建設同盟？　面白そうじゃないか。ちょっと中味を読ませろよ。

次郎　（冷淡に）読む必要ないです。中味はてんでつまらないものなんです。

SE　モーターの音FO。代って、海の波音、しだいに高まって、とつぜんOFF。

（了）

編集委員の記

●

明日、羽田を発ちます。金策やら旅程、パスポート、ビサ、各地への依頼の手紙から土産ものの買いあつめ、はては荷造りと、転手古舞です。今日、外国旅行など日常茶飯事のようでいて、さすが我が身の上となると、いささか胸躍るものがあります。

この旅行が、帰国後の我が暮し様を変えるだろうなどとは、夢、思いもしませんが、これを契機にして、と云う旗印を自ら立てて、少しは違った生き方がしてみたい、と云うのが（ちょっと大時代に云うならば）現時点に於るわが悲願であります。

詩は、時間と自己の穢々が書かせるのです。来年は身体を少しは楽にしてぼくの「詩の年」にしたいのです、残んの燠をかき立てて。

今年とても嬉しかったこと。澤山のミュージカルスに出られて――なんかじゃなく、我が畏友、雅兄、詩の大人《タイジン》、水尾比呂志に、とんでもなくすばらしい（あらゆる意味で）お嫁さんを妻《メアワ》せ得たこと。こよなく良き、真の人生を、と祈ります。

友竹　辰

伸。ぼくの廻るところ。ハワイ・サンフランシスコ・ラスヴェガス・ロスアンゼルス・メキシコ・ニューオルリーンズ・マイアミ・ニューヨーク（此處には長く）・マドリッド・パリ・ロンドン・ベルリン・ヴィン・チューリッヒ・ローマ・ミラノ・フランクフルト・（若しかしてホンコン）東京、以上です。

●

自然に觸れながら暮してゐると、美しさの本質とは、ほんたうは實に何でもない平常のものだといふことがよく納得出來る氣がする。自然を離れるに從って、美しさは、異常な特別なものでなければならないといふように思われ、信じられてくる氣がする。確に實在してゐるほんたうの美しさを見失って、観念的な美しさを作り上げ、美しさとは何の關係もないものを美しいと幻覺するやうになってしまふやうな氣がする。今年は、幸ひに夏の二ケ月餘りを山莊で暮すことが出來て、美しさについて何か眼の鱗が落ちたやうに感じた。「美は迷ひだ」といふ言葉を、晩年の柳先生から聞いたことがあったが、少しその意味が判ったような氣もした。迷ひの美を迷ふことも、美に近寄る道ではあろうが、迷ひ過ぎの迷ひっ放しに、どうやら私たちは甘へ過ぎてゐるやうにも思った。さういふことを、もっと考へてみたいと思った。

私事ながら、七月に結婚式を日光輪王寺で擧げ、九月に東京で御挨拶の會を催して頂いた。式の媒妁には友竹兄御夫妻を、会の司会には川崎君を煩はし、櫂同人方の御世話を忝うした。心のこもった御祝を頂戴した多くの方々に、こんなところで失禮ではあるけれども、深く御禮申し上げるとともに、今後の御導きを御願したいと思ふ。

水尾比呂志

●

十五号が出たのが、去年の二月だから、一年たってしまったわけだ。その間いろいろあった。谷川が日本に帰ってき、水尾が結婚し、友竹が海外へ出掛け、そして、帰ってきた。なお、たった今電話によると、水尾君のところがどうやらおめでたらしいという。上記二人の〃記〃は、昨年十一月のもので、まことに月日はあっというまにうち過ぎ、あっというまに実り、だからあっというまに朽ちるのであろうか。詩とは何か？　などと構えている時間はない。もう、書いてそしてまた書くよりしようがないのだ。いやいや書いてそれでどうしても満足できなくて、だからいやいやなどといっていられなくなる。心臓から押し出された血が再び心臓に帰るまでたった十八秒しかかからぬそうな、――聞いて故知らず感動した。今号の編集担当はぼく。次号は友竹・次は水尾の順になる。川崎　洋

櫂　第十六号　定価　二五〇円
一九六八年四月二十日発行
発行者　櫂の会
神奈川県横須賀市金谷町五五八　川崎方
発売所　国文社
東京都豊島区南池袋一―一七―三
電話（971）四三七二振替東京一九五〇五八
印刷(有)堀口印刷

櫂

XVII

恋文《レテラ・アモローサ》

ルネ・シャール
飯島耕一訳

あなたのどんなわずかなしぐさも
恋のうちかちがたい力で
わたしをひきつける。
クラウディオ・モンテヴェルディ

献辞

底に沈められた時間、深い悲嘆の年月……自然法というものか！年月は、にもかかわらず、もう一度、あらゆる時代の讃めらるべき創造物に、存在のちからをあたえるだろう。

ぼくはきみを深く愛する。女に信仰をもたない野心家などというものは、他人に害をあたえて暮しているのに、その腕の見せ場がだんだんせばまってくるのになやんでいるモンスズメ蜂同様、じきに不如意になるだろう。ぼくはきみをいとしく思う。と、死のどんよりした軽舟艇は、岸から遠去かって行く。

《祝福された世界よ、あれがぼくという存在の骨組、自分の腹のほらがいを、光で照らしたのは、それはあんなにも渇いた愛神《エロス》月のことだった。ぼくはわが身とあれのほらがいとを、永久にまぜあわせた。してぼくがそのことに気づいたとき、あれは、ぼくの運命の茫漠として迷った小径を、恋人たちの土地の、人目をしのぶ至福へと通ずる、一箇の幻日の道に変えたのだった。》

こうしてきみは、ひそかに、そしてみんなの眼のまえで、ぼくのあがめる無輪の犁となる。

とつぜん自分だけのものとなった心、砂漠の主《あるじ》が、
眼に見えるように、と言っていいほどに富んだ心、
高められた心、王冠となる。

……今朝はもう熱はない。ぼくの頭はふたたびはっきりして、空家のようにからっぽ、きみの姿に似た、果樹園の岩のように据えられています。昨日北部地方から吹いてきた、とてもつよい風が、樹々の傷められた脇腹を、ところどころふるわせています。きみの居場所はまたもここです。きみは失った土地をとり戻すのです。急いでこの征服から鳥のように飛び立つのです。

この地方は一箇の、決して挑戦的ではない感動しやすい心と、またあらゆる事柄におきまりの見方をする眼とは別個の眼とを、きみに負うているとぼくは思います。きみは出発しましたが、この地方もぼくも病んでいるので、きみはこうした屈折した事情のうちにとどまっているのです。ぼくの頭のなかできみを安心させようと、ぼくは不意の客や、しなければならない仕事や、あの矛盾撞着と手を切りました。きみがのぞんでいたように、ぼくは休息します。よく山に眠りに行きます。こうして、ほんとうに、今では好意にみちている自然のおかげで、ぼくは自分の肉にふかく刺さった棘や、古い不幸だった出来事、つらい勝負からぬけ出します。

こんなにも息をはずませ渇いている男を、きみはそばに受入れてくれるだろうか？

月光と夜、それらは一匹の黒いビロウドの狼。村はわが恋人の夜の上に。

《瞼をよくしらべてごらん》と、小学生のぼくが眠りにつくまえ、母は身をこごめて言ったものでした。ぼくは小さな礫《つぶて》が、あるときは緩慢に、あるときはきいきいとするどく鳴りながら浮んでいるのに、一箇の玉石が草叢でみどり色になるのに気づいたのでした。ぼくは泣いたっけ。ぼくはその小石がぼくの魂のなかに、ただそこにだけあればいいと思ったのでした。

不眠の歌

《恋人が呼べば、恋する女は来るだろう。
夏よ、栄えあれ、おお果実！
太陽の箭はあのひとの唇をつらぬくだろう。
あのひとの肉の上に裸のクローバは巻毛となるだろう。
イリスに似た小さなかわいらしいもの、蘭、
滝が一滴ずつたらし、口がそれを引き渡す
よろこびの牧場の　いちばん古い贈り物。》

二人の背後で、植物がすぐさま閉じあわさり、抱きしめあうような森に、ぼくは滑り入りたかった。何百年も年経た森。だが種子を蒔きやめない森。それは自分の短い生涯に、火の側を、海綿漁師の手をして通った悲しみだ。《二つの火花、おまえの祖先》と、時の傾斜が、つれなく皮肉る。

きみのスーツケースが閉められる。きみそのひとが急ぐ。きみの接吻が姿を消す。こうしたきみを一人じめにする呪わしい動きの一切は、一台の汽車のかたちと、うとましさをもっている。まだ出発もしないのに、一人はもう一人の放心とともにある。それは信じられないほど謎めいていた。

ぼくの頌めことばはまっすぐな嘴をもつ一羽のハイタカのように、きみの額の巻毛の上を旋回する。

ぼくは時間の背中で書いているらしい。それはやさしくしなやか、ゆるやかに軋んでいる。秋！　公園の樹々は一本ずつはっきりと見える。こちらの樹はおきまりの栗色。別の一本は、まだ灰色になっていない。おしまいのは茨の粥だ。駒鳥がやってきた。野のおとなしい楽器商人。その歌の滴が窓ガラスに滴りおちる。芝草のなかで、昆虫や動物たちの、魔術的な殺戮者どもが自分を犯している。お聴きなさい。でもそっとしておくことです。

きみの手のよろこびをわが手にもつかみたい、とぼくはあせる。ときどきぼくは、どんな舟も乗り入れないような池の表に身を投ずるのもよいと想う。それから、きみを彩り飾っているものが、そこでこそわきかえる真の奔流の流れに蘇えるのも。

きみをまたもひきとめるこの町をかこむものは、軋みをあげねばならない。風、風、幹のまわりにそして切株の上に等しく風。

きみの部屋の窓辺をぼくは見あげた。きみは何もかも持って行ったのか? ぼくの喩に溶けるのは雪片だけだ。いやな季節、そこでは悔む気持になり、何かを投げ、それから気を挫かれる。

大方の人々に背を向ける覚悟ができていると、ぼくのいつでも感じる風は、きみを仲間にひき入れて、ゆたかになり、きらめく閑暇をもつ。

きみといっしょに、ぼくはすばらしくよく笑う。他にはないことだ。

昨日、昼食のあとでぼくは歯医者に行き、昼寝の一時間とはおよそ似ても似つかぬ一時間を過ごさねばならなかった。医者は急にぼくの歯を一本抜くことにしたのだった。急ぐというのでぼくもあきらめた。今日、口のなかは早鐘、頬を枕につけて、おおカッカとする。ぼくは死者たちの非常におだやかな顎を夢みる。

わが恋人の空間のなか、自由さのなかにしかぼくは在り得ず、生きたいとも思わない。ぼくらは二人とも妥協の子ではないし、あの、なおも気を挫く隷属心を養おうとも思わない。だからぼくらはお互いに意地わるく、拒む理由ないゲリラ戦をやる。

きみはよろこびだ。あとからつづく波とは別の波の一つ一つだ。やがてつづく全部が一度にのしかかる。それは互いに溶けあい、自らをつくり出す海。きみはよろこび、痙攣する珊瑚だ。

ぼくらは、うっとりするような禁欲の頌歌《ハレルヤ》に誰よりも満足しなかった。ぼくらは、神も憐れみたまう活潑な放縦さのなかで互いにしめつけあいころげまわった。

ぼくはわが身の幸福を盲目的に味う。人がそれに憤《いきどお》っても。

町の大通りを漫歩しながら、誰が、（神や聖書の）ことばによって任意にはじまるのではなく、（厳密に愛にあふれた意味での）、意志によってはじまる世界を夢みなかっただろうか。こうした、一つの社会への爽やかな直観には人をぞくぞくさせるものがある！

ぼくらのことばは、ぼくらのもとに辿りつくのにとてものろのろとしていて、あたかも、ことばのなかには、それぞれにひと冬をまるごと閉じこめておけるだけの樹液がみちているかのようです。というよりも、あたかも、沈黙にみちた両端から互いに狙いをつけあい、その釣り合った状態のままで、ことばたちには飛躍したり互いに結びついたりすることが禁じられているかのようです。にもかかわらず、ぼくらの声はお互いのあいだを走るのですが、街路やぶどう棚や藪の一つ一つが、一方の声を他からひきはなし、ひきとめ、それに問いかけます。すべては一方をのろのろとさせるための口実なのです。限りない太陽の二日があり、ついで霧がその地をふたたび蔽いました。通行人やさまざまのものたちは、またもぼんやりと霞みました。きみのすばらしい唇のふちの黒子《ほくろ》さえも。

大地からぼくが忘れられるように、ぼくは時々きみにだけ話します。

沼の氷塊を嚥みこんだアヒルさながら、近くの牧人小屋で誰かが咳をしています。季節のかわり目には、誰も小さな敵に攻められます。アヒルにはかぎらず。

　ぼくは帰ってきたばかり。ずいぶん歩いた。きみは絶えざる女。ぼくは火をおこす。どんな病気にも効く安楽椅子に腰をおろす。荒々しい焔のひだは、今度はぼくの疲労がよじのぼる。不吉な思いと交替する、よろこばしい変貌。

　戸外には痛みを知らぬ日の光が地を覆い、柳の鞭はむちうつことを放棄します。もっと高いところに、犬の吠え声と狩猟者たちの叫び声が引裂く、大樹の韻律があります。風の吹きとおるこの森に、もしこの憑かれたやつら、殺戮者さえいなかったならば、と思うのですが。

　きみのなやましい下着。

　人生の修業、解決のない解決、しかし健康な動機をもつ若干の闘争が、ぼくに人というものを、その青い嵐もその人に最大限の好意をしめすような空の角度から眺めることを教えました。大方の人は通行税などをとりたてにしないものだ、とぼくは知っているつもりです。

　完全無欠な、ぼくらみんなの方舟は、その満艦飾のためじきに難破します。舟は、光を発するしかし雑多な積荷で沈むのです。残骸と塵芥のなかに、嬰児の頭した人間がまたもあらわれる。その人間ははや半分液状で、半分開花しているのです。

　地球上にただ二人しかいないとしたら、恋人よ、ぼくらには共犯者も同盟者もいないだろう。無邪気な先駆者がそれともぼんやりした生き残りか。

　光よりもすぐれた（よりいっそう突きささり、まといつく）何ものかの飢えと口の全体が、つながれた鎖をたち切る。

時計はやさしくぼくらを圧するが、きみもぼくもそれを回避するすべを知らない。

よろこびの極致で夜をあかす男は夜のごとく太陽に比せられる。夜をあかす男は涙をもたない。人を追わない。

ぼくは夕暮れに時々リラ園に行く。ぼくはそのときどきにあちこちのテーブルに坐る。ぼくのほかは誰一人犯さないテーブル。ぼくは、わが蜂よ、おまえが思いつかせることをする。

わが流謫は壺に閉じこめられている。わが流謫はその忍耐の塔にのぼる。なにゆえに空はアーチ形につくられてあるのか？

稀なる魂がとつぜん狂喜する小さな場所がある。そのまわりはどちらでもいい空白にすぎない。魂は凍った土から身をおこし、自分を揺り動かすものから身を守り、寒々しい眺めからわが身をひき離そうとして、おのれの毛皮を一つの歌のようにひろげる。

きみがよくまどろんでいた苔の傾斜で、鈴が鳴る。曲り角のわが天使、春は前ぶれをする。小砂利の土地は長い空のしめった裏側だった。樹々は大たんな踊り子たち。

やめるがいい、柵沿いに泡を食べすぎたおまえの鼻面、夢魔の牝馬よ、おまえのコースは久しくまえからきめられている。

不在はただ一人のひとを、人工と超自然の中間に置きたいとつとめる。そのただ一人のひとに夢中になったこの思念の冬籠り。

日の暮れに急いで飛ぶある鳥を眼で追うとき、剛毅な心の波の上に高く身を持していることは容易ではない。

ソルグ河の緑の水のなかに、二本の黄色いイリスが。もしも流れに押し流されるとしたら、イリスは首斬られることだろう。

深い霧の二人の部屋の扉をぼくは半ば開く。そこにぼくら二人の賭けが眠っている。ぼくはそれを見つけ、それを崩す。きみのその手でそこに置かれ、ぼくの淫蕩さがおし入って滅ぼした。

ぼくの滑稽な貪欲、ぼくの凍てついた祈り、それは深淵の脇腹に一羽の肉食鳥のごとくきみの頭をとらえること。（ぼくは断崖に降る雨のもと、僧帽をかぶった鷹のように幾度も幾度もきみをとらえたのだった。）

またここに現実世界の歩み、掠奪とあつれきのうちに人々の影法師が話しながらさかんに身振りする暗い眺めがある。いくたりかの女、償いをする女たちが、収穫の火をととのえ、雲と折合う。

イリスよ、決してきみを折ることはない。ぼくの大切な花であってくれてありがとう。水のほとりにきみは神秘の感動をかかげます。きみが眠らず見守った瀕死のものらの上に、きみはそっと身を置くのです。きみは時間が癒しえなかった傷口をやわらげます。きみは人を落胆の家に導きはしない。きみは照り映えるあらゆる窓が、情熱のただ一つの顔をのみつくり出すべきだと言う。きみは自由な緑の並木道の上に日の光の帰るのを見送るのだ。

河岸の空地に

一、イリス＝1・ギリシャ神話の女神の名、神々の使者であり、また、自分の肩掛をひろげて虹をつくった。＝2・女の固有名詞。詩人たちが恋する女を名指すのに用い、またその名まえを伏せておきたい婦人を呼ぶのに用いる　＝3・小遊星

二、イリス。蝶の一種の名　灰色の立羽蝶、いわゆる、光で色の変る立羽蝶の小紫。喪の客に先立つ

三、イリス。青い眼、黒い眼、緑の眼は、そのなかで虹彩が青い、黒い、緑である眼である。

四、イリス。植物。さまざまな川の黄色いいちはつ。

……イリス。複数のイリス。愛神のイリス。恋　文のイリス。

（ここにあげたルネ・シャールの「恋文 "Lettera amorosa"」は一九五三年にガリマール書店の希望叢書の一冊として出されたものです。この叢書の編制者はシャールと親しかったカミュでした。三十ページ余りの小冊子ですが、なかなか難しい作品で、実は一度訳して発表したことがあるのですが、それに不満で今度全面的に訳しなおしました。――訳者）

星

岸田衿子

ことりは　ことり
いく千のほむらのような羽毛につつまれていても
森は　森
いく千の網の目のように梢はふさがっていても
おとこの子は　おとこの子
太古の火口湖のように　ねむっていても

うたわないことり
ねむってるおとこの子

星はこれいじょう遠くはならない
地球の草は　少年の膝をかくす
いつまでも　かくす

王様 2

川崎 洋

王様
わかってきた
今まで
いろいろ騙されていたことが
わかったぞ
祝砲を撃て！

王様
叫びながら詩を書く男
の話をきく
私の柄ではない
と　ビールを飲む

王様
自作の詩を朗読する
すると
もう一人の王様
「あッ　あああ　あーッ」
と感じた
という

王様
馬に乗る
ただそれだけの話
芋をたべる
ただそれだけの話

王様
象を計り
重たい
という

王様
森をいくつも縦に重ねたような
雲を突き破った超巨大建築物が
空に画かれているのを見る

王様の横に
他王様
その横に
他他王様

鎮魂歌

吉野弘

あなたは　六七年十一月十二日
生身の　軀を焼いた
政治家は　手を焼いた
軀を焼くことの出来ない僕は
あなたの亡くなった日に
つらい名を献じる
美脩捨て忌
苦しかったでしょう
忌み明けは　いつ訪れる?

蚤の市

蝶

蝶が　三匹　もつれている
三角関係？
あの日まぐるしい動きから
三角形を感じとるのは至難

（註　三好達治かルナールあたりに、似た発想がないかと思い
探しましたが見当らないので、発表します）

男

女に溺れる男の眼つきは
男の父の眼つき
祖父の眼つき
先祖の男すべての眼つき

曼珠沙華

真赤な髪を結いあげた
髑髏っ首の　曼珠沙華

逃げ足速い　旦那さま
眼が吊りあがる大年増

ほつれ丸髷　曼珠沙華
髷に火がつく曼珠沙華

消しゴム

小さく丸く形よく減った消しゴムは
お婆さんのようだ
子供や犬の不始末を
丹念に消して生きてきた
お婆さんのようだ
仲々こんなふうに典雅にはならない
大抵の女は
お婆さんになるずっと前に
鉛筆の先に刺されて痣になったり
ナイフに切り刻まれたり
果ては片輪になって
行方不明になる
ここまで生き残ることは
やはり大変なことだよ　お婆さん！

避雷針

刻々垂れさがる雷雲に近く
避雷針は立つ

明滅し威嚇する稲妻を浴びて
避雷針は立つ

避雷針は立つ
不穏な儀仗兵の槍の輝きのように

いきり立つ王の一撃を
苦もなく地中に吸引しようと

穂先鋭く　ひっそりと
避雷針は立つ

逆らわず　逆らうものとして
避雷針は立つ

語彙集

中江俊夫

第三十四章　水尾比呂志夫妻に

花あかり
花いろに
花のこえ
花　現れ
花あまく
花あらわ
花さわぐ
花ばなし
花ごころ
花のとも
花息の

花唄は
花欠けて
花みず
花かざり
花ごえで
花じろむ
花づらの
花汗に
花をもたせ
花つまみ
花であしらい
花しずめ
花かくし
花たれ小僧
花火あげ
花虻は
花に舞い
花かずら
花笑い
花のかげ
花よめ
花むこ

花むすび
花道に
花ぁわぁわ
花ござで
花靴の
花の兄
花の弟
花の宴
花少女
花匂い
花やいで
花のかお

花あわれ
花冷えて
花しぐれ
花吹雪
花いくさ
花まぼろし
花消えて
花いかだ

花摺衣
花笠や
花おうぎ
花塩のせた
花机
花稲かけて
花ばさみ
花のれんわけ
花形の
花巻そばの
花うつろ
花雲なく
花蕊はなくて
花あとの
花恋いの
花づくし
花相撲
花電車
花咲じじい
花ことば
花あわせ
花絹の

花ごよみ
花のすがたは
花緑青
花うるし
花ぁわび
花代
花欄間の
花見
花うさぎ
花札
花がつお
花垣に
花独楽
花雪
花あられたべ
花まつり

付記　『あんかるわ』18号に発表した三十四章〜三十七章は、一章ずつずれ、三十五章〜三十八章になる。以上、訂正します。

ヘンリー・ミラー展にて友竹夫妻に会う・一九六八年四月五日東京伊勢丹

谷川俊太郎

詩がない出会いも
優しい心で見れば詩だったのかもしれない
東京にふるえながらサンタ・モニカが重なり
その下にグラナダも透けて見える
パリは針のように心臓に突き刺さり
ミケネーは柔い下腹の中
そこには見えない月影もおちていて
アンドロメダは大脳にくもの巣みたいにかかってる
燐光を発する床の上で
ぼくら三人とも少しづつお化けだった
とだえずに続いてきた血の流れは
利休子宮を通過して
やすやすとネアンデルタール人まで遡り

その先にまだかすんでいるエテ公の顔もある
神をもってももたなくても
そこまで一瞬でぼくら行けるのだ
形あるものはただ一枚の画用紙の上で
みるみるうちに溶けてゆくことができ
水彩のしたたりはいつまでも乾かない
ヘンリー・ミラーは一生懸命売絵を画いて
元気に便器に坐っている（但写真）
あらゆるものが詩的なので
ぼくらかえって詩に気ずかないのだ
今日も割合陽気に一日を始めて
もう昔ながらの謎のただなかにいる
ひとつのポットからの三杯のコーヒーの別々の苦さ甘さは
きっとぼくらひとりひとりの幸せと不幸の味だが
その底によどんでいるただひとつの味は
それこそぼくらを咎なしで許してくれているものの味だ
友竹は影深いみどりに輝き
谷川は飽きず流れて
今日すでに成就して手に触れる物また物のかずかずよ

旅のソネット十四から

友竹　辰

メキシコを愛しすぎ　まるで自分が
メキシコ人になったみたいになり
メキシコの旅は何としても詩にならず
ソネット集の中休み　と云うことで。

メキシカアナと云う会社のひなびた飛行機の小さな窓に、ひどく肥えた蝿が一匹、いつまでも唸り、折ふしは突然に沈黙し、いつしか天空は昏れて、蒼い地表のはてがスペクトル表そのままの五彩にかすむ頃、その湖は、在った。

たぶんチャパラ湖？　夜明けに開いた真珠母貝の上蓋？　それは無垢で、永遠を反映し、むこうにのぼる大きな一つのスミレいろの星。あんなきれいな飛行はなかったなあ、じっさい。

実際に、メキシコシテイは空気がうすいらしく、定期便の運転手みたいにダブルクラッチでいきした、つまり一つ呼吸を二段にドドッ、とした、うんと泣いたあとの嗚咽のような深呼吸、バタフライの一搔きの束の間のいきみたいに。

唐もろこし粉と油のにおい。ひん剝かれ内臓丸出しで焙られ吊された小動物。塩で固めた岩塊の如き魚。マリアッチ。巨大、極少、色とりどり無数のゴム風船。日曜日の教会の横町の手廻しオルガン。カンビール。みんなカンビールを飲む。

ところでぼくは竜舌蘭の露を飲む。

ひと舐めした左手の親指のつけ根に（かなりハレンチに舌を出しベロッと1.5cm^{2}位の範囲）精製しないざらざらの塩をのせ、素焼の小皿に盛った人工着色みたいな真みどりのひねライムいびつライムのぶつ切りを、その親指と中指薬指でつまみ、ガラスのぐい呑みのテキーラを右手に摑み、①塩なめ　②テキーラ一息流し込み、の、③ライム口中へひと噴射。その時、ノドチンコから先ず鼻へ、ついでのんどを一閃、涼風の征矢ぞ走るレロ！

さて定式によりましてお次は、女。テキーラ飲酒法の実地訓練は殊のほかきびしく我が身にこたえ、男と女でごった返し楽音轟くボールルームらしきいとうす暗き阿鼻叫喚のさかい――あたりまでは分明なれ共あとは・・・・。・・・・・とに角、ナゼカ、ベッド。ナゼカ、カタエニ女。いかにもくろく、眼と歯なくんば暗黒を抱くような。アズテクの顔。きぬぎぬ、ぼく「アカプルコの海ミタイナア」女「ヘン、アカプルコ、バカノイクトコ。ベラクルスベラクルス」ぼく「ベラクルス？」女「ソウヨ、ウミヨ、ソラヨ、ワタシウマレタトコヨ、オトコモコドモソコニ、ワタシ、マツヨ、ベラ、ベラクルス」

さあっとメキシコ湾流奔り潮は満ち風吹きわたる、目に、またに

ソネット・旅

なにが倒れ去ったのだろう　ぼくの裡に
激しい音　ふみしだかれた枝　果実の殻
そこはひどく空虚で　森とすれば伐採地
星空ばかりひろがった　暗黒の領分

それから　風がたち　眠っている樹々のあいだ
いつかのように暁がしたしく　そう
いかにもあの物語の日々のなかでのように
ぼくに唱ってくれるだろうか　古い揺籃歌

還れないこともわかってはいた
自分で望んだ漂泊だったから
この饑餓も知っていたから

それにしても　とおい夜
いつまでだ　この闇　この風
なんて重いんだ　この血　この骨

ソネット・ロオマ

ひと　生き　人々は
死んでいる　廃墟のなか

もの　在り　存在は
ない　記憶　ぼやけた記録

太陽いたいよう
よごれた夕映え　首
かけらの尻　マンドリン　月光
星ほしいよう

みじめな水　いじましい石
きたない木　さらされた皿

絢乱たる嫌悪　爛熟せる懶惰
腐蝕する服飾　瀰漫する美男
狼狽の老婆　羅馬
ロオマ

雀

茨木のり子

雀にも夕食どきがあるらしい
黄昏の濃くなる少しまえ
いっせいにやってきて
私の用意したディナーの席につくのである
どんな季節にも茶のツィードを着込んで
MADE IN ENGLAND より上等だ
満々と湛えた新しい水
パン屑を入れたピンクの皿　御馳走はそれだけ
リラの新芽をついばむのは　サラダのつもりらしい
気取って薔薇の匂いを嗅ぎにゆくのもいる
毛虫はソーセージ
二十羽はいる

＊＊＊

薔薇もやがてひらこうとする頃
彼らの声はひどく潤んでくる

張りのある　艶のある　誘いが
樹々の間を飛び交う
廂の下で頬を寄せあう二羽の春情かわいくて
もう何年になるだろう　彼らの食事を用意するようになってから
向いのお婆さんに
「やたら雀が増えちゃってねえ」
と皮肉を言われようが
小鳥屋のおかみさんに
「雀に粟なんかやったら　つけあがっちゃって困るよ」
とののしられたって　やめるわけにはいかない
一宿一飯の恩義なんて
けちな了見は持ちあわせていない
彼らの魅力が爽やかだから
それにしても庭へ出ると
どうしてパッと逃げるのよ　ばかだねえ
もっとゆったりしておくれ
夏密柑の木にすっとび　小首をかしげ
飛び去った一羽
お前は一寸くやんだのか
おのが臆病な条件反射を

＊＊

毛の抜けたよぼよぼの老いぼれを
ともなってやってきた雀
目も見えなくなった婆さん鳥か
口うつしにパン屑をたべさせている
いじらしくて　あやうく落涙
あくる日は
老いぼれを三羽つれてきて　V字型にあけた嘴へ
せっせと餌をねじこむせわしなさ
やっと雛だと気づかされる
雛と老いぼれが似ているのは人間も同じだったっけ
親孝行なんて鳥や獣には通用しない
雛をひきつれてくる親鳥は　自分の子にしか
餌をやらない
となりでほかの雛がぴいぴい鳴いたって
知らん顔で　はじきとばす

＊＊

東京の雀が
東京に住みにくくなって
大挙して三多摩地方に移動しているという
わが家の小さな庭にさえずるのは疎開雀か
それとも

源氏七党がかけめぐった武蔵野の
丈高い草むらからいっせいに飛びたった群雀の
子々孫々か
細い小径の鎌倉街道が近くを走る
保谷の里に　飛ぶ鳥よ
ふしぎな縁だよ　ともに棲みふり

＊＊＊

高い梢の
熟した無花果の実にまたがって
むしゃぶりつく雀は
シュークリームをむさぼる子供のようだ
無花果は上等の生クリームよりも品格のある
やわらかい滋味をたたえているのが
そのたべっぷりでよくわかる
なまでたべたり　レモンと洋酒と砂糖で煮たり
わが家もたのしむ丹誠した西洋無花果なんだけど
いいでしょう
梢のほうのはお前たちのもの

＊＊＊

秋だ
おもいつくまま
パスポートもなしに
飛びたってゆく野鳥のむれ
国境なんかものともせずに
幾つも幾つも飛びこえてくる渡り鳥

かれらの目ざすのは穀物の豊かに波うつ土地

かれらの集まるのは銃声の聞えない森

かれらの好きなのは豆なんかはじいている女たちのいる村

自由な者らの　自由な批評が
ときおり天から降ってくる

透明な空気をよぎり

黄金《キン》の落葉にまじったりして

＊＊＊

大寒の日に　屋根の上で死んでいた雀
隣の家の屋根瓦に　足つっぱって　ころりと
雪がふりつみ　雪がとけ
それでも硬く小石のように凝然と
二月たち　三月たち
そして不意に影も形もなくなった
その清浄な風葬を
ずっと視ていました
一羽の鳥よ

＊＊＊

そこへ行けば水があり
そこへ行けば餌がある
生まれたときからのきまりのように
直滑降でやってくる
世代の交替があり　かつての雛も
もう親なのだろう　いや　もう何世代にもなっているのか
お前たちのほんの少しのゆるみのなかにも
時の流れの
音たてて逝くのを
知る

きらきら

――舞台のためのエチュード――

大岡　信

幕が上ると三人の男（あるいは男女）が椅子に坐っている。照明は、はじめ夢幻的、しだいに現実的に変ってゆくのが好ましい。舞台の両ソデに男女一人ずつ、客席からは見えないように位置し、以下の言葉の少なくとも十節くらいまではこの二人が交互に喋る。それ以下は、中央に坐っている三人と適宜混じり合って発声する。

中央の三人は、はじめの八節まで、女のセリフには二回ずつ首を横に振って否定を示し、男のセリフには一回ゆっくり首を縦に振って肯定を示す。

――（女）この湖はなんて暗いんでしょう。

――（男）子供たちがむなしく青春を映している窓！

――樹々よ、雨を受け皿のように受けておくれ！

――遠くから夏が近づいてくる。きみらには聞こえないが。

――みんな、手についた血を洗っておいで、ごしょうだから。

――きのうの列車には、哲学者はひとりも乗っていなかったなあ。

――あたしはいや！　爆弾もスリップの跡も！

――墓掘り人夫という言葉はきらいだ、墓掘り夫人は好きだ。

中央の三人、首を振るのをやめて凝固する。両ソデの二人、続ける。

――わたしたちは、毛が丸まっちくチビてしまった、歯ブラシ！

――輪切りにされて水に浮かぶキウリ！

――坊やのバナナをむいてやりましょう、母親の義務だもの。

――私は血を見たくない。私は臆病な人間だ。

――天皇陛下はきょうで六十七回目の誕生日をお迎えです。

——気象学的にいっても、まったく非人間的なスケジュール！

このあたりから中央の三人が動きはじめ、以下のセリフは五人のあいだに分散する。女むきの言葉を男が喋るようなことがあった方がよい。群読も。

——あたくしの背中には、見えないものと考えられないものとの角が生えている。

——へんにおなかを鳴らしている理性よ。

——きらきら。きらきら。きらきら。

——ぼくの名はパイプをくわえた男の星座から逃げだした恋人たちに未知の世界を示す一羽の悲しき放浪者の鳥。

——唇の上に夢が乾いている。

——乳房の奥にブドーの房が生えている。

——すべての人間は、つるつるのものからふさふさのものを連想する哲学者だ。

——あら、いやだ。

——今日は、パンの耳をかまずに飲みこんでしまった。

——あたしの耳は貝の舌べろ。

——おれはすべてを知っているぞ！

——バラと鐘とローソクと塔婆と香炉と珠数と涙とお布施と戒名と、冬の黒い影とあったかい抱擁の記憶と、冬の冷たい土と、骨のかすかにあたる音と、生れてこのかたこんなに賞められたことはなかった葬式の弔辞！

——ええい、くそ！

——あッ、あなた。ええ、あなた。あら、あなた。でも、あなた。あーら、あなた。うーん、あなた。

——ええい、くそ！

——怒ると静脈にひびく時計台の鐘よ！

——おれは彼女のおとなしい草に寝た、文語の上には寝ずに。

——あら、すてき。

——日曜の顔を、月曜火曜水曜木曜金曜土曜の水面の下で頬笑ませよ。

——構造主義的じゃないこと?!

——おれは透明になりたい、でも赤い血が流れている。

——他人のためには一滴も流したことのない私の血よ！

三人、椅子に坐る。両ソデの二人、かれらの脇に腰をおろす。

——（五人一せいに）きらきら。きらきら。きらきら。

——この湖はなんて暗いんでしょう。

——老人と青年が、むなしく青春を映している窓！

——こうして話しているあたくしは、悲しみの泉に咲いた白い百合です。

中のひとり、立ちあがり

——いってくれ、私は、だれだ？　いってくれ、私は、だれだ？　いってくれ、私は、だれだ？

坐っていた四人、このセリフに大きくうなずきながら立ちあがり、男を包囲して脅やかすように、以下のセリフを一人ずつ叫ぶ。音楽的な高まりが要求される。

——オコ！

——ワカ！

——ボケ！

——シレモノ！

——アホウ！

——タワケ！

——ウツケ！

——オロカモノ！

——アホタラ！

——アホウタラ！

——アホンダラ！
——アンダラ！
——アッポチ！
——アポチンタン！
——オッチョコチョイ！
——チョコチョコ！
——オッチョコチョイ！
——チョコチョコ！

とつぜん、五人踊りだす。盆踊り風に輪を描いて、節をつけ以下のセリフを順ぐりにうたい、二回くりかえす。

——心ひとつは鬼にも蛇《じゃ》にも
——なるは神にも仏にも
——おまえといくならどこまでも
——やんちき山の奥
——さんちき猿かけ
——いんちき茨の
——なんちき中までも

五人、ふと立ちどまり、呆然。やがてひとりが、やさしく、今発見したばかりの言葉を呟くように発音する。以下、緩急あって音楽的に。ただし、文章になっているところは際立って明確に。

——モモの実！
——モーモ
——モンモ
——ボンボ
——ポンポ
——ボボ
——言葉は言葉に言い寄る。
——人間の肉体がそれを追いかける。
——アブラモモ
——カタシモモ
——カタチモモ
——カラモモ
——クチナワノモモ
——クワノモモ
——サクラボボ
——言葉の血は風の屋根より光る。
——おれたちは言葉の唾液だ。孤独な唾だ。
——チチモモ
——ナガモモ
——ナツモモ
——ニワモモ
——ユッサモンモ
——モモの実
——気をつけろ
——忘却がきみらにむかって語っている！
——そうだ、それこそ最新ニュースだ！

五人、ゆっくりと、硬直したような姿勢を保ちつつ退場。一人一人、以下のセリフをくりかえしながら。

——ボボは歩む、ひとりの神にも逢わず
——ボクは歩む、ひとりの悪魔にも逢わず
——ボボは走る、ひとりの悪魔にも逢わず
——ボクは走る、ひとりの神にも逢わず
——ボウヤは這う、ひとりの父にも逢わず

幕

（ノート）後半にあらわれる「たわけ」「安本丹」「おっちょこちょい」「もも」（果実の総称および桃、椿、李、蛇苺、桑実等々の名称）の単語類、ならびに「心ひとつは」の俗謡は、楳垣実氏の『猫も杓子も』『江戸のかたきを長崎で』の二著から頂いた。

この作品は、四月三十日、草月会館の連続シンポジウム「なにかいってくれいまさがす」第五回当日、仮面座の四人に小生を加えた五人で上演したものの一部に少し手を加えて独立させたものである。

「櫂」戯評

——注「櫂」十六号参照・アイウエオ順——

水尾比呂志

櫂は十本
楫はなく
海原ひろし波高し

茨木さん
　まばたきせずに息をつめて
すべて一期の見納めと
人生をぴんからきりまで見届けようとする
貴女の姿勢にみな註文をつける
それは男の独善です

しかし……

飯島耕一君
　気にしない気にしない
　かまへて気にしない
　見られたら
　応揚に
　きみは微笑むぢゃないか
　そして忽ち詩に作る
　批評する

大岡兄
　批評の眼は
　よろづことのはにあげつらふ習ひあり
　言葉濾し濾し流して
　なほ新鮮なまことの牧歌を
　聞かせて欲しい
　たとへば　クリストファ・コロンブス

川崎クン
愛のことはもう誰も歌はないね
愛のことはもう誰も話さないね
愛のことはもう誰も憧れないね
ねえ　キミ
でも
愛のことをみな見てゐるね
愛のことをみな信じてゐるね
愛のことをみな愛してゐるね
まだ

衿子さん
森の木の葉の
夜の声
木の葉の夜の
森の声
葉の夜の森の
木の声
夜の森の木の
葉の声
—あなたの声

俊ちゃん
「うますぎらぁ
技は手練がきらめいちゃならねえ
踏みかためる踊みてえでなくちゃ
うますぎていけねえってことはないけどよ
まったく　おめえときたら
公認第一級作詩士だなあ」

辰さん
もう年だって？
しんから思ってるの？
あんた
旅をして若返って
卅すぎて只のひとにならうとは
そりゃ虫が良い
詩　詩　やっぱし詩さ　さうさ

中江君
言葉

言葉
言葉
それは問題だ
それが問題だ
それも問題だ
問題だ
問題だ
問題だ

吉野弘様
尊台御清勝欣快に存じ候
エド&ユキコの物語
感銘複雑に候
結句四行無用かとも存じ候
社会益々多事に候
御健筆只管祈り上げ候　敬白

自評
行方も知らぬ美の迷ひかな

編集委員の記

●

このごろ、しきりに童話が書きたい。別に対象を大人又は子供とは区別せずに、好きに書きたい。とこうして自分を嗾けて、なんとか時間を作り出したい。ほんとうは、ぼくは童話を書きたかったのだと気が付きたい。書き上げたものが童話であろうとなかろうと、ハナシを書きたい。書きたいハナシは、欲しがられ要求されているハナシと違っていることはもうあきらめて、なんとか食べていけるだけのことは別な手段を案出し、それをしたい。ハナシはプロットではない。プロットがいくら良くてもハナシにならない。よくわからないが、どうもそうらしい。童話を書きたい。女房子供は養わねばならぬ。むつかしいハナシ。ハナシは創られるべく、最も価の高いものと信じる。女房子供は養うべく最も価の高いものか？　ハナシにならないハナシ。

川崎　洋

●

今号の編輯担当友竹君は、世界の半分を駈けめぐる精力的な旅の余勢をかって、帰国早々、抜打的に櫂の会を自宅に招集し、その日を原稿の締切日、拙速結構肩ヒジ張らないで、などとやんはり挑発的に、遮二無二原稿をまきあげようと、当日は受取のお盆まで用意する編輯者ぶり。原稿不持参の私は大いに面目なく肩身せまく、意気上らず、とんと近頃、詩神に見放されているおのれを顧みて、酒の味も絶望的であった。

まことに近時、詩には難渋する。青春の文学さ、と慰めつつ、それでも詩の心だけは失ってはいないと信じたい未練はたっぷりで、いずれにせよ刻苦精励、一篇を産出したが、これは、その日の櫂の会の諸兄の談論を編輯したものに過ぎず、戯評と言うもおこがましい、拙速笑止の駄作である。

次号は秋も深まらぬうちに、と心づもりしている担当の小生、締切は八月末日と小声で同人諸賢に告げたい。

水尾比呂志

●

羽田に着いて一時間、出迎える可き人を出迎えられる可きぼくが待って待って待ちぬいてやっと逢えたあの再会の一瞬、つまり、ぼくと妻と娘の〜久方ぶりやなあ、の一瞬と、四月二六日の「櫂の会」この二つだけが、日本へ帰ってからのぼくの、ゾゾウッとする程の嬉しさの、帰国実感の一刻でありました。

異国彷徨が良くてよくて、今在る処の日本国では、もうひたすら優雅に、日は日もすがら夜はよもすがら、見果てぬ夢をのみ追い、そう、確かに肉体的にはかなり暇でもあり乍ら一向に前号後記で予告の如き「詩の年」には到底なりそうもない。

それもさて置き、「櫂」の同人雑誌性も愈々その正体むき出し「仲よしクラブ」（注・昭和四十二年新年号群像、清岡卓行氏御命名による）な本号ですが、それと云うのもぼくが、十六号の出来上り時点、即、十七号原稿締切りと定め、その日四月二六日に、中江、川崎、友竹、三十日には水尾、五月一日、大岡、谷川、二日、飯島、四日、吉野、八日、岸田、九日、茨木、と、ぴたり二週間で無残とも苛酷とも云いようの無い超スピードの徴集ぶり。さなきだに遅作すなわち秀作の諸姉諸兄の、よわ処をのみ攻めたてたが如き観ありて「だまされた、ひっかけられた」等々の怨嗟の声満つるのが、本号であります。

さはあり乍ら自らに問うに「この仲の良さがよろしいのか、もっとお互切磋琢磨すべきなのか」つまりここらで、ザボリ、仲よしクラブのぬるま湯を出ずべきや否や。これが、あの感激の再会以来、近時我が胸中を去来する危惧の念であるのですが、一応、「否とよ」としてこの号を編みました。

猶、今号は編輯に非才の迂生の手にあまる原稿あって、レイアウトに当っては、リトルマガジン「話の特集」編輯部の、甚大なる御助力を忝うしました。記して感謝の意を表します。

友竹　辰

櫂　第十七号　定価二五〇円（〒50）
一九六八年八月十日発行
発行者　櫂の会　神奈川県横須賀市金谷町五五八　川崎方
発売所　国文社　東京都豊島区南池袋一―一七―三
電話(971)四三七二振替東京一九五〇五八
印刷(有)堀口印刷

櫂

XVIII

所有者と被所有者の時のエスキス

飯島耕一

I

袋を背負わされた男たち
袋を背負わされた男たち
が
列をなして　歩
いて行く　走
って行く
袋は　次第に
重く　重く　な
り　背を
圧しつづけ　る
きびしい寒気に　手は
しびれ　うづく
男たちは　互いの顔を
見ることもない
男たちは　うなだれて
別のものを　見
ている

別のものを　のぞ
きこんで　いる
男たちはめいめい
小さな　釘を
もっている
その釘で　背負った袋を
ひそかに　刺す
監視の眼を　ぬすんで
袋の上から　刺す
男たちは　その小さな釘の
尖端を　口でなめる
袋のなかには
ずっしりと砂糖が　つめ
こまれてある
巨大な監視者の
所有に　なる物が。

Ⅱ

国家と国家
のクレヴァスに
堕ちこんで　血まみれ
になり　凍えきっ
て　動けなくなっ　た
男たち　それでもなお

国家という　幻
で　細胞を
うずめている　男たち
巨大な　巨大な
怪物　巨大な　寒い
監視者の時。

Ⅲ

きみは誰
の物　なのか　いつでも
きみは　誰かの
物だ　所有者が替っても
きみはいつでも　誰かの
物だ　いま
きみを私有しようと　し
ているのは　誰　か
それを意識せよ　意識せよ
きみが　きみの内部に
私有している物　は　何か
きみは所有されて　いる　巨大な　監視者に
眼も　ことばも　そして
死の形態　も。

Ⅳ

ことばを　私有せよ
非打算的に　ことば
をつかうことをせよ
巨大な　監視者　に
は　理解　しがた　い
ことばを　私有　せよ
巨大な怪物の　時の
巨大な監視者の　寒い細胞
を破壊す　る　ことば
を　めいめい　私有
せよ　ついには
あの殺戮者　の
機能を　麻痺させ　よ。

Ⅴ

夏の日の　あのかぶと虫は
籠のなかで　減っていた
かぶと虫　は　かぶと虫どおし
食いあって　逃亡以前に
その　員数が　減っていた

数日後　籠の出口を
しばっていた　ひもはくいち
ぎられ　かぶと虫は
すべて　いなかった
かれらは　籠から
一メートル　ないし十メートルの
草むらに　あおむけに　なって
死んでいた　蟻に食われて
腹部の　なかみの
すべて　失われた
甲殻だけになった　のもいた。
夏の日の　かぶと虫の残骸
のすべてに　砂が　バラバラと　かけられた。

Ⅵ

わたしの意志にかかわらず
殖えて行き　ふくらんで行く海
ふくらみ　威嚇する現実
国家　国家
制度　制度
死の一切の形態
一切の形態
わたしは　それらのものの
意志にもかかわらず

わたしの内部で
それらのものを　縮少する
小さく小さくしてやる　しぼませてやる
かぼそく　かぼそくしてやる
パイロット・インクの
取替え用の棒
空気の棒
にして
たちまちつかいきってやる。

Ⅶ

あの巨大な所有者たち
が　夢にも知らない物
をわたしは所有している
彼らが　牙をむき出した猟犬
を先だてて　可視の林の空地を
「他人の財産を尊重せよ」
と大声で叫びながら
走りまわっている時刻
わたしは
彼らの夢にも知らない
地図のなかをさまよい
その地方の
朝いちばんのめぐってくる露

を蹠にかんじるのだ
所有するのだ。

Ⅷ

所有者と被所有者
監視者と被監視者
奪うもの　奪われるもの
のつきることのない争い
がぼくのシェスタの只中まで
入ってくる　入ってくる
しばしばかれらは昆虫の
姿をしている
未来は昆虫社会になる
という　一瞬のイメージ
雨が降ってくる　まだかたちある
死んだ昆虫の
足や甲殻や羽を
とがらせ　冷たくとがらせ
溶かす　雨。

ブリューゲル風のシネマ

谷川俊太郎

1 fade out

鋼いろの林は急激に遠ざかり
空には胎児の頭がかかっている
克明に耕された野に粗放な叫びがあがり
農民はたちまち兵士へと変貌する
踏み潰される楽師たち
罵声へと圧縮される成句
黄土色にしか塗られていない血
跳ね廻る一匹の仔犬の上に集る
妊婦等の視線
永遠から歴史への何という疾い浴暗だろう
何世紀もあとの祭の
遠い笑声

2 flash

思想は深まり深まりゆく
その青い淵へ
一束の太い血管を接続して
日々は暮れゆく

3　overlap

白い何も書いてない紙の上の手に重なる城
壁のマチエールに重なる肌
かの王の無実に重なる鞭
打たれる燕麦に重なる金
銀の杯にうく緑青に重なる鏡
面に重なる仮面に重なる灯
火の照らす罪に重なる薔薇
窓に重なる虹
色に重なる白いまだ何も書いてない紙
の上の手

4　close-up

ひびわれた細部への接写により発見される
夕焼空をいただく地平への遠望
レースの毛細血管は
すっかり血の気を失って
折釘にひっかかっている

語彙集

中江俊夫

第六十九章

それは
そして
そうなって
そうなり
それから
こうなった

あれは
あれで
ああなり
ああなって
そうなってから
こうなった

こうなって
こうなり
ああなってからも
それは
そのように
そのままだそうで

そう
それもそうだし
そのとおり
あれも
あのとおりで
そうなのだ

そうすると
それはもうあたりまえで
そうなんだから
そんならそれで
あれもこれも
ぞうだってわけなんだろう

それにしては
それをそういうものとして
そうあつかうさいの
そうしたそぶりに
それくらいの
あれがひつようだろう

あれはあれで
これもこれだが
それもこうかしらん
それなのに
それはとおもうと
これでは

それそれ　そんなに

あれあれ　あんなに
こうだったのか
ああだったのか
そうだったのか
それをしらないことには

そうですとも
それがなんだってまた
そっとそっとしらせてもらえなかったのです
そうなればまちがっても
ああしてこうして
そうなったはずで

それみてごらん
あれ
これがねえ
それも
あれもこれも
そこらにそのまま

あれが
こうなって
そうなって
これがああなっても　なんとしても
それが全部だ
アハハハハさ

第七十章

うまいウイスキー登場
咽喉スキー場
世界の300メートルさきで読書できる
ニューライト
あたたかいレモンサッシの
天下太平刑務所
いつでもどこでも日本の新車
かかあ
楽しい浴室づくりに
観光乗合バス
生命防縮加工付水あらい専門
台風
公害指定済みの
頭蓋
御安眠を約束する
水爆
万世一系の
ミイラ

百姓の
ぬか漬
大衆好みの
蛆氷 蠅カレー
躍進する
政財界ワイロ連合
夢のある家庭
20性器建築設計事務所
健康づくりに役立つ
人工心臓
スカットさわやか
ブラウン管のなかでの生活
どんなところでもマッチする
愛煙放火党員募集中
結婚のお支度として最適
最優等生精液カプセル
二人の愛のコンダクター
宇宙をきわめるロケット型男根 三段噴射式で随時きりはなしも可能

一滴でどんな悪臭もサーッと消える
〈日常〉

信頼できる洗剤
魂を洗いながすには〈文明〉

音のことならおまかせ下さい　都市の　最新式
騒音ステレオ

明るい暮しをつくる
人間無用の螢光灯

第七十一章

空気の
空気の家は
空気の国の空気の村の
空気畠のなかに

空気の国の空気の
隣国との境は三十六法全書の各条項で
空気の町は人いきれ
空気通りからはたくさん文字がはえてき

人々はこれをパクパク
さもうまそうに　嘘をつき

人々はいつも空腹で
始終うろうろ

何千年目の今朝も　ああまた　うわの空の
空気パン　空気卵
お昼もきっと
空気ごはんや空気うどんだ

夜はそうだ
空気鍋　空気焼酎　空気の刺身
空気の食卓に空気の音楽がたわむれるうち
ついに気が狂った人々のおならの大ファンファーレ

おお空気の心臓の破裂！
だが町や村じゅうが血だらけ
眼から裂けてしまって
どっと溢れでる肉世界！

第七十二章

ないのである
無い　ので　在る　とは
自己矛盾　天国の哲学
ないのでない
無い　ので　無い　か
無い　のでない　か

ないない　と
なにがないのか　ないないすれば
ないさ坊や

あるあるあるだよ
或は　在る
だがこう繰り返すと　アル中毒

いいじゃない
いい　じゃない　でも
いいのかね

よくある　じゃない
そう　じゃない
よくない　じゃない

そう　蛇無いやら
蛇在るのやら
しらんけれど

無いとも在るとも
言わぬが鼻　楽園はかいでまわれば
夢の鼻咲く　この憂き世

第七十三章

木ぎれ
きれ ぎれ。
木の精の
声。
息ぎれて。
霧と、
朝日、
のすき間。
街なかの
どぶの傍。
木が木ではなく
なにか
ほかの
木になる
その
木の精の
夜明けの
声。
また
「　　」と
言ったり
聴いたり
した。
気のせい
かしらん？

父島記

川崎　洋

漁師ジェセ・ウェブは
カヌーの上で絶え間なく喋り続けている
独りで漁に出掛ける折もそうらしい
しょっちゅう言葉言葉言葉だ
釣りながら魚に話し掛ける
餌にかからない魚には
ある限りの罵声や呪詛を喚く
但し日本語は悪意の語彙が貧弱なので
英語になる
牛の糞
妾の子
に混ってマリヤや神の名が
機銃弾より素速く
透明度三〇米の海中へ走っていく
すると
長い顎鬚を垂らしている故におじいと呼ばれる魚が
喫驚した顔で
光の帯を左右に縫いながら
カヌーの舷側に手繰り寄せられる
えいぞうは狡くて容易に釣れぬ
昔　島にえいぞうという狡猾な男が居たとか
えさっとりはその名の通り
青ブダイはおでこと呼ばれる

飛魚は
鰭を張って海面を滑空するだけ
と思っていたが
鳥の様に羽撃く事を識った
水平線に腹を搏ち　バウンドして
更に別の世界へ飛び去るのだ
飛ぶのは飛魚ばかりではない
烏賊が飛ぶ
身体全体をやや屈曲させ
ブーメランの形をして
高さ三米
距離にして三〇米は飛ぶ
数千のブーメランが
嘘ではなくて本当に空を飛ぶのだ
飛び過ぎてリーフの岩の上に墜落する
すると烏賊は
魚の様には跳ねる事が出来ないから
岩の上に重なって動けず
そのまま島の人々に拾われる
バケツ何十ぱいと拾われる
エイも滑空する
だからトンビと呼ばれている
そういえば鰩《エイ》は飛魚の意でもある
確かに空を飛んだ方が
理に適った形をしている
もう此処では
飛べないものはないように思える
海蛇などもいつか

せえ〳〵と身体を伸ばして
飛んでいるのかも知れぬ
ガジュマルの木も野生の山羊も
オガサワラトカゲもアフリカマイマイも
バナナもココヤシもパパイヤも
正覚坊も
二見港の赤錆びた座礁船も
オオムカデも五右衛門風呂も
ゲンペイカズラも
ましてや旧軍用飛行場の
雨ざらしの呑龍などは尚更のことだ
操縦席から銃座を突き抜けて空へ伸びている
葉の大きな無名樹もろとも天へ
大きな声で啼くので
その啼き声通りギジギジと呼ばれる魚がいる
針を貝蓋の隙間からスッと出す毒貝がいる
それに刺されると人は気絶する
サワラの口には指をもっていくな
歯はカミソリのよう
さわっただけでスパリと切れる
等身大のサワラも
十本のうち三本は
カヌーに引き上げるまでに鮫にやられる
大きな鮫は
人間の力では銛が皮膚に通らない
鮫が昼寝をする浅い場所がある
漁師等は出掛けていって
鮫の尻尾を数珠繋ぎにし
一匹づつに大きな石を啣えさせる

だから潮が満ちてくると海中に
頭を下にした鮫が林立している
鮫は目が悪いそうだ
夜など
なにか柔い物にぶつかったら
一応噛み付いてみるそうだ
エーブル・セボレは
パラオの五丁目と
カナカの恋唄
という唄が上手い
ロイ・ゲレは
アコーディオンで赤城の子守唄
「自分は音楽学校出」と偽って
現在の奥さんを内地で得た
父島のカヌー総数三十三
コウモリは竜舌蘭の花蜜が好き
荒波に叩かれるので
珊瑚の成育はあまりよくない
火葬の設備がないので
仕方なく
都では土葬の習慣を認めている
椰子の葉に風がくると
木片が触れ合うような音がする
山ヤドカリの爪の色は桃色
道は赤砂　歩いても足は汚れない
天井に草色のヤモリが動いていて
鳥のような響く声で泣く
釣針でルリ鳥が釣れる
不思議なことに

バラフグに毒がない
島民はウニを喰べない
教会は一つ
礼拝に来るのは数える程
牧師は酒が強い　だから
村の酒飲みが相手に事欠いた時は
教会へやって来る
犬は吠えない
代りに
鶏が飛び掛ってくる
猫は鼠を捕らない
猫はウグイスを専門に狙う
人間が草を刈っていると
その手先へ寄ってきて見物する程の
ウグイスだから
猫が尻尾の先を曲げてルルッと動かすと
すぐに気を取られて寄ってくるのだ
島では生きもの等の繁殖期が特に季節には限られないので
ウグイスも蛙もコオロギも赤トンボも
いつもいっしょだ
村の獣医は魚の剝製の特技を持つ
ひまさえあればゴザをひろげ
先日子供の盲腸炎の手術に使用したメスを
針千本の背に当てている
浜では時折貝の代りに薬莢を背負った
海ヤドカリが歩いている
可笑しくてげらげら笑ってしまう
ナスでもコショウでも
島に移植したものは大木になる

四年前の台風では島の木の葉が一枚残らず落ちた
トタン屋根が空に舞い　それが
椰子の木の幹を
トタンの波形のままに切って飛んだ
もし人間だったら
真二つになったとは気付かずに
下半身はそのまま歩いただろう
と島の人はいう
台風の時は
雲と海がいっしょになって
時には雲が海の下になったりして
とても口では云えないという
子供等は自分のことをミーと云い
複数の場合はミー等《ら》となる
魚や木や鳥の名前を
とてもよく知っている
名前は英語と日本語の二通り
例えばパトリシア・ゲレは野沢良子だ
大人になったら何になりたいかと訊ねたら
「鳥になりたい」と答えた
「今欲しいものは？」と聞くと
「世界の全部」と云った
東京から赴任してきた小学校の先生は
今頭を抱えている
「授業はこれで終り　さ　教室の掃除」
「イヤダ　ソージハキライ」
「嫌なことでもしなくてはいけません」
「ドウシテイヤナコト　シナクチャナノカ？
　センセ　ジャパントシマハ　チガウゾ」

校長先生は夜になると
校庭の芝生に寝転んで毎晩空を見ている
此処では
人工衛星がよく見えるのだ
月は金色に近い黄色である
島々が
帰りの船の甲板から
少しづつ小さくなっていくと
その背景に
湧き立つ雲が
ある叫びのストップモーションのように
空にはだかった
帰路　一年に二度ないという凪だった
ブリッジから透き通る海を見ていた
色がさまざまに海を染めわけている
うすい若草色から濃い紺色まで
色は光だとつくづく判る
波一つなく
ぼくは今　これまでで一番遠い距離を見ている
と思った

命名

水尾比呂志

初めての子よ
君に
旅人《たびと》　といふ名をあげよう

実のところ　父と母は
この名にすこし不安を感じてゐる
旅人《たびと》は
星と同じ寂しい存在で
楽しい出来ごともただ遠くから眺め
苦しみと悲しみとは
いつまでも道づれでなければならないのだからね
言ふまでもなく
父にも母にも
そんな旅だけを君の将来に豫測するつもりはなく
旅の美しさといふものを
生涯味はひ続けてくれるやうにと
さう願っての命名なのだけれど

役場で届を書いたとき
父は
心に深い息を吸ひこまずにはゐられなかった

しかし　父と母は

君がこの名を負って生きて行ってくれることを
敢へて願ふ

おちょぼ口をして乳首を探してゐる
小さい旅人よ
君の赤い栗のやうな顔は
まだ　この名にふさはしくないが
初めて君に會ったときからもう見開いてゐて
まじまじと世の中を見廻してゐたその黒い目は
きっとこれからの永い旅のことごとに
父と母の名付けの心を見つけ出してくれることだらう

それは
古代のアンソロジイに
中世の物語に
近い世では詩人《うたびと》の紀行の文に
繰返し書きとどめられてゐる通りだ

君の名は　旅人《たびと》　だよ
旅人《たびびと》は孤独だよ
しかし　ひとりはこの上なく強いのだよ
旅人《たびと》よ

（昭和戊申神無月廿日）

an Ode.

　　　　と云う存在そのものの悲しみ
ぼくと云う愛そのものの存在
に
捧げる
存在論風
賦

友竹 辰

何故
に
おまえはそこに
在った
の
だ
〈存在そのものの罪〉つまり原罪
としての存在
が
おまえなのだ
と
なぜ
おまえは在る
の
だ

〈
見
た
〉ときぼくの一瞥は
蟹行の逆行をして
暁闇の脇腹にひとすじ
タラリ
と
スミレいろのカキキズを
滴らせた
の
を
〈見ること〉とゆう
むごい行為の磔刑にした
の
が
ぼくにとってタマシイとはそも
何か何色か何型かナシガタかヘチマイロかサ
ナギ科かそれとも或る種の妊娠か
を
〈
問
う
〉ことと成った怯懦なるぼくよ
ボクボクと鳴る木鐸よボタボタと漏る
ボタンユキ
courage　!　!　!
！　直視
覗けよ

のけぞって
除け　トーチヵの敵　毛のなかのケジラミ
スッパカレ
チリゲダテ
鰓コキュウタレ耐えがたく深いふかあい
不快の海の夜のそこよ〈存在〉
は
つまりそれは無でもありと云うことはおまえ
自身ぼくの瞳の愛撫するうすあおい夜明けの
地平つまり放射宇宙だからこそぼくにとって
在ってはならないものでありだからこそ無け
ればならなかったものでもある
祈りごと
ひとりごと
うめきごと
飢える饒舌と饒舌な沈黙とを
咆哮する　彷徨する
Tape　recorder
・
アイシテルアイシテルアイシテルアイシテラ
アイシテロアイシテレアイシテリアイシテル
テルテルテルテルルルルラロリ**コワレテル**
〈愛〉に就いて語ると謂うが如き行為は機械
に於ても斯くの如く難い
の
は
か
く
おまえ

が
へ
在
る
〉からだ
かくしてぼくは斯く
暗い汗をかく
つらい詩を書く
かゆい部分も搔く
資格に欠く
核反応
モモの核
サンタンタル果樹園ニ
ウタウトオスミトンボノムレ
タソガレヤケドシタ星ニ
キヨメラレタ存在相互の靭帯聖歌隊

と　　　　　　　に
は　　　　　　　が
の　　　　　　　を
おまえ　を　　ぼく　へ
に　　　　　　　の
が　　　　　　　は
へ　　　　　　　と

〈永遠の鬼が屁〉〈似顔絵の鳩〉

これらはいかなる絢える臍の緒でありものだろうかとの謎などは
な
い
ぼくはただ見る
凝視の
死
ぼくはあわれな言葉の
腐る囚人で　抽象で
思考で　癌の精神で
パラノイアドサンテエズで
透明な不在で
おまえ
〈存在〉
ぼくは見つづけ
おまえはついに
見ないものである
だろう
ほうむろうほうむろう

風のうちに奏楽のあいだに
この〈無〉を
確固とした惑乱を
せめては葬送のつかの間の
に
ある
〈愛〉
の無限
〈存在〉
の永遠
を
し
や
ぶ
り
な
が
ら

スペイン

茨木のり子

通りがかって　立ちどまり
動けなくなってしまった壺
裏をかえすと MADE IN SPAIN
とつ　おいつ　迷いつつ
遂に三千円也を捗って　大事に抱えた

ゆきずりに捨てがたい灰皿をみつけ
聞くと　これもスペイン製
愛著断ちがたく買って帰る
気がついたら　スペインのものが
次第に増えてきつつある
蠟燭立て　葡萄酒入れ　焼きの弱い雑器だけれど

フラメンコを観ると　心が波立つ
フラメンコ・ギターを聴くと血がざわめき
カスタネットのリズムに急速にあがる血圧
ホタには居てもたってもいられなくなり
いいよる踊りのファンダンゴ　きゃッ！　助けてぇ！
私に狂気をもたらしてくれる
たった一つのもの
どこで　どう　つながっているのか　いないのか

スペインの地名が好き
マラガ　バルセロナ　サンチャゴ　レオン
マドリッド　セビリヤ　トレド　コルドバ
バレンシァ　ジブラルタル
そして　グラナダ……

行ったら　つまらない国だろう
ひどい国だろう　どこの国とも等しく
絶対に行かないさ
国に対する迷妄はすでに無い
ただ
心のなかに南スペインの白い太陽が輝くのをゆるす
アンダルシアの野に風が渡ってゆくのを見る
ジプシーの民話をくりかえし読む
オレンジが輝き
黒衣の女たちがレモネード啜る咽喉
小麦を束ねたような　ひきしまった胴の男が
未来永劫　女をたぶらかしにゆく夜を知る

嘘のスペイン？
いいえ
遠くで憶うスペイン　その中心には
ガルシア・ロルカが笑っている

森の詩

岸田衿子

わたしはその森を知っている
ドラクロアの森ほどにくらくはなくて
ブリューゲルの森ほど遠くないとしても
わたしの遠近法において
その明るさを　翳を
風にひるがえる葉を

わたしも　わたしの子孫も
森で死ぬだろう　死体は
森の外にほうむられても

わたしはうたうたうだろう
それを命じられたのだから
羊歯の匂いと　湧水の音につきまとわれながら
わたしは　うたでしか空を測ることができない
うたうたうことでしか
森にあゆみいることができない

無題

吉野弘

一九二六年生まれの私
まだ生きているので
吉野弘（一九二六―　　）
と書く

生命綱が一本
一九二六年を曳航しながら
霧の中の
港を探している

私の瞼のカーテンを最後に下ろした指が
港の霧のカーテンをサッとつまみ上げるさ

あかつき葉っぱが生きている

大岡 信

なぜか
くだものの内がわへ
涼しい雨足がたっていたのだ
その明けがた

ネギと豆腐は
こうばしい匂いの粒になって
光と軽さをきそっていたのだ
そして彼女の脱ぎすてた
寝巻の波もまた

冷たい受話器に手をもたれ
砂が光りはじめるのを
見ていたのだ
鷗も溶けるしずかな
潮のおもい明けがた

ひと晩じゅう
眠らなかった人間たちに
昨日と今日の境目が

あっただろうか
ふたりは天を容れるほらあな
そしてそこに充満するマンダラ地図

それでも彼女は
なぜか
香ばしい森だったのだ
あかつきの奥へ走る
あかつきの光
だったのだ

たからかな蒼空の瀧音に
恍惚となったいちまいの
葉っぱを見たのだ
葉っぱはなぜか
野のへりを
ゆっくりと旅していたのだ

なぜか
そのいちまいの葉っぱは
ぼくの言葉で
ひっきりなしに
しゃべっていたのだ。

編集委員の記

今度はとうとう苦しい詩を書いてしまった。

喰い縛った歯の間から躙り出て来るような詩。平静を失ってしまった詩。自分で「これで良いのか悪いのかぜんぜん判りません」と云うような詩。いつも「櫂」に書くときは「並はずれた」不思議な苦しみようをするが、今回は、それら通常の「並はずれた達」を擢んで出た苦しみよう――の挙句のはてが、これだ。

「苦しむこと」にも意味があるのか？「苦しむだけのこと」には意味が無いんじゃないだろうか？ 判らないわからないワカラナイ。亦してもまたしても、いつものにがい反問が、こだまのようにぼくに往復ビンタをくわせる。

「詩」は、いや「詩こそ」は、ぼくの生きることにとって無くてはならないものであるのに、それがぼくを食べる。

Ja'i bien froid！

友竹 辰

此の夏、仕事で小笠原の父島へ渡った。一度目は台風で、便乗した巡視船が途中から引き返してしまってだめだったが二回目には行けた。たかだか三週間の滞在だったが、強い印象を受けた。

腕時計の白い跡もまたたく間に灼けた。時計など必要がなかったから。眼鏡も知らぬ間に失くした。日頃別に感じもしない流行り唄の、例えば「渚」とか「太陽」とかの歌詞が民家からふと流れてくると、渚そのもの、太陽そのものの実在感のようなものが、びりりと伝わってきた。恐らく、ぼくの中で何かが治癒したのではなかったかと考える。十六号の後記で水尾君が「美しさの本質とは、ほんとうは実に何でもない平常のものだ」と書いていたが、小笠原で、自然は異常といえる美しさだった。「ほんとうの」という云い方をぼくは警戒する。ぼくにとって美はやはり異常といえる程のものだ――と考えた次第。

川崎 洋

去年の夏の盛りに第十七号が出たあと、秋も深まらぬうちにといふ心算がなかなかさう運ばず、「筧に水が満ちてあふれる」のを待つ編輯担当の小生の心情も、流石に小一年の間かなり辛いものがあったが、ここに漸く第十八号を編み終った。まづは欣快、早々と稿を寄せたものも、粘りに粘ったものも、ともに暫く多忙の漕ぐ手を休めて、「櫂」の水尾《みお》を吟味して頂きたい。今号の順序は、原稿到着に従って組んであるけれども、決して悪意の編輯ではなく、そのままでおのづから態を成してゐる妙味を味はって貰はう算段である。この遅れは、同人諸兄姉の次号への意欲と、次の担当たる名編輯者川崎君の手腕に委ねて、速やかなる第十九号の船出を期待することにしよう。いま再び夏ひらき、夏は同人の櫂捌きも、例年充実する季節だから。

水尾比呂忘

櫂 第十八号 定価二五〇円（〒50）
一九六九年七月十日発行
発行者 櫂の会 川崎方
神奈川県横須賀市金谷一—三—一五
発売所 国文社
東京都豊島区南池袋一—一七—三
電話（971）四三七二振替東京一九五〇五八
印刷（有）堀口印刷

櫂

XIX

共通課題〈食器〉

語彙集第百六章

中江俊夫

蜃気楼の遊女　お椀の
ご飯も　おつゆも
おいしかった

蜃気楼の遊女　どんぶりの
あお菜のおひたしも　お茶づけも
昔変らぬ味だった

刺身皿はどこ　猪口たしなむ
客がきてないと言うのか
蜃気楼主人　お釜は奈落をかくす

歯槽膿楼のやり手婆　お箸は
どの食器ももう中味がないのを確かめると
怒って全部をながしの水に沈めた

あの遊女宿　その女郎屋はどこへいったか
あられもない方角の

ち楼で　遊女　夕陽がにじむ

語彙集第七章

はげしい日夜の天井裏からのぞく

はけ目皿
馬の眼皿
金壺眼皿
はと眼皿
鬼眼皿

はげしい日夜の奈落をうたう

乳かめ
尻のせ鉢
男皿女皿
きらきら輝く陽光の
女陰瓶　女陰瓶

はげしい日夜の離れ魂をだまって聴く

胴壺
糞がめ
酒がめ
首鉢
耳付大瓶

はげしい日夜のそなえ物をあばき出す

鉄大盆 ゆっくり廻り
石大盆 ゆっくり廻り
肉大盆 ゆっくり廻り
木大盆 ゆっくり廻り
土大盆 ゆっくり廻り

はげしい日夜の重たい容れ物

脂壺
膿鉢
血桶
瘡皿
呪咀椀

はげしい日夜の沈黙を構成する

笑う皿　血十三オンス所望！
ろば皿　精液十三リットル所望！
らいおん皿　肉十三トン所望！
月の皿　腹一杯！
太陽皿　腹一杯！

はげしい日夜の永遠を不作法にためす

種壺　骨壺
子宮皿
老いた内臓甕
虫くい足付大椀
盲いた唐壺

はげしい日夜のどぎつく不潔な愛をゆるす

土瓶に
片口つけ
すり鉢
こね鉢
植木鉢

はげしい日夜を忘我する割れた脳味噌茶碗

朝・卓上静物図譜

大岡 信

1

味噌椀の光に
壜の唇はかすかに震う
ひとけなきひととき
朝影にわが身はなりぬ
と壜はささやく

2

茶碗の舌には髭がなかった

3

娘百まで　儂ゃ九十九まで
フォーク欠けたか
歯はまだか
ホッチョ　馳け鷹

4

さては
菜桶《さいとう》別当酒盛
湯瓶《とうびん》のかたにありて鍋釜をまもるか

さればよ
飯銅《はんどう》武士たるもの
あに桔梗皿《ききようざら》と化して折敷《おしき》に伏し
腰高の末那板《まないた》の蔭なる
平べちゃの茶磨《ちやうす》とのみ
乳繰り合うて果てむや

とある暁け方
食器どもがたち騒ぐ
まぶたの裏側に

土蔵鼠のたんらんさもて
私が見つめていた
とある暁け方の
闘技場

5

焙烙《ほうろく》の睾丸《ほーでん》は
秋《おーたむ》の宝丹ならむ

6

アルミ皿をゆっくりと押しつぶす
きしる空気
うごめく傷
しかし挑みかえすものはない
どこまで私に従順なのだ
アルミの
受け皿よ

7

吐血鳥彫りし吐乃峰
食卓におきたく

8

皿くらわば毒までョ

9

胡麻味噌ㇹ
新茶の茶壺に
追われてㇹ
トッピン
茶壺！
なう
底ツ根の国！

10

たそやかの火祭の夜に頬寄せし
　石の匂ひのとほりくる朝
唇に辛夷《こぶし》傷める凝視めゐき
　鉦叩《かねたたき》きて梳ける眉引《まゆびき》
たそやかの火祭の夜に頬寄せし
　鯨も河豚《ふぐ》もとほい有明け

11

薄切りの豆腐のうえに
映っている
ふとも気になる
東海の
逆上の血の
おもいで
さわれないので
嚥下したのだ

12

手が水を採む
音が音とこすれる
野菜が手の下で
苦汁をたらす
いかなる音楽の切株も
模倣できない
ぶつぎりの繊維の
やさしいきしり

フライパンあり
また朝ひとつの朝

食べない

吉野 弘

お父さん
せっかく、皿に盛り分けたのに
どうして箸をつけないの？——と私。

あした食べるよ。

あしたじゃ、まずくなるんだ
一番おいしいときに食べればいいのに。

そんなに食べられないんだよ
年をとると。

だって、子供が残したものだと
食べるじゃないの。

ありあわせで、いいんだよ。

——長女と次女が言う。
おいしいよ、おじいちゃん

食べなさいよ。

——妻は俯向いて黙って食べている。

——食事が終ると食器を洗おうとする父。

おじいちゃん、私が洗いますから
そのままでいいのよ——と妻。

——あとで、妻が私に不服を言う。
どうして、おじいちゃんは
遠慮ばかりするんでしょう
何年たっても同じよ、情ないわ。

——詮方なしに、私が答える。
さっきみたいに、俺はおやじを責めるけれど
俺だって、働きのない老人になれば
子供の世話になるのはつらいだろうと思うよ。
食べることから
逃げたくて逃げたくて
仕方がないんじゃないの、おやじは。
そのせいだよ
自分の箸や茶碗を、まるで覚えないのは。
見えないんだと思うな、食器なんて。

ニューヨークの東二十八丁目十四番地で書いた詩（食器もあるでよ）

谷川俊太郎

それからW・H・オーデンが
その大きな手で
アルミニウムの歯磨きコップに入った
熱いコーヒーを運んできたんだ

それからその前の晩の食卓では
誰かが箸の起源を問題にした
一九一〇年に突然発明されたのさなんて
冗談は云ったが誰も何も知らなかった

それから人気のない小さな映画館で
〈ブルーフイルムの歴史〉を観た
誰の家か白い壁に弱々しくつたがからまり
その下に無残な裂け目が口を開けていた

それからラジオではいつもどこかの局が
J・S・バッハの音楽を流していたな
僕のホテルの窓からは空はおろか
陽の光さえ見えなかったのさ

それから風邪をひいた田村夫人のために
僕等はプラスチックの箱に
刺身と御飯とお新香をいれて持って帰った
テレビではまだマリリンモンローが生きていて

それからもちろん旅行者小切手に
くり返し自分の名前を記して
人間は今あるがままで
救われるんだろうか

もし救われないのなら
今夜死ぬ人をどうすればいいんだい
もし救われるのなら
未来は何のためにあるんだろう

救うのが自分の魂だけならば
どんなに楽だろうね
他人の魂が否応なしに侵入してくるので
僕には自分の魂がよく見えないな

それからまた夜があけて
僕は東京からの電話で起されたんだ
僕はお早うと云い
娘と息子はおやすみなさいと云ったのさ

箸

茨木のり子

箸が流れよるのを見て
この川上には人が住んでいそうだな
上へ上へと遡ってみた素戔嗚尊の心は
なつかしい
へんに　なつかしい
追われて　荒んで
彼はよほどさびしかったんだろう
神話のなかに　ちらりあらわれ
いまもよるべなく流れている箸
そこで出會った櫛名田姫が
ほんとうに美麗だったことを祈ります

里芋ころころ
子供はあわてて箸つきたてる
軽わざのように至難のことを
毎日くりかえしているうちに
いつとはなしに修得する
二本の棒を操って　すべてのもの食む術を

食膳の中味は変り
盛るうつわ　木の葉から多彩に変り
鍋かこむ人数変り
燃やすもの　あれよと変り
よくもまあ箸だけは何千年も同じ姿で
二本まっすぐ続いてきたものと　驚くのだが
誰もべつに驚くふうもない
しみじみと
わが箸みれば　はげちょろけ

箸文化圏のどんづまり
弓なりの島々に　また　秋が　きて
　　何億年目の秋なんだ？
しょっぱい漬物つまみあげ
渋茶を啜る信濃びと

杉箸を　ぱちん　と割って
なんのふしぎもなく
私も煮えている〈きりたんぽ〉のなかから
さまざまをひろいあげる
パンタロンなる　らっぱずぼんを穿いて
やたら怪気炎をあげている
またいとこの
受け皿へ

食器の予感

飯島耕一

窓ガラスを
つきぬけてきた太陽の光
をうけて
テーブルの上に
ずらりと黒いベークライトの
食器が並んでいる
食器のふちには
海藻の切れはしや
豆の汁などが
へばりついて
乾きかけている

戦争は終ろうとしていた
しかし誰もそれを
知らなかった
そうした午後のいっとき

窓ガラスの外は砂
砂の向こうは海
海の彼方に硫黄島

こどもらは
工場に戻って
旋盤の側に立ち
食堂のベークライトは
なおも乾いて
ひっそりと
立ちすくんだもののように
戦争の終りを予感していた。

壺

川崎洋

東アフリカ・ウガンダ
の路地裏で
運転手のセニョンガと
壺にパピルスを
差し込んで
粟を醸して造った
アフリカの地酒を啜った
何故パピルスの茎は
穴があいているのだろう?
と云うと
セニョンガは
神の思召しで
と笑った
ここでは

神様が
まだ
人の心に手を藉しておいでだ

猿人メガントロプス・アフリカヌスが
六〇万年に見たのと
同じ夕焼けが終ると
ライオン色のサバンナは
夜の海のようだ

南十字星より
輝きの激しい贋十字星
昼間の
遠さに馴れた眼に
星々が親しい

星座は
ゆっくり移動して
地上の
瞬かぬ獣たちの眼につらなる

食器考

岸田衿子

食器という題を出した人は　川崎さんだったらしい。櫂で共通のテーマで詩を書くことを提案したのは誰だったか忘れたしその日のことはよく思い出せない。いつか私は飯島さんが出題したような気がしてきた。どうしても飯島さんにちがいない。これは一つの信念になった。〈食器なんて変な題出したの誰かしら？〉などと電話で川崎さんに喋った記憶がある。そのうち食器の原稿が集らなくて困るという噂を聞き　何かの会で吉野さんが今度はパスすると聞いて安心した。吉野さんは食器を思うとお祖父さんを思うという理由があったので　吉野さんでさえ書けないなら食器はひっこめるかもしれないと思っていたら　〈食器もあるでよー〉とアメリカの俊ちゃんからも届いたという。残るは友竹さんと衿子さんだけですと云われ　茫然とした。友竹さんは食器の出題をしても不思議はない人でおくれていることも不思議な人だ。いま歌の道か大学教授の道かで悩んでいることを聞いたので　ここにもう一つ悩みがふえたであろう。ある日友竹さんは食器のためにホテルに自らカンヅメになり　四日……五日……ついに完成したという。私はじぶんの机の前にも坐れない状態だったが、その頃中味のない食器の詩を書くことがねがいになっていた。印度に行った時　向うの人たちは手摑みで食事をしていた。ぼろぼろのお米とカレー料理を指先でまぜながら　パッとつまんで口に入れる。まねをしてみたらスプーンやフォークよりも口にうまく入らず　ほとんどこぼれてしまう。じぶんの指なのに便利にできていないことがわかった。道端で木の葉の上に揚物などをのせ　手摑みで食べている人たちを見て　印度人はみんな哲学者みたいな顔をしているからこれも哲学なのだと思った。長い間飯島さんを恨んでいたけれどやはり川崎さんが出題したことがわかった。最近の櫂の詩人のリンカクを思い浮べて　食器という題はとてもいい題だ　上手な出題だと思うようになった。

食器

水尾比呂志

壺

部屋を深めるのは空だ
心を沈めるしじまと
銑舌の余韻を漂はせた壺は
くっきりと染付の山水を映えさせて
時の音を窓から空へ歸してゐる

盆

木に漆を塗ることは
木をいっそう木にすることだ
木の不滅を幾十回も塗り重ね
おのづから木が
本質に目覺めて
生きる証しをあらはすに至らしめることだ

茶碗

曜變、建盞の内の無上也。世上になき物也。

地いかにもくろく、こきるり《(瑠璃)》、うすきるりの
ほし《(星)》、ひたとあり、又、き色、白色、こくう
すきるりなどの色〻ま《(混)》しりて、にしきのやう
なるくすりもあり。萬足の物也。
（君臺観左右帳記）

酒器

瓢簞《ふくべ》のそばに竹の節がある
瀬戸の瓶子のそばに根來の小皿がある
須恵の平瓶のそばに天目の盞がある
ペルシアの銀瓶のそばに碧玉八曲長杯がある
九谷の酒注のそばに伊萬里の猪口がある
菰かぶりのそばに桝がある
茶家《ちゅうかあ》のそばに薩摩の馬上盃がある
漆胡瓶のそばに紺瑠璃のグラスがある
中世のジョッキーのそばに土師の盌《まり》がある
鬚徳利のそばに練上手の湯呑がある
尊のそばに三彩の盃がある
革袋のそばに角杯がある
猿投の長頸壺のそばに佐波理高杯がある
備前船徳利のそばに唐津のぐい呑がある

土瓶

土瓶を置く
欅の丸い盆がいい
土瓶が落着く
つるをちょっとかしげる
拇指でそっと押せばいい

蓋をとる
蓋は缺けやすいから
三本の指でつまみをしめてとる
蓋はそのまま平らに置く
裏返しになぞしない
二寸ばかり離して置くといい

茶をつまむ
土瓶の茶はほうじ茶だ
素焼の蓋物にしまっておいたのを使ふ
かはらけでさらさらと煎り
香りの立つ直前に
投入れ氣味に點《い》れる
湯は熱いほどいい
茶と湯の出會がかすかに鳴り
湯氣抜き注口から
質素な香りがふくふくと立昇る

これらのことを
ほんの数分間にやる日常の
なんでもない土瓶の何氣なさが
冬の朝
陽光とともに身にしみて愁しい

皿

山が忽ち彩る秋の狂氣のやうに
私の心を昂らせたあの皿が
失はれてもうない
ない
北の半島の海の色と
そこを初めて彩る新緑の色を浴びて
熱狂に似た真紅の鳥が叫んでゐた
その聲だけを殘して
皿は
いま　割れた

ドダバドダラバヂヤアハチバヂヤマンコダ
　　　　　　　　　　　ホオイホイホイット
薔薇ノ根コカラ薔薇コ出ル　ヒヤデモカンデモ
　　　　　　　　　　　　　タアントタント
シリコノ根コカラウンコ出ル　ヒヤデモカンデモ
　　　　　　　　　　　　　タアントタント
オトコノ根コカラ音コ出ル　ヒヤデモカンデモ
　　　　　　　　　　　　　タアントタント
マンコノ根コカラ露コ出ル　ヒヤデモカンデモ
　　　　　　　　　　　　　タアントタント
ネッ　ウガジヤ見テキタヨ天狗ジヤノ峡デ
ウサギ女ニベゴサノッカテガジヤメゲダ
ベゴノデングマラデウサギバレタ
クロガネボクトデハチメガケ
チヨウズ　チヨウズ　a　wa　wa　wa　　wa
zwo　zwo　wa　wa　wa　　zwo　wo————kkazz
！！！　ペロリ　哖　無
南無喝囉怛那哆羅夜耶哆羅梨古闍

ゆうおりや　たもわいえ　ぬくいがにしよ　ヤイ
アリヤ　ぬくいがにしよ　ヤイ
ゆうぎりや　たもわいえ　つべたいがよ　ヤイ
アリヤ　ゆうらりと　むらさき　ヤイ

dark　dawn　here
looks　like　nehan　o
come　on　me
drop　you　here　o　in　my
bowl　I　need　something　in　my
bowl　something　sweet　in　my
bowl　honey　in　my
bowl　in　my
bowl　in
bowl　my
bowl　　o
bowl
b　o
w
l

ワガ鉢唱歌

1）　本質的ナ設問 ──→ bowl ハ食器デスカ器デスカ用具デスカ？

2）　コノ詩ヲ讀ム者ハ何人タリト謂俱是否々々抑揚ヲ附ケ平仄ヲ併セ韻律ヲ踏ミ大聲デ朗吟ノコト掛聲部分ハソレラシク。

友竹　辰

bowl　in　my
bowl　I　need　a　little　sugar　in　my
bowl　I　need　some　sugar　in　my
bowl　drop　something　in　my
bowl　move　your　fingers　in　my
bowl　カキマゼテ　カキマゼテ　o
カキマゼテ　アタシノ　ボオルヲ　アナタノ
nikki　ノ　bow　デ　カラク　pitta　pitta　ト
bowl　ヲ　汗デ　pirri　pirri　ト　コンドハ
蜜デ　hitta　hirri　ト　カキマゼテカキマゼテ
bow　デ　薄荷ノ棒デ　モグヨ
カボチヤモグヨ　コネ棒カサネバ　カボチヤ
モグヨ　ヤレヤレ　ナニヤド　ヤレ
ナニヤドナサレ　ナサラニヤ　ナサケニヤ
カラポネヤミ　空ッ骨ヤメル

ドダバソチノナミクチナエナ
ドダバシリモ毛モアル鉢モアル
ドダバドダレバヂヤダレバヅアマンコダ
ホオイホイダ

編集委員の記

実にいろんな事があって（と云っても短期間に起った何らかのアクシデンツではなく、長い間かかって堆積した事ども）家屋敷を売り、妻子と別れ、日本を捨てて暫く異郷に逃れることになった。

勿論、唱い手稼業を止めるわけだから、今日まで営々として築いた地盤看板のようなものも、さなきだにうつろい易い日本の楽壇のこと、雲散霧消してしまうだろう。「で、いつおかえりで？」と必ず反問されるけれど、実はそれが餘りはっきりしない。持ってく僅かなお金は直ぐ無くなってしまうだろうし、さりとてその先のあてなども、有るような無いような。

ぼくのような極め付のエピキュリアンが、あんなにぬくかった家庭を離れて、一体どこへ行こうとしているのか。

今は、夢だけが枯野をかけめぐって――

友竹　辰

茶器ももとより食器である。食器といふ題詠に苦吟して、茶會記をいろいろとひもといてゐたら、「利休百會記」に、天正十九年閏正月廿四日の利休朝會の記録があった。聚楽第利休屋敷の四疊半の茶室に拝領の釜をかけ、安國寺の水指、大ナツメの茶入、木守の茶碗、備前の茶壺を用ひ、床は古渓の墨蹟とある。料理は、串鮑、みそやき汁、あへもの、めし、こいのかきあへ。菓子は、ふのやき、こふ、くり。それらの器に何が使はれたかを知りたいが明らかでない。私だったら、と取合せを空想して楽しんだ。ところでこの茶會の客はただ一人、徳川家康であった。天正十九年二月廿八日に切腹して果てた利休は、この頃は大徳寺山門事件による切迫した事態のなかで心痛はなはだしいものがあった筈だ。拝領の釜をわかし、さきに秀吉の怒りに触れて流刑となった古渓の軸をかけ、みずからのデザインで作らせた長次郎茶碗を使ひながら、かれは客の家康に何を語り、訴へようとしたのだらう。

水尾比呂志

同人のそれぞれは、日頃、雑誌に詩を発表しているわけだが、同じように作品を持ち寄ってこの櫂に出すのは、あまり意味のあることではなかろうじゃないか――というわけで、それでは同人詩誌でしかあまり出来ないことをやろうということに意見がまとまり、「食器」というテーマで、みんなが書いてみることになった。

たぶんこれからも、櫂は、毎号なにがしかの趣向を案出して、編集されることになるだろう。ただし、刊行の時期はこれまで同様、不定である。

明日のことは誰にもわからない。

今号は私が編集当番であった。従って作品の出来具合以外の責は全部私にある。

川崎　洋

櫂　第十九号　定価 二五〇円（〒50円）
一九七二年一月一日発行
発行者　櫂の会
神奈川県横須賀市金谷一ノ三ノ十五 川崎方
印刷所　有限会社　錦　幸　社

櫂

XX

截り墜つ浅葱幕の巻

迅速の巻

珊瑚樹の巻

友竹辰

中江俊夫

川崎洋

茨木のり子

水尾比呂志

大岡信

岸田衿子

谷川俊太郎

吉野弘

連詩　第一回

截り墜つ浅葱幕の巻

発句　ではない　発詩は　ぼくが
書く　ぼくは
遠くへ　旅立つ
人　だから　さて
仲間の詩集を携えて
行こう　先ず
「語彙集」
日本語　いっぱい
かな　カタカナ　漢の文字
つまっていて　異国でぼくを
打擲する　次には
「旅」かなやはり　旅だから
運賃かまわず　よいしょ　と
持とう――ええっ！　もう
十五行を過ぎた？　そんなに
厳しいの運座の掟は　まあ
いいじゃないの　ひかれ者の小唄を
寛恕せよ　サヨウナラ　いや
左様然在らば此世殿　ならの林の　小夜嵐
うしろ髪　腸ひき断って
奈落のそこへ

吹きおとせ！　　辰

京で迎え
知らぬ明日空
ちりぢりに舞う
粉雪に
なつかしく「また」と声かける　　俊夫

水脈たどる娘の視線乳の張り　　洋

なだらかな曲線
多くの人に視つめられると
千年もの間　視つめられていると
山々の姿も飼いならされる
シュペルヴィエルの海は
とうに忘れてしまった　　のり子

縹々渺々
平沙にも
追憶を撒く雁の影絶えたとき
月を遠ざける女面の蒼さ
朱唇の
間近さ

比呂志

閃いて襲ふ
眼裏《まなうら》の滝
けれど夢は通らねばならない細い樹液を
とかげのやうに陽なたに寝て
葉尖のむらさきに染まつてゐるしあはせには
なつかしく「あす」と声かけて
立ち去つてゆく
方丈の縁

信

永遠にふしあわせな夏の村に
巨鳥ガルダのかげはよぎる
神々の杖は雪の峯をさし
人と牛は川畔に渦巻くばかり

衿子

荷車にうずだかく積まれたものから
まだわずかな呻きがもれてきて
それを曳く者のとがった肩に汗はない
地上にあらゆる形の寺院はそびえ
地獄はわれわれのうちにある

俊太郎

小太郎のまつげのかげの水平線
すずしい　くるしい
時よ　過ぎ去らないで　と　ぼくは
叫んだ　ダッカで抱っこ
チュニジアで　血は滲まあ
サンファン散華　鯨を嚙むだ
雲母を産むだ　名古屋の
あいつの舌　すごかった
世界の毛細管が　総毛だった
あの時　まなじりから
ハラリ　一粒の　真珠
だった　夢　だった　虹　だった　ソウ
あれが　ぼくらの
恋　だった

辰

消すものも消せぬものも水の
松の緑の陽の
炎ゆらら　宙空に
輝く緋鯉
理念飛び
雪隠の
貧の
背骨きしらあ

俊夫

そよぐ山羊髭
＜田舎の学問より京のひる寝＞
にしんそば　すすりつつ
かの諺　半ば憎み　半ばうべない

のり子

おいしい景色の彼方
未だ太陽と名づけられていませんでした
未だ地平と名づけられていませんでした
未だ　未だ　未だ　ずうっと　未だ
そして

Open only in total darkness
その声がした時にはもう
アダムの肋骨は
抜かれたまま
感光されていたのです

洋

それは溯る憧れの涯
未生の空と海の
さびさびしき黎明だ
凅れて行く星を数へ
秋を呼ぶ声を
無音の詩に沈むべき

比呂志

繊く震へる感覚は必要だ
しかしもつと必要なのは
からだぜんたいで
すこし遠くを見ることだ
網膜のうへでゆらめく毛は
躍る空気の草
ゆつくりひらく筋肉は
こほろぎに歌はれる月のてのひら

信

他国のシャワーのもとによみがえる
ふるさとの日没
もう旗はひきおろされて
風に鳴るのは虚空に突っ立つ旗竿ばかり
老人たちは軋む寝台で寝返りを打つ

俊太郎

死ねなかった者たちが居ただろうか
愛さなかった者たちが居ただろうか
人間はかなしい
存在はかなしい　それ以上
生きていることの
今日の
かなしさ

辰

遙々ときたさ
初《はな》と終いのいくめぐり
花も実もない　鼻たれ嗅ぎちらす大空に
午前2時3分咲きの

魂もつれ喜々と輝く

俊夫

耽美を羞ぢる壮年は
束の間の暁に愛するのだ
優しい春の残酷を
その芳香たぐひなき腐臭と
また
ひともとの蕗の薹を

比呂志

さもあらばあれ
孕み鹿は尾を振つてゐた
水紋は北山杉の年輪に思ひをよせ
髪は逆巻いて星雲に調律された
蕪村は土堤につくしをかぞへた
アンリ・ルソーはまだ
砂地にひそむ種の状態だつた

信

耕作台地の未明
鍬の光が櫟林に合図を送り

回転する模様の一点に
金属製の鳥のようなものが
次第に影像を結ぼうとしていた

洋

何にむかって覚めてきたのだろう
宵越しのビールを朝食のテーブルであけて
ふたたび日々の泡を舌先でさぐる
何ひとつあきらかなイメージは無い
目前のあなたのその下まぶたのふくらみの他は

俊太郎

鏡の中に一すじの光さしこむと
音楽は花弁のかたちに
ひらいて　露をむすぶ
彼の馬車は今どこを走っているか　？

衿子

紀貫之が会いにきて
どちらが先に会釈したのか
空とも水ともわかちがたい世界
漂いながら

密語を交している二人
やや　艶に
やや　くるしげに

のり子

魂　消《け》た
瞼の賀茂川に　うろくずの光きらら
宙かえる青白い小腹　可愛く
知りたいのか　触りたいのか
真《まこと》の志賀越えの　男の足裏

俊夫

湖《うみ》の波立ち
懸想は消そう
忘れよと
己にすすめることの潔さ
足もとの石仏に首無く

弘

露に映える野ずゐのもみぢ
さかづきの波に彩られてゐる
頬のたるみ

鶏が鳴く吾妻のたより
あなたのし
あなさやけ

信

走る野分の迅速にも
絢爛の抒情がある
武蔵野によりそふ萩叢《はぎむら》から
ふととり落された
ひとしづくの惜念の
きららたる十方無尽光明界
廃寺の
築地塀の
紅かづらの指のさき

比呂志

あ！
と人の手の表情をも　見直す
誰にみせるでもない織りものの　縫いものの
すこやかさ
タロホホ川のほとりにも
竹林はあった
竹はどのように鳴ったか

月はどのように彼を照らしたか

のり子

異国の土中から掘り出された
古いガラス玉を首に結ぶと
若やいだ紫のセーターは落着き
時刻という刻み目はほどけて
波音のはろばろと
いまだ入日に遠い日輪のかがやき

洋

夜の砦に囚えられに
匪賊の薄暮を疾駆する壮年
の抽象も音響もインヂゴオ
——オオオイ　老イハ来ルノカアアアア！
の叫喚はたなびいて
千々五百の星雲をケチラカス

辰

宙天をせせらぎ流れる
楽器たちのひしめきを
幼い日の三半器官にしまい忘れ

耳しいて
ひとすじに何かを追いて

弘

海松《みる》　水雲《もづく》　桔梗　かるかや　をみなへし
納戸のすみの濁り酒
ぼつてり緑のギヤマンの壺
海ぞひの町の雨あがりには
ゆつくり幹をめぐつてゆくカタツムリもゐて
たちのぼる音は双曲線を投げあつてゐる
このときわたしは
はじめて朝に染められる

信

水輪の中に　一羽の鳥が生まれた日と
卵の一つにひびが入った日と　あれから
塔は　なんども　築かれそして　崩された
男の子は　パンを噛りながら
ドドナの樫で　箱舟をつくった

衿子

人々は生まれ変わったが

ピノキオみたいに
器用に不器用に
幸せと不幸せに
平等に応接してゆく
——そんな人間が
おれの内部にいて
この後《のち》も生きてゆくか
人生を愛するふりをして
花の匂いをくぐってぬけようか

弘

発っ！　と截り墜つ浅葱幕
ト
万山万朶万個の華（マンコノケ！）
万腔のハナオッピロゲ
桜花昭君楊貴妃や　また曙の夢見草　朱桜緋
桜河馬桜　桜雪吹の花軍《はないくさ》　西行墨染泰山君府
　ははか　うわみず　なでん　いぬ　桜の園に涯も
無ければ
花は吉野かいばらぎか
みなをがあとを尋ぬれば
万陀羅めぐる谷川も
すゑは川サきっとそう
中へなかえとしをるれば

先しるやとも竹が竹に花の雪（芭蕉・江戸広小路）
おうおかた花？歌？仙もできしだ　い
めでたく開き言い終　い
さまさまのこと
おもい出す
桜かな
発ッ！セッ！ヲッ！

辰

曲水に浮べた舟の上で
盃は言葉よりも迅く手から手へと流れた
時の渦にさからって漕ぎ疲れ
いまは詩の淵の深い青を
いずくともなく漂ってゆく

俊太郎

連詩　第二回

迅速の巻

風はかならず遠方からやつてくるだらう
真菰の茎を離れ　中洲の渦のはうへ
ためらひためらひ近づいてゆく笹舟
みつめねばならないもののおびただしさに
迅速にゆく　旅の夏

信

去んぬる年
眼前に降りしきつた驟雨の名残は
今　遠山の霧にある
黄昏の浅さと
瀬の石々のみを鮮かに

比呂志

＜そんな風にはお話しにならなかった
言葉からもあたくしからも目をそらし　朝
あなたは手を伸べて玉子を割って下さった
国道に沿ってキャベツの箱が積んである
バス停のそばでおります＞

俊太郎

標高千八米の台地のへりで
稀薄な酸素がぼくを酔ッパラわし
須臾の間か　永遠か　生卵をソシテ石となし
そうだったことの夢を残して
Carina　はススキッパラを行く可し！

辰

深くねじれながら
飛ぶ烏賊たちの歌ごえも胸裡でねじれる
火山の噴火と　アルコールの中の海月《うみずき》
繰り返し異所をめぐる
睫毛のふちの星光

俊夫

朱雀　烏丸　夢のをぐるま
西へちろり　東へちろり
見えがくれして風景を染め
けふもまた
情に落ち入るゆく秋の弦楽

信

なぜそこには爪先立つ木立があり
なぜ空には青いシーニユの愁情がある
なぜ心にガラスを鏤めた指輪を差し
なぜ
君は午餐を北国の森まで延ばさうとする

比呂志

お茶ですか珈琲ですか
仕事ですか遊びですか
夢ですか現ですか
何日御滞在ですか
ですか

俊太郎

ア 甘美な責苦の霹靂
塔は暁にコムラガエリ
闇の蜜はコムラサキ
痙攣の雷鳴はやがて蒼天
花野繚乱 一筋の皺

辰

眼尻に読む
山脈よ　乱脈よ
女尻たちが白い月のうえで遊ぶ
涅槃のいろはにほへと
ちりぬるを

俊夫

ハッと陰を感じてめざめれば天幕のなか
山中は深く　チッと春《しゅん》草の夢は浅い
下げ振り振って女が渡る空の梁
壮年は水機関《みずからくり》のセルロイド玉にあらざるか
軽やかに宙に舞ふ　虚誕の王

信

星屑を蹴り
十劫の相聞をアンソロジイに綴りつつ
初老の若人よ
恋の遙曳の色濃まさり行く
幻と悔ひとを消し給へ

比呂志

詩集から目をあげたが最後
詩人はもう人ごみに紛れて影も無いのさ
げっぷのように俺が俺の咽喉元にこみあげる
（米の飯はひかえめにしなくっちゃ）
秋が来たなあ 烏山にも

俊太郎

そりゃ風も吹いていたサ渺茫と
アレクサンダーのセーターの群青いやまさり
街に還って来たのはオレばかりじゃなかったサ
胸の三日月は真紅に満潮
サッとくぐる縄のれんは白刃サッ

辰

お歯黒蜻蛉の羽根はいずこ
からかいながら大根の似姿をちらと見て
この世界の外はまぶしいから
うぶ毛 わき毛の
体温に暖くなじむ

俊夫

いづれ　俗界
悲糞口外紳士の隊列　みやこに溢る
いづれ　盲愛
弄《いら》へばつぶれる鬼灯　かなし！
時こそ今　ひたひたと門にさしくる潮がしら

信

やさしさも
まだ言の葉の結びにはひと息のたゆたひで
残山剰水
隈なく敍しつくせぬ余白に花を愛でてゐる
乱鶯の薄明り

比呂志

言葉のまわりの意味の薄明
意味の核たる言葉の暗黒
なんてことからすつかり遠く
物が　事が　音が
迅速に　遁走！

辰

連詩　第三回

珊瑚樹の巻

武蔵野のOさんの庭の珊瑚樹に紅がちらちら
その向うで若い鳶が空中で木槌を振る午前
棟上げは陽のあるうちに終りそうだ
祝い酒のときはたぶん深大寺蕎麦だろう

洋

どこかで藍壺に染まつてゐる眼もあるだらう
番狂はせな風の筋が地形を二重三重にする
八月秋濤大　トささやいてすぎる声
まだ知られない環礁だつてたくさんあるのだ

信

遠くは見えるが近くは見えない
内部は見えるが外部は見えない
心の眼の美質は心許ない
降りかかる色の繁《しぶ》吹きをどう切り抜けよう

弘

おしめをしていた子　美青年となって
里芋のふくめ煮なんぞ運んでくれたりする
父と同質の声で　どうぞ……
なまめかしくて　耳目惑乱

のり子

中也のボタンを月の渚で捨てかねたり
叢で敦の虎と出会ったなあ
夜半目覚めて　目覚めたまま
長い夢の中でのひと休み

洋

大極上中汲《なかく》みのにごりざけに半天の雲
酒《しゅ》店の土間に澄む陽ざし
若い叔母の笑ひ声が耳について
このごろぼく変なんですといふ　秋風のなか

信

ある種の思いは人に聞かせず
風に逃がしてやりなさい
風はもみ消し上手だし
言葉も屢々風なのだ、と老教授のしたり顔

弘

ベルツ花《はな》という名の
ふる雪や　遠くなりにけりの
女の顔に　ほれぼれと見入る
セピアの一葉に　ふかぶかと息づく知

のり子

朝まづめ北西の山頂に横雲が坐っていたで
今日は一日凪だと老船頭は頷く
魚群《なぶら》くろぐろとして大漁だべよ
かもめと話するひまもなかんべよ

洋

百本の櫂が海をたたく
一人の女がきぬたをうつ
羊煮て兵を養ふ霜の夜の昔がたり
一人の女のかなしみうた

信

階級、民族？

国家？
知らず。一人の男への不信
時こそ変れ、世を継ぎ現われる葵の上

弘

存在の哀れ
鳥には鳥の　樹には樹の
人には人の
煎餅齧る音にさえ

のり子

私をこの草原に打ち捨てて
空の炎が終る頃又此処へ来て下さいな
その時までに貴方が接吻《くちづけ》していい花の蜜を
どっさり掌に掬っておきます故

洋

神の乳液なるこの神聖な酒を
きみの五臓六腑にゆるやかにしみ渡らせたら
私は棉になつたきみをゆるやかに敷き延べ
この世のものならぬ臥床《ふしど》に　満月をまつ

信

罪ある恋の否む罪
嘘を真と入れ替えて
言の葉も喃語に変えて
行末の末を肯わず時こそ超えめ

弘

ときじくのかぐの木の実
生きていることの不思議
年とともに見えてくるものがある
忘れてゆくものがある

のり子

記憶は物質だそうだと終電の酔客の声
転た寝の視野にはじける花の群落がある
明日は明日みずから思い煩わん
さて美味しい夢の隧道をいまひとはしり

洋

抜け出たさきのきりぎしに散る怒濤光
鳥は嘴をふれあつて昂ぶりうたふ

ココロノ往クハ贈ニ似テ
興ノ還ルハ答ニ似ル　貝寄風

信

執《しゅ》筆《ひつの》記《こころ》録《おぼえ》

どうしてこういう試みが始まったのか。

友竹辰が異国留学あるいは放浪の旅に出るという。その旅の馬のはなむけに、櫂一同で何かひとつまとまったことをしようではないか、というのだったか。それとも友竹辰自身が、編集同人として、旅立ちの前に一号どうしても雑誌をまとめて行きたいと考えたのだったか。どうやらそれらの、そしてもっと別の諸理由が一緒になって、昭和四十六年十二月十九日、京都で集まることになった。しかし、私は浮き浮きと京都におもむいたわけではなかった。京都の集りでは大岡を宗匠役にして、連句にならって連詩を巻こうということを、たぶん谷川俊太郎が言いだし、とんでもない冗談にも宗匠なんてことばはやめるべし、だいいち俺はなんにも知らない、何行もの詩と一行の句を同じに見るわけにはいかないはずだ、ほんとに俺はそんなこと出来ないのだ、と反対したにもかかわらず、賛同者圧倒的多数につき反対意見はあえなくしりぞけられたのである。もとはといえば、安東次男、丸谷才一、川口澄子と共に試みている連句のノートを、谷川俊太郎や水尾比呂志に見せた私がわるかったのだ。

断るまでもないが、私は安東次男の手引きで連句入門したばかりの小僧であって、こちたき法式のたぐいには全く知識をもたない。しかも、恐れを知らない櫂の乗組員たちは、なあに、われわれが漕ぎはじめれば、船はなんとか動きはじめるさ、必要なのはまず始めることだ、と思っている。何よりも、とにかく皆で合作をするということが楽しみで、それはこの私にしても同じだった。

《櫂の会》京都集会会場（宿泊所）案内
12月19日午後3時より随時

＊場所・名称　白河院・京都市左京区岡崎法勝寺町16　TEL〇七五・七六一・〇二〇一

＊交通　・市バス　京都駅前より「修学院」ゆき乗車、動物園前下車（所要時間20～30分）
・タクシー（推定二〇〇～三〇〇円）（十分）

＊・費用　・宿泊費千円
・食費千円（夕）二百円（朝）
・サービス料　？
・その他（集会室使用料4000円/櫂）

〇中江付記・水尾氏より安くて良いところの所望あり。二、三心あたりをさがすも、しもたやふうの落着いたところは、部屋数少なくとても十名は泊れぬ（ごろ寝なら別）という具合。高くてもよければ、清滝や鞍馬あたりの料理旅館があるが、今回は断念ということにした。

白河院とて、しかしわれらの運座の出来ばえを助ける程度には、良き場所なり。（以上中江俊夫より櫂一同あて）

白河院は私学共済組合京都宿泊所で、中江俊夫が京大医学部Y氏を通じて申込んでくれたもの。「当宿泊所は、白河天皇の離宮跡に造られたことから「白河院」の名称を取ったものであります。建物は鎌倉風の公卿造りと英国風の洋館が見事に調和した古都にふさわしい建物です。」

病気療養中の飯島耕一、用事ができて来られない吉野弘をのぞいて全員が集った。川崎洋は奥さんと二人のお嬢さんも一緒。主賓友竹辰が「発句　ではない　発詩」を発し、「京で迎え」る今日のあるじ中江俊夫が脇をつけ、さてそれからは、おのずと順序も決まって、という具合にはいかないところもあり、また長短もさまざま。

宿の門限があって、京都ホテルに部屋をとっている茨木のり子、岸田衿子は途中で一時退場、翌朝あらためて加わることになる。櫂の同人には、夜十二時すぎれば眠くてたまらなくなる人が二、三いて「おいしい景色の彼方」を作った川崎洋がまず寝床にもぐりこみ、つづいて「老人たちは軋む寝台で寝返りを打つ」と書き了えた谷川俊太郎がその隣りのふとんにもぐりこみ、ついで友竹辰。中江俊夫は「午前2時3分咲きの／魂もつれ　喜々と輝く」と午前二時三分に書きしるして寝る。すでに部屋はスタンド一つを残して暗くなっているが、水尾比呂志、大岡信はなお続行、大岡が寝るころ、四時に近かった。翌朝は当然、早く寝た二人がまず続け、岸田、茨木、中江と続いたところで昼となり、「案外時間がかかるものだなあ」。第一回はここで打ちどめ。これの続きは昭和四十七年一月三十日（日）、当時まだ立川に住んでいた水尾比呂志の家に集って完成させることになる。吉野弘、連句に関する本をいくつか調べてきた気配に皆感心する。この日欠席の谷川俊太郎に、三十六番目を回すことにして終る。

出来映えは参加者にもよくわからない感じのものだっただろう。原稿用紙をつぎつぎに糊で張って、巻物のようになったものをかかえて、「これをごく小部数の私家版にするか、櫂の正規ナンバーに加えるか」で思い思いの議論がある。問題は友竹辰がなお外国へ出発していないことにもあって、それならまたつづきをやろうか。

第二回は七月二十一日（金）、北軽井沢大学村の谷川俊太郎の山荘で開催。大岡が午後一時中軽井沢駅の改札口を出ると、「おや、やっぱり一人だけ」と声あり。谷川、水尾、友竹しか集まっていない。夜になって、京都→東京→軽井沢と乗りついでくる中江を持って、五人だけでやることになる。夕刻より豪雨。中江俊夫、しぶるタクシーを説得してやってきたと、九時すぎ到着。前回は行数不定でやったが、どうも行数がきまっていた方が面白そうなので、五行にしようということになる。つづいて、三十六番までというのは、詩の形では長すぎると感じた大岡が、半分にちぢめることを提案、十八番までで打ちどめにすることにする。曲りなりにも、花とか月とか恋とかだけは、連句に準じて置いているので、十八番までだとそれがどうなるか、まあ適当にやろうじゃないか、ともゆかず、結局それらの座の数も減らすことにする。

翌朝、御代田の水尾比呂志の山荘に移って、夕刻前に第十八番を残して終る。早目に出発した友竹辰のところに十八番を回す。

第三回は八月三十一日（木）、調布市深大寺の大岡信宅で開催。前回不参加者（ただし、岸田衿子、飯島耕一はいずれも旅行ならびに病気で欠席）に、依然進行係の大岡を加えて実施。このたびは四行ずつにすることを大岡が提案。だんだん短くなる。第二回目は、何とはなしに、中年男の「迅速」の旅を主題とする連詩のていになったが、第三回はとくにその種の目じるしはたてず、流れるままにまかす。第十七番、第十八番を残して、ほぼ快調に進行。

これだけ出来たら矢張り櫂の正規のナンバーにしようという声がしだいに強く、かくて今号の誕生となる。

いくつかの感想があるが、いちいちは書かない。もとよりこれは「連句」とは全く異質のものだろう。しかしこれはたしかに「連衆」が集って作ったものであり、「連詩」と名づけることに不都合はないだろう。参加者それぞれに意図があるだろうが、私についていえば、古い時代の人の言葉を意識的に導き入れてみるのを楽しんだしその他にもやってみたことがある。

次には三行で、二行で、ついに一行で、となるかどうか。

友竹辰はまだまだ出発しない。航空便でもつづけられそうに思う一方で、矢張りこれは皆で集ってその場で作るものだとも思う。しかし、一人きりで作るものとは、明らかに性質がちがうのである。しかし、辰さんなら可能かもしれない。これは私の勘。

（大岡記）

編集委員の記

たとえば商業雑誌などに、写真とワンセットの、いわば商品としての詩を書くことがあるが、稀に自分でもいいと思い、写真から独立して詩集を出すときには編入しようと決められる詩が、ひょいと出来ることがある。そんな折の嬉しさは形容しがたい。

今度の試みにも、それと似た気持を味った。もちろん、それは一句（一詩と謂うべきか?）に過ぎないのだけれども。

と同時に、詩を書くことが愉快で明るい気分だというのはとても幸福だと思いながら、かすかに硝煙のにおいを嗅ぐような、どこか危険な感じもあった。大そう魔性に満ちた分野で、事実、以後自分ではろくな詩が書けていない。つまりはまだまだ素人なのだと自覚させられた次第だ。

文字通り手とり足とりでご教授くださった大岡氏に心からお礼を申上げる。

川崎　洋

三月に立川からこの深大寺界隈へ移ってきたとき、心なしか陽射が弱いやうに感じた。仰いでみると、三鷹から調布への線を境にして、どうやら東と西の空の青さが違ふ。午後になると陽射はずっと強まるのである。しかし、神代植物公園と寺の森に続いて、さすがに樹木が多く、都心から帰ると胸を清められる想ひがする。大岡君の家はすぐ近くになったが、友竹君は三月に一歩遠のいて烏山に転じた。前号の後記で予告してゐた彼の外遊は本年四月の予定が順延を重ねてゐる。その間に連詩の詩会は四回を数へ、ここに歌仙、いや詩仙二巻が出来上った。もとはと言へば、この連詩は、彼の外遊を送る集ひの席で一挙に二十号を作り上げる、といふ意図からの発想であったのだが、回を重ねるにつれて連衆の呼吸も整ひ、これを貴重な試みと呼び得るまとまりが得られたことは、怪我の功名であった。連句の経験から宗匠役を強ひられた大岡君には、同人一同深く謝意を表そう。

水尾比呂志

『ユダの記』時々、この編輯後記が無かったらどんなに大変だろう、と思うことがある。たった一枚書くのに百枚分位の苦労をしてしまうのも、つまりはそれ丈一杯、全く個人的な言い訳と申し開きと愚痴と挽かれ者の小唄があるわけで、今回もその例に洩れない。キリスト様の方では十三人、我々「櫂」は十人、でも此処は卒爾乍ら「ユダ」を僭称させて貰う、その理由は ㈠ この詩会を成り立たせた、その拠って来る処が、ぼくへのちっぽけな「惜別」でこそあったのに何故かぼくはちっとも旅立たない。みんなへの裏切り。㈡ かくして、つまり仲間のお蔭でこそ創生したこの詩巻の自分の部分を恣りに私用に転じた。㈢「櫂」二十号、つまり此の号の編輯者は、名実倶にぼくの番であるにも不拘、その殆んどを畏友、水尾比呂志兄に委ね、自分は拱手傍観、あらゆる苦労を回避した、こと等々。言えば勿論理由はある。併しとに角、今は何より、ぼくは消えも入り度きここちなのです。

友竹　辰

櫂　第二十号　頒価三〇〇円（〒70円）
一九七二年十二月十日発行
発行者　櫂の会
神奈川県横須賀市金谷一ノ三ノ十五　川崎方
発行所　東峰書房

櫂

XXI

鳥居坂の巻 乾坤

雁来紅の巻 天地

夢灼けの巻

谷川俊太郎
友竹辰
水尾比呂志
茨木のり子
中江俊夫
吉野弘
川崎洋
大岡信
岸田衿子

連詩　第四回

鳥居坂の巻

乾

七人で櫂を握って海の見えぬ港へ入る睦月晦日
船頭多くして舟　鳥居坂を上り何が見える
僕以外の六人はみんな眼鏡かけてらあ　俊太郎

連衆は十人の筈ぢゃないか　七人で
酌む酒はさみしい　中江のことは目出度いが
蕭條と　庭枯れてゐて　藪柑子　辰

近代の茶会には三彩の盞と尊を撰ばうよ
馬王堆の貴婦人に挨拶して
流沙へ旅立った隊商の胡笛を追ひながら　比呂志

花咲ける　女の噂
水仙　毒だみ　さまざまの香の立ち
笑ふ声　たちまちに　遠のいて　茨

螺鈿の月がのぼる
獅子と鹿がともに憩う夜の木蔭
滴りの写す束の間の浄土

俊太郎

南蛮画中　少年　快楽に青銅の胴のけぞり
珈琲島の白眼　その時　白磁に冴え
伊那の子　呻く臀さへ　いなせ

辰

大航海の名残は薄暮に没した
西へ　東へ　西班牙女の執恋消えて
夕焼雲は　雲母模様の花カルタ

比呂志

ジョニ赤わずか　グァテマラのチョッキゆれ
皮のネクタイよじれ　言葉の筋をば押えんと
ならべならべて　遊ぶ子の末裔《すえ》

茨

ここはどこの細道なんだい
風もないのに病葉が首を振り
ふるさとの沼もかすかに匂うのだが

俊太郎

血はあらそはれない　ながい睫毛で
女たらしの極楽とんぼ　裏山の
花いっぱいのいい枝ぶりで　くびれて

辰

南西の風に散って行く
今朝私の窓に群れむらがった言葉たち
その一枚が誰の明日の空をよぎる

比呂志

誰もが手紙を書かなくなった　わたくしも
ポストにはなまくらな活字ばかりが投入される
久しぶりときめくは木戸のもと　開封されたばかりの沈丁花

茨

おどなえばレコード棚にバッハがふえてる
生者と同じように死者を語る地上の秘密――
僕も月へは行かないだろうな

俊太郎

睦まじかった母子も遺産争ひ
人の心なんて信じられない　先の闇
無月　何の花か　にほふ

辰

さんさふらふ
流れ流れ流れ流れて身はここにあり
今日は昨日の明日とジュラ紀からの風の音

比呂志

黄塵　濛濛　春三番
読みたい本がまだかなりあるのは嬉しいことだ
さて　スカーフを被り　水妖記をさがしにゆこう

茨

はなびら
　はなびら　はなびら　ああ　どこまでも
　　はなびら（時に紛れて）

俊太郎

散る　宙宇へ　萬象も花のやう
空　みづがねいろにゆめ　ながれ
別れ去るものふたたび会ひ会ふの時はあらうか？

辰

坤

そこへ着くのと
そこを出るのと
わからないで来た日々に木枯と恋がれの風まじる

俊夫

実れば潰え　そしてまた実る泉
雲と溶け合っている光が
はじめて見るように初々しい

弘

蜜は熟れ　蜂は縞をしぼって飛ぶ
頸につるした子もち勾玉のぬくもり
町を望む城あとで　匂ひのたばになる女

信

サラダのレタスにまつ毛がくっついている
陽の斑　羞らいの香水を添え
旅先のテーブルから転げおちた一通の封書

俊夫

開かれない
武骨な水茎の跡無惨
おぼろ月夜に濡れそぼち

弘

麦を踏んでは市《いち》の盛衰をしらず
濁《だく》酒に酔うては水底にねむる
ひとり合点の恋ならば　モンローもわが情人《いろをんな》

信

食わいでか慈姑よ
盲目の球根も色にでて煮上り
鍋の中掻きまわす

俊夫

旅籠の女中のつまみ食い
厨の板の間に足投げ出し
その足裏の　ひび割れて

弘

湯気でくもった鏡にかく
よしなしごとの中味を問へば
「あちしがつくった艶歌」といふ

信

婀娜に結びし投島田
待ってましたお天道さまァ　そこですウ
聞けば祖父も娘義太夫に狂うたそうな

洋

歯ぎしりの義理人情を座興にし
議題は稼ぎさ　雑巾の疲れと汚れ
男と女の愛は　「ふふん！」　不在

俊夫

地震《なゐ》は　ある
無いを砕く地震《なゐ》は　ない
愛を砕く曖昧な飽《あ》い

弘

夜風を踏んで未知の長安をめざす
台地に霜をまく夏の月
もういちど生き直すのさと引く蟇《ひき》の影

信

日照草を帽子の風穴に挿し
いざや意地でも長調のアレグロで
手練の琴は新しい絃を張り替えたばかり

洋

豪爽な碧空が宇宙のとある一音で落ちる
世界に根なす語りの　球体はめぐる
岡として　川として　野としてのおっさんらのしゃべり声

俊夫

季語こもごも立ちて　會釈尽きざる国よ
水温む一語の中のおたまじゃくし
おだやかに群れ囚われて　五線符憮然

弘

花のしたに人らつどうて
「花のもとにて春死なむ　その花の影」と乙女をたたへる
でもほんに　美少女はどこぞへみんな鹿島立ち

信

予報はずれ半球形はほがらほがら
背に花挿して走る羊の居るそうな
すると人力飛行には菜の花　か

洋

連詩　第五回

雁来紅の巻

天

歌ふことから遠のいた日々がめぐってゐた
今日　風は雁来紅の色づきを促し
手練の詩《うた》びとたち集ふ古寺の木立では
寡黙な鳥さへ言の葉を摘む仕草

比呂志

自然薯掘りも避難所掘りもやったが
サラセンの透明な雨にはまだ到らない
いまはなほ宙ぶらりんの腹を据え
詩も歌も　流れに指でかいてゆく

信

脱獄囚のような短い髪の男が一人
なんでも似合う　　　けれど
いったい何から脱け出そうとしたの
むかし淀川のほとりに疎開していた子だった

茨

雨戸を閉めきって
押入れの闇でわめきまわる猫をおさえる尼さんは
紅紐しめて　青海波のくたびれた寝巻
寝小便を叱る

俊夫

国芳風のじやぼにかもなつかしいな
尖塔白々と宙を貫く泰西の繪どものなかで
モローが月も樹も朧ろにした頃
ボルドーの遊子は誰の音信を待つ

比呂志

煮こごりふるへる夜の底
ふたりでまだ犯したことのない罪を
ひとつふたつ指折りかぞへ
風邪ひきごゑの思ひ出にも耳火照らせる

信

イヤリングをはずして
ゆっくりと　待つ
もっとも愛していた掟
汝ひとを試すなかれ　の禁を破って

茨

映画はどうだった
子持ちの独り女メリナメルクーリの
肌が不思議な白さでさ
彼が彼女の胸元をこうやって露骨に覗き込みながら……

俊夫

古井戸に　雑誌がおちていて
グラビヤの風景がめくれて
登山帽のおとこ一人
あざやかな里へわけ入ってゆく

衿子

この村にもスピードの路が開《あ》きやして
機は役場の資料館に買はれやしてな
さて　あの世は昔のままだかね
はるかに退いた青空には道元の冷えびえたる笑ひ顔

比呂志

華は開いた　世界は起《た》った
経文ぶった　葷酒くらった
児孫ふやした　美田は賣った
あの坊さんにも　はしけやし　はたちの娘

信

襲《おすい》の裾に　月経《た》ちにけり
宮津媛のむかしより
めぐりめぐってとどまらず
君待ちがてに　ひとすじの潮の流れ

茨

古典を捨てた
ヒマラヤの雲海に
ヒッピーの裸の足は熱い
糖黍の葉を敷いて　ねむる

衿子

蛆か蟻か
どこやら人間の芯に巣くって
義歯ももじょもじょする
わが身を　ぷいっと日本へ飛ぶ赤とんぼ

俊夫

ちちんがぷいぷいっ！か
チンチンガブラブラッ！カ
いづくんぞ知らん如是我慢の多情佛心
白晝もあきらけき意馬心猿大サァカスッ！

辰

東へ奔り西へ跳ぶ
世俗凡卑のうつろひに呻吟して
身はなつかしむ青少の頬の色
心はあくがるる　世阿彌闌位の余情

比呂志

辻ケ花染め　しゃっと着こなし
せぬが花とは痴《し》れ言よ
五十の坂ははなやかに越えてこそ　と
散る花吹雪浴びて立つ美《く》はし戯《たは》れ女

信

心に残る　よしなしごとを
ひとつふたつと数えつつ
眼を霞ませて　遠くを見る
いずくにか船泊すらむ　棚なし小船

茨

地

手馴れた国語辞典に
古葉書の地図をはさみ
秋浜濡れる三浦から武蔵野へ
車中「酒」の項をひいたりした

洋

赤道を越えた時も指は匂っていたのかな
ここではアルミニウムのサッシュが
衰えようとする緑を切りとっている
心ばかりが逸って行きたい所はどこも遠い

俊太郎

傀儡とて同じ
決められた科白に阻まれて
激《げき》し
蒼白な面に朱を注ぎ

弘

今日は朝から腹具合わろく
いきむ厠にゆめぞたばしる
あと四日で馬齢四十二と重ね
ロンシャンに一萬フランを賭すは何時の日？

辰

昨日読んだ
縞馬の向うでトランジスターを耳に当て
月ロケット中継を部族語に飜訳して長老たちにきかせたという
西アフリカの王の話（川田順造〈曠野から〉）はおもしろかった

洋

卓上にみたあめ　茶玉　だるま煎餅
曇り日を真似た螢光灯の光はf2四分ノ一秒
一瞬の表情がいつまでも残るくちおしさ
路上に犬のまぐわい

俊太郎

いやに　はっきり想い浮かぶものとの
冷淡な距離
想い出そうとつとめて近く熱くいる
贅沢な　ひととき

弘

阿修羅　曼荼羅　歓喜天
未だ蠢いてゐる瑪瑙の肉の一片
宥めきれぬ秋の渇きに
毛と脂のじわり　滴り止まず

辰

うちは炭火だよと焼肉屋のおやじ
キムチを漬ける缺けたレールの重し石
来週テレビに出て
30年前の炭坑の話をするそうな

洋

真夜中にお早うを言ってそれから
チエレスタの前に座る
M3〈長い曲りくねった路〉スタート
歌では伝えきれぬもの　そして明日

俊太郎

そして回る
日の轆轤
時の両手の間でめまいして立ち上がる土
そして訪れる安らぎのかわらけ

弘

はなればなれにころがってゆく
月光の音符
源流は　ひとの肩へ
肩から胸へ　首飾り

衿子

裸の胸に指で字を書いて
それから耳を押しつけて
返事をきいて　うなずいて
男の子　そこまで書いて書きあぐみ

洋

書架がしなっている
本もまた果実であるか
だが人の運び得ぬ花粉を風は運ぶ
時に砂漠の沈黙にすら

俊太郎

まろぶ不毛の悦楽
颶風に洗われしと見しが
遙かの天末に浮かぶ
愛《かな》しき隊商のつらなり

弘

深大寺　不動堂　青渭社
つらなるふかい雑木の森
禽獣の霊魂を塔の水煙に
ときはなつ空　浅き萠黄

辰

小さなくさめに笑みくずれる若いふた親
湯を注ぐと茶碗の底で花が開き
かすかにたゆたい
日曜日

俊太郎

陽の　ひらひら
瀬の　せせらぎ
葉の　葉ずれ
世の　よろしさ

弘

連詩　第六回

夢灼けの巻

紙一枚の淡雪
夢灼けの色出づる　　弘

めくる　ひめくり　　辰

燠にかざした
女の掌《たなごころ》に兆していた吉運　　洋

眼のなかを鳶が舞うのかしら
鼠が走るのかしら　　俊夫

晒しめ直して
海へ向う道　　俊太郎

黒土ほのかに身じろぎ
ややにふくらむ紅梅のびっしりの蕾　　茨

いつのひと　光琳　　比呂志

風に便りをつけておやりよ
鶯の峰でけふは野遊び　　信

狐の嫁入り
尿《いばり》が酒に変えられて　　弘

施設の図書棚に民話全集
真新しいまま　　洋

点字でたどる
暗闇も世のうち　　俊夫

百数えたあと
目の前でゆれている吾亦紅　　俊太郎

釣れるもよし　釣れぬもよし　　茨

佐島　一色　いはのはな
旅のはじめの　阿呆ドリ　　辰

昨日からの陽だまりの部屋を過ぎ
紺へ碧《あお》へと風は急ぐ　　比呂志

ほんのりと腥いもの
逆光にかざす櫛の残り毛　　信

恋猫の声を聞いている
自称　晩成　　弘

賑やかに娘ら
花言葉の正誤を言い争っている　　洋

縁日の
薄暗がりへ入る男ふたり
俊夫

年輪に見る
一揆の年
俊太郎

山鼠《やまね》を飼う土蔵に
古文書数冊
衿子

いぶかし
いすぱにやの地図もまじり
茨

すててこで
機内を歩いたりして
辰

そもさん
ふらんせ鮮か野狐禅師
比呂志

寝言に洩らす
筑波方言　信

雛びて
鼻すじ通り　弘

女性独居監房
被虐性　証拠品の皮鞭　洋

岩礁をわたる
春嵐の行方やいずこ　俊夫

風見鶏の
錆びついた東西南北　俊太郎

落葉を掻いて
炊く兎鍋　衿子

息子二人去り　三人去り
峠を動かぬ喜の寿の髭もじゃ
茨

湯麺啜りながら
群論読んでる　二浪
辰

花時計は遅れがち
精緻すぎる巣箱の設計図
洋

老いた頭蓋の若い部屋を
残月が出入りする
弘

かげろふ炎えよ　もののふの
かぶとを洗ふ川の波
信

魚影の奔るは幻に似て
景色に霞む詩《うた》のはて
比呂志

執《しゅ》筆《ひつの》記《こころ》録《おぼえ》

第20号に引続いて、これも連詩の試みによる、第21号。かぞえて第四回の「鳥居坂の巻」(乾・坤)、第五回の「雁来紅の巻」(天・地)、第六回の「夢灼けの巻」の三つをおさめる。

作品は早く出来上っていた。かくも刊行が遅延した責めは、ひとえにこのこころおぼえの執筆を怠った大岡にあり、慚愧にたえず。わけても悶々とこの駑馬の働きはじめる日を待ちくたびれていた編集同人三氏に対しては、申訳まったく相たたず、只管叩頭叩頭。

第四回「鳥居坂の巻」はすでに「ユリイカ」臨時増刊号「谷川俊太郎による谷川俊太郎の世界」(昭和四十八年十一月)に一度掲載された。「昭和四十八年睦月晦日、於東京国際文化会館」というのが、巻名の由来を示す。国際文化会館は港区の鳥居坂にある。乾十八連、坤十八連、いずれも当日だけでは完結に至らず、途中から次回会合に持ち越しになったことは、それ以前、またそれ以後の場合と同じであるが、何月何日に完結したか、今その詳細な記憶がない。互いの間の、郵便による付けも一部分あることをしるしておく。鳥居坂に集ったのは、その前日に中江俊夫の高見順賞受賞の式があり、中江が上京したのを好機としてであった。

「ユリイカ」の右の号には、「鳥居坂の巻」のあとに、この巻を一読した安東次男氏による「櫂連詩について」という、談話筆記がある。

「ところで今度の『櫂』の試みですがね、試みとしては文句なしにいいところに目をつけたと言えるんではないか。現代詩がこんな試みをやったというだけでも、画期的なことだ。(中略)ただね、自分の詩法の中でそれぞれが勝手なことをしゃべりあっているのでは、これは座談でしかありえない。その点『櫂』の作品をみて感じるのは、約束のもうけ方が非常に甘いと思う。昔の連句のように、春秋の句をつくれば三句乃至それ以上続けろとかそういうことじゃない。そんなものを詩の中にもちこんでみてもしようがない。そういうことは今日のわれわれから見れば連句の約束として存在しているのだけれど、もともとは日本人の自然な感情からきていることでね、夏冬の句は一句で捨ててもよいというのも、同じでしょう。発句がある季節を持ったものであれば、脇句にも必ずそれと同季を付けるというのもそうだ。形式からいえばこれは約束ごとだけれど、本質的には客をもてなす心があれば当然そうしかなりようのないことで、その辺に気づかないと、形がいくらととのってもどうにもならないと思う。」

「行数の問題にしても、何行では長すぎるからみんな五行とか三行に決めようというのは、これはナンセンスだ。三行のつづきがあってもいいし、五行のつづきがあってもいい。一行のつづきがあったっていいわけだ。変化は自由自在じゃないですか。やってるうちにおのずから連詩の約束をつくっていけばいいと思う。（中略）大切なのは発句が投げかけた心に添う心が次を書く人にあるかということでしょう。」

「この連詩には、裁き手がいないというのも、運びがうまくいかないひとつの原因だと思う。裁く人は技量が優れているとか、詩心が豊かであるとか、そういう必要はない。要するにはこびの流れを作るんだから、野球の監督みたいなものでね、必ずしも現役の選手として走ったり投げたりする必要はないわけだ。」

直接「櫂」の試みにふれた部分の主なところを抄録した（「鳥居坂の巻・乾」の最初の部分の技術評は長いので省略。主旨は、「客をもてなす心」の必要、「大切なのは発句が投げかけた心に添う心」というところにある）。

右の安東談話のうち、裁き手不在という批評は、私には耳の痛いところでありました。しかし行数に関しては私に別に考えがあり、「現代詩手帖」昭和四十九年四月号に「連句・連詩の場から」という拙談をのせたとき、少々触れたので、記録として、かつはまた、今回の号にのっている作のための註という意味も含めて、以下に引いておきたい。

「初めは行数不定だったけど、今は行数を決めてやっているんです。安東さんに言わせると、行数を決めてやるのはナンセンスだというんだけど、ぼくは必ずしもそうは思わない。五行ずつでやるか三行ずつでやるかで、ともかく出来上りは明らかに違うところがある。現代詩における行数というのは何か、という問題が、やっているうちにはっきり問題として意識されてくる。今二行以内でやっているんだけど、例えば習性として長く書かずにいられないタチの人にとっては、二行で書く場合どういうことになるか、その人にとって意味のある挑戦でしょう。谷川俊太郎の場合、彼の書いた詩句が七七という音数を自然にとってくるということが、ときどきおきている。それにハッと気がついて、崩していこうとする、崩すところに彼の詩がくっきりと出てくる面白さがある。しかも、それをみんなの面前で、みんなも意見を言いながらやるわけだから、本人にも他の人間にも、いろんなことが見えてくる。一行の長さをどうするか、言葉の組合せ方をどうするか、例えば普通の叙述法にしてあるものを他の人間がばっさり切ったほうがいいと助言するとか、順序を変えたほうがいいとひっくりかえしてみるとかする。思いがけない効果が出てくることがある。みんながその場で見守りながら、『こうしたほうがいい』『いや、俺はこう思う』ということになっていけば共同作業になるわけです。なぜそんなことが必要かというと、次に付ける人がいるからなんだ。次に付ける人にとって付けやすいものでなければいけない。次の人は、前の人がどこにポイントを置いているかということが明確でないと付けられない。前の人としては自分の提出するものの姿かたちが、次の人によく見えるものでなければいけないということは義務です。（中略）自分一人で好きに書いたものと違って、ある意味では暴力的にねじ曲げられたり切られたりすることによって、自分のもっているものが、より明確に出てくるということがある。それは一つの発見なんだな。」

念のためにしるせば、私が右のおしゃべりをしたのは、第五回「雁来紅の巻」のあと、第六回「夢灼けの巻」の進行中の時期である。しゃべった内容には、かくありたいという希望も含まれるが、同時にこれまでやってきた経験にもとづく報告と意見ももちろんあった。「心」の大もとについては、安東さんと全く同感である。実際の試みでは、意見の違いも出てくる。今のところはそれが当然だろう。

さて、こんな具合に記録をつづってくれば、谷川俊太郎の文章も引いておかねばならない。

その一。（前略）「先頃、私の属する同人誌の集りで、一夕たわむれに歌仙まがいの短詩の合作を試みたことがあった。私が驚いたことのひとつは、仲よしクラブなどと悪口を言われるほど気心の知れた仲間が、何行かの詩句を書く段になると（私も含めて）ほとんどが或いは背を見せ、或いは別室に逃れ去って孤独のうちに仕事をし、各人の詩句の間には結果において、付合の気もちはおろか、（ふだんの付合の中では示される）わずかな思いやりすら通わなかったことである。同人誌というもっとも恵まれた詩の場においてすら、我々は詩を閉ざされた自分と各自の夢見るのっぺらぼうの無限定な読者のイメージとの間の回路に固定していた。我々は無意識のうちに印刷媒体という本来詩のあとに来るべきものを先行させ、何のために、誰のためにという問いかけを、自分が座っているその具体的な現場から出発させることができず、かつそういうスタイルをもち得なかった。そういう風に、知らず知らずのうちに我々は慣らされている。そこに詩意識から技術に至る或る一貫した（近代芸術に共通な）問題がひそんでいよう。私にそれを解明する能力はないけれども。」（以下略）（「現代詩手帖」一九七二年六月号、連載第五回「詩の現場がどこかにあるはずだ」。のち晶文社刊『散文』に収める）。

谷川がこれを書いたのは、私たちの連詩の試み第一回が、突然、手さぐり状態で始まった、その直後の時期である。一同のとまどいぶりは、ここにほぼ正確に描写されている。「わずかな思いやりすら通わなかった」と俊太郎さんは書いたが、まあ、思いやりを通わそうと努力はしたものの、言葉の恐るべき抵抗に手を焼いて、結果的に俊太郎説のようになった、という面もある。

その二。（前略）「また私の属する同人雑誌では、最近何度か連句ならぬ連詩の試みをしている。以前に一度同じテーマで皆が作品を書いたことがあり、その自然な延長で合作という話がもち上ったと思う。合作には何らかのルールが必要だというので、仮に連句の形を自由に適用することになった。同人間の他愛のないお遊びで始まったこの試みに、ほとんどの同人がそれぞれに熱意を感じ始めた様子なのが面白い。第一回目は各自の書く行数を自由にしていたのが、第二回は五行になり、第三回からは四行になった。／始めのうちは皆が『座』になじめず、仲間からかくれるように孤立して書き、前の詩を読みとりそれに付けることとも、後の詩へと気持を残すことも出来なかったのが、だんだんにくつろいで自分の殻から抜け出し、前後への目配りもするようになってきている——と、少くとも私はそう感じている。合作した作品は印刷されていない、同人外の人々の目にも触れることになったが、私にとっては、この連詩の試みは未だ第一義的に、同人同志の小さな共同体の中での遊びとして意味をもつ。」（後略）（「文学」一九七三年十一月号所収「詩の伝達の場」）。

　右の文章は、他のいくつかの例とともにこの連詩の試みを「雑誌―単行本というきまりきった詩の流通の形に対する何らかの形の反抗」のひとつとして紹介したもので、「たとえば詩が詩集という商品に変質してゆく過程で見失われがちになる、詩人と読者の関係を、マスメディアとは異なるもっと小さな、具体的な場でとらえ直したいという欲求が、詩を書く人間の側にも、詩を受けとる人間の側にもあるとは云えぬだろうか」というのが、この文章全体の主題だった。「その一」にかかげた文章とくらべると、連詩についての谷川自身の感じ方に、ややちがう面も出てきている。それは多かれ少なかれ、他の同人についてもいえることで、それゆえ、ここで記録しておくのは大いに意味があると思う。

　以上、多くは人の文章を引用して責めをふさぐ形となったが、これはもちろん、つとめを怠るつもりでそうしたわけではない。今回の「執筆記録《しゅひつのこころおぼえ》」では、これらの文章をまとめておくことこそ、最も肝要と思ったので、そうしたのである。

　なお、一人も欠けるところなく集まり、付合の順序もきれいに揃えてこの試みをやることは、最も望ましいことにちがいないのだが、当日だれかがやむを得ず仕事などのため欠席したり遅れて出たりということになるのは、まずは避けられない。今回のものも、作者の順序がときどき乱れているのは、そういう理由からで、同人以外の読者諸氏のために一言付記しておく。

　最後になったが、「鳥居坂の巻」「雁来紅の巻」ならびに「夢灼けの巻」の進行データをしるしておく。

「鳥居坂の巻」（乾・坤）
　昭和四十八年一月三十一日（水）
　　於東京国際文化会館
　（午前十時より午後七時まで）

「雁来紅の巻」（天・地）
　昭和四十八年十月五日（土）
　　於調布市深大寺「深水庵」
　（午前十時すぎより午後七時まで、
　同年十月十九日（金）
　　於水尾家

「夢灼けの巻」
　昭和四十九年一月九日（水）
　　於「深水庵」
　同年二月二十八日（木）三月一日（金）
　　於神奈川県葉山「佐島マリーナ」
　（二十八日午後現地集合、翌日昼すぎまで）
　同年三月二十三日（土）
　　於水尾家

「雁来紅の巻」は各人四行ずつ、「夢灼けの巻」は二行以内で、原則として片仮名言葉は使わない（ただし地名・人名はその限りにあらず）という条件のもとに作られた。

（大岡記）

編集委員の記

免罪符のつもりは無いけれど、どうもこの場のあるお蔭で、色々と言い譯やら申し開きを書くような次第となる。で、今回も――。

外国の漂泊とやらは、三年の筈が大体三ヶ月、三月おわりから七月上旬で突如お仕舞。確かに漂泊はしたわけだけれど、余りの短かさに、諸人吾人倶に茫然。あとに残りしは、惜別の情籠めて発詩した連詩の試み。迂生の、他人《ひと》は、移り気とも見まがう芸術的生活変化のテムポのあわただしさをよそに、この連衆は、いよよ泰然と、その長くこごしき連詩道練成への歩を進め始めたようである。

多々益々辯ず、とか、諸姉諸兄、お上手になり勝ると同時に興も湧き情も動き、次回はその亦次は、と、明日待たるる何とやら。

これが若し、迂生のかけた御迷惑の、何かしら功徳でもありとせば、相済まなさの億兆分の一かは減ずるのでありますが。

これまでの詩の大方を聚めて「友竹辰詩集」（思潮社刊）出せました。どうぞ、よろしく。

友竹　辰

去年の夏の終りに、ぼくは生まれてはじめて真鯛を釣った。はりをはずし、釣舟のカメに投げ入れたら、鯛の背に紺色の点が背びれをはさんで二列、飛び石状に光り、それは鯛が死ぬと消える輝きと識った。

そんな発見のよろこびが年々大事になってくる。

連詩の試みも、やはり何を措いても参加したいよろこびの一つだ。

同人雑誌というものにしても、それは商業文芸誌の底辺を形成するものではなく、かなりひそやかな、気ままな精神の寄り集まる場―という気持が、櫂を存続させてきたように思う。

そもそも、詩の同人誌に広告を載せるなんて可笑しくはないか？　その分同人たちが金を出し合えばいいのに。

もしかすると、櫂も、紙が立派すぎるかも知れない、今では。

なお、飯島耕一氏が、希望により名目上の櫂同人から脱けた。

川崎　洋

前号から一年十ケ月を経て、第二十一号がまとまった。しかし、この間、ここに収録した三巻の連詩を試みる集ひが度重ねて催され、同人諸兄姉、運座の呼吸も漸くのみこめてきたらしいことは、楽しい限りであった。その経緯は、今回も多忙中を強請して執筆を煩はした大岡君の記録の通りである。ともあれ櫂の会の連衆九人、連詩といふ小舟の乗心地それぞれに気に入った様子で、なほこの航海を続けようとの気配が濃い。乗りかかった舟とはまことに同人の今の心持を言ひ得て妙なる言葉だと、私も思ふ。谷川君が副宗匠を買って出てくれて、大岡君の苦労を分つ気の入れ方なので、おそらくこれから舟足は快調の度を加へるだらう。ただ顧みて心にこたへるのは、言葉といふものの奥深さと楽しさと恐しさである。

水尾比呂志

第二十一号　頒価六〇〇円（〒70円）
一九七四年十月三十日発行
発行者　櫂の会
横須賀市金谷一ノ三ノ十五　川崎洋方
発行所　東峰書房

櫂

XXII

アイウエオの母の巻

蒸し鮨の巻

谷川俊太郎
吉野弘
水尾比呂志
大岡信
岸田衿子
茨木のり子
川崎洋
中江俊夫
友竹辰

アイウエオの母の巻

なまりあるアイウエオの母たちもいる寒さ

俊

1

博物館前薄陽を着る石仏一体　弘

亞歷雷王のおとし胤　比呂志

逐ふ水牛にアルメニヤ語の唄きかせてゐる　信

小道具の月を支える手に反戦指環　俊

鳥威しの村を出て三月經った　弘

揃いのジーンズの上着に秋風　衿子

雲水は石をぬすみ見て半眼　比呂志

劇画の美少女　来週は犯されてしまふか　信

比翼紋など染めさせて知命　俊

蓼喰ふ虫も好き好き　弘

折鶴に脚を生えさせ了 衿子

想ひは飛翔 詩は跛行 比呂志

更科つ月があんまりまんまるで 信

そば猪口ひとつ六百円にまけさせる 俊

端然と松茸飯など振る舞われ 弘

旬《しゅん》が右往左往する出發便のアナウンス　比呂志

ひとり花を抱いて花前線を越えてゆく　信

流氷を描いているクレヨン　修

菜の照り返し物憂い付け睫　弘

似せ探幽は金屏風から虎の眼を血走らせ　比呂志

木の股に棲むご先祖は薄笑ひする　信

巻貝の螺旋にひそむ無垢の如きもの　俊

男でも女でもない菩薩さま　弘

今日も原宿を流れて行くか　比呂志

かたむける三度笠の薄じめり　信

花の名も知らず鳥の名も知らず　俊

明日は還暦の紅型の染手　比呂志

葉がくれに海すこし　月の膳　信

マイク廻されてうたうりんごの唄　俊

ふとにがにがにがし　酔中饒舌　比呂志

にんまり獏が笑ふ夢を見てゐる　信

日記に書かぬこと一二　隆

悪なればこそ色悪よけれと老座子いふ　信

盛りにまさる大見得の花吹雪　比呂志

逃げ水を追って子等走る　隆

蒸し鮨の巻

蒸しずしの器しまって凛っている春　茨

アタッシェケースの中にマンボウの記事　洋

飛行機が爆音を残して虹のなかを横切る　俊夫

やがて地平に見えて来る蜃気楼のような都市　辰

アラビヤ語の月もわりと出る　茨

稲妻でふっ切れる　決断がつく　洋

雨塊の行方を見送る五十路の姉弟　俊夫

たもとひるがえして幕間のムサ当　茨

ロ・ハテストに顕われている見栄っ張り　洋

親兄弟はそろって出不精　俊夫

暁暗のおから　シャベルで掬う　茨

始発電車に朝顔の苗売り　洋

走り寄る幼児仁ちかづ之の三十六階　俊夫

中古車売場の旗に縁どられている月　洋

街道すじには馬へ水飲み場の跡もなかった　次

歯肉の膨れが瘤のように大きくなって退かぬ　俊夫

誤配された組の何某除名通知の葉書　洋

桜もうぽちぽちでっか　俊夫

朝は清浄神の木の芽煮る　たく

結婚指輪明日からは栄環を掴む　弘

三層の青に汐のうごきをたしかめて　衿子

櫂を削る老人は野太い声で唄　洋

ごろりとホンダワラに寝かせてあるどげちく　信

灯も入らぬ前の口説のちぐはぐ　比呂志

面会謝絶の扉の外に花が出ている　浚

空に顫える天秤　弘

ゴブランの森から一角獣歩み出て　良

畑は枯れ職子の指だけすばやい　衿子

方言採集を口実に月の下　洋

拝啓廣瀬賀　露けしや　雫二さんの父郎
一ノ二ノ一　湊　に露し　魚　吉郎　良

「ああ」西海《サイカイ》でし「蛸のぶつ切りは臍みたいだ」　信

昔を今に　梅林は源平の閧の聲

比呂志

バトンおっことして校舎の裏でベソをかく

隆

鳶のひよろろを追う綿菓子売

弘行

おわりの灯が消えて　花の木があかるい

衿子

独活をかざし口をついて出る芝居の科白はないか

洋

執筆・記録

今度の号には、一行づつを連ねた連詩二つを掲げる。第何回ということになれば、前回の「夢灼けの巻」につづく第七回・第八回が今回の試みだが、「アイウエオの母の巻」と「蒸し鮨の巻」とは、同人が二組にわかれて同時進行で巻いたものであり、時間的に先後の関係はない。アイウエオ順で「アイウエオの巻」を第七回、「蒸し鮨の巻」を第八回としておきましょう。実際「蒸し鮨の巻」は、巻上るのも少し遅れたのだった。遅れたのは、ひとつには茨木さんが中途から夫君の病気のため参加できなくなったためで、三浦安信氏は病院に泊りこんだのり子さんの、片時も休むことない看病にもかかわらず、一九七五年五月二十二日長逝された。三浦氏は単に茨木さんの夫君としてのみならず、「櫂」同人にとっては数々の思い出をともにする方でもあったから、この悲痛事は同人全員にとっても深刻な衝撃であった。今はそのことについてこれ以上書くのは控え、ただ三浦氏の御霊の永遠の浄福をお祈り申しあげる。

「蒸し鮨の巻」の終りの部分で谷川・大岡両人が参加しているのは、こういう事情のしからしめるところであった。

さて、連詩の試みも、はじめは各人の書く詩句の長さを不定とし、おそるおそるの手探りにも似た出発だったが、その後三行づつ、四行づつ、あるいは二行以内といった試みを重ねた末、当然の成行きとして一行づつの詩句を連ねる件を試みることになった。いうまでもなく、古くからの歌仙の様式は、五七五／七七を連ねて全三十六句、その間に二花三月やら春夏秋冬また雑の句をちりばめ、遊びにもさまざまのきまりがあって、その様式の完成度は動かしがたい高みにまで達している。各人一行の詩句をもって連詩を試みるということは、多少とも歌仙形式を意識せざるを得ないことになろうかと想像したが、実際にやってみれば必ずしもそういうことにはならず、あらためて五七五／七七定型のもつ意味の大きさを考えさせられたのだった。

終りに例によって進行データをしるしておく。

「アイウエオの巻」「蒸し鮨の巻」、ともに前後四日を費して継続制作した。場所はすべて、調布市深大寺「深水庵」。

一九七五年一月二十六日（日）、三月十四日（金）、五月十六日（金）、六月七日（土）。

以上

（大岡信記）

編集委員の記

　これまでも連詩は、巻紙にも筆で清書して巻子に仕立てて保存してあるが、この手書のままで一號作ってみよう、といふことになった。最新の復寫平版印刷とやらでやれば費用も軽減できるらしい、といふのが發案の源だったと思ふ。

　そこで、晩秋の一日、奇蹟的にも同人全員が京都に集ることを得て、清書と連詩の會を催した。幾昔も前のお習字の氣分はなつかしながら、能書の大岡君、個性豊かな諸兄姉の筆蹟に比べて、自分の字の下手さ加減に改めて呆れる。だがこれは今更どう改めやうもなく觀念して、生まの字を曝す次第。詩も生まな姿に歸った感がするが、讀む人には迷惑かも知れない。

　「櫂」はこれで二十二號、二十二年目に入る。年刊といふわけではないのに、偶然の一致も又亦一樂。　水尾比呂志

　こうやってずらり揃った連中を眺めていると、詩人くらい好いたらしい種族はないんじゃないか、と云う氣がして来る。一人ひとり、とって喰べたい位、好きだ。女の人もまざってるけど、肩を組んで同期の櫻と唱ったら、どんなにぴったりくるだろう。卓行さんの「仲良倶楽部」との評言、あの人のどの詩よりすばらしい表現だったのだ。老いの繰言だけど、今もって、飯島の顔の見えぬのが、おれには残念だ。彼の詩、いいけどすごく淋しいじゃないか。外國で暮してくると、あんな様な詩は書けるとは思うけど、自分のはああは淋しくなるまい。一諸に居ても良いものを。われら皆々歳とって、中江青年でさえ中年だ。もっとも彼はすごく好い人になりまさり、話がわかって貰えすぎて何夜もを、ともに過し度いような氣にさせられて弱った。

友竹辰

　ちょうど二〇年前に発行した櫂十号が、同人外から頂戴した詩及評論を載せ、サイズもひとまわり小さくした特別号であった・だから、今号は二度目ということになる・表紙の「櫂」の字は、バーナード・リーチさんの筆になるもので、十号のものを再度使用した。当時、リーチさんの秘書をしていた、水尾君を通じて頂いたもので、この手書き肉筆号にはまことにふさわしい、と思う次才だ・

　今号の編集当番はぼく、次23号は、友竹、24号は水尾の各編集委員の順となる。

川崎　洋

櫂第二十二号　領価〒共三五〇円
一九七五年十二月廿五日発行
発行者　櫂の会
神奈川県横須賀市金谷一−三−十五
川崎　洋方

エッセイ・解題・関連年表
人名別作品一覧・主要参考文献

杉浦 静

『櫂』創刊まで――「詩学研究会」での軌跡を中心に

杉浦　静

同人誌『櫂』創刊の一年後、吉本隆明は「日本の現代詩史論をどうかくか」（『新日本文学』一九五四年三月号）で、五〇年代に活動を開始した詩人たちを中心とする現代詩の「第三期」を次のように位置づけた。

現代詩の第三期の特長は、谷川俊太郎　中村稔　山本太郎　大岡信　中江俊夫　など、詩意識のなかに、実存的関心も、社会的な関心も、もたない詩人たちの出現によって、もっとも、するどく象徴することができる。これらの詩人たちは、安定恐慌化した現在の日本資本制の、ごまかしの安定感の上に詩意識の基礎をすえ、もうれつなはやさですすむ、階級分化の過程でみずからは、安泰であると錯覚している階級の、秩序意識を詩意識のなかへくりこんでいる。これらの詩人の詩意識のうごきや変化は、おそらく、もっとも鋭敏に、再建資本制のうごきを、反映するものと考えられ、もっとも注目すべき新世代の詩人であると云うことができる。

この批評を書いている時点の吉本の時期認識は、「第二期から第三期へとうつりつつある現在」という表現に端的に表れているように、まさに第三期のとば口に当たる。そして、これからの第三期を特徴付ける事になる詩人として前述の谷川俊太郎から中江俊夫に至る若い詩人たちの名前が挙げられている。これら詩人たちは、「詩意識のなかに、実存的関心も、社会的な関心も、もたない」ことで、第三期を特徴付けているとするのである。

吉本隆明のいう「詩意識のなかに、実存的関心も、社会的な関心も、もたない」とは、すでに、三好豊一郎によっても、類似の指摘があった。

『詩学』一九五三年七月号の「同人雑誌作品月評」で三好は、同年五月発行の第一号（創刊号）を取り上げて次のように評していたのである。

「櫂」一号は茨木のり子、川崎洋の二人の雑誌として出発している。二人共詩学研究会から出た有望な詩人である。「方言辞典」茨木のり子、「にじ」川崎洋。共に巧妙に詩に遊んでいるといつた感じだ。然しやはり余り遊びすぎることになり勝ちなのを警戒すべきであろう。こういう傾向は現代詩の思想的重圧や社会的政治的関心の息苦しさから逃れようとする、一種のたわいなさをも含んでいる。これは一つの息抜きのようなものだが、私は否定的態度をとらぬとしても、言葉の妙味だけに止まらぬよう心得るべきではないかと思う。

この三好豊一郎の、「茨木のり子、川崎洋の二人」への評である、「現代詩の思想的重圧や社会的政治的関心の息苦しさから逃れようとする」とは、まさに吉本のいう「詩意識のなかに、実存的関心も、社会的な関心も、もたない」に重なる評言である。

さて、『詩学』同年一月号は、「現代詩の第一課題」というテーマの座談会を掲載している。冒頭に掲げられた編集部のモチーフは、「一九五三年に於ける現代詩の二つの焦点である〈モダニズム〉の問題と〈抵抗詩〉の問題について、それぞれの立場から、強い関心と自由な批判とを持つ人人に討論してもらつた」というものである。この座談会の中で平林敏彦は、「「荒地」グループなども、「GALA」よりも新しい世代として、いわゆる「詩と詩論」時代のモダニズムの方法を意欲的に現代的に変革し訂正した、とも考えられる「詩と詩論」以後の現代詩のピークだと思うのです。」として、「荒地」的モダニズムを一つのピーク、一つの焦点と位置づけている。また、この座談会の中では、『列島』からサークル詩への連続線を。もう一つの焦点として語っている。

まさに、モダニズムのピークである「荒地」グループに属する三好豊一郎の評言は、「茨木のり子、川崎洋の二人」の詩が、この「荒地的モダニズム」＝思想的重圧、列島・サークル詩のライン＝社会的政治的関心という同時代詩の「二つの焦点」から「逃れ」た、独自のものであることを語ってしまっているといってよいだろう。

こんな中で、自らも五〇年代に出発した詩人、あるいは「第三期」の詩人のひとりであった大岡信は、この時代を、〈感受性の祝祭の時代〉と名付けた。本巻のタイトル「感受性の海へ」は、これをふまえたものだが、まさに、この〈感受性〉こそが、彼等の詩意識の中心におかれたということなのだ。

大岡信「戦後詩概観Ｖ」〈感受性の祝祭の時代〉（『戦後詩大系』⑤、一九六七年九月、思潮社）では、「一九三〇年前後に生まれた一群の詩人たちの共通の性格」をつぎのように書いている。


矛盾する諸価値が、陰険に、あるいは騒然と共存する戦後日本の沸騰期は、彼らの自意識のめざめと重なり合っていたのだから。だが、一つの価値の居丈高な擁護者が、一夜にして反対の価値の意気軒昂たる護持者に苦もなく転じるのを見ながら、彼らは、この喜劇的な人間世界に対するナイーヴな浮浪児の軽蔑を、心に育てていたのである。目の前にあるさまざまな材料は、それ自体がすでに信用ならないものと彼らに映じた。／このとき、彼らにとって、信じるに値するものは、何があったか。感受性——このおよそ頼りなげな一語によって表象される人間のナイーヴな能力が、ともかくもまず拠るべきものとして、彼らの内部に育てられはじめる。「あの空や、土や、真夏の太陽」が、彼らの内部に、歴史を超え、政治を超えるもののごとくひろがりはじめるのだ。それは、彼らが、現実の空や土や太陽に思いを寄せ、季節と従順に、抒情しようとしたことを意味するものではない。逆に、あの空も、土も、真夏の太陽も、すでにどこにもないのである。つまり、それらはシンボルとして彼らのなかに生きているのであった。（中略）彼らがやろうとしたことは、いってみれば、個人的な神話、自家製の神話を作ることにほかならなかった。歴史主義の網の目によっても、政治主義の網の目によっても掬いとることのできない領域に、すでにはみでてしまっている自己を自覚した青年が、自らのうちに輝いているイメージとしての空や土や太陽に接近しようとするとき、彼のうちに突如厖大な海のごとき拡がりをもって自覚されたのは、《言葉》の世界であった。

そして、このように世代論的な概観をした後に、自らの実感をこう記している。

このことを僕は、正確に僕自身の経験として語っている。そしてこう書きながら、その当時（すなわち一九五〇年ころにはじまる数年間）に僕自身も同人の一人に加わっていた川崎洋、茨木のり子、谷川俊太郎、友竹辰、水尾比呂志、中江俊夫、岸田衿子、吉野弘らの「櫂」や、…「氾」、…「今日」、さらには安水稔和、嶋岡晨、入沢康夫といった同時代の詩人たちの作品を読みながら感じていた、ある種の共生感、直観的な了解の感じを、再びまざまざと僕自身のうちに甦らせている。

『櫂』、『氾』、『今日』といった雑誌に載せられた詩や、「安水稔和、嶋岡晨、入沢康夫といった同時代の詩人たちの作品」に共通する「感じ」は、以上のようなものとして、それでは、この中で、同人誌『櫂』の個性は、一体どこにあったのか。

以下、『櫂』の創刊までの道のりをたどる中で、その一端を明らかにしよう。

＊

あらためていうまでもなく、『櫂』は、川崎洋と茨木のり子により創刊された詩雑誌である。川崎洋編の「『櫂』年譜」（『現代詩手帖』一九九五年五月）には、「（一九五三年）三月二九日、川崎洋と茨木のり子が東京駅で落ち合い、同人雑誌の創刊について合意し、誌名を〈櫂〉と決める。両名はその時初対面だった。」と書かれている。茨木のり子が記した「「櫂」小史」にも、「そしてその年（一九五三年）の、二月の末、だんだん春めく頃、川崎洋氏から「一緒に同人誌をやりませんか?」という手紙を受けとったのだ／十日間ぐらい考えて、やがて心を定め、「一緒にやりましょう」と返事を出した。」とある。

また、川崎洋・谷川俊太郎・大岡信によるやや回顧的な座談会「「櫂」のあやしい魔力」（『現代詩手帖』一九九五年五月）においても、冒頭で川崎洋が『櫂』創刊のころを語っている。

それ（「詩学」）に投稿欄があって、友竹辰、谷川俊太郎というとぼくらよりひとつ上だった。北杜夫なんかも書いていて、それから吉野弘、川崎洋、茨木のり子が書き出していったんですよね。「詩学」に二年ぐらい出していたのかな、あるとき推薦詩人ということで、「詩学」から注文が来て、本欄に載るという形になりましたが、そのころどうしても自分で同人誌を出したいなと思っていました。（中略）茨木さんの詩がいちばん素敵だったので、唐突に手紙を出したら、「出しましょう」ということになりました。（中略）二人で会おうということになって一九五三年の三月二八日に東京駅の八重洲口で会いました。

なお、茨木のり子の「「櫂」小史」では、二人が会ったのは、「昭和二十八年、三月二十九日」と記されている。川崎洋編の「『櫂』年譜」も、「三月二九日」だから、座談会の発言が誤りだろう。

『詩学』の投稿欄は、〈詩学研究会〉というタイトルの欄である。後に『櫂』の同人になるメンバーの内で、もっとも早くこの欄に詩が掲載されたのは、友竹辰（この時は、友竹辰比古）。一九五〇年八月号の「去んだ神」と「旅先」。次いで、翌月号にも「少年時」と「着物」が掲載された。この号には、谷川俊太郎も「秘密とレントゲン」「五月の無智な街で」の二編が研究会欄に掲載された。谷川俊太郎の最初の登場である。なお、この号には、茨木のり子もはじめて「いさましい歌」で掲載されている。

友竹辰は、谷川の「秘密とレントゲン」に対して、「谷川の詩も、彼の詩の中にあるように一種の忘却材をかけた名文句が、美辞麗句があって、何篇も否応なしに憶えちまったが、最初に出逢って、全然好きでもないのに衝撃的に憶えてしまった一篇は、どうもこの「秘密とレントゲン」じゃないかと思う」（「現代詩手帖」一九七五年一〇月臨時増刊号）と回想しているが、この詩との「衝撃的」出会いが、後の『櫂』への参加を準備していたと言ってもよいかも知れない。

友竹辰比古（辰）と谷川俊太郎の二人は、翌年二月号の「詩学審査委員会推薦作品」にそれぞれ推薦され掲載されている。「詩学審査委員会　詩人推薦の言葉」に掲げられた、村野四郎・北園克衛・壺井繁治・草野心平・城左門のそれぞれの推薦の言葉の中で、友竹辰と谷川俊太郎に触れたのは村野四郎のみであった。村野は、「友竹、谷川、金井（直）君たちの新しい抒情において」、彼等は「実験項目を持ち」「そして極めてそれが効率的である」ところを評価し、「実験の成果を見たい」としている。「詩人推薦の言葉」に引き続いて「推薦詩合評会」が掲載されているが、参加者は嵯峨信之・木原孝一・森道之輔・黒田三郎・中桐雅夫・鳥見迅彦・岩本修蔵であり、当時の中堅詩人達である。この座談会においても、谷川俊太郎については殆ど言及されていないし、友竹辰比古の場合は、木原孝一が「空気」と言う詩を挙げながら、「無意味にずっと流れる」と評し、「とても流れていって一種の無限運動みたいな、ぐるぐるレコードみたいに廻っていってしまふ」と曖昧な期待を表明しているのみである。なお、村野があげた「金井直」は発言が多いが評価は割れている。

村野四郎によって推薦され、詩学研究会からは卒業、独立した詩人として認められる事になったが、順風満帆の出発ではなかった。なお、谷川俊太郎は、同時期に『文学界』に三好達治の推薦の辞を伴って「ネロ他五編」が掲載され、詩壇を越えた注目を集めるのは、周知の通りである。しかし、くり返すが、この座談会を含め、これまでの研究会評でも飛び抜けた評をかち得ていたわけではなかったのである。

推薦作品とともに「推薦詩人略歴」が掲載されている。詩人自身の書いた略歴である。川崎洋や茨木のり子が、見ていると思われるので、あらためて見ておこう。

谷川俊太郎　一九三一年東京に生まれ、都立豊多摩高校卒業。約一年前より友人に刺戟されて作詩し始めた。谷川徹三氏に認められたのに気をよくし、詩学研究会等に投稿した。その後三好達治氏の御好意で「文学界」に数篇載つた。

友竹辰彦《ママ》　僕は、昭和六年十月九日広島県福山市に生れました。自分の略歴を伺う書く可きか、僕には判りません。それが僕自身に関していくら興味深いものだつたとしても、どの学校へ何時入学して、そして出た、と云う風な列記で、他のどなたとも同じい退屈を読む人に強ひる気にならぬからです。とに角「誕生」以上にひどい身の変化は、その後ありません。幼稚園・小学校・中学校・新制高校、そして現在は音楽の大学へ行つて居ます。書く事を始めてからは七年位になりますが本当の詩作と云う段になると、一年になるやならずです。終戦以来「カオス」「木靴」「VISION」に関係しました。故郷の木下夕爾さんは、僕の語感の鍛錬の先生でした。肉親は故郷へ残した祖母だけです。これは併し略歴と呼べませうか、弁解しか見当らない。そればかりで暮して来ました。

川崎洋は、谷川・友竹は「ぼくらよりひとつ上だった」と書いていた。実際に川崎洋の投稿が「詩学研究会作品」として掲載されたのは五一年六月号の「にわとり」が最初で、その後、一九五三年二月号に「詩学推薦作品」として「にんぎょ」が掲載され、「詩学研究会」からの卒業となったわけだが、谷川・友竹が推薦された「詩学推薦委員会推薦作品」の翌年には「推薦作品」掲載の特集はなく、五三年二月の「推薦作品」がこれに継ぐものであったので、一回前の意味での「ひとつ上」であったかも知れない。

後に『櫂』同人となる詩人たちの、この時期の『詩学』への掲載状況について概観してみよう。

川崎洋は、一九五一年六月号の「詩学研究会」欄に「にわとり」(村野四郎の「詩の論理性――研究会作品評」では、「にわとり」の他に「S工場」という作品についての評も書かれている。この時にはこの二篇が投稿されたが、紙面の関係で「にわとり」のみの掲載になったと思われる。他の投稿者の場合も、複数作品への言及があっても研究会欄への掲載は一篇のみである。)が初めて掲載され、次いで五二年三月号に「スクエア・ダンス幻想」、五月号に「朝」、八月号に「はくちょう」、十一月号に「朝」が詩学研究会作品として掲載された。

茨木のり子は、川崎洋に先んじて、一九五〇年五月号の「詩学研究会」欄に「いさましい歌」が掲載された。この時は、谷川俊太郎・友竹辰比古(辰)も掲載されていた。ついで、五一年八月号に「焦燥」が、川崎洋が初めて掲載された五二年三月号に「魂」、五二年七月号には「民衆」が掲載された。

舟岡遊治郎は、五二年一月号の「詩学研究会」欄に「悲嘆」が初めて掲載され、続いて五二年四月に「五月ノ夢」、五二年五月に「火星旅行者」「過去」の二篇が、五二年一一月号にも「言葉についてのモノログ」「酔漢」の二篇が掲載されている。

吉野弘は、川崎・茨木・舟岡らから少し遅れて登場した。最初に「詩学研究会」欄に掲載されたのは、五二年六月号の「爪」、ついで、五二年一一月号に「I was born」が掲載された。

これら四人は、五三年二月号の「詩学推薦作品」にそろって寄稿を求められた。そして、「詩学研究会」への投稿から卒業、「新人」として認められた事になった。このときの「詩学推薦作品」に掲載（五〇音順）されたのは、茨木のり子「根府川の海」、川崎洋「にんぎよ」、舟岡遊治郎「ダンス」「パイプ」、吉野弘「蜻蛉の歌」であった。

しかし、この号に推薦された詩人は、この四人ばかりではなかった。同誌掲載の「詩人略歴」順に示せば、茨木のり子・大畑専・越智一美・河合俊郎・川崎洋・坂本明子・須藤伸一・高崎謹平・高島洋・富岡啓二・二橋すすむ・花崎皐平・平田文也・舟岡遊治郎・松村由宇一・牟礼慶子・吉野弘・六人部禾典の一八人であった。

この時期、詩学研究会作品として掲載された詩は、一月ごとに詩学研究会会員が投稿した詩の中から、研究会作品合評委員の投票により得点の高かったものである。「詩学研究会作品」欄への掲載順も、合評での取り上げ順も、得点順であった。この四人が「詩学推薦作品」として「詩壇に推薦」されるまでの順位は、それぞれ、つぎのとおりである。

茨木のり子　一九五〇年九月号「いさましい歌」2位　（この号では、1位が谷川俊太郎。友竹辰比古が4位。）一九五一年八月号「焦燥」5位　一九五二年三月号「魂」1位（この号では、川崎洋が2位）一九五二年七月号「民衆」5位

川崎　洋　一九五二年三月号「スクエア・ダンス幻想」2位（この号では、茨木のり子が1位）　一九五二年五

月号「朝」１位（この号では、舟岡遊治郎が２位）　一九五二年八月号「はくちよう」１位　一九五二年一一月号「朝」１位（この号では、舟岡遊治郎が２位、吉野弘が３位）

舟岡遊治郎　一九五二年一月号「悲嘆」２位　一九五二年四月号「五月ノ夢」１位　一九五二年四月号「火星旅行者」２位（この号では、川崎洋が１位）　一九五二年一一月号「言葉についてのモノログ」２位（この号では、川崎洋が１位、吉野弘が３位）

吉野　弘　一九五二年六月号「爪」１位　一九五二年一一月号「I was born」３位（この号では、川崎洋が１位、舟岡遊治郎が２位）

互いに順位が明確に示されながらの掲載であったから、当然投稿している間の仲間（ライバル？）の詩や動向には、興味関心があった事と思われる。

後の『櫂』同人となる茨木・川崎・舟岡・吉野の同誌（五三年二月号）に掲載された「詩人略歴」は、次のようなものであった。

茨木のり子　大正十五年六月十二日大阪に生る、愛知県西尾高女卒、昭和二十一年帝国女子薬専卒　詩学研究会に投稿する外何の詩歴も持ちません。現住所　埼玉県所沢市元幸町五七七。

川崎　洋　一九三〇年一月東京大森に生まれました。一九四四年九州福岡県に移転。八女中学校卒業後、西南学院英文科在学中父を失い、製鉄工場、レモン水工場、土工トラック運転助手等色々やりましたが、どうにも家族を養い得ず一昨年横須賀に出て来ました。風太郎生活暫くの後、基地人事部就職、九州より家族を呼んで、市内砲台アパートに住んでいます。詩作は五年程になります。丸山豊氏の「母音」及び松永伍一氏の「交差点」同人。

舟岡遊治郎　一、一九三一年一月　東京向島に生れた。一、一九五一年四月　早稲田大学にやつと入る。一、一、一九五二年春　〝竪琴〟同人となり現在に至る。

吉野　弘　大正十五年生まれ。昭和廿四年秋、肺結核発病、翌廿五年東京に於いて胸郭整形手術を受け、右側肋骨六本切除。快復して現在復職勤務中。／東京に於いて療養中、青猫同人の富岡啓二氏と相知り、爾後詩作に手を染む。／現在、井上長雄氏の「らせん」会員。

何度か一位を獲得したものを中心に推薦されているのであるが、川崎・舟岡・吉野の三人は何度か一位を争うような形にもなり、互いの存在を意識する事もあっただろうと推測される。しかし、先に列挙したように、五三年二月号に推薦された詩学研究会出身者は、一八人。くりかえせば、友竹・谷川が推薦された五一年二月号の「詩学推薦委員会推薦作品」以降、これらの一八人の作品が詩学研究会作品欄をかざり、順位を競ってもいた訳である。

それでは、同人誌を出そうとした川崎洋が、最初に茨木のり子に手紙を出した理由は、どのように考えられるだろうか。

川崎洋自身は、「茨木さんの詩がいちばん素敵だったので、唐突に手紙を出した」（座談会「「櫂」のあやしい魔力」『現代詩手帖』一九九五年五月）と語っている。これら一八人の「詩学推薦作品」の中で、茨木のり子の詩に最も惹かれたと言う事であろうか。具体的には、「根府川の海」であるが、もちろんこれ一作でというわけではなかったろう。川崎洋は、『現代の詩人7　茨木のり子』（一九八三年七月）の「鑑賞」に、「魂」（『詩学』一九五二年三月号）を初めて読んだときの衝撃を次の様に書いた。

「魂」を〈詩学研究会〉欄で初めて読んだ時の新鮮なショックを、わたしは忘れない。魂という語は、戦後まだ七年目という当時にあっては、そのニュアンスを今読者に伝えるのは難しいが、例えば軍人魂といった表現にすわりの良い言葉だった。わたしはアフリカのサバンナで仰向けに転がり四肢をひろげて昼寝するライオンを見て、それまでのライオンのイメージが、ふき払われるのを覚えたが、わたしはこの詩を読んで、魂をがんじがらめにしていた見えない魂のようなものが解かれた思いを味わった。

また、「根府川の海」についても、

茨木さんが、国の動員令によって学生の身で労働に就かされたことがある。実にはっとする、りりしい美少女で、分列行進の一隊の隊長として、号令を掛けていたそうだ。その話を聞いた時、わたしはジャングルを思い浮かべた。

神に光る波のひとひら
ああそんなかがやきに似た
十代の歳月

という語句が、わたし自身のそれとも重なり合い、かがやくのを覚える。
凄みがあるのは、終りの方だ。国破れて、ジャンヌダルク、ただの美少女ではなくなったのだ。

と書いている。

「魂」は、『詩学』一九五二年三月号の研究会作品欄に一位で掲載された詩である。「研究会作品合評」では、「ほかの詩とかけ離れて特徴的に見える古風な対象の捉え方をしている。そこにほかの詩人に見られない秘められた情熱というか見つめ方がある。そこに不思議な魅力があるという気がする」（鮎川信夫）、「この詩は象徴詩派風で真正面からぶつかつてゐる」（嵯峨信之）「この詩自体は古風ですけれども、そういう対象に対する肉迫の仕方が非常にねっとりして、ぼくは割合にパッションを感じたんだ」（嵯峨信之）と、スタイルの古さとそれを越えるパッション・情熱の強さが評価されている。この時には、川崎洋も「スクエア・ダンス幻想」で二位に入っていたので、当然この選評も読んだだろう。「根府川の海」については、合評では取り上げていないので、どのように評価したかは判らない。しかし、川崎洋は、鮎川・嵯峨たち身をもって戦争を体験した少し上の世代とはまた別の、同世代の体験の感覚・感性の共鳴という「新鮮なショック」をも与えられたのであろう。

一九五三年二月の詩学推薦詩人の半数以上は大正生まれで、茨木・川崎より上の世代であった。残りは、ほぼ同世代と言ってよい。また、詩の方法に大きな隔たりがない詩人も見受けられる。さらに、選択の基準のようなものがあったのか。もちろん、基準が自覚されていたかどうか、わからないが、後の『櫂』のありようを見る時、漠然とながら、新しく作る同人雑誌の形のようなものが考えられていたのではないかと推測される。川崎洋は、略歴にも書いているように、すでに同人雑誌への加入体験はあった、しかし、いま新しい同人誌を作ろうとしたとき、理想的な形態が想定されていたのではないかと思われるのである。

川崎洋と茨木のり子には、一九五三年の二月末から手紙のやりとりがあり、三月末に実際に会って相談し、五月一五日付けで、『櫂』創刊第一号が発行された。この経緯は、迅速と言う外ないくらいである。『荒地』における「X

への献辞」に相当するような、雑誌としての理念を創刊の辞として掲げないという方向が、早くから決まっていたからだとも考えたくなるような速さである。

創刊号の編集後記（「創刊に際して」）には、次のように、『櫂』のあり方が書かれた。

私達はここにささやかな詩誌「櫂」を創刊しました。一つのエコールとして、或る主張を為そうというのではなく、お互のやり方で、自分々の考え方からつくり出された作品の発表の場として、つまり、それぞれのものとしてしか存在し得ない作品、しかもそれが、お互にうなずける創造であるような、そんな作品を示し合っていきたいというのです。

この、主張がない同人誌という主張は、同人誌は運動体であるべき、あるいはエコール（主張や傾向を同じくするものの集まり）であるべきとする考えとは、対立するものであった。そのためか、第二次の『櫂』の始動後に至っても、清岡卓行は、座談会「現代小説と現代詩」（『群像』一九六七年一月号　参加者　山本健吉・安東次男・福永武彦・清岡卓行・野間宏）で、『櫂』を「仲よしクラブ」と揶揄的に評している。

清岡　「鰐」なんかはエコールのほうでしようね。一世代ほど遅刻して来たけど、ぼくたちが本当にシュルレアリスムを血肉化できるんだといつたふうな一種の気負いがありましたね。「櫂」というのはちよつと変わつていて、「詩学」という戦後すぐ出て今も続いている雑誌があつてそこから育つたような人たちが何となく集まつてできたグループです。それが一度つぶれて、また新しく復活して出ています。「鰐」はつぶれたので、そのメンバーだつた飯島君や大岡君は「櫂」に行つた。これはぼくから見れば残念ですが、エコールよりグループの方が

根強いということかもしれない。仲よしクラブにけちをつける気持ちはありません。（注）

このような見方は根強くあったようだが、おそらくこの「主張がない同人誌という主張」を先導したのは、川崎洋であった。そのためか、『詩学』一九五四年九月号の特集「一九五四年各詩誌の主張」には、川崎が『櫂』の主張について、次の様に書いた。

昨年五月に櫂が創刊された時、スターテイングメンバーは櫂と自らの行方に就いて知らなかつた。やがて人と仲間は増えていつたがただ如何にお互が理解され納得されるかに掛つていた。自然お互はお互の仕事とその背景を尊重する事を要請したし、お互必要とする養分を遠慮無く摂取することを極めて自然に可能にした。現代にあつては他人への尊敬は一種の自我放棄であるが若しその事を通じてより深い自我に還り得るならば、――と同人達は秘かにそんな現代の神話を信じているのかも知れない。だからそんな櫂にとつて主張は当初から無縁のものだつた。主張がないとゆう言葉はコトバノアヤとして皮肉な響きを持つているがそれすらも各自が一本の櫂でしかありえぬ同人にとつて等しく無縁な響きである。あまつさえ同人の凡ゆる関係に於て成立つ櫂が一つの色合を持つことにおいておや。淡い風景以上の意味も無いであろう。（川崎洋）

これを受けるようにして、同号の「現代詩誌の動向」という編輯部執筆の記事は、『櫂』の動向を「特定の主張はない」としながら次のように記した。

「櫂」は詩学研究会の秀才によつて構成されたグループで、特定の主張はないが、谷川俊太郎、川崎洋、中江俊夫らの作品にみられるようにメタフイジクな抒情の方向をとつているかに思えるが、その半面、茨木のり子、吉野弘、舟岡遊治郎は強い社会的関心を示し新しく友竹辰、大岡信の参加を得たのでそのよりよい成長が期待される。二〇歳代のある一面を代表するグループといえるだろう。（『詩学』一九五四年九月号）

さらに、一九五五年一一月の『詩学』臨時増刊全国詩誌展望に掲載された「座談会　リトル・マガジンの問題」でも、川崎洋は『櫂』の「主張がない」同人誌のあり方について次のように語っている。

川崎　あれは一昨年の四月でしたけれども、詩学研究会に作品を出していたところが第二回目ですか、推薦ということで体よく締出されちやつて（笑声）それで締出された者たちでハッキリ同人雑誌に入つていない人たちで雑誌を作ろうと考えまして茨木のり子さんと手紙を交換して先ず二人でとに角出さなければ話にならないというので出しまして、締出された人たちに連絡したところがみんな入るという。それに研究会以外ですけれども大岡信君だとか、好川誠一君とか、岸田衿子さんが入られました。主張はないんですけれども、いうとすれば、お互いの豊かにして欲しい部分を刺戟する度合の一番多いとみんなが思つているようなものにしたい。主張が同じならば集つて話するだけの価値がないような気がするんです。とに角お互いがお互いでしかかけないような詩を書いて行こう。そのために異つたお互いが集まろうということで漠然とした言い方ですけれども集つたわけです。

ちなみに、他の同人誌等の出席者は、『現代詩評論』清水正吾　『新詩論』那須博　『ぼくたちの未来のために』山本恒　『群』小林秀夫　『造型』松田幸雄　『氾』堀川正美　『貘』大野純であるが、みなそれなりに雑誌の主張を語っている。

たとえば、大岡信が「「戦後詩概観Ｖ」〈感受性の祝祭の時代〉」で同時代の共感を語っていた『氾』については、堀川正美が次の様に語っている。

どうしても詩の上では僕らは一番リリシズムというところが基盤になることを確信しているわけです。表現方法としてはそういう風に造型するが、造型というものはやはり今までの、前の詩人に対する批判を含めたところから出てくるわけですよ、そういうものと、現在のところ詩を書いている認識の内面的なイデーというのが一義的に重要視されているということじゃなくて、技術的な面が重要視されることになるんですよ。逆にそれを表現して行こうとすると、技術的な問題に一番直面しているんですが……。

また、一九五四年九月号では、『今日』の主張が「今日編集部」により次の様に書かれていた。

我々の詩は、解体、分化の偏向を超克し、新しい方法を発見しようとする。われわれは多くの詩がひきずっている彼らの美学意識、見せかけの完璧さを批判し、現象の悲劇性に便乗する狭い領域の詩を否定して、今日の詩の現実性を恢復しなければならない。／新しい詩法の発見とは、新しいリアリテイの発見である。近代の氏の特徴のひとつは理性の鎖が曇っていないことである。われわれも一人の確固たる理性の持主であろうとする。さまざまな詩の図式的パターンに見慣らされているわれわれは、新しいリアリテイをささえる新しいリアリズムの発見を当面の課題としている。

このように並べてみると、『櫂』の「主張がない」という主張の特異さが際だって見えるであろう。

このような、他と異なった同人誌のあり方についての理解は、おのずから、メンバー間にも共有されていた。たとえば、友竹辰は、『三田文学』一九五六年一一月号（第四六巻第一一号）で、『「砂詩集」一九五六年版』を評して「詩誌「砂」のそれがあまりにも「櫂」に、詩集「砂」のそれが余りにも「荒地」のそれに酷似している事に関してはそれが単に体裁だけの事として暫く論議は措くとしても、内容の一律さ、それも頗る「荒地的」な統一には困りました。」と、内容の他誌・詩集（『櫂』、『荒地詩集』）と〈酷似〉している事に異議をのべた上で、自らの詩・詩誌観を次のように述べた。

詩と云うものの「独自性」を恐らくは必要以上に大切なものとするぼくにとつて、どの一つの詩と、どの一人の作者とでも結びつけられ得る、と云う事は、甚だ残念、としか評し得ない態のものです。その作者にとつてその詩がどんなに必然か、従つて亦、その詩人の容貌が他の何人とも異なる様に、それ程たしかにその詩が他の詩と「独自」である事が必要だと思うのです。

ここで語られていることは、そのまま詩の同人誌のあり方に通じるものである。一つの同人詩誌が、エコールとして、共通の理念等に基づいた運動をする事は認めるとしても、そこでの詩作品そのものや詩人が個性を失うことは否定されているのである。これは、まさに詩誌『櫂』のコンセプトそのものと云っても好いだろう。

このような、詩誌のあり方は、『詩学』に「同人誌の主張」が特集されるように、同人誌が主張や共通の理念を持ち、同人は少なからずその主張や理念を共有する事が当然であった時代の中で、かなり特異なもの、あるいは新しいものであったといわなくてはならないだろう。とすれば、『櫂』は、「詩学研究会」の出身者が集まってできたということになっているが、たしかに『詩学』の研究会の出身者ではあるけれども、そのすべてではなく、「主張がない同人誌という主張」への共感にもとずいた選別の結果ということも忘れてならないように思う。少なくとも、初期の『櫂』同人が揃う時期まではそうだった筈である。

川崎洋は、詩学研究会を「推薦ということで体よく締出されちやつて（笑声）それで締出された者たちでハッキリ同人雑誌に入つていない人たちで雑誌を作ろう」としたと語っていたが、「推薦ということで体よく締出され」たのは、一八人。これらを当時、所属（参加）していた同人誌名・団体と共に示すと次のとおりである。

茨木のり子・大畑専（「日時計」）・越智一美（「詩と真実」）・河合俊郎（旧「コスモス」「日時計」同人）・川崎洋（「母音」「交差点」）・坂本明子（「日本未来派」「黄薔薇」「女性詩」）・須藤伸一（「JAP」）・高崎謹平（「零度」）・高島洋（「IOM」）・富岡啓二（「青猫」）・花崎皋平（「僕たちの未来のために」）・平田文也（日本未来派）・舟岡遊治郎（「竪琴」）・松村由宇一（「海市」）・牟礼慶子（「青銅」）・吉野弘（「らせん」）・六人部禾典（夜の詩会）

こうしてみると、川崎洋が最初に茨木のり子に手紙を出した理由もおのずから明らかだろう。ここで、同人誌や団体に関わっていないのは、茨木のり子ひとりであったのだから。

こうして、川崎洋、茨木のり子の二人で船出した『櫂』であったが、こののち号を追うごとに同人は増加していった。しかし、この「主張のない」雑誌の基本的性格は持続された。自由な個人の集合体としての「櫂」（グループ）は、それ故に、後に、連詩や兼題などの現代詩としては斬新な試みへ船出することも可能になったのであろう。

注　この清岡の発言には事実誤認があるので、以下に正しておきたい。

「「鰐」はつぶれたので、そのメンバーだつた飯島君や大岡君は「櫂」に行つた。」とあるが、『鰐』の創刊第1号は、一九五九年八月刊。最終第10号は、一九六二年九月刊。第一次『櫂』の創刊第1号は一九五三年五月刊、最終第11号は、一九五五年四月刊。第二次『櫂』の最初の号となる第12号は、一九六五年一二月刊である。大岡信が『櫂』に参加したのは、一九五四年九月刊の第8号からである。また、飯島耕一の場合は、一九五五年一月刊の第10号に同人外から参加。一九六六年九月刊の第14号から、同人となった。なお一九七四年一〇月刊の第21号の編集後記中に、飯島耕一の同人脱退が報告されている。従って、大岡信は、『鰐』創刊以前から『櫂』のメンバーであり、飯島耕一は、この座談会の時点では、『櫂』の同人ではなかった。従って、冒頭の清岡の発言は、誤りと言わざるを得ない。

また、この清岡の「仲よしクラブ」発言を受けて、友竹辰は、『詩学』第24巻2号（六九年三月）の「古き櫂」において、

ある日の我が「仲良《ママ》しクラブ」（群像・昭和四十二年新年号にて清岡卓行氏御命名）《櫂の会》について語りましょう。

と皮肉交じりに書いている。

解　題

杉浦　静

・『櫂』

第一号

一九五三年五月一〇日印刷、一九五三年五月一五日発行。発行責任者・茨木のり子、編集責任者・川崎洋。発行所・櫂の会。定価30円。B5判。アート紙。7頁（頁ノンブルなし）　表紙号数表記は、ローマ数字で「I」。奥付では「第一号（隔月刊）」。

収録作品は、茨木のり子「方言辞典」、川崎洋「にじ」。

最終頁（表4）に「創刊に際して」、奥付。

「編輯後記」にあたる「創刊に際して」には、「私達はここにささやかな詩誌「櫂」を創刊しました。一つのエコールとして、或る主張を為そうというのではなく、お互のやり方で、自分々々の考え方からつくり出された作品の発表の場として、つまり、それぞれのものとしてしか存在し得ない作品、しかもそれが、お互にうなずける創造であるような、そんな作品を示し合っていきたいというのです」と記す。『荒地』における「Xへの献辞」、『列島』における「詩誌「列島」発刊について」のようなエコールの「或る主張」を押し出したものではないが、逆にこのことが他の同人詩誌との大きな違いになっている。

第二号

一九五三年七月一日印刷、一九五三年七月五日発行。発行責任者・茨木のり子、編集責任者・川崎洋。発行所・櫂の会。定価表示なし。B5判。アート紙。7頁（頁ノンブルなし）表紙号数表記は、ローマ数字で「Ⅰ」。奥付では「第二号（隔月刊）」。

収録作品は、谷川俊太郎「夢　E・Kに」「雲」、川崎洋「たけとりものがたり」、茨木のり子「夕」。

最終頁（表4）に「後記」、奥付。

今号から谷川俊太郎が参加した。谷川俊太郎は、一九五〇（昭和二五）年一二月の『文学界』に三好達治の推薦の辞を伴って、「ネロ他五篇」を発表した。しかし、詩壇の中心雑誌であった『詩学』一九五〇年九月号の〈詩学研究会作品〉欄（これは新人の登竜門であった）に、「秘密とレントゲン」「五月の無智な街で」の二篇が既に掲載されていた。こののち、一九五一年二月には「詩学審査委員会推薦作品」として「山荘だより」、翌年一月には作品本欄に「（想う人と動く人についてのノート）」、同年一二月には「一九五二年度代表作品」の欄に「ネロ―愛された小さな犬に―」、五三年一月の『日本現代詩集』に「木陰」「高貴な平手打」「神を忘る」「ある警句」の四篇が載っている。また一九五二（昭和二七）年六月には、詩集『二十億光年の孤独』（東京創元社）を刊行していた。後に『櫂』に集結することになるメンバーが、それぞれに『詩学』等を舞台にしのぎを削っていた時期でもあり、これら若い詩人達の中で最も注目を集めていた詩人であった。参加の経緯は、茨木のり子「「櫂」小史」には「最初もっともな理由で断ってきたのだが、川崎さんの如何なるいざないが功を奏してか、同人となった」とされている。後の座談会（「「櫂」のあやしい魅力」『現代詩手帖』一九九五年五月）で、谷川自身は「最初「櫂」に誘われたとき多少ためらった記憶がある」、「詩は出すけど、同人になるのはもう少し考えさせてくださいというようなことを言ったのかも知れない」と回想している。しかし、そのためらいは、谷川自身によれば、「「歴程」にはなんとなく草野心平さんが好きだから入ってたことがある」ので、「ダブって同人誌に入らない方がいい」からであったとされる。谷川俊太郎は、一九五一年三月発行の『歴程』第三六号（復刊一〇号）に「お伽話」が掲載され、その号の草野心平の「編集後記」には「園生谷川両君は十代の青年である」と紹介されている。次の第三七号（一九五一年四月）には「埴輪」、第三八号（同年八月）には「暗い翼」、第三九号（五二年一月）に「町」、第四〇号（五二年三月）に「都市」と続けざまに詩を発表している。その後『歴程』自身の刊行が不定期になり谷川俊太郎の寄稿は途絶えることになるが、確かに、『櫂』創刊時には、谷川俊太郎は『歴程』同人でもあったのだ。

第三号

一九五三年九月一日印刷発行、発行責任者・茨木のり子、編集責任者・川崎洋。発行所・櫂の会、頒価40円。B５判。11頁（頁ノンブルなし）。表紙号数表記は、ローマ数字で「Ⅲ」。奥付は第三号（隔月刊）。

収録作品は、舟岡遊治郎「すきとおしの風」、茨木のり子「武者修行」、谷川俊太郎「四行詩」、川崎洋「風にしたためて」、吉野弘「犬とサラリーマン」（この詩は、『詩学』第八巻第一〇号〈一九五三年一〇月〉にも発表されている。漢字の異同が数カ所あるのみで、ほぼ同一内容である）。

最終頁に（表４）「後記」、「会員住所」、「奥付」。

今号から舟岡遊治郎、吉野弘が参加。舟岡遊治郎は、一九五二年一月号の詩学研究会作品に、「悲嘆」が掲載されたのが『詩学』登場の最初である。これ以後、四月号に「五月ノ夢」、五月号に「火星旅行者」「過去」、一一月号に「言葉についてのモノログ」「酔漢」が研究会作品として掲載され、翌一九五三年二月の『詩学』新人特集号には、〈詩学推薦作品〉として「ダンス」「パイプ」が掲載された。吉野弘は、同人誌『谺』で文学的活動を始めたが、『詩学』の詩学研究会への投稿を開始し、二回目に投稿した「I was born」が一九五二年一一月号の本欄に掲載された。一九五三年二月の『詩学』新人特集号では、後に『櫂』同人となる茨木のり子、川崎洋、舟岡遊治郎とならんで〈詩学推薦作品〉として「蜻蛉のうた」「雪」が掲載された。

編輯後記に、「創刊に当って、茨木氏とたてた詩学研究会出身の若い五人というプランが実現して本当に嬉しく思います。」と書かれているように、既に詩集『二十億光年の孤独』（前出）を刊行して一歩先んじていた感のある谷川俊太郎を含めて、川崎洋、茨木のり子、舟岡遊治郎、吉野弘の五人は、ほぼ同時期に詩学研究会に投稿し、掲載されたメンバーであった。「此の櫂に発表される詩が、儀礼的感想の程度を越えた、積櫂的な批評を期待し得る為には、それ相応の作品であらねばならないと思います。即ち私達が櫂に托するところの意図は、現代詩の世界に於けるポレミカルな風土の形成を刺激する作品を発表することにあると云えると思うのです。（洋）」ともある。

第四号

一九五三年一一月一日印刷発行、発行責任者・茨木のり子、編集責任者・川崎洋。発行所・櫂の会、頒価50円。B5判。27頁（頁ノンブルなし）。表紙号数表記は、ローマ数字で「Ⅳ」。奥付では「第四号（隔月刊）」。

収録作品は、水尾比呂志「詩に就いて」、茨木のり子「秋」、川崎洋「オトギバナシ（C）」、舟岡遊治郎「ゴヤの絵」、吉野弘「火葬場にて」（詩集未収録）、谷川俊太郎「呼びかけをもつ四つの詩」。

最終頁（表4）に「後記」、奥付。

今号から水尾比呂志が参加。編輯後記には、川崎洋によって水尾についての紹介が書かれている。

今号より、新しくエッセイスト水尾比呂志君が参加します。彼は一九三〇年大阪に生まれ、小生とは九州の中学校のクラスメートであり、またそれ以来の詩についての話相手、お互の作品の批評相手でもあります。現在小生の家に一緒に居ますから、通信は小生方としてお送りください。次号から彼の現代詩人論他を予定しています。

水尾比呂志は、川崎洋と九州の八女《やめ》中学の同級生。その後、東大の美学科に進学するが、その前後から、松永伍一、川崎洋らと『詩苑』、『交差点』などの同人誌詩を刊行、詩を発表していた。編輯後記では、「エッセイスト水尾比呂志」と紹介しているが、水尾が『櫂』に寄せたエッセイは、本第四号の「詩に就いて」と、五号の「西脇順三郎氏に就いて」の二篇の詩論のみで、他は詩及び詩劇であり、一九五八（昭和三三）年三月には詩集『汎神論』（書肆ユリイカ）を刊行している。なお、『櫂』での活動と並行して美術史家、評論家としての活動もさかんに行い、一九六二（昭和三七）年四月には評論集『デザイナー誕生　近世日本の意匠家たち』（美術出版社）で毎日出版文化賞を受賞している。

第五号

一九五四年一月二五日印刷発行。発行責任者・茨木のり子。編集責任者・川崎洋。発行所・櫂の会。頒価50円。B5判。15頁（頁ノンブルなし）。表紙号数表記は、ローマ数字で「V」。奥付では「第五号」。今号から、奥付にあった「隔月刊」の表記がなくなった。

収録作品は、中江俊夫「季節」、「見る」、茨木のり子「北から帰った人」、谷川俊太郎「秋」、吉野弘「散策路上」、川崎洋「景色は」、舟岡遊治郎「てがみ」「お天気の会議」、水尾比呂志「西脇順三郎氏に就いて」（詩論）。最終頁（表4）に「後記」、奥付、広告（創元社刊　谷川俊太郎第二詩集『62のソネット』）。
今号から中江俊夫が参加。編輯後記には、川崎洋による中江俊夫の紹介がある。

今号より、中江俊夫氏が参加します。詩集「魚の中の時間」を上梓し、今度荒地詩人賞を受けた氏が我々の世代の一詩人として、更に秀れた創作活動をこの櫂に拠つて示される事を心から期待します。文通で始めて知つた事ですが、氏と小生とは、お互気付かずに同じ九州の久留米の街の、しかも歩いて二〇分と離れていない所に、数年前の数年間を過していたのでした。その頃お互知らずに、路上何度かすれ違つていたのかも知れないと思うと不思議な気がします。

中江俊夫は、一九五二（昭和二七）年一〇月に第一詩集『魚の中の時間』（第一芸文社）を自費出版し、五四年二月には吉本隆明・鈴木喜録とともに荒地詩人賞を受賞、『荒地詩集一九五四』（荒地出版社）に、「窓」ほか11篇を発表した。また、秋谷豊主宰の詩誌『地球』の一九五三年五月の第七号には「鳥」、五四年五月の第一二号には「広さが僕を」「私の喜びは」を発表している。
なお、川崎洋「「櫂」の十八年・メモ」（『ユリイカ』一九七一年一二月号）には、「中江俊夫という人は、一種の凄みとやさしさの混交した、こわいような、そしてなつかしいような人といおうか。私の記憶に誤りがなければ、詩集『魚のなかの時間』に脱帽した俊太郎さんが、彼を京都に訪ねていって、それ以来の仲である」との回想もある。

第六号

一九五四年三月二六日印刷発行。発行責任者・茨木のり子。編集責任者・川崎洋。発行所・櫂の会。頒価50円。B5判。15頁（頁ノンブルなし）。表紙号数表記は、ローマ数字で「Ⅵ」。奥付では「第六号」。

収録作品は、友竹辰「海辺にて」、谷川俊太郎「背中」、吉野弘「burst—花ひらく—」、水尾比呂志「死に就いて」、舟岡遊治郎「強風警報」、茨木のり子「人間」、中江俊夫「声」「私は昼をまともに」、川崎洋「朝—放送劇の形を借りて—」。

最終頁（表4）に「後記」、奥付。

今号から友竹辰が参加した。編輯後記には、川崎洋による友竹辰の紹介がある。

今号より、友竹辰氏が参加します。氏は現在国立音楽大学に在学中の名バリトンであり、且つ我々の世代の秀れた詩人の一人です。櫂の白いアート紙の上にどうぞ意欲的に書きまくって下さい。

友竹辰は、一九五〇年八月号の『詩学』の詩学研究会作品として「去んだ神」「旅先」（友竹辰比古）が掲載され、九月号には「少年時」「着物」の二篇がやはり詩学研究会作品として掲載された。翌年二月には〈詩学審査委員会推薦作品〉として「途上」「帰趨」「期待」が掲載された。以後、作品本欄に掲載されるようになり、名前も、辰比古から辰へと変更された。しかし、そのため、『詩学』に登場する機会は減少して、『櫂』創刊までには、一九五一年五月の「船について」、一九五二年五月の「純粋な歌」の二篇の他、一九五二年九月に〈全国同人誌推薦作品〉として掲載された「期待について」一篇にとどまった。なおこの時の推薦同人誌は『Vision』であった。川崎洋が、座談会「リトル・マガジンの問題」で、『櫂』創刊の経緯を、「推薦ということで体よく締め出され」た者たちで、「ハッキり同人雑誌に入つてない人」たちで作った、と語っているが、友竹は、川崎・茨木たちより一世代前に「締め出された」ものであった。なお、友竹は同時期の『GALA』にも、一九五一年九月刊の第二号には「食事について」、一二月刊の第三号には「歌唱について」、一九五三年二月の第三年第一号には「声の夜の歌」、を寄稿している。

第七号

一九五四年七月五日印刷発行。発行責任者・茨木のり子。編集責任者・川崎洋。発行所・櫂の会。頒価70円。B5判。17頁（頁ノンブルなし）。表紙号数表記は、ローマ数字で「Ⅶ」。奥付では「第七号」。

収録作品は、吉野弘「謀叛」、中江俊夫「「62のソネット」のこと」（詩論）、谷川俊太郎「ルポルタージュ　谷川俊太郎に会う」。茨木のり子「金子光晴の詩から」（詩論）、川崎洋「原始について―劇の形を借りて―」、水尾比呂志「青年に就いて」（詩劇）。

最終頁（表4）に「後記」、奥付。

「後記」に、「詩劇をめぐる動きが活発になつてきた。実験の為の実験にならぬよう心したい」とあるように、前号（第六号）に発表の川崎洋「朝―放送劇の形を借りて―」を嚆矢として、本号の川崎洋「原始について―劇の形を借りて―」、水尾比呂志「青年に就いて」（詩劇）、第一〇号の水尾比呂志「埃及〈詩劇〉一幕二場」（詩劇）、茨木のり子「埴輪〈詩劇〉」（詩劇）、第一一号の茨木のり子「埴輪〈詩劇〉」（承前）と、『櫂』紙上には当時の詩劇・放送劇ブームを背景にして、少なからざる詩劇・放送劇（ラジオドラマ）が発表された。

第一一号での休刊後も、「一九五五年一月、十一号までで休刊したが、同人誌に代って、同人詩劇作品集、同人年刊詩集の発行が企画され、ここにその最初の詩劇作品集が刊行されることとなった」との前書きを持つ、『櫂詩劇作品集』（的場書房、一九五七年九月）が刊行されている。

この作品集には、『櫂』本体には詩劇・放送劇を掲載していなかった岸田衿子、友竹辰、大岡信、谷川俊太郎も作品を寄せ、同人外から寺山修司も参加した。

岸田衿子　　まひるの星の物語
友竹　辰　　恋亦金男女関係
川崎洋　　海に就いて
大岡　信　　声のパノラマ
寺山修司　　忘れた領分
水尾比呂志　「長恨歌」より
谷川俊太郎　夕暮
茨木のり子　埴輪

これら以外にも、『櫂』同人は、詩劇・放送劇・ラジオドラマを積極的に創作している。川崎洋は、詩劇集『魚と走る時』（一九五八年六月、書肆ユリイカ）、『川崎洋ラジオドラマ脚本選集』（一九八八年七月、花神社）、水尾比呂志は『海そして愛の景色』（一九六六年一〇月、思潮社）がある。その他、川崎洋は「ジャンボ・アフリカ」でラジオドラマとして初めて芸術選奨を受賞している。その他多くの同人の詩劇、ラジオ・ドラマが放送されている。

第八号

一九五四年九月一〇日印刷発行。発行責任者・茨木のり子。編集責任者・川崎洋。発行所・櫂の会。頒価70円。B5判。13頁（頁ノンブルなし）。表紙号数表記は、ローマ数字で「Ⅷ」。奥付では「第八号」。
収録作品は、大岡信「手」、吉野弘「父」、舟岡遊治郎「首狩り族」「旅へのいざない」、中江俊夫「春」、谷川俊太郎「愛について」、友竹辰「さすらい人」、水尾比呂志「庭園にて」、川崎洋「明るい方角」。
最終頁（表4）に「後記」、奥付。

今号から大岡信が参加。編輯後記には、川崎洋による大岡信の紹介がある。

今号から大岡信氏の参加を得た。昭和六年静岡生。東大国文科卒業後読売新聞社に勤務して現在に至る。彼に今後詩と詩論の両面で多くの期待を寄せることが出来ることと、お互を刺激し得る要素が一つ増えたことは僕等にとって何にもまして嬉しいことである。

この後記に対して、後に大岡信は、次のように回想している。

詩と詩論の両面でと言っているのは、詩論を書く人間というのを相当意識していたわけですね。「櫂」グループは、一般論としていえば、詩論とか評論とかを書く人に対して、敬して遠ざけるという形の自尊心が強い人々の集まりだと言えると思うんですが、ま大岡のやつは許せる、ということだったんじゃないかと思うんです。今までと違うグループに入ったので、僕は非常に楽しかったです。

（『大岡信著作集1』「巻末談話」一九七七年六月、青土社）

また、茨木のり子は「「櫂」小史」（現代詩文庫『茨木のり子詩集』所収）において、

大岡信氏は、大学を出て、読売新聞、外報部に入った許りの頃だが、彼は詩学研究会とは何の関係もなかった。ただ、その頃、詩学に「シュールレアリスム批判」という、エッセイを発表していて、それが大変良かったので、誰いうとなく、このみずみずしい論客を是非迎えたいということになり、皆賛成して参加してもらった。／昭和二十九年四月十八日、麻布笄町にあった友竹家で、第四回目の櫂の会をした時、大岡氏と初めて会った。

と書いている。ここで大岡が書いていた「シュールレアリスム批判」とは、「現代詩試論」（後出）のことであろうと思われるが、批評家としての大岡信への注目が同人への勧誘に繋がったとの回想は、大岡自身の回想とも重なるところである。

大岡信は、これまでの参加者達が、ほぼ雑誌『詩学』の詩学研究会出身者であったのに対して、学生時代は『現代文学』（全五号。一九五一年三月～五二年七月。メンバーは大岡信、日野啓三、佐野洋、稲葉三千男ら。）『赤門文学』（復刊一号のみ。一九五二年一一月。メンバーは、大岡信、稲葉三千男、金太中など）等の文学同人雑誌に参加して、詩と評論を書くなど、『詩学』との接点はなかった。大岡信が、『詩学』に登場したのは、一九五三年七月の「現代詩試論」であった。次いで登場したのは、翌五四年一月の座談会「〈二〇代の発言〉」であった。また、一九五三年一一月には詩誌『ポエトロア』に「シュペウヴィエル」を発表、翌年の一月には、『新日本文学』一月号に詩「いたましい秋」を発表している。シュペウヴィエルは、当時広く関心を持たれていた詩人であり、座談会「〈二〇代の発

言〉」でも言及されている。特に、谷川俊太郎は強い関心を持ち、中江俊夫も関心を持っていたことが言及されている。『櫂』以前に、後の『櫂』同人が実際に読み得た大岡の詩はさほど多くはなかったと思われるが、これらの評論・詩論が、まず同人の関心をひき、『櫂』の会への勧誘に繋がったというなりゆきであろうか。

第九号

一九五四年一一月一〇日印刷発行。発行責任者・茨木のり子。編集責任者・川崎洋。発行所・櫂の会。頒価70円。B5判。一九頁（頁ノンブルなし）。表紙号数表記は、ローマ数字で「Ⅸ」。奥付では「第九号」。

収録作品は、谷川俊太郎「少女について」、舟岡遊治郎「朝の国」、吉野弘「滅私奉公」、中江俊夫「時の部屋」、大岡信「遅刻」、川崎洋「往復」、水尾比呂志「少年よ」、友竹辰「愛の五つの時」。

最終頁（表4）に「後記」、奥付。編輯後記には、谷川俊太郎と岸田衿子の結婚が報じられている。

十月四日谷川俊太郎氏が岸田えり子さんと結婚した。僕達にとつてこれでおめでたは吉野弘氏の長女御誕生についで二番目というわけだ。新居は東京都台東区谷中初音町三ノ三三番地である。嗚呼。

谷川俊太郎が、『櫂』第二号に発表した詩「夢　E・Kに」の「E・K」は岸田衿子のイニシャルであった。北軽井沢の大学村に山荘を所有していた谷川徹三と岸田国士のそれぞれの子どもたち、谷川俊太郎と岸田衿子は幼少時からの交友があった。岸田衿子は、一九五二年三月東京藝術大学油絵科卒業後、肺を患って大学村に滞在していたが、谷川俊太郎の影響で詩作を始めるようになった。その後、『櫂』同人たちとの交友もはじまり、やがて、谷川俊太郎との結婚に至った。なお、一九五六年一〇月に離婚している。

また「吉野弘氏の長女御誕生」とあるのは、詩「初めての児に」「奈々子に」にうたわれている奈々子のことである。

第一〇号

一九五五年一月一日印刷発行。発行責任者・茨木のり子。編集責任者・川崎洋。発行所・櫂の会。頒価80円。A5判。65頁。表紙裏（表2）にバーナード・リーチへの謝辞。目次頁、表紙号数表記は、ローマ数字で「X」。奥付では「第十号（特別号）」。

収録作品は、大岡信「詩の構造」（エッセイ）、谷川雁「「農民」が欠けている」（エッセイ）、牟礼慶子「苦い風景」（詩）、山本太郎「病床の友へ」（詩）、飯島耕一「あるプロテスト」（詩）、谷川俊太郎「メモランダム　詩劇の方へ」（エッセイ）、吉野弘「さよなら」、「私心は」（詩）、中江俊夫「群衆の中で」（詩）、川崎洋「恋人・その他」（詩）、友竹辰「声の三つの歌」（詩）、舟岡林太郎「生」「ネロ」（詩）、谷川俊太郎「初冬」（詩）、水尾比呂志「埃及〈詩劇〉一幕二場」（詩劇）、茨木のり子「埴輪〈詩劇〉」（詩劇）。

最終頁（表4）に「後記」、奥付。編輯後記には、次のようにある。

今号には同人外より、山本太郎・飯島耕一・牟禮慶子及び谷川雁の四氏の寄稿を戴いた。病床にある飯島氏の快癒の一日も早からん事を心からお祈りする。舟岡遊治郎は舟岡林太郎と改名。別に〈詩劇〉の特集を企画した訳ではなかつたが結極夫等でページの大半を占められた。現在の劇作家達に依つてでなく僕達の世代の詩人によつて〈詩劇〉の創作がイニシエイトされることは少なからず意義があると思う。ともあれ一九五五年は始まる。

同人外の、山本太郎は、『櫂』同人に先んじて詩学研究会等に作品を寄せていた。この当時は、『歴程』同人として活躍していた。なお、後の座談会での発言（「「櫂」のあやしい魅力」『現代詩手帖』一九九五年五月）によれば、川崎洋も大岡信も、山本から『歴程』への入会を勧誘されたことがあったという。飯島耕一は、学生時代から『カイエ』『詩行動』などの同人雑誌に詩を書いていた。卒業後、一九五三年に詩集『他人の空』（書肆ユリイカ）を自費出版。『詩学』にも詩を発表しはじめた。また、ユリイカから刊行された『戦後詩人全集Ⅲ』に、初期主要作品が収録された。この頃は、平林敏彦・岩田宏らと創刊した『今日』の同人であった。なお、飯島は、一九六七年から『櫂』（第二次）同人となるが、七二年に脱退している。牟礼慶子は、『詩学』一九五三年二月号の「詩学推薦作品」に「考える」「世渡り」が掲載された。この号には、同欄に茨木のり子・川崎洋・舟岡遊治郎・吉野弘などの『櫂』の創刊メンバーとなる若き詩人達も顔をそろえていた。その後、一九五五年から『荒地』に参加。『荒地詩集』には、一九五五年版から一九五八年版まで、詩を寄稿している。谷川雁は、『午前』『母音』などの九州を拠点とする同人雑誌により活動していたが、『詩学』などにも寄稿していた。一九五四年一一月には『大地の商人』（母音社）を刊行。この時期、「原点が存在する」（『母音』一九五四年五月）などに積極的に思想的立場を明確にした評論を書く。「「農民」が欠けている」もこれらに列なる評論。川崎洋が以前に『母音』の同人であった縁での寄稿依頼だったようだ。なお今号から舟岡遊治郎が舟岡林太郎と改名している。

表紙の絵は、バーナードリーチによるもの。茨木のり子「〈櫂〉小史」に次のように経緯が回想されている。

　表紙は、バーナード・リーチ氏の陶器の絵つけのような墨絵であった。その頃、バーナード・リーチ氏の乾山研究、ならびに日本文化の資料集めなどの、秘書となって一緒に仕事をしていた水尾さんが依頼したもので、／「なんという詩誌？　櫂？　おお　オールね！」／と言いつつ書いてくれたということだった。

第一一号

一九五五年四月二〇日印刷発行。発行責任者・茨木のり子。編集責任者・川崎洋。発行所・櫂の会。頒価80円。奥付では、印刷発行年が「一九五四年」と誤植されている。B5判。32頁。表紙号数表記は、ローマ数字で「XI」。奥付では「第十一号」。

収録作品は、大村龍二「花断章」、好川誠一「愛されると」「神の子─地球儀写生」、水尾比呂志「瀟湘八景」の総題のもと「遠帆帰帆」「漁村返照」「煙寺晩鐘」「瀟湘夜雨」「平沙落雁」「洞庭秋月」「江天暮雪」「山市晴嵐」、中江俊夫「生」「都市が」、友竹辰「タロスがダイロスに崖からつき落される時　一瞬のうちに思ったこと〈テセウス〉より」、大岡信「翼あれ　風　おおわが歌」、谷川俊太郎「バラード　椅子」、舟岡林太郎「五月の花」、吉野弘「挨拶」、茨木のり子「埴輪〈詩劇〉」。

最終頁（表4）に「後記」、奥付。編輯後記には次のようにある。

今号より季刊に切換え、大村龍二及び好川誠一両氏の新しい波紋を加う。三月水尾転居。谷川家に未だおめでた無し。川崎氏は大作準備中にて本号欠稿す。舟岡及び中江今春大学卒業見込なるも舟岡は危し。友竹はリサイタルの資金に悩む。以上諸事都合良し。（洋）

好川誠一は、懸賞作品に応募して予選通過作品として掲載された（一九五二年二月号、五五年四月号）のが『詩学』への最初の登場、次いで研究会作品に掲載された（五五年七月）が、この頃『文章倶楽部』（牧野書店）にも投稿を続けていた。この文章倶楽部の投稿欄の選者は、谷川俊太郎と鮎川信夫であった。谷川が一九五四年九月号の合評欄に好川誠一に宛てて「好川さんの今後のために同人誌『櫂』に好川さんを推薦してみます。」と書いたのが、同人加入の契機となった。好川は、『櫂』同人になった後も、『ロシナンテ』の中心的同人として精力的に活動していった。大村龍二は、『詩学』一九五三年一一月号の〈研究会作品〉に、「もやし豆」が掲載されていたが、山形県の酒田市で吉野弘とともに同人誌『谺』を発行していた仲間であった。この二人が同人になった経緯については川崎洋の「「櫂」の十八年・メモ」(『ユリイカ』一九七一年一二月号)に次のように記録されている。

その頃、もう少し同人を増やそうという話が出て、同人各人から意見が出、(中略)まず俊太郎さんの推せんで好川誠一氏に入会を誘うことになった。また電話――

谷川「ぼくとたしか鮎川信夫さんがねえ　現代詩手帖の前身の文章倶楽部っていうのの選をやってたときに、好川誠一が投稿してきて　それで知ったんではないかということはおぼろげに覚えてんだけど……彼が入れてくれって手紙書いてきたんじゃない?なんかぼくはねそんなような記憶があるんだ　入りたいとかね入れてくれまいかとかって　そいでなんかね　ぼくはもうそれでなんかたしかわりと彼の詩読んでいたし……いいんじゃないかみたいなことで」

そして、好川誠一氏は入ってくれて、一度集まりで顔を合わせた。寡黙がちなな人で、茨木さんの表現は言い得て妙だが、「労働者としての逞しさと、詩を書く人間としての繊細さが、うまく融合していない危うさを、その二十一歳の躯に滲ませていた」だった。

それから、吉野さんの推薦で、大村龍二氏（後、大滝安吉）を迎えた。酒田市へ吉野さんを訪ねたとき、お会いした。どこか室生犀星に似た風貌の、大きな壺に湛えた水の動かぬような、静かな大人の人――という鮮やかな記憶がある。酒田市で病身をいといながら吉野さんと「谺」という同人詩誌を発行していた。「櫂」の同人で彼に会ったのは吉野さん以外では私だけだ。

本号以後、次号の刊行までほぼ十年間のブランクがあった。しかも、第一二号の編輯後記には「この雑誌をまた続けようということになった。復刊一号にしようかという意見もあった」ともある。したがって、第一一号をもって、第一次『櫂』は終刊となったと考えるべきであろう。

『櫂』解散の経緯については、茨木のり子の「〈櫂〉小史」に次のようにある。

終刊になったいきさつは、どうもはっきりしない。その辺の記載が抜けているせいもあるが、皆が集っての会合で決めたことではなかったらしい。発端は、谷川俊太郎氏が無茶苦茶に忙しくなってきて、同人誌はどうもお遊びとしか思えなくなったから、抜けたいと言い出し、また一年くらい前に、舟岡氏も抜けたいと言ったのを慰留したこともあり、それならこの辺で総解散といこうと、誰いうともなく言い出して、あっさり決まったように思う。

なお、一九五七（昭和三二）年一二月一五日には、友竹家に於いて解散式も行っているとのことである。

第一二号

一九六五年一二月一日印刷発行。発行者・櫂の会。頒価五〇円。B５判。34頁。表紙号数表記は、ローマ数字で川崎洋「ⅩⅡ」。奥付では「第十二号」。

収録作品は、茨木のり子「民衆の中の最良の部分」、大岡信「原子力潜水艦オナガザメの孤独な航海と死のうた」、友竹辰「作劇法」、水尾比呂志「覚書　―トウト・アンク・アメンの遺宝の前で―」、吉野弘「つるばら」、「ふっと」、中江俊夫「語彙集」（第一章）、谷川俊太郎「八月十二日木曜日　an anthoarogy」。

最終頁（表4）に後記、奥付。

後記には、再刊の挨拶が書かれている。

ごきげんよう。／この雑誌をまた続けようよということになった。復刊一号にしようかという意見もあったが、衆議により号を追うことに決した。丁度十年目になる。

この後、同人の名前が列記されている。

茨木のり子　大岡　信　川崎洋　岸田衿子　谷川俊太郎　友竹　辰　中江俊夫　水尾比呂志　吉野　弘

第二次の『櫂』に対して、名簿の上で新しく加わったのは、岸田衿子。第一次の同人で不参加は舟岡遊治郎であった。好川、大村（大滝）は死去していた。

今号より、編集委員制をとることになった。今号の編集委員は、川崎洋、友竹辰、水尾比呂志。

再刊までの経緯については、再び「「櫂」の十八年・メモ」から引く。

十年ほどたって、水尾君の鵠沼の家で例年の如く行っていた海水浴の一日、また「櫂」を出そうよと私が口火を切って、岸田衿子さん、飯島耕一氏を加え、といっても、お二人とも、ずっと「櫂」の集まりの折には一緒だった仲間というわけだが、友竹・水尾・川崎の編集当番制で、一九六五年十二月、「櫂」の十二号を出すことになった。その折、舟岡林太郎氏からは参加の返事がなかったので、そのままになっている。／「櫂」の中では、平俗な表現で云えば最も左派に属する舟岡林太郎氏（前は遊治郎）にとって、「櫂」はあきたらなかったのかもしれない。

川崎洋「「櫂」年譜」（『交わす言の葉』二〇〇二年一一月、沖積社）によれば、「復刊」の話が出た「海水浴の一日」は、一九六五年八月一二日であった。第一二号には、谷川俊太郎が「八月十二日木曜日　an anthoarogy」という詩を寄せている。まさに、この復刊話の出た日を題名にした詩である。内容は、「海／どこかで船が沈んだみたい／細い木片が無数に浜へ打ち上げられてら／髪の毛も／櫂は役に立たなかったのだナ／泳げるなら沖へ出て行けよ大岡／私は泳げない／／茨木／他人の写真ばかり撮っていて／あなたのカメラは新しい」と始まる、同人への批評的視線に満ちたものだ。

第一三号

一九六六年六月一〇日発行。発行者・櫂の会。頒価〒共一五〇円。B５判。34頁。表紙号数表記は、ローマ数字で「XIII」、奥付では「第十三号」。

収録作品は、岸田衿子「水晶とオレンジ」、友竹辰「挽歌・静物」、水尾比呂志「紙漉の村にて」、大岡信「FRAGMENTS　平井　進に」、川崎洋「お囃子」、茨木のり子「寒雀」、「林檎の木」、吉野弘「三月」、中江俊夫「語彙集」（第二章・第三章）。

最終頁（表4）に「編集委員の記」、奥付。第十三号の編集委員は、前号と同じ、友竹辰、水尾比呂志、川崎洋。水尾の記によれば、当初は「三月初旬刊行の予定」。しかし、友竹辰の原稿の遅れにより六月発行になったとのこと。

第一四号

一九六六年九月一日発行。発行者・櫂の会。頒価〒二〇〇円。B5判。32頁。表紙号数表記は、ローマ数字で「XIV」、奥付では「第十四号」。

収録作品は、飯島耕一「見えるものⅣ」「見えるものⅤ」「見えるものⅥ」、谷川俊太郎「公園又は宿命の幻」、友竹辰「セレナアデ」「バラアド」、吉野弘「香水―グッド・ラック」、水尾比呂志「淋しい」、川崎洋「暑中見舞」、中江俊夫「語彙集」（第四章）、大岡信「ひとりの腹話術師が語った」、岸田衿子「わたしの学校」、茨木のり子「端午」。

表紙裏（表2）に目次、最終頁（表4）に「編集委員の記」、奥付。第一四号の編集委員は、水尾比呂志、川崎洋、友竹辰。今号から「編集を編集委員の輪番制とした。十四号が友竹、十五号が水尾となる」（川崎洋）とのことで、友竹辰の編集。

この号から、飯島耕一が同人となった。飯島耕一は、第一〇号にゲストとして寄稿していたが、今号から正式の同人となったわけである。

第一五号

一九六七年二月二〇日発行。発行者・櫂の会。頒価〒二〇〇円。B5判。32頁。表紙号数表記は、ローマ数字で「XV」、奥付では「第十五号」。

収録作品は、岸田衿子「モツアルト」、吉野弘「細い竹」、茨木のり子「ゆめゆめ疑う」、友竹辰「バラアド」、中江俊夫「語彙集」（第七章・第八章・第九章・第十章）、水尾比呂志「人工楽園」〈ラジオドラマ〉、川崎洋・大岡信・飯島耕一「アイ・ラブ・ユウ」〈オムニバス放送劇〉。

表紙裏（表2）に目次、最終頁（表4）に「編集委員の記」、奥付。

編集委員は、水尾比呂志、川崎洋、友竹辰。第一五号の担当は、水尾比呂志。川崎洋・大岡信・飯島耕一のオムニバス放送劇の掲載について、今号の編集担当の水尾比呂志は、「今号の、川崎、大岡、飯島のオムニバスは、東京放送より放送済の作品だが、編輯担当者として不満を述べるとすれば、やはり、あらゆる意味で未発表の力作を「櫂」に提出して欲しいものである。」と書いている。

第一六号

一九六八年四月二〇日発行。発行者・櫂の会。発売所・国文社。定価二五〇円。B5判。43頁。表紙号数表記は、ローマ数字で「XVI」、奥付では「第十六号」。

収録作品は、吉野弘「エド&ユキコ」、谷川俊太郎「あれにしようかこれにしようか散々迷った挙句に買った結婚祝につけて水尾比呂志に贈る祝婚歌、又ハ、ハンカチーフの能について、」、水尾比呂志「山荘にて」、茨木のり子「ほうや草紙　―獏さんに―」、「二人は賑やか」、友竹辰「挽歌」、飯島耕一「見られる」、川崎洋「かかわり」、岸田衿子「木の葉の詩」、「森の詩」、中江俊夫「語彙集」（第二十四章・第二十五章・第二十六章・第二十七章　※「第二十七章」は、岡田書店版『語彙集』〈一九六九年九月〉では、差し換えられている）、大岡信「次郎　―K・Sにあげるラジオのための肖像画的牧歌」〈ラジオドラマ〉。

表紙裏（表2）に目次、最終頁（表4）に「編集委員の記」、奥付。谷川俊太郎の詩は、水尾比呂志に贈る祝婚歌。

水尾は編集後記で、「私事ながら、七月に結婚式を日光輪王寺で擧げ、九月に東京で御挨拶の會を催して頂いた。式の媒妁には友竹兄御夫妻を、会の司会には川崎君を煩はし、櫂同人方の御世話を忝うした。心のこもった御祝を頂戴した多くの方々に、こんなところで失禮ではあるけれども、深く御禮申し上げるとともに、今後の御導きを御願したいと思ふ。」と自らの結婚を報告している。

第一七号

一九六八年八月一〇日発行。発行者・櫂の会。発売所・国文社。定価二五〇円。B５判。46頁。表紙号数表記は、ローマ数字で「XVII」、奥付では「第十七号」。

収録作品は、ルネ・シャール、飯島耕一訳「恋文《ンテラ・アモローサ》」「河岸の空地に」、岸田衿子「星」、川崎洋「王様２」、吉野弘「鎮魂歌」（「蚤の市」の総題で「蝶」「男」「曼珠沙華」「消しゴム」「避雷針」）、中江俊夫「語彙集」（第三十四章　※岡田書店版『語彙集』〈一九六九年九月〉では「第三十五章」。末尾に『あんかるわ』18号に発表した三十四章～三十七章は、一章ずつづれ、三十五章～三十八章になる。以上、訂正します。」と注記）、谷川俊太郎「ヘンリー・ミラー展にて友竹夫妻に会う・一九六八年四月五日東京伊勢丹」、友竹辰「旅のソネット十四から」「ソネット・旅」「ソネット・ロオマ」、茨木のり子「雀」。大岡信「きらきら　―舞台のためのエチュード―」、水尾比呂志「「櫂」戯評―注「櫂」十六号参照・アイウエオ順―」。

表紙裏（表２）に目次、46頁に「編集委員の記」。川崎洋「王様２」（本文タイトル）は、目次では「王様」となっている。

第一八号

一九六九年七月一〇日発行。発行者・櫂の会。発売所・国文社。定価二五〇円。B5判。42頁。表紙号数表記は、ローマ数字で「XVIII」、奥付では「第十八号」。

収録作品は、飯島耕一「所有者と被所有者の時のエスキス」、谷川俊太郎「ブリューゲル風のシネマ」、中江俊夫「語彙集」（第六十九章・第七十章・第七十一章・第七十二章・第七十三章　※『語彙集』岡田書店〈一九六九年九月〉では一章ずれて、第七十章～第七十四章となる）、川崎洋「父島記」、水尾比呂志「命名」、友竹辰「an Ode.／と云う存在そのものの悲しみ／ぼくと云う愛そのものの存在／に／捧げる／存在論風／賦」、茨木のり子「スペイン」、岸田衿子「森の詩」、吉野弘「無題」、大岡信「あかつき葉っぱが生きている」。

表紙裏（表2）に目次、42頁に「編集委員の記」。

第一八号の編集委員は、友竹辰・川崎洋・水尾比呂志。今号編集担当の水尾比呂志の編集委員の記によれば、今号の配列は、原稿の到着順である。

第一九号

一九七二年一月一日発行。発行者・櫂の会。頒価二五〇円。B5判。32頁。表紙号数表記は、ローマ数字で「XIX」奥付では「第十九号」。

共通課題は〈食器〉。収録作品は、中江俊夫「語彙集第百六章」「語彙集第百七章」、大岡信「朝・卓上静物図譜」、吉野弘「食べない」、谷川俊太郎「ニューヨークの東二十八丁目十四番地で書いた詩（食器もあるでよ）」、茨木のり子「箸」、飯島耕一「食器の予感」、川崎洋「壺」、岸田衿子「食器考」、水尾比呂志「食器」の総題の下に「壺」「盆」「茶碗」「酒器」「土瓶」「皿」。友竹辰「ワガ鉢唱歌」。

表紙裏（表2）に目次、最終頁に「編集委員の記」。

第一九号の編集委員は、友竹辰・水尾比呂志・川崎洋。今号の「編集当番」は川崎洋。川崎洋の「編集委員の記」には、共通課題を採用する経緯を、「同人のそれぞれは、日頃、雑誌に詩を発表しているわけだが、同じように作品を持ち寄ってこの櫂に出すのは、あまり意味のあることではなかろうじゃないか―というわけで、それでは同人雑誌でしかあまり出来ないことをやろうということに意見がまとまり、「食器」というテーマで、みんなが書いてみることになった。」と説明する。また、「たぶんこれからも、櫂は、毎号なにがしかの趣向を案出して、編集されることになるだろう。」とこの方式の次号以降の継続を予告しているが、共通課題による創作はこの号ののち第二九号まで実現されなかった。第二九号は、友竹辰追悼号であったが、友竹の生前最後の編集プラン「テーマ「別れ」「歳月」「旅」「時」「老い」」を実現したものであった。次号では、連詩が試みられたが、これも、ひとつの「趣向」であろうか。なお、第一八号の編集委員の記に於いて、第一九号「編集当番」の水尾比呂志から、次号〆切を「八月末日」（一九六九年）とする旨告知があったが、実際の刊行は一年以上後になった。

第二〇号

一九七二年一二月一〇日発行。発行者・櫂の会。頒価三〇〇円。Ｂ5判。33頁。表紙号数表記は、ローマ数字で「XX」、奥付では「第二十号」。

収録作品は、「連詩　第一回　截り堕つ浅葱幕の巻」、「連詩　第二回　迅速の巻」、「連詩　第三回　珊瑚樹の巻」。

執筆記録《しゅひつのこころおぼえ》　大岡信

連衆　友竹辰　　中江俊夫　　川崎洋　　茨木のり子　　水尾比呂志　　大岡信　　岸田衿子　　谷川俊太郎

吉野弘

表紙裏（表2）に目録、最終頁に「編集委員の記」。

今号には、連詩三巻が掲載されている。詩の同人誌に連詩が掲載されるのは、おそらく稀有のことである。大岡信『連詩の愉しみ』（一九九一年一月、岩波新書）によれば、「連歌・連句という伝統的な共同制作詩に触発された形式」であるが、「行数およそ四、五行ないしそれ以上、各行の長さも不定という自由詩形（つまりいわゆる現代詩）を連ねて行く」もの、を「連詩」と名付けている。

以下、今号掲載の「執筆記録」（大岡信）にしたがって「連詩」の記録をまとめる。

第一回の「截り堕つ浅葱幕の巻」は、一九七一（昭和四六）年一二月九日（日）に京都白河院にて巻き始められ、翌年一月三〇日（日）の水尾比呂志宅の会でほぼ完成。そのとき欠席の谷川俊太郎に最終三六番目をまわすことで終了となった。

きっかけは、「執筆記録」に、

友竹辰が異国留学あるいは放浪の旅に出るという。その旅の馬のはなむけに、櫂一同で何かひとつまとまったことをしようではないか、というのだったか。それとも友竹辰自身が、編集同人として、旅立ちの前に一号どうしても雑誌をまとめて行きたいと考えたのだったか。どうやらそれらの、そしてもっと別の諸理由が一緒になって、昭和四十六年十二月十九日、京都で集まることになった。（略）京都の集りでは大岡を宗匠役にして、連句にならった連詩を巻こうということを、たぶん谷川俊太郎が言いだし、とんでもない冗談にも宗匠なんてことばはやめるべし、だいいち俺はなんにも知らない、何行もの詩と一行の句を同じに見るわけにはいかないはずだ、ほんとに俺はそんなこと出来ないのだ、と反対したにもかかわらず、賛同者圧倒的多数につき反対意見はあえなくしりぞけられたのである。

とある。

一二月一九日の参加者は、友竹辰・中江俊夫・川崎洋・茨木のり子・水尾比呂志・大岡信・岸田衿子・谷川俊太郎。

一月三〇日は、吉野弘・大岡信・水尾比呂志・茨木のり子・川崎洋・友竹辰・岸田衿子であった。

この会は、客（主賓）の友竹辰が「発句ではない発詩」、続いて「京で迎え」るあるじ中江俊夫が脇をつけるところから始められた。前詩に付ける詩句の長さには制限なし。また、連句のような定座もない規則であった。なお、一番目から九番目の詩に就いての、当日の運びを中心とした鑑賞的回想は、当日の捌き手（進行係）であった大岡信が「連詩大概　作品点検その1」と題して『季刊へるめす』第一七号（一九八八年一二月、岩波書店）に書いている。この文章は、後に大岡信『連詩の愉しみ』（前出）に収録されている。

第二回の「迅速の巻」は、一九七二（昭和四七）年七月二一日（金）に北軽井沢大学村の谷川俊太郎の山荘で巻き始められ、翌日御代田の水尾比呂志の山荘で、十七番目まで巻き、早退した友竹辰に十八番目をまわして終了となった。参加者は、大岡　信・水尾比呂志・谷川俊太郎・友竹辰・中江俊夫、の五人。この回は、大岡信が客、水尾比呂志が脇を付けて始まっている。今回は一詩五行、十八番で打ち止めの規則であった。「中年男の「迅速」の旅を主題とする連詩」（「執筆記録」）となった。

第三回の「珊瑚樹の巻」は、一九七二（昭和四七）年八月三一日（木）に調布市深大寺の大岡信宅で巻かれた。十七・十八番は後日の作。　参加者は、川崎洋・大岡信・吉野弘・茨木のり子、の五人。

この会は、川崎洋が客、大岡信が主（あるじ）として脇を付けて始まっている。今回は、一詩四行、十八番で打ち止めの規則であった。

また、八番目から十八番目の詩に就いての、詩句の行数の問題や付け合いの分析は、当日の捌き手（進行係）であった大岡信が「連詩大概　作品点検その1」と題して『季刊へるめす』第一七号（一九八八年一二月、岩波書店）に書いている。これら三回の連詩及び執筆記録は、『櫂・連詩』（一九七九年六月、思潮社）に収められており、第二回、第三回については「座談会　連詩をめぐって」で逐詩的に語られている。

第二一号

一九七四年一〇月三〇日発行。発行者・櫂の会。頒価六〇〇円。B5判。33頁。表紙号数表記は、ローマ数字で「XXI」、奥付では「第二十一号」。

収録作品は、「連詩　第四回　鳥居坂の巻　乾　坤」、「連詩　第五回　雁来紅の巻　天　地」、「連詩　第六回　夢灼けの巻」。執筆記録《しゅひつのこころおぼえ》　大岡信

連衆　谷川俊太郎　友竹辰　水尾比呂志　茨木のり子　中江俊夫　吉野弘　川崎洋　大岡信
　岸田衿子

表紙裏（表2）に目録、最終頁に「編集委員の記」。

第四回の「鳥居坂の巻」は、一九七三（昭和四八）年一月三一日（水）に東京都港区国際文化会館で巻き始められ、何度かの会合で完結したが、記録は不詳である。この会の参加者（連衆）は、乾（谷川俊太郎・友竹　辰・水尾比呂志・茨木のり子）、坤（中江俊夫・吉野弘・大岡信・川崎洋）の八名。これを二組に分けて同時進行で巻いた。中江俊夫が、『語彙集』（一九七二年六月、思潮社）で高見順賞を受賞し、その授賞式に上京したのをきっかけとして連詩の会がもたれることになったことによる。

「乾」の巻は、谷川俊太郎が客で、発句ならぬ発詩を書き、友竹辰が主として脇を付けている。「坤」の巻は、中江

俊夫が客で、吉野弘が主として脇を付けている。今回は、一詩三行、十八番で打ち止めの規則であった。なお、題の「鳥居坂の巻」は、国際文化会館が鳥居坂にあったことにちなむ。この連詩は、『櫂』第二一号発表以前に、『ユリイカ』臨時増刊号「谷川俊太郎による谷川俊太郎の世界」（一九七三年一一月）に発表された。その際にこの連詩に付された安東次男の談話筆記「櫂連詩について」は、その一部が、今号の「執筆記録」中に引用紹介されている。「乾」の巻の一番目から十八番目の詩に就いての、詩句の行数の問題や付け合いの分析は、当日の捌き手（進行係）であった大岡信が「連詩大概　作品点検その1」と題して『季刊へるめす』第一七号（一九八八年一二月、岩波書店）に書いている。

第五回の「雁来紅の巻」は、一九七三（昭和四八）年一〇月五日（土）に調布市深大寺の深水庵で巻き始められ、同年一〇月一九日に水尾比呂志宅で終了となった。参加者は、天（水尾比呂志・大岡信・茨木のり子・中江俊夫・岸田衿子・友竹辰）、地（川崎洋・谷川俊太郎・吉野弘・友竹辰・岸田衿子）の十人。これを二組に分けて同時進行で巻いたが、友竹辰は両方の巻に参加している。

「天」の巻では水尾比呂志が客、大岡信が脇を付けて始まっている。地の巻は、川崎洋が客で、谷川俊太郎が脇を付けている。今回は一詩四行ずつ、十八番で打ち止めという規則であった。

第六回の「夢灼けの巻」は、一九七四（昭和四九）年一月九日（土）に調布市深大寺の深水庵で巻き始められ、同年二月二八日（木）、三月一日（金）に神奈川県葉山の「佐島アリーナ」で続きが巻かれて、三月二三日（土）の水尾比呂志宅の会で終了となった。参加者は、吉野弘・友竹辰・川崎洋・中江俊夫・谷川俊太郎・茨木のり子・水尾比呂志・大岡信・岸田衿子の九人。吉野弘が客、友竹辰が主として脇を付けて始まっている。今回は、一詩二行まで、地名・人名以外は片仮名言葉は使わないという規則であった。

一番から七番、二十五番から三十六番までの詩についての、詩句の行数の問題や付け合いの分析は、当日の捌き手

（進行係）であった大岡信が「連詩大概　作品点検その1」と題して『季刊へるめす』第一七号（前出）に書いている。また、「座談会　連詩をめぐって」（『櫂・連詩』一九七九年六月、思潮社）では、「夢灼けの巻」の連詩が逐条ならぬ逐詩的に語られている。

「編集委員の記」に本号をもって飯島耕一が、櫂同人から脱退したことが報じられてている。

第二二号

一九七五年一二月二五日発行。発行者・櫂の会。頒価三五〇円。B5判。17頁。表紙号数表記は、ローマ数字で「XXII」、奥付では「第二十二号」。

収録作品は、「アイウエオの母の巻」、「蒸し鮨の巻」。執筆記録　執筆記録《しゅひつのこころおぼえ》　大岡信

連衆　谷川俊太郎　吉野弘　水尾比呂志　大岡信　岸田衿子　茨木のり子　川崎洋　中江俊夫
　　友竹辰

表紙裏（表2）に目録、最終頁に「編集委員の記」。表紙題字はバーナード・リーチ。第一〇号の題字を再び用いたもの。

この号には、「一行づつを連ねた連詩二つ」（執筆記録）が掲載されている。「アイウエオの母の巻」と「蒸し鮨の巻」は「同人が二組にわかれて同時進行で巻いたもので、時間的に先後の関係はない」が、アイウエオ順で便宜的に「アイウエオの母の巻」を第七回、「蒸し鮨の巻」を第八回とするとされている。

これらは、調布市深大寺「深水庵」に「前後四回参集して継続制作」したもの。一九七五年一月二六日（日）・三月一四日（金）・五月一六日（金）・六月七日（土）である。

第七回の「アイウエオの母の巻」は、谷川俊太郎・吉野弘・水尾比呂志・大岡信・岸田衿子の連衆で、谷川俊太郎

が客、吉野弘が脇を付けて始まっている。

第八回の「蒸し鮨の巻」は、茨木のり子・川崎洋・中江俊夫・友竹辰の連衆ではじまり、後半には吉野弘・岸田衿子・大岡信・水尾比呂志・谷川俊太郎も参加している。茨木のり子が客、川崎洋が脇を付けて始まっている。この連詩を巻く間に、茨木のり子の「夫」の三浦安信の病没があり、茨木の看護等々のための不参加により、「蒸し鮨の巻」の停滞と遅れがあってのイレギュラーな付け会いである。

「執筆記録」（大岡信）には、連詩記録の他、「一行ずつの詩句のを連ねる体を試みる」こととなって、あらためて「五七五／七七定型の持つ意味の大きさ」を考えさせられたとの述懐も記されている。

なお、同人誌『櫂』に発表掲載された連詩は、第二〇・二一・二二号の八巻のみであるが、『櫂』同人による連詩の試みは、これにとどまらず、一九七五年から七七年にかけてさらに三巻の連詩が巻かれている。以下、連番による回数、巻の題、制作年月日、参加者（連衆）を列記する。なお、第十回「一碧の巻」と第十一回「湯の波の巻」は、「同人を二組に分けて同時進行とした」（「主筆記録および刊行覚書」）ものであるので、第十一回目の制作年月日は省略した。

第九回　大原女あざみの巻　一九七五年一一月七日（金）、八日（土）・一九七六年五月一二日（水）・一〇月六日（水）　連衆　中江俊夫　谷川俊太郎　川崎洋　友竹辰　吉野弘　水尾比呂志　大岡信　茨木のり子　岸田衿子

第十回　一碧の巻　一九七六年一二月二二日（水）、二三日（木）・一九七七年三月五日（土）・五月二八日（土）、29日（日）・一〇月一五日（土）　連衆　大岡信　友竹辰　茨木のり子　水尾比呂志　中江俊夫

第十一回　湯の波の巻　　連衆　吉野弘　谷川俊太郎　川崎洋　岸田衿子

本巻の復刻は、この一九七五年末刊行の『櫂』第二二号までを対象とした。

関連年表

〈凡例〉

① 本年表は、本巻に収録した『櫂』の同人の動向を中心に構成した。本巻の収録対象は一九七五年一二月刊行の『櫂』第22号までであるが、年表ではその終刊までを扱った。

② 作品名は「　」で、単行本・雑誌・新聞名は『　』で記載した。

一九二六（大正15）年

一月、吉野弘、山形県酒田市にて出生（16日）。六月、茨木のり子、大阪回生病院にて出生（12日）。

一九二七（昭和2）年

三月、大滝安吉（『櫂』参加時のペンネームは大村龍二）、山形県酒田市にて出生（31日）。

一九三〇（昭和5）年

一月、川崎洋、東京大井町にて出生（26日）。

一九三一（昭和6）年

一月、友竹辰、広島県福山市にて出生（19日）。舟岡遊治郎、東京向島にて出生。二月、大岡信、静岡県三島町にて出生（16日）。父は、教員、歌人でもあった。一二月、谷川俊太郎、東京慶応病院にて出生（15日）。父・谷川徹三は哲学者であった。

一九三三（昭和8）年

二月、中江俊夫、福岡県久留米市にて出生（1日）。

一九三四（昭和9）年

五月、好川誠一、福島県大沼郡本郷町にて出生（9日）。

一九三七（昭和12）年

七月、日中戦争起こる。

一九三九（昭和14）年

四月、茨木のり子、愛知県立西尾女学校入学。

一九四一（昭和16）年

一二月、太平洋戦争起こる。

一九四二（昭和17）年
一二月、吉野弘、酒田商業学校を戦時繰上卒業。

一九四三（昭和18）年
一月、吉野弘、帝国石油に入社。四月、茨木のり子、帝国女子医学・薬学・理学専門学校（現、東邦大学）薬学部に入学。大岡信、静岡県立沼津中学校入学。一二月、大滝安吉、海軍経理学校入学。

一九四四（昭和19）年
四月、川崎洋、疎開先の福岡県立八女中学校二年に転入学。水尾比呂志と知り合う。谷川俊太郎、東京府立豊多摩中学校に入学。

一九四五（昭和20）年
八月、敗戦（15日）。茨木のり子は、学徒動員で就業中の世田谷区上馬の海軍療品廠で敗戦の放送を聞く。大岡信は、この日を「「何かが決定的に失われることが、この世界には必ずあるのだ」という認識の獲得の日」と回想している。谷川俊太郎はこの日を疎開先の京都府淀町で迎えた。吉野弘は、前年徴兵検査を受け、乙種合格。入営五日前にこの日を迎えた。

一九四六（昭和21）年
四月、大滝安吉、東北大学法文学部に入学。九月、茨木のり子、帝国女子医専繰り上げ卒業。薬剤師の資格を得るも生涯使用せず。戯曲「とほつみおやたち」が読売新聞戯曲第一回募集に佳作入選。
この年、川崎洋、福岡県久留米市に移住。松永伍一と知り合う。久留米在住の詩人丸山豊に会い、同人詩誌「母音」に参加。大岡信、短歌及び詩を書き始め、ガリ版刷り同人誌『鬼の詞』発刊。

一九四七（昭和22）年
四月、大岡信、一高文科丙類に入学。丸山一郎（佐野洋）、稲葉三千男らが同級生、村松剛、日野啓三らが上級生であった。

一九四八（昭和23）年
七月、茨木のり子の童話「貝の子プチキュー」ＮＨＫラジオ第一放送、夏のラジオ学校で朗読される（30日）。一一月、大岡信、一高の校内新聞『向陵時報』に詩「ある夜更けの歌」発表。

一九四九（昭和24）年

一一月、川崎洋、西南学院専門学校英文科中退。手書き詩集『炎』『開けゴマ』を作製。

この年、吉野弘は職場の組合専従として活動中、過労のため結核発病。以後、三年に及ぶ療養生活を余儀なくされた。翌年、東京小岩の片山病院で詩人・富岡啓二と出会い、詩作を始める。

一九五〇（昭和25）年

三月、谷川俊太郎、定時制に転学して高校を卒業。**四月、**大岡信、東大国文科へ進学。大岡博主宰の歌誌『菩提樹』に詩や評論を発表。**八月、**『詩学』第5巻第7号の詩学研究会作品に友竹辰比古「死んだ神」「旅先」掲載。**九月、**『詩学』第5巻第8号の詩学研究会作品に谷川俊太郎「秘密とレントゲン」「五月の無智な街で」、茨木のり子「いさましい歌」、友竹辰比古「少年時」「着物」掲載。茨木のり子のペンネームはこの時始めて使用された。**一二月、**谷川俊太郎、「ネロ他五篇」が三好達治の紹介で『文学界』（文藝春秋社）に発表される。

一九五一（昭和26）年

二月、『詩学』第6巻第2号に詩学審査委員会推薦作品として友竹辰比古「途上」「帰趨」「期待」、谷川俊太郎「山荘だより」掲載。**三月、**川崎洋、横須賀米軍基地内の日雇労務者として働く。大岡信、日野啓三・丸山一郎・稲葉三千男らと雑誌「現代文学」を創刊。詩、評論、エリュアールの翻訳などを発表。**五月、**『詩学』第6巻第4号作品欄に友竹辰「船について」掲載。**八月、**『詩学』第6巻第7号の詩学研究会作品に茨木のり子「焦燥」掲載。

一九五二（昭和27）年

一月、『詩学』第7巻第1号の作品欄に谷川俊太郎「（想う人と動く人についてのノート）」、詩学研究会作品に舟岡遊治郎「悲嘆」掲載。**三月、**『詩学』第7巻第3号の詩学研究会作品に茨木のり子「魂」、川崎洋「スクエア・ダンス幻想」掲載。**四月、**『詩学』第7巻第4号の詩学研究会作品に舟岡遊治郎「五月ノ夢」掲載。**五月**、『詩学』第7巻第5号の作品欄に友竹辰「純粋な歌」、詩学研究会作品に川崎洋「朝」、舟岡遊治郎「火星旅行者」「過去」掲載。**六月**、『詩学』第7巻第6号の詩学研究会作品に吉野弘「爪」掲載。谷川俊太郎、詩集『二十億光年の孤独』（創元社）刊行。**七月**、『詩学』第7巻第7号の詩学研究会作品に茨木のり子「民衆」掲載。川崎洋『母音』第2期第9号に「はくちょう」発表。**八月**、『詩学』第7巻第8号の詩学研究会作品に川崎洋「はくちょう」掲載。**九月**、『詩学』第7巻第9号の全国同人詩誌推薦作品に友竹辰「期待について」掲載。**一一月**、『詩学』第7巻第11号の作品欄に舟岡遊治郎「言葉についてのモノログ」「酔漢」、川崎洋「朝」、吉野弘「I ws born」掲載。『赤門文学』復刊第1号に、大岡信「地下水のように」「可愛想な隣人たち」（詩）、「エリュアール」（評論）掲載。**一二月**、『詩学』第7巻第12号の一九五二年度代表作品に谷川俊太郎「ネロ—愛された小さな犬に—」、中江俊夫「草原を見つめる馬」掲載。この年　川崎洋、横須賀米軍基地内のガードマンに就職（翌年、事務系の職に移る）。

一九五三（昭和28）年

二月、『詩学』第8巻第2号の詩学推薦作品に茨木のり子「根府川の海」、川崎洋「にんぎょ」、舟岡遊治郎「ダンス」「パイプ」、吉野弘「蜻蛉の歌」「雪」掲載。**三月**、川崎洋と茨木のり子が東京駅で落ち合い、同人詩誌の創刊について合意し、誌名を〈櫂〉と決める。両名はその時初対面だった（29日）。**四月**、『詩学』第8巻第4号の作品欄に舟岡遊治郎「うたえない歌」「青春に寄せて」掲載。大岡信、読売新聞社入社、外報部記者となる。**五月**、『櫂』第1号刊行。発行責任者・茨木のり子。編集責任者・川崎洋（15日）。『詩学』第8巻第5号の作品欄に谷川俊太郎「今日」、吉野弘「埴輪族」「友へ」掲載、〈作品月評〉に谷川俊太郎「ソネット」が取り上げられる。『詩学』第8巻第6号の作品欄に川崎洋「うらしまたろう」掲載。**七月**、『櫂』第2号刊行。この号から、谷川俊太郎が参加（5日）。『詩学』第8巻第7号の作品欄に友竹辰「声の昼の歌〈声の四つの歌から〉」掲載。同号「同人詩誌月評」で三好豊一郎が、創刊号を取り上げ茨木・川崎両人の詩を「巧妙に詩に遊んでいるといった感じ」と酷評。**八月**、『詩学』第8巻第8号の評論欄に大岡信「現代詩試論」、作品欄に茨木のり子「ひそかに」掲載。**九月**、『櫂』第3号刊行。この号から、舟岡遊治郎と吉野弘が参加（1日）。『詩学』第8巻第9号の全国詩誌代表作品に中江俊夫「空間」掲載、「全国詩誌一覧」に関東地方の『櫂』掲載。**一〇月**、『詩学』第8巻第10号の作品欄に舟岡遊治郎「天使の帽子」「真夜中の伝令」、吉野弘「記録」「犬とサラリーマン」「雑草の歌」掲載。この号の「質疑応答」欄に「〈櫂〉についてお知らせ下さい」との依頼があり、発行所、同人名等についての回答が掲載。**一一月**、『櫂』第4号刊行。この号から、水尾比呂志が参加（1日）。櫂の会（第1回）於谷川同人宅（東京都杉並区、22日）。『詩学』第8巻第11号の詩学研究会作品に大村龍二「もやし豆」掲載。同号の三好豊一郎「同人詩誌月評」に、『櫂』3号についての短評掲載。**一二月**、谷川俊太郎、詩集『六十二のソネット』（東京創元社）刊行。

一九五四（昭和29）年

一月、『詩学』第8巻第13号の扇谷義男「関東詩界展望」に「『櫂』の川崎洋」取り上げられる。櫂の会於谷川同人宅（24日）。『櫂』第5号刊行。この号から、中江俊夫が参加（25日）。『詩学』第9巻第1号の座談会「二〇代の発言」に飯島耕一、谷川俊太郎、大岡信、川崎洋参加。**二月**、『詩学』第9巻第2号の懸賞作品予選通過作に水尾比呂志「駅亭」、好川誠一「第一の解放　午」「最後の解放夜」掲載。**三月**、友竹正則（辰）、国立音楽大学声楽科卒業。『詩学』第9巻第3号の詩学研究会作品に水尾比呂志「黄昏れる神と人」掲載。『新日本文学』三月号に、吉本隆明「日本の現代詩史論をどうかくか」発表。日本の現代詩は一九五〇年頃から第三期に入ったとして、「谷川俊太郎　中村稔　山本太郎　大岡信　中江俊夫など、詩意識のなかに、実存的な関心も、社会的な関心も、持たない詩人たちの出現」に、その特長は「象徴することができる」とした。『櫂』第6号刊行。この号から、友竹辰が参加（26日）。**四月**、『詩学』第9巻第4号に作品欄に吉野弘「星とサラリーマン」掲載、「われらの仲間」欄に川崎洋「ある日の例会〈櫂〉」掲載。櫂の会於友竹同人宅（18日）。**五月**、『詩学』第9巻第5号の新進詩人特集に中江俊夫「田園」掲載。**六月**、『詩学』第9巻第6号の〈地域別作品月評〉で関東を担当する井手文雄が、『櫂』同人について「各人の主題に多岐に分れこの一つと云う全生命的主題が欠けている」と評する。**七月**、『櫂』第7号刊行（5日）。櫂の会於笹の雪（荒川区根岸）。三好達治を囲んで、同人外から保富康午が参加、後に同人となる大岡信も招待されていた（11日）。『詩学』第9巻第7号の詩学研究会作品に水尾比呂志「博物館にて」掲載。**八月**、『詩学』第9巻第8号の詩学研究会作品に水尾比呂志「陶窯にて」掲載。**九月**、『櫂』第8号刊行。この号から、大岡信が参加（10日）。大岡信・谷川俊太郎、『戦後詩人全集Ｉ』（書肆ユリイカ）に初期主要作品が収録される。『文章倶楽部』第6巻第9号の投稿詩合評欄に、谷川俊太郎が好川誠一に宛てて「好川さんの今後のために同人誌「櫂」に好川さんを推薦してみます。」と書く。**一〇月**、谷川俊太郎・岸田衿子、結婚。東京都台東区谷中初音町に住む（4日）。岸田衿子は、第2期『櫂』の同人となる。**一一月**、『櫂』第9号刊行（10日）。**一二月**、櫂の会於谷川同人宅（台東区谷中、19日）。『詩学』第9巻第13号の「展望　詩壇・一九五四年」「作品」（長尾道太郎）で、「荒地」の運動に対置できる「新しい傾向」として、『櫂』・『貘』を並べて評価。

一九五五（昭和30）年

一月、『櫂』第10号（特別号）刊行（1日）、表紙・バーナード・リーチ。**二月**、『詩学』第10巻第2号の新鋭詩人特集に水尾比呂志「旅のあとに」掲載。**四月**、『櫂』第11号刊行。この号より季刊になる予定。大村龍二・好川誠一が参加（20日）。『詩学』第10巻第4号の懸賞作品予選通過作に好川誠一「廿代の競技」掲載。**六月**、大岡信、評論集『現代詩試論』（ユリイカ新書1、書肆ユリイカ）刊行。**七月**、『詩学』第10巻第8号の詩学研究会作品に好川誠一「廿才《はたち》に相違ありません」掲載。**九月**、櫂の会於山の上ホテル（千代田区神田駿河台、11日）。**一〇月**、谷川俊太郎、詩集『愛について』（東京創元社）刊行。**一一月**、友竹正則（辰）、音楽コンクール声楽部門にて第二位入賞（11日）。茨木のり子、詩集『対話』（不知火社）刊行。飯島耕一、『戦後詩人全集Ⅲ』（書肆ユリイカ）に初期主要作品が収録。『詩学』第10巻第12号の座談会「リトル・マガジンの問題」に川崎洋参加。「グループの発生」「これからの方向」、『櫂』同人の役割分担等について語る。上林猷夫「詩誌戦後十年の展望」では、近年旺盛な活動をする若い精神立ちのグループとして『櫂』が取り上げられている。

一九五六（昭和31）年

五月、吉野弘、詩集『消息』（谺詩の会）刊行。六月、大岡信・飯島耕一・東野芳明・江原順らと「シュルレアリスム研究会」結成。後に、村松剛、菅野昭正、清岡卓行、針生一郎、中原佑介らも参加。瀧口修造と知り合う。七月、大岡信、詩集『記憶と現在』（書肆ユリイカ）刊行。九月、谷川俊太郎、写真詩集『絵本』（的場書房）刊行。自作の詩と写真を収める。

一九五七（昭和32）年

三月、大岡信、詩誌『今日』（平林敏彦、飯島耕一、清岡卓行ら）に第7号より参加。水尾比呂志、『ユリイカ』三月号に、「童男と梟師―ラジオのための詩劇」（ラジオ九州放送台本、第11回芸術祭参加）発表。五月、櫂の会於川崎同人宅（横須賀市深田台）。六月、茨木同人宅（新宿区神楽坂）で吉野弘詩集『消息』の合評会を開き、谷川同人持参のテープレコーダーで録音したテープを川崎同人が同月28日に当時酒田市在住の吉野同人に届ける。合評には黒田三郎が参加。友竹辰、詩集『聲の歌』（的場書房）刊行。八月、櫂の会於水尾同人宅（藤沢市鵠沼）。九月、『櫂詩劇作品集』的場書房。『櫂詩劇作品集』の刊行と同人の詩集上梓を記念して、的場書房主催・ユリイカ後援「櫂の会詩書出版記念」のイベントが企画された（1日）。翌月25日にイベントを企画、「午後7時～9時、銀座白馬車の6階ホール。1オムニバス詩劇集・2櫂の会シャンソン。出演＝茨木のり子、大岡信、岸田衿子、川崎洋、水尾比呂志、友竹辰、谷川俊太郎。特別出演＝山口洋子、岩田宏。会費300円」と決め案内状の往復葉書まで印刷したが同人の中にしり込みする者があったり、リハーサルの期間がなかったりで、結局幻のイベントとなった。これを機に第一次『櫂』の解散を決定。川崎洋、詩集『はくちょう』（書肆ユリイカ）刊行。一一月、谷川俊太郎、「三田文学」11月号に放送歌劇台本「青空を射つ男」発表。一二月、『櫂』解散式於友竹同人宅（15日）、五〇〇円のスキヤキパーティ。〈第一期の『櫂』のとき、お客様として来てくれて、ともに詩を語りあった方々の名も記しておこう。三好達治、保富康午、長江道太郎、嵯峨信之、木原孝一、小田久郎、黒田三郎、牟礼慶子、山口洋子、飯島耕一、金太中、岩田宏、石原吉郎、松永伍一、知念栄喜氏等。ゆっくり話はしなかったが、水尾さんの勤務先、駒場の民芸館での茶会の折、来て下さったのは、鮎川信夫、吉本隆明、安西均といった方々だった〉(『「櫂」小史」『現代詩文庫・茨木のり子詩集』思潮社))。

一九五八（昭和33）年

二月、『詩学』第13巻第3号の詩学研究会作品に大滝安吉（大村龍二）「眼をつむると」掲載。**三月**、大岡信、評論集『詩人の設計図』（書肆ユリイカ）刊行。水尾比呂志、詩集『汎神論』（書肆ユリイカ）刊行。**四月**、『詩学』第13巻第5号の研究会作品に大滝安吉「未来は」掲載。**六月**、川崎洋、詩劇集『魚と走る時』（書肆ユリイカ）刊行。**一一月**、茨木のり子、『見えない配達夫』（飯塚書店）刊行。茨木のり子の放送詩劇「埴輪」（TBSラジオ芸術祭参加ドラマ放送〈23日〉。**一二月**、谷川俊太郎、『荒地詩集1958』（荒地出版社）に詩劇「部屋―詩劇のためのスケッチ―」発表。『詩学』第13巻第14号の詩学研究会作品に大滝安吉「辻芸人」掲載。

一九五九（昭和34）年

二月、『詩学』第14巻第3号の新鋭新人特集に大滝安吉「流星断章」「やぶさめの騎手」掲載。**六月**、吉野弘、詩集『幻・方法』（飯塚書店）刊行。**八月**、大岡信、吉岡実・清岡卓行・飯島耕一・岩田宏らと詩誌『鰐』を創刊。**九月**、谷川俊太郎、詩論集『世界へ！』（弘文堂）刊行

一九六〇（昭和35）年

三月、大岡信の放送詩劇「宇宙船ユニヴェール号」放送（NHKラジオ、9日）。**四月**、谷川俊太郎、詩集『あなたに』（東京創元社）刊行。**五月**、嶋岡晨、評論「芸術派の方向」（『詩学』第15巻第6号）において「ノーマルな感性と内的体験の調和をはかりつつ傷つくことを新鮮な抒情に転化するかつての『櫂』の人々」と評する。**七月**、水尾比呂志・川崎洋の放送詩劇「一枚の絵」放送（文化放送、23日）。**九月**、大岡信、評論集『芸術マイナス1』（弘文堂）刊行。**一一月**、大岡信、詩集『今日の詩人双書7　大岡信詩集』（書肆ユリイカ）刊行。

一九六一（昭和36）年
一月、書肆ユリイカ社主、伊達得夫死去（16日）。『ユリイカ』（第一次）終刊。三月、『詩学』第16巻第4号特集〈放送詩劇〉に、川崎洋「川が」（放送詩劇）、大岡信「宇宙船ユニヴェール号」、水尾比呂志「放送詩劇への意図」（アンケートへの回答）、川崎洋「放送詩劇への意図」（アンケートへの回答）掲載。同号の〈伊達得夫追悼〉に茨木のり子「本の街にて―伊達得夫氏に―」発表。六月、川崎洋、日本職業訓練協会を退職、文筆業に入る。九月、茨木のり子・川崎洋作のラジオドラマ「交わされざりし対話」（ニッポン放送）放送（24日）、原作は茨木のり子の詩「りゅうりえんれんの物語」（『ユリイカ』同年一月号に発表）。九月、『詩学』第16巻第10号（臨時増刊〈詩壇百年史〉）に川崎洋「「櫂の会」のこと」掲載。一二月、大岡信、詩集『わが詩と真実』（思潮社）刊行。

一九六二（昭和37）年
四月、水尾比呂志、評論集『デザイナー誕生　近世日本の意匠家たち』（美術出版社）刊行。本書で、毎日出版文化賞。九月、谷川俊太郎、詩集『21』（思潮社）刊行。一二月、谷川俊太郎、「月火水木金土日の歌」でレコード大賞作詞賞受賞。
　この年、吉野弘、帝国石油を退職しコピーライターとなる。

一九六三（昭和38）年
二月、吉野弘、戯曲「影蕨」（『現代詩』第10巻第2号）発表。七月、谷川俊太郎の放送劇「十円玉」放送（ＮＨＫ東京、6日）、この作品は芸術祭奨励賞を受賞している。

一九六四（昭和39）年
九月、谷川俊太郎、『落首九十九』（朝日新聞社）刊行。
一二月、川崎洋、詩集『木の考え方』（国文社）刊行。吉野弘、詩画集『10ワットの太陽』（画・島崎樹夫、思潮社）刊行。

一九六五（昭和40）年
一月、茨木のり子、『鎮魂歌』（思潮社）刊行。谷川俊太郎、『谷川俊太郎詩集』（思潮社）刊行。三月、大村龍二（大滝安吉）同人没（15日）。六月、好川誠一同人没（26

日）。**八月**、旧櫂の会於水尾同人宅（12日）。『櫂』復刊の話が出る。**一〇月**、大岡信、明治大学助教授に就任。谷川俊太郎、子どものうた『日本語のおけいこ』（理論社）刊行。**一二月**、『櫂』（第2次）第12号刊行（1日）。

一九六六（昭和41）年

一月、櫂の会於笹乃雪（15日）。**五月**、大岡信のラジオドラマ「写楽はどこへ行った」放送（NHKラジオ、この作品は年間ドラマベスト1に選ばれた、22日）。**六月**、『櫂』第13号刊行（10日）。櫂の会於友竹同人宅。**九月**、『櫂』第14号刊行（1日）、この号から飯島耕一が参加。TBSラジオ劇場にて、川崎洋・大岡信・飯島耕一のオムニバス放送劇「アイ・ラブ・ユウ」放送（16日）。**一〇月**、櫂の会於水尾同人宅（2日）。大岡信のラジオドラマ『化野』放送（NHKラジオ、23日）。水尾比呂志、放送劇集『海そして愛の景色』（思潮社）刊行。**一一月**、思潮社より『現代詩大系』（全7巻）刊行開始。『櫂』同人では、第1巻に吉野弘・谷川俊太郎・中江俊夫、第2巻に飯島耕一、第3巻に茨木のり子、第5巻に大岡信、第7巻に川崎洋、が収録されている。このシリーズの通巻解説は大岡信。タイトルは「戦後詩概観」。

一九六七（昭和42）年

二月、『櫂』第15号刊行（20日）。**三月**、水尾比呂志のラジオドラマ「愛と修羅」（NHK・FM）放送（22日）。本作は、イタリヤ賞受賞。六月、櫂の会於谷川・岸田同人山荘（北軽井沢、10日）。**一一月**、櫂の会於水尾同人宅（12日）。吉野弘作詞の合唱組曲「心の四季」（作曲・高田三郎）初演放送（NHK名古屋、23日）。茨木のり子、伝記ライブラリー27『うたの心に生きた人々』（さ・え・ら書房）刊行。

一九六八（昭和43）年

二月、大岡信、綜合詩集『大岡信詩集』（思潮社）刊行。**四月**『櫂』第16号刊行（20日）。櫂の会於友竹同人宅（26日）。**五月**、川崎洋、『川崎洋詩集』（国文社）刊行。**六月**、吉野弘、混声合唱組曲「心の四季」（カワイ楽譜）出版。『詩学』第23巻第6号に風山瑕生「詩誌月評　櫂・かばりあ・黒など」掲載。**八月**、『櫂』第17号刊行（10日）。櫂の会於愛知県知多半島篠島（15～16日）。吉野弘、現代詩文庫『吉野弘詩集』（思潮社）刊行。**一一月**、川崎洋作詞の

混声合唱曲「愛する日本語のためのスケッチ」（作曲）初演。一二月、櫂の会於友竹同人宅（27日）。

一九六九（昭和44）年

二月、大岡信、評論集『現代詩人論』（角川書店）刊行。**三月**、茨木のり子、現代詩文庫『茨木のり子詩集』（思潮社）刊行。「「櫂」小史」収録。『詩学』24巻2号に友竹辰「古き櫂」掲載。**四月**、大岡信「昭和詩の問題」「戦後詩概観」を含む評論集『蕩児の家系』（思潮社）刊行。「戦後詩概観」で『櫂』の時代を「感受性の祝祭の時代」と概観した。本書で、歴程賞受賞。**五月**、茨木のり子、愛知県民話集『おとらぎつね』（さ・え・ら書房）刊行。**七月**、『櫂』第18号刊行（10日）。櫂の会於茨木同人宅（27日）。大岡信、現代詩文庫『大岡信詩集』（思潮社）刊行。**八月**、『詩学』第24巻第7号の裏表紙、109頁に27日の「櫂の会」の写真三葉掲載。**一一月**、谷川俊太郎、現代詩文庫『谷川俊太郎詩集』（思潮社）刊行。

一九七〇（昭和45）年

四月、川崎洋、現代詩文庫『川崎洋詩集』（思潮社）刊行。**五月**、茨木のり子、詩集『人名詩集』（山梨市ルクセンター出版部）刊行。**一〇月**、大岡信、安東次男・丸谷才一らとはじめて連句の会（12日）、この会が後の『櫂』の連詩に繋がる。**一一月**、川崎洋脚本のラジオ・ポエトリー「ジャンボ・アフリカ」放送（文化放送、この作品で翌年芸術選奨文部大臣賞受賞、13日）。

一九七一（昭和46）年

五月、茨木のり子、詩集『人名詩集』（山梨シルクセンター出版部）刊行。**七月**、吉野弘、詩集『感傷旅行』（葡萄社）刊行。本書は翌年読売文学賞受賞。**九月**、大岡信、日本詩人選7『紀貫之』（筑摩書房）刊行。本書は翌年読売文学賞受賞。谷川俊太郎、詩集『うつむく青年』（山梨シルクセンター出版部）刊行。**一一月**、谷川俊太郎、童話『ワッハ ワッハハハイのぼうけん』（講談社）刊行。**一二月**、連詩制作於白河院（京都市、19日）。川崎洋、詩集『祝婚歌』（山梨シルクセンター出版部）刊行。『ユリイカ』12月号に川崎洋「『櫂』の十八年」掲載。

一九七二（昭和47）年

一月、『櫂』第19号刊行、〈共通課題＝食器〉（1日）。連詩制作於水尾同人宅（立川市、30日）。大岡信、『ユリイカ』連載の断章を集めた『彩耳記』（青土社）を刊行。ユリイカ連載をまとめた「断章」集は昭和55年8月刊の『宇滴集』（青土社）まで7冊刊行（新装版等がある集もある）。**六月**、大岡信、詩集『透視図法―夏のための』（書肆山田）刊行。**七月**、連詩制作於谷川同人山荘／水尾同人山荘（浅間山麓、21日）。**八月**、連詩制作於大岡同人宅（調布市、31日）。**一二月**、『櫂』第20号刊行、〈連詩〉截り墜つ浅葱幕の巻／迅速の巻／珊瑚樹の巻（友竹・中江・川崎・茨木・水尾・大岡・岸田・谷川・吉野、10日）。

一九七三（昭和48）年

一月、連詩制作於国際文化会館（港区、31日）。**七月**、川崎洋、エッセイ集『あとが記』（思潮社）刊行。「『櫂』の十八年」「或る日の例会」「櫂（第一号―第二十号）後記」収録。**一〇月**、連詩制作於深水庵（調布市深大寺、5日）。連詩制作於水尾同人宅（三鷹市、19日）。谷川俊太郎、絵本『ことばあそびうた』（絵・瀬川康男、福音館書店）刊行。友竹辰、詩集『友竹辰……詩集』（思潮社）刊行。

一九七四（昭和49）年

一月、連詩制作於深水庵（9日）。**二月**、連詩制作於佐島マリーナ（神奈川県葉山、28日～3月1日）。**三月**、連詩制作於水尾同人宅（23日）。**七月**、『詩学』第29巻第7号で「川崎洋の人間と作品」が特集される。**一〇月**、『櫂』第21号刊行（30日）。〈連詩〉鳥居坂の巻乾坤／雁来紅の巻天地／夢灼けの巻（谷川・友竹・水尾・茨木・中江・吉野・川崎・大岡・岸田）「飯島耕一氏が、希望により名目上の櫂同人から脱けた」（編輯後記・川崎洋）。**一二月**、櫂の会於北畔（上野）。

一九七五（昭和50）年

一月、連詩制作於深水庵（26日）。谷川俊太郎、詩集『夜中に台所でぼくはきみに話しかけたかった』（青土社）、『定義』（思潮社）刊行。**三月**、連詩制作於深水庵（14日）。**五月**、連詩制作於深水庵（16日）。茨木のり子の夫三浦安信死去（22日）。**六月**、連詩制作於深水庵（7日）。**七月**、谷川俊太郎、絵本『マザー・グースのうた』（草思社）

刊行。のち2・3刊行。この翻訳で日本翻訳文化賞を受賞。10月　大岡信・谷川俊太郎の対話『詩の誕生』（読売新聞社）刊行。この本は、同年刊行の大岡信・谷川俊太郎の対話『詩の誕生』（エナジー対話第1号、エッソ・スタンダード石油株式会社広報部、非売品）をもとにしたもの。**一一月、**連詩制作於旅館上田家（京都市、7〜8日）。茨木のり子、エッセイ集『言の葉さやげ』（花神社）刊行。**一二月、**『櫂』第22号刊行（25日）。〈連詩〉アイウエオの母の巻／蒸し鮨の巻（谷川・吉野・水尾・大岡・岸田・茨木・川崎・中江・友竹）。

一九七六（昭和51）年

五月、連詩制作於深水庵（12日）。**八月、**川崎洋、詩集『象』（思潮社）刊行。**一〇月、**連詩制作於深水庵（6日）。川崎洋『母の国・父の国のことば　わたしの方言ノート』（日本放送出版協会）刊行。**一一月、**大岡信、詩集『悲歌と祝祷』（青土社）刊。**一二月、**櫂の会及び連詩制作於旅館いなば（伊東市、22〜23日）。

一九七七（昭和52）年

一月、吉野弘、詩集『北入曽』（青土社）刊行。**二月、**『大岡信著作集』（全15巻、青土社）刊行開始。**三月、**連詩制作於深水庵（5日）。茨木のり子、詩集『自分の感受性くらい』（花神社）刊行。**五月、**櫂の会及び連詩制作於旅館安田屋（静岡県伊豆長岡、28〜29日）。**九月、**吉野弘、詩集『風が吹くと』（サンリオ）刊行。**一〇月、**連詩制作於深水庵（15日）。

一九七八（昭和53）年

一月、櫂の会於旅館聖護院御殿荘（京都、28〜29日）。大岡信、新選現代詩文庫『新選大岡信詩集』（思潮社）刊行。**二月、**大岡信『うたげと孤心　大和歌篇』（集英社）刊。**五月、**『櫂・連詩』（思潮社）のための座談会於萩の宮（新宿区市ヶ谷、3日）。**九月、**谷川俊太郎、詩集『タラマイカ偽書残闕』（書肆山田）刊行。**一〇月、**川崎洋、詩集『海を思わないとき』（思潮社）刊行。**一二月、**大岡信、詩集『春　少女に』（書肆山田）刊行。本書で、翌年無限賞受賞。

一九七九（昭和54）年

一月、大岡信、『朝日新聞』に「折々のうた」の連載開始。二月、谷川俊太郎、総合詩集『谷川俊太郎詩集　続』（思潮社）。六月、『櫂・連詩』（思潮社）刊行（1日）。七月、櫂の会於梅乃（大田区西蒲田、19日）。川崎洋、童話『ぼうしをかぶったオニの子』（あかね書房）刊行。本書で、旺文社児童文学賞受賞。八月、『現代詩手帖』第22巻第8号に討論「連詩の場と現代詩　『櫂・連詩』をめぐって」（安東次男・大岡信・谷川俊太郎・岡田隆彦）掲載。一〇月、茨木のり子、岩波ジュニア新書『詩のこころを読む』（岩波書店）刊行。一一月、吉野弘、詩集『叙景』（青土社）刊行。

一九八〇（昭和55）年

三月、吉野弘、詩論エッセイ集『現代詩入門』（青土社）刊行。四月、櫂の会於太田福（新宿区四谷、10日）。一〇月、川崎洋、詩集『食物小屋』（思潮社）刊行。この詩集で、第八回無限賞受賞。一二月、吉野弘、エッセイ集『詩への通路』（思潮社）刊行。

この年、大岡信、「折々のうた」の執筆活動で菊池寛賞受賞。

一九八一（昭和56）年

一月、吉野弘、エッセイ集『遊動視点』（思潮社）刊行。二月、櫂の会於楼外楼（渋谷区原宿、4日）。三月、大岡信、石川淳、丸谷才一、安東次男と『歌仙』（青土社）を刊行。四月、吉野弘、総合詩集『吉野弘詩集』（青土社）刊行。五月、谷川俊太郎、絵本『ことばあそびうた　また』（絵・瀬川康男、福音館書店）刊行。七月、大岡信、詩集『水府　みえないまち』（思潮社）刊行。九月、大岡信、近代日本詩人選『萩原朔太郎』（筑摩書房）刊。

一九八二（昭和57）年

三月、櫂の会於谷川同人宅（杉並区、21日）。吉野弘、現代詩文庫『新選　吉野弘詩集』（思潮社）刊行。九月、吉野弘、岩波ジュニア新書『詩の楽しみ―作詩教室』（岩波書店）刊行。一一月、櫂の会於柿伝（新宿区新宿、27日）。一一月、谷川俊太郎、詩集『日々の地図』（集英社）刊行。この詩集で読売文学賞受賞。一二月、茨木のり子、詩集『寸志』（花神社）刊行。大岡信・フィッツモンズによる連詩『揺れる鏡の夜明け』（筑摩書房）刊行。

この年、谷川俊太郎は芸術選奨に選ばれたが受賞を辞退した。

一九八三（昭和58）年

三月、現代の詩人9『谷川俊太郎』（中央公論社）刊行。五月、現代の詩人11『大岡　信』（中央公論社）刊行。七月、現代の詩人7『茨木のり子』（中央公論社）刊行。吉野弘、詩集『陽を浴びて』（花神社）刊行。一〇月、櫂の会於琴水荘（静岡県引佐郡三ヶ日町、30〜31日）。現代の詩人10『飯島耕一』（中央公論社）刊行。一一月、現代の詩人8『川崎　洋』（中央公論社）刊行。

一九八四（昭和59）年

三月、谷川俊太郎・大岡信の往復書簡をまとめた『詩と世界の間で　往復書簡』（思潮社）刊。九月、櫂の会於花ぶさ（千代田区神田、29日）。一〇月、『櫂』第23号刊行（1日）。大岡信、詩集『草府にて』（思潮社）刊行。

一九八五（昭和60）年

五月、花神ブックス1『茨木のり子』（花神社）刊行。谷川俊太郎、詩集『よしなしうた』（青土社）刊行。本書で、現代詩花椿賞受賞。六月、櫂の会於日本民藝館（目黒区駒場、1日）。一〇月、『櫂』第24号刊行（1日）。櫂の会於梅乃日（15日）。一二月、櫂の会於岸田同人宅（台東区谷中、14日）。

一九八六（昭和61）年

五月、川崎洋、詩集『ビスケットの空カン』（花神社）刊行。本書で、高見順賞受賞。六月、茨木のり子、エッセイ集『ハングルへの旅』（朝日新聞社）刊行。七月、花神ブックス2『吉野弘』（花神社）刊行。

一九八七（昭和62）年

四月、『ヴァンゼー連詩』（岩波書店）刊行。昭和60年6月にベルリンで行われた連詩を刊行したもの。『櫂』関係では、大岡信と川崎洋が参加。八月、『櫂』第25号刊行（20日）。一〇月、櫂の会於水尾同人宅（三鷹市大沢、10日）。大岡信、詩集『ぬばたまの夜、天の掃除機せまつてくる』（岩波書店）刊行。

一九八八（昭和63）年
四月、櫂の会於炉端（千代田区有楽町、25日）。一二月、『櫂』第26号刊行（20日）。

一九八九（平成元）年
一月、櫂の会於木々（世田谷区桜上水、29日）。三月、『ファザーネン通りの縄ばしご』（岩波書店）刊行、昭和62年11月、にベルリンで行われた連詩を刊行したもの、『櫂』関係では、大岡信と谷川俊太郎が参加。四月、大岡信、詩集『故郷の水へのメッセージ』（花神社）刊行。本書で、現代詩花椿賞受賞。八月、吉野弘、詩集『自然渋滞』（花神社）刊行。この詩集で、詩歌文学館賞受賞。大岡信、評論『詩人・菅原道真　うつしの美学』（岩波書店）刊。本書で翌年芸術選奨文部大臣賞受賞。

一九九〇（平成2）年
一一月、茨木のり子、訳編著『韓国現代詩選』（花神社）刊行。本書で、読売文学賞受賞。一二月、櫂の会於谷川同人宅（杉並区成田東、17日）。『櫂』第27号刊行（20日）。

一九九一（平成3）年
一月、大岡信『連詩の愉しみ』（岩波書店）刊行。二月、谷川俊太郎、詩集『女に』（絵・佐野洋子、マガジンハウス）刊行。本書で丸山豊記念現代詩賞受賞。六月、大岡信、フィンランドの詩人、エストニアの詩人と連詩制作・発表。七月、大岡信、アメリカハワイの詩人等と連詩制作。八月、谷川俊太郎、大岡信、国際比較文学会で韓国・カナダの詩人と連詩制作。

一九九二（平成4）年
一月、櫂の会於茨木同人宅（保谷市東伏見、9日）。五月、大岡信、詩集『地上楽園の午後』（花神社）刊行。本書で翌年詩歌文学館賞。一二月、『櫂』第28号刊行（25日）。茨木のり子、詩集『食卓に珈琲の匂い流れ』（花神社）刊行。

一九九三（平成5）年
二月、櫂の会於谷川同人宅（1日）。三月、友竹辰同人没（23日）。五月、谷川俊太郎、詩集『世間シラズ』（思潮社）刊行。本書で、萩原朔太郎賞受賞。一二月、『櫂』第29号〈友竹辰追悼号〉刊行（25日）。編集委員制を同人の編集当

番制に移行。谷川俊太郎編集。別れ（茨木のり子）、遺書下書き（川崎洋）、時（水尾比呂志）、米飯論（谷川俊太郎）、野獣俳壇（岸田衿子）、寸秒／死んだ詩人へ（中江俊夫）、蜻蛉エレジー（吉野弘）、母を喪ふ（大岡信）．

一九九四（平成6）年

二月、櫂の会於梅乃（9日）。九月、吉野弘、詩集『吉野弘全詩集』（青土社）刊行。一二月、『櫂』第30号刊行（20日）、大岡信編集。

一九九五（平成7）年

五月、「現代詩手帖」5月号・特集〈『櫂』の功罪〉。川崎洋・大岡信・谷川俊太郎による座談会「『櫂』のあやしい魔力」掲載。六月、櫂の会於フランス料理店常瑠樹（国分寺市、26日）。舟岡林太郎旧同人が数十年ぶりに参加。六月、大岡信、日本芸術院賞・恩賜賞受賞。一二月、『櫂』第31号刊行（10日）、茨木のり子編集。

一九九六（平成8）年

四月、櫂の会於南欧料理店ル・ボン・ヴィボン（武蔵野市吉祥寺、28日）、辻征夫氏が日本酒『櫂』持参。

一九九七（平成9）年

四月、川崎洋・谷川俊太郎共編訳による『木はえらいイギリス子ども詩集』（岩波少年文庫、岩波書店）刊行。一〇月、『櫂』第32号刊行、岸田衿子編集。一一月、櫂の会於いも膳（埼玉県川越市、28日）。一一月、大岡信、文化功労者となる。

一九九八（平成10）年

この年、川崎洋、『日本方言詩集』、『自選自作朗読CD詩集』、『かがやく日本語の悪態』、『大人のための教科書の歌』等の仕事により歴程賞受賞。

一九九九（平成11）年

二月『櫂』第33号刊行（10日）、吉野弘編集。四月、茨木のり子、評伝『貘さんがゆく』（童話屋）刊行。五月、櫂の会於月心居（渋谷区神南、19日）。一〇月、茨木のり子、詩集『倚りかからず』（筑摩書房）刊行。

二〇〇二（平成14）年
一一月、川崎洋『交わす言の葉』（沖積舎）刊行。「『櫂』のあやしい魔力【川崎洋・大岡信・谷川俊太郎】」、「『櫂』編集後記」（第一号―第三三号）・「『櫂』年譜」「『櫂』十八年・メモ」「或る日の例会」収録。

二〇〇三（平成15）年
一一月、大岡信、文化勲章受章。

二〇〇四（平成16）年
一〇月、21日　川崎洋死去。

二〇〇六（平成18）年
二月、茨木のり子死去（17日）。九月、「日本近代文学館年誌」第2号に大岡信「『櫂』グループの終焉」掲載。

二〇一一（平成23）年
二月、「大岡信ことば館便り」第5号に、水尾比呂志「『櫂』のことなど」掲載。

二〇一七（平成29）年
4月5日　大岡信死去。

（杉浦静＝編）

人名別作品一覧

〔い〕

飯島耕一　「あるプロテスト」（『櫂』第10号）。「見えるもの」（『櫂』第14号）。「アイ・ラブ・ユウ」（『櫂』第15号）。「見られる」（『櫂』第16号）。「所有者と被所有者の時のエスキス」（『櫂』第18号）。「食器の予感」（『櫂』第19号）。

茨木のり子　「方言辞典」（『櫂』第1号）。「夕」（『櫂』第2号）。「武者修行」（『櫂』第3号）。「秋」（『櫂』第4号）。「北から帰つた人」（『櫂』第5号）。「人間」（『櫂』第6号）。「金子光晴の詩から」（『櫂』第7号）。「或る日の詩」（『櫂』第8号）。「埴輪〈詩劇〉」（『櫂』第10号）。「埴輪〈詩劇〉」（『櫂』第11号）。「民衆のなかの最良の部分」（『櫂』第12号）。「寒雀」「林檎の木」（『櫂』第13号）。「端午」（『櫂』第14号）。「ゆめゆめ疑う」（『櫂』第15号）。「ほうや草紙―獏さんに―」「一人は賑やか」（『櫂』第16号）。「雀」（『櫂』第17号）。「スペイン」（『櫂』第18号）。「箸」（『櫂』第19号）。

〔お〕

大岡信　「手」（『櫂』第8号）。「遅刻」（『櫂』第9号）。「詩の構造」（『櫂』第10号）。「翼あれ　風　おおわが歌」（『櫂』第11号）。「原子力潜水艦オナガザメの孤独な航海と死のうた」（『櫂』第12号）。「FRAGMENTS　平井進に」（『櫂』第13号）。「ひとりの腹話術師が語った」（『櫂』第14号）。「アイ・ラブ・ユウ」（『櫂』第15号）。「次郎―K・Sにあげるラジオのための肖像画的牧歌」（『櫂』第16号）。「きらきら―舞台のためのエチュード」（『櫂』第17号）。「あかつき葉っぱが生きている」（『櫂』第18号）。「朝・卓上静物図譜」（『櫂』第19号）。「執筆記録」（『櫂』第20号）。「執筆記録」（『櫂』第21号）。

大村龍二　「花断章」「百合」（『櫂』第11号）。

〔か〕

川崎洋　「にじ」（『櫂』第1号）。「たけとりものがたり」「後記」（『櫂』第2号）。「風にしたためて」「後記」（『櫂』第3号）。「オトギバナシ（C）」「後記」（『櫂』第4号）。「景色は」「後記」（『櫂』第5号）。「朝―放送劇の形を借りて―」「後記」（『櫂』第6号）。「原始について―劇の形を借りて——」「後記」（『櫂』第7号）。「明るい方角」「後記」（『櫂』第8号）。「往復」「後記」（『櫂』第9号）。「恋人・その他」「後記」（『櫂』第10号）。「後記」（『櫂』第11号）。「ふっと」「後記」（『櫂』第12号）。「お囃子」「編集委員の記」（『櫂』第13号）。「暑中見舞」「編集委員の記」（『櫂』第14号）。「アイ・ラブ・ユウ」「編集委員の記」（『櫂』第15号）。「かかわり」「編集委員の記」（『櫂』第16号）。「王様2」「編集委員の記」（『櫂』第17号）。「父島記」「編集委員の記」（『櫂』第18号）。「壺」「編集委員の記」（『櫂』第19号）。「編集委員の記」（『櫂』第20号）。「編集委員の記」（『櫂』第21号）。

［き］

岸田衿子　「水晶とオレンジ」（『櫂』第13号）。「わたしの学校」（『櫂』第14号）。「モッアルト」（『櫂』第15号）。「木の葉の詩」「森の詩」（『櫂』第16号）。「星」（『櫂』第17号）。「森の詩」（『櫂』第18号）。「食器考」（『櫂』第19号）。

［た］

谷川雁　「「農民」が欠けている」（『櫂』第10号）。

谷川俊太郎　「夢　E・Kに」「雲」（『櫂』第2号）。「四行詩」（『櫂』第3号）。「呼びかけをもつ四つの詩」（『櫂』第4号）。「秋」（『櫂』第5号）。「背中」（『櫂』第6号）。「ルポルタージュ　谷川俊太郎に会う」（『櫂』第7号）。「愛について」（『櫂』第8号）。「少女について」（『櫂』第9号）。「メモランダム　詩劇の方へ」「初冬」（『櫂』第10号）。「バラード　椅子」（『櫂』第11号）。「八月十二日木曜日」（『櫂』第12号）。「公園又は宿命の幻」（『櫂』第14号）。「あれにしようかこれにしようか散々迷った挙句に買った結婚祝につけて水尾比呂志に贈る祝婚歌。又ハ、ハンカチーフの能について。」（『櫂』第16号）。「ヘンリー・ミラー展にて友竹夫妻に会う・一九六八年四月五日東京伊勢丹」（『櫂』第17号）。「プリューゲル風のシネマ」（『櫂』第18号）。「ニューヨークの東二十八丁目十四番地で書いた詩（食器もあるでよ）」（『櫂』第19号）。

［と］

友竹辰　「海辺にて」（『櫂』第6号）。「さすらい人〈かの孤独なりしもの〉キエルケゴール」（『櫂』第8号）。「愛の五つの時」（『櫂』第9号）。「声の三つの歌」（『櫂』第10号）。「タロスがダイタロスに崖からつき落される時一瞬のうちに思つたこと〈テセウス〉より」（『櫂』第11号）。「作劇法」（『櫂』第12号）。「挽歌・静物」「編集委員の記」（『櫂』第13号）。「セレナアデ」「バラアド」「編集委員の記」（『櫂』第14号）。「バラアド」「編集委員の記」（『櫂』第15号）。「挽歌」「編集委員の記」（『櫂』第16号）。「旅のソネット十四から」「編集委員の記」（『櫂』第17号）。「an Ode. と云う存在そのものの悲しみ　ぼくと云う愛そのものの存在　に　捧げる　存在論風　賦」「編集委員の記」（『櫂』第18号）。「ワガ鉢唱歌」「編集委員の記」（『櫂』第19号）。「編集委員の記」（『櫂』第20号）。「編集委員の記」（『櫂』第21号）。

［な］

中江俊夫　「季節」「見る」（『櫂』第5号）。「声」「私は昼をまともに」（『櫂』第6号）。「「62のソネット」のこと」（『櫂』第7号）。「春」（『櫂』第8号）。「時の部屋」（『櫂』第9号）。「群衆の中で」（『櫂』第10号）。「「生」」

「都市が」（『櫂』第11号）。「語彙集」（『櫂』第12号）。「語彙集」（『櫂』第13号）。「語彙集」（『櫂』第14号）。「語彙集」（『櫂』第15号）。「語彙集」（『櫂』第16号）。「語彙集」（『櫂』第17号）。「語彙集」（『櫂』第18号）。「語彙集第百六章」「語彙集第七章」（『櫂』第19号）。

［ふ］

舟岡遊治郎（舟岡林太郎）　「すきとおしの風」（『櫂』第3号）。「ゴヤの絵」（『櫂』第4号）。「てがみ」「お天気の日の会議」（『櫂』第5号）。「強風警報」（『櫂』第6号）。「首狩り族」「旅へのいざない」（『櫂』第8号）。「朝の国」（『櫂』第9号）。「生」「ネロ」（『櫂』第10号）。「五月の花」「うらぎり」（『櫂』第11号）。

［み］

水尾比呂志　「詩に就いて」（『櫂』第4号）。「西脇順三郎氏に就いて」（『櫂』第5号）。「死に就いて」（『櫂』第6号）。「青年に就いて」（『櫂』第7号）。「庭園にて」（『櫂』第8号）。「少年よ」（『櫂』第9号）。「埃及〈詩劇〉一幕二場」（『櫂』第10号）。「瀟湘八景」（『櫂』第11号）。「覚書――トウト・アンク・アメンの遺宝の前で―」（『櫂』第12号）。「紙漉の村にて」「編集委員の記」（『櫂』第13号）。「淋しい」「編集委員の記」（『櫂』第14号）。「人工楽園」「編集委員の記」（『櫂』第15号）。「山荘にて」「編集委員の記」（『櫂』第16号）。「「櫂」戯評」「編集委員の記」（『櫂』第17号）。「命名」「編集委員の記」（『櫂』第18号）。「食器」「編集委員の記」（『櫂』第19号）。「編集委員の記」（『櫂』第20号）。「編集委員の記」（『櫂』第21号）。

〔む〕

牟礼慶子　「苦い風景」（『櫂』第10号）。

〔や〕

山本太郎　「病床の友へ」（『櫂』第10号）。

〔よ〕

好川誠一　「愛されると」「神の子――地球儀写生」（『櫂』第11号）。

吉野弘　「犬とサラリーマン」（『櫂』第3号）。「火葬場にて」（『櫂』第4号）。「散策路上」（『櫂』第5号）。「burst ―花ひらく―」（『櫂』第6号）。「謀叛」（『櫂』第7号）。「父」（『櫂』第8号）。「滅私奉公」（『櫂』第9号）。「さよなら」（『櫂』第10号）。「挨拶」（『櫂』第11号）。「つるばら」（『櫂』第12号）。「三月」（『櫂』第13号）。「香水」（『櫂』第14号）。「細い竹」（『櫂』第15号）。「エド&ユキコ」（『櫂』第16号）。「鎮魂歌」「蚤の市」「曼珠沙華」「消しゴム」「避雷針」（『櫂』第17号）。「無題」（『櫂』第18号）。「食べない」（『櫂』第19号）。

〔外国人〕

ルネ・シャール（飯島耕一・訳）　「恋文」（『櫂』第17号）。

〔その他〕

池田克巳、鮎川信夫、和田徹三
友竹辰、中江俊夫、川崎洋、茨木のり子、水尾比呂志、大岡信、岸田衿子、谷川俊太郎、吉野弘　「連詩第一回　截り墜つ浅葱幕の巻」「連詩第二回　迅速の巻」「連詩第三回　珊瑚樹の巻」（『櫂』第20号）。

谷川俊太郎、友竹辰、水尾比呂志、茨木のり子、中江俊夫、吉野弘、川崎洋、大岡信、岸田衿子　「連詩第四回　鳥

居坂の巻」「連詩第五回　雁来紅の巻」「連詩第六回　夢灼けの巻」（『櫂』第21号）。

谷川俊太郎、吉野弘、水尾比呂志、大岡信、岸田衿子、茨木のり子、川崎洋、中江俊夫、友竹辰　「〈連詩〉アイウエオの母の巻」「〈連詩〉蒸し鮨の巻」（『櫂』第22号）。

主要参考文献

【「櫂」全般】

吉本隆明「日本の現代詩史論をどうかくか」（『新日本文学』一九五四年三月）

大岡信「戦後詩概観Ⅴ」〈感受性の祝祭の時代〉（『戦後詩大系』⑤　一九六七年九月、思潮社）

大岡信『蕩児の家系』（思潮社、一九六九年四月）

清岡卓行『抒情の前線—戦後詩十人の本質—』（新潮選書、一九七〇年三月）

粟津則雄『現代詩史（評論集）』（思潮社、一九七二年一二月）

小海永二『日本戦後史の展望』（研究社、一九七三年一〇月）

小関和弘「詩誌『櫂』（総）目次稿　第一号（1953.5）—第二十六号（1988.12）」（『人文学部紀要』〈和光大学〉第二三号、一九八八年）

小田久郎『戦後詩壇私史』（新潮社、一九九五年二月）

野村喜和夫「戦後詩展望」（『戦後名詩選Ⅰ』思潮社、二〇〇〇年五月）

水谷真紀「「櫂」の感受性—茨木のり子における詩の方法としての五官—」（『日本文学文化』〈東洋大学日本文学文化学会〉、二〇〇六年）

【同時代資料・回想】

大岡信「現代詩試論」（『詩学』、一九五三年八月）

座談会「現代詩の第一課題」（『詩学』一九五三年一月）

座談会「新人十人を語る」（『詩学』一九五三年一一月・一二月）

座談会「二十代の発言」（『詩学』一九五四年一月）

川崎洋「或る日の例会〈櫂〉」（『詩学』一九五四年四月）

川崎洋「櫂の主張は」（『詩学』一九五四年九月）

座談会「現代詩の焦点」（『詩学』一九五四年九月）

座談会「現代詩のアングル」（『詩学』一九五五年一月、臨時増刊『詩学年鑑』一九五五年版）

座談会「リトル・マガジンの問題」（『詩学』一九五五年一一月、臨時増刊「全国詩誌展望」）

座談会「現代小説と現代詩」（『群像』一九六七年一月）

友竹辰「古き櫂」（『詩学』一九六九年三月）

「特集〈「櫂」の功罪〉」（『現代詩手帖』一九九五年五月）

川崎洋「『櫂』のあやしい魔力」「『櫂』編集後記」「『櫂』年譜」「或る日の例会」（『交わす言の葉』沖積舎、二〇〇二年一一月）

水尾比呂志「茨木さんと「櫂」」（『現代詩手帖』〈追悼特集　茨木のり子—毅然と、しなやかに〉、二〇〇六年四月）

大岡信「「櫂」グループの終焉」（『日本近代文学館年誌』第二号、二〇〇六年九月）

水尾比呂志「「櫂」のことなど」（『大岡信ことば館便り』第五号、二〇一一年二月）

【詩劇・放送劇】

〈特集〈詩劇〉〉（『ユリイカ　詩と詩論』一九五七年三月）
『櫂詩劇作品集』（的場書房、一九五七年九月）
川崎洋『魚と走る時　川崎洋詩劇集』（書肆ユリイカ、一九五八年六月）
水尾比呂志『海そして愛の景色　水尾比呂志放送劇集』（思潮社、一九六六年一〇月）
大岡信『あだしの』（小沢書店、一九七二年七月）
川崎洋『川崎洋ラジオドラマ脚本選集』（花神社、一九八八年七月）

【連詩】

「連詩と討議　大岡信、谷川俊太郎、茨木のり子、川崎洋、中江俊夫、吉野弘、水尾比呂志、友竹辰、岸田衿子」（『現代詩手帖』一九七八年八月）
『櫂・連詩』（思潮社、一九七九年六月）
安東次男・大岡信・谷川俊太郎・岡田隆彦「連詩の場と現代詩『櫂・連詩』をめぐって」（『現代詩手帖』、一九七九年八月）
井上輝夫「『櫂・連詩』考―観念的解題のこころみ」（『現代詩手帖』一九七九年一一月）
大岡信『連詩の愉しみ』（岩波書店、一九九一年一月）
〈特集　連詩への招待〉（『詩と思想』二〇〇〇年四月）

【雑誌特集等】

石原吉郎「好川誠一とその作品」（『詩学』一九六五年九月）
〈特集　岡崎清一郎・中江俊夫〉（『現代詩手帖』一九七三年三月）
〈特集　谷川俊太郎〉（『現代詩手帖』一九七三年六月）
〈特集　川崎洋の人間と作品〉（『詩学』一九七四年七、八月）
「好川誠一遺稿詩集」（『詩学』一九七四年一一月）
江森国友「澄んだ目　あるいは日日」（『詩学』一九七四年一一月）
吉田睦彦「好川誠一のこと」（『詩学』一九七四年一一月）
〈小特集　飯島耕一〉（『現代詩手帖』一九七五年三月）
〈特集　吉本隆明と大岡信〉（『国文学　解釈と教材の研究』一九七五年九月）
友竹辰「谷川俊太郎と友竹辰との或る関係」（『現代詩手帖』臨時増刊、一九七五年一〇月）
〈特集　大岡信　詩と批評の現在〉（『ユリイカ』一九七六年一二月）
〈特集　谷川俊太郎の世界〉（『ユリイカ』一九七九年九月）

『現代詩読本11　大岡信』（思潮社、一九七九年一〇月）
〈特集　谷川俊太郎〉（『国文学　解釈と教材の研究』一九八〇年一〇月）
〈特集　大岡信の現在〉（『現代詩手帖』一九八一年三月）
「中江俊夫による中江俊夫の詩的自伝」（『詩学』一九八五年七月）
〈特集　谷川俊太郎の新地点〉（『現代詩手帖』一九八八年一一月）
『現代詩読本　谷川俊太郎のコスモロジー』特装版（思潮社、一九八八年七月）
小柳玲子「若く眠りし―好川誠一と勝野睦人をめぐって」（『現代詩手帖』一九九二年八月）
『現代詩読本　大岡信』特装版（思潮社、一九九二年八月）
川崎洋「生マレタ　生キタ　死ンダ」（追悼・友竹辰）（『現代詩手帖』一九九三年五月）
谷川俊太郎「エルサレムで君の死を知った―友竹辰に」（『現代詩手帖』一九九三年五月）
〈特集　いま、谷川俊太郎を読む〉（『現代詩手帖』一九九三年七月）
〈特集　大岡信　詩と知のダイナミズム〉（『国文学　解釈と教材の研究』一九九四年八月）
〈特集　谷川俊太郎　言葉の素顔を見たい〉（『国文学　解釈と教材の研究』一九九五年一一月）
〈特集　自由詩・定型詩・散文詩―飯島耕一と荒川洋治〉（『現代詩手帖』二〇〇一年八月）
〈特集　いまこそ谷川俊太郎〉（『現代詩手帖』二〇〇二年五月）
〈特集　大岡信　現代詩のフロンティア〉（『現代詩手帖』二〇〇三年二月）
〈特集　［第三期］の詩人―飯島耕一・大岡信・谷川俊太郎・入沢康夫〉（『現代詩手帖』二〇〇四年一〇月）
〈追悼特集　茨木のり子―毅然と、しなやかに〉（『現代詩手帖』二〇〇六年四月）
〈特集　谷川俊太郎の詩論〉（『現代詩手帖』二〇〇六年一一月）
谷川俊太郎・山田馨『ぼくはこうやって詩を書いてきた　谷川俊太郎、詩と人生を語る』（ナナロク社、二〇一〇年七月）
「忘れた秋―おもいでは永遠に　岸田衿子展」〈図録〉（群馬県立土屋文明文学館、二〇一二年一〇月）
〈追悼特集　飯島耕一〉（『現代詩手帖』二〇一四年二月）
『ユリイカ　詩と批評　臨時増刊号　総特集　吉野弘の世界』（青土社、二〇一四年六月）
〈総特集　吉野弘の世界〉（『ユリイカ』二〇一四年六月）
〈特集　谷川俊太郎の〈こころ〉を解く〉（『現代詩手帖』二〇一四年九月）
〈特集　谷川俊太郎『詩に就いて』を読む〉（『現代詩手帖』

二〇一五年九月）
『KAWADE 夢ムック 文藝別冊 茨木のり子』（河出書房、二〇一六年八月）
〈追悼特集 大岡信〉（『現代詩手帖』思潮社、二〇一七年六月）
〈総特集 大岡信の世界〉（『ユリイカ』二〇一七年七月）

編者紹介

杉浦 静（すぎうら・しずか）

1952年、茨城県生まれ。

東京教育大学大学院修士課程修了。大妻女子大学文学部教授。

『現代詩大事典』（2008年、三省堂、共編著）、『戦後詩誌総覧』全8巻（2007～2010年、日外アソシエーツ、共編著）、『新編宮沢賢治歌集』（2006年、蒼丘書林、共編著）、『新校本宮澤賢治全集』全16巻（1995～2009年、筑摩書房、編纂委員）、『宮沢賢治コレクション』全10巻（2016～2018年、筑摩書房、共編著）、『宮沢賢治明滅する春と修羅』（1993年、蒼丘書林）。

「宮沢賢治とダルケ―散文「ダルゲ」から口語詩「ダルゲ」へ」（「文学」岩波書店、2016年1月）、「文語詩「〔われはダルケを名乗れるものと〕」の生成―宮沢賢治とダルケ(2)」（「言語文化」〈明治学院大学〉第34号、2017年3月）など。

コレクション・戦後詩誌
第12巻　感受性の海へ

2018年5月25日　印刷
2018年6月10日　第1版第1刷発行

［編集］　杉浦 静
［監修］　和田博文

［発行者］　荒井秀夫
［発行所］　株式会社ゆまに書房
〒101-0047　東京都千代田区内神田2-7-6
tel. 03-5296-0491 / fax. 03-5296-0493
http://www.yumani.co.jp

［印刷］　株式会社平河工業社
［製本］　東和製本株式会社

定価：本体25,000円＋税　ISBN978-4-8433-5078-2 C3392